d

Meir Shalev

Judiths Liebe

Roman

Aus dem Hebräischen von
Ruth Achlama

Mit den
besten Wünschen
zum neuen Jahr

überreicht
von

Diogenes

Die Originalausgabe erschien 1994
bei Am Oved Publishers Ltd., Tel Aviv, unter dem Titel:
›Kejamim achadim‹

Umschlagillustration: Zinaida Serebriakova,
›Selbstbildnis am Frisiertisch‹,
1909 (Ausschnitt)

300/98/8/1
ISBN 3 257 06171 4

Erste Mahlzeit

1

An heißen Tagen verströmen die Mauern meines Hauses leichten Milchgeruch. Die Wände sind verputzt und gestrichen, Fliesen bedecken die Erde, aber aus Mauerporen und Bodenritzen weht mir dieser Duft entgegen, hartnäckig schleichend wie der Schweiß uralter Liebe.

Früher ist mein Haus mal ein Stall gewesen. Das Heim eines Pferdes, einer Eselin und zweier Milchkühe. Es gab dort eine große Holztür mit einem Eisenriegel über die ganze Breite, Futtertröge aus Beton, Ochsengeschirre, Kannen und Melkschemel.

Und eine Frau wohnte in dem Stall, in dem sie arbeitete und schlief, träumte und weinte. Und auf einem Sacklager brachte sie ihren Sohn zur Welt.

Tauben spazierten den Dachfirst entlang, in den Mauerwinkeln umschwirrten Schwalben ihre Lehmnester, und so angenehm war ihr Flügelschlag, daß ich ihn jetzt noch beim Erinnern übers Gesicht streichen und meine Alters- und Zornesrunzeln glätten spüre.

Morgens malte die Sonne durch die Stalluken Lichtpunkte an die Wände und vergoldete die tanzenden Staubkörnchen in der Luft. Tau sammelte sich in den Kannendeckeln, und auf den Strohballen flitzten Feldmäuse wie kleine graue Blitze umher.

»Die Eselin war sehr ungestüm und klug«, erzählte mir meine Mutter als eine jener Erinnerungen, die sie von mir bewahrt wissen wollte, »sogar im Schlaf schlug sie noch aus, und wenn man auf ihrem Rücken reiten wollte, mein Sejde, galoppierte sie zur Tür, duckte sich unter der Eisenstange durch, und so man nicht rechtzeitig absprang, Sejde, *mejn Kind*, schlug einem der Stab gegen die Brust und warf einen zu Boden.« Die Eselin war sogar fähig, dem Pferd Gerste zu klauen und laut wiehernd mit dem Huf an die Haustür zu klopfen, um ein Stück Zucker zu ergattern.

Ein mächtiger Eukalyptusbaum stand im Hof, mit ausladender, würziger, ewig raschelnder Krone. Kein Mensch wußte, wer ihn gepflanzt, welcher Wind seinen Samen hierhergetragen hatte. Er war größer und älter als all seine Brüder im nahen Eukalyptuswäldchen, stand schon an Ort und Stelle und wartete, bevor noch das Dorf gegründet wurde. Oft bin ich hinaufgeklettert, weil Raben hoch oben in ihm nisteten und ich schon damals ihre Lebensweise studierte.

Jetzt ist meine Mutter längst tot, der Baum gefällt, der Stall zum Haus geworden, und die Raben fliegen und vergehen, kehren zu Staub zurück und schlüpfen aus ihren Eiern. Dennoch sind diese Raben und jene Geschichten, der Stall und besagter Eukalyptusbaum die Ankerpunkte, die ewigen Bilder meines Lebens.

Die Höhe des Baums betrug an die zwanzig Meter, das Rabennest saß nahe der Spitze, und im Gewirr der niedrigen Zweige hingen die Reste einer ›Tarzan-Hütte‹ von Kindern, die dort hinaufgeklettert und untergeschlüpft waren, bevor ich das Licht der Welt erblickt hatte.

Auf alten Luftaufnahmen der britischen Luftwaffe und in den Geschichten der Dorfbewohner zeichnet sich der Baum deutlich ab, aber heute ist nichts mehr von ihm übrig als ein mächtiger Stumpf, auf dem der Tag, an dem er gefällt wurde, eingebrannt steht wie der Todestag auf einem Grabstein: 10. FEBRUAR 1950. Mosche Rabinowitz, der Mann, auf dessen Hof ich aufwuchs und in dessen Stall ich wohne, der Mann, der mir seinen Namen gab und mir seinen Besitz vermachte, war, kaum von der Beisetzung meiner Mutter zurückgekehrt, zur Tat geschritten, hatte die große Axt geschärft, um den Baum hinzurichten.

2

Drei Tage lang fällte Rabinowitz den Baum.

Wieder und wieder wurde die Axt geschwungen, wieder und wieder landete sie. Immer rundum hackte der Mann, holte ächzend aus und schlug stöhnend zu.

Ein Mann von kleinem Wuchs ist er, schweigsam und stämmig, mit dicken, kurzen Armen. Noch heute, im Alter, nennen ihn die Leute im Dorf – seiner Stärke und Duldsamkeit wegen – ›Rabinowitz, der Bulle‹, und eine dritte Generation Kinder spielt das ›Böser-Bär-Spiel‹ mit ihm: Mit einer Hand umklammert er drei schmale Kinderärmchen, deren drei Besitzern es bei allem Lachen und Kreischen nicht gelingt, sich aus seinem Griff zu befreien.

Späne und Seufzer flogen, Tränen und Schweiß troffen, Schneeflocken wirbelten umher, denn es war jener kalte Winter, in dem sogar hier Schnee fiel, und trotz der Meinungsverschiedenheiten, die hier um jede Erinnerung ausbrechen, gibt es in unserm Dorf keine Debatten über diesen Racheakt, den jedes Kleinkind bis ins einzelne kennt:

Mit einem Dutzend Handtüchern wischte Rabinowitz sich Gesicht und Nacken ab.

Acht Axtstiele zerbrach und wechselte er.

Vierundzwanzig Liter Wasser und sechs Kannen Tee trank er.

Alle halbe Stunde schärfte er die Axtschneide mit Drehstein und Wetzstahl.

Neun Laibe Brot mit Wurst und eine Kiste Orangen aß er.

Siebzehnmal sank er in den Schnee, sechzehnmal stand er auf und hackte weiter.

Und die ganze Zeit hielt er seine zweiunddreißig Zähne zusammengepreßt, alle zehn Finger verkrampft, und sein keuchender Atem dampfte in der Kälte, bis das große berstende Knacken erschallte, begleitet von dem lauten Seufzer der Umstehenden, wie das Murmeln beim Verlöschen der Lichter im Volkshaus, nur stärker und angstvoller.

Dann der Entsetzensschrei und das Getrappel flüchtender Füße und danach der Todeslärm, für den es nichts Vergleichbares gibt, nur die Feststellung als solche: das Getöse beim Fall und Tod eines großen Baumes, das keiner, der es gehört hat, je vergessen wird – das krachende Abbrechen, der laute Sturz, das pfeifende Aufschlagen auf dem Boden.

So hören sich die Sterbelaute eines Menschen nicht an, aber auch die Lebensgeräusche von Baum und Mensch sind ja verschieden, ebenso wie die Stille, die ihrem Hinscheiden folgt.

Die Stille des gefällten Baums ist ein dunkler Vorhang, der sehr schnell von menschlichen Schreien, schneidenden Windstößen und den Rufen von Vögeln und Vieh zerrissen wird. Doch die Stille, die beim Tod meiner Mutter die Welt erfüllte, war zart und hell, blieb kristallklar und unverbrüchlich bestehen.

Hier ist sie, für immer an meiner Seite, neben allen Geräuschen der Welt. Weder verschlingt sie die Geräusche, noch vermischen sich diese mit ihr.

3

Flickt die Mamme Federn,
Federn und Puch,
Sejdele – a Kissele
Von helln-roiten Tuch.

Dieses Lied konnte ich schon singen, bevor ich seinen Sinn verstand. Es erzählt von einer Mutter, die Federn und Daunen rupft, um ihrem Sohn ein Federkissen aus rosa Stoff zu machen.

Vermutlich haben viele Mütter ihren Kindern dieses Lied gesungen, und jede hat den Namen ihres Kindes eingesetzt. ›Sejdele‹ war ich. Es war kein Beiname, den man mir angehängt hatte, sondern so heiße ich wirklich. ›Sejde‹, also ›Großvater‹, ist der Name, den meine Mutter mir bei meiner Geburt gab.

Schon jahrelang möchte ich ihn ändern, ohne es zu tun. Anfangs hatte ich nicht den Mut, dann fand ich nicht die Kräfte dazu, und zum Schluß gaben wir auf, mein Name und ich, und versöhnten uns miteinander.

Ich war ein paar Monate alt, als meine Mutter mir das Kissen nähte und das Lied sang, und dennoch meine ich, jene Nächte deutlich in Erinnerung zu haben. Herbstlich kalt waren sie im Rabinowitzschen Stall, und noch im Sommer war Mutter mit unserem Nachbarn Elieser Papisch, dem Gänsezüchter, handelseinig geworden und hatte zum Entgelt für die Federn seiner Gänse auch Kissen für ihn und seine Angehörigen genäht.

Elieser Papisch hieß bei uns übrigens ›Dorfpapisch‹, und zwar zur Unterscheidung von seinem reichen Bruder, der in Haifa einen Baumarkt besaß und daher ›Stadtpapisch‹ genannt wurde. Vielleicht werde ich später auch noch von ihm erzählen.

Ja also, ich heiße Sejde, Sejde Rabinowitz. Der Name meiner Mutter ist Judith, und im Dorf nannte man sie Rabinowitzes Judith. Ihre Hände dufteten angenehm nach Zitronenblättern, und immer trug sie ein blaues Kopftuch. Sie hörte auf dem linken Ohr schlecht und ärgerte sich, wenn jemand sie von dieser Seite ansprach.

Den Namen meines Vaters kennt kein Mensch. Auch ich kann darüber nur schweigen, denn drei Männer hielten mich für ihren Sohn.

Von Mosche Rabinowitz habe ich Hof, Stall und das blonde Haar geerbt.

Von Jakob Scheinfeld erbte ich ein hübsches Haus, schönes Geschirr, leere Kanarienvogelkäfige und die hängenden Schultern.

Und vom *Sojcher*, das heißt dem Viehhändler Globermann, habe ich *Knippele* von Geld – Batzen von Geld – und die riesigen Füße.

Trotz dieses Wirrwarrs habe ich mehr unter meinem Namen als unter den Umständen meiner Geburt gelitten. Ich war nicht das einzige Kind im Dorf oder im Emek, das einem unbekannten Vater oder nicht seinem eigenen geboren worden war, aber im ganzen Land, ja vielleicht auf der ganzen Welt gab es kein weiteres Kind, das Sejde hieß. In der Schule wurde ich *Metuschelach* – kleiner Methusalem – oder *Chetjar* – Alter – gerufen, doch jedesmal, wenn ich mich dann zu Hause über meinen Namen beklagte und wissen wollte, warum man ihn mir gegeben hatte, erklärte mir meine Mutter einfach: »Wenn der Todesengel kommt und ein kleines Kind sieht, das Sejde heißt, merkt er sofort, daß hier ein Irrtum vorliegt, und geht woandershin.«

Notgedrungen redete ich mir ein, mein Name schütze mich vor dem Tod, und entwickelte mich zu einem Jungen, der keine Furcht kannte. Selbst die Urängste, die im Herzen eines jeden Menschen nisten, bevor er noch geboren ist, waren mir ausgetrieben.

Furchtlos streckte ich meine Hand nach Schlangen aus, die in den Ritzen des Hühnerstalles nisteten, und sie verfolgten mich mit neugierigen Halsbewegungen, ohne mir etwas zu tun.

Oft kletterte ich auf den Stall und rannte mit geschlossenen Augen das steile Ziegeldach hinunter.

Mein Herz hing daran, den Dorfhunden nahezukommen, die, ewig an der Kette, blutrünstig und rachsüchtig geworden waren, mir aber freundlich mit dem Schwanz zuwedelten und die Hand leckten.

Einmal, als ›Großvater‹ von acht Jahren, attackierte mich ein Rabenpaar, zu dessen Nest ich emporgeklettert war. Ein harter dunkler Schlag traf mich auf die Stirn, ich wurde schwindlig und lockerte meinen Griff am Ast. Schwindlig vor Lust am Fallen stürzte ich weiter und weiter in die Tiefe. Kleine Äste umfingen mich sanft, bremsten meinen Fall, und ich landete wohlbehalten auf dem Polster des erwarteten Laubteppichs, weicher Erde und dem Aberglauben meiner Mutter.

Ich stand auf und lief nach Hause, wo Mutter mir meine Schrammen mit Jod bepinselte.

»Der Todesengel ist ein ordentlicher Typ. Er hat Kopierstift und Notizbuch und schreibt alles auf«, lachte sie, wie sie jedesmal lachte, wenn ich gerettet war, »aber auf den *Engel-von-Schlaf*, den Schlafengel, ist kein Verlaß. Der schreibt nie was auf und kann sich nichts merken. Manchmal kommt er, manchmal verpennt er's.«

Immer ging der Todesengel an mir vorüber, und nur der Saum seines Gewandes streifte mir übers Gesicht. Doch einmal, im Herbst 1949, wenige Monate vor dem Tod meiner Mutter, sah ich ihn Auge in Auge.

Ich war damals zehn Jahre alt. Dorfpapischs riesige Stute war in Hitze, unser Hengst hörte ihr klagendes Wiehern und begann in seinem Pferch zu toben. Er war ein gutmütiger Rotbrauner. Mosche Rabinowitz, der alles so tat, »wie es sich gehört«, und sich daher gemeinhin nicht mehr als recht und üblich mit seinen Tieren anfreundete, verwöhnte ihn mit Streicheln und Johannisbrot, und einmal sah ich ihn sogar seinen Schweif mit blauen Schmuckbändern zu einem dicken goldenen Zopf flechten.

Entgegen allen Forderungen und Ratschlägen weigerte er sich auch, den Hengst zu kastrieren. »Das ist grausam«, sagte er, »reine Tierquälerei.«

Manchmal schlug sich der Hengst mit dem steifen Glied gegen den Bauch. Stundenlang tat er das, mit großer, verzweifelter Ausdauer. »Armer Kerl«, sagte dann Viehhändler Globermann, »die Eier hat man ihm gelassen, ein Weib gibt man ihm nicht, und Hände hat er keine – was soll er denn machen?«

Jene Nacht setzte der Hengst über den Zaun und gesellte sich zu der Stute, und am Morgen gab Mosche mir das Halfter und schickte mich los, ihn zurückzuholen.

»Guck ihm geradewegs in die Augen«, sagte er, »und ruf ihm ›komm-komm-komm-komm‹. Aber wenn er mit den Augen rollt, leg dich nicht mit ihm an, hörst du, Sejde? Laß sofort von ihm ab, und ruf mich.«

Es war früh am Morgen. Das Muhen hungriger, ungeduldiger Kälber erfüllte die Luft. Ermahnungen der Bauern an ihre verträumten Milchkühe klangen auf. Dorfpapisch rannte schon schreiend und fluchend um den Pferch herum, aber das Paar schenkte nichts und niemandem Beachtung. Beider Augen waren vor Liebe vernebelt, ihre Lenden troffen, der Pferdegeruch hatte sich mit neuen Nuancen angereichert.

»Kommst du etwa den Hengst abholen?« rief Dorfpapisch. »Ist Rabinowitz denn auf den Kopf gefallen? Einen kleinen Jungen zu schicken?«

»Er melkt«, sagte ich.

»Er melkt?! Ich könnte jetzt auch melken!« Dorfpapisch schrie laut genug, um bis zu unserem Hof durchzudringen, damit Mosche es hören sollte.

Ich ging in den Pferch.

»Komm schnell da raus!« rief Dorfpapisch. »Das ist sehr gefährlich, wenn sie zusammen sind.«

Aber ich hob schon das Halfter hoch, flötete die Zauberworte: »Komm-komm-komm-komm…«, und der Hengst trottete heraus und ließ mich ihm sogar die Riemen über die Nase ziehen.

»Gleich wird er toben, Sejde«, rief Papisch, »laß ihn sofort los!«

Genau in dem Moment, in dem wir den Hof verließen, wieherte die Stute. Der Hengst blieb abrupt stehen und stieß mich zu Boden. Seine Augen liefen rot an und quollen hervor. Ein lautes Schnauben entrang sich ihm aus tiefster Brust.

»Laß die Leine los, Sejde!« rief Dorfpapisch. »Laß los, und roll dich schnell zur Seite!«

Aber ich ließ nicht locker.

Der Hengst stieg auf die Hinterbeine, die Leine spannte sich, ich wurde in die Höhe geschleudert und rücklings zu Boden geworfen. Die Vorderhufe schlugen in die Luft, wirbelten die Erde neben mir auf, und durch die Staubwolke sah ich den Todesengel, das Notizbuch gezückt, die Augen auf mich geheftet.

»Wie heißt du?« fragte er mich.

»Sejde«, antwortete ich, ohne die Leine loszulassen.

Der Todesengel zuckte zurück wie von einer unsichtbaren Ohrfeige getroffen, leckte die Fingerspitze an und blätterte in seinem Notizbuch.

»Sejde?« schnauzte er. »Wie kann denn ein kleiner Junge Sejde heißen?«

Mein Körper wurde unsanft hin und her gerüttelt, die furchtbaren Hufe pfiffen neben mir wie die Messer, die Zirkuskünstler auf ihre mit geschlossenen Augen verharrenden Partnerinnen werfen, die Leine riß mir schier den Arm aus dem Schultergelenk, und meine Haut schürfte über den rauhen Erdboden, aber in meinem Herzen nisteten Ruhe und Sicherheit.

»Sejde«, wiederholte ich dem Todesengel, »ich heiße Sejde.«

Im gleißendweißen Licht sah ich ihn seinen Kopierstift anlecken, erneut in sein Notizbuch blicken und einsehen, daß hier ein Irrtum vorlag.

Er knirschte bedrohlich mit den Zähnen vor Ärger und machte sich wutschnaubend auf, um woandershin zu gehen.

Das gellende Wiehern und Dorfpapischs Geschrei brachten Mosche Rabinowitz auf den Plan. In schwerfälligem Lauf überwand er die zwanzig Meter zwischen den beiden Höfen, und was ich dann sah, werde ich nie vergessen.

Mit der linken Hand packte Rabinowitz das Halfter des Pferdes und zog es herab, bis ihre Köpfe auf gleicher Höhe waren, dann landete er mit der rechten Faust einen einzigen Hieb auf die weiße Blesse.

Der Hengst tat einen verblüfften Satz zurück, der Stolz seiner Männlichkeit sackte nieder wie abgehackt. Er senkte den Kopf, seine Augen wurden klar, und beschämten Schritts trottete er zu unserem Hof und in sein Gatter zurück.

Die ganze Affäre hatte kaum dreißig Sekunden gedauert. Aber als ich heil und gesund wieder aufstand, waren auch schon meine beiden anderen Väter zur Stelle: Jakob Scheinfeld lief aus seinem Haus herbei, und der Viehhändler Globermann, der Sojcher, fuhr mit seinem grünen Lieferwagen vor, schrammte, wie üblich, den großen Eukalyptus, sprang armwedelnd heraus und ließ seinen dröhnenden Baß erschallen.

Meine Mutter kam indes gelassen an, zog mir das Hemd aus, schüttelte den Staub ab, wusch und desinfizierte mir die Schrammen auf dem Rücken und sagte lachend: »Ein kleiner Junge, der Sejde heißt – dem kann nichts passieren.«

Kein Wunder also, daß ich im Lauf der Zeit Vertrauen in die Einsicht meiner Mutter und in die Kraft des Namens gewann, den sie mir gegeben hatte. Daher befolge ich seither entsprechende Vorsichtsmaßnahmen. Einmal habe ich mit einer Frau zusammengelebt, aber sie ist mir nach mehrmonatiger Enthaltsamkeit bestürzt und verzweifelt weggelaufen.

»Ein Sohn bringt einen Enkel, und der Enkel bringt den Todesengel auf den Plan«, erklärte ich ihr.

Zuerst lachte sie, dann ärgerte sie sich, und zum Schluß ging sie. Wie ich hörte, hat sie einen anderen geheiratet und ist unfruchtbar. Aber ich kannte damals schon alle Finten und Ränke des Schicksals und mißtraute ihm von ganzem Herzen.

So hat mich mein Name gleichzeitig vor dem Tod und vor der Liebe bewahrt. Aber das hat nichts mit der Geschichte vom Leben und Tod meiner Mutter zu tun, und im Gegensatz zur

Wirklichkeit müssen Geschichten sich vor jeglichem Exkurs und Zusatz hüten.

Möglicherweise schwingt leichter Trübsinn in meinen Worten mit, in meinem Leben dagegen tritt er nicht hervor. Wie jeder Mensch habe auch ich meine traurigen Momente, doch die Annehmlichkeiten des Lebens sind mir nicht fremd, ich bin Herr meiner Zeit, und wie ich schon sagte, spendeten drei Väter mir von ihren Gütern.

Ich habe *Knippele* von Geld und einen alten grünen Lieferwagen vom Viehhändler Globermann geerbt.

Ich habe ein großes, schönes Haus in der Eichenstraße in Kiriat Tivon, geerbt von dem Kanarienvogelzüchter Jakob Scheinfeld.

Und ich habe Landbesitz im Dorf, den Rabinowitzschen Hof. Mosche Rabinowitz lebt noch dort, hat ihn aber bereits auf meinen Namen überschrieben. Er bewohnt sein altes Domizil mit Front zur Straße, ich sitze in dem hübschen kleinen Haus im Hof, das früher mal Stall gewesen ist. Bougainvilleen ringeln sich wie bunte Schläfenlocken an den Seiten nieder, Schwalben umschwirren sehnsüchtig seine Fenster, und leichter Milchduft weht noch immer aus den Mauerritzen.

In längst vergangenen Tagen gurrten dort Tauben und gaben Kühe Milch. Tau sammelte sich in den Kannendeckeln, goldener Staub tanzte. Einst wohnte dort eine Frau, lachte und träumte, arbeitete und weinte und brachte mich dort in ihre Welt.

Das ist eigentlich die ganze Geschichte. Oder wie Tatmenschen in ihrem widerwärtigen Brustton der Überzeugung zu sagen pflegen: »Das wär's unterm Strich.« Und alles, was fortan darauf gehäuft wird, ist nichts als sinnloser Detailkram, zur Befriedigung jener heißhungrigen beiden Tierchen, der Neugier und der Lust, in alten Geheimnissen herumzustöbern, die in unser aller Seele nisten.

4

Anno 1952, eineinhalb Jahre nach ihrem Tod, lud Jakob Scheinfeld mich zur ersten Mahlzeit ein. Er kam in den Stall – mit hängenden Schultern, die Narbe auf der Stirn glänzte, die Akne der Einsamkeit schwärzte seine Runzeln.

»Herzlichen Glückwunsch zum Geburtstag, Sejde.« Er legte mir die Hand auf die Schulter. »Komm bitte morgen zu mir zum Abendessen.« Sagte es, machte kehrt und ging.

Ich war damals genau zwölf Jahre alt, und Mosche Rabinowitz richtete mir eine Geburtstagsfeier aus.

»Wenn du ein Mädchen wärst, Sejde, würden wir jetzt deine Bat-Mizwa feiern«, sagte er lächelnd, und ich war überrascht, denn Rabinowitz redete sonst nicht mit ›wenn‹ und ›wäre‹.

Oded, Rabinowitzes älterer Sohn, der damals schon der Lastwagenfahrer des Dorfes war, schenkte mir eine silbrige Bulldogge von Mack Diesel. Naomi, Rabinowitzes Tochter, kam eigens aus Jerusalem und schenkte mir ein Buch mit dem Titel *Der alte Silberfleck* mit Zeichnungen von Raben und den Notenzeilen ihrer Rufe. Sie hörte gar nicht wieder auf mit Küssen und Weinen und Umarmen und Streicheln, so daß mich Verlegenheit, Leidenschaft und Ehrfurcht auf einmal überkamen.

Dann tauchte der grüne Lieferwagen auf, schrammte wie gewöhnlich den mächtigen Eukalyptusstamm, dessen viele Narben schon von früheren Zusammenstößen zeugten, und spie einen weiteren Vater aus: den Viehhändler Globermann.

»Ein guter Vater vergißt keinen Geburtstag«, verkündete der Sojcher, der noch nie eine Elternpflicht versäumt hatte.

Er brachte ein paar erstklassige Rippenstücke mit, und mir überreichte er eine Summe Bargeld.

Globermann schenkte mir bei jeder Gelegenheit Geld. Zu Geburtstagen, an Feiertagen, zum Schluß jedes Schuljahrs, beim ersten Herbstregen, am kürzesten Wintertag und am längsten Tag des Sommers. Sogar zu Mutters Todestag drückte er mir jedesmal ein paar Münzen in die Hand, was allseits Empörung und Abscheu erregte, aber niemanden überraschte, denn Globermann war im ganzen Emek als grober, geldgieriger Mann verschrien. Im Dorf erzählte man sich, fünf Minuten nachdem die Engländer die deutschen Templer aus dem nahen Waldheim ausgewiesen hätten, sei Globermann dort schon mit seinem Lieferwagen vorgefahren, um in die verlassenen Häuser einzubrechen und das zurückgebliebene Kristall und Porzellan zu plündern.

»Als wir mit Pferd und Wagen ankamen, war schon nichts mehr übrig«, berichteten die Erzähler wütend.

Einmal hörte ich Dorfpapisch in dieser Angelegenheit auf Globermann einschimpfen. Das Wort »Räuber« verstand ich, den Ausdruck »Eilebeute« erriet ich, aber den »Marodeur« kapierte ich nicht.

»Du hast gestohlen, hast Plünderei getrieben!« fauchte Dorfpapisch ihn an.

»Ich hab nicht gestohlen«, kicherte Globermann, »ich hab beigeschafft.«

»Beigeschafft? Was soll das denn heißen?«

»Einen Teil habe ich durch Zerren beigeschafft, einen Teil durch Schleppen, aber gestohlen habe ich gar nichts«, erklärte der Sojcher mit dröhnendem Lachen, das mir noch heute, viele Jahre nach seinem Tod, in den Ohren klingt.

»Ich erklär dir mal den Unterschied zwischen einem einfachen und einem Geldgeschenk«, sagte er jetzt laut, damit alle es hörten: »Überlegen, was man jemandem als Geschenk kaufen könnte, *is a Loch in Kopp*, aber jemandem Bargeld geben *is a Loch in Herz*, Punkt.«

Und als er meine Finger um die Münzen schloß, verkündete er: »So hat mich mein Vater gelehrt, und so lehre ich dich. Du sollst wie einer werden, der selbst auf dem *Klotz* – dem Metzgerblock – geboren ist.«

Danach zog er den Flachmann heraus, den er immer in der Rocktasche mitführte, und ich erkannte den Geruch des Grappa, den Mutter gern trank. Er goß viel Schnaps in seine Kehle und ein wenig ins Feuer, grillte die mitgebrachten Koteletts und sang lauthals in der für ihn typischen Mischung aus Hebräisch und Jiddisch:

»Sejdele ging in kurzen Hosen,
Für einen Grusch zu kaufn Aprikosen.
Oi Sejdele, was für schlimme Chosen,
Weg ist der Grusch und nix mit Aprikosen.
Mammale mit dem Stock,
Pappale mit dem Pflock
Werden Sejdele was geben auf 'en Rock.«

Mosche Rabinowitz indes, der älteste und stärkste meiner drei Väter, packte mich, warf mich für jedes Lebensjahr einmal in die Luft und fing mich jedesmal wieder mit seinen kurzen, dicken Armen auf. Und als Naomi rief: »Und noch einmal fürs nächste Jahr«, und ich zum dreizehnten Höhenflug ansetzte, sah ich eine Wolke schwirrender Flügel, die das Dorf zu bedecken drohten.

»Seht mal«, rief ich, »Stare im Sommer!«

Tatsächlich ähnelte die dunkle, wimmelnde Schwade einem Schwarm Stare, denen das Zeitgefühl abhanden gekommen war. Doch sogleich stellte sich heraus, daß ich dank Mosche Rabinowitzes starken Armschwüngen die Heuschrecken gesehen hatte, die in jenem Jahr, 1952, das Emek heimsuchten.

Mosches Gesicht verfinsterte sich. Naomi erschrak. Und Globermann sagte zum wer weiß wievielten Mal: *»A Mensch tracht, un Gott lacht«* – der Mensch macht Pläne, und Gott lacht.

Es waren keine fünf Minuten vergangen, als man jenseits der Hügel das dumpfe Fußtrappeln der arabischen Fellachen hörte, die aus ihren Häusern auf die Felder liefen, gerüstet mit kreischenden Frauen, langen Stöcken und scheppernden leeren Petroleumkanistern, um den Feind zu vertreiben.

Globermann trank noch und noch Grappa aus seiner Flasche und gab Mosche noch und noch Fleisch, und am Abend, als alle Kinder mit Fackeln und Säcken, Spaten und Besen auf die Felder zogen, um die Heuschrecken zu töten, kam mein dritter Vater, nämlich Jakob Scheinfeld, legte mir die Hand auf die Schulter und lud mich zum Abendessen ein.

»Alle Geschenke sind nix wert. Geld geht aus, Kleidung zerreißt, Spielzeug zerbricht, aber ein gutes Essen bleibt im Gedächtnis haften, das heißt, es geht nicht verloren wie andere Geschenke. Aus dem Körper weicht es sehr schnell, aber aus dem Gedächtnis sehr langsam.«

So sagte Jakob, und auch seine Stimme war, wie die des Sojchers, laut genug, aller Ohren zu erreichen.

5

»Ein komischer Vogel«, hieß es von Jakob Scheinfeld im Dorf.

Er lebte allein, besaß ein kleines Haus, einen einstmals gepflegten Garten und ein paar leere Kanarienvogelkäfige, Nachlaß eines riesigen Schwarms, der bereits in alle Winde zerstoben war.

Seine Ländereien, auf denen einst Zitrusbäume und Reben, Gemüse und Futterpflanzen gediehen waren, hatte er längst dem genossenschaftlichen Ackerbauzweig des Dorfes verpachtet. Seine Brutmaschine war längst stillgelegt. Seine davongelaufene Frau hatte er längst vergessen.

Jakobs Frau hatte Rivka geheißen. Ich wußte, daß sie ihn wegen meiner Mutter verlassen hatte. Ich habe sie nie gesehen, aber alle sagten, sie sei die schönste aller Frauen im Dorf gewesen.

»Aller Frauen im Dorf? Aller Frauen im Emek!« korrigierte

Dorfpapisch. »Aller Frauen des Landes! Eine der schönsten Frauen der ganzen Welt und aller Zeiten!«

Dorfpapisch gehörte zu den glühenden Verehrern weiblicher Schönheit und hatte zu Hause wunderbare Kunstbände, in denen er mit frisch gewaschenen, zärtlichen Händen zu blättern pflegte, wobei er seufzte: »*Schejner als die siebn Schtern* – schöner als die sieben Sterne.«

Wie ein ferner, funkelnder Nebelfleck zeichnete sich Rivka in seiner Erinnerung und im Kollektivgedächtnis des Dorfes ab. Selbst heute – nachdem sie weggegangen ist, wieder geheiratet hat, im Alter zurückgekehrt ist und Jakob noch vor ihrem Tod zu sich zurückholen konnte – erzählt man hier weiterhin von ihr. Trifft eine hübsche Besucherin ein oder wird ein besonders niedliches kleines Mädchen geboren, zieht die Erinnerung auf der Stelle Vergleiche zu dem Abbild jener schönen Frau, die hier einst wohnte, betrogen wurde und wegging, um uns alle »in Häßlichkeit, Öde und schwarzer Erde suhlen zu lassen«.

Zwölf Jahre war ich alt, als ich auf anfangs verschwommene, dann schmerzlich klare Weise begriff, daß ich für Jakobs Unglück und Einsamkeit verantwortlich war. Ohne mich und meine Tat hätte meine Mutter seinem Werben und Flehen nachgegeben und ihn geheiratet.

Wie in einem Kästchen verbarg ich meinen drei Vätern die Geheimnisse, die sie und meine Mutter betrafen. Ich offenbarte ihnen nicht, warum Mutter so und nicht anders gehandelt, warum sie diesen und nicht jenen gewählt hatte. Ich sagte kein Wort davon, daß ich aus meiner durch Zweige und Gräser getarnten Spähkiste auch Menschen, nicht nur Raben gesehen hatte.

Auch von dem Spott und Hohn, den ich in der Schule abbekam, erzählte ich ihnen nichts.

»Wie heißt du?« hatten lachend die kleinen Kinder gefragt.

»Wie heißt dein Vater?« stichelten die großen Kinder und stellten lauthals Vermutungen an, wer von den dreien wohl mein richtiger Vater sein mochte.

Da sie vor Rabinowitz und Globermann Angst hatten, zogen sie über Jakob Scheinfeld her, der wegen seiner Einsamkeit und Trauer leicht angreifbar war. Außerdem besaß er eine merkwürdige Angewohnheit, die allgemein Mitleid und Verachtung erregte: Er saß an der Bushaltestelle an der Hauptstraße und sagte wie zu sich selbst oder an die verstaubten Kasuarinen, die vorbeifahrenden Autos oder vielleicht Besucher, die nur er sah, gerichtet: »Kommt herein, kommt herein, Freunde. Schön, daß ihr da seid, Freunde, kommt herein.«

Gelegentlich leuchtete sein Gesicht wie von innen her auf, und er erhob sich feierlich und sagte, als deklamiere er ein altes Motto: »Kommt herein, Freunde, kommt herein, wir feiern Hochzeit heute.«

Wenn Oded Rabinowitz mich im Milchtanker des Dorfes mitnahm, sahen wir ihn häufig dort sitzen.

»Schau dir bloß an, wie er aussieht«, sagte Oded, »wenn er ein Pferd wäre, hätte man ihm längst die Kugel geben müssen.«

Aber selbst Oded oder seiner Schwester Naomi verriet ich nicht, was ich Jakob als Kind angetan hatte.

Nachdem ich am nächsten Abend meine Schulaufgaben gemacht, Mosche beim Melken geholfen und mich gewaschen hatte, zog ich ein weißes Hemd an und ging zu Scheinfelds Haus hinüber.

Kaum hatte ich die kleine Pforte aufgemacht, war ich von herrlichen, fremden Essensdüften umgeben, die aus dem Haus drangen, jedoch nicht über die Hecke waberten, sondern im Hofbereich blieben.

Jakob öffnete die Haustür, und als er sein »kommt herein, kommt herein« sagte, schwollen die Gerüche an und legten sich mir um Hals und Fesseln, trugen mich förmlich vom Hof ins Haus hinein und ließen mir vor Erregung den Mund wäßrig werden.

»Was hast du da gekocht, Jakob?« fragte ich.

»Gutes Essen«, sagte er, »ein Geschenk für dich auf dem Teller.«

Jakobs Geschenke kamen nicht häufig und in aller Öffentlichkeit wie die des Sojchers, waren aber interessanter. Zu meiner Geburt schenkte er mir einen schönen, gelben Kanarienvogel aus Holz, der dann über meiner Wiege baumelte. Als ich drei Jahre alt wurde, faltete er mir gelbe Papierschiffchen, die wir im Wadi gemeinsam schwimmen ließen. Zum achten Geburtstag bereitete er mir eine große Überraschung, die mir viel Freude machte: Er hatte für mich eine große Spähkiste gebaut, sie zur Tarnung scheckig bemalt und mit Guck- und Luftlöchern, zwei Griffen und einem Räderpaar versehen.

»Von dieser Kiste aus kannst du deine Raben beobachten, ohne daß sie es merken«, erklärte er mir, »aber nutze sie nicht dazu aus, Menschen zu beobachten. Das wäre sehr unschön.«

Im Innern der Spähkiste hatte Jakob Halterungen für Papier und Bleistifte angebracht und Platz für eine Wasserflasche geschaffen.

»Auch Stecklöcher für Zweige und Blätter hast du hier, Sejde, damit die Raben nicht etwa was merken und davonfliegen«, sagte er. »Bei mir sitzen die Kanarienvögel im Käfig, und ich bin draußen, und bei dir sitzt du im Käfig, und die Raben sind draußen.«

»Sie fliegen nicht vor mir davon«, sagte ich, »sie kennen mich schon, und ich kenn sie auch.«

»Raben sind haargenau wie Menschen«, sagte Jakob lächelnd, »sie fliegen dir nicht davon, aber sie spielen dir Theater vor. Wenn du dich in der Kiste versteckst, benehmen sie sich wie normale Vögel.«

Am nächsten Tag bat ich Globermann, mich samt Kiste auf seinem Lieferwagen zum Eukalyptuswäldchen mitzunehmen.

Der Wald lag am östlichen Rand, hinter dem Ackerland des

Dorfes, und danach kam der Schlachthof. Dicht und dunkel war das Gehölz, und nur ein Weg führte hindurch, der Pfad, auf dem der Sojcher das Vieh seinem Schicksal zuführte.

In den hohen Wipfeln nisteten Raben, und zu dieser Jahreszeit konnte man bereits ihre Sprößlinge sehen, die, fast so groß wie die Eltern, mit den Flugstunden begannen. Die alten Raben führten ihnen allerlei Übungen vor, während die Jungen, die im ersten Jahr noch leicht an den spärlichen, zerzausten Federn zu erkennen waren, gruppenweise auf den Zweigen saßen. Hin und wieder rutschte einer vom Ast, flatterte erschrocken in der Luft, fing sich wieder und kehrte an seinen Platz zurück, wobei er seinen Zweignachbarn stupste, so daß der ebenfalls fiel und flatterte.

Ich saß in der Kiste, sah alles, und die Raben spürten mich nicht. Als Globermann mich am Abend wieder abholte, waren meine Glieder steif, aber das Herz war weit und froh.

Jakob ließ mich am Küchentisch Platz nehmen, einem großen, glatten Tisch, auf dem weiße Teller wie Vollmonde schimmerten, flankiert von funkelndem Silberbesteck.

»Zu Ehren deines Geburtstags«, sagte er.

Seine Augen verfolgten meinen Gesichtsausdruck beim Essen, und ich konnte und wollte meinen Genuß nicht verhehlen.

Mit zwölf Jahren wußte ich schon, was ich gern aß und was ich nicht ausstehen konnte, aber ich hatte nicht geahnt, daß Essen einen derart tiefen, intensiven Genuß bereiten kann. Nicht nur Zunge und Gaumen, auch Kehle, Därme und Fingerspitzen ließen winzige Geschmacksknospen sprießen. Der Duft kitzelte meine Nase, Speichel erfüllte meinen Mund, und obwohl ich noch ein Kind war, wußte ich, daß ich nie und nimmer diese Mahlzeit vergessen würde, die ich da aß.

Sonderbarerweise begleitete eine zarte Trauer meinen Genuß, nagte am Glück, am Wohlgeschmack und Duft, die meinen Leib erfüllten.

Ich dachte an die einfachen Mahlzeiten mit meinem andern Vater, Mosche Rabinowitz, der sich im allgemeinen mit dem Kochen von Kartoffeln, harten Eiern und Hühnersuppe begnügte, wobei er letztere in einem derartigen Tempo zubereitete, daß man hätte meinen können, er wollte sichergehen, daß das von ihm bereits eigenhändig geköpfte, gerupfte und zerteilte Huhn nicht etwa wieder zum Leben erwache.

Er ist ein Mann fester Regeln und Gewohnheiten. Damals wie heute spricht er nicht beim Essen. Er kaut seine Nahrung sehr sorgfältig, schiebt sie im Mund von einer Seite auf die andere, und wenn seine Hand erneut etwas auf die Gabel häuft, weiß ich, daß er nach sechs weiteren Kaubewegungen schlucken wird.

Nur er und ich sind noch im Haus verblieben. Mutter ist längst tot, Naomi hat geheiratet und lebt in Jerusalem, Oded hat das Dorf nicht verlassen, wohnt aber in einem andern Haus. Damals wie heute sitzen wir allein zusammen, Mosche und ich, und essen schweigend. Nach dem Essen trinkt er ein paar Gläser glühendheißen Tee, eins nach dem anderen, und ich spüle das Geschirr und räume die Küche auf, genau wie Mutter es einst getan hat.

Sobald ich fertig bin, sage ich »gute Nacht, Mosche«, denn keinen meiner drei Väter habe ich je »Vater« genannt, und gehe zu dem kleinen Haus im Hof hinüber, in dem ich mich allein niederlege, in mein Bett, das heißt eigentlich ihr Bett, in ihrem Stall, der mein Haus geworden ist.

6

Jakob setzte sich nicht zu mir an den Tisch. Er umsorgte mich, bewirtete mich, guckte mir beim Essen zu, redete ununterbrochen, und wenn in seinem Mund mal eine Pause zwischen zwei Worten entstand, stopfte er einen Bissen von dem Rührei hinein, das er für sich gebraten hatte.

Ich befürchtete, er würde mir von meiner Mutter erzählen, denn viele Leute im Dorf verspürten das Bedürfnis, mir von ihr zu berichten oder mich nach ihr zu fragen, aber Jakob erzählte mir wieder eine Geschichte, von der ich manches schon kannte: über seine Kindheit in der Ukraine, seine Liebe zu Vögeln, den Fluß, in dem junge Mädchen ihre Kleider wuschen und junge Burschen unterdessen Papierschiffchen schwimmen ließen, deren Falze Worte der Liebe bargen.

»Korablik ljubwi«, sagte er, »ein Schiffchen der Liebe.«

Der Fluß hieß Kodima, ein Name, der mich sehr amüsierte, weil er mich an Dorfpapischs Anfeuerungsrufe – »kodima« statt *kadima* (vorwärts) – bei Reitwettbewerben zwischen unserer Jugend und der des Nachbardorfs erinnerte. Ich brach in schallendes Gelächter aus, und auch Jakob schmunzelte.

»Ich war damals ein kleiner Junge, noch kleiner als du, Sejde, und der Kodima-Fluß war für mich so groß wie ein Meer. Kinderaugen vergrößern, das habe ich mal von Bialik gehört. Er war hier im Dorf zu einem Vortrag, und so hat er gesagt: ›Die Schweizer Alpen sind wirklich hoch, aber nicht so hoch wie der Misthaufen, den wir auf dem Hof meines Großvaters im Dorf hatten, als ich fünf Jahre alt war.‹ Das hat Bialik zwar in viel schönerem Hebräisch gesagt, aber ich hab nicht Bialiks Wortschatz und kann nicht so reden wie er.«

Große Ahornbäume wuchsen an den Ufern des Kodima-Flusses. Im Schatten ihrer Zweige schwammen die Enten mit glänzend grünen Köpfen. Im dichten Ried säuselte der Wind, und die Bauern sagten, er wiederhole die Seufzer der Ertrunkenen.

An der Biegung des Flusses ragte ein mächtiger schwarzer Schieferfelsen auf, und eine Trauerweide neigte sich darüber. Hier kauerten die jungen Wäscherinnen, die Knie gegen das dunkle Gestein gedrückt, die Hände vom eisigen Wasser gerötet und die Nasen vor Kälte triefend. Jakob hatte sich hinter den grünenden Zweigen am Ufer versteckt und sie beobachtet. Er war damals noch ein kleiner Junge, und von seinem Schlupfwinkel aus betrachtet, schienen ihm die jungen Mädchen durch das Spiel des Wassers in einem goldgrünen Meer ohne Klippen zu schwimmen.

Paarweise lösten sich die Störche vom Himmel und landeten auf ihren alten Schornsteinen und Nestern. Sie neigten die Hälse zurück, vollführten ihre Hüpftänze des Werbens und der Treue, zum Zeichen, daß ein weiteres Jahr vergangen, ihre Liebe aber unverbrüchlich bestehen geblieben war. Sie klapperten mit den roten Schnäbeln, brachten einander Frühlingsgaben dar, und ihre Beine erröteten vor Lust.

»Denn die Liebe ist die gleiche, bei den häßlichen Störchen genau wie bei meinen schönen Kanarienvögeln.«

Der Frühlingswind spielte mit den Röcken der Wäscherinnen, glättete und bauschte den Stoff auf ihren Schenkeln, und die Sonnenstrahlen zeichneten bläuliche Aderschatten auf die wringenden Hände. Das Licht, so hell und zart wie Porzellan, malte das Bild, das Jakob überraschend feierlich »das ewige Bild der Liebe« nannte.

»Ein kleiner Junge, der schöne Frauen beobachtet, will nicht das, was ein Erwachsener möchte«, erklärte er mir. »Du bist ja selbst noch ein Kind, Sejde, aber bald wirst du ein Jüngling sein, da mußt du all diese Dinge wissen. Nicht die *Zitzkes* und den *Tuches* – die Brüste und den Hintern – will der Junge, er will viel mehr. Nicht die Schönheit dieser oder jener begehrt er, sondern die Schönheit der ganzen Welt. Die Sterne vom Himmel sammeln möchte er, die ganze Erde und das ganze Leben und das große Meer umarmen. Und eine Frau kann nicht immer all diese Dinge geben. Einmal hatte ich hier einen Arbeiter auf dem Hof, dem ich all das erzählte, was ich dir jetzt erzähle. Da hat er mir erwidert: ›Es gibt vielleicht nur sechs Frauen auf der ganzen Welt, die diese Dinge geben können, Scheinfeld.‹ Aber Kinder wissen das noch nicht, und Erwachsene kommen nicht mehr darauf. Erinnerst du dich an den dicken Arbeiter, den ich hier mal hatte?«

Das Liebesklappern der Störche erschallte laut, wie Punkte und Kommata, die ein verborgener Grammatiker in das Lachen der Wäscherinnen setzte. Flußaufwärts versammelten sich die ledigen Burschen zum Versenden der Liebesbriefe. Einer nach dem andern schrieben sie, was sie schreiben wollten, und falteten das Papier.

»Guck mal, Sejde, so haben sie es gefaltet.« Jakob zog einen gelben Bogen Papier aus einer Schublade. »So und so... und jetzt so... nun umdrehen und auseinanderziehen, hier und hier, und noch einmal so, und mit dem Fingernagel glattstreichen, da hast du's – ein *Korablik.*« Damit überreichte er mir ein hübsches, akurates Papierschiffchen, wie ein Vater es für seinen kleinen Sohn faltet.

Manchmal steckte ein ganzer Brief im *Korablik*, mal nur das Bild eines durchbohrten Herzens, bluttriefende Zweiglein oder ungelenke, schmachtende Zeichnungen mit Haus, Baum, Kuh und Kind.

Die Burschen setzten die Papierschiffchen aufs Wasser und ließen sie in seinem Strom treiben. Rund zweihundert Schritte lagen zwischen ihnen und den Wäscherinnen, viele Schiffchen sogen Wasser und lösten sich auf, andere kenterten und versanken oder wurden ans Ufer gedrängt und blieben im Schilfdickicht hängen. Die wenigen, die ankamen, wurden von den Mädchen geschnappt, die derart erpicht darauf waren, daß sie einander gut und gern die Augen ausgehackt hätten, um ein *Korablik ljubwi* zu ergattern.

»Ein Liebesschiffchen«, erklärte Jakob erneut.

Keiner der Briefschreiber unterzeichnete seinen Brief, denn alle wußten, daß das Schicksal, das das dürftige Schiffchen vor den wütenden Fluten gerettet, es der Auserkorenen zugeführt und ihr die Hände im Kampf mit den Gefährtinnen gestärkt hatte, ihr auch mitteilen würde, wer der ihr bestimmte Absender war.

Die Geschichte hatte die trockenen Falten der Enttäuschung auf seinem Gesicht geglättet und sein Kinn zum Beben gebracht.

Erst Jahre später begriff ich, daß er mich auf diese Weise testen, aufklären, öffnen wollte, und vielleicht wollte er sich auch für eine Sünde entschuldigen, die nicht er begangen hatte, für eine Schuld, die nicht er trug und von der er nicht ahnte, daß es meine war.

»Vielleicht trinkst du jetzt ein bißchen *Maschke* – einen Branntwein – mit mir, was, Sejde?«

Auch er betonte das Wort *Maschke* auf der ersten Silbe, wie meine Mutter, Globermann und Mosche Rabinowitz.

»Mosche wäre böse«, sagte ich, »ich bin ja erst zwölf.«

»Erstens bin auch ich dein Vater, Sejde, nicht nur Rabinowitz. Und zweitens werden wir's ihm ganz einfach nicht erzählen.«

Er holte zwei Gläser aus dem Küchenschrank. So dünnwandig und durchsichtig waren sie, daß ich ihre runde Form erst erkannte, als der Kognak eingeschenkt war. Selbst heute, da sie schon mein sind und bei mir im Schrank stehen, habe ich Angst, sie anzufassen.

Ich trank ein wenig und nieste. Meine Schultern erschauerten, mir wurde heiß in den Knochen.

»Ist das gut?«

»Das brennt furchtbar«, stöhnte ich.

»Deine Mutter hat sehr gern was getrunken«, sagte Jakob, »sie trank starken Likör aus Granatäpfeln und auch Kognak, und noch lieber als Kognak mochte sie Grappa. Das ist ein italienischer Schnaps. Globermann brachte ihr manchmal eine Flasche, und einmal in der Woche tranken sie gemeinsam, er schob ihr kleine Pralinen in den Mund und erzählte ihr eine kleine Geschichte. Sie konnten mehr als eine halbe Flasche so zusammen leeren und dann aufstehen und an die Arbeit gehen wie nichts. So wahr ich hier sitze. Eine halbe Flasche mitten am Tag ist nicht sehr viel, aber auch nicht gerade wenig. Am Anfang hat sie ihn gehaßt wie den Tod, den Sojcher. Wenn sie ihm auf der Straße oder auf dem Feld begegnete, hätte sie ihm die Augen auskratzen mögen, aber durch die Trinkerei wurden sie Freunde für einen Tag in der Woche. Du mußt wissen, Sejde, es braucht keine großen Dinge, um Freunde zu sein, auch fürs Hassen genügen sehr kleine Gründe, und sogar für die Liebe.«

Jakobs Stimme brach einen Moment: »Hier im Dorf fragten alle, warum ich mich in sie verliebt hätte, fragten es hinter meinem Rücken und auch offen heraus: Warum hast du dich in Rabinowitzes Judith verliebt, Scheinfeld? Wie konntest du bloß deine Rivka gehen lassen, Scheinfeld?«

Diese Dinge sagte er wie als Antwort auf eine Frage, die ich gar nicht gestellt hatte, weder laut noch im stillen.

»Das ist doch genau das, was ich dir vor einer Minute gesagt habe, Sejde, es braucht keine großen Gründe, um eine Frau zu lieben, und die Größe der Liebe hängt niemals von der Größe des Grundes ab. Manchmal genügt ein einziges Wort, das sie sagt, manchmal nur ihre Taillenlinie, die einem Mohnblumenstengel gleicht. Manchmal, wie ihre Lippen aussehen, wenn sie *schewa* oder *schmone* sagt. Schau her, bei der Zahl *schewa*, sieben, setzen die Lippen wie zu einem Kuß an, dann sieht man sie einen Moment die Zähne für den Buchstaben ›Wet‹ berühren, und danach öffnet sich der Mund ein wenig... so... *sche-wa*. Siehst du? Bei der Zahl *schmone*, acht, schließt der Buchstabe ›Mem‹ die Lippen, und die Zungenspitze guckt für den Buchstaben ›Nun‹ hervor, *sch-mo-ne*...«

Er heftete den Blick auf mich, als wolle er sehen, ob ich verstanden hatte, was er meinte.

»Um das zu verstehen, habe ich Stunden vor dem Spiegel verbracht. Ich habe dagestanden und mir all diese Zahlen ganz langsam vorgesprochen und mir dabei angeguckt, wie jede einzelne Zahl auf dem Mund aussieht, und einmal habe ich sie sogar gefragt, sag mal, Judith, wieviel ist drei und vier, bloß um das *schewa* auf ihrem Mund zu sehen, aber sie hat mich sicher für verrückt gehalten. Und manchmal, Sejde, daß du's weißt, manchmal können allein die Augenbrauen einer Frau einen Mann fürs ganze Leben bei der Stange halten.«

Er schenkte sich noch einen kleinen Kognak ein, schloß die Flasche und stellte sie in den Schrank zurück. »Du kriegst heute nichts mehr, Sejde. Das war jetzt nur zum Probieren, für die Erinnerung später mal. Ich bewahr dir diese Flasche auf, soll sie hier liegen und gemeinsam mit mir auf unsere nächste Mahlzeit warten. Für Kognak ist das Warten gut; und die Gläser, das Geschirr und all das hier bekommst du von mir, wenn ich mal tot bin. Und unterdessen sieh du nur zu, daß du weiter wächst, spielst und den Raben nachrennst, und wir drei, Rabinowitz, Globermann und ich, sorgen inzwischen dafür, daß du eine schöne Kindheit hast, denn was hat ein Junge schon außer der Kindheit? Kraft hat er nicht, Verstand hat er nicht, und eine Frau hat er auch noch nicht. Nur Liebe hat er, die ihm Leib und Leben ruiniert.«

7

Jakob spülte die beiden Gläser, trocknete sie behutsam ab und hielt sie prüfend gegen das Licht, um zu sehen, ob sie klar waren.

»Auch ich habe immer eine Schwäche für Vögel gehabt«, sagte er, »und auch mir ist meine Mutter gestorben, als ich noch ein Kind war, aber ich, Sejde, ich hab keine Kindheit gehabt. Mein Vater hat eine andere Frau geheiratet, und die hat mich sofort zu ihrem Bruder, meinem Stiefonkel, abgeschoben, der eine Werkstatt in der Großstadt hatte, weit weg von zu Hause und vom Dorf. Sie meinte: Er soll lieber einen Beruf lernen, statt sich am Fluß bei den Wäscherinnen herumzutreiben. Und bei ihrem Bruder in der Werkstatt habe ich wie ein Knecht von morgens bis in die Nacht hinein geschuftet. Seine Kinder gingen in die Schule und trugen hübsche Kleider mit den Knöpfen des Gymnasiums daran, aber ich habe kaum lesen und schreiben gelernt, und mein Hebräisch ist bis heute so holprig, daß ich mich schon die ganzen Jahre über schäme, bei Dorfversammlungen zu sprechen. Manchmal hab ich absichtlich ein schönes Wort in meine Rede eingeflochten, um sie ein bißchen zu schmücken, und dann haben alle gelacht. Einmal habe ich *anochi* statt *ani* für ›ich‹ gesagt, und da hat Dorfpapisch vor allen erklärt: ›Dein *anochi*, Scheinfeld, zusammen mit deiner sonstigen Sprache – das ist wie eine Perle auf dem Misthaufen.‹ Er selbst stinkt vom Dung seiner Gänse, und bei mir sagt er ›Mist‹. Als er hier mit seinem Karren voller Abfalltonnen vom Gefangenenlager vorbeigekommen ist, um seinen Gänsen Essen zu bringen, sind die Vögel tot vom Himmel gefallen vor lauter Gestank, und mir sagt er ›Mist‹. Damals, als Kind, waren die Vögel mein einziger Trost. Denn wozu sind die Vögel schließlich erschaffen, wenn nicht als Trost für die Menschen? Hat der Gott der Juden denn irgendein Interesse daran, daß Tiere am Himmel fliegen? Gibt es auf der Erde nicht genug Platz? Dort auf dem Hof des Onkels waren armselige Spatzen. Morgens sah ich sie genauso frieren wie ich, wie kleine graue Kugeln, mit aufgeplusterten Federn vor lauter Kälte, auch sie mit einem kleinen schwarzen Käppchen auf dem Kopf und auch sie ohne einen Funken Verstand im Schädel. Deswegen sagt man doch von einem Dummkopf, er hätte ein Spatzengehirn; aber wer fliegen kann – was braucht der Verstand? Solche Spatzen, die sehen so grau aus, aber während der Herr Spatz noch seine Jungen füttert, bändelt die Frau Spatz doch tatsächlich vor seinen Augen schon mit einem neuen Kavalier an. Hast du das gewußt, Sejde? Da hab ich mir den Kanten Brot, den sie mir gaben, so in den Mund gesteckt und hab mich im Hof mit dem Rücken auf den Boden gelegt, guck, so, Sejde, und dann sind die Spatzen gekommen und haben sich mir hier aufs Kinn und auf die Stirn gesetzt und mir das Brot buchstäblich zwischen den Lippen rausgepickt. – Reich mir jetzt die Hand, Sejde, hilf deinem Vater vom Boden auf. – Und einmal hat der Nachbarsjunge einen Buchfinken in der Falle gefangen und gesagt, er würde ihm die Augen mit der Nadel ausstechen, damit er nicht aufhört zu singen. – Hast du das gewußt, Sejde? Wenn du einem Singvogel die Augen ausstichst, singt und singt er pausenlos, bis er völlig entkräftet stirbt. – Da hab ich dem Onkel eine Münze für das Lösegeld des Vogels geklaut, und er hat mich erwischt und richtiggehend in Stücke gerissen – ›Dieser *Schmendrik!* – dieser Flegel! Willst du uns Hungers sterben lassen?‹ Da bin ich an den Fluß runter geflüchtet und zwei Tage nicht zurückgekommen. Gegessen hab ich Gräser, und Wasser hab ich aus dem Fluß getrunken, hab da gesessen und mir Papierschiffchen gemacht, und auf die hab ich geschrieben: *Tate, Tate, kumm aher un nehm mich a heim.* Verstehst du das, Sejde? Wegen deinem Namen vergeß ich, daß du kein Jiddisch verstehst. ›Vater, Vater, komm und hol mich heim‹, das hab ich geschrieben, und ein Boot nach dem andern hab ich ins Wasser gesetzt, bis der Onkel mich gefunden hat. Er hat mich an der Hand in die Werkstatt zurückgeschleift und mir wieder ein paar Mordsschläge verpaßt: ›Wirst du wohl noch mal solche Dinge über mich schreiben?‹ Und seine Söhne hat er losgeschickt, um meinen Papierschiffchen nachzulaufen, denn auch er wußte, wie weit solche Papierschiffchen gelangen können. Was soll ich dir sagen, Sejde, ein Kind kann man schlagen und strafen, aber seinen Geist kannst du nicht brechen, und seinen Traum kannst du nicht um die Ecke bringen. Um all das zu erzählen, was ich bei dem bösen Onkel durchgemacht hab, müßte man wahrlich Dostojewski persönlich sein.

Aber mal was anderes, Sejde, damit du's weißt: Ich hab mich von den Vögeln nicht getrennt. Mit ihnen zusammen bin ich aufgewachsen. Und immer hab ich einen Vogel gehabt, der für mich sang. Das ist nur eine Frage der Entscheidung. Ich hab ganz einfach beschlossen, daß jeder Vogel, der fliegt, mir mit den Flügeln winkt, und jeder Vogel, der auf dem Baum singt, für mich singt. Die Kinder des Onkels waren schon Gymnasiasten und ich bloß ein Klempnergehilfe, ein kleiner Junge mit Brandwunden vom heißen Zinn an den Händen und leichenblasser Haut und einem Husten vor lauter Karbid und Kohlenstaub; und durchs Fenster sah dieser Junge die Sprößlinge vom Onkel in ihren geschniegelten Anzügen auf der Straße gehen, in der Gymnasiastenuniform mit den Knöpfen. Aber die Vögel, Sejde, die haben für ihn gesungen. Durchs Fenster habe ich sie gesehen, und so hab ich gesagt: Mein Gott, wie hast du nur so was erschaffen? Einen Vogel, der singt und fliegt? Und warum hast du nicht auch mich so geschaffen? Hier bin ich, o Gott, antworte mir doch!«

»Hier bin ich, o antworte mir doch«, wiederholte Jakob, als ließe er die Worte zusammen mit dem Rührei auf der Zunge zergehen, und auch dieses *hineni* (hier bin ich), *aneni* (antworte mir doch!) betonte er, ebenso wie das *kezad* (wie), das *hechan* (wo) und eben *Maschke*, in rührendem aschkenasischem Tonfall auf der ersten Silbe, genau wie meine Mutter es getan hat.

8

»Ja, so neidete und begehrte ich. *Oj*, was hab ich begehrt. Die Jungen habe ich wegen ihrer Anzüge beneidet, die Vögel wegen ihrer Flügel, die Fluten des Kodima, weil die Mädchen ihre Hände hineintauchten, und auch den schwarzen Felsen hab ich beneidet, weil ihre Knie sich daran rieben. Noch heute – wegnehmen tue ich niemandem was, und klauen tu ich auch nicht, aber neiden und begehren, Sejde, ja, das tu ich. Denn der Trieb und die Leidenschaft, das sind zwei Vögel, die keiner je zu fassen kriegt und denen keiner die Flügel stutzt. Die Mädchen haben an dem schwarzen Felsen Wäsche gewaschen, der Wind hat ihnen unter die Röcke gelugt, und die Burschen sind ins Wasser gewatet und haben ihnen die Schiffchen aus Papier mit den Worten der Liebe geschickt. Wenn du erst mal groß und ein junger Mann bist, Sejde, dann wirst du sehen: Man kann einem Mädchen nachlaufen, kann ihr alle möglichen kleinen Geschenke schicken, kann ihr nachts Lieder singen, wie die Italiener es zur Gitarre tun, und man kann ihr ein Papierschiffchen ins Wasser setzen, ja am besten tut man wohl alles zusammen, denn man weiß nie, was sie wirklich mag. – Zum Beispiel der Sohn von dem Müller bei uns, der sah einmal eine Kutsche auf dem Weg am Fluß entlangkommen. Er stand gerade an dem großen Mühlrad, und zwei grüne Augen guckten ihn aus der Kutsche mit so einem Blick an, den sogar du in deinem Alter verstanden hättest, Sejde. Da hat er sich einen geschlagenen Tag hingesetzt und nachgedacht, was diese Augen sagen wollten, bis er zum Schluß verrückt wurde und anfing, jedem Karren und jeder Kutsche auf der Straße hinterherzulaufen, und einmal ist er so dem Wagen der Mätresse von einem Kosakenoffizier nachgeflitzt. Das war eine Jüdin, die ihrem Offizier in jeden Krieg und an jeden Ort nachgefahren ist, in den das Kosakenbataillon zog. Sie hatte einen Wagen mit Pferden und allem Luxus, den man für die Liebe so braucht, ein Bett mit Samtvorhang und seidenes Bettzeug, das den Mann die ganze Nacht über stark hält. – Vielleicht bist du noch nicht in dem Alter, daß du solche Geschichten hören solltest, was, Sejde? – Und alle möglichen Sorten von Wurst und Eßwaren und Flaschen hatte sie da, denn die Liebe macht viel Appetit, und jedes Ding war an seinem Platz und in seiner Schublade, denn eine Frau, die sehr, sehr verliebt ist, wird auch sehr, sehr ordentlich, genau umgekehrt wie der Mann, bei dem mit der Liebe augenblicklich das große Chaos ausbricht. Und herrliche Augenbrauen hatte sie, Brauen, für die Männer, die was davon verstehen, töten würden. Es braucht nicht mehr als einen einzigen herrlichen Punkt bei einer Frau, um einen Mann bei der Stange zu halten. Wir Männer müssen wie ein

Stück Vieh auf dem Fleischmarkt stehen, müssen alles herzeigen, was wir haben, außen und innen, aber eine Frau ist was anderes. Man kann die ganze Frau das ganze Leben über lieben nur wegen einer kleinen herrlichen Eigenschaft, die sie hat. – Bloß merk dir, daß Frauen das nicht wissen und man es ihnen unter keinen Umständen verraten darf. Hab ich dir wohl schon mal gesagt, was, Sejde? Hab ich schon? Macht nichts, manche Dinge kann man zweimal sagen – einmal, wenn einem eine Sache einfällt, und zum zweiten Mal in dem Moment, wenn man sie versteht. Und wenn du etwa gedacht hast, der Gott der Juden würde sich schon um unsere Liebe kümmern, dann stell dir bloß mal folgende Szene vor: Das Kosakenbataillon zieht vorüber, die Pferde galoppieren, Lärm, Staub, und dahinter der Wagen mit der Jüdin und ihrem Offizier im seidenen Bett, und dieser dumme Müllersbursche, der jedem Karren und jeder Kutsche wegen den grünen Augen nachlief, und so auch ihrem Wagen hinterherrannte. Na, der Kosakenoffizier hat nicht zweimal überlegt. Der hat sich – entschuldige, Sejde –, ohne den Schwanz aus seiner Jüdin zu ziehen, auf einen Arm gestützt, den zweiten mit dem Säbel durchs Fenster aus der Kutsche gestreckt und dem Burschen so ganz nebenbei mit einem Hieb den Schädel gespalten, wie eine Wassermelone, so daß ihm das Hirn auf die Erde ausgelaufen ist, mitsamt all seiner Liebe und all seinen Fragen und allem, was drinnen war. Denn wie ich dir gesagt hab, Sejde, ist die Liebe im Verstand angesiedelt, nicht etwa im Herzen, wie man in deinem Alter noch denkt und sie deshalb dort sucht. Ah – nu, iß jetzt, mein Kind, iß, mein Waisenjunge. Schade, daß deine Mutter nicht hier ist und uns sehen kann, Vater und Kind vergnügt beim Essen. Verzeih mir, wenn ich dir vielleicht den Appetit verdorben hab mit so einer *Maisse* – mit so einer Geschichte. *Eß, mejn Kind*, iß.«

Und ich aß.

9

Mosche Rabinowitz, der Vater, der mir seinen Namen gegeben und seinen Hof vererbt hat, wurde in einer kleinen Stadt bei Odessa als jüngster von sieben Söhnen geboren.

Seine Mutter, deren Hoffnung auf eine Tochter enttäuscht worden war, zog ihm Mädchenkleider an, ließ sein Haar wachsen und flocht ihm einen goldenen Zopf mit blauen Zierbändern, ohne daß Mosche protestierte.

Er wuchs in der Küche auf, umgeben von Frauen und Gerüchen, und die Jahre, in denen er strickte und nähte, den vertraulichen Gesprächen von Nachbarinnen und Köchinnen lauschte und mit Spitzenpuppen spielte, machten ihn zu einem kräftigen, schweigsamen Mädchen, das wunderbar Knopflöcher nähte und wußte, daß es dennoch eines Tages seine Mutter enttäuschen würde.

Und tatsächlich, als Tochter Mosche elf Jahre alt war, krempelte sie die Ärmel ihres Batistkleides auf, warf ihren großen Bruder zu Boden und verpaßte ihm eine gehörige Abreibung, weil er sie an dem von Mutterhand geflochtenen Zopf gezogen und *Mejdele* – Mädchen – genannt hatte. Und als sie zwölf wurde, ein Alter, in dem andere Mädchen schon Busen ansetzen, sprossen auf ihrer Brust nur Härchen. Heller männlicher Flaum wuchs auf den Wangen, Kehle und Stimme schwollen an, und ihre Männlichkeit wurde offensichtlich.

Anfangs nahm die Mutter der Tochter ihre Untreue übel, aber als sie eines Morgens sah, wie diese Tochter den Hintern der über den Brunnen gebeugten Dienstmagd fixierte, begriff sie, daß ihr Ärger unsinnig und ihr Hoffen vergebens war. In der Nacht vor der geplanten Bat-Mizwa-Feier stahl sie sich zu ihrer schlafenden Tochter und schnitt ihr den prachtvollen Zopf ab. Dann legte sie einen Knabenanzug neben das Bett und beauftragte einen der Kutscher, Mosche das Pinkeln im Stehen beizubringen.

In jener Nacht träumte Mosche einen Traum, den Mädchen nicht träumen, und am nächsten Morgen wachte er früher als gewohnt auf, weil es ihm kühl im Nacken war. Er griff dorthin, fühlte eindeutig den Zopfstummel und geriet in furchtbare Panik. Angstvoll tastete er zur Leiste weiter, doch der Geruch, der sich an seine Fingerspitzen heftete, war derart fremd und erschreckend, daß er nackt aus dem Bett sprang. Da er das abends abgelegte Kleid nicht fand, nur die neuen Hosen eines fremden Knaben, verbarg er seine Männlichkeit mit der anderen Hand und rannte mit blankem Hintern zu seiner Mutter.

Aber eine stämmige Magd stand in der Küchentür, eine schwarze Bratpfanne in der Hand, und der nackte Junge wurde abgewiesen, stürmte wieder vor und wurde zurückgeschlagen, fiel und stand auf, bis er sich fügte und den Rückzug antrat. Und wie bei kleinwüchsigen, breitschultrigen Männern häufig, verwandelte sich sein Weinen in Brüllen und seine Sehnsucht in Kraft. Seinen geraubten Zopf bekam er nicht wieder, einen neuen ließ er sich nicht mehr wachsen, und in die Küche seiner Kindheit kehrte er nur noch in seinen Träumen zurück.

In derselben Woche wurde ein Hauslehrer engagiert, um Mosche Beten, Schriftkenntnis und all das beizubringen, was er als Mädchen nicht hätte wissen müssen. Ein großer Gelehrter wurde nicht aus ihm, aber als einige Jahre später sein Vater starb, war er schon ein erfahrener und gewandter Bursche, der sich mit den Familiengeschäften auskannte.

Nur zwei Dinge blieben ihm aus seinen Kindertagen: Er sagte seinem Gott keinen Dank dafür, daß er ihn nicht als Frau erschaffen hatte, und er vergaß nie die goldenen Flechten seiner Kindheit. Manchmal fuhr seine Hand unwillkürlich an den Hinterkopf und glitt von dort tastend den Nacken hinunter, hoffend und suchend, wie noch heute gelegentlich.

Und manchmal wurde er vom Suchfieber befallen, durchstöberte Keller und Boden, Speisekammer und Bettzeugtruhen, genau wie er es heute noch tut. Aber den schönen abgeschnittenen Goldzopf fand er nicht mehr.

Einmal fuhr Mosche in Familiengeschäften zum Kornmarkt nach Odessa. Und dort sah er, in einem der griechischen Wirtshäuser an der Hafenstraße, ein jüdisches Mädchen, das ihm in Aussehen und Gestik derart ähnelte, daß sie den alten Hoffnungen seiner Mutter entstiegen zu sein schien.

Mosche begriff, daß er seinem weiblichen Gegenpart gegenüberstand, der berühmten Zwillingsschwester, die im Leib jedes Mannes steckt, ja die alle erträumen und verehren, aber nur wenige sehen und noch weniger je anfassen dürfen.

Einen ganzen Tag lief er ihr nach, fuhr in Gedanken über das Goldgeflecht ihres Haares, atmete die Luft, durch die ihr Körper gewandelt war, bis sie ihn wahrnahm und anlachte und sich mit ihm auf eine Parkbank setzte.

Sie hieß Tonia. Mosche knackte geröstete Kürbiskerne und reichte sie ihr geschält, zückte sein Taschenmesser und schnitt ihr eigens gekaufte Astrachanäpfel auf, säbelte ihr Ecken von dem Hartkäse ab, den seine Mutter ihm als Wegzehrung mitgegeben hatte.

»Du bist meine Schwester«, sagte er mit einer Erregung, die nicht zu seinem schweren Körperbau passen wollte, »die Schwester, die ich nie gehabt habe.«

Sommer war es, Marktgerüche wehten in der Luft. Im Hafen pfiffen Möwen und Schiffe. Tonias Gesicht strahlte vor Liebe, Sonne und Freude.

Mosche sagte ihr, er wolle sie seiner Mutter vorstellen, und Tonia sagte lachend, sie werde kommen.

Acht Tage später kehrte Mosche mit zwei seiner großen Brüder nach Odessa zurück und holte sie, begleitet von zwei ihrer großen Brüder, ins mütterliche Haus.

Als die Mutter das Mädchen erblickte, stockte ihr der Atem.

Sofort nannte sie sie »meine Tochter«, worauf augenblicklich sechs Wolken die Gesichter ihrer andern sechs Schwiegertöchter trübten, von denen keine einzige diesen Titel erlangt hatte.

Die Witwe lachte erst, weinte dann und sagte zum Schluß, jetzt könne sie endlich ihrem Mann folgen.

Und tatsächlich – sieben Tage nach der Hochzeit nahm sie von ihren Söhnen und Schwiegertöchtern Abschied und starb, wie in der Familie Rabinowitz üblich, in einem Bett, das man hinausgetragen und unter der Linde im Hof aufgestellt hatte. Besitz und Vermögen hatte sie ehrlich und gerecht unter ihre Söhne, den Schmuck unter ihre Schwiegertöchter verteilt, und Tonia vermachte sie ein verschlossenes, muschelbesetztes Holzkästchen.

Mosche, wohl wissend, was das Kästchen enthielt, zitterte am ganzen Leib, wagte aber nicht, etwas zu sagen.

Am dreißigsten Tag nach dem Tod der Schwiegermutter zog Tonia sich in eine Ecke zurück, und erst dort, ganz allein, öffnete sie das Kästchen. Die herrlichen Kindheitsflechten ihres Mannes blendeten ihre Augen und füllten sie mit Tränen. So weich und glänzend waren sie, daß es ihr schien, als kröchen und wuselten sie von selbst.

Tonia klappte erschrocken das Kästchen zu, doch als sie wieder zu Atem gekommen war, öffnete sie es behutsam wieder.

»Verstecke seinen Zopf vor ihm«, gebot ein geheimnisvoller Zettel, der auf den glänzenden Wellen des Haares schwamm, »und gib ihn ihm nur, wenn nötig.«

Mit Ende des Trauerjahrs endete auch der Erste Weltkrieg, und Menachem Rabinowitz, Mosches ältester Bruder, kam mit seiner Frau Batschewa auf Besuch. Menachem war noch vor dem Krieg nach Erez Israel eingewandert. Er hatte in den landwirtschaftlichen Kolonien Galiläas und Jehudas gearbeitet und sich letzten Endes in der Jesreelebene niedergelassen. Seine Lieder und Geschichten lösten große Erregung aus, und das riesige zypriotische

Johannisbrot, das er in seinem Rucksack mitgebracht hatte, war derart fleischig, daß der Honigsaft auf den Boden tropfte und Tonia und Mosche verlockte, es Menachem nachzutun.

Sie übersiedelten nach Palästina und kauften sich ein Haus und ein Stück Land in Kfar-David, nahe Menachems Dorf. Neben ihrer Wohnbaracke stand ein riesiger Eukalyptus, den Mosche auf der Stelle fällen wollte. Aber Tonia klammerte sich in dem ersten und einzigen Streit, der je zwischen ihnen ausbrach, an seinen Stamm, schrie und schlug, bis sie die Axt ihres Mannes abgewehrt hatte.

Auch in Kfar-David staunte man über die Ähnlichkeit der zwei Eheleute. Alle meinten, sie sähen wie Sprößlinge von ein und derselben Mutter aus. Beide waren klein, stark und bärenhungrig, hatten breite Gesichter und stämmige Nacken. Auf den ersten Blick unterschied sie nur Mosches frühe Glatze und Tonias Busen.

»Das Ehepaar Rabinowitz wird nie müde«, erzählten die Nachbarn weiter, »nicht mal bei Dingen, bei denen alle andern sich erschöpfen – Arbeit, Hoffnung und Eheleben.« Mosche konnte es an Kraft und Fleiß mit drei Männern aufnehmen und erhielt sogleich den Namen »Rabinowitz, der Bulle«, und Tonia zog einen Schwarm Hühner auf, setzte im Zitrushain eine Reihe duftender Pomelo-Bäume, um eine Frucht zu ernten, die damals im Land noch wenig verbreitet war, und pflanzte auf dem Hof zwei Granatapfelbäume: den säuerlichen ›Wonderful‹ und den süßen ›Maultierkopf‹. Mosche baute einen Backofen im Hof, und Tonia heizte ihn mit Maisstengeln und den Rindenstücken, die vom Stamm des großen Eukalyptusbaums abblätterten.

In guten Stunden nannten die Dorfbewohner sie »meine Tonitschka« und »mein Mosche«, denn so redeten die beiden einander an. Ein Sohn und eine Tochter wurden ihnen geboren, erst Oded, dann Naomi. Und an jenem Regentag im Winter 1930, dem Tag, an dem Mosche und Tonia in den Zitrushain jenseits des Wadis hinunterfuhren, war Oded sechs und Naomi vier Jahre alt, und sie wußten nicht, daß sie beim Wiederhervorkommen der Sonne bereits mutterlos sein und in einer für sie trüberen Welt leben würden.

10

Manche sagen, Zweck jeder Geschichte sei es, Ordnung in die Wirklichkeit zu bringen – nicht nur chronologisch betrachtet, sondern auch der Wichtigkeit nach. Andere sagen, jede Geschichte entstände nur, um Fragen zu beantworten.

In der Schule meinte der Lehrer einmal, die Geschichte von Adam und Eva im Paradies erkläre uns, warum wir Schlangen hassen. Damals dachte ich mir – warum eine so großartige Geschichte mit so grandiosen Dingen wie der Erschaffung der Welt, dem Baum der Erkenntnis, Mensch und Gott erfinden, nur um eine so geringe und einfache Sache wie den Haß gegen Schlangen zu erklären?

Wie dem auch sein mag, meine Geschichte ist keine vom Garten Eden, sondern eine kleine, wahre Geschichte. Mein Baum der Erkenntnis, so groß er auch war und wie sehr seine Zweige auch raschelten, ist längst gefällt und vergangen. Die Tiere meines Gartens sind Kühe, seine Vögel Raben und Kanaris, und die einzige Schlange, die ich darin finden kann, ist die Kreuzotter, die Simcha Jakobi bei dem großen Brand gebissen hat, wovon ich gleich erzählen werde. Auch ihr Biß war übel, aber sie besaß nicht die Bosheit und Tücke ihres Urahns.

»Von jenem Brand bei Jakobi an rechne ich die Liebe«, sagte Jakob Scheinfeld, der Ereignisse an den Fingern abzuzählen pflegte, »man braucht doch für alles einen Ausgangspunkt, Sejde, und das gilt auch für die Liebe.«

»Dazu ein Beispiel, Sejde«, fuhr er fort, »wenn du erst mal

groß bist und heiratest und deiner Geliebten ein Brautkleid schenken möchtest, kannst du in ein Textilgeschäft gehen und dort ein Kleid kaufen, oder du kannst es mit eigenen Händen nähen, aber du kannst auch einen Maulbeerbaum pflanzen, darauf Seidenraupen züchten und eigenhändig den Faden spinnen und den Stoff weben und ihn selbst färben und zuschneiden und nähen. Das heißt, du bestimmst, wo jede Sache anfängt, begreifst du das, Sejde?«

Ich begriff nicht, aber Jakob sah das neugierige Lächeln auf meinem Gesicht, beugte sich zu mir nieder und fragte wieder mal: »Schmeckt dir das Essen?«

Ich blickte ihn an. Seine Augen schmunzelten, aber seine Mundwinkel zuckten ängstlich in Erwartung meiner Antwort.

Ein Kind war ich, ein Junge mit drei lebendigen Vätern und einer toten Mutter. Einer, der über den Namen seines Vaters schweigen muß, den Bauch mit leckeren Dingen gefüllt, das Herz bar jeder Antwort.

Ich blickte ihn an, lächelte, verschloß aber meine Schuld im Kästchen meines Herzens.

11

Simcha und Jona Jakobi sind vor Jahren ins Dorf und auch wieder weggezogen.

Simcha Jakobi stammte aus St. Louis in Amerika. Dort war er Schlosser und Junggeselle gewesen, hier heiratete er und wurde Hühnerzüchter. Seine Frau war ein junges Mädchen aus Galiläa und hieß Jona. Übrigens dieser Ausdruck – »ein junges Mädchen aus Galiläa« – hat mich als Kind sehr beeindruckt, und noch heute gerate ich in besondere Erregung, wenn mir ein junges Mädchen aus Galiläa über den Weg läuft, sei es in einer Geschichte oder in Wirklichkeit.

Bald stellte sich heraus, daß die Vornamen »Simcha« und »Jona« die Dorfbewohner verwirrten, weil beide sowohl Männer- als Frauennamen sind, und so kam es nicht selten vor, daß sie Jakobi mit dem Namen seiner Frau oder seine Frau mit dem Namen ihres Mannes anredeten, ja womöglich habe auch ich mich hier geirrt, und Simcha war das junge Mädchen aus Galiläa und Jona der Schlosser aus St. Louis.

Als die Irrtümer sich häuften, beschloß man, beide beim Familiennamen zu rufen, genauer gesagt, Simcha nannten sie »Jakobi« und Jona »Jakoba«, oder vielleicht umgekehrt. Wie dem auch sei, bei jenem großen Brand biß die Kreuzotter Jakobi, aber die eigentliche Auswirkung, die, die Jakob Scheinfeld betrifft, zeitigten das Feuer und die Schlange erst viele Jahre nachdem ersteres gelöscht und letztere geflüchtet war.

Das große Hühnerhaus der Jakobis war der Stolz des Dorfes und eine der Sehenswürdigkeiten, die man Gästen zeigte. Zu einer Zeit, als andernorts noch gesprenkelte arabische Hühner auf den Höfen herumliefen, im Abfall pickten und alle drei Tage mal ein winziges Ei legten, saßen die weißen amerikanischen Legehennen bei Jakobi und Jakoba bereits in eleganten Holzkäfigen, legten auf Rutschen, die ihnen die Eier mittels einer ausgeklügelten Schrägung unter dem Hintern wegklauten, und waren im Genuß von Blechtränken, Hängetrögen und ausziehbaren Dungkästen.

Das Unheil ließ sich, seiner Gewohnheit nach, von all dem nicht beeindrucken und fiel seine Beute überraschend an. Eines Nachts gellte panisches Gegacker aus dem Hühnerhaus. Jakobi zündete die Petroleumlampe an und eilte nach draußen. Im Hühnerhaus angekommen, trat er auf die Kreuzotter, die die Hennen erschreckt hatte, und die biß ihn prompt in die Ferse.

Es war Frühlingszeit, zu der die Kreuzottern vor der im Winter angesammelten Giftigkeit und Bosheit nur so strotzen. Jakobi fiel der ganzen Länge nach zu Boden, die Petroleumlampe entglitt seiner Hand, zerbrach und steckte das Hühnerhaus in Brand. Federn und Latten fingen Feuer, Gackern und Rauch schlugen zum Himmel, und die Schlange machte sich auf die klammheimliche Art, die ihrer Gattung eigen ist, schnellstens davon.

»Husch, und weg«, erklärte Jakob, »was hatte sie dort auch noch verloren?«

Die Nachbarn eilten zu Hilfe, aber in dem ganzen Tumult begriff kein Mensch, was geschehen war. Anstatt Jakobi zu suchen, bemühten sich alle, die Flammen zu löschen und die Legehennen zu retten.

Erst als alles vorbei war, fand Jakoba ihren Mann zwischen stinkenden Scheiten und verkohlten Hühnerkadavern liegen. Wundersamerweise hatte er nur an Hand und Oberschenkel Brandwunden davongetragen, aber der Rauch war ihm in die Lungen eingedrungen, und das Schlangengift hatte ihn beinahe umgebracht.

Körpergröße, robuste Konstitution und einiges Glück hatten Jakobi vor dem Tod bewahrt. Aber er erholte sich nicht mehr. Er hatte Kraft und Schwung verloren, weigerte sich zu arbeiten und summte den ganzen Tag eine kindische Melodie, deren Monotonie das ganze Dorf auf die Palme brachte.

Jakoba versuchte in ihrer energischen, fleißigen Art, die Landwirtschaft mit eigener Kraft weiterzuführen, aber Hundszahngras und Dornbusch sprossen im Garten, der Hof verwandelte sich in einen Schweinestall, die vier Kühe gaben keine Milch mehr und wurden eine nach der andern an Globermann verkauft, und der Gebissene ließ seiner Frau keine Ruhe.

Das Otterngift pulste weiter in seinen Adern. Den ganzen Tag lief er Jakoba nach, sang ihr seine unsinnigen Liedchen und umschwänzelte sie mit der Ausdauer und nervtötenden Penetranz vierjähriger Knaben, die eine geliebte Kindergärtnerin anhimmeln.

Nach zwei leidvollen Jahren schloß Jakoba das Haus ab und ging auf die Felder hinaus, ohne zurückzublicken. Jakobi tappte ihr nach, summte sein Liedchen und versuchte, ihren Rock zu lupfen. So gelangten die beiden an die Hauptstraße, überquerten sie, verschwanden zwischen den Eichen auf den nördlichen Hügeln und wurden im Dorf nie mehr gesehen.

Viele Monate stand die Baracke des Ehepaars Jakobi leer und erwartungsvoll da. Kein Mensch wußte, worauf sie wartete.

Die Rosen wucherten wild und verwandelten sich in dornige Kletterpflanzen, ihre Blüten schrumpften und stanken, auf den Dornen spießten die Würgervögel Mäuse und Eidechsen auf.

Passionsblumenranken krochen über den Terrassenboden, umschlangen die Regenrohre mit windendem Würgegriff und stemmten schließlich sogar die Fenster auf, um in die Zimmer einzudringen.

Hundszahngras und Mesquitebaum gediehen im Hof wie an jedem verwilderten Ort, bis sie die Reste des abgebrannten Hühnerstalles überwuchert hatten. Die Hecke verwandelte sich in mauerhohes Dickicht, in dem Nattern gifteten und zu dem Katzen ihre Beute schleiften.

Horden winziger Räuber – Geckos und Spinnen, Gottesanbeterinnen und Chamäleons – lauerten im verwilderten Buschwerk. Es war ein ständiges Rascheln und Wimmeln zwischen den Blättern, und wenn spielenden Kindern ein Ball dort hineinflog und eines von ihnen die Hand hineinsteckte, um ihn herauszuholen, bekam es nicht selten einen Biß oder Stich oder auch beides ab.

Der eine oder andere empfahl schon, den Hof samt Bewohnern abzubrennen, doch dann hörte man eines Sommertags in der Abenddämmerung von fern merkwürdige Singvogelstimmen nahen.

Menschen und Tiere hielten inne, hoben müde die Köpfe, spitzten staunend die Ohren.

Der Klang, so fremd, so verlockend lieblich und süß, schwoll mehr und mehr an.

Alsbald gesellten sich dazu noch das Quietschen malträtierter Stoßdämpfer, das Pfeifen von Ventilen und das Schnaufen eines altersschwachen Motors, der die Triebkraft seiner Jugend bereits eingebüßt hatte. Aus fernen Staubwolken tauchte ein verbeulter grüner Lieferwagen auf – groß und schwankend wie ein Schiff, das langsam von den Feldern herauffuhr.

Auf dem Fahrersitz saß ein dicker Mann von etwa vierzig Jahren, das Haar schneeweiß, die Haut zart und rosa wie bei Mäusejungen, die vom Pflug zutage gefördert werden. Er war in einen alten schwarzen Anzug gezwängt und durch eine ebenso schwarze Sonnenbrille geschützt. Auf den Jackenärmeln prangten uralte Samtflicken, und auf der Ladefläche des Wagens schaukelten überdimensionale Käfige voller Kanarienvögel, die mit ungeheurer Begeisterung sangen, wie Kinder auf dem jährlichen Schulausflug.

Jakob legte mir die Hand auf die Schulter und sagte: »Das Schicksal bereitet keine Überraschungen, Sejde. Es trifft Vorbereitungen, setzt Zeichen, schickt sogar Spione voraus, aber nur wenige Menschen haben Augen, Ohren und Verstand für diese Dinge.«

Der sonderbare Fremde fuhr schnurstracks zu der verlassenen Baracke der Jakobis, als wisse er genau, worauf er abziele. Als er angekommen war, setzte er einen alten Strohhut auf den Kopf und stieg aus dem Wagen. Das Rascheln und Schurren, das ständig aus der dichten Hecke und dem hohen Gras gekommen war, verstummte mit einem Mal.

Einen kurzen Moment nahm der Gast die Sonnenbrille ab, offenbarte zwei rosa Albinoaugen und flinke, greiskrautartige Wimpern, verbarg sich aber sogleich wieder hinter dem Schwarz der Brillengläser. Er hatte ein Doppelkinn, war klein von Wuchs, besaß ein sympathisches Lächeln und sah doch erschreckend aus.

Er nahm einen Käfig und noch einen und verschwand mit seinen Vögeln in der Baracke. Kaum war das Geräusch der zufallenden Tür verklungen, da verließen schon, wie auf Kommando, aufgeschreckte Tausendfüßler, Wolfsspinnen und wütende, kleine En-Gedi-Vipern scharenweise den Hof und verschwanden in den Feldern.

»Weil die Tiere mehr spüren als die Menschen«, sagte Jakob. »Irgendwann werde ich dir noch mal von der Kuh deiner Mutter erzählen, wie feinfühlig die war.«

Erst nach Sonnenuntergang trat der Albino wieder auf den Hof hinaus und taxierte die ihn erwartende Arbeit. Sofort holte er eine Sense von der Ladefläche des Lieferwagens und ein Wetzmesser aus dem Werkzeugkasten und schärfte die krumme Klinge mit unerwarteter Übung. Mit ausholenden, runden Bewegungen, die man seinen Muskeln nicht zugetraut hätte, mähte er die Gräser und häufte sie am Hofrand auf. Dann zog er eine Blechschachtel Players aus der Hemdentasche, zündete sich eine Zigarette an, sog ungeheuer genüßlich den Rauch ein, löschte das Zündholz aber nicht, sondern warf es auf den Haufen. Stroh, Gräser und Disteln brannten mit ihrem typischen lebhaften Prasseln und färbten die neugierigen Gesichter ringsum mit rotem Schimmer.

Danach gingen alle weg, aber der Albino arbeitete diese und auch die folgenden Nächte weiter. Er schnitt die Hecke, riß die Passionsblume aus, kappte Jakobas Rosen und pfropfte den Stengeln neue Sorten auf. Die Erde des Hofes grub er mit dem Spaten um, und als der Morgen rötete, verschwand er eilends im Schutz seines Hauses. Die Raben, denen jeder Spatenstich oder Hackenschlag reiche Beute verhieß, landeten flugs auf dem Hof, um hüpfend nach den Regenwürmern und Maulwurfsgrillen Ausschau zu halten, die die Zinken der Heugabel zu Tage förderten.

»Also«, sagte Jakob, »so hat alles angefangen. Niemand hat es gewußt, nicht mal meine Frau Rivka, weder Rabinowitz, der

Bulle, noch Globermann, der Sojcher, und ich ganz gewiß nicht. Erst später hab ich begriffen, daß es so angefangen hat.«

Er stand vom Tisch auf, trat ans Fenster und redete weiter, den Rücken zu mir.

»Das Hühnerhaus brannte ab, der Albino kam, Tonia Rabinowitz ertrank, deine Mutter Judith traf ein, Judith ging weg, die Kanaris entflogen, Sejde wurde geboren, der Arbeiter erschien, Judith starb, und Jakob blieb zurück. Was wäre einfacher als das? So sieht das Ende jeder Liebe aus. Der Anfang ist jedesmal anders, die Fortsetzung verzwickt, aber das Ende ist immer so einfach und einerlei. Zum Schluß gibt es stets einen, der kommt, und einen, der geht, einen, der stirbt, und einen, der zurückbleibt.«

12

Schwarze Wolken ballten sich, Wind wehte, das Wadi füllte sich mit Wasser, doch Tonia und Mosche merkten und fürchteten nichts.

Der Regen trommelte seine kalten Lieder auf den Dächern, rauschte furchterregend in den Blechrinnen. Im Schutz der Unterstände drängte sich das Vieh zusammen. Aufgeplusterte Spatzen verschanzten sich blinzelnd in den Ritzen. Ein paar Raben, furchtlose Geschöpfe, die nur Neugier im Herzen bergen, vollführten Start- und Gleitübungen gegen Sturmböen und prasselnden Regen.

Um drei Uhr standen Tonia und Mosche von ihrer kurzen Mittagsruhe auf, aßen wie gewohnt ein paar Orangen und etliche dicke Scheiben Brot mit Margarine und Marmelade, tranken wie gewohnt mehrere Gläser kochendheißen Tee, und als der Regen aufhörte, spannten sie das Maultier vor den Wagen und fuhren los, um Grapefruits und Pomelos aus dem Zitrushain zu holen.

Ein scharfer, kalter Wind fegte wie eine feuchte Stoffbahn vom

Karmel-Gebirge herunter und schlug einem klatschend ins Gesicht. Die Hufe des Maultiers versanken im tiefen Schlamm und kamen mit zähem Quatschen wieder hervor, wobei sie trübe Mulden hinterließen. Auf den Feldern zeichneten sich bereits die neuen kleinen Rinnen ab, die von den Wassermassen in ihrem unendlichen Abwärtsdrang jedes Jahr in die Erde gegraben wurden.

Tonia und Mosche kamen am Gemüsegarten und am Weinberg vorbei, überquerten das Wadi und erreichten den Zitrushain. Gemeinsam luden sie die schweren Kisten auf, und als sie den Rückweg antraten, nahm Tonia die Zügel, während Mosche den Wagen von hinten anschob und dem Maultier half, ihn aus dem schwarzen Morast zu ziehen. Tonia wandte den Kopf, um ihn anzublicken. Sein Gesicht dampfte, es war vor Anstrengung gerötet.

Tonia liebte die Stärke ihres Mannes und war stolz darauf. »Ah – nu, wart einen Moment, ich ruf gleich mal meinen Mosche«, pflegte sie jedesmal zu verkünden, wenn ein Nachbar mit einem schweren Sack oder einem widerspenstigen Rind zu kämpfen hatte. Neben der Gartenpforte ihres Hauses lag ein Felsbrocken von gut und gern einhundertzwanzig Kilogramm, auf dem Tonia feierlich vermerkt hatte: HIER WOHNT MOSCHE RABINOWITZ, DER MICH VOM ERDBODEN AUFGEHOBEN HAT. Die Spaßvögel sagten, man sollte lieber Tonias Namen einsetzen, aber die Kunde von dem Brocken ging in der Gegend um, und von Zeit zu Zeit erschien ein Kraftmensch aus einer Moschawa, einem englischen Militärlager oder einem der Drusendörfer auf dem Karmel und versuchte ihn aufzuheben, aber nur Mosche war stark genug, nur Mosche wußte, wie man niederknien und den Felsbrocken mit geschlossenen Augen umfassen mußte, und er allein wußte, wie man beim Hochkommen stöhnen und den Brocken wie ein Baby an die Brust drücken mußte. Alle zogen traurig und humpelnd wieder ab – traurig wegen des Mißerfolgs und humpelnd, weil alle ausnahmslos dem widerspenstigen Felsbrocken einen wütenden Fußtritt versetzten und sich dabei den rechten großen Zeh brachen.

Der Regen setzte erneut ein. Wieder am Wadi angekommen, sah Mosche, daß das Wasser stark gestiegen war. Er kletterte auf den Wagen, nahm Tonia die Zügel ab, setzte zurück und lenkte das Maultier so, daß es die Rinne im rechten Winkel durchqueren würde. Doch als die Hufe der Mauleselin das steile Ufer betraten, rutschte sie aus, ächzte mit überraschender Frauenstimme und stolperte.

Von nun an nahmen die Dinge den berüchtigten Schreckenslauf, den alles Unheil nimmt: Das Maultier brach zwischen den Deichseln zusammen; der Wagen kippte und sank zur Seite, langsam, aber unaufhaltsam; Rabinowitz kam darunter zu liegen, sein linker Oberschenkel wurde eingeklemmt und schließlich zerquetscht.

Er schrie vor Schmerz. Die gebrochene Hüftkugel zerriß das Fleisch, und die Haut kam mit dem eiskalten Wasser in Berührung. Beinah hätte er das Bewußtsein verloren, aber der Schrecken – einer von der Art, die einem schon klarwerden, bevor man ihr ganzes Ausmaß erfaßt hat – lenkte seine Augen auf Tonia.

Sie lag fast ganz unter dem umgestürzten Wagen, nur Kopf und Hals lugten hervor. Hinterkopf und Nacken steckten im Schlamm, das Haar spülte im Wasser, ihr Gesicht, das immer prallrot und gesund ausgesehen hatte, war mit einem Schlag aschfahl geworden.

Auf dem Wasser neben ihrem Kopf tanzten Grapefruits und Pomelos wie argloses Badewannenspielzeug.

»Zieh mich hier raus«, hauchte sie.

Sie war angstheiser. Ein Zünglein Blut rann ihr hell und fein aus dem Mundwinkel. Nur ihre Augen bewegten sich und blickten ihn an.

Mosche, durch das zerquetschte Bein im Schlamm festgehalten, schob die Hände unter die Seitenwand des Wagens und wog die Last.

»Zieh mich raus, mein Mosche...«

Ihre Stimme erstickte, wollte kreischen und vermochte es nicht.

»Hör zu, Tonitschka«, sagte Mosche, »ich heb die Plattform ein bißchen an, und du kriechst raus.«

Nun bewegte sich auch der Kopf, nickte langsam, und die Augen weiteten sich in Verständnis und Einwilligung.

»Jetzt!« ächzte Mosche.

Sein Gesicht wurde schwarz vor Anstrengung. Adern und Sehnen traten an den stämmigen Handgelenken hervor. Der Wagen hob sich knarrend ein wenig. Tonia krümmte sich, kämpfte und erschlaffte wieder.

»Ich kann nicht«, stöhnte sie, »ich kann nicht.«

Ein schneidender Schmerz durchfuhr Mosches eingeklemmtes Bein, und der Wagen senkte sich wieder.

Manche sagen, die Zeit stände in solchen Momenten still, andere meinen, sie laufe doppelt so schnell, und wieder andere behaupten, sie zerbreche in tausend winzige Splitter, die nie wieder ein Ganzes würden. Aber an jenem Regentag, beim Umsturz des Wagens kümmerte sich die Zeit nicht um diese banalen Hypothesen – sie verlangsamte und beschleunigte nicht, zog nur riesengroß und gleichgültig ihre Bahn, flog mit durchsichtigen Flügeln dahin wie seit ewig und ehedem.

Feiner Hagel mischte sich in den Regen, drückte Dellen ins Wasser, der Winterhimmel dunkelte. Inzwischen hatten das Ächzen der Mauleselin und der Angsthauch ihres Leibes ein paar Schakale angelockt, die sich weder von Mosches Schreien noch von den Lehmklumpen, die er nach ihnen warf, abschrecken ließen.

Ein Schakal machte einen Satz und schlug der Mauleselin die

Zähne zwischen die Hinterbeine, worauf Mosche, dem es gelungen war, eine Latte aus der Wagenwand zu reißen, ihm mit einem gezielten Hieb das Rückgrat brach. Die andern machten erschrocken einen Rückzieher, begriffen aber bald, daß der Mann sich nicht vom Fleck rühren konnte, und da sie schlau waren und der Hunger ihren Verstand geschärft und ihr Herz kühn gemacht hatte, griffen sie die Mauleselin vom Kopf her an, den die Latte nicht erreichen konnte, sprangen hoch und rissen ihre weichen Nüstern und Lippen.

»Die Pomelos schwimmen«, sagte Tonia auf einmal.

»Was?« fragte Mosche erschrocken.

»Die Grapefruits gehen unter«, erklärte Tonia, »und die Pomelos schwimmen.«

»Bald kommen die Genossen uns retten. Halt den Kopf über Wasser, Tonitschka, und red nicht.«

Der Regen nahm zu, der Spiegel des Wadis stieg, die Grapefruits leuchteten wie kleine blaßgelbe Monde unter Wasser. Tonia, die auf der anderen Wagenseite lag, hatte jetzt Mühe, den Kopf über Wasser zu halten. Mosche versuchte, ihren Nacken mit der Latte zu stützen, brachte es jedoch nicht fertig.

Angstschweiß trat auf seine Glatze. Er sah die Flut steigen, sah die Muskelstränge am Hals seiner Frau beben und wußte, was geschehen würde.

Plötzlich sackte ihr Kopf ab, kam aber sofort wieder hoch, wie von Todesangst getrieben.

»Mosche...«, erklang eine Kleinmädchenstimme, »mein Mosche... *der Zopf*... der Zopf im Kästchen...«

»Wo?« rief Mosche. »Wo ist der Zopf?«

Das Wasser stieg, der Kopf sank ab, hob sich erneut, und als diesmal die Stimme wiederkam, war es Tonias.

»Das ist mein Ende, Mosche«, sagte sie erschöpft.

Mosche wandte den Blick ab und preßte Zähne und Lider zusammen, bis keine Luftblasen mehr aus ihrem Mund aufstiegen.

Dann ging auch die Sonne graugelb hinter den Wolken unter. Erst als sie ganz verschwunden war und Dunkelheit und Regen die furchtbaren Todesklänge ausgelöscht hatten, blickte Mosche wieder zu dem düsteren Ort, an dem der Kopf seiner Frau verschwunden war. Ein schlimmer Husten befiel ihn. Tränen der Trauer und des Versagens rannen ihm aus den Augen. Die Wühlechsen der Sehnsucht, das flinkste und schwerfaßlichste aller Gefühle, durchkrochen bereits seine Körperhöhlen.

In furchtbarer Wut packte er erneut den Rand des Wagens, rüttelte und brüllte: »Komm jetzt raus, komm raus!« vor den Augen staunender Schakale und einer verendenden Mauleselin.

Der Wagen glitt ihm aus den Händen auf sein gebrochenes Bein, worauf Mosche ohnmächtig wurde, wieder aufwachte und erneut in Ohnmacht sank, bis er einige Stunden später, von seinen eigenen Schreien geweckt, wie im Traum die nahenden Windlaternen sah und die Rufe und das Bellen der Suchenden hörte. Aber da hatten ihn Nacht und Trauer, Kälte und Schmerz bereits derart geschlagen, daß er nicht die Kraft aufbrachte, nach den Rettern zu rufen. Nur das wehe Ächzen der Mauleselin wies ihnen den Weg.

13

Rund zwei Jahre sollten bis zu dem Tag vergehen, an dem meine Mutter in Mosche Rabinowitzes Haus kam, um zu arbeiten, seine Kinder zu versorgen und seine Kühe zu melken.

Nur weniges weiß ich über ihre früheren Lebensjahre – wo sie gewesen ist, was sie getan hat.

»*A nafka mina* – was macht das aus«, äußerte sie jedesmal, wenn ich sie danach fragte, und schnauzte dann gleich: »Jetzt setz dich aber mal schnell rechts hin, Sejde, hörst du?«, weil ich mich aus Versehen wieder mal an ihre taube Seite gesetzt hatte.

Als ich ein bißchen älter war, fragte ich auch meine drei Väter, die mir drei verschiedene Antworten gaben.

Mosche Rabinowitz sagte mir, sie habe einige Zeit in der Weinkellerei in Rischon Lezion gearbeitet. »Dort hat sie auch das Trinken gelernt«, fügte er lächelnd hinzu.

Viehhändler Globermann, der die Augen im ganzen Land offenhielt, erzählte mir, die Eltern meiner Mutter seien »in der Diaspora geblieben, nachdem sie gehört hatten, was sie hier im Land getrieben hat, denn sie wollten sie nie wiedersehen«.

Wenn ich beharrlich noch mehr wissen wollte, sagte der Sojcher, daß Männer die Vorgeschichte ihrer Mütter nicht ausspionieren dürften.

»Was zwischen den Beinen der Dame Judith geschehen ist, bevor du da rausgekommen bist, geht dich überhaupt nichts an, das brauchst du nicht zu wissen, Punkt«, erklärte er auf seine derbe Art, an die ich mich immer noch schwer gewöhnen konnte, obwohl sie mich nicht mehr kränkte.

Und der Kanarienzüchter Jakob Scheinfeld, meiner Mutter Liebhaber und Opfer, setzte mir eins nach dem andern seine köstlichen Gerichte vor und sagte schlicht: »Rabinowitzes Judith ist vom Himmel zu mir gekommen und von mir auch wieder dorthin zurückgegangen.«

So sagte er mit Gesten, die Kringel über dem Tisch beschrieben. Und die weiße Narbe auf seiner Stirn wurde plötzlich rot, wie immer, wenn er erbleichte.

»Du bist noch klein, mein Kind, aber du wirst groß werden und lernen und erfahren, daß es bei der Liebe Regeln gibt. Besser, du lernst diese Regeln von deinem Vater, damit du später nicht selbst für die Liebe leiden mußt. Wozu hat ein Junge schließlich einen Vater? Damit er aus Vaters Nöten lernt und nicht aus seinen eigenen. Wozu sind wir Kinder Israels denn alle Söhne unseres Stammvaters Jakob? Damit wir alle von seiner Liebe lernen. Die Leute werden dir noch viel über die Liebe erzählen, vor allem werden sie sagen, daß es eine Partie für zwei ist. Nein, Sejde, für einen guten Haß braucht man zwei, aber für die Liebe genügt einer. Ja auch eine einzige Kleinigkeit reicht für die Liebe, wie ich dir schon gesagt hab. Und wenn du dich dann eines Tages wegen solch einer Kleinigkeit in eine Frau verliebst, sagen wir, wegen der Augen, wird irgendwer angelaufen kommen und dir sagen: Du verliebst dich in die Augen, aber zum Schluß lebst du mit der ganzen Frau. Nein, Sejde, wenn du dich in die Augen verliebst, lebst du auch mit den Augen, und die ganze übrige Frau ist bloß wie der Schrank fürs Kleid.«

Er senkte die Augen unter meinem staunenden Blick. Seine Hand ließ ab, auf den Tisch zu trommeln, aber sein Mund redete weiter: »Diese Dinge versteht nicht mal Gott. Der Gott der Juden versteht sehr wohl was von Einsamkeit, aber von Liebe versteht er nichts. So ein einziger Gott im Himmel, ohne Kinder, ohne Freunde und ohne Feinde und – was am schlimmsten ist – ohne Frau, der wird bloß verrückt vor lauter Einsamkeit, und so macht er auch uns verrückt und sagt uns Hure und Jungfrau und Braut und alle möglichen Worte, mit denen ein dummer Mann eine Frau benennt. Eine Frau ist nichts von alldem, sie ist einfach Fleisch und Blut. Wie schade, daß ich das alles erst jetzt verstehe. Hätte ich all das schon damals verstanden, hätte ich begriffen, daß die Liebe Verstandessache, nicht Herzenssache ist, eine Frage von Regeln und Gesetzen, nicht Träumen und Verrücktheiten, wäre ich vielleicht auch erfolgreicher im Leben geworden. Aber verstehen ist eine Sache, und Erfolg haben ist was ganz anderes. Damit es einem Mann gelingt, die eine Frau, die er wirklich haben will, auch zu bekommen, muß jemand die ganze Welt danach lenken, und alle Teile der Welt müssen sich genau richtig bewegen. Denn nichts geht allein vor sich, manchmal muß ein Mensch hier im Land Israel ertrinken, damit jemand anderes in Amerika beim Kartenspielen Geld gewinnt, und manchmal segelt eine Regenwolke den ganzen Weg von Europa her zu uns, damit hier in einer

Sturmnacht ein Mann und eine Frau zusammen sind, und wenn jemand sich umbringt, ist das ein Zeichen dafür, daß jemand anderes es sehr, sehr nötig hat, daß er stirbt, und wenn ein Rabe krächzt, hört jemand diesen Ruf. Als ich Judith kommen sah, den Wagen ganz langsam heranfahren und die Sonne genau von dort leuchten, da hab ich geguckt und gewußt: Das ist die Frau, die ich mit den Augen von der Erde aufheben kann, aufheben und zu mir bringen. Im Lande Indien gibt's Leute, die allein durch den Blick ihrer Augen eine Tasse auf dem Tisch verschieben können. Hast du das gewußt, Sejde? In der Kinderzeitschrift *Davar Lejeladim* beim Dorfpapisch habe ich darüber gelesen. Der hat die ganzen alten Zeitungsbände aufgehoben. Dort in Indien gibt's Fakire, die keine Schmerzen empfinden, sie halten den Atem und das Herz an und können allein durch Blicke eine Tasse auf dem Tisch von rechts nach links rücken. So wahr ich hier sitze, Sejde, durch einen Blick mit den Augen. Von rechts nach links. Von links nach rechts. So bewegt sich die Tasse. Und du mußt wissen, Sejde, eine Tasse ist viel schwerer zu bewegen als eine Frau.«

14

Mosches älterer Bruder, jener Menachem Rabinowitz, dessen Geschichten und süßes Johannisbrot Mosche und Tonia zur Einwanderung bewegt hatten, kannte auch Judith und hatte Mosche geraten, sie zur Arbeit in Haus und Hof zu holen.

Erst als ich schon groß war, nannte mir Onkel Menachem den Namen, den man weder mündlich noch schriftlich erwähnen darf, nämlich den des ersten Mannes meiner Mutter. Er nannte den Namen und erzählte mir die Geschichte.

»Sie wohnten damals in Melabes oder in Rischon, da bin ich mir nicht ganz sicher.«

Der erste Mann meiner Mutter war Soldat in den Jüdischen Regimentern gewesen, und als der Erste Weltkrieg vorüber war, kam er nach Erez Israel zurück, fand dort aber keine Arbeit.

Jeden Tag ging er auf die Hauptstraße der Moschawa hinaus, um Arbeit zu suchen. Doch er hatte seinen Stolz, flehte die Gutsbesitzer nicht etwa an, sondern fixierte sie mit dem Soldatenblick, den er sich im Krieg angewöhnt hatte. Der schadete ihm nun, aber der Mann wußte nicht, daß dieser Blick kaum für Friedenszeiten taugte.

»Die Menschen benutzen das, was sie haben, auch wenn es nicht genau paßt«, erklärte Onkel Menachem, »sie lächeln, wenn man weinen müßte, ziehen die Pistole, wenn eine Ohrfeige am Platz wäre, und wachen eifersüchtig über ihre Liebhaberinnen, statt sie zum Lachen zu bringen.«

Stundenlang lag der Mann schweigend im Bett. Sie wohnten in einem Mietraum, der vorher Berberenten als Stall gedient hatte. Längst zu Staub zerfallene Federn röteten ihm die Augen. Der muffige Dunggeruch schlug ihm wie unvergeßliche Kränkungen ins Gesicht.

Judith riet ihm, Gemüse zu ziehen und es auf dem Markt zu verkaufen, und tatsächlich stand der Mann auf und säte hinter der Baracke ein paar Beete ein. Aber auch bei den Keimlingen fand er keine Ruhe. Ein hoher Baum stand im Hof, auf dem Raben nachmittags lautstarke Versammlungen abhielten. Krächzend umschwirrten sie den Wipfel wie schlechte Omen. Ihr Geschrei und Geflatter schlugen ihm derart aufs Gemüt, daß er alle Hoffnung verlor und eilig wieder in sein Zimmer flüchtete. Manchmal trottete er unter Aufbietung all seiner Kräfte zum Jarkon-Fluß hinunter, setzte sich ans Ufer, schlang die Arme um die Knie und schloß die Augen, als suche er in seinem Innern Trost.

Wäre Judith nicht gewesen, die sich weiter um die Gemüsebeete gekümmert hat, auf dem Hof ein paar Hühner hielt, Marmelade aus den Paradiesäpfeln kochte, die im Zitrushain des Hausherrn von den Bäumen fielen, und auch wahre Wunder beim Flicken und Aufmöbeln jedes verschlissenen Kleidungsstücks vollbrachte, wären sie beide samt ihrer kleinen Tochter vor lauter Stolz und Hunger eingegangen.

Zum Schluß sagte der Mann, er wolle nach Amerika fahren und dort ein Jahr im Staat Delaware »in der Gießerei Wilmington« arbeiten, einer Metallfabrik, die dem Vater eines Kameraden aus den Jüdischen Regimentern gehöre.

»Ich werde Geld verdienen und heimkehren«, sagte er. »Ein Jahr, Judith, allerhöchstens zwei.«

Sie saß gerade am Tisch, verlas die Linsen für die Suppe und wandte ihm sofort das taube Ohr zu. Aber er packte sie an den Schultern und schrie, so daß sie zuhören mußte.

»In Amerika gibt's auch keine Arbeit«, brauste sie angstvoll auf, »dort springen die Menschen noch von den Dächern vor Verzweiflung.«

Zwei Häufchen türmten sich vor ihr, das große orangefarbene der Linsen und das kleine graue der Erdklümpchen und winzigen Steine, leeren Hülsen und vertrockneten Würmer. Zwischen ihren Knien stand arglos die zweijährige Tochter, die Augen auf die flinken Hände ihrer Mutter gerichtet.

»Fahr nicht«, flehte Judith, »fahr nicht. Wir kommen schon zurecht. Alles wird sich finden.«

Ihre Hand tastete nach dem Knoten des blauen Kopftuchs und zog ihn fester. Drohende Prophezeiung klang aus ihrer Stimme. Aber der Mann, dessen Namen ich nicht erwähnen darf, achtete nicht auf ihre Furcht. Das Reisefieber erfaßte schon seinen Körper und verstopfte seine Poren.

Kleinwüchsig und mit verwischten Zügen zeichnet er sich auf der Innenseite meiner Lider ab: Er packt ein paar Kleidungsstücke in einen kleinen Holzkoffer, nimmt die Wegzehrung der armen Leute mit – harten weißen Käse, Orangen, Brot und Oliven –, verabschiedet sich von Frau und Tochter und fährt nach Jaffa. Da ist Mutter, an den Türpfosten gelehnt, und da ist das Mädchen, an ihre Wade geschmiegt, meine Halbschwester ist sie, aber gesichtslos wie ihr Vater.

In Jaffa erstand er eine billige Schiffsfahrkarte für Deckpassagiere auf einem kleinen Dampfer, der Zitronen und süße Schamuti-Orangen nach England beförderte.

Es war ein grauer Tag damals, aber der in den Orangen eingefangene Sonnenduft wehte aus dem Schiffsbauch, begleitete die Passagiere und verstärkte noch ihre Sehnsucht und Wehmut.

Von Liverpool fuhr der Mann nach New York. Angstgetrieben ging er zu Fuß von den Hudson-Kais zur Grand-Central-Station, und da im fremden Land der Stolz abnimmt, irrte er in dem Riesenlabyrinth herum und rief »Wilmington, Wilmington« mit dem lauten Zwitschern der Ratlosen, bis gute Menschen ihm den Weg zu den Kartenschaltern und zum Gleis wiesen.

Ein ganzes Stück Weg sauste der Zug im Bauch der Erde. Dann kam er ans Licht, ratterte über einen großen Fluß und durchquerte schilfreiches Sumpfland, das der Mann nicht auch noch in Amerika vermutet hätte. Er saß am Fenster, zählte die Strommasten, als verstreue er Brosamen, die ihm den Weg zurück weisen sollten, und murmelte die Namen der vorbeiziehenden Städte vor sich hin: Newark… New Brunswick… Trenton… Philadelphia… und als der Schaffner nach drei Stunden Wilmington ausrief, stieg er hastig aus.

Er lief sich von Schornstein zu Schornstein die Füße wund, ohne die Gießerei seines Kameraden zu finden. Aber nach einigem Suchen und Fragen fand er die Columbus-Street, in der sein Kumpel nach eigenen Angaben wohnte, und gelangte zu dem Haus, dessen Nummer er in Erinnerung hatte.

Hübsch war das Haus, umgeben von einer duftenden wohlgestutzten Buchsbaumhecke, und obwohl ein holländischer Tuchhändler darin wohnte, sah es in den Augen des Mannes genau so aus, wie das Heim eines jüdischen Gießereibesitzers aussehen sollte. Er klopfte schwungvoll an die Tür.

Wie es das Schicksal wollte, hatte der holländische Kaufmann an ebendiesem Tag viel Geld verdient. Er war solch guter Laune, daß ihn beim Anblick des seltsamen Gastes Weitherzigkeit befiel und er sich bewogen fühlte, den Mann hereinzubitten und ihm ein herrliches Mahl aus Fisch und Dampfkartoffeln, gewürzt mit Butter und Muskatnuß, vorzusetzen.

Oft habe ich gedacht: Wie eigenartig, daß Onkel Menachem, Oded Rabinowitz und Jakob Scheinfeld all diese kleinen Einzelheiten wissen, obwohl sie doch nicht dabeigewesen sind. Hatte Oded als Kind meine Mutter womöglich derart gehaßt, daß er ihre Welt so genaustens ausspann? Hatte Jakob ihre Lebensgeschichte so viel im Geist bewegt, daß er sie neu erschuf? War Onkel Menachem nach ihrem Tod von solcher Reue erfüllt gewesen? Und wenn die besagten Kartoffeln nun mit saurer Sahne, grobem Salz und gehacktem Dill statt mit Butter und Muskat gewürzt gewesen wären – hätte das etwas im Leben meiner Mutter verändert? Wäre ich geboren worden?

Wie dem auch sei, der holländische Kaufmann und der Mann meiner Mutter tranken kümmelgewürzten Aquavit, rauchten schlanke Zigarren und spielten Dame. Der Gastgeber erklärte seinem Gast, daß sein Urgroßvater dieses Haus gebaut habe und sein Großvater, sein Vater und er selbst darin geboren seien, »hier, guter Freund, in ebendiesem Bett«, und daß man in jeder Stadt in Amerika eine Columbus-Straße finden könne, und Juden, »das müssen Sie wissen, lieber Herr aus Palästina«, beschäftigten sich gemeinhin nicht mit Stahlgießerei. Kurz gesagt, er ließ höflich und freundlich durchblicken, sein Kamerad aus den Jüdischen Regimentern sei schlicht ein Lügner.

Tatsächlich war jener Waffenbruder nichts als ein ehrversessener kleiner Hochstapler, der Sohn fliegender Kurzwarenhändler in Chicago, der Wilmington nur aus dem Atlas kannte. Wie die meisten Lügner ging er der Lüge nicht auf den Grund, wanderte vielmehr, laut Onkel Menachems hämischen Behauptungen, in Israel ein, bezeichnete sich als »Jabotinskys rechte Hand bei den blutigen Kämpfen in der Jordansenke«, mietete sich ein Zimmer in Tel Aviv und ernährte sich von der Versendung von Aufsätzen unter dem Titel *Briefe eines Pioniers aus Galiläa* an revisionistische Zeitungen in Amerika.

Jedenfalls schenkte der trinkfreudige holländische Kaufmann seinem Gast ein paar alte Kleidungsstücke und einen Laib ›Siebenkornbrot‹, schwer und duftend wie ein Baby, händigte ihm auch ein paar Anschriften und Empfehlungsschreiben aus, und nach weiterem Füßewundlaufen und Flehen wurde der erste Mann meiner Mutter Wächter in einem Billigkaufhaus.

Dort erklomm er die Erfolgsleiter, avancierte vom Wächter zum Laufburschen, vom Laufburschen zum Verkäufer und war nach kurzer Zeit Abteilungsleiter. Nun kaufte er sich braunweiße Schuhe, freundete sich mit kleinen Spirituosenhändlern an und begann Zigarretten zu rauchen. So kam es, daß das eine Jahr in Amerika, aus dem laut Versprechen nicht mehr als zwei Jahre Stahlgießerei hätte werden sollen, sich zu drei Jahren Rauchen und Handel ausweitete.

Trotzdem vergaß der Mann seine Ehefrau Judith nicht. Einmal im Monat schickte er ihr einen Brief und etwas Geld, womit er auch fortfuhr, als sie ihm nicht mehr auf seine Schreiben antwortete. Von den zwei Frauen, die ihn in Wilmington liebten, schrieb er ihr nicht, da er seine Frau bestens kannte und daher wußte, daß sie mit gesundem Menschenverstand und wacher Vorstellungskraft begnadet war. Aber den beiden Frauen verhehlte der Mann nichts. Wieder und wieder sagte er ihnen, daß er Frau und Tochter in Palästina habe und zu ihnen zurückkehren werde.

15

Schlaf, mejn Mejdele, mejn klejne,
Schlaf, mejn Kind, un her sich zu,
At das Vejgele, das klejne,
Is kejn andere wie du.

Schlaf, mein Mädchen, mein kleines,
Schlaf, mein Kind, und hör mir zu,
Denn das Vögelchen, das kleine,
Ist kein anderer als du.

Dieses Lied pflegte Mutter Naomi vorzusingen. Oded ärgerte sich. Naomi genoß es. Mosche schwieg. Ich war noch nicht geboren.

Ich nehme an, sie sang das Lied manchmal erst für ihre Tochter, dann für sich selbst, und danach warteten die Worte in ihrem Innern, bis sie ein neues Mädchen fänden.

»Das heißt, Sejde, du hast eine Halbschwester in Amerika«, sagte mir Oded einige Jahre nach ihrem Tod.

Wir saßen damals im Milchtankwagen des Dorfes, auf einer unserer gemeinsamen Nachtfahrten.

»Wenn ich bloß auch eine hätte«, fügte Oded hinzu.

Oded träumt häufig von Amerika, von amerikanischen Lastwagen, amerikanischen Straßen, amerikanischen Frauen. In seinem Haus ist eine ganze Wand mit sämtlichen Straßenkarten der USA vollgehängt, die er aus dem McKinley-Atlas herausgeschnitten und mit Plastikfolie überzogen hat. Stundenlang steht er davor, prägt sich Strecken ein, plaziert Stecknadeln und Fähnchen und plant Fahrten imaginärer Kolonnen vielrädriger Schwertransporter.

»Siehst du diese Straße da, Sejde? Das ist die Straße Nummer zehn. In Amerika nennt man solch eine Straße *Interstate*. Guck dir mal diesen Abschnitt an, Los Angeles, San Bernardino, bis nach Phoenix, Arizona. Genau hier haben sie den größten Lastwagenparkplatz der Welt. Mit allem, was man braucht: Diesel, Essen, Bier und Öl. Wie man bei uns sagt: ›Auftanken für Motor und Mensch‹. Fünfhundert Schwerlaster fahren den täglich an.«

»Warum fährst du denn dann nicht endlich mal hin nach Amerika?« fragte ich ihn.

»Das würd mir grad noch fehlen«, antwortete Oded, »Träume verwirklichen.«

»Der zieht nach rechts«, fuhr er fort, hielt an und stieg aus, um die Räder zu prüfen. Wir gingen um den Tankwagen herum, Oded klopfte mit einem großen Holzhammer auf die Reifen und horchte auf ihren Ton. Bei einem blieb er stehen, spuckte sich auf den Finger, träufelte den Speichel aufs Ventil und musterte aufmerksam die Blasen.

»Es geht ein bißchen Luft raus«, sagte er. »Wer braucht schon diese liebe Not: Träume verwirklichen... Glaubst du denn, ich wüßte nicht, daß in Amerika auch nicht alles so hundert Prozent perfekt ist, wie ich's mir vorstelle? Jedes Kind will mal Lastwagenfahrer werden, wenn es groß ist, und auch viele Erwachsene träumen noch davon. Aber nur ein Idiot wie ich verwirklicht das auch. – Erinnere mich in einer Stunde dran, anzuhalten und noch mal nach diesem Ventil zu sehen.«

Zwei Jahre war die Tochter alt gewesen, als ihr Vater wegging, und bei seiner Rückkehr war sie schon fünf. Ein hübsches Kind war sie, hartnäckig und mit festem Blick. Sie hielt eine Lumpenpuppe in Händen und erkannte den eleganten kleinen Mann gar nicht, der den alten Berberentenstall betrat. Er lächelte, ein Bündel Geldscheine schwenkend, und rief: »Ich komme, um euch nach Amerika mitzunehmen!«

Wäre die Kleine nicht gewachsen, hätte man meinen können, es sei kaum eine halbe Stunde seit seinem Weggang verstrichen, denn bei seinem Eintreten saß ihre Mutter auf demselben Stuhl am selben Tisch und verlas Linsen, die nach Linsenart denen, die sie am Abreisetag verlesen hatte, äußerst ähnlich sahen. Dieselbe steile Falte stand ihr noch zwischen den Brauen eingegraben, derselbe nasebeleidigende Federviehgestank hing in der Luft, und die kleinen Häufchen, das graue und das orangefarbene, türmten sich vor ihr auf wie bei einer Sanduhr, die verstopft stehengeblieben war.

Er wollte zu ihr treten, aber Judith erhob sich und stellte mit einer Schwerfälligkeit, die ihren Mann verblüffte, das Mädchen vor sich hin, als wolle sie sich schützen oder vielleicht hinter dem kleinen Körper verbergen. Ihre Finger strichen in langen, verschreckten Bewegungen über den Rücken der Kleinen, und der Mann bemerkte den neuen großen Bauch, der sich vor seinen Augen wölbte.

»Du bist schwanger«, rief er freudig, doch auf der Stelle frappierten ihn seine eigenen Worte mit der schmählichen Erkenntnis, daß er drei Jahre nicht zu Hause gewesen war. Nun verstand er den beschwörenden Ton ihrer ersten Briefe, die Kühle der mittleren und das Ausbleiben der letzten, begriff das Verhalten des Hausherrn, der bei seiner Ankunft die Augen niedergeschlagen hatte, und das häßliche Gebaren des Raben, der hämisch krächzend wie ein schwarzer Lappen vom Baum gesegelt war.

Die Knie zitterten ihm, aber gleich hatte er sich wieder gefaßt. Er steckte eiligst das Geld ein, faßte seine Tochter an der Hand und sagte zu ihr: »Komm, Vater nimmt dich mit nach Amerika.«

»Ich will meine Puppe mitnehmen«, erwiderte das Mädchen mit einer Ruhe und Unerschrockenheit, die beide Eltern überraschte.

»Nicht nötig«, sagte der Mann, »du kriegst eine neue Puppe, von hier brauchst du nichts mitzunehmen. Komm jetzt.«

Er wandte sich zum Gehen, und die Kleine nahm ihre Puppe und lief ihm nach.

Judith hob nicht den Blick. Ihre streichelnde Hand blieb in der Luft hängen. Vom Grauen wie festgenagelt, duckte sie sich ein wenig, und in Erwartung eines Schlages lief ihr ein Schauder über den Rücken.

Bevor er die Tür schloß, wandte der erste Mann meiner Mutter sich noch einmal um, setzte das verbindliche Lächeln amerikanischer Verkäufer auf, spuckte auf den Boden und sagte: *»Schmutzike Pirde!«* – ein Schimpfwort, das derart abscheulich ist, daß nicht einmal einer, der Jiddisch zur Muttersprache hat, es zu übersetzen weiß. Selbst der an Derbheit gewöhnte Globermann räusperte sich ein wenig, bevor er es mir in seiner ganzen Schändlichkeit erklärte.

Der Mann schloß das Hoftor, überquerte das Gemüsefeld des Nachbarn, der auf Knien durch den roten Lehmmatsch kroch und sich unauffällig mit seinen Zwiebeln und Karotten beschäftigte, und verschwand mit seiner Tochter jenseits der Zypressenreihe. An der Straße hielt er einen aus Ras-el-Ein kommenden Kleinlaster an, drückte dem verblüfften Fahrer eine Dollarnote in die Hand und wies ihn an, geradewegs zum Hafen zu fahren.

Am Abend fand Judiths Liebhaber sie bleich und allein, den Kopf wie ein Stein zwischen den ringsum verstreuten Linsen.

»Ist er zurückgekehrt?« flüsterte er.

Judith antwortete nicht, da der Mann sie von ihrer tauben Seite her angesprochen hatte.

»Und hat das Kind mitgenommen?« schrie er.

»Kam und nahm«, stieß sie heulend hervor.

»Ich verfolg ihn, ich faß ihn, ich bring sie dir zurück!« sprudelte der Bursche erregt.

Judith blickte ihn an. Sein warmer Körper und sein stürmisches Herz, von denen sie sich in ihrer Einsamkeit hatte erobern und nähren lassen, erschienen ihr jetzt armselig wie gelbe Ährenstoppeln.

»Verfolg ihn nicht, faß ihn nicht, bring die Kleine nicht zurück«, sagte sie, »das sind nicht eure Jungenspiele.«

Vor ihren geschlossenen Augen erstand die leere Prophezeiung ihres Lebens. »Das Kind hat ihn nicht erkannt«, stieß sie schließlich hervor, »ist ihm aber nachgegangen, ohne ein Wort zu sagen. Nicht mal ›Schalom‹ hat sie mir gesagt.«

Der junge Mann setzte sich neben sie, faßte sie um die Schultern, lehnte den Kopf an ihre Halsmulde und legte ihr die Hand auf den Bauchnabel.

»Jetzt sind wir zusammen, Judith«, flüsterte er, »du und ich, und bald hast du ein neues Töchterchen.«

»Ja«, sagte Judith, »ich werde ein neues Töchterchen haben.«

Eine große, kühle Kraft erfüllte plötzlich ihren ganzen Leib. Eineinhalb Monate später brachte sie ohne Aufschrei oder Überraschung einen hübschen Jungen zur Welt, der bereits tot war.

»Wir werden dort hinfahren und die Kleine finden«, sagte ihr Liebhaber am Grab der Totgeburt und fing wieder an zu rufen: »Wir gehen vor Gericht. Man kann nicht einfach so der Mutter ihr Kind wegnehmen. In Amerika gibt's Recht und Gericht.«

»Wir werden nicht hinfahren, das Urteil ist schon gefällt und vollstreckt«, sagte Judith, und als ihr Liebhaber sie anblickte, erschrak er, denn er sah die Härte aus ihrem Fleisch aufsteigen, in den Körperfasern emporklettern und wie Kreide die Falten ihres Gesichtes nachzeichnen, sah und wußte, daß er gehen und sie sich selbst überlassen mußte.

16

Ja, so wendete der verlogene Revisionist von den Jüdischen Regimentern die Dinge, und wer gern Fragen von »hätte« und »wäre« nachhängt, wie ich ihnen nachhänge und sie mir, kann hier reichlich Gedankenspiele über Zufall und Schicksal anstellen. Hätte er nämlich wirklich eine Gießerei in Wilmington gehabt, wäre der erste Mann meiner Mutter zur festgesetzten Zeit heimgekehrt, und ich wäre nicht zur Welt gekommen, oder falls doch, hätte ich nur einen Vater gehabt, hätte einen anderen Namen bekommen, und der Todesengel hätte mich längst erwischt.

Onkel Menachem erzählte mir angesichts meiner kindlichen Beschäftigung mit den Ironien des Schicksals eine nette Geschichte von den drei Brüdern Wenn, Hätte und Wäre, die jede Nacht dem Schlafengel folgen. »Der *Engel-von-Schlaf* lullt die Menschen ein, aber die Gebrüder Wenn, Hätte und Wäre wecken sie auf, tanzen mit einem Fragenreigen um sie herum und lassen sie nicht mehr einschlafen.«

Doch Sojcher Globermann, der sich durch keinerlei Frage, Unschlüssigkeit, Reue oder Verwunderung die Nachtruhe stören ließ, zitierte mir wieder sein Motto: *»A Mensch tracht, un Gott lacht«* – der Mensch plant, und Gott lacht. Das heißt: Sollen ruhig Fragen gestellt und Antworten gegeben werden, sollen die drei Brüder vor den Augen der Schlaflosen tanzen – für Judith war es egal, denn sie hat ihre Tochter bis zu ihrem letzten Tag nicht mehr wiedergesehen.

Ja, ich habe eine Halbschwester irgendwo im großen Amerika, aber selbst ihr Name kam unserer Mutter nicht über die Lippen. Und wenn ich hartnäckig weiter nach ihr fragte, sagte sie mir nur ihren Standardspruch: »*A nafka mina* – Was macht das aus.«

In Jaffa schifften sich Vater und Tochter nach Genua ein, wo sie ein paar Tage in einem schäbigen Hotel verbrachten, in dem es nach Fisch, Anis und Knoblauch stank und auf der Terrasse große Katzen wie nistende Vögel in den Geranienkästen hockten.

Von dort liefen sie nach Lissabon aus, dann weiter nach Rotterdam und schließlich nach Amerika. Wegen der anderen Passagiere in ihrer Kabine, die den ganzen Tag auf den Pritschen lagerten, in komischen Sprachen lachten, Karten spielten und nach

Kotze und Schweiß, Dreck und Tabak rochen, gingen sie viel auf Deck an der Reling spazieren.

Wie so häufig bei Menschen vom Schlag dieses Mannes hatte sich die Kleine für ihn inzwischen vom Beutegut zur Belastung gewandelt, und da seine Wut und Rache nicht befriedigt waren, ja ihr Wispern sogar das Rauschen der Wellen übertönte, verpaßte der Mann seiner Tochter schmerzhafte Ohrfeigen. So kurz und schnell waren sie, daß kein Mensch sie wahrnahm, und es hörte auch niemand die häßlichen Worte, die er dabei zischte: »*Punkt wie dejne Mamme, die Kurbe.* – Genau wie deine Mutter, die Nutte.«

Wenn ich noch eines über die Helden meines Lebens und die Geschöpfe meiner Phantasie sagen darf, sage ich hiermit, daß wir, soweit ich die Dinge in der Hand habe, diesem fiesen Kerl nicht wieder begegnen werden. Wäre er bei Frau und Tochter geblieben, wäre er womöglich der Held dieser Geschichte geworden, und ein anderer Sohn hätte sie erzählt, aber da er nun mal so handelte wie beschrieben, verbannte er sich selbst aus meiner Chronik und enthob mich der Notwendigkeit, seinen Lebenslauf weiter aufzurollen.

Was den vergessenen Liebhaber meiner Mutter betrifft, weiß ich von ihm weder Namen noch Herkunft, und da mir drei Väter genügen, suche ich auch nicht nach ihm. Aber rund fünfzehn Jahre nach Mutters Tod zeigte Naomi mir während eines meiner Besuche in Jerusalem einmal einen tief gebeugten alten Mann, der an zwei Holzstöcken die Bet-Hakerem-Straße in Jerusalem, unweit des Lehrerseminars, entlangschlurfte.

»Siehst du den Mann da? Der war mal der Liebhaber deiner Mutter«, sagte sie.

Nicht genug mit dem Schock, den ein solcher Ausspruch allein schon auszulösen vermag, begriff ich nun auch zum ersten und einzigen Mal, daß Naomi ebenfalls etwas von der Geschichte meiner Mutter wußte.

Woher wußte sie, daß das der Mann war? Ich habe keine Ahnung.

Warum sagte sie mir, daß er es war? Auch das weiß ich nicht.

Hätte ich gekränkt sein müssen? Naomi spürte meine Verlegenheit. »Gehn wir heim, Sejde«, sagte sie, »dort machen wir uns einen großen Salat, wie wir ihn früher zu Hause gegessen haben.«

Immer bringe ich ihr aus dem Dorf Gemüse und Eier, ein Glas Sahne und Käsestücke mit, und immer fahre ich nachts zu ihr, in dem großen Milchtankwagen, den Oded lenkt.

Ich bin längst erwachsen, Oded ist gealtert, aber immer noch liebe ich diese Nachtfahrten samt seinen Geschichten, Beschwerden und Träumen, die er laut hinausschreit, um den Motorenlärm zu übertönen.

Die Straßen sind breiter geworden, die Laster haben gewechselt, aber die Nächte sind so kühl wie einst, und Oded beschimpft immer noch den Mann, der seine Schwester zur Frau genommen und aus dem Dorf weggeholt hat, und nach wie vor fragt er mich: »Möchtest du mal hupen, Sejde?« Dann fasse ich wieder das Hupkabel und bin gebannt, schmelze schier vor Wonne, wenn das mächtige, traurige Tuten in die Nachtluft gellt.

Zwei kleine Kinder sprangen um diesen gebeugten Mann herum, auf dessen Schultern eine ungeheure, unsichtbare Bürde lastete. Aber wer bürgt mir dafür, daß meine Mutter diese Bürde war? Und wer trägt denn nicht solche Lasten? Den paar Männern, die meine Mutter geliebt haben, steht doch eine Welt voller Männer gegenüber, die sie nicht gekannt, ja gar nichts von ihrer Existenz gewußt haben, und jeder von ihnen humpelt seine Straße entlang, jeder bricht, tief gebeugt, schier unter seiner Seelenlast zusammen.

17

»Das war eine große Tragödie mit Tonia«, sagte Jakob. »Eine sehr große Tragödie. Wir haben hier noch ein paar weitere Katastrophen erlebt, aber so was? Auf diese Art im Wadi ertrinken? Ist das denn ein Wadi zum Ertrinken? Im Kodima ertrinkt man, im Schwarzen Meer ertrinkt man, aber in unserm Wadi? In einer Tiefe von – was, dreißig Zentimetern? Solch ein Unglück ist nicht einfach so passiert. – Iß, Sejde, ah – nu, iß, man kann doch gleichzeitig essen und zuhören. – Früher hab ich gedacht, weil sie sich so ähnlich sahen und weil dort Regen und Nebel war, hat sich der Todesengel vielleicht geirrt, und Tonia ist an Mosches Stelle gestorben. Aber sie ist tot, und er ist mit all dem Scheitern und Sehnen übriggeblieben, und das ist schon ein großes Ding, Sejde, denn mit dem Sehnen nach einer toten Frau muß man sich auskennen. Das ist nicht wie Sehnsucht nach einer lebendigen Frau. Ich kenne diese beiden Sehnsüchte sehr gut und weiß genau, wovon ich rede, denn nach deiner Mutter hab ich mich zu ihren Lebzeiten und nach ihrem Tod gesehnt. – Wie alt bist du heute, Sejde? Genau zwölf Jahre, und du selbst bist auch schon verwaist, nu, dann kannst du diese Dinge vielleicht schon verstehen, ohne daß ich dich damit schwindlig rede. Was soll ich dir sagen, Sejde, es war, als wär ein schwarzer Schatten übers Dorf gefallen. Ein junger Witwer, zwei kleine Waisen... Und den Gott der Juden kümmert nichts. Am Ende des Winters ist sie gestorben, und einen Monat später kam schon der Frühling mit Freuden angetanzt. Blühende Knospen, trällernde Lerchen, rufende Kraniche. Kru-kru... kru-kru... Du kennst doch den Ruf der Kraniche auf den Feldern, was, Sejde? Sie haben keine laute Stimme, aber hören tut man sie von weit, weit her.

Einmal, noch während des Zweiten Weltkriegs war das, hab ich einen italienischen Gefangenen aus dem Kriegsgefangenenlager dort auf dem Feld mit drei Kranichen tanzen sehen. Vögel merken sofort, daß Italiener nicht wie andere Menschen sind. Von weitem dachte ich, es wären vier Menschen, so hoch waren sie und mit einer Krone auf dem Kopf wie ein König. Als ich dann näher heranging, nahm der Gefangene die Beine in die Hand und flüchtete zurück ins Lager, und die Kraniche breiteten drei Meter breite Flügel aus und flogen davon. Ach, jenes Gefangenenlager... Erinnerst du dich daran? Du warst damals ein kleiner Junge. Sie hatten ein Loch im Zaun, durch das sind sie raus wie meine armen Vögel aus dem Käfig, wenn ich ihn offengelassen hab, und dann sind sie hier auf den Feldern rumgewandert, und keiner hat sie bewacht, weil sie gar nicht fliehen wollten. – Nimm dir nach und iß noch, Sejde, ah – nu, mach den Mund auf, mein Kind. Ich weiß noch, wie der jüngste Sohn meines Stiefonkels gefuttert hat. Bei dem hat vom Tag seiner Geburt an der Schnabel immer aufgestanden, und sein erstes Wort war ›noch‹. Nicht ›Mama‹ und nicht ›Papa‹, bloß ›noch‹. Mit sechs Monaten hat er schon mit dem Finger auf den Kochtopf gezeigt und ›noch!‹ gesagt. Wer ›noch‹ sagen kann und verstanden wird, braucht nicht viel weitere Worte, um im Leben gut zurechtzukommen. Es gibt Menschen, die ihr Leben lang bestens mit nur zwei Wörtern durchkommen, dem Wort ›das‹ und dem Wort ›noch‹. Dieser Junge hat alles weggefressen, ›wie das Rind das Gras auf den Weiden abfrißt‹, wie's in der Bibel heißt, wie ein Faß ohne Boden, und seine Mutter hat ihn so gern essen sehen und ›noch, noch‹ sagen hören, und er ist derart gewachsen und gewachsen, daß sie schließlich Angst vorm bösen Blick kriegte und ihn erst an den Tisch rief, nachdem alle schon mit dem Essen fertig waren, und dann hat sie sich mit einem ausgebreiteten Bettlaken in den Händen vor ihn hingestellt, um ihn während des Essens abzuschirmen, damit ihn keiner sah und, Gott behüte, mit dem bösen Blick belegte. Also iß jetzt, Sejde, sperr den Mund weit auf und iß, und ich sing dir ein kleines Lied zum Appetitanregen:

Am Fenster, am Fenster
Saß 'ne schöne Elster,
Lief das Kind ans Fenster –
Flog davon die Elster.
Weint' das Kind am Fenster,
Weil weg die schöne Elster...«

Und auch all diese Worte sang Jakob in aschkenasisch gefärbtem Hebräisch mit Betonung auf der ersten Silbe.

18

Anfangs nahm das ganze Dorf an Mosche Rabinowitzes Unglück teil. Während der Trauerwoche erboten sich die Genossen, seine Kühe zu melken und die restlichen Früchte im Zitrushain zu pflücken. Auch in den Wochen danach, während sein Beinbruch verheilte, legten sie bereitwillig mit Hand an und liehen ihm mal des einen Maultier, mal des anderen Pferd, bis er ein neues Arbeitstier finden würde. Die Waisenkinder wurden bei einer Nachbarin zum Essen eingeladen, und Dorfpapischs Frau Alisa erschien, um den Barackenboden zu putzen, Wäsche zu waschen und sauberzumachen.

Aber die Tage vergingen, die Helfer wurden weniger, bis keiner mehr übrigblieb, und der Mann der Nachbarin erklärte Mosche, er könne seine Kinder nicht länger mit durchfüttern.

Rabinowitz, noch immer von der Brust bis zum Knöchel in Gips gepfercht, wurde wütend. Er hatte dem Nachbarn ja von Anfang an angeboten, für die Mahlzeiten zu bezahlen, doch als er jetzt erneut fragte, wieviel Geld er denn haben wolle, nannte der Mann eine Summe, für die man ein Regiment Soldaten hätte verpflegen können. Mosche schickte ihn weg und verhandelte mit der Frau des Lagerverwalters, und bis zu Judiths Ankunft in seinem Haus aßen Oded und Naomi nun dort Abendbrot zu einem vernünftigen Preis. Manchmal gesellten sich noch ein paar englische Offiziere als Tischgäste dazu, und sogar der Albino-Buchhalter, der sich nach Sonnenuntergang endlich aus Jakobas und Jakobis alter Baracke heraustraute, speiste dort.

Bald schon schlugen die Narzissenzwiebeln aus, die Mosche an der Böschung des Wadis ausgegraben und auf dem Grab seiner Tonitschka in die Erde gesteckt hatte. In dem Nest im Wipfel des Eukalyptus lärmten neue Rabenjunge. Die Welt ging ihren gewohnten Lauf, trug ihre Toten und Lebenden wie ein Schiff auf der Suche nach einem Hafen.

Die Sonne stieg höher, die Luft wurde wärmer, und jeden Mittag lagerte Mosche wie ein Kalb auf dem grünenden Feld, kaute Frauenmantel und Sauerklee und setzte sein geschundenes Fleisch dem Frühling aus.

Regenpfeifer und Kiebitze staksten in seiner Nähe auf langen Beinen umher, präsentierten ihre eleganten, stets sauberen Anzüge. Flinke Wühlmäuse, dem strengen Winter mit knapper Not entronnen, fiepten freudig aus dem Gras. Blütenduft stürmte von den Obstgärten herbei, beschleunigte das Blut in den Adern und ließ verblüffte Distelfinken mitten im Flug absacken.

Von dieser Angewohnheit, sich nackt aufs Feld zu legen, ging er nicht mehr ab. Noch Jahre später sah ich ihn ins freie Feld hinausschlendern, seine Kleidung ablegen und sich im hohen Gras ausstrecken. Und als ich einmal meinen Spähkasten hinter der Pflanzung aufgestellt hatte und die Lerchen bei ihrem Tanz beobachtete, kam Mosche, zog sich aus und legte sich genau neben meinen Kasten. Sein stämmiger, untersetzter Körper atmete träge, die eine Hand strich über Brust- und Bauchhaar, und als die Hitze zunahm, schob er seine Hoden von einer Seite zur andern. Zwei große Fliegen gingen auf seinem Gesicht spazieren, doch er verjagte sie nicht.

So nahe, bloß und arglos war er, spürte mich gar nicht, denn die Zweige und Gräser verbargen den Kasten ja sogar vor den Augen der Vögel, und obwohl ich in der Sonnenhitze wie im Backofen saß, wagte ich mich nicht zu regen, denn plötzlich sagte Mosche »mein Mosche, mein Mosche« zu sich selbst, lehnte sich ein wenig zur Seite, und ein Geruch wie von Onkel Menachem stieg in die Luft, aber ich war zu jung, um zu begreifen, und dachte, ihr Geruch sei ähnlich, weil sie Brüder waren.

Rabinowitzes gebrochener Oberschenkel wuchs schnell wieder zusammen, aber als er den Arzt aufforderte, ihm den Gips abzunehmen, hielt der es noch für verfrüht. Mosche debattierte nicht lange. Er kehrte heim, legte sich in den großen Trog der Kühe und blieb so lange darin, bis seine Bandagen sich aufgelöst hatten und das Wasser milchig weiß geworden war. Ein paar Tage später spannte er den Wagen an und fuhr mit seinen Kindern ins Nachbardorf, um den Sederabend bei Onkel Menachem und dessen Frau Batschewa zu verbringen.

Onkel Menachem und Mosche unterschieden sich erheblich. Menachem war groß und schlank und wirkte trotz seines Altersvorsprungs jünger als sein Bruder. Er hatte lange Finger, die trotz aller Feldarbeit feingliedrig geblieben waren, dickes kastanienbraunes Haar, eine angenehme, warme Stimme und einen gestutzten Lippenbart, den man in der Familie »amerikanischen Bart« nannte, obwohl kein Mensch wußte, was das genau war.

Und er hatte die große Pflanzung zypriotischer Johannisbrotbäume – mit den prallsten und saftigsten Früchten. Ich erinnere mich noch, wie er solch eine Frucht durchbrach und mit offensichtlichem Stolz ihren Honigseim triefen sah.

»Hätte Bar-Jochai seinerzeit solch einen Baum vor seiner Höhle gehabt, wäre er von Sabbatabend zu Sabbatabend mit einem einzigen Johannisbrot ausgekommen«, sagte er dann.

Onkel Menachem redete von seinem Johannisbrot, wie ein

Rinderzüchter von seinen Tieren spricht. Er besaß eine »Herde«, die ein paar »Bullen« und mehrere Dutzend »Kühe« zählte, und er sagte, wenn es ginge, würde er seine Bäume auf die Weide treiben und Flöte spielend hinter ihnen hergehen.

»Eines Tages, Sejde, werden wir Bäume ohne Wurzeln erfinden. Wenn wir spazierengehen oder zur Arbeit aufs Feld wollen, pfeifen wir ihnen, und schon laufen sie uns nach, und wir haben immer Schatten«, sagte er zu mir.

Er hatte auch eine Geschichte, die er immer wieder gern erzählte und ich immer wieder gern hörte – von einem Bauern, einem Goj, der mit einem mächtigen, fruchtbaren Apfelbaum auf einem großen erdbeladenen Wagen durch die Ukraine fuhr, gezogen von vier Ochsen und gefolgt von einem Bienenschwarm.

Onkel Menachem jedenfalls verließ sich nicht darauf, daß der Wind den Johannisbrotpollen zu den weiblichen Blüten trug, sondern bestäubte sie persönlich. Am Ende des Sommers kletterte er auf die männlichen Bäume, schüttelte den würzigen Pollen in Papiertüten und verstäubte ihn dann schnellstens zwischen den weiblichen Zweigen. Deswegen haftete ihm der typische schwere, dauerhafte Samengeruch an, der die Nachbarinnen verlegen machte, die Nachbarn amüsierte und seine Frau, Tante Batschewa, schier um den Verstand brachte.

Tante Batschewa liebte ihren Mann über alle Maßen und war sicher, daß sämtliche Frauen der Welt genauso von ihm schwärmten. Nun fürchtete sie, der Samengeruch, der selbst dann nicht von seinem Körper wich, wenn sie ihn unter die Dusche beförderte und so lange mit der Bürste schrubbte, bis er feuerrot anlief und vor Schmerzen schrie, könnte fremde Frauen anlocken. Tatsächlich wurde jede Frau, die sich Onkel Menachem auf Sichtweite näherte, von seiner Frau sofort als »Huuure« betitelt, und da das Dorf klein und die Eifersucht groß war, wuchs die Zahl der ›Huuuren‹ und wallte Tante Batschewas Zorn.

»Ein Ehemann wie Menachem muß im Frühling schweigen«,

erklärte sie, »am besten hielte er das ganze Jahr über den Mund, aber am allerwichtigsten ist es, daß er im Frühling schweigt und nicht alles aufbietet, was er kann – Märchen erzählen, Lüge auf Lüge, Beichte auf Geständnis häufen... All das ist höchst gefährlich bei Huuuren im Frühling.«

So kam es, daß Onkel Menachem sich im dritten Ehejahr eine sonderbare Allergie zuzog, die ihn fortan jeden Frühling befiel und nicht wie üblich Niesen, Jucken und Tränenreiz auslöste, sondern eine völlige Lähmung der Stimmbänder.

Tonia hatte seinerzeit gemeint, Batschewa hätte Menachem mit einem Fluch belegt, aber das stritt sie ab: »Eine Frau braucht so was nicht zu tun. Genau dafür gibt's einen Gott im Himmel«, erklärte sie mit dem frommen Lächeln derer, deren Arbeit von anderen besorgt wird. Wie dem auch sein mag – jedes Jahr wachte Onkel Menachem eines schönen Morgens zwischen Purim und Pessach ohne Stimme auf. Die ersten Worte, die er am ersten Morgen seiner Stummheit sagte, ließen ihn irrig annehmen, er sei taub geworden, aber dann begriff er, daß sich nur seine Lippen bewegten, die Stimme jedoch nicht hervordrang.

Anfangs verwandelte die erzwungene Stummheit ihn in einen jähzornigen, ungeduldigen Mann und Batschewa in eine ruhige, zufriedene Frau. Aber in den nächsten Jahren beruhigte sich der Onkel, gewöhnte sich und lernte es, mittels Zetteln mit seiner Umgebung zu kommunizieren, was die Tante erneut mit Angst und Eifersucht erfüllte. Jetzt fürchtete sie, der in der Kehle ihres Mannes aufgehaltene Frühling könne ihn veranlassen, den ›Huuuren‹ auf neuen Wegen den Hof zu machen.

»Er ist doch ein schlauer Vogel«, sagte sie immer wieder.

Und mit sechs oder sieben Jahren habe ich Onkel Menachem einmal erklärt, ich wüßte den Unterschied zwischen ihm und Jakob Scheinfeld.

»Was ist der Unterschied, Sejde?« fragte Onkel Menachem per Zettel.

»Ihr seid beide Vögel«, erklärte ich ihm, »aber du bist ein schlauer Vogel, und Scheinfeld ist ein komischer Vogel.«

Mutter schmunzelte, Naomi lachte, Menachems Leib vibrierte genüßlich, und seine Hand schrieb mir auf den Zettel: »Hahaha.«

»Ein Mann, der keine Worte hat, macht halt Luftsprünge und Faxen wie die Affen im Urwald«, sagte Batschewa, selbst erschrocken über die durchschlagenden Wirkungen ihrer Eifersucht.

Aber Onkel Menachem machte keine Luftsprünge und Faxen, sondern ging still in sich, wie schlanke Männer es am Ende des Sommers, wenn die Tage wieder kürzer werden, gewöhnlich tun.

Auch der streitbare Humor der Stummen bildete sich bei ihm aus. »Ich brauche eure langweilige Haggada nicht herzusagen«, verkündete er feierlich auf einem großen Schild, das er an jenem Sederabend vor aller Augen schwenkte.

Oded, Naomi und die drei Söhne von Batschewa und Menachem lachten. Und sogar Mosche, der in jenem Jahr beim Eintreten seinen Bruder weinend umarmt und gesagt hatte: »Schau, Menachem, der erste Pessachseder ohne Frau und Mutter«, schmunzelte dazu.

»Menachem meint, du müßtest auf der Stelle wieder heiraten«, sagte Batschewa, und Menachem nickte.

Aber Mosche wollte nicht mal darüber reden, und gewiß nicht vor den Kindern, sagte er.

Mosche und Batschewa sangen mit den Kindern alle Lieder, die sie aus dem alten Land in Erinnerung hatten, Menachem trommelte sie auf dem Tisch, und Oded fand den *Afikoman* und wünschte sich, »daß Mutter zurückkommt«.

Mosche erbleichte entsetzt, aber Menachem klopfte dem Jungen auf den Rücken und schrieb: »Das ist ein sehr schöner Wunsch. Odedinju, aber erst mal bekommst du ein Taschenmesser geschenkt.«

19

Manchmal wäre Mosche gern schwächer und matter geworden, weil er meinte, ein blühender Körper passe nicht zu einer trauernden Seele.

Gelegentlich wollte er sogar zusammenbrechen, aber es gelang ihm nicht. Im Gegenteil schien sich sein Körper nach Tonias Tod eher noch zu kräftigen. Als seien die Muskeln, die an ihrem Hals erschlafft waren, an seinem Hals erstarkt, als sprössen aus dem Staub der Trauer plötzlich grüne Lebenskeime, ja auch – wie beschämend – aufknospende Erleichterung und schmachvollerweise gar deutliche Rispen blühenden Witwertums, deren Existenz kein Mensch zugibt, obwohl alle sie wahrnehmen und kennen.

Mosches gewöhnlich schwerfällige Redeweise wurde flüssiger und schneller, sein gemächlicher Bauerngang bekam hier und da etwas Tänzelndes, und feine Härchen sprossen auf seinem kahlen Schädel – kein neuer dicker Jünglingsschopf, sondern eine Art Babyflaum, der den Glanz seiner Glatze minderte.

Sein Leib war bereits so gut genesen und gekräftigt, daß er sein Tagewerk wieder aufnahm, als sei ihm nie was passiert. Er hackte und mähte, pflügte und pflückte, und nach dem abendlichen Melken hängte er wieder die vier Milchkannen an das Tragjoch, das er sich aus einem zwei Zoll dicken Schlauch gemacht hatte, lud es auf die starken Schultern und trug sie zur Molkerei.

Dann ging er seine Kinder vom Abendbrot abholen. Die leeren Milchkannen baumelten an den Jochenden, schepperten wehmütig hohl, gewissermaßen ein Echo der Gedanken, die Mosche im Herzen bewegte.

Im Haus des Lagerverwalters angekommen, erwiderte er den Gruß des albinotischen Buchhalters mit einem Grunzen. Ihm mißfiel alles, was vom normalen Weltenlauf abwich, und der Buchhalter mit seinem Eulendasein und der Färbung von Haar, Augen und Haut verursachte ihm Unbehagen.

Allerdings wollte der Albino sich auch weder mit ihm noch mit sonst jemandem anfreunden. Er kümmerte sich um seine Vögel, tat seine Arbeit und belästigte niemanden. Einmal die Woche brachte der Schatzmeister eine Schubkarre voll Quittungen und Belege zu Jakobis und Jakobas alter Baracke und klopfte an die Tür. Der rosaäugige Buchhalter in seinem schwarzen Anzug öffnete das Fenster einen Spalt und flüsterte: »Bitte leise hereinkommen, nicht die armen Vögel verschrecken.«

Kaum war der Schatzmeister weg, stürzte sich der Albino auf die Papiere, stellte Berechnungen an, spitzte Bleistifte und brachte die Bilanzen der lichtüberfluteten Außenwelt ins Lot.

Der Gesang seiner Vögel und die geschlossenen Fensterläden schützten ihn vor der Sonnenglut, und erst gegen Abend, wenn seine Feindin, im Untergang begriffen, noch einen Moment dottergelb und sichtlich erschöpft auf dem Horizont ruhte, ehe sie aus der Welt schied, kam er aus seinem Unterschlupf heraus, um die Glieder zu strecken und frische Luft zu schnappen.

Zuerst tat sich die Tür auf. Ein Arm im langen Ärmel erprobte ängstlich bebend wie die Nase einer Blindmaus Licht und Luft, drehte sich langsam, prüfte den Zorn der ersterbenden Sonne und die schwindende Wärme des Bodens. War die Hand mit dem Ergebnis zufrieden, folgte ihr der Albino in Gänze, die Sonnenbrille nach oben gerichtet, der Schritt zögernd, zog sich aber gleich wieder zurück, um dann erneut herauszukommen, diesmal mit Kanarienkäfigen in den Händen, wie jemand, der seine Hunde spazierenführt.

Sobald die Käfige am Abschleppseil des Lieferwagens hingen, das er von einer Hausecke zum Stamm der nächsten Zypresse gespannt hatte, setzte er sich auf einen Liegestuhl und machte sich über ein Tablett mit geschälten und gestiftelten grünen Gurken, weißem Pepsinkäse, Salzhering, einer Flasche Bier und einem zerlesenen Buch her, das seinen Augen blutige Tränen und seiner Kehle mattes Wonnestöhnen abrang.

Unterdessen machten sich bei den Kindern Merkmale der Verwaisung bemerkbar. Oded näßte jede Nacht das Bett, Naomi magerte ab.

»Nominka ißt nicht«, sagte die Frau des Lagerverwalters zu Mosche.

»Ihr Essen ist nicht gut«, erklärte Naomi später auf dem Heimweg.

»Sag mir, was du gern ißt«, begann Mosche nach langem Schweigen, »dann sag ich's ihr.«

»Mutters Essen wollen wir haben«, sagte Oded.

»Wir alle wollen Mutters Essen«, erwiderte Mosche.

Der Sommer war heiß und duftschwanger wie immer. Das Dunkel des Dorfes umgab die drei mit der Stille von Eulenflügeln. Von den Tennen wehten Strohstäubchen herüber und kitzelten Mosches Nackenhaut wie im Sommer zuvor, als seine Tonitschka noch mit ihm zum Dreschen gegangen war.

Noch dreimal würde der Mond sich füllen und wieder leeren, und dann – das wußte Mosche – würde sein eigener kräftiger Leib weicher und voll des Herbstes werden. Störche würden den Himmel entlanggleiten, taufrischer Wind vom Gebirge her wehen, schlanke Meerzwiebeln daraufhin am Feldrain in die Höhe schießen.

Er liebte die Erinnerungskreise, die die Störche am Firmament beschrieben, das Festhalten der Meerzwiebel an ihrer Erde und das sehnsüchtige Schwanken ihrer Rispen. Er war nie ein Mann der Worte gewesen, und diese beiden, Meerzwiebel und Storch, definierten für ihn – letzterer mit seinen Schwingen, erstere mit ihren Zwiebeln – den Wechsel der Zeiten und die Ewigkeit des Ortes, die sich nicht in Worte fassen lassen.

Letzte Wespen umschwirrten letzte Trauben, neue Wolken türmten sich auf, das Rotkehlchen, dieser kleine Krieger, kehrte aus dem Norden zurück, eroberte wieder den Granatapfelbaum, und schon erschallte sein wütendes Kampfgetschilpe aus dem Dickicht, um die Grenzen seines Territoriums und seiner Toleranz abzustecken.

Feuchtkalte Winde schüttelten die Zypressen, rissen geschmeidige kleine Zapfen ab, die auf dem Barackendach hüpften. Das Wadi war erneut überschwemmt, und wie ein verletztes Tier, das Heilung ersehnt, suchte Mosche tagtäglich in Haus und Hof das Kästchen mit dem Zopf, den die toten Frauen seines Lebens vor ihm versteckt hatten.

Am Dorfhimmel flitzten langgestreckte Wolken von Staren wie riesige Pinselstriche dahin, trafen scharenweise zusammen und fächerten wieder aus, schwirrten durcheinander und trennten sich wieder. Morgens flogen sie über das Emek gen Osten, gegen Abend kehrten sie zurück. Zum Nachtquartier auf den Aleppokiefern am Wasserturm landeten sie derart eilig, daß es aussah, als saugten die großen Bäume sie in ihr Blätterwerk. Nur das leise Plappern, das Vögel und Kinder vor dem Einschlafen verlauten lassen, drang aus den Zweigen, bis es ebenfalls verstummte.

Im Haus waren ein paar Gläser Marmelade übriggeblieben, die Tonia im Sommer vor ihrem Tod gekocht hatte, an deren Vorhandensein sich aber niemand mehr erinnerte. Mosche fand sie beim unermüdlichen Stöbern nach seinem Zopf in einer Ecke und trug sie in die Küche. Oded stürzte sich darauf, und noch am selben Abend entdeckte sein Vater ihn im Kuhstall, über und über mit Marmelade verschmiert und vor lauter Süße zappelnd wie ein vergifteter Schakal.

»Schmeckt gut«, sagte Oded und hielt ihm einen vollen Teelöffel hin, »Mund auf, Augen zu, Vater.«

Ohne nachzudenken, wie jeder, der mal Kind gewesen ist, schloß Mosche die Augen und sperrte den Mund auf, und schon belud Oded ihm die Zunge mit einem gehäuften Teelöffel Marmelade, die ihm in der Kehle brannte und ihm die Tränen aus den geschlossenen Lidern trieb.

Naomi, die ihm unbemerkt in den Kuhstall gefolgt war, beobachtete die beiden mit Schauder.

»Willst du auch?« fragte Oded und hielt ihr den Teelöffel hin. »Marmelade von Mutter, iß.«

Aber Naomi überkam plötzlich die blinde, verzweifelte Wut eines Waisenmädchens, und ehe noch jemand sie zurückhalten konnte, schnappte sie das Glas, zerschmetterte es auf dem Betonfußboden des Stalls und flüchtete in den Hof.

20

»Eß, mejn Kind.«

Seine Hand setzte mir noch einen Teller vor und wagte es auf dem Rückweg, mir über den Kopf zu streichen.

Jakob sagte nie *Bni* – mein Sohn – zu mir, sondern immer nur *mejn Kind*, als jage ihm das Jiddische weniger Ehrfurcht ein als das Hebräische. Ich für meinen Teil nannte keinen meiner Väter ›Vater‹, weder auf hebräisch noch in sonst einer Sprache.

Globermann rügte mich des öfteren, weil ich nicht Vater zu ihm sagte, aber Jakob war es egal. Nur um eines bat er: daß ich ihn nicht mit seinem Familiennamen, Scheinfeld, anredete, wie es sonst alle taten, sondern stets mit dem Vornamen.

»Ich erzähl dir jetzt eine Geschichte von noch einem Jakob, damit du's verstehst«, sagte er, »nicht von unserem Stammvater Jakob, nach dem wir Jakobs allesamt benannt sind, sondern von einem andern Jakob Scheinfeld, der der Bruder meines Urgroßvaters gewesen ist. Bei uns gibt's in jeder Generation einen Jakob Scheinfeld in der Familie. Das Scheinfeld bleibt, die Jakobs wechseln. Wenn ich dir sage, wovon jener Jakob Scheinfeld gelebt hat, wirst du lachen. Er hat Seife probiert. Hast du mal gesehen, wie man Seife macht, Sejde? Es gibt da einen großen Bottich, so groß wie dieses Zimmer hier, darein wird alles mögliche Dreckzeug und Asche und das Fett von totem Vieh geschüttet, und all das stinkt und siedet auf dem Feuer, der Brei schlägt Blasen so groß wie Wassermelonen, und wer diesen ganzen Ekelkram sieht, will sich nie mehr mit Seife waschen. Und das hat er gekostet. – Schon wieder lachst du? – Als ich klein war, hat man einem Kind, das unschöne Worte gesagt hat, zur Strafe ein Stückchen Seife in den Mund gestopft, aber in der Fabrik muß man den Seifenbrei probieren, um zu wissen, wann man das Feuer ausmachen muß, sonst wird die ganze Seife nichts. Wie man das weiß? Das ist geheim. Das steht in keinem Buch. Das steht nur auf der Zunge und im Gedächtnis des Spezialisten geschrieben. Der schnuppert und schmeckt und schneidet Gesichter und sagt, was fehlt, und zum Schluß hat er gesagt: ›*Itzt!* – Jetzt‹, und dann mußte man gleich auf der Stelle das Feuer ausmachen. Und probieren muß man von der Mitte des Bottichs, nicht von den Rändern. Da hat sich dieser Jakob Scheinfeld halt wie ein Affe an einem Seil über den siedenden Bottich gehangelt und einen Löffel reingesteckt, hat auf der Zungenspitze probiert und wieder ausgespuckt und gesagt, ob man warten oder löschen sollte. Bei denen ist der Beruf vom Vater auf den Sohn übergegangen, aber dieser Jakob Scheinfeld war ein kinderloser alter Junggeselle, und als er langsam älter wurde, ist der Chef zu ihm gekommen und hat gesagt, es wird Zeit, daß Ihr jemandem beibringt, wie man Seife kostet. Denn wenn Euch, Gott behüte, was zustößt, wer soll dann das Zeichen geben und *itzt* sagen? Jakob Scheinfeld hat sich das angehört und kein Wort gesagt. Am nächsten Morgen ist er wie jeden Tag zur Arbeit gekommen, hat sich an dem Seil über den Bottich mit der siedenden Seife gehängt, hat probiert, ausgespuckt und gesagt: Hier fehlt noch ein bißchen Fett von einem alten Aas, und bevor noch jemand recht begriff, hatte er schon das Seil losgelassen und fiel in den siedenden Seifenbottich. – Magst du jetzt was Süßes essen, Sejde? Tut mir leid, daß ich dir diese Geschichte schon jetzt erzählt hab. Vielleicht hätte ich lieber ein paar Jahre damit warten sollen. Vielleicht hätte ich sie dir besser bei unserer nächsten Mahlzeit erzählt. Ich mach dir jetzt was Süßes, das ich mal von einem Italiener gelernt hab.« Er stand hastig auf, als wolle er den Eindruck der eben erzählten Geschichte tilgen.

»Ganz einfach. Jetzt brauchen wir bloß ein Eigelb, Wein und Zucker. Komm mit mir an den Spülstein, und guck zu.«

Er brach ein Ei in die Handfläche auf, ließ das Eiweiß durch die gespreizten Finger abfließen und rollte das Eigelb dann behutsam in der hohlen Hand.

»Siehst du, Sejde?« sagte er. »Es bricht nicht und zerläuft nicht. So sieht das aus, wenn ein Ei frisch und der Dotter fest ist.«

Er teilte auf diese Weise noch zwei Eier, gab die Dotter in eine Schüssel und fügte ein wenig Zucker und Wein hinzu, dessen Duft sich verbreitete.

»Was wäre besser als eine solche Mischung? Das Eigelb ist Nahrung von der Mutter und erinnert an das Leben, der Wein ist Seele und Zukunft, und der Zucker ist die Leidenschaft und die Kraft.«

Der Schneebesen verschwamm, wurde zur silbrigen Kugel vor lauter Geschwindigkeit. Jakob stellte die Schüssel auf einen Topf mit kochendem Wasser und schlug weiter. »Das riecht viel besser als Seife und schmeckt auch viel besser, und eines Tages werde ich dir beibringen, wie man das hier zubereitet. Verstehst du, wovon ich rede, Sejde?« Und schon nahm er die Schüssel herunter, steckte den Finger hinein und hieß mich, das gleiche zu tun.

»So machen's die Italiener.« Er schleckte genüßlich. »Schmeckt dir das? Was? Mir auch. Gibt Rabinowitz dir zu Hause was Süßes?«

»Nicht viel«, sagte ich.

Seinerzeit aß man kaum Süßigkeiten. Im Hause Rabinowitz versüßten wir das Brot nur mit Marmelade, und beim Teetrinken kauten wir einen Zuckerwürfel. Bis heute trinke ich so meinen

Tee, denn dann vermischen sich Bitterkeit und Süße nicht, sondern bestehen nebeneinander.

Mosche, für den das Lechzen nach Kuchen oder Schokolade ein Inbegriff der Maßlosigkeit war, erzählte mir immer, in seiner Kindheit habe in seinem Elternhaus so große Armut geherrscht, daß man beim Teetrinken einen Zuckerwürfel am Faden über den Tisch gehängt habe.

»Und den habt ihr ins Glas getaucht?« fragte ich.

Mosche lächelte mit dem Stolz der Armen. »Nein«, sagte er, »wir haben ihn beim Teetrinken angeschaut.«

»Glaub meinem Vater nicht, Sejde«, sagte Naomi zu mir. »Tonnenweise Geld haben sie in Rußland gehabt. Sie hatten Wälder und Lagerhäuser, eine Mühle und Handelsgeschäfte, und mein Vater hat als Kind mehr Süßigkeiten gegessen als seine sämtlichen Kinder zusammen, dich eingeschlossen, Sejde.«

21

Sanft und stetig fiel der Regen, ohne Unterlaß. Mosche machte für sich und seine Kinder Sackkapuzen und baute einen kleinen Holzschlitten in Form eines flachen Trogs, dessen Boden mit Blech beschlagen war. Jeden Abend stellte er die Milchkannen hinein und schleifte sie durch den Schlamm zur Molkerei, und nachdem er dort mit anderen Bauern über dies und das geplaudert hatte, ging er zum Haus des Lagerverwalters, um seine Kinder abzuholen.

Die Kleinen durften sich zu den leeren Kannen auf den Schlitten setzen und wurden nach Hause gezogen. Bei den ersten Malen lachten sie und riefen: »Hü, Vater, hü!« Aber schon bald wurden sie die Sache leid, und auch Mosche ging die Geduld aus. Die Schlittenriemen schnitten ihm in die Schultermuskeln, seine kurzen stämmigen Beine sanken im Morast ein und kamen mit widerlichem Quatschen wieder heraus. Den ganzen Tag arbeitete er auf Hof und Acker, und am Abend gab er wieder nicht den Bitten seiner Kinder nach, das ›Böser-Bär-Spiel‹ mit ihnen zu spielen, sondern legte sich auf den Bauch und stöhnte, bis Naomi kam und ihm mit ihren kleinen, bloßen Füßen auf dem Rücken herumlief, um mit den Fersen wohltuend sein Fleisch durchzuwalken.

Dann gingen die Kinder schlafen. Mosche kochte Eier und Pellkartoffeln, zerkrümelte Wäscheseife zu Flocken, entzündete ein Feuer im Hof und kochte Odeds stinkige, durchnäßte Laken auf. Danach putzte er, räumte auf, suchte seinen Zopf und legte sich erst nach Mitternacht mit schmerzenden Gliedern und übler Laune ins Bett.

Es war ein gesegnetes Jahr damals, aber nicht bei Rabinowitz. Zwei Fehlgeburten nacheinander gab es im Kuhstall, ein Mungo fand einen Spalt in der Wand des Kükenhauses und mordete Dutzende von Küken, der Wasserabfluß in der Pflanzung funktionierte nicht richtig, und so ließen die Regenfluten die Wurzeln mehrerer Bäume verfaulen.

Tagsüber stapfte Mosche durch die aufgeweichte Erde seiner Felder, nachts strebten seine Träume zum Grab seiner Frau, berührten ihre Gebeine, entschwebten von dort zu dem Kästchen von Holz und Muscheln, um den goldenen Zopf zu streicheln und daraus Kraft zu schöpfen.

Danach verebbten die Träume, kehrten in ihre Käfige zurück, und Mosche wachte auf, denn Oded kam an sein Bett und schmiegte sich an ihn. Er wartete, bis der Junge eingeschlafen war, stand dann auf und brachte ihn in das Bett zurück, in dem er mit Naomi schlief. Doch wieder wachte Oded auf, und sein Vater hörte erneut das Knarren des Bettes, den Marmeladenlöffel, der wie ein Glockenklöppel gegen die Seiten des Glases klingelte, und das Getrappel der kleinen Füße, die zurückkehrten und zu ihm ins Bett kletterten.

Und am Morgen erwachte Mosche, die Haut getränkt vom kalten Kinderurin der Verwaisung und Vernachlässigung und das Herz flehentlich rufend – wo war sie, Tonia, seine Frau und Zwillingsschwester? Wo waren sie, seine gestickten Kleidchen? Seine abgeschnittenen Haare? Die kraftspendenden Flechten seiner Kindheit?

22

So kam es, daß im Jahr 1930 in Kfar-David in der Jesreelebene ein verwitweter Bauer lebte, der pflügen und melken, kochen und nähen, mit seinen Kindern spielen und ihnen Geschichten vorlesen mußte, dazu jede Nacht aufstehen und nachsehen, daß ihnen die Decken nicht weggerutscht waren; er mußte sie jeden Morgen gewaschen, gekämmt und gesättigt zur Schule schicken, und jeden Tag das Gesicht in den Kleidern seiner toten Frau bergen – Fledermäuse aus Tuch und Erinnerung in ihrer Schrankhöhle aufgehängt –, und seine Körperkraft, so gewaltig sie auch sein mochte, hielt dem nicht stand.

In der Moschawa Petach Tikwa, oder vielleicht in Rischon Lezion, saß unterdessen eine arme, verlassene, ihres Kindes beraubte Frau, deren Herz sich im Käfig der Rippen verkrampfte und deren Tränen Rinnen ins Fleisch schmolzen.

»Was gibt's da noch viel zu reden?« fragte Jakob Scheinfeld, während er die großen Teller vom Tisch abräumte. »Jetzt ist doch alles klar, das Schicksal wollte diese Begegnung.«

Tatsächlich war es von nun an nur noch eine Frage der Zeit, wann meine Mutter in das Dorf kommen würde.

»Und ich frage dich, Sejde: Dafür ein kleines Mädchen von ihrer Mutter wegreißen? Dafür eine andere Frau im Wadi ertränken?«

Eine Begegnung dieser Art, fuhr er ein wenig bitter fort, werde das Schicksal kaum je dem Zufall oder auch dem Glück überlassen. Onkel Menachems Hand sei mit dem weiteren Geschehen betraut worden.

Onkel Menachem hatte von Judith gehört und war weise und feinfühlig genug, mit Mosche über sie zu sprechen, ihm das, was man tunlichst verriet, zu verraten und alles, was man besser wegließ, wegzulassen, und fuhr dann auch noch eigens zu ihr hin. Er hatte das diskret tun wollen, aber Batschewa machte einen Mordsskandal mitten im Dorf und schrie, ihr Mann führe los, »um auf eine neue Huuure anzuspringen«.

Menachem schlug Judith vor, nach Kfar-David zu kommen und bei seinem Bruder zu arbeiten. Damit fände sie Brot zum Essen, Kleidung zum Anziehen, ein Haus zum Wohnen, Kinder zum Aufziehen, Kühe zum Melken, Töpfe zum Aufsetzen und einen Mann zum gemeinsamen Teetrinken, ›Miene-Lesen‹ und In-die-Augen-Blicken.

»Das täte euch beiden gut«, schloß er.

Aber weder Mosche noch Judith beeilten sich, seinen Vorschlag anzunehmen. Jeder verschanzte sich in seinem Trauerpanzer, und beide sagten »vielleicht« und »wozu« und »mal abwarten und sehen« und noch mehr solcher vorsichtigen Worte, als prophezeie ihnen das Herz und gebiete: »Wartet!«

Ein Jahr war seit Tonias Tod vergangen, und das Purimfest stand vor der Tür. Schränke und Truhen wurden geöffnet, allerlei Stoffsachen zutage gefördert, Farben angerührt und Dekorationen gebastelt. Der große Kostümwettbewerb fand statt, drei Teilnehmer erreichten die Endausscheidung.

Der erste war eine undefinierbare blaßblaue Gestalt, die sich ›König des Indischen Ozeans‹ nannte.

Der zweite war der albinotische Buchhalter, der das ganze Dorf allein schon durch seine Teilnahme überraschte. Er hatte sich als ›junge Wäscherin am Fluß‹ verkleidet und bestieg das

Podium mit bloßen Knien, deren rötliche Marmorierung auf der weißen Haut deutlich hervortrat, im einen Arm einen Wäschekorb, im andern ein Waschbrett, die rötlichen Augen unverwandt auf Jakob Scheinfeld gerichtet.

Der dritte war natürlich Dorfpapisch. Jedes Jahr überraschte er mit einem originellen Kostüm, und diesmal trat er als ›siamesische Zwillinge‹ auf. Er hatte sich die Augen geschminkt, ein paar bunte Klamotten angezogen und verkündete zur Heiterkeit des Publikums, sein Zwillingsbruder habe Lampenfieber bekommen und sei zu Hause geblieben. Doch sogleich brach der Jubel abrupt ab und verstummte, denn plötzlich erschien auch Tonia Rabinowitz und bestieg die Bühne.

In einfacher Alltagskleidung drängte sich die Verstorbene zwischen das Teilnehmertrio. So täuschend ähnlich sah sie sich, daß der Ansager sie schon von der Bühne weisen wollte, weil sie nicht verkleidet sei, aber dann stöhnten alle plötzlich vor Ärger und Entsetzen, da sie sich an Tonias Tod erinnerten und begriffen, daß es kein anderer als Mosche Rabinowitz war, der sich zum Gedenken an seine Frau verkleidet hatte. Sie waren sich ja so ähnlich gewesen, daß der Witwer nichts weiter zu tun brauchte, als ein Kleid der Verstorbenen anzuziehen, es mit zwei großen Wollknäueln auszustopfen und ihr Kopftuch umzubinden.

»Geh runter, Rabinowitz, runter!« rief jemand.

»Schäm dich!« zischte Dorfpapisch ihn zwischen siamesisch zusammengepreßten Lippen an.

Aber Tonia fixierte ihn mit grauenerregenden Totenaugen, ging auf ihn zu, bis er zurückschreckte, wischte sich mit der vertrauten Geste, die auch Zeit und Tod nicht zu tilgen vermocht hatten, die Hände an der Schürze ab und sagte mit tiefer Stimme: »Gleich ruf ich meinen Mosche, und der macht Hackfleisch aus dir.«

»Runter, du Bulle!« rief es aus dem Publikum. Auch Pfiffe gellten, und ein paar aufgebrachte Männer drängten zum vorderen Teil des Saals.

Tonia verbeugte sich mit der Anmut eines Bären nach beiden Seiten und trat von der Bühne ab. Wie eine schwere Pflugschar bahnte sie sich ihren Weg durch die Anwesenden und verließ die Feier, und sogleich löste sich das Publikum in ungehaltene Grüppchen auf, die ebenfalls eilig dem Ausgang zustrebten.

Im Haus legte Mosche das Kleid seiner toten Frau nicht ab. Er durchsuchte die Schränke, stöberte in den Ecken, raufte sich das Nackenhaar und schrie die Holzwände an. Die Kinder fixierten ihn ängstlich, ohne etwas zu sagen.

Zum Schluß ging er zu seinem Felsbrocken hinaus, schlang die Arme darum, preßte ihn an den Wollbusen und die mächtigen Muskeln darunter, hob ihn hoch, wanderte schreiend und brüllend damit im Kreis herum und setzte ihn wieder an seinen Platz.

»Also, was soll ich dir sagen, Sejde? Das war wirklich eine große Tragödie, denn zu Trauer und Sehnsucht kam ja auch noch das Mitleid, das man ihm hier entgegenbrachte, und bei den Menschen ist der Abstand zwischen Mitleid und Grausamkeit sehr gering. So fingen die Leute an, hinter seinem Rücken zu reden, wie arm er dran sei, und von da ist es auch nicht mehr weit bis zu Reden, er sei verrückt, und hier im Dorf versucht sich ja jeder so zu verhalten, wie die andern von ihm denken. Deswegen benehm ich mich heute wie ein Dussel, und Rabinowitz hat sich damals wie ein Verrückter aufgeführt, und wir werden noch abwarten und sehen, wie du dich mal benehmen wirst.«

In einer der folgenden Nächte ging Rabinowitz auf Dorfpapischs Hof, packte eine Gans am Hals und trug sie weg. Er schnitt seinem Opfer die Gurgel durch, ließ das Blut zu Boden laufen, zog dem Tier die Haut ab, entzündete ein Feuer aus den Zweigen und Rindenstücken, die sich immer um den Eukalyptusstamm sammelten, und stellte Tonias große schwarze Kasserolle darauf. Als der Topf heiß wurde, warf Mosche die Hautstücke hinein, wendete sie wieder und wieder und schüttete das ausgebratene Fett von Zeit zu Zeit in eine große Schüssel, die daneben stand.

So machte er weiter, bis die Hautfetzen schön braun und knusprig waren, und streute sie dann über das erstarrende Fett in der Schüssel.

Bei Tagesanbruch lief er zum Bäcker, holte einen Laib Brot, riß Stücke davon ab, tauchte sie in das noch nicht gänzlich steife Schmalz und aß sie wie ein Besessener, mitsamt den knusprig gebrutzelten Grieben.

Nicht vor Hunger und nicht aus Rache oder Reue tat er das, sondern vor lauter Kummer, der sich nicht legen wollte, und wegen seines Fleisches, das sich nicht trösten ließ.

Die Tränen lösten den Pfropfen in seiner Kehle, das Fett mischte sich mit den Sehnsuchtssäuren seines Magens. Er heulte los und mußte sich übergeben. Der Lärm weckte Naomi, die herbeilief, bei ihm stehenblieb und vor Schreck ebenfalls in Tränen ausbrach.

Als dann auch noch Oded, feucht vor Urin und am ganzen Leib stinkend, ankam und sagte: »Ich hab schon wieder ins Bett gemacht, Vater«, stand Mosche vom Boden auf und schrie: »Warum? Warum? Wie lang muß ich dir denn noch die ganze Stinkwäsche auswaschen?« Und plötzlich holte er aus und knallte dem Jungen die flache Hand ins Gesicht.

Der liebliche Schmalzduft hatte viele Dorfbewohner auf den Rabinowitzschen Hof gelockt. Sie umdrängten die große schwarze Kasserolle und begriffen, woher die Träume vom alten Land rührten, aus denen sie gerade erwacht waren. Zu ihrem Leidwesen sahen sie allerdings auch den furchtbaren Schlag, den Mosche seinem Sohn Oded verpaßte.

Alle waren zutiefst bestürzt. Rabinowitz hatte noch nie die Hand gegen jemanden erhoben. Nur einmal hatte er einen Metzger zu Boden geschlagen. Dieser Mann, einer von Viehhändler Globermanns grobschlächtigen Freunden und berühmt dafür, daß er den Hüftknochen eines Stiers mit einem einzigen Beilhieb durchtrennen konnte, war gekommen, um Mosches Felsbrocken anzugehen und ihn vom Boden aufzuheben. Als ihm das nicht gelang, war er wütend geworden, und, statt wie die sonstigen Bewerber den Stein zu treten und sich den großen Zeh zu brechen, hatte er versucht, Mosche in ein Handgemenge zu verwickeln, bei dem er dann sofort zu Boden ging.

Jetzt, da Oded gegen den Eukalyptusstamm flog, die Augen verdrehte und schlaff zusammensackte, lief Mosche erbleichend hin, hob ihn auf und wiegte ihn in den Armen. Aber Naomi kreischte: »Rühr ihn nicht an! Rühr ihn nicht an!« Und als Oded aus seiner Ohnmacht erwachte, entwand er sich den Armen seines Vaters und klammerte sich abwechselnd an seine Schwester und den Eukalyptusbaum.

Hinter dem Zaun tuschelten die Leute, und Rabinowitz, der ihnen und den verstörten Augen seiner Kinder entkommen wollte, rannte in die Scheune, trommelte dort mit den Fäusten, trat gegen die Strohballen, suchte und stöberte zwischen ihnen, wobei er sie nach allen Seiten schleuderte, bis sie vor den Augen der verblüfften Kühe in fliegende Halme zerstoben und er selbst sich zu Boden warf.

»Komm jetzt raus, komm raus!« gellte das furchtbare Brüllen durchs ganze Dorf und rief auch die auf den Plan, die sich von dem Duft nicht hatten anlocken lassen.

Alle blieben in dem Abstand stehen, den man tunlichst einhält, wenn ein tollwütiger Hund im Dorfbereich auftaucht oder ein nicht kastrierter Bulle aus seinem Pferch sprengt. Näher kamen sie nicht, aber sie riefen Mosche beruhigende Worte zu und baten ihn, aufzustehen und nach Hause zurückzukehren.

Schließlich rannte Oded, wieder gefaßt, in die Scheune, und als er seinen Vater an beiden Händen faßte und seinen dicken schweren Leib an sich zog, wurde der federleicht und erhob sich von der Erde.

Mosche ließ sich von seinem kleinen Sohn nach Hause führen, wo er aufs Bett sank, einschlief und erst am nächsten Morgen beim empörten Muhen der Kühe wieder aufwachte. Er stand zum Melken auf, schickte die Kinder in die Schule, sattelte das Pferd und ritt ins Nachbardorf.

»Sag dieser Frau da, sie soll kommen«, rief er Menachem zu, ohne auch nur abzusteigen.

»Wart mal, Mosche, laß das Pferd was fressen und trinken, setz dich, und wir unterhalten uns ein bißchen«, bat Menachem.

»Nicht heute, Menachem«, rief Mosche und zerrte das Pferd herum. »Schick ihr den Brief schnell, daß sie kommt.«

»Der Frühling zieht ein, Mosche«, lachte Menachem, »wenn wir heute nicht reden, wirst du bis nach Pessach warten müssen.«

»Dann warte ich halt. Schick heut noch den Brief an die Frau. Sie soll kommen.«

Damit rammte er dem Pferd die Absätze in den Bauch und galoppierte nach Hause zurück.

23

»Noch eine Portion Süßspeise?«

»Ja«, sagte ich.

Wieder kam das Wasser zum Sieden, wurden die Eier geteilt, gab der Wein seinen Duft, tauchte der Finger ein.

»Jedesmal wird es ein bißchen anders«, kicherte Jakob. »Vielleicht fehlt noch etwas Fett von einem alten Aas, was?«

Er brachte einen glänzenden Kelch an den Tisch, transparent wie Libellenflügel, steckte einen Teelöffel hinein und reichte ihn mir.

Ohne daß er es mir gesagt hätte, machte ich die Augen zu und sperrte den Mund auf. Ich hörte ihn schnaufen, als er mir einen Löffel voll auf die Zunge häufte.

Worte vermögen diese Süße nicht zu beschreiben, die ich bis heute nicht habe wiedererlangen können. Viele Jahre sind seit jener ersten Mahlzeit vergangen, aber die Erinnerung an die Nachspeise umschmeichelt meinen Gaumen immer noch, ist so fest und deutlich vorhanden, daß ich manchmal mit dem Zahnstocher noch ein süßes Stäubchen von damals aus den Ritzen zwischen den Backenzähnen zutage fördere.

»Weißt du, was du ißt?« fragte Jakob.

Ich schüttelte den Kopf.

»Das ist ein italienischer Nachtisch.«

Ich fürchtete, wenn ich den Mund aufmachte, würde der gute gelbliche Geruch sich verflüchtigen.

»Früher mal hab ich sehr viele Kanarienvögel gehabt«, sagte Jakob.

Ich nickte, machte wieder die Augen zu, und Jakob gab mir einen neuen Löffel voll Glück und Staunen in den Mund.

Er musterte mich, als wolle er herausbekommen, was ich noch alles wußte. Ich dachte, er würde fragen: »Warum hast du mir das angetan, Sejde?« Aber Jakob hegte keinen Verdacht, wußte nichts und fragte nichts, weder bei jener Mahlzeit noch bei den folgenden, sagte nur: »Schmeckt dir das?«

Es kam der Moment, in dem ich das, was ich im Mund hatte, hinunterschlucken mußte. »Schmeckt sehr gut«, sagte ich, »am besten von allem, was ich je gegessen hab.«

»Vielleicht möchtest du auch Musik hören?« fragte Jakob. Er tauchte zwei Finger in die Schüssel und leckte sie genüßlich ab. »Wieviel Kraft so ein Eigelb in sich hat«, sagte er, »und wieviel Leben.«

Es war schon spät. Von der Wand blickte mich die schönste Frau des Dorfes mit beängstigenden Augen an. Die Köstlichkeit, die Jakob mir in den Mund gegeben hatte, machte mich schläfrig.

»Gut«, sagte ich.

Er legte eine Schallplatte aufs Grammophon, drehte die Kurbel, und schon erklang knacksend Tanzmusik durch den Raum.

»Das ist ein Tango«, sagte Jakob. »Hier im Dorf wird er nicht getanzt. Es ist ein Liebes- und Hochzeitstanz, für einen Mann und eine Frau. Tango, das heißt berühren. Hast du das gewußt, Sejde?«

Er stand nicht auf, aber zwei seiner Finger wirbelten wie kleine Füße über den Tisch, gelbliche Spuren der Süße auf der Holzplatte hinterlassend.

»Wenn du willst, Sejde, bring ich dir diesen Tanz bei«, sagte er.

»Nicht jetzt«, sagte ich.

»Der Tango ist ein Tanz, dem kein anderer gleichkommt«, sagte Jakob. »Es ist der einzige Paartanz, den der Mensch auch allein tanzen kann, auch im Sitzen kann man ihn tanzen, sogar im Liegen und im Traum. Dorfpapisch hat dazu mal gesagt – ich kann seine schönen Worte nicht vergessen: ›Ein Tanz, der nicht seinesgleichen hat, ein Tanz verhaltener Leidenschaft und schwellender Sehnsucht.‹ Manchmal redet er so schön, der Papisch, daß es einem richtig weh tut im Herzen vom Zuhören.«

Zwölf Jahre war ich alt und nun auch schon ein bißchen erschrocken. Ich wollte heimgehen.

»Ich möchte jetzt nicht tanzen lernen«, verkündete ich und stand auf.

»Natürlich nicht jetzt, Sejde«, lachte Jakob. »Du bist ja noch ein Kind. Später mal, wenn du heiratest, bring ich dir's bei. Ein Mann muß auf seiner Hochzeit Tango tanzen können. Ich werde dir alles Nötige beibringen, bevor du heiratest.«

»Ich werde nicht heiraten; das darf ich nicht!« sagte ich mit Nachdruck, während meine Füße mich schon zur Tür trugen.

Wir gingen in den kleinen Garten hinaus. Die großen Mohnblumen welkten bereits. Die vergilbenden hohen Gräser kitzelten bei ihrem langsamen Windreigen zwischen den Beinen. Jakob Scheinfeld legte mir die Hand auf die Schulter und beugte sich zu mir nieder, bis seine Wange meine Wange streifte. Ich spürte seine Lippen auf Suche nach Erwiderung und Ruhe, und da berührten sie auch schon ganz leicht meine Schläfe, doch als er mein Zurückschrecken spürte, zuckte er selber zurück, richtete sich sofort auf und nahm die Hand von meiner Schulter.

»Du brauchst mich nicht zu besuchen, Sejde«, sagte er, »du brauchst mir noch nicht mal auf der Straße guten Tag zu sagen. Ich bin schon dran gewöhnt. Seit Rivka gegangen und Judith gestorben ist, bin ich allein. Aber wenn ich dich in ein paar Jahren zu einer weiteren Mahlzeit einlade, dann kommst du.«

Die dünne weiße Narbe, die sich trotz der Dunkelheit auf seiner Stirn abhob, entschwand plötzlich dem Auge, und ich wußte, daß sie rot geworden war.

»In Ordnung«, sagte ich.

Ich ging nach Hause. Die laue Frühsommernacht umhüllte meinen Körper – ein so angenehmes Gefühl, daß ich zu schwimmen meinte. Die Süße von Wein, Zucker und Eigelb verweilte in meinem Mund, und ich wußte, sie würde niemals von dort weichen, selbst dann nicht, wenn sie meinem Gedächtnis entfallen sollte.

Qualm- und Brandgeruch stieg in die Luft. In der Ferne leuchteten Feuer, umtanzt von schwarzen Gestalten in rötlichem Schimmer.

Ich rannte dorthin. Es waren meine Schulkameraden, die tanzten und die Heuschrecken verbrannten.

»Kommst du?« rief Jakob mir nach.

»Ich komme«, rief ich zurück.

Ich ließ die Zunge über die Zähne gleiten, von rechts nach links und von links nach rechts, hin und her, immer wieder. Ich lief weg von dort. Drückte die Zunge gegen den Gaumen und schluckte den süßen Speichel, der sich in meinem Mund bildete.

Zweite Mahlzeit

1

Die zweite Mahlzeit kochte mir Jakob rund zehn Jahre später, nachdem ich aus dem Wehrdienst entlassen war.

Ich habe mich beim Militär nicht groß hervorgetan. Mein Name brachte mir bei jedem Appell Ärger, und meine Immunität gegen den Tod machte nicht etwa einen tapferen Krieger aus mir, sondern einen trägen Muffel, der sich nicht unterordnen wollte.

Am Vorabend meiner Einberufung paßte mich Jakob am Versammlungsbaum der Raben ab und schlug mir vor, gemeinsam das Grab meiner Mutter aufzusuchen.

»Red keinen Unsinn, Scheinfeld«, sagte ich.

Ich war kein Kind mehr, konnte sehr wohl den Ausdruck von Kränkung und Schmerz erkennen, war aber noch nicht erwachsen genug, zu bereuen und um Verzeihung zu bitten.

Jakob zuckte zurück, als hätte ich ihm eine Ohrfeige versetzt, und sagte dann: »Paß bloß auf, Sejde, und sag den Vorgesetzten dort nicht, was es mit deinem Namen für eine Bewandtnis hat, sonst schicken sie dich für alle möglichen gefährlichen Sachen über die Grenze.«

Ich erwiderte ihm lachend, er mache sich zu viele Sorgen, aber seinen Rat nahm ich an. Ich verriet niemandem, was mein Name bedeutet, auch nicht nach einem Verkehrsunfall, bei dem ich wie gewöhnlich unverletzt davonkam: Ein Jeep, auf dessen Rücksitz ich gedöst hatte, kippte um. Der Fahrer, ein grauhaariger, dickbäuchiger Reserveoffizier, der mir zu Anfang der Fahrt Bilder seiner Enkel gezeigt hatte, wurde erdrückt. Ich landete ohne eine einzige Schramme im Straßengraben.

Während der Grundausbildung zeigte sich bei mir eine Begabung zum Schießen, von der ich nichts geahnt hatte. Man schickte mich in einen Scharfschützenlehrgang, nach dessen Absolvierung ich gleich als Ausbilder dablieb. Das Ausbildungslager war ein kleiner Komplex, geradwinklig angelegt, mit gekalkten Steinen markiert und ringsum von Eukalyptusbäumen gesäumt, deren starker, erinnerungsschwangerer Duft mir aufs Gemüt schlug. Alte, verlassene Rabennester hoben sich schwarz in den Wipfeln ab, und als ich fragte, warum die Insassen den Ort verlassen hätten, antwortete mir einer der Ausbilder: »Würdest du als Vogel neben einem Scharfschützenlager wohnen wollen?«

Meine Tage vergingen – Schalldämpfer in den Ohren – in völliger Einsamkeit mit ständigem Schießen auf Tausende von Pappfeinden und keinen einzigen lebenden Menschen. Viele Stunden verbrachte ich mit endlosem Ausrichten von Kimme und Korn, endlosem Einschieben von Patronen in ein und dieselbe Rille und dem endlosen Schreiben von Briefen, die ich teils Naomi nach Jerusalem schickte, teils selbst behielt. Ich besitze die Fähigkeit, so rum und so rum zu schreiben, in normaler und Spiegelschrift, und wegen dieser sonderbaren Gabe sagte mir Globermann einmal, vielleicht stammte ich von keinem meiner drei Väter, sondern von einem vierten Mann. Wie dem auch sei, am liebsten schreibe ich in der Schrift, von der Naomis Mann Meir mir einmal gesagt hat, sie hieße ›bustrophedonal‹, das heißt ›furchenwendig‹: eine Zeile von rechts nach links in normaler Schrift, die nächste von links nach rechts in Spiegelschrift, genau wie der Ochse auf dem Feld pflügt, eine Furche hin, eine zurück, immer eine neben der anderen. So beharrlich hielt ich an dieser Schreibweise fest, daß Naomi klagte, sie hätte keine Lust mehr, vor dem Spiegel zu stehen, um meine Briefe zu lesen.

Sie schickte mir Pakete aus Jerusalem – mit lustigen Zeichnungen, herrlichen Mohnkuchen und Geschichten über ihren Mann Meir und ihren kleinen Sohn, die mich nicht interessierten.

Auch Jakob schickte mir Briefe – kurz und rar, in unbeholfener Handschrift und mit Rechtschreibfehlern, die seiner Redeweise entsprachen. Globermann schickte wie gewohnt Geld, wobei er auf jeder Banknote, neben der Unterschrift des Staatsbankpräsidenten, seinen Namenszug und noch ein, zwei Worte hinzufügte. Mosche schickte mir gar nichts, begleitete mich jedoch Samstag abends, wenn ich zum Stützpunkt zurückfahren mußte, jedesmal bis zur Molkerei. Nun war ich schon viel größer als er. Er faßte mich zum Abschied um die Schultern und drückte mir mit seiner rauhen Bärenpranke die Hand, ehe ich in Odeds Führerhaus kletterte und abfuhr.

Im Jahr 1961 beendete ich den Wehrdienst, gab mein Mauser-Schützengewehr samt Zielfernrohr wieder in der Waffenkammer ab, kehrte ins Dorf zurück und lehnte Globermanns Angebot ab, bei ihm Viehhandel zu lernen.

»Das ist ein gutes Gewerbe, Sejde«, erklärte er mir, »und seit jeher ein Beruf, der vom Vater auf den Sohn übergeht. Du wirst bei mir alles lernen, was man wissen muß, wirst *a fejner Sojcher* – ein guter Viehhändler – werden, wie einer, der selber auf dem *Klotz* geboren ist.«

Bei aller Sympathie für Globermann genügte es mir, auf dem Stallboden geboren zu sein. Eine Geburt auf dem Fleischhauerblock erschien mir nicht vornehmer. Aber Globermann war ein großzügiger Vater, ein spannender Gesprächspartner und eine nie versiegende Quelle von Geschichten, Beobachtungen und Auffassungen. Manchmal begleitete ich ihn für ein oder zwei arbeits- und geschichtenreiche Tage.

»Meine Mutter würde sich im Grabe umdrehen, wenn sie erführe, daß ich mit dir im Schlachthof war«, sagte ich zu ihm.

Wir fuhren damals in seinem uralten grünen Lieferwagen über die Schotterstraßen des Emeks, wobei der Sojcher mich mit Lehren und Erinnerungen überschüttete.

»*Gib a Kuck* – schau mal her –, Sejde«, sagte er, »hier war mal ein italienisches Gefangenenlager. Da drüben bei dem Hügelchen stand die Küche, und diese roten Ziegelsteine sind das einzige, was noch vom Kamin des Herds übriggeblieben ist. Den ganzen Tag haben sie hier gesungen und gekocht und getanzt, aus ihrem Schornstein stieg der herrlichste Duft der Welt auf, und im Zaun gab es ein großes Loch, von dem alle wußten, so daß die Gefangenen im stillen aus und ein gehen konnten, ohne die Wächter zu stören.«

»Frag bei Gelegenheit mal Scheinfeld«, fuhr er fort, »er hat diese Italiener noch besser gekannt als ich.«

Ein verschlagener Unterton schwang in seiner Stimme mit. Ich begriff dessen Bedeutung, wußte aber, daß Globermann mich auf die Probe stellte, und reagierte nicht.

Der Lieferwagen rumpelte und schüttelte auf seinen abgefahrenen Achsen, und die arme Kuh auf der Ladefläche wurde zwischen den Holzwänden hin und her gerüttelt. Der Viehhändler war ein schrecklicher Fahrer, der wieder und wieder von der Fahrbahn abkam, Steine und Bäume rammte und mit Tieren zusammenstieß, die nicht schnell genug Reißaus genommen hatten, Oded, der ihm viele Jahre zuvor das Fahren beigebracht hatte, sagte mir oft: »Paß auf, wenn du mit ihm fährst. Globermann glaubt steif und fest, der Schaltknüppel wär ein Stab zum Fettumrühren.«

Der Sojcher fragte mich, ob ich beim Militär »alle möglichen *Zatzkes*« – Miezen – gehabt hätte.

»Ich bin nicht so für *Zatzkes*«, sagte ich.

»Jeder kriegt letzten Endes die Frau, die er verdient. Wie hat man bei uns gesagt? Ruven kriegt die *Zatzke*, Schimon die *Klawte* – den Besen – und Levi die *Balebuste* – die Hausherrin. Vielleicht wird es Zeit, daß ich dir eine ordentliche *Zatzke* suche, eine Frau mit Kraft, Sejde. Mit Fleisch wie das *Kischere* – das

Schulterfleisch – von einem einjährigen Kalb. Eine Frau, die die Beine um dich schlingt und lacht, daß dein ganzer Körper singt wie ein Vogel. Später, wenn du mal was von Fleisch verstehst, wirst du auch verstehen, wovon ich jetzt rede. Erst mal warten wir ab, daß das Glück uns eine solche Frau zuführt.«

»Und wenn wir kein Glück haben?«

»Die Welt ist voll von Frau Rettich, Frau Kartoffel, Frau Hartes-Ei«, sagte Globermann, »und ich hab dir schon gesagt, Sejde, jeder kriegt, was er verdient, Punkt.«

Die enge Berührung mit Blut und Geld hatte den Sojcher in verschiedenen Lebensfragen sehr entschieden gemacht, besonders, was das Schlemmen und Flirten betraf.

»Alle irren sich!« verkündete er. »Wenn eine schöne Frau dumm ist, dann strohdumm, und wenn sie gescheit ist, dann hoch gescheit. Denn bei der Frau geht die Schönheit mit dem Verstand einher, aber beim Mann ist sie mit Dummheit gekoppelt.«

Er blickte mich an und grinste, ich grinste zurück, und der alte Lieferwagen, der nur auf eine solche Gelegenheit gewartet hatte, preschte in die Pflanzung und kappte einen Apfelbaum.

Globermann fluchte mit Ausdauer und Genuß, stellte den Motor ab und sagte in die plötzliche Stille hinein: »Und außerdem, Sejde, gibt es bei jeder Frau ein paar Geheimnisse, die nur Auge und Hand eines Fleischhändlers erkennen können. Es wird Zeit, daß du das weißt, Sejde, denn du bist jetzt schon zweiundzwanzig, und wenn du richtig arbeiten würdest, mit dem Fleisch der Kuh, nicht ihrer Milch, wüßtest du all diese Dinge schon längst. Der normale Mensch guckt bei der Frau auf die Närrischkeiten, auf die Lippen und auf die Augen, und wenn er ein bißchen mehr wagt, guckt er auch, wie sich ihr *Tuches* bewegt, wenn sie geht, und wie ihre *Aiters* – ihre Brüste – tanzen, wenn sie arbeitet. Aber wer auf dem *Klotz* geboren ist, weiß zum Beispiel, daß jede Frau am Rückenende, genau da, wo ihr der Schwanz rauswachsen würde, wenn sie einen hätte, so ein kleines Fetthügelchen hat. Bei der ersten Gelegenheit, die sich dir bietet, sagen wir, wenn du mit ihr tanzt, tust du ihr da *tappen*, Sejde, da, so.«

Er griff flink zu und klopfte mir auf die Stelle, an der ich keinen Schwanz habe.

»*Punkt* hier. Männer haben dort nix. Aber bei der Frau kannst du von dem kleinen Hügel hier auf ihren zweiten kleinen Hügel schließen, den, den sie in ihrem Paradiesgarten vorne hat. Dort muß sie ein schönes fettes, freudiges Hügelchen haben. Eine *Sießkeit* – eine Leckerei – von Fleisch. Wenn dort kein Hügel ist, ist der ganze Körper sehr traurig, Punkt.«

Er stieg aus, um den Schaden zu prüfen.

»Eine Stoßstange hat dieser Wagen – wie die Stirn von einem Bullen«, verkündete er stolz.

Globermanns Welt war klar und festgefügt – die Zeichen und Signale eindeutig, die Hinweise deftig und bestimmt, die Satzenden von lautstarken Punkten markiert.

»Und noch was kannst du jetzt von deinem Vater lernen: Wenn sie ein paar Härchen auf der Oberlippe hat, keinen richtigen Schnurrbart, Gott behüte, Sejde, nur wie so ein Schatten von Gräschen, dann ist das auch ein gutes Zeichen, daß sie eine warme Frau ist, mit einem schönen Wald auf ihrem hübschen Hügel.«

Er zog einen Geldschein aus der Tasche und heftete ihn an den Stumpf des Baums, den er abgebrochen hatte.

»Das wird reichen«, sagte er. »Damit es nicht heißt, Globermann ist unredlich und zahlt nicht bar für die angerichteten Schäden. Hast du verstanden, was ich dir über den Hügel gesagt habe? So erfährst du schon, ehe sie überhaupt die Kleider ausgezogen hat, wichtige Dinge über sie, die nicht mal ihre Mutter weiß.«

Der Lieferwagen kehrte auf den Feldweg zurück, kratzte über den dornigen Längswall zwischen den Spurrillen, und schon durchquerten wir den Eukalyptuswald. Der Pfad, auf dem der Sojcher und seine Opfer einst Huf- und Stiefelabdrücke hinterlassen hatten, war bereits von Kuh- auf Lasterbreite erweitert und trug nur noch Reifenspuren.

»Da steht der Gauner ja schon«, sagte der Sojcher zu mir, als wir aus dem Wald herauskamen und den Metzger am Schlachthoftor warten sahen. »Sag du mal gar nichts zu ihm, Sejde, du sollst nur zugucken und lernen. Dieser Hund ist ein großer Betrüger, und von wem, meinst du, hat er das gelernt? Wie wir alle, hat auch er's seinem Vater abgeschaut. Und woher weiß ich, daß das eine Familie von Betrügern ist? Von meinem Vater, der mir eingeschärft hat, vor wem ich mich in acht nehmen muß. Wenn bei denen in der Metzgerei ein *Chnock* – ein Widerling – reingekommen ist, der *glattkoscheres* Fleisch kaufen wollte, hat sein Vater hinter dem Rücken die Hand tief in die Hose gesteckt und sie sich so auf den eigenen *Tuches* gelegt. Der Kunde hat das Fleisch angeguckt und gefragt: ›*Das is glatt?*‹ Da hat der Metzger sich selbst in der Hose den *Tuches* gestreichelt und gesagt: ›*Ja, ja, das is glatt.*‹ Und wenn du ihn hinterher gefragt hast, warum er lügt, hat er, ohne sich zu schämen, auf der Stelle die Hose runtergelassen, hat sich umgedreht und gesagt: ›*Glatt* oder nicht *glatt*? Greif selber hin und fühl, wie glatt.‹«

Hoch zufrieden über mein schallendes Lachen, parkte Globermann den Wagen und holte die Kuh herunter.

»Du wirst ihn gleich reden hören«, flüsterte er mir mit zusammengepreßten Kiefern zu, »er ist ein *Panpate*, einer der durch die Nase redet. Auch das ist ein Zeichen, das du kennen mußt, Sejde: Wer durch die Nase redet, ist ein Betrüger, Punkt. Aber wir machen alles ehrlich und aufrichtig, ja? Bloß denk dran, daß du dich nicht einmischst. Und vor allem nicht sagst, für wieviel wir sie gekauft haben.«

Der näselnde Metzger betrachtete die Kuh, ließ sie ein paar Schritte machen, klopfte ihr auf die spitzen Wirbel, betastete ihre Hinterbacken und die Drüsen am Hals und stellte all die Prüfungen an, die Globermann bei uns vornahm.

»Wieviel willst du für dieses Klappergestell haben?« fragte er schließlich. Sie packten einander am Handgelenk, und das Ritual begann.

»Siebzig Pfund!« schrie Globermann und schlug kräftig auf die Handfläche des Metzgers.

»Fünfunddreißig!« näselte der Metzger und schlug auf Globermanns Hand.

»Achtundsechzig!« rief Globermann und hieb auf die Hand des Metzgers.

»Vierzig!« rief der Metzger und versetzte der Hand des Sojchers einen peitschenden Hieb.

»Fünfundsechzig!« erwiderte der Sojcher mit einem schallenden Streich.

Es knallte jedesmal sehr laut. Leichter Schmerz zuckte über die Gesichter der beiden Feilschenden.

»Dreiundvierzigfuffzig!«

»Vierundsechzig!«

»Sechsundvierzig!«

Es trat eine kurze Stille ein. Die beiden blickten einander an, ihre Hände wurden schon rot, wollten sich lieber verabschieden.

»Beneamunes Parnusse?« fragte Globermann.

»Beneamunes Parnusse«, willigte der Metzger ein.

Sie ließen einander los und rieben sich die wehen Handflächen.

»Gut«, sagte der Metzger, »sollst sieben von ihr haben, Ganove.«

»Neunundfünfzig Pfund«, sagte Globermann.

Der Metzger zahlte, Globermann nahm der Kuh seinen Strick ab und warf ihn sich wieder über die Schulter. Im Wagen sagte er zu mir: »In dem Moment, in dem er ›fuffzig‹ gesagt hat, wußte ich, daß es mit *beneamunes Parnusse* enden wird.« Damit fuhren wir los. »Hast du begriffen, was hier vorgegangen ist?« begann er erneut. »Weißt du überhaupt, was *beneamunes Parnusse* bedeutet?«

»Nein.«

Der Sojcher nickte mir zu: »Sperr gut die Ohren auf. *Beneamunes Parnusse*, das heißt *Parnassa bene'emanut* – ehrliches Einkommen. Wenn der Metzger und ich uns nicht auf einen Preis einigen, sagt er mir, wieviel ich an der Kuh verdienen soll. Hab ich sie für zweiundfünfzig Pfund gekauft, und er sagt *beneamunes Parnusse* sieben Pfund, dann muß er mir neunundfünfzig Pfund geben.«

»Warum hast du ihm dann nicht gesagt, du hättest sie für fünfundfünfzig gekauft?«

»Nein. Man darf nicht lügen.«

»Man darf nicht lügen? Das hat dich früher mal dein Vater gelehrt, und du lehrst es mich jetzt?«

»*Flejschhändler un Fischhändler un Ferdhändler*, das sind keine besonders ehrbaren Berufe, aber sie gehen vom Vater auf den Sohn über«, sagte Globermann. »Und wenn du *a Sojcher* werden willst, dann sollst du wissen, daß auch wir unsere Prinzipien im Leben haben. Bei allem dürfen wir lügen. Man schwindelt beim Gewicht, bei der Gesundheit, beim Alter. Wir geben der Kuh Wasser zu saufen und Salz zu fressen, lassen sie hungern oder mästen sie, verursachen ihr Durchfall, schlagen ihr einen Nagel in den Fuß oder machen das *glatt* auf unserem eigenen *Tuches*. Aber beim *beneamunes Parnusse* dürfen wir nicht lügen, Punkt.«

2

Ich genoß diese Lektionen, Geschichten und Fahrten, wollte aber kein Viehhändler werden.

Ich las Bücher, arbeitete mit Mosche Rabinowitz auf dem Hof, nahm meine Rabenbeobachtungen wieder auf und knüpfte Freundschaft mit einem Mädchen von der nahen Landwirtschaftsschule, die bei Dorfpapisch in der Gänsemast arbeitete und mir so fruchtbar und gefährlich aussah, daß ich sie nicht unter meine Gürtellinie fassen ließ.

In jenen Tagen fing ich an, unter Schlafstörungen zu leiden. Ich begriff nicht, woher sie kamen, aus meinem Innern oder von außen, aber mir fiel ein, was Mutter gesagte hatte – daß der Todesengel sehr ordentlich und penibel ist, der *Engel-von-Schlaf* aber ein vergeßlicher Schwindler, auf dessen Versprechungen kein Verlaß ist.

Ich nutzte die Schlaflosigkeit, um mich auf das Universitätsstudium vorzubereiten. Viele Nächte hindurch las und lernte ich im Liegen – mein gelber Holzvogel baumelte in ewigem Flug über mir, und die kleine Nachttischlampe leuchtete neben dem Bett.

War mir gegen Morgen dann endlich das Buch aufs Gesicht gefallen und hatte ich Schlaf gefunden, kam manchmal Rabinowitz herein, tappte im Halbdämmern umher und weckte mich mit seinem Suchen und Stöbern.

Er beachtete mich gar nicht, spähte nur in die Schränke, fummelte auf den Küchenregalen herum, öffnete Kästen und Gläser.

»Was suchst du denn da, Mosche?« fragte ich schließlich, obwohl ich die Antwort wußte.

»Der Zopp – den Zopf«, antwortete er.

In seiner Stimme verwob sich die geballte Kraft seiner stabilen Fleischfasern mit der Geistesschwäche, die ihn im Alter befallen sollte, jetzt aber bereits leise anklang.

»Der Zopp«, sagte er erneut mit dieser Stimme, die viele Jahre älter als der dazugehörige Körper klang. »Wo ist der Zopf, den Mutter mir abgeschnitten hat? Hat meine Tonitschka dir nicht gesagt, wo er ist?«

Mir lief ein Schauer über den Rücken. Ich wußte natürlich, daß die Lebenden sich nach den Toten sehnen, mit ihnen sprechen und ihren Verlust beweinen, aber ich wußte nicht, daß die Toten sich ihren lebendigen Herzgeliebten gegenüber ebenso verhalten.

Selbst heute, nachdem der Zopf sich längst gefunden hat, stattet Mosche mir solche nächtlichen Besuche ab, und ich erschauere nach wie vor bei seinen Worten. Nichts hat sich geändert: Ich liege immer noch da und lese, der *Engel-von-Schlaf* zögert immer noch sein Kommen hinaus, und Rabinowitz tappt immer noch herein, murmelt *»der Zopp... der Zopp...«* und sucht den Zopf, »den Mutter mir abgeschnitten hat«.

Es ist eigenartig, einen so alten Mann »Mutter« sagen zu hören. Aber das sage ich ihm nicht, und ich erinnere ihn auch nicht daran, daß ich seine Mutter nicht gekannt habe und erst Jahre nach dem Tod seiner Tonitschka geboren bin. Er ist ein alter Mann, warum sollte ich ihn an seinem Lebensabend mit unwichtigen Einzelheiten verstören? So alt, daß ich mir gar nicht mehr die Mühe mache, ihm den Zopf zu verbergen. Anfangs hat seine Mutter ihn versteckt, dann seine Frau, und jetzt, da er offen vor aller Augen liegt, verbirgt ihn die Vergeßlichkeit vor ihm.

Jakob ist tot, Globermann ist tot, Mutter ebenfalls, aber Mosche lebt noch. Sein Gedächtnis hat nachgelassen, seine Beine sind schwer geworden, doch seine Arme sind noch stark wie Eisenzangen.

Wie ein Jäger zum erlegten Löwen zurückkehrt, läuft er täglich zu dem riesigen Stumpf des Eukalyptus, den er im Hof gefällt hat, umrundet ihn sorgfältig prüfend und reißt jedes grüne Reis aus, das darauf ausgeschlagen ist.

»Das ist deine Strafe, du Mörder«, murmelt er dem Baumstumpf zu. »Ganz sterben wirst du nicht, aber noch einmal nachwachsen auch nicht!«

Danach setzt er sich auf den Stumpf, legt eine Holzplatte auf die Knie und häuft darauf die krummen, rostigen Nägel, die er im Hof und auf der Straße aufgelesen hat. Und obwohl ich längst an den Anblick gewöhnt bin, traue ich kaum meinen Augen, wenn der alte Rabinowitz mit einem Druck seiner dicken Finger die Nägel geradebiegt und sie zu einem zweiten Haufen schichtet. Danach poliert er sie mit Sand und gebrauchtem Motoröl, bis sie wieder glänzen wie am Tag ihrer Herstellung.

Ich steige aus dem Bett, nehme das Kästchen aus Holz und Muscheln von seinem festen Platz auf dem offenen Bord und öffne es.

»Da ist der Zopf.«

Das goldene Haar schimmert im Dunkeln. Rabinowitz streckt die derbe, zitternde Hand aus, sagt: »*A schejne Mejdele, ah* – ein schönes Mädchen, nicht, Sejde?« und streicht über seine eigenen Flechten.

Danach bittet er: »Mach das Kästchen zu, Sejde, und versteck's mir nicht mehr.«

Sejde klappt es zu, Rabinowitz geht, und es kehrt wieder Stille ein.

3

Die Einladung zur zweiten Mahlzeit wurde mir von Jakobs Taxifahrer überbracht, der ihn auf Wunsch überallhin fuhr. Der Mann kam auf den Rabinowitzschen Hof, klopfte an die Kuhstalltür und übergab mir den Umschlag.

Seinerzeit wohnte Jakob bereits außerhalb des Dorfs, im nahen Kiriat Tivon, in dem großen Haus in der Eichenstraße, das heute mir gehört. Oft sahen wir sein Taxi im Schatten der Kasuarinen an der Hauptstraße warten, während er selbst dort an der Bushaltestelle des Dorfes saß und den Passanten und Autos sein »kommt herein, kommt herein« zurief. Das Dorf selbst betrat er nicht mehr.

Ich beschloß, zu Fuß zu ihm zu gehen. Ich verließ das Dorf am

Morgen nach dem Melken und dem Frühstück, um unterwegs gemütlich schlendern und nach Herzenslust Pause machen zu können und vor Sonnenuntergang bei ihm anzukommen.

Es war ein Frühherbsttag. Auf den Stromdrähten entlang der Straße saßen Hunderte Schwalben aufgereiht, wie Noten in einem Notenheft. Der Staub des Weges war bereits durch tausend Sommerräder zermahlen, Spreustäubchen schwirrten durch die Luft.

Der erste Herbstregen war noch nicht gefallen, und das Wasser in der Rinne des Wadis stand so niedrig, daß sich bereits die dürren Gräten kleiner Fische im getrockneten Uferschlick abzeichneten. Die wenigen überlebenden hatten sich in ein paar Mulden versammelt und waren derart leicht zu fangen, daß Raben und Kuhreiher sie mit der Geschicklichkeit von Eisvögeln herauspickten. Brombeeren wuchsen hier in Fülle, zwinkerten mir mit reifen schwarzen Endsommeraugen zu, und ich zerriß mir vor lauter Begierde das Hemd an den spitzen Dornen.

Ich folgte dem Wadi bis zur benachbarten Versuchsfarm. Seinerzeit befaßten sich die Agronomen dort mit dem Anbau von Gewürzkräutern, und immer roch es verführerisch nach Essen.

Dann durchquerte ich das kleine Tal hinter der Farm und schlug den ansteigenden Weg nach Norden zwischen den großen Eichen ein, den Überresten des Waldes, der einstmals die Hügel bedeckt hatte. Unter einer Eiche legte ich mich zum Ausruhen hin und trank von dem mitgebrachten Wasser.

Der Ort war mir nicht fremd. Zwei Wälder hatten meine Kindheit begleitet. Der nahe Wald war der Eukalyptushain, der uns von dem Schlachthof trennte. In ihm nisteten einige Rabenpaare, und vor Sonnenaufgang trällerte dort der Heckensänger. Ich lernte den rostroten Signalen seines Schwanzes zu folgen, und so entdeckte ich sein Nest auf alten Eukalyptusstümpfen. Neue Zweige, die unter der Schnittstelle ausschlugen, ohne daß jemand sie ausriß, schufen einen lauschigen grünen Kegel – das beste Versteck für

Vögel, die Einsamkeit suchten. Auch Gänse- und Schmutzgeier zeigten sich am Waldhimmel, spähten nach den Rinderkadavern, die hierhergeschleift wurden. Und Onkel Menachem sah ich dort ein paarmal seine Frühlingszettel lachenden Frauen zeigen, von denen ich einige kannte und einige nicht. Ich nahm an, das waren die berüchtigten ›Huuuren‹, aber auf Naomis strenges Gebot hin erzählte ich Tante Batschewa nichts davon.

Der zweite, fernere Wald war der Eichenwald, durch den ich jetzt zu Jakob ging. Auch ihn suchte ich als Kind auf, aber er lag zu weit, um den Spähkasten bis dorthin zu schleifen. Ich mochte nur gern auf seinem trockenen Laubteppich liegen und nach oben gucken.

Hier hausten prinzipientreue Eichelhäher, die aus freien Stücken auf die Brosamen vom Tisch der Menschen verzichteten. Dreist und neugierig waren sie genau wie ihre Brüder, die in die umliegenden Ortschaften übersiedelt waren, aber sie wirkten kleiner, das Blau ihrer Flügel weniger elegant, ihre Glieder sehnig und wild. Sie versteckten Eicheln, flogen wenig, schwirrten lieber leise von Zweig zu Zweig. Die Männchen bewahrten, wie ich öfter sah, noch den von ihren Artgenossen im Dorf längst aufgegebenen Brauch, mehrere Nester zu bauen und das Weibchen eins davon wählen zu lassen.

Meine alten Freunde, die Raben, wohnten hier nicht, aber Amseln ließen sich sehen und hören, die Männchen geckenhaft mit ihrem schwarzen Gefieder und den orangefarbenen Schnäbeln, die Weibchen züchtig in tarnendem Grau und Braun.

»Ist das Kind schon wieder im Wald?« rief Rabinowitz dann.

»Dort gibt es doch böse Tiere!« schrie Jakob Scheinfeld, in dessen Innern noch immer der Fluß seiner Kindheit strömte, umwittert vom Heulen hungriger Wölfe und den Schrecken nördlicher Wälder.

»Ah – nu, nimm schnell den Laster und fahr ihn suchen«, scheuchte Globermann Oded auf.

Doch Mutter rief meinen drei besorgten Vätern beruhigend zu: »Wenn der Todesengel kommt und einen kleinen Jungen sieht, der Sejde heißt, begreift er gleich, daß hier ein Irrtum vorliegt, und geht woandershin.«

Ein leises, geschäftiges Rascheln und Wuseln von Blättern, Vögeln, Kleintieren und Wind drang ständig aus dem Wald. Doch sobald ich seinen Rand erreichte, erklangen die gellenden Warnrufe der Spechte, und alles verstummte.

Ich setzte mich auf den Boden, streckte mich auf dem Rücken aus. Das Tuch der Stille sank von den Eichenwipfeln nieder und deckte mich zu.

Spinnweben funkelten, Käfer krabbelten bedächtig, feuchte Wärme kroch unter der Laubdecke auf dem Boden hervor, Zeichen für das langsame Gären der Fäulnis. Nach und nach gewöhnten sich meine Ohren an die Stille, und schon konnte ich ihre einzelnen Lagen unterscheiden: das ständige Rascheln trockener Eichenblätter, das Nagen eines Wurms im Stamm und das Knirschen der Körner im Kropf der Turteltauben, die sich in dieser Jahreszeit kräftig mästeten für die große Reise nach Afrika.

Mehrere Minuten ängstlichen Prüfens vergingen, bis die Geschöpfe des Waldes sich beruhigt an meine Anwesenheit gewöhnten. Wieder übernahm der Specht die Ausruferfunktion mit schnellem Trommeln, das die Stille brach. Danach ließen Kohlmeisen ihre erregten Tonsalven los, und sogleich folgten alle anderen Waldwesen. Die Welt zerfiel in tausend feine Geräusche, die einem geplatzten Sack zu entströmen schienen.

Sämtliche Rädchen der Natur tickten um mich her wie in einem Uhrmacherladen. Die kleinen Zeiger der Jahreszeiten standen jetzt auf Spätsommer mit dem Zirpen letzter Zikaden, dem trocken-warmen Staubgeruch gepflügter Felder, dem Flügelschlag junger Steinhühner, deren Färbung, Kühnheit und

Größe die Zahl der Tage seit ihrem Ausschlüpfen angaben. Die großen Zeiger zeigten die Tageszeit mit der Sonne, die sich zu senken begann, dem Wind, der flüsterte: »Schon-vier-Uhr-nachmittags-und-gleich-werde-ich-stärker«, und dem Kreischen jagdlustiger Segler, die das Nahen des Abends verkündeten.

Ich weiß noch, wie Mutter mir erstmals beibrachte, diese Zeiger zu lesen. Ich war sechs Jahre alt und wollte eine Uhr haben.

»Ich hab kein Geld für eine Uhr«, sagte sie.

»Dann bitte ich Globermann, der kauft mir eine«, sagte ich. »Er ist mein Vater und hat so viel Geld, wie er will.«

Trotz meines jungen Alters begriff ich schon sehr gut die Stellung der drei Männer, die sich um mich kümmerten, mir Geschenke brachten und mit mir spielten.

»Du wirst gar nichts von gar niemandem erbitten«, sagte Mutter in ruhigem, hartem Ton. »Du hast keinen Vater, Sejde, du hast nur eine Mutter, und was ich kann, kaufe ich dir. Du hast Nahrung zum Essen, Kleidung zum Anziehen und gehst nicht barfuß ohne Schuhe.«

Dann wurde sie weicher, führte mich an der Hand nach draußen und sagte: »Du brauchst keine Uhr, Sejde. Guck mal, wie viele Uhren es auf der Welt gibt.«

Sie zeigte mir den Schatten des Eukalyptus, der mit seiner Größe, Richtung und Kühle neun Uhr morgens ansagte, die roten Granatapfelblättchen, die Mitte März verkündeten, den Wackelzahn in meinem Mund, der sechs Jahre anzeigte, und die flinken kleinen Fältchen in ihren Augenwinkeln, die vierzig sagten.

»Siehst du, Sejde, so bist du in der Zeit drinnen. Wenn ich dir eine Uhr kaufen würde, wärst du nur nebendran.«

Ein plötzlich aufkommendes Rascheln kroch mir in die Ohren und öffnete meine Augen gewissermaßen von innen. Es war eine

Katze. Eine Hauskatze schlich da an mir vorbei, eine von der Sorte, die für einige Zeit die menschliche Gesellschaft verlassen und sich in Wald und Feld versucht. Es war ein sehr großer Kater, riesig geradezu, mit schwarzweißem Fell. Trotz der Raubgier, die das Waldleben seinen Gliedmaßen bereits zurückverliehen hatte, ließ er noch die Anmut, Trägheit und zärtliche Verwöhnung jahrtausendealter Zähmung erkennen.

Ich, der sogar nistende Raben überlistet hatte, machte keinen Mucks, und der Kater bemerkte mich nicht, bis ich verlockend »psss… psss… psss…« nach ihm rief.

Er erstarrte auf der Stelle, wandte mir seine grünen Augen zu und hielt sich nur mühsam davon ab, zu mir zu laufen und sich wohlig streicheln zu lassen.

»Komm, komm, komm, komm…«, flötete ich ihm leise zu, doch auf meine Stimme, die Stimme eines Menschen, raffte sich der Kater zusammen, machte einen Satz und verschwand.

Da stand auch ich auf und ging.

4

»Du bist groß geworden«, sagte Jakob gleich an der Tür.

Wir hatten während meiner Wehrdienstzeit ein paar Briefe getauscht, uns aber schon über drei Jahre nicht mehr gesehen.

»Auch du bist größer geworden, Jakob«, sagte ich.

»Ich bin älter geworden«, berichtigte er mich lächelnd und brachte sofort seinen Standardspruch: »Nu, kommt herein, kommt herein.«

Schön war sein neues Haus, groß und geräumig, eine kleine Rasenfläche vorn und ein großer Garten nach hinten. Am besten gefiel mir die Küche. Ein großer Tisch stand in der Mitte, Töpfe und Pfannen hingen an Borden, versteckten sich nicht in Schränken. Hier nahm ich Platz. Ich gehöre zu den Menschen, die gern in der Küche sitzen, sowohl bei mir daheim als auch bei anderen.

»Ich hab mir Sorgen um dich gemacht, als du beim Militär warst. Du hast meine letzten Briefe nicht beantwortet.«

»Um mich braucht man sich keine Sorgen zu machen. Ich bin ein kleiner Junge, der Sejde heißt. Hast du das vergessen, Jakob?«

Er bemerkte das Loch, das die Brombeerdornen in mein Hemd gerissen hatten.

»Zieh's schnell aus«, sagte er, »ich bring es dir in Ordnung. So kann man ja nicht auf der Straße herumlaufen.«

Trotz meiner Proteste ließ er nicht locker, bis ich das Hemd ausgezogen hatte. Er fädelte eine Nadel ein und nähte den Riß im Nu mit flinken, winzigen Stichen zu, so gleichmäßig in Größe und Abstand, daß ich nur so staunte.

»Wo hast du denn so gut nähen gelernt?« fragte ich.

»Wenn man muß, lernt man's.«

Die großen weißen Teller, die ich von der ersten Mahlzeit in Erinnerung hatte, waren schon aufgedeckt. Sie reflektierten das Licht der großen Lampe mit dem runden grünen Kartenspielerschirm, die darüber hing.

»Essen immer nur auf weißen Tellern servieren, Sejde, und Getränke – egal, ob Wasser, Tee, Saft oder Wein – nur in farblose Gläser einschenken«, erklärte Jakob mit Nachdruck, »in diesen Dingen gibt es Regeln. Wenn du ein Restaurant mit Kerzen siehst, geh nicht rein. Kerzen sind nicht der Romantik halber da, sondern ein Zeichen, daß der Koch was zu verbergen hat. Der Mensch muß sehr genau sehen, was er in den Mund steckt. Er guckt, er schnuppert, und schon fließt der Speichel. Es gibt sechs kleine Speichelhähne im Mund, die gleich zu arbeiten anfangen. Speichel ist wirklich was Großartiges, Sejde, mehr noch als Tränen, mehr als alles andere, was im Körper fließt. Beim Essen kommt er von der Begierde, beim Küssen von der Liebe und beim Ausspucken vom Haß.«

Während ich seine Köstlichkeiten verspeiste, stand Jakob am Spülstein und redete weiter, kümmerte sich um den nächsten Gang oder naschte von seinem Essen – der bewußten vegetarischen Mahlzeit, bestehend aus Rührei und gemischtem Salat mit viel Zitrone, schwarzen Oliven und weißen Käsewürfeln, die mich trotz des Mastochsenfleisches, das er mir auf den Teller legte, irgendwie neidisch machte.

»Erinnerst du dich noch an unsere erste Mahlzeit? Es ist schon bald zehn Jahre her.«

»Ich erinnere mich, weiß aber nicht mehr, was wir gegessen haben.«

»Arm dran, der Koch, was?« sagte Jakob. »Man kann die Speisen, die er gekocht hat, nicht pfeifen, das Fleisch nicht rezitieren und die Suppe nicht tanzen.«

»Man kann auch ein Buch nicht pfeifen und eine Melodie nicht essen«, versuchte ich ihn zu trösten.

»Doch«, sagte Jakob.

Dann fuhr er fort: »Eine Melodie ist immer etwas Neues, was es noch nie auf der Welt gegeben hat, bei der Geige und der Flöte kommen Töne heraus, wie nicht einmal Vögel sie machen können, und ein Maler, der kann wie Gott Dinge malen, die es überhaupt nicht auf der Erde gibt. Aber Essen? Auch ohne den Koch gibt's Essen. Da kann er den ganzen Tag dastehen und kochen, und zum Schluß ist doch die erste Gurke nach Pessach immer köstlicher als sein Braten, eine schwarze Santa-Rosa-Pflaume mit einem kleinen Sprung in der Haut ist besser als seine Soße, und sogar einfach nur eine dünne Scheibe rohes Fleisch schmeckt besser als all seine Kreationen.«

An der Wand hing ein Bild von Rivka. Ab und zu warf ich ihr einen Blick zurück, aber ohne Worte.

Früher mal, noch vor meiner Geburt, war Rivka Scheinfeld die schönste Frau des Dorfes gewesen. So schön war sie, daß selbst Leute, die damals noch gar nicht auf der Welt waren, heute von ihr sprechen. So schön, daß kein Mensch sich mehr an ihre Gesichtszüge, ihre Augenfarbe oder ihren Haarton erinnert, nur an ihre Schönheit an sich.

In ihrer Jugend wollte sie sich wegen ihrer Schönheit nicht fotografieren lassen, nach ihrer Rückkehr viele Jahre später ihres Alters wegen nicht. Nur ein Bild von ihr ist aus jenen Tagen erhalten geblieben – dasjenige, das bis heute in dem Haus in Kiriat Tivon an der Wand hängt, und der Zahn der Zeit hat auch daran genagt, denn die Rivka in seinem Rahmen ist nicht mehr so schön wie die Rivka in den Geschichten, in der Erinnerung und in den Träumen.

»Der Koch ist nichts als ein Heiratsvermittler«, sagte Jakob abschließend.

»Zwischen Fleisch und Gewürzen?« fragte ich.

»Nein. Zwischen der Mahlzeit und dem, der sie ißt«, antwortete Jakob, wischte sich die Hände an der Schürze ab und setzte sich mir gegenüber.

»Schmeckt es dir, Sejde?« fragte er nach kurzem Schweigen.

»Sehr gut.«

»Dann ist die Vermittlung gelungen. *Eß, mejn Kind.*«

5

Judiths Antwort erreichte Onkel Menachem über einen Mann von der Konsumzentrale, der bei ihm Johannisbrot einkaufte.

Menachem machte den Umschlag auf, las den Brief, ging zu seinem Bruder und verkündete: »Sie kommt nächste Woche.«

Mosche war verlegen. »Muß man ihr was Besonderes herrichten?«

»Richte niemals einer Frau, die du nicht kennst, etwas Besonderes her«, sagte Menachem, »das wird nichts, und dann ärgert ihr euch beide. Sie hat nur um ein eigenes Eckchen und ab und zu einen freien Tag gebeten. Ruf jetzt die Kinder, ich möchte mit ihnen sprechen.«

Dann setzte er Naomi und Oded auf seinen Schoß, erklärte ihnen, bald käme eine ›Arbeitsfrau‹ ins Haus, und fügte hinzu: »Ich kenne diese Frau, sie ist ein sehr guter Mensch. Sie wird nicht eure Mutter sein. Sie wird nur bei euch wohnen und arbeiten. Sie wird euch was zu essen kochen, euch die Kleidung waschen und in Stall und Hof helfen. Dann habt ihr's alle leichter. Für Vater, für euch und auch für diese Frau wird es leichter sein. Bald kommt sie an, und wir gehen sie alle vom Bahnhof abholen.«

In jener Nacht wachte Rabinowitz von Schleif- und Klopfgeräuschen auf, und als er auf den Hof hinaustrat, sah er Oded einen Bretterboden auf der ersten Astgabel des Eukalyptusbaumes errichten.

»Was machst du denn?« fragte er.

»Ich bau mir ein Nest auf Mutters Baum«, sagte Oded.

»Warum mitten in der Nacht?«

»Es muß noch fertig werden, bevor die Arbeitsfrau kommt«, sagte der Junge ernst, »damit ich dann ein Haus habe.«

Die Tage bis zu Judiths Eintreffen blätterten einer nach dem andern ab, und am letzten Abend, als ihn nur noch wenige Stunden von der Begegnung mit ihr trennten, holte Mosche saubere Kleidung aus dem Schrank, zündete das Holz im Herd an und machte Waschwasser heiß.

»Wir werden uns gut, gut waschen!« sagte er und schrubbte seine Kinder mit seinen großen, gütigen Händen.

»Damit die Arbeitsfrau nicht meint, hier wohnen arme Dreckspatzen«, sagte Naomi.

Oded war wütend und aufgebracht und versteifte widerstrebend den Körper unter Wasser, aber Naomi genoß es, daß die Hände ihres Vaters sie wuschen. Die warmen Wasserdämpfe, der Seifenduft, das Rubbeln des Handtuchs auf der erschauernden Rückenhaut versetzten sie in angenehm vibrierende Erwartung.

Am nächsten Morgen schickte Mosche seine Kinder nicht zur Schule. Und nach dem Melken wusch er sich, genau wie er es heute noch tut: Im Vorraum des Kuhstalls auf einer Holzkiste stehend, duschte er sich mit einem Gummischlauch ab. So stand er auf der Kiste wie ein Bär auf einem Felsen im Fluß, ließ sich das Wasser über den Körper laufen, in der Hand einen großen Lifaschwamm, zu Füßen ein schäumendes Stück Wäscheseife. Danach setzte er sich auf den Melkschemel in den würzigen Schatten des Eukalyptus, und Naomi stutzte ihm mit der Schere die gelblich wuchernden Nackenstoppeln und kämmte ihm den Haarkranz um die Glatze.

»Jetzt sind wir alle hübsch«, sagte Mosche aufstehend, »*dajosch!* Los! Auf den Weg gemacht!«

Er warf einen Strohballen auf den Wagen, Naomi legte ein paar gefaltete Säcke hinein und setzte sich neben ihn, und Oded bequemte sich von seinem Baum herunter, auf das Versprechen hin, den ganzen Weg die Zügel des Maulesels halten zu dürfen.

»Den ganzen Weg außer im Wadi«, willigte sein Vater ein.

Oded war ganz wild auf Räder, auf Fahren und Lenken. Mit drei Jahren rannte er bereits mit einer Eisenfelge als Steuerrad in den Händen durch die Straßen des Dorfes, und als Fünfjähriger lernte er die Grundzüge des Lenkens auf einem Holzbrett mit Rollen an den Ecken, auf dem er mit wahnsinniger Geschwindigkeit den Hang vom Lagerschuppen zum Dorfeingang hinuntersauste.

»Selbst heute – was ist denn ein Sattelschlepper schon viel anders als Pferd und Wagen?« lachte er. »Er ist ein bißchen größer, aber das Rückwärtsfahren hab ich schon damals mit echtem Pferd und Deichselwagen gelernt.«

Seit Jahren fahre ich nachts mit ihm, und noch immer staune ich über seine Fähigkeit, den Anhänger im Rückwärtsgang zu manövrieren. »Das ist einfacher, als du denkst, und schwieriger, als es aussieht«, sagt er, »aber die Leute begreifen gar nicht, was es bedeutet, dieses Monstrum zu lenken. Guck dir den an, sieh mal diesen verfluchten kleinen NSU-Prinz, wie der mir zwanzig Meter vor der Kreuzung vor die Nase witscht, wie ein Kakerlak in meinem Rückspiegel. Weiß der, was ich für einen Bremsweg hab? In Amerika würde man ihn wegen so was abschießen. Dort hat man Respekt vor Lastern...«

Als sie das Wadi erreichten, trat die übliche Stille ein. Die Fluten des Bachs flossen seicht und klar, und nach Wasserart trugen sie Erinnerungen, löschten jedoch Gerüche und Spuren.

Mosche nahm seinem Sohn die Zügel ab. Schau, sagte er sich im stillen, das Wasser damals, das Tonia ertränkt hat, ist nicht mehr hier. Es ist ins Meer geflossen, verdunstet, wird sich wieder zu Wolken verdichten, abregnen und erneut über die Ufer treten, eine weitere Frau ertränken und ihre Kinder zu Waisen machen.

Die Gesichter von Naomi und Oded verfinsterten sich, wie durch die Grübeleien ihres Vaters verfärbt, die Wagenräder quietschten beim Durchqueren der Rinne, Schlamm wurde vom Boden aufgewirbelt und trübte das Wasser.

Nun machte der Weg eine Biegung und folgte dem Gegenufer des Wadis, bis es zwei Kilometer weiter in ein breiteres Flußbett mündete. Kleine Kaulquappen flitzten durch den Schlick, komische Mücken stelzten flink auf langen, schräg nach außen gestellten Beinen über die Wasseroberfläche, und um die Talbiegung erklang bereits der Fanfarenton der Lokomotive, die erschrockene Fischreiher und mächtige Dampfwolken in die Luft jagte.

In einem grauen Kattunkleid, ein blaues Tuch auf dem Kopf, die Augen vor Furcht und Helligkeit zusammengekniffen, kletterte Judith aus dem Waggon.

Sie ging aufrecht, wirkte aber derart verängstigt und angespannt, daß Mosche vor Mitleid und Sorge das Herz stockte, denn er fürchtete, sie könnte ihm mehr Last als Hilfe sein.

»Man sah ihr gleich an, daß sie keinen *Grusch* – keinen Groschen – hatte. Sie trug uralte Halbschuhe und Söckchen, die einmal weiß gewesen waren, und ich beschloß auf der Stelle, sie liebzuhaben«, erzählte Naomi.

Sie hatte auch einen großen abgewetzten Ledersack dabei, den Onkel Menachem, der ebenfalls zu ihrem Empfang gekommen war, ihr eilig abnahm.

»Herzlich willkommen, Judith«, sagte er, »das hier ist mein Bruder Mosche Rabinowitz, und das sind die Kinder Oded und Naomi. Sag du auch guten Tag, Oded, sag ›Schalom, Judith‹ und herzlich willkommen‹.«

Judith kletterte auf den Strohballen, den man eigens für sie in den Wagen gelegt hatte, und als sie den Fuß auf die Deichselgabel setzte, hob sich ihr linkes Knie, und die allerliebste Schenkelbewegung zeichnete sich unter dem Stoff ihres Kleides ab. Die Kinder blickten sie an, und Mosche starrte auf die glänzenden Hinterbacken des Maulesels, als läse er die Zukunft daraus.

Als sie auf dem Heimweg wieder das Wadi durchquerten, spürte Judith plötzlich Naomis Hand in ihrer.

Mosche lenkte den Maulesel so, daß sie direkt von den Feldern auf den Hof gelangten und nicht auf der Hauptstraße das Dorf passieren mußten, aber alle wußten ja und warteten und guckten, und der Wagen, der da langsam durch die ruhigen Wogen von Gold und Grün, Chrysanthemen und Ackersenf kreuzte, und die müde aussehende Frau, die auf dem Strohballen thronte, waren deutlich sichtbar für die Augen derer, die in Obstgärten, vor Stalltürluken oder hinter flatternden Gardinen harrten.

Als sie in den Hof fuhren, verkündete Oded: »Ich steige jetzt in mein neues Haus auf Mutters Baum«, während Mosche, Judith und Naomi in die Baracke gingen. Zwei Zimmer und Küche gab es dort seinerzeit, und Mosche sagte zu Judith, nachts könne sie im Zimmer der Kinder schlafen oder sich ein Bett in die Küche stellen, die ja recht geräumig sei.

»Wenn wir beschließen, daß du hierbleibst, bauen wir vielleicht noch ein Zimmer an«, sagte er. Judith ging weder darauf ein, noch ließ sie durchblicken, ob sie das als Versprechen oder Drohung aufgefaßt hatte, sondern ihm nur mitteilte, sie höre auf der linken Seite nicht gut.

Verlegen wollte er sie nun von der richtigen Seite ansprechen, aber Judith machte kehrt und ging auf den Hof hinaus. Während seine Worte sie noch umschwirrten und eine Bresche suchten, betrat sie schon den Kuhstall, musterte die leere Nordostecke, in der nur ein paar Säcke und Arbeitsgeräte lagen, stellte dort ihren großen Ledersack ab und sagte: »Ich werde hier wohnen.«

»Bei den Kühen?« fragte Mosche verwundert.

»Hier ist es gut für mich«, sagte Judith.

»Und was wird man im Dorf sagen?«

»Ich werde hier aufräumen und saubermachen, und du bringst mir ein Bett und eine Kleidertruhe her.«

Und mit jäher Kühnheit fügte sie hinzu: »Wenn du mir bitte hier und da zwei Nägel in die Wände schlägst, hänge ich mir von hier bis da einen Vorhang auf. Eine Frau braucht auch eine Ecke für sich, ohne spähende Augen und deutende Zeigefinger.«

6

Alle zwei Wochen startete der Albino den alten grünen Lieferwagen und verschwand für eine geheimnisumwitterte Nacht.

Er kam jedesmal pünktlich vor Sonnenaufgang wieder, und im Dorf hieß es, er besuche »ein Lokal, das nicht nur Essen anbietet«. Tatsächlich verbreitete der Buchhalter bei der Rückkehr Schwaden von Alkoholdunst und Frauenduft, die die Kanaris heiser und die Bauern verlegen machten und streunende Hunde von den Feldern anlockten. In der Verwaltung wußte man schon, daß man ihn am nächsten Tag lieber im Dunkel seines Zimmers in Ruhe ließ, damit Wein, Müdigkeit und Gerüche erst von ihm wichen, bevor man ihm weitere Arbeit gab.

In jener Nacht überging der *Engel-von-Schlaf* Jakobs Bett, und in der Stille des letzten Nachtdrittels hörte er plötzlich das langsame Tuckern des Motors, da der Lieferwagen seinen Besitzer heimbrachte. Er sprang sofort ans Fenster. Die beiden Scheinwerfer hüpften in mattem Orange, zeichneten luftige Kringel in die Felder, und Jakob wurde aufgeregt.

»Was guckst du denn da um diese Zeit?« murmelte Rivka vom Bett aus.

»Es war im Frühjahr 1931«, sagte er, »in dieser Nacht bin ich nicht mehr eingeschlafen, und am nächsten Tag ist Judith gekommen. Ich habe jenen Tag sehr gut in Erinnerung. Rivka und ich besaßen damals einen kleinen Petroleumbrutkasten für dreihundert Stück auf einen Schlag, was seinerzeit sehr viel war, außerdem ein paar Legehennen für den Hausbedarf und drei Kühe, und dann hatten wir den Orangenhain mit einer Reihe Grapefruit und einer Reihe Walnüsse dazu – damals gab's noch nicht diese Mode mit den Pekannüssen – und dann noch zwei Reihen, eine mit Äpfeln und eine mit Birnen, und einen kleinen Rebgarten. Weiß ich alles noch genau. Wir arbeiteten gerade im Zitrushain, jäteten Unkraut und sägten Zweige ab, die im Winter abgestorben waren, und da kam plötzlich Rabinowitzes Wagen durch die Felder, und genau als ich den Kopf hob, sah ich sie. Da frag mich jetzt mal, warum ich mich in sie verliebt hab, ah – nu, frag, Sejde, frag unverzagt. Warum ich mich in deine Mutter verliebt hab, fragst du? Also dann sag ich dir genau, was geschehen ist, Sejde, und du begreifst halt, was du kannst. Ich hab mir zufällig so die Stirn abgewischt, mit dieser Handbewegung, siehst du? Und am Ende der Handbewegung habe ich zufällig den Kopf gehoben, und da hab ich sie gesehen, als hätt mir die Hand ein Fenster aufgemacht. Der Wagen glitt wie ein Boot durch die Chrysanthemen, und genau dann, gänzlich durch Zufall, hat sich eine Lücke zwischen den Wolken aufgetan, und die Sonne lugte für einen Moment hervor. Ich sag die ganze Zeit ›zufällig, zufällig‹, aber wenn so viele Dinge zufällig auf einmal passieren, ist das ein Zeichen, daß hier irgendein Plan vorliegt, irgendeine Falle, wie man sie Vögeln stellt. Eine solche Falle ist was ganz Einfaches, Sejde, aber wenn es dort zufällig eine Kiste und zufällig einen Faden und zufällig eine Stange und zufällig einen Deckel gibt und jemand auch zufällig noch ein paar Körner hineingestreut hat, dann kann das Ganze zusammen schon kein Zufall mehr sein, und der Vogel wird dort mit voller Absicht gefangen.«

Die Obstbäume blühten, und Jakob, halb versteckt hinter den hellen Blütenblättchen und den transparenten Mauern ihres Dufts, blickte auf den näher kommenden Wagen, und wegen seines Standortes und Blickwinkels sah es ihm aus, als segle Judith langsam auf einem breiten gelblichen Fluß ohne Klippen.

Er geriet außer sich. Das helle, porzellanzarte Licht säumte den Schatten der blühenden Nußbaumzweige, fiel auf den Acker, brachte den feinen Elfenbeinnacken zum Schimmern, betonte die bläulichen Schatten der hervortretenden Adern an ihren Händen, die auf Seelenstärke und Leiden hindeuteten, und beschien die Söckchen, die ein wenig über die schlanken, starken Fesseln herabgerutscht waren.

Judith beugte sich leicht vor, und das Frühlingslüftchen, so nehme ich an und male es mir aus, spielte mit dem Stoff ihres Rockes, glättete und bauschte den Stoff an ihren Schenkeln und, wie es im Moment des Verliebens immer geschieht, schwemmte aus Jakobs Tiefen ein altes Bild herauf, das seinesgleichen suchte und fand.

Er hatte recht. Diese Fallen sind sehr simpel. Es genügt ja ein schwebendes Wölkchen vor der Sonne, ein flüchtiger Dufthauch, die Brechung eines Lichtstrahls. Es genügt, daß das Abbild in den Rahmen der Erinnerung paßt – und schon spannt sich der Faden, die Stange wird gezogen, die Klappe fällt zu, und das Blech dröhnt. So fängt das Schicksal seine Beute und trägt das glückszappelnde Opfer in seine Höhle fort.

»Was ist passiert, Scheinfeld?« fragte Rivka.

Wie viele Frauen seinerzeit redete sie ihren Mann mit dem Familiennamen an. Hätte sie ihn beim Vornamen genannt, dann hätte sie auch seine Seelenlagen besser verstanden, und ihr ganzes Zusammenleben wäre anders verlaufen. Aber wie Dorfpapisch zu sagen pflegte: »Wer hat damals an so was gedacht?«

Jakob erwachte aus seinen Gedanken.

»Nichts«, antwortete er ihr, »es ist gar nichts passiert.«

Seine bebende Hand wischte erneut die Stirn, schmierte unabsichtlich einen schmalen Streifen schwarzer Baumsalbe darüber, als zeichne sie die künftige Narbe dort vor.

»Ich hab nicht gelogen, hatte bloß nichts begriffen. Nix von dem, was geschehen sollte, hab ich begriffen. Ich hab nicht begriffen, daß Rivka das Haus verlassen würde, hab nichts von dem schweren Leben geahnt, das mir wegen Judith bevorstand.«

Und nun sah auch Rivka Rabinowitzes Wagen.

»Du bist ein Narr, Scheinfeld«, bemerkte sie mit finsterer Miene.

Dann beugte sie sich nieder, hob die Hacke auf und sagte nichts mehr.

7

»Manchmal – verzeih mir, Sejde, daß ich so was sage – hab ich sogar gedacht, vielleicht ist Tonia gestorben, damit ich Judith begegnen sollte. Schrecklich, so zu reden, was? Ist auch schrecklich, so was zu denken. Aber die Liebe bringt einen auf sehr seltsame Gedanken, und gegen Gedanken kann man nichts machen. Das weiß sogar der grausamste König. Der Gedanke sitzt im Kopf gefangen und kommt da nicht raus, aber in seinem Käfig ist er der freieste Vogel und singt, was er will, wann immer er will. So dachte ich diesen Gedanken da, hab ihn aber gleich mit Macht rausgerissen, wie man Hundszahngras ausreißt, von dem man kein einziges Stückchen drinlassen darf. Bei Rabinowitz war es ja wirklich eine große Tragödie; die Kinder haben geweint, und manchmal hat man auch Schläge von dort gehört. An Naomi hat er sich nie vergriffen, aber wenn er Oded eine reinhaute, hat der Junge fest den Mund zusammengepreßt und keinen Piep rausgelassen, und das Mädchen hat an seiner Stelle geheult. Du weißt doch selbst, Sejde, daß Rabinowitz kein Mann ist, der sich an einem Kind vergreift, aber in solchen Fällen kann man schon aus dem Häuschen geraten, kann restlos die Geduld verlieren. Wie viel kann der Mensch denn auf den Buckel nehmen? Haus und Hof und Küche und Stall und Acker und Zitrushain und Kühe und Kinder? Einmal hat er mich auf der Straße getroffen, hat mich an der Schulter gepackt und wollte mir wohl was sagen, aber er hatte nur Tränen in den Augen – und ich noch einen Monat später blaue Flecke von seinen Fingern. Ich glaub, das war das einzige Mal, daß ich bei dem Bullen wirklich Tränen gesehen hab. Er hat ja noch nicht mal bei Tonias Beerdigung geweint. Überhaupt, Rabinowitz und ich haben doch beide ein und dieselbe Frau geliebt, und es gibt viele Meinungsverschiedenheiten und Unterschiede zwischen uns, aber wir waren uns schon irgendwie sympathisch, bevor deine Mutter ins Dorf kam, und etwas ist auch hinterher noch davon geblieben. Ich mag Leute von seiner Konstitution. In dem Dorf am Fluß Kodima war ein Bauer genau wie er, ein Goj, so kurz und stämmig wie eine Kiste – in Höhe, Breite und Dicke haargenau gleich. Wenn dieser Goj einen Bullen kastrieren wollte, hat er dem Tier erst mal mit der Stirn einen *Setz* – einen Schlag – vor den Kopf gegeben, bumm! Und noch einen, bumm! Und noch einen. Mal ist der eine hingefallen und wieder hochgekommen, mal der andere, bis dem Bullen schließlich die Augen kullerten und die Knie zitterten, und ehe er mit seinem Rinderverstand noch recht begriff, was los war und wo dieses Schwindelgefühl herkam, ist der Hausherr schon mit dem Messer hinter ihm gewesen, der Bulle klappte vor lauter Schmerz zusammen, und schwupp brutzelten seine Eier auch schon in der Pfanne, mit Kartoffeln, Knoblauchzehen und Zwiebeln, und eh er sich's versah, war er schon vor den Pflug gespannt und arbeitete auf dem Feld, wie es ein kastrierter Ochse tun muß, pflügte stumpfsinnig dahin, wendete und pflügte zurück, machte wieder kehrt und pflügte vorwärts und so weiter, ohne zur Seite zu blicken. Wenn andere deine Eier futtern, Sejde, dann guckst du schon nicht mehr nach rechts und links, du gehst bloß noch hin und zurück im Joch und ziehst deine Furchen. Also, du sollst wissen, Sejde, ich glaub, wegen dem Schlag, den Rabinowitz damals Oded versetzt hat, ist er über sich selber erschrocken und hat Judith zum Arbeiten geholt, weil er fürchtete, er würde womöglich eines Tages was Schreckliches tun. Denn Menschen wie Rabinowitz wissen ja gar nicht, wie stark sie sind. Ein Schlag mit der *Laffe* – mit der Pranke – von 'nem Bullen kann nicht nur einem Kind den Garaus machen, sondern auch einem Erwachsenen. Und so wahr ich hier sitze, Sejde – nach Tonias Tod ist er noch stärker geworden als vorher. Das passiert manchmal, daß ein Mann, nachdem er Witwer ist, sehr erstarkt, gewissermaßen aus seiner Trauer heraus blüht und gedeiht. Es gab dort so einen Baum, ich weiß nicht, wie er bei den Gojim heißt, aber wir haben ihn *der blumendiker Alman* genannt. Verstehst du ein bißchen Jiddisch, Sejde? Hat sie dir kein Wort Jiddisch beigebracht? Das ist schon komisch: jemand, der Sejde heißt und überhaupt kein Jiddisch kann. Na, egal. *Der blumendiker Alman* heißt ›der blühende Witwer‹, und dieser Baum ist jedes Jahr umgeknickt und im Schnee erfroren, richtig abgestorben, und jeden Frühling hat er direkt aus seinem armseligen Stamm ganz viele grüne Blättchen mit Knospen getrieben und ist von neuem gewachsen. So passiert es manchmal auch bei Witwern, und so war es bei Rabinowitz. Plötzlich blühte er. Seine Zähne wurden wieder weiß. Wenn er ging, ging er mit großen Schritten, und wenn er einatmete, konnte er sehr ferne Dinge wittern, fern in zeitlichem und örtlichem Sinn, und auch, so wahr ich hier sitze, Sejde, vor lauter Trauer und Kälte sind auf seiner Glatze wieder ein paar Haare gesprossen. Was soll ich dir sagen, Sejde? Manchmal ist ausgerechnet die Trauer der beste Dünger. Ein paar Leute haben gesagt, hier wär was nicht in Ordnung – immer gibt's Menschen, die über alles die Nase rümpfen –, ein Trauernder dürfte nicht so gut aussehen. Aber wenn du mich fragst, Sejde: kann durchaus sein, daß der Mensch sich auf diese Weise selbst kuriert. Mal ist die Seele der Doktor für den Leib, mal ist der Leib der Doktor für die Seele. Wenn die beiden einander nicht helfen, wer soll's dann tun? Und einmal bei Nacht, um halb zwölf vielleicht, als ich im Dunkeln stand und wartete, ob Judiths Schatten vielleicht einen Augenblick am Stallfenster vorbeihuschte, sah ich plötzlich Rabinowitz aus seinem Haus auf den Hof kommen, dachte mir, er geht zu ihr, aber er ist nur unter den Wagen gekrochen, hat beide Hände zum Schrei erhoben, und so wahr ich hier sitze, hat er ihn auf der einen Seite vielleicht einen Meter hoch gestemmt. Nicht zu glauben, wieviel Kraft und Wut im Körper eines einzigen Menschen stecken können, wieviel ein Körper halten kann, den ganzen Schmerz und all die Erinnerungen und die Sehnsucht, all das, was die Frau während der Schwangerschaft bei sich in der Gebärmutter halten kann, das kann der Mann in Knochen und Muskeln halten, aber gebären tut er nicht, und anschwellen tut er auch nicht, er wird nur hart und schwer von innen, wie voller Steine, noch ein Stein im Bauch und noch einer und noch einer, wie ein Steinbruch werden wir Männer von all diesen Kindern, die wir nie gebären. Ich hab von so einer Goja gehört, die war fünfundvierzig Jahre schwanger, aber geboren hat sie nicht. Manchmal glaube ich solche Geschichten selber nicht, aber das sind Erinnerungen von meinem Vater, und Vaters Erinnerungen muß man glauben. Wenn du dem Gedächtnis deines Vaters, deinem eigen Fleisch und Blut, nicht glaubst, wem willst du denn dann glauben? Als sie siebzehn war, hat ein Arbeiterbursche aus dem Sägewerk sie vergewaltigt, hat sie am Arm gepackt, auf einen Sack mit Holzspänen geworfen und ist mit Gewalt über sie gekommen, und als sie sich danach die Tränen aus den Augen gewischt und die Beine von all dem, pardon, Blut und Schweinkram gereinigt hatte, hat die Ärmste ihrem Vater erzählt, was der Bursche ihr angetan hatte, worauf sie auf der Stelle so viele Ohrfeigen von ihm abbekam, daß ihr ein Auge draufging, und den Burschen haben sich ihre Brüder geschnappt und mit der Heugabel von der Tenne umgebracht, mit allen vier Zinken glatt durch die Rippen. Nu, nach ein paar Wochen ist sie von der Schwangerschaft schon dick geworden wie ein Faß, und der Vater hat gesagt, das ist wirklich sehr gut, einen Mann bringt sie schon nicht mehr bei, die *Kurbe*, aber es springt wenigstens ein Enkelsohn für mich heraus, der so gut arbeitet wie sein armer Vater und mir auf dem Acker hilft. Es vergingen die Tage, Wochen und Monate, aber niederkommen tat sie nicht. Die neun Monate waren um, zehn Monate, ein Jahr, zwei Jahre, drei, vier, und sie immer mit einem Bauch wie ein Haufen Weizen auf der Tenne, mit Brüsten wie Wassermelonen, kotzt jeden Morgen in den Eimer wie ein Saufbruder, läuft dauernd so mit den Händen in die Hüften gestemmt vor lauter Rückenschmerzen. Anfangs dachten die Leute, bei ihr wär das vielleicht so, wie eine Kuh manchmal vom Klee aufbläht, und wollten ihr schon einen Trokar reinstecken wie 'ner Kuh gegen die angesammelten Gase, aber bei ihr war's keine Luft. Wenn man die Hand aufgelegt hat, fühlte man das Kind strampeln. Was haben sie nicht alles mit ihr angestellt! Sind mit ihr in die Kirche gegangen, zu ihren Zaubermeistern, haben eine Frau beigebracht, die ihr da unten rumgegrapscht und mit besonderen Kräutern Rauch gemacht hat, sogar zu unserm Rabbi sind sie gekommen, und der hat ihnen gesagt – hör gut zu, was der ihnen gesagt hat,

Sejde –, er hat ihnen gesagt: Legt sie auf einen Tisch, und stellt ihr eine Flasche Schnaps, pardon, zwischen die Beine, denn ein Goj, und sei er noch so klein oder sogar noch gar nicht geboren – wenn der Schnaps riecht, kommt er überall raus, egal, wo er sich befindet. Nu, so ging das zehn Jahre, zwanzig, die Jahre vergingen, und sie blieb immer noch schwanger. Ihr Vater starb, die Mutter starb, sie selbst war schon sechzig und immer noch mit diesem Bauch, und das Kind drinnen, was soll ich dir sagen, war schon ein altes Früchtchen, über vierzig, aber raus kam es immer noch nicht. Also verstehst du jetzt, Sejde, warum ich mich in deine Mutter verliebt habe?«

»Nein«, sagte ich, und jugendlicher Zorn begann in meinem Innern zu brodeln.

»Warum ich mich in sie verliebt habe?« dehnte Jakob genüßlich.

Die Brotscheibe in seiner Hand wischte rings um den Tellerrand, schob alles zu einem Häufchen zusammen, während seine Augen mich über Salat und Rührei hinweg anblickten, auf der Suche nach Zeugnissen und Beweisen.

»Weißt du, Sejde, von dieser Seite siehst du mir ähnlich, von dieser dem Sojcher, und von hier aus ähnelst du manchmal Rabinowitz. Und wie schmeckt dir das Mahl?«

»Ein feines Essen«, sagte ich mit trockenen Lippen.

»Du möchtest also gern wissen, warum ich mich in deine Mutter verliebt habe?« fragte er nun zum drittenmal, wobei seine Stimme meiner so ähnlich klang, daß es mir schien, als wiederhole er meine Frage, obwohl ich sie gar nicht gestellt hatte, oder zumindest nicht laut.

»Weil das Schicksal es mir so bestimmt hat«, sagte er, feierlich aufstehend.

Er stellte seinen Teller in die Spüle, stand mit dem Rücken zu mir, mit abfallenden Schultern, genau wie ich sie habe.

»Denn du hast ein Schicksal, das von oben kommt«, fuhr er

fort, »und eines, das von der Seite kommt, und eines, das dich von hinten anfällt, und ein Schicksal von jemand anderem, das irrtümlich dich erreicht. Und für mich ist das schlimmste Schicksal das, das der Mensch selbst über sich bringt. Das ist wie jemand, der in der Tora die Zehn Gebote liest, und gleich hat er Ideen, wie er sündigen kann, oder jemand kauft einen Erste-Hilfe-Kasten, und auf der Stelle beginnen bei ihm die Unfälle, oder wer sich Kanarienvögel ins Haus holt, verstrickt sich in Liebe. Das ist genau wie der Name eines Menschen. Deine Mutter hat gemeint, ein Kind, das Sejde heißt, wird niemals sterben, und ich sage dir, Sejde, wer Jakob heißt, wird es nie leicht mit der Liebe haben, so ist das vom ersten bis zum letzten Jakob, von unserem Stammvater Jakob über den Jakob Scheinfeld, der die Seife probierte, bis zu diesem Jakob Scheinfeld, deinem Vater, der dir alle zehn Jahre eine Mahlzeit kochen muß, damit du ihn mal besuchen kommst und dich bereit findest, mit ihm zu sprechen. So machen wir Jakobs uns das Leben mit der Liebe schwer. Unser Stammvater Jakob hat sogar seinen Namen in Israel umgeändert, aber hat ihm das etwa was genützt? Äußerlich hat sich der Name geändert, aber innerlich sind die Nöte geblieben. Iß deinen Teller leer, Sejde, sonst kriegst du nicht den Nachtisch aus Eigelb, den du so gern ißt, aber merk dir nur eines: daß es mir unmöglich war, mich nicht in sie zu verlieben. Die Sonne schien von da, und der Wagen kam von dort, und die Augen guckten von hier, und du siehst mit einem Schlag, was die Augen sehen und was im Gedächtnis haftet: Kommt eine Frau in einem Fluß wie auf grüngoldenen Wassern angesegelt, und der Wind spielt mit dem Stoff ihres Kleides, glättet und bauscht ihn am Leib, und der Schatten fällt ihr gerade hier auf den Hals… Also sich dann nicht in sie verlieben? Wie ein gelbes Blatt im Wasser wurde ich ihr zugetrieben. Kann so was etwa zufällig passieren? Ich frag dich, Sejde, kann so was Zufall sein?«

8

Auch in jener Nacht, Judiths erster Nacht im Dorf, konnte Mosche schwer einschlafen.

Nach Art der unruhigen Schläfer kannte er das Schicksal, das ihn erwartete, gab die Lektüre des Buches auf, die schon zum mechanischen Umblättern geworden war, bei dem es keine Worte, nur noch Seiten gibt, beendete die Bestandsaufnahme der Erinnerungen und ließ auch die imaginären Gänse sein, die über Dorfpapischs Zaun flatterten.

Wie gewohnt dachte er an seinen Zopf, an seine Tonitschka, die gestorben war, ohne ihm das Versteck zu verraten, überlegte wieder, ob sie ihm den Zopf wohl gezeigt hätte, wenn sie am Leben geblieben wäre, und ob sie am Leben geblieben wäre, wenn sie ihn ihrem Mann gezeigt hätte, spürte die Fluten der Angst seine Lungen überspülen, und als gegen Mitternacht der furchtbare Heulton aus dem Kuhstall gellte und die Luft zerriß, hörten die Gebrüder Wenn, Hätte und Wäre auf, ihm ihre quälenden Tänze vorzugaukeln, und er sah Naomi aus dem Bett springen und kam sofort auch selbst auf die Beine.

So eigenartig und überraschend war das Heulen, daß man im ersten Moment nicht fassen konnte, daß es das Weinen einer Frau sein sollte und nicht ein Alptraum von Wölfen oder der Aufschrei eines Kalbes, dem der lächelnde Globermann im Traum erschienen war.

Mosche wickelte sich das Laken um den Leib und eilte auf den Hof, wagte aber nicht, den Stall zu betreten. Er ging im Dunkeln an der Wand entlang, stieg dann ein, zwei Minuten später wieder ins Bett, und erst als Naomi ihn fragte: »Vater, warum zitterst du denn?«, merkte er es selbst, ohne ihr jedoch zu antworten.

»Wer hat geschrien?« fragte Naomi.

»Niemand«, sagte Mosche, »keiner hat geschrien. Schlaf jetzt.«

Bei Sonnenaufgang war das Heulen verklungen, die Luft über dem Kuhstall vernarbt, wie der Himmel sich nach dem Aufblitzen einer Sternschnuppe wieder zusammenfügt.

Der graue Rabe vom Eukalyptusbaum stieß seinen ersten Ruf aus, und sofort fielen der Bülbül mit seinen Zimbeln, der Falke mit seinen Trillern ein, und die Geräusche einer erwachenden Küche drangen in die Luft. Als Mosche vom Melken zurückkehrte, sah er seine beiden Kinder bereits am sauber gedeckten, angenehm nach Zitronenschale duftenden Tisch sitzen, auf den Tellern Käsestücke, die Alisa Papisch, Dorfpapischs Frau, schon so früh gebracht hatte, sowohl aus Herzensgüte als auch, weil sie ein prüfendes Auge auf Rabinowitzes Arbeiterin werfen wollte, bevor die übrigen Frauen des Dorfes sie zu Gesicht bekamen.

Auch Radieschenscheiben mit glitzernden Salzkörnern leuchteten in Rot und Weiß auf den Tellern. Und der gute Duft eingelegter Oliven und gebratener Eier waberte ringsum. Vor Tagesanbruch hatte Judith schon Tonias alten Lehmofen gesäubert. Der Rauch brennender Eukalyptusrinde war mit voller Kraft und Bitterkeit in den Hof zurückgekehrt, und der frisch gebackene Brotlaib wölbte sich wie ein kleiner Freudenberg in der Mitte des Tisches.

»Jetzt ißt du die Oliven, die Mutter mal eingelegt hat?« schimpfte Oded auf Naomi. »Ihre Marmelade hast du nicht essen wollen.«

»Und du hast bloß Judiths Essen gerochen, da warst du schon schnellstens von deinem Baum runter«, sagte Naomi.

Nachdem sie fertig gegessen hatten, gingen sie in die Schule. Und Mosche kehrte in den Kuhstall zurück und schlug die beiden Nägel dort in die Wände, wo Judith es ihm gezeigt hatte. Sie fragte, wo sie Gardinenringe herbekommen könne, und sah ihn im nächsten Moment auf dem Hof herumlaufen, den Körper gebeugt, die Augen nach rostigen Nägeln ausspähend. Nachdem er einige geradegebogen und poliert hatte, kam er in den Stall und fragte sie, wie viele Ringe sie brauchte.

Vor ihren verblüfften Augen bog Rabinowitz die Nägel einen nach dem andern zwischen seinen Fingern rund, und im Nu reihten sich ein Dutzend Ringe auf dem Draht, den er spannte, der Vorhang wurde aufgehängt und vorgezogen, und es entstand eine Art Alkoven zwischen Betonmauer und Stoffwand, hinter der bereits frischer Zitronenduft hervorwehte, im besten Begriff, sich gegen die stickige Luft und den penetranten Mistgeruch durchzusetzen.

Sie breitete einen Überwurf über das Eisenbett. Und mittags kam Naomi mit einem rosa-lila Strauß wildem Klee und Storchenschnabel aus der Schule, stellte die Blumen in eine Dose, diese wiederum auf die Truhe im Stall und legte einen kleinen Zettel dazu: Für Judith.

»Und was wird man im Dorf sagen?« begann Mosche nach dem Abendessen erneut. »Daß ich dich zum Wohnen in den Kuhstall geschickt habe?«

»Und was wird man im Dorf sagen, wenn ich bei dir in der Baracke wohne?« erwiderte Judith.

Naomi pickte Brotkrümel vom Tisch auf, Oded rührte sich nicht vom Fleck. Rabinowitz schwieg und rätselte, ob Judith wohl wußte, daß er ihren nächtlichen Schrei gehört hatte.

»Erklär du ihnen, was du willst, Rabinowitz«, fuhr sie fort, »ich brauche schon nix und niemandem mehr was zu erklären.«

Sie spülte das Geschirr fertig, schüttelte sich mit zwei forschen Schwüngen die Tropfen von den Händen und wischte sie an der Stoffschürze ab – mit einer Geste, die seinerzeit alle Frauen an sich hatten, während sie heute mitsamt den Schürzen verschwunden ist.

»Komm, zeig mir, wie man die Kühe losmacht«, sagte sie im Hinausgehen.

Und während Mosche ihr verlegen nachging und weiter debattierte, »wie sieht das denn aus«, wandte sie sich zu ihm um und sagte: »Du bist ein guter Mensch, Rabinowitz. Einem andern Mann würde ich nicht vertrauen, aber ich werde hier wohnen.«

Sie machten die Eisenketten los, und Mosche klopfte den Milchkühen auf den Hintern und rief: »Raus! Raus!«, um sie auf den dunklen Hof zu treiben.

Judith tat es ihm nach. Dann nahm sie das blaue Kopftuch ab, zog energisch den Vorhang vor, und das resolute elektrische Knistern ihrer Haare und das Rasseln der Metallringe auf dem Draht besagten deutlich, daß jetzt Schluß war.

Mosche rief noch einmal: »Raus, ihr *Newejles* – ihr Aase –! Raus!«, obwohl es dessen schon nicht mehr bedurfte.

Noch eine Minute wartete er vor dem Vorhang, dann kehrte er in die Baracke zurück, legte sich aufs Bett und wartete.

9

Rivka Scheinfeld war die schönste aller hübschen Töchter der Familie Schwarz aus Sichron Jaakow.

Sie hatte nicht nur am Ort und in den anderen Moschawot Galiläas Verehrer, sondern auch in denen des fernen Jehuda sowie in Haifa und Tel Aviv. Männer versammelten sich ihretwegen in Sichron Jaakow »wie durstige Wanderer an einer Wüstenoase«. Unter ihnen waren Reiter und Winzer, junge Lehrer und Bauernsöhne. Nachts aßen sie geröstetes Korn, das sie sich von der Tenne holten, tranken Wein, den sie aus der Weinkellerei stahlen, spielten Ukarinen und Mandolinen.

Auch Frauen strömten dorthin, denn auf diese Weise trafen sie Männer in ihrer weichsten und verletzlichsten Stunde, nachdem Sehnen und Müdigkeit ihre Beine erweicht und die aufgehende Sonne ihre Enttäuschung geweckt hatte. Und nicht wenige Paare, hieß es in der Moschawa, hätten dort dank Rivka zusammengefunden.

Jeden Abend schloß ihr Vater sie in ihrem Zimmer ein, kletterte auf das flache Dach und saß dort Wache, einen Tonkrug voll Wasser neben sich, den raschelnden Palmwipfel nahe seinem Kopf, das mit Salzkörnern geladene Jagdgewehr in Händen, bis die jungen Männer bei Tagesanbruch wieder aufbrachen.

Rivka blickte vom Fenster auf ihre Verehrer, voll Mitleid mit ihnen und sich. Doch eines Mittags traf sie auf dem Weg zur Metzgerei, in der Washingtonpalmenallee der Kolonie, Jakob Scheinfeld, einen Arbeiter, der eine Woche zuvor ins Land eingewandert und nach Sichron Jaakow gelangt war, ohne etwas von der Existenz der schönsten Tochter des Ortes zu wissen.

»Hör auf eine erfahrene Frau, und wohne in der Stadt«, sagte ihre Mutter, als Rivka zu Hause ihre Absicht verkündete, ihn zu heiraten und mit ihm in ein neues Dorf namens Kfar-David zu ziehen. »Es gibt kein schlimmeres Los als das einer schönen Frau, die in einem kleinen Ort wohnt.«

Als ich Dorfpapisch nach der Bedeutung dieses Ausspruchs fragte, erklärte er mir, jede Ortschaft könne nur eine bestimmte Menge an Schönheit fassen und verdauen, je nach Größe und Einwohnerzahl.

»Jerusalem kann ein Dutzend schöner Frauen fassen«, sagte er, »Moskau fünfundsiebzig, das Dorf mit Mühe und Not eine.« Danach erklärte er weiter, das sei vergleichbar mit der Menge an Otterngift, die ein Lebewesen verkraften könne, abhängig von Größe und Gewicht. »Das Pferd überlebt, der Hund stirbt«, sagte er.

Dorfpapisch war im Alter nörglerisch und verbittert geworden, wie es häufig bei leidenschaftlichen und humorvollen Menschen passiert, die zu lange leben. Jetzt meinte er, die Schönheit täte besser daran, sich auf viele Frauen zu verteilen. Aber zum Glück zeigt sie wenig Neigung, sich gleichmäßig und gerecht über alle Evastöchter zu zerstreuen.

Rivka heiratete Jakob, ging mit ihm nach Kfar-David und wurde innerhalb weniger Tage gewahr, daß ihre Mutter recht gehabt hatte. Die Ehe und der neue Wohnort brachten ihr keine Ruhe. Gleich bei ihrem Eintreffen ließen die Männer im Dorf das Schlafen sein, denn von ihr zu träumen war erschöpfender als gar nicht zu schlafen, und Phantasieren war leichter, als ihr im Wachen Blicke zuzuwerfen.

Und an jenem Tag
Oder in jener Nacht –
Begann der Zank
Zwischen Frau und Mann.

Leise tuschelten
Die Strickerinnen nach alter Art
Und die alten Männer zwitscherten
Und rauften sich den Bart.

Im vollen Bewußtsein, die schönste aller Frauen im Dorf zu sein, erinnerte sich Rivka an die Worte ihrer Mutter und ging wenig aus dem Haus. Sie übernahm die schwersten und häßlichsten Arbeiten, kämmte sich kaum, und wenn sie ins Dorfzentrum hinausmußte, zog sie Arbeitskleider ihres Mannes an. Aber die unterstrichen nur noch ihre Anmut, denn die Schönheit, sagte Dorfpapisch, kann man nicht so verbergen, wie man es hier mit der Wahrheit tut. Rivkas Gang war der einer schönen Frau, ihr Augenaufschlag war der einer schönen Frau, und die Art, wie die Konsonanten P und M Küssen gleich ihren Lippen entsprangen und das L ihr glöckchenrein auf der Zungenspitze tanzte, war die umschwärmte Aussprache einer schönen Frau.

Wenn sie dahinschritt, wogte der derbe graue Stoff über ihren Gliedern wie der Flügelschlag mächtiger Vögel, die man im Dorf noch nie gesehen, und der Wind drückte ihn an Taille, Busen und

Venushügel in einer Weise, wie er nur die Körperlinien einer schönen Frau nachzuzeichnen weiß.

Doch Rivka wollte von all diesen simplen Dingen nichts wissen, und als sie so müde gebeugt dastand – Wind spielte mit ihrem Kleid, das Licht folgte dem Schatten ihrer Adern – und sah, wie ihr Mann die Frau auf Rabinowitzes Wagen anblickte, sagte sie sich im stillen, vielleicht hatte sie übertriebene Vorsicht walten lassen und mit eigenen Händen ihren Zauber verscheucht.

Die Dinge wurden ihr andeutungsweise klar. Linien zeichneten sich ab und verbanden vorher vereinzelte Punkte: Tonia im Wadi, der Albino und seine Vögel, die Feuersbrunst, die Mohnblumen, die Frau, die in einem Meer von Chrysanthemen segelte. All diese Dinge waren, wie Rivka wußte, nur verschwiegene Anfänge, wie erste zarte Knospen, nur der bescheidene Beginn des Kommenden. Aber wie würde das Ende aussehen? fragte sie sich insgeheim, wie wird das Ende sein, und wer kann es schauen?

Sie war eine kluge Frau, die Künftiges voraussehen konnte und auch das zu erahnen vermochte, was ihr noch nicht völlig klargeworden war. Mit einer Furcht, in die sich Neugier mischte, harrte sie dessen, was da kommen sollte.

10

Gelegentlich erschien im Dorf ein eleganter englischer Offizier in weißer Navy-Uniform am Steuer eines kleinen knatternden Morris mit Holzkarosserie. Er suchte den weißhäutigen Buchhalter auf, um ihm Vögel abzukaufen.

Und eines Tages kam ein anderer Gast: ein blinder Distelfinkjäger aus dem arabischen Dorf Ilut jenseits der östlichen Hügel. Kein Mensch merkte etwas von seiner Blindheit, denn er steuerte sicheren Schritts geradewegs Jakobis und Jakobas Baracke an.

Der Araber klopfte an die Tür, und der Albino öffnete, entgegen seiner sonstigen Gewohnheit, sofort.

»Wie habt Ihr den Weg gefunden?« fragte er.

»Wie ein Mensch den Bachlauf hinaufgeht, bis er zur Quelle gelangt, so bin auch ich bis zu den Vögeln gegangen«, sagte der Blinde und fügte mit freudigem Lächeln hinzu, »und ohne ein einziges Mal hinzufallen.«

Er lauschte mit Genuß dem Gesang der Kanaris und erzählte dem Albino, die Fellachen würden ihre Distelfinken und *Banduks* mit *Umbus* füttern.

»Das sind Haschischsamen«, erklärte er, »der Banduk nimmt das *Umbus* in den Schnabel, vergißt, daß er im Käfig sitzt, und schon ist er fröhlich, singt wie ein Bräutigam und pfeift auf die ganze Welt.«

Bei seinem nächsten Besuch brachte der Distelfinkjäger ein paar Banduks mit – eine Kreuzung aus Wilddistelfinken und Kanaris –, dazu auch Haschischsamen, die ihr Singen beflügelten.

Ebenso wie die Maulesel können die Banduks keinen Nachwuchs zeugen, ihr wildes Blut wird also nicht durch generationenlange Zähmung und Gefangenschaft geschwächt. Ihre Züchter können weder Stammbäume noch väterliche Verdienste ins Feld führen, aber Färbung und Gesang der Banduks sind immer stark und frisch, und der faszinierte Albino beschloß, sie mit Nahrung zu bewirten, die sogar noch anregender als Haschisch wirkte.

Er säte auf seinem Hof Mohn aus und begann, den Stengeln ihren Saft abzuzapfen. Schnell färbten sich die großen Blüten hoch oben auf ihren schlanken Blütenständen knallrot, ließen den Hof im Glanz der Sünde erglühen und schwankten nach Mohnart auch beim stärksten Wind nur träge.

Jakob betrachtete die Mohnblumen, lauschte den Banduks und Kanaris und dachte unaufhörlich an die Arbeiterin, die auf Rabinowitzes Hof gekommen war.

Die Mohnblumen haben eine verblüffende Eigenschaft: Sie verschwinden nicht aus den Augen des Betrachters, nachdem er den Blick abgewandt hat. Rot und schwarz schauen sie ihn auch dann noch an, wenn er die Lider senkt. Jakob nun heftete seine Augen darauf, blinzelte mal lang, mal kurz und wußte gar nicht, wie gefährlich seine Experimente waren.

Und eines Nachts, wenige Monate nach Judiths Eintreffen im Dorf, kehrte der alte grüne Lieferwagen schnurstracks zu seinem Stall zurück, und der Albino, wach und frisch wie ein Baby, stieg aus und lud Zement- und Kalksäcke, Ziegelsteine, Latten und Eisengerüste von der Ladefläche ab.

Jakob hörte die Geräusche hinterm Zaun und starrte ins Dunkel. Der hell schimmernde Kopf schien in der schwarzen Luft zu schweben, und aus dem rhythmischen Arbeitslärm ersah Jakob, daß der Buchhalter ein erfahrener Baumeister war und katzengleich in der Dunkelheit sehen konnte.

Ein paar Tage verfolgte Jakob die Bauarbeiten, glaubte sich vom Albino bereits erkannt und beachtet. Und tatsächlich, als der Buchhalter sich eines Abends zum Ausruhen in seinen Garten setzte, seufzend sein Buch aufschlug und etwas trank, nahm er plötzlich die schwarze Brille ab und warf Jakob einen langen rötlichen Blick zu, der in einem Lächeln endete.

Aufregung befiel Jakobs Oberkörper, Furcht nagelte seine Füße an den Boden.

»Was machst du denn da den ganzen Tag am Zaun?« fragte die schönste Frau des Dorfes.

Es lag kein Ärger in ihrer Stimme, nicht einmal Verwunderung, nur Angst und Sorge.

»Nichts weiter«, sagte Jakob.

Nachts hörte sie sein Herz pochen, hörte das Schlangenrascheln der Sehnsucht in seinem Innern, und bei Tag prophezeite ihr der Vogelgesang Böses. Sie war allein, eingehüllt in das feine Linnen ihrer Schönheit und den Mantel ihrer Furcht, und nun begriff sie, was ihre Mutter ihr vor Jahren gesagt hatte: daß schöne Frauen keine wahren Freundinnen haben.

Dorfpapisch erzählte mir, während ihrer ersten Tage im Dorf hätten die Frauen Rivkas Nähe gesucht. Manche blieben in sicherem Abstand stehen und beobachteten sie, andere kamen kühner heran, berührten sie am Arm und sperrten ein wenig den Mund auf, ohne zu wissen, daß sie die von ihr ausgestoßene Atemluft zu trinken suchten.

»Nachdem sie feststellten, daß die Schönheit keine ansteckende Krankheit ist, gingen sie auf Abstand zu ihr«, sagte er.

Aber selbst er vermochte nicht die ganze Macht der Liebe vorauszusagen, die Jakobs Herz ergriff, noch all die wild wuchernden Triebe und Reiser, die sie hervorbringen sollte.

»Froh und keck war sie schon da,
Voller Glanz und Gloria –
Und die ganze Stadt, fallera,
Schnuppert ihren Duft, jaja.«

So sang Dorfpapisch Rivka sein Lied, trommelte mir dabei mit den Fingern aufs Knie und ließ seine Stimme immer lauter schwellen.

11

Kein Mensch wußte, was Rabinowitzes Arbeiterin im Herzen und im Ledersack trug.

Alle verfolgten sie mit den Augen, lauerten auf geheimnislüftende Hinweise: neue Essensgerüche, einen fremden Duft, ein vielsagendes ausländisches Kleidungsstück auf der Wäscheleine.

Aber nur der Schrei gellte bei Nacht aus dem Haus, und der löste gewiß keine Rätsel.

Vereinbarte Warnsignale wechselten leise zwischen den Frauen hin und her, ähnlich den erstickten Frühlingspfiffen, die Feldmäuse austauschen, sobald ein Schakal das hohe Gras teilt.

Aber Raubgier war bei ihr nicht im Spiel. Sie hatte unbewußt etwas Geheimnisträchtiges an sich, dazu knappe, duftschwangere Gesten beim Arbeiten, bestimmte Berührungen mit Naomi und diese ewige Hülle um sich, mal dicht wie eine Putzschicht, mal durchscheinend wie Traubenhaut, aber ständig an ihr und um sie herum.

Man sah, daß Heugabel und Zügel, Nadel und Kochlöffel ihren Händen nicht fremd waren, und das Melken lernte sie schnell. Anfangs molk sie nach Anfängerart nur zwischen Daumen und Zeigefinger, doch als die Kühe und sie sich aneinander gewöhnt hatten, brachte Mosche ihr das Melken mit Daumen und allen vier Fingern bei, die die Zitze eine nach der anderen preßten. Vor Anstrengung taten ihr die Arme weh, und die Finger zitterten, aber dann kräftigten sich die Muskeln, und man hörte bereits an dem rhythmischen Zischen des Milchstrahls an die Eimerwand die Arbeit einer geübten Melkerin.

Eins nach dem andern, wie die aufblätternden Seiten eines Buches, offenbarten sich ihr die Geheimnisse des Kuhstalls. Sie lernte erkennen, wann eine Kuh auszuschlagen gedachte, bevor das Tier sich dieser Absicht noch selbst ganz bewußt war, behielt die Kapricen der beiden alten Milchkühe in Erinnerung, vermochte bald sämtliche Zeichen zu entschlüsseln, die einem kranken Kalb auf Nase und Hinterbacken geschrieben standen, und prägte sich die unter Kühen geltenden Regeln von Über- und Unterordnung ein.

Nach ein paar Monaten trug Rabinowitz ihr bereits auf, eine Färse zum Decken zu Schimschon Bloch zu führen, der im Nachbardorf, nicht weit von Onkel Menachem, wohnte.

Schimschon Bloch war ein Meister der Rinderaufzucht. Des öfteren rettete er ein an Durchfall leidendes Kalb mit einer Hausmischung aus Leinsamensuppe, Olivenöl und geschlagenem Ei, von der alle die Zutaten kannten, aber nur er allein wußte, in welcher Reihenfolge, Menge und Temperatur man sie zusammengeben mußte.

Bloch wetteiferte mit Globermann im Erraten des Gewichts eines Rinds auf einen Blick, kastrierte Kälber und Fohlen besser als der Tierarzt und verkaufte, laut Gerüchten, die abgetrennten Hoden an ebenjenes Haifaer Lokal, in dem der Albino nicht nur Essen bestellte.

Außerdem hatte er einen Zuchtbullen namens Gordon. »Er heißt Gordon, weil er schon alt ist, aber immer noch genauso arbeitet wie die Jungen«, erklärte Bloch stolz jedem, der sich über den Namen des Bullen wunderte.

»Hat dir die Färse unterwegs Schwierigkeiten gemacht?« fragte er jetzt Judith.

»Sie war ein bißchen nervös«, antwortete sie.

»Nun, nach dem Rendezvous mit Gordon wird sie sanft wie ein Baby heimkehren«, sagte Bloch, »still und fröhlich wie eine Braut.«

Als Judith die Kuh nachmittags wieder in den Stall zurückbrachte, spürte sie, daß all die anderen Milchkühe sie mit neuen Augen anguckten, und lächelte vor sich hin. Sie mochte die Kühe, und die wiederum beäugten sie nicht mißtrauisch, sprachen sie nicht von ihrer tauben Seite an, fragten sie nicht, woher sie sei, und sagten auch nichts, wenn sie sie einen Zug aus der Flasche nehmen sahen, die sie zwischen den Heuballen versteckt hielt.

Und wenn sich nachts der Heulton den Eingeweiden der Frau entrang, die meine Mutter werden sollte, ihr schier den Hals zerriß und sie selbst aus dem Schlaf weckte, wandten die Kühe bedächtig ihre großen Köpfe, sahen sie mit geduldigen Augen an und pflegten weiter der Ruhe und des Wiederkäuens.

12

Auf der anderen Dorfseite ließ der Albino nicht von der nächtlichen Bautätigkeit.

Nach einigen Wochen stand neben Jakobis und Jakobas alter Baracke ein neues Zimmer mit glattem Betonfußboden, doppelten Holzwänden und einem Dach aus weiß gekalkten Ziegeln. Auch ein kleiner Rasensprenger prangte obendrauf, zur Kühlung an heißen Tagen. Dieser Raum sollte der Kanarienzucht dienen. Das Netz vor den Fenstern war stabil genug, eine Katze oder Schlange am Eindringen zu hindern, und die Ladenlamellen hatte der Buchhalter mit einem besonderen Öffnungsmechanismus versehen, der für gute Durchlüftung der Baracke sorgte, ohne daß die Insassen vom Licht geblendet wurden.

Als das Bauwerk vollendet war, kam der Albino und klopfte an Jakobs Tür.

Rivka öffnete. Ihr Gesicht verfinsterte sich beim Anblick des Gastes, aber der sah Jakob über ihre Schulter hinweg und fragte ihn, ob er »das neue Haus der Vögel« sehen wolle.

Warmer Staubgeruch, dieser allen Vogel- und Kükenzüchtern vertraute Hauch von Sägespänen und Federn, hing bereits in dem neuen Zimmer. Käfige waren keine darin. Die Kanaris schwirrten frei durch den Raum, und der Buchhalter erklärte Jakob, er habe vor, dort Nestmaterial auszulegen und sie sich allein paaren zu lassen, abgesehen von ein paar Sonderzüchtungen zum Verkauf, für die er separate Familienzellen hergerichtet hatte.

Bei Jakobs Eintreten flatterten die Kanaris erschrocken auf und schwirrten in der Luft.

»Gleich werden sie sich an dich gewöhnen und ruhig werden«, sagte der Albino.

In den nächsten Tagen ging Jakob dazu über, gelegentlich »mit dem kleinen Fingernagel« an die Barackentür zu klopfen und einzutreten, um zu gucken, zu arbeiten und zu lernen. Mit der eifrigen Hingabe eines Lehrlings half er dem Albino bei der Registrierung der Eier und Jungvögel, reinigte Aufzuchts- und Paarungskäfige, putzte Tröge und Fensterläden.

»Alles, was du bei unserem Brutkasten tun müßtest, tust du bei seinen Vögeln«, hielt Rivka ihm eines Tages vor, worauf Jakob sie nur wortlos anblickte.

Der Albino lehrte ihn, die verschiedenen Samen zu unterscheiden, die die Nahrung der Kanaris ausmachten: Rüben- und Radieschen-, Haschisch- und Getreidesamen. Er zeigte ihm, wie man harte Eier ganz kleinschneidet, Karotten und Äpfel raspelt, und wies ihn an, den Mohn in Milch einzuweichen und den Sängern zu geben, »denn die haben einen sehr nervösen Magen«.

Er lehrte ihn, den sehnlichen Gesang des Männchens zu erkennen, der, wie erfahrene Züchter wissen, kein Liebeslied ist, sondern das Zeichen, daß es Zeit wird, dem Sänger Jutefetzen und Wolle für den Nestbau zu geben.

Die heranwachsenden Jungvögel brachte der Albino bei den Männchen unter, denn die Mütter haben die Angewohnheit, ihnen Federn zur Polsterung des neuen Nestes auszurupfen.

»Schau mal, was für gute Väter sie sind«, sagte er.

Und tatsächlich, sobald die Väter ihre Jungen in Obhut hatten, verwandelten sie sich in treusorgende, penible Kinderfrauen, fütterten die Kleinen und brachten ihnen das Singen bei. Auf Jakobs Bemerkung, daß nicht alle Vögel sich so verhalten, war der Albino baß erstaunt, denn außer den Kanaris, die er züchtete, kannte er kein anderes Federvieh. »Er konnte gerade eben zwischen einem Raben und einer Gans unterscheiden.«

Jakob erzählte ihm von der Monogamie der Störche, Gänse und Kraniche, lobte die berühmte Treue des Raben zu seiner Partnerin und erwähnte sogar etwas, was Menachem Rabinowitz ihm einmal verraten hatte, daß nämlich »die alten Ägypter den Raben als das Schriftzeichen für ›Eheleben‹ benutzten«.

Der Albino hörte gern von dem Brauch der Buchfinken, die

sich im Winter von ihren Partnerinnen trennen. Während die Weibchen gen Süden ziehen, bleiben die Männchen in Europa, halb erstarrt vor Kälte, Einsamkeit und Sehnsucht. Einige gesellen sich später noch zu ihren Weibchen, andere treffen sie erst im nächsten Frühling wieder.

»Im Sommer allein zu bleiben ist für einen Mann kein Kunststück«, sagte Jakob. »Aber im Winter ist das was ganz anderes. Da lernt er, was es heißt, allein zu sein. Und wenn sie dann hübsch und müde zurückkommt, prall voll Liebe, Sonne und Geschichten, lernt er, wieviel Dankbarkeit es in der Liebe gibt.«

Die Lebensweise der Buchfinken zauberten einen verzückten Ausdruck auf das feiste Gesicht des Buchhalters.

»Sie treffen sich im Frühling«, wiederholte er. »Das ist schön und klug für ein Paar, sich im Frühling zu treffen.«

Jakob bemerkte, auch die Kanaris seien ihren Partnerinnen sehr treu, doch da breitete sich ein abfälliges rosiges Grinsen über das Gesicht seines Gesprächspartners: »So ist das eben bei einem Paar, das man zusammen in einen Käfig gesperrt hat«, sagte er.

Weißer Saft rann aus den Stengeln, sammelte sich, erstarrte und wurde dunkel. Danach verblaßten die seidigroten Blütenblätter, welkten und fielen ab, die Fruchtknoten schwollen, wurden braun und holzig. Und bei Nacht ging der Buchhalter, eine klappernde kleine Gartenschere in der Hand, hinaus, schnitt die harten Kapseln ab und knackte sie mit den Fingern. Die kleinen schwarzen Samen kochte er in dem erstarrten Saft, und den Brei gab er seinen Vögeln.

Alle paar Wochen kam der kleine Morris aus Haifa und mit ihm der Navy-Offizier, der jedesmal einige Vogelpärchen kaufte.

»Die armen Vögel«, dachte der Albino laut, nachdem der Offizier abgefahren war, »jetzt müssen sie nach Ägypten ziehen.«

Er säuberte mit lauwarmem Öl das blasse Gefieder am Hintern eines seiner Roller und sagte: »Er hat Durchfall, Jakob, gib ihm heute keine Karotten und Äpfel zu fressen, nur das Weiße von einem gekochten Ei und Mohn.«

Er schlug Jakob vor, die Landwirtschaft aufzugeben und sich ganz der Kanarienzucht zu widmen.

»Das könnte ein guter Broterwerb sein.«

»Es ist ein Broterwerb, der nicht zur Ideologie des Dorfes paßt«, sagte Jakob.

»Hühner oder Kanaris, sind doch beides Federvieh«, sagte der Albino.

»Das ist nicht dasselbe«, sagte Jakob.

»Unsinn«, erwiderte der Albino, »ich bring dir alles bei, was ich weiß, und wenn ich dann gehe, bleibst du da.«

»Wohin gehst du denn?« fragte Jakob beunruhigt.

Aber der Albino lächelte nur ungeduldig und bat Jakob, ins Dorfzentrum zu gehen und ihm einen Wasserhahn von einem halben Zoll aus dem Lager zu holen.

»Geh, geh schon«, trieb er ihn an, »gleich machen sie zu.«

Jakob ging also ins Zentrum, und da kommt ihm Rabinowitzes Judith entgegen, spaziert geradewegs auf ihn zu in ihrem Blumenkleid und dem blauen Kopftuch, sieht genau so aus und kommt genau so näher, wie sie in seiner Phantasie aussieht und näher kommt. Noch nie ist sie ihm so begegnet, überraschend auf der leeren Straße und direkt von vorn. Er wollte den Treffpunkt abschätzen, aber es gelang ihm nicht, denn die Füße zählten seine Schritte, und die Augen die ihrigen, das Gehirn rechnete beides zusammen, und das Herz teilte die Summe durch zwei.

Als nur noch ein Meter sie trennte, faßte er sich ein Herz und fragte sie, wie es ihr gehe, und fügte sogar hinzu: »Ich heiße Jakob.«

»Ich weiß«, antwortete Rabinowitzes Arbeiterin im Gehen.

Ihr Gesicht kam zum Umfallen nahe, und schon war sie nur noch ein glühender Blick, ein vorbeiziehendes Profil, ein reiner

Nacken und flinke Fersen. Ihr Kleid umwehte ihre Glieder, der Rücken, so aufrecht, entschwand.

13

Er rührte mit einem Holzlöffel, hielt das Gesicht über den Topf und schnupperte.

»Was ist das Geheimnis des Geschmacks, Sejde? Daß alles frisch ist. Daß alles dezent ist. Nur ein Hauch. Nur eins neben das andere stellen. Nur die Nahrung mit ihrem Gewürz bekannt machen: Sehr angenehm, ich bin eine Kartoffel. Sehr angenehm, ich bin eine Muskatnuß. Darf ich bekannt machen, Frau Suppe, sehr angenehm, Herr Dill. Ein Gewürz, Sejde, ist keine Ohrfeige, ein Gewürz muß so sein wie ein Schmetterlingsflügel am Gesicht. Sogar bei einem einfachen ukrainischen Borschscht darf der Knoblauch dir nicht das Gesicht verziehen, er soll dich nur ein Lächeln spüren lassen. Früher habe ich dir eine Geschichte erzählt, damit du meine Gerichte ißt, und jetzt setze ich dir Essen vor, damit du dir die Geschichten anhörst. Daß heißt, daß du schon kein kleines Kind mehr bist, Sejde, also nimm dich mit deinem Namen in acht, fang an aufzupassen.«

Die Zeit, gleichgültig, mächtig und gütig, trug die erste Neugier in ihrem Strom mit fort. Die getuschelten Gerüchte und Mutmaßungen langweilten langsam schon ihre eigenen Erfinder. Auch das Gefühl der Gefahr ging vorüber.

Alle hatten bereits gelernt, daß man Rabinowitzes Judith weder von der linken Seite ansprechen noch nach dem Wer und Woher fragen durfte.

Oded und Naomi kamen sauber und ordentlich in die Schule. Mosches Gebaren wurde wieder sicher und ruhig. Man hörte kein irrsinniges Schreien und Brüllen mehr von seinem Anwesen.

Der Segen, den nur die Hand einer Frau zu schenken vermag, war auf den Hof zurückgekehrt.

Die drei Männer, die meine Väter werden sollten, kümmerten sich jeder um seine Angelegenheiten.

Jakob Scheinfeld, der mir später die hängenden Schultern und sein Haus, sein Geschirr und das herrliche Bild seiner Frau vererben würde, dachte an Judith und lernte die Geheimnisse der Kanarienzucht.

Mosche Rabinowitz, der mir Haarfarbe und Hof vererben würde, lauschte ihrem Aufschrei und suchte seinen Zopf.

Und mein dritter Vater, der Viehhändler Globermann, der mir sein Geld und seine Riesenfüße vererben würde, begann im Kuhstall raffinierte kleine Präsente niederzulegen: mal ein Fläschchen Parfüm, mal ein neues Kopftuch, mal einen Perlmuttkamm.

»Für die Dame Judith«, sagte er jedesmal.

Der Sojcher war ein hochgewachsener, schlanker Mann, die Hände mehr kräftig als dick, das Gesicht Klugheit verbergend. Sommers wie winters trug er eine abgewetzte, weite Lederjacke und auf dem Kopf die ewigselbe alte Schirmmütze, mit der er sich, ihrem Aussehen nach, wohl auch die Nase putzte. Seinerzeit hatte er den Lieferwagen noch nicht. Er ging immer zu Fuß, und manchmal sang er dabei komische Lieder vor sich hin, deren Tonfall sich auch dann eigenartig anhörte, wenn der Text hebräisch war. Einige davon habe ich gut behalten:

Zwei Gäule lauf'n g'schwind,
Der eine lahm, der andre blind,
Da kommen sie in wilder Hatz,
Auf des einen Buckel eine Katz
Der Schwanz ein Graus,
Den Schnurrbart los,
Und auf den Fersen eine Maus,
In Turban und Hos'.

Er legte ungeheure Entfernungen zu Fuß zurück, die Taschen voller Geldscheine und Münzen, dank deren Gewicht er in den Spätsommerstürmen nicht wegflog, ausgestattet mit einem Notizbuch voller Namen von Kühen, dank dessen er nichts vergaß, und mit Stiefeln voller Riesenfüße, dank deren Länge er nicht im Schlamm versank.

Mal ging er allein, mal in Begleitung einer Kuh mit einem Strick um die Hörner, Grauen im Herzen und einem Brüllen, das die Luft erbeben ließ. Östlich des Dorfes schimmerte bläulich der alte Eukalyptuswald und darin der Pfad, der die Abdrücke von gespaltenen Hufen und großen Stiefeln aufwies. Dahinter warteten Metzger und Fleischhauer, Messer und Krummhaken. Alle Hufabdrücke, zeigte mir Naomi einmal, führten nur in eine Richtung, die der Stiefel auch in die Gegenrichtung. Auf diesem Pfad gingen die Kühe ihren letzten Weg. Abgesehen von einer, der Kuh Rachel, die diesen Pfad eines Nachts hin und auch wieder zurück beschritt. Dank jener Nacht und jener Kuh bin ich auf die Welt gekommen, und von ihr werde ich noch erzählen.

Der Viehhändler trug ständig einen dreckigen Strick über die Schulter geschlungen und seinen *Baston*, einen dicken Gehstock mit Stahlspitze. Darauf stützte er sich, wenn er über die Höfe stapfte, und er diente ihm auch als Ochsenstachel, Zeigestock und Waffe gegen Schlangen und Hunde. Letztere liefen ihm auf den Feldern nach, ganz verrückt vom Blut- und Angstschweißgeruch der Kühe, der ihm an den Kleidern haftete und wahrlich schon von der Haut ausdünstete.

Auch die Kühe spürten diesen Geruch, den Hauch ihres eigenen Todes, der ihnen wie wabernder Höllendunst vom Körper des Sojchers zurückschlug, und wenn Globermann mit Mütze, Strick, Notizbuch und Stock auf einem Hof auftauchte, ging ein leises Schnauben der Warnung und Furcht durch die Luft, und die Kühe drängten sich zusammen, die Wirbelsäulen vor Angst gespannt, die Leiber aneinandergepreßt, die Hörner drohend gesenkt.

Wie alle Viehhändler vermochte Globermann das Gewicht einer Kuh mit einem flüchtigen Blick zu taxieren, war aber klug genug, den Bauern das Gewicht selbst bestimmen zu lassen.

»Erstens, Sejde, glaubt er dann nicht, er würde übers Ohr gehauen«, lehrte er mich die Geheimnisse des Handels, »und zweitens gibt der Stallbesitzer immer weniger Gewicht an, als vorhanden ist. Denn der Verkauf einer Kuh ist ein Spektakel, und bei diesem Theater will der Bauer der Gute sein, und dem Sojcher macht's nichts aus, den Bösen zu spielen. Deshalb wird der *Balebait* – der Besitzer –, auch wenn er fünfhundertachtzig Kilo denkt, nur fünfhundertsechzig, allerhöchstens fünfhundertsiebzig Kilo sagen, Punkt. Also, wenn er Verlust macht und auch noch seine Freude daran hat, warum sollten wir, Sejde, ihn daran hindern?«

Bis zu seinem letzten Tag gab er die Hoffnung nicht auf, mich in seine Geschäfte einzuführen.

»*A Sojd* – ein Geheimnis –, Sejde«, sagte er, zu mir niedergebeugt, »nur dir verrate ich es, weil du mein Sohn bist. Jeder Sojcher weiß, daß man sich die Kuh anschauen muß, aber nur wer wie wir Globermänner auf dem Metzgerblock gemacht ist, weiß, daß es noch wichtiger ist, sich den Stallbesitzer anzugucken, Punkt. Man muß erfahren, was er von der Kuh hält, und erst recht, was die Kuh von ihm hält.«

»Liebe und Handel sind ähnlich, aber auch wiederum ein Gegensatz. Denn Liebe ist nicht nur Herz, sondern vor allem Verstand, und Handel ist nicht nur Verstand, sondern vor allem Herz«, erklärte er. Wenn der Bauer mir *a Bick* – einen Bullen – verkauft, ist das bloß Fleisch ohne Seele, bei dessen Preis nur Gewicht und Gesundheit zählen. Aber wenn der Bauer mir eine Kuh verkauft, nu, Sejde, das ist schon eine ganz andere Geschichte. Eine Kuh verkaufen, das ist wie die eigene Mutter verkaufen, Punkt. *Oijoijoi*, wie unangenehm ihm das ihr gegenüber ist, Sejde, wie die Augen der beiden sprechen. *Oj, mejn Kind, oj*

Mammenju, *oj* wie hast du mich ziehen lassen können, *oj* wie sie ihn anguckt.«

»Warum verkaufst du ein so schönes Tier?« pflegte er ätzend den Stallbesitzer zu fragen.

Er wollte nicht die Antwort, sondern den Tonfall hören, wollte sehen, wie sehr die Scham ihm das Gesicht rötete.

»Führ sie ein Stück«, verlangte er, »damit wir sehen, womöglich hat sie einen Nagel verschluckt.«

In der Theorie dient diese Prüfung dazu, ein Lahmen oder Leiden festzustellen, das von einer inneren Verletzung zeugt, die die Kuh nach dem Schlachten untauglich machen könnte, aber in der Praxis wollte der Sojcher sehen, wie der Bauer an seine Kuh heranging und wie sie auf seine Gegenwart und Berührung reagierte.

»Wenn er sie liebhat, Sejde, hat er Gewissensbisse, und wenn er Gewissensbisse hat, feilscht er nicht um den Preis. So ist das. Das verrat mal niemandem. Wenn ein Sojcher gefragt wird, wo sein Verdienst liegt, hat er nur eine Antwort parat: Man kauft die Kuh zum Preis des Horns, verkauft das Horn und behält die Kuh, Punkt.«

»Ich habe der Dame Judith eine Kleinigkeit mitgebracht«, verkündete er.

»Die Dame Judith« war meine Mutter, und »eine Kleinigkeit« war der Standardausdruck für alle Geschenke, die der Sojcher ihr machte. Anfangs ließ er die Präsente scheinbar versehentlich auf der Seitenwand der Futterkrippe im Stall liegen, und wenn Judith zu ihm sagte: »Du hast hier was vergessen, Globermann«, entgegnete er ihr: »Hab nichts vergessen.«

»Was ist das?« fragte sie dann.

»Eine Kleinigkeit für die Dame Judith«, wiederholte der Sojcher seinen Spruch, machte eine Verbeugung, trat drei Schritte zurück, wandte sich um und ging, weil er wußte, daß die Dame Judith das Geschenk in seiner Gegenwart nicht anrühren würde.

Manchmal setzte er etwas hinzu wie: »Die Dame Judith allein zwischen den Kühen braucht eine Kleinigkeit, um sie daran zu erinnern, daß sie eine Dame ist.« Und an Tagen, an denen er besonders romantischer Stimmung war, sagte er: »Du brauchst einen Mann, der dich zu der Königin macht, die du wirklich bist, der dich auf Händen trägt wie ein Baby, Punkt.«

Aber die Dame Judith, die eine Seelenverwandtschaft mit den Kühen eingegangen war, verabscheute den Viehhändler – sein Gebaren, seine Geschenke, seinen Geruch und seine Punkte.

14

»Langsam essen, nicht zu schnell, nicht schneller, als ich rede, sonst ersticken wir noch beide. Iß du mal, und ich erzähl dir von Naomi, damit es dir noch besser schmeckt. – Oft hab ich sie bei dem Buchhalter am Zaun stehen sehen, genau wie ich da stand, und schließlich habe ich sie eines Tages gefragt: ›Möchtest du mit reingehen?‹ Sonst hat er kein Kind reingelassen, hat immer nur gesagt: ›Vögel mögen keine Kinder von der Sorte hier im Dorf‹, aber als ich sie mitgebracht hab, hat er gesagt: ›Bist du das Mädelchen von Rabinowitz? Komm bitte rein, komm herein.‹ Und so kam sie mit, hat nichts gesagt, nur geguckt. Ihr Kopf ist hin und her gewandert, denn die Kanaris singen von allen Seiten des Zimmers, einer zum anderen, der eine redet, der andere antwortet, jeder mit seiner Stimme und seinem Lied, und so lernen sie auch. Jeder lernt die Lieder von seinem Vater. Manche Vögel lernen außerdem von Musik, die sie hören, oder von anderen Vögeln draußen. Sie imitieren, wie der Arbeiter, den ich hier mal gehabt habe, der konnte alles nachahmen: Vögel, Katzen, Menschen, mit Stimme und Gestik. Kannst du dich an ihn erinnern, Sejde? Du warst ein kleiner Junge, als er kam. Und einmal hat Naomi den Buchhalter gefragt, ob sie einen Kanari für Judith als Geschenk mitnehmen dürfte, und da hat er ihr geantwortet – hör gut zu, Sejde, was er ihr gesagt hat: ›Judith kriegt noch ihren Vogel, aber nicht von dir.‹ Da hat sie geweint und ist weggegangen und noch mal wiedergekommen. Das ist sehr schwer für ein Mädchen, wenn die Mutter stirbt, und es ist noch schwerer für die Kleine, wenn die Mutter tot ist und sie selbst plötzlich eine andere Frau liebhat. So viele Jahre habe ich Rabinowitzes Kleine nicht gesehen. Einmal hat sie zu mir gesagt: ›Du hast so eine schöne Frau, Jakob‹, als wären wir beide schuldig, sie der Untreue gegenüber ihrer Mutter und ich der Untreue gegenüber meiner Rivka. Sie war ein kleines Mädchen mit viel Verstand. Schade, daß sie diesen Städter, diesen Meir geheiratet hat. Er ist nichts für sie, und Jerusalem ist nichts für sie, aber sie haben ein Kind, wie ich höre. Nimmt Oded dich noch zu ihr nach Jerusalem mit? Er ist ein sehr guter Bursche, dieser Oded. Nicht so gescheit wie seine Schwester, aber er hätte ein besseres Leben verdient und auch eine bessere Frau. – Kurz, als Naomi noch ein kleines Mädchen war, war es interessant, zu sehen, wie sie Judith umwarb – genau wie der Sojcher und ich. So wahr ich hier stehe, hat auch sie sie von weitem angestarrt und ihr Geschenke mitgebracht. Sie konnte ihr nicht Kleidung, Parfüm und Kognak mitbringen wie der Sojcher, und sie konnte ihr auch keine große Hochzeit machen, wie ich's getan habe, aber sie konnte Judith anfassen und wir nicht, und sie hat etwas begriffen, worauf ich selbst nie gekommen wäre, etwas, was mein Arbeiter mir erst viele Jahre später erklärt hat – das Allerwichtigste: daß die Liebe nämlich nicht flotte Petruschka ist, daß es bei der Liebe Regeln und Gesetze gibt. Kurz, Rabinowitzes Mädelchen hat Judith umarmt, hat ihre Hand genommen und sie gestreichelt, hat ihr Feldblumen gebracht. Vielleicht hatte sie Angst, wir, Globermann und ich, könnten sie ihr wegnehmen, und hat das gemacht, was ihr Vater hätte tun sollen. Mit solchen Dingen kennt sich niemand aus. Manchmal hat deine Mutter sie an Tonias Grab mitgenommen. Allein ist sie nicht gegangen.

Kleine Kinder gehen nicht allein ans Grab von Vater oder Mutter. Und nicht nur am Todestag hat sie sie dorthin geführt, denn dann war's ja mit Rabinowitz und Oded, und auch Menachem und Batschewa kamen und noch ein paar Leute vom Dorf, nein, ab und zu sind sie auch nur zu zweit hingegangen, und ich stand da und hab von weitem geguckt. Dir kann ich das sagen, denn du hast ja auch zugeguckt. Hast in dem Kasten gesessen, den ich dir für die Vögel gemacht hab, aber gespäht hast du auf Menschen. Mich hast du ja auch ausgespäht. Ich hatte so ein seltsames Vergnügen daran, von dir beobachtet zu werden, denn dort an der Bushaltestelle war ich der komischste Vogel zum Betrachten. Was hatte nun also deine Mutter am Grab seiner Tonitschka zu suchen? Das hab ich nie begriffen. Aber sie hat das Mädchen mitgenommen, und ich hab sie beide da am Grab stehen sehen, und ringsum blühten all die Alpenveilchen. Wie die Anemonen immer auf alten Ruinen blühen, so mögen die Alpenveilchen Friedhöfe. Überall dort, wo du viele Anemonen siehst, haben früher mal Menschen gewohnt, und überall, wo du Grabsteine siehst, ersetzt das offenbar den Fels für das Alpenveilchen, genau so, wie der Kuhstall gewissermaßen eine Höhle für die Schwalbe geworden ist und der Rolladenkasten ein Versteck für den Spatzenvogel. Nur der Rabe verläßt nicht die Bäume, die Gott in den sechs Tagen der Schöpfung für ihn hergerichtet hat, er baut sich nirgends sonst ein Nest. Einerseits lebt er bei den Menschen und hat gar keine Angst vor ihnen, andererseits wohnt er nicht wirklich zusammen mit ihnen wie die Taube, die ich als einzige von allen Vögeln nicht ausstehen kann. Steht da mit Olivenzweig, dem Friedenssymbol für alle Welt, im Schnabel, aber bei ihr daheim herrscht nichts als Mord und Totschlag. Du hast doch selbst gesehen, wie Tauben, wenn sie um ein Dach kämpfen, einander bis aufs Blut bekriegen. Das ist einfach furchtbar. Wenn eine Taube schon halb tot ist, ganz kaputt, kaum noch auf den Beinen stehen kann, läßt die andere Taube sie nicht fliehen. Wölfe lassen ab, aber die Taube nicht. Sie läuft ihr nach und schlägt sie und läßt sie nicht in Ruhe, bis sie sie vollends um die Ecke gebracht hat. Auch Raben tun mal so was, aber der Rabe spielt sich andererseits nicht zum Symbol des Friedens auf. Kurz gesagt, sie standen da am Grab, haben nicht viel geredet, aber du hast gesehen, wie Judiths Hand auf dem Rücken des Mädchens immerfort streichelt, streichelt, streichelt, und die Kleine rührt sich nicht, genießt es wie ein Kätzchen, und dann gehen die beiden den Weg durch die Felder zurück bis zu den Kasuarinen an der Straße, die Kleine springt herum wie ein Kälbchen an Pessach, hüpft mit dem ›Schwänzchen in die Höh‹ und kickt in die Luft, und daneben deine Mutter mit ihrem aufrechten Körper und der geraden, leuchtenden Stirn mit der einen tiefen Falte zwischen den Augen, der Furche des Geheimnisses und des Schmerzes, die die Luft wie ein Messer zerschneidet. So wahr ich hier stehe, Sejde, an kalten Tagen konnte ich sehen, wo Judith gegangen war, an den Zeichen, die ihre Stirn in die Luft geschnitten hatte. Im Sommer ist das vor lauter Hitze gleich wieder verschwunden, aber in der Kälte ist so ein flimmernder Luftstreifen zurückgeblieben, wo immer sie mit dieser Falte durchgekommen ist. Nu, jetzt ist sie schon selbst dort bei den Alpenveilchen und den Narzissen, nicht weit von Tonia, und die Augen und die Falte sind längst von den Würmern aufgefressen, und Rabinowitz hat schon zwei Gräber dort zu besuchen – seine Judith und seine Tonitschka, aber Kraft, dorthin zu gehen, hat er nicht mehr, bloß dazu, auf dem Stumpf von dem Eukalyptus, den er abgehackt hat, zu sitzen und Nägel mit den Händen geradezubiegen und Sehnsüchten nachzuhängen. Wer sich sehnen will, hat ja so viele Möglichkeiten. Es gibt Sehnsucht nach jemandem, der weggegangen ist und vielleicht zurückkehrt. Dann gibt es Sehnsucht nach jemandem, der schon zurückgekehrt, aber nicht mehr derselbe ist, doch am allerschlimmsten ist es, sich nach jemandem zu sehnen, der schlicht und einfach tot ist und nie mehr zurückkehrt. Das ist genau die Sehnsucht, die ich nach deiner Mutter hab, Sejde, solche Sehnsüchte sind noch nicht mal Vorübungen für die Auferstehung der Toten. Es sind Gefühle, die aus sich selbst heraus kommen und in sich selbst zurückkehren, und sie wuchern wie ein Krebs in der Seele. Nur in einem ähneln sie einander, all die Sorten von Sehnsucht, für die es keine Nahrung gibt, die sie sättigt, und kein Getränk, das sie trunken macht, und kein Heilmittel, das sie aufhalten könnte, und auch keine Gründe, weil sie nämlich keine brauchen. Was soll ich dir sagen, Sejde, vielleicht wirst du dies einmal verstehen, vielleicht auch nie, aber eins mußt du über diese Sehnsüchte wissen, auch wenn du's nicht verstehst, und zwar, daß die Sehnsüchte keine Gründe brauchen. Meine arme Mutter hat das immer gesagt: ›*Uf benken darf m'nischt kejn terutz*‹ – Für Sehnsüchte braucht es keine Gründe. Das ist sehr wichtig zu wissen. Das ist so, wie der König keine Gründe braucht und der Polizeioberste keine und all die Generäle vom Militär nicht und auch nicht mein Onkel, in dessen Werkstatt ich wie ein Knecht geschuftet habe, auch der hat keine Gründe gebraucht, bloß Stock und Schreie. Jeder, der genug Kraft für Sehnsüchte hat, der braucht keine Gründe.«

15

Ein junger Bursche war ich damals. Jugend und Unsterblichkeit trugen mich über Jakobs Schmerzen, seinen Tisch und seine Erinnerungen empor. Ich kam mir vor wie ein großer Falke, der in der warmen Frühlingsluft schaukelt und tanzt.

Erst heute, als williger Sklave an die Türpfosten meines eigenen Sehnens geheftet, verstehe ich seine damaligen Worte, kenne die Willkür der Erinnerung und alle Windungen der Reue.

Sich selbst beschrieb er, in bezug auf mich prophezeite er, und von jenem Mann, dem Liebhaber meiner Mutter, den mir Naomi in Jerusalem gezeigt hat, diesem tief gebeugten Mann, sprach er ebenfalls.

Auch von Mosche erzählte er, von Mosche unter dem umgestürzten Wagen im Wadi. Und von Oded redete er, Oded, dem ewig verlassenen Waisenjungen, diesem Sindbad des Zorns, der Milch und eines fernen Landes.

Und von meiner Mutter sprach er, von ihr und der Erinnerung an ihre geraubte Tochter, und von all den Panzern, die sie angelegt hatte. Stets wandte sie jedem bösen Wort ihr taubes Ohr zu, und immer wenn ein fremder Mensch ins Dorf kam, verschanzte sie sich im Stall und schickte Naomi als Fühler aus: »Geh, Nomile, geh nachschauen, wer da gekommen ist.«

Ihre wohlbedachte Vorsicht verlieh ihr keinen vollständigen Schutz. Sie ging sorgfältig jeder Begegnung mit einer Lumpenpuppe in Kleinmädchenhänden aus dem Weg, und bis zum Tag ihres Todes weigerte sie sich, Linsen zu verlesen oder Suppe daraus zu kochen. Aber gewissermaßen aus dem Hinterhalt fiel ihre Tochter über sie her und schlug ihr in den Bauch. Sie sah sie, wenn sie eimerweise Milchpulver für die Kälber anrührte oder Wicken roch, sie dachte an sie, wenn sie eine Wolke heransegeln oder eine Blüte knospen sah, wenn die Raben ihren Schwatz hielten, beim Aufgang der Sonne und beim Ersterben des Mondes, und bei Nacht erinnerten sich ihre im Dunkeln offenen Augen, und der Aufschrei drohte ihr schier die Eingeweide zu zerreißen. »Denn in der Dunkelheit gibt es Platz«, hat sie mir einmal gesagt, als ich noch zu klein war, um zu begreifen, und zu naiv, um zu vergessen, »in der Dunkelheit gibt es Raum, Sejdele, für all die offenen Augen und alle Sehnsüchte und alle Schreie.«

»Alles läßt sich in einem Kästchen verstecken, Sejde, im Kästchen, im Käfig, im Schrank und im Zimmer. Sogar die Liebe kann man so gut, gut wegschließen«, erklärte mir Jakob, »aber die Erinnerung besitzt sämtliche Schlüssel, und die Sehnsüchte, Sejde, die dringen auch durch Wände. Die können wie der Zauberer Houdini raus und wie die Geister der Toten rein, wann und wo sie nur wollen.«

Aber mich haben Mutters Sehnsüchte nicht angesteckt. Ich habe eine Halbschwester in Amerika, doch noch nie sah ich ihr Gesicht, weder mit leiblichen Augen noch mit denen der Phantasie. Meine Mutter hatte kein Bild von ihr behalten, und ich weiß nicht mal ihren Namen. Ich habe niemals versucht, sie zu finden oder zu treffen. Natürlich stelle ich mir manchmal die naheliegenden Fragen: Wo lebt sie? Sieht sie mir ähnlich? Wird sie eines Tages zurückkehren? Werden wir uns sehen? Aber meine schlaflosen Nächte gelten nicht ihr, und meine Sehnsüchte, Halbschwesterlein, segeln nicht hin zu dir.

16

Fast drei Jahre waren seit Judiths Ankunft im Dorf vergangen, und nun lachte sie schon manchmal oder machte eine Bemerkung, und nachmittags holte sie eine Kiste aus dem Stall und setzte sich darauf in den Schatten des Wellblechdachs. Sie löffelte den Käse, den sie in zum Abtropfen aufgehängten Gazetüchern selbst erzeugte, und knabberte die scharfen kleinen Salzgurken, die sie in Gläsern auf dem Stallfensterbrett marinieren ließ. Ein angenehmer Westwind sagte halb fünf, und der Zeiger des Gurkengeschmacks stand auf vier Tage.

Oftmals habe ich versucht, mir ebensolche Gurken einzulegen, und es gelang mir nicht, aber ich kann mir gut die Erinnerung an ihren Duft in die Nase holen. Dann lasse ich die Zunge über die Zähne gleiten, von rechts nach links und von links nach rechts, hin und her, wie beim Furchenpflügen,

salzig, salzig, salzig, salzig, salzig, salzig, salzig, salzig,

salzig, salzig, salzig, salzig, salzig, salzig, salzig, salzig,

Und wenn ich die Zunge dann an den Gaumen drücke, schwimmt sie in Speichel, der genau den Geschmack dieser Gurken hat.

Mutter ließ die nackten Zehen wackeln, seufzte genüßlich und trank mit geschlossenen Augen langsam ihren Grappa. Danach stand sie auf und ging Futter auf die Tröge verteilen, kochen, aufräumen und putzen, und gegen Mitternacht gellte wieder ihr Klageruf aus dem Stall, als wäre es ihre erste Nacht dort.

Oded wachte dann auf und schimpfte: »Schon wieder heult sie, will Mitleid schinden.« Und Naomi atmete nur in den Pausen zwischen den Schluchzern, die sie auf diese Weise zu ersticken hoffte, weil sie ihre Kehle zu zerreißen drohten und sie ihren Körper starr und kalt werden spürte.

»Erst als sie schwanger mit dir wurde, hat sie aufgehört zu schreien«, erzählte Naomi mir Jahre später in Jerusalem. »Das war das erste Anzeichen dafür, daß sie ein Kind im Bauch trug. Aber damals, als sie kam, in jenen ersten Nächten – wie alt war ich da? Sechs Jahre oder was – und ich erinner mich, wenn Judith schrie, dann hat mir das hier drinnen, unterm Nabel, weh getan und hier in der Brust, fühlst du's, Sejde? Faß hin. Das war mein erstes Zeichen, daß ich eines Tages eine Frau werden würde.«

Wir fuhren damals in der Eisenbahn, von Jerusalem zu der kleinen Station Bar-Giora, denn dort, sagte sie mir, gäbe es ein nettes Bächlein, an dem wir wandern wollten.

Die Lokomotive sprühte Funken und Dampf, schnaufte den Hang hinunter. Wir futterten Naomis belegte Brote mit Rührei, Käse und Petersilie aus raschelndem Margarinepapier.

Sie hatte nicht mal vergessen, grobes Salz in Zeitungspapier mitzubringen, in das wir lachend unsere Tomaten stippten.

»Auch mein Vater mag gern Salz«, sagte sie.

»Auch meine Mutter«, erwiderte ich.

»Ich weiß«, sagte Naomi. »Ich mag Menschen, die Salz mögen.«

Sie, die jüngste unter Judiths Liebhabern, hatte sie mit der besten und tiefsten Liebe von allen geliebt – der Liebe aus eigenem Entschluß.

»Als sie mit ihrem komischen großen Sack aus dem Zug stieg, beschloß ich auf der Stelle, diese Frau liebzuhaben, egal, was kommt. Das war keine Liebe zu einer Mutter, auch nicht zu einer Freundin oder Tante. Was sie dann war? Was du für Fragen stellst, Sejde. Eine Mischung war sie. Ein Gemisch aus Katze, Kuh und sehr großer Schwester.«

Der Gleiswärter warnte: »Seid vorsichtig, hier gibt's Infiltranten.«

Wir wanderten den schattigen Pfad am Bachbett hinauf. Naomi lachte, mir stockte das Herz. Sechzehneinhalb war ich damals und sie zweiunddreißig. Die Zeit, die große Einbalsamiererin, hatte sie schöner und langsamer, ihre Stimme und meine Liebe tiefer, ihren Mann Meir aber reich, älter und verschlossen gemacht.

Erst zwei Jahre später, als Soldat auf Urlaub bei ihnen, wagte ich sie zu fragen: »Was ist denn in letzter Zeit mit deinem Mann?« Worauf sie sagte: »Ich freu mich so, daß du auf Besuch bist, Sejde, da sprechen wir mal nicht von Meir.«

Der See ihrer Schönheit begann bereits von den Ufern ihrer Stirn und dem Fels ihres Kinns zurückzuweichen und sammelte sich jetzt auf ihren Lippen, in den Augenwinkeln, wo er besonders süß und sämig war, und in den zwei glatten Mulden am Halsansatz.

Mutter und Oded haßten Meir, aber ich mag ihn. Seine Frau liebe ich, ihn mag ich, ihren gemeinsamen Sohn versuche ich zu ignorieren. Wann immer ich zu meinem rothaarigen Professor – dem »Oberrabenkundler«, wie Naomi ihn nennt – fahre, um ihm Beobachtungsberichte zu überbringen und seine Komplimente nebst neuen Aufgaben entgegenzunehmen, versuche ich, ein wenig mit Meir zu reden. Er hat nach wie vor seine schlanke Figur, die markanten geraden Schultern, das in der Mitte gescheitelte dichte Haar und diesen leichten Gang eines Menschen, der mit seinem Körper in Frieden lebt.

Naomi neigte plötzlich den Kopf und drückte mir einen Moment ihre süßen salzigen Lippen auf den Mund.

»Schmeckt gut«, lachte sie und klopfte mir auf den Rücken. »Du wächst schön«, sagte sie, »hast schon die Schultern und Hände eines Mannes.«

Wir saßen im Schatten eines Erdbeerbaums. Die warme Luft ihrer Mundhöhle sammelte sich vibrierend in meiner Halsbeuge. Ihre Hand träufelte Gold zwischen meine Schulterblätter. Ein aufgeschrecktes Steinhuhn flog mit flatterndem Flügelschlag auf.

»Judith hat mir gesungen, hör dir das an: ›*Schlaf mejn Vejgele, mejn klejne, lieg nor schtill und her sich zu.*‹ Verstehst du? Dann hat sie mit derselben Melodie hebräisch weitergesungen, so: ›Schlaf, mein kleines Vögelein. Lieg nur still, und hör mir zu.‹«

Die roten Zweige des Erdbeerbaums sähen ihr gegen den Himmel schwarz aus, bemerkte sie plötzlich.

»Bei ihrem ersten Purimfest im Dorf hat sie zu mir gesagt: ›Komm, Nomile, ich mach dir ein besonderes Kostüm.‹ Ich dachte schon, oho, da werde ich mindestens die Königin von England, aber sie hat mir bloß ein gewöhnliches Mädchenkleid genäht, mich ganz anders als jemals sonst frisiert und mir eine Lumpenpuppe in den Arm gelegt. Als ich sie fragte, was das für ein Kostüm sein sollte, hat sie gesagt: ›Du hast dich als ein anderes Mädchen verkleidet.‹ Das habe ich dann auch in der Klasse erzählt. Alle waren richtig kostümiert, als Könige und Helden, und als sie wissen wollten, was ich darstellte, hab ich genau das gesagt, was sie mir erklärt hat, daß ich als ein anderes Mädchen verkleidet sei. So stolz habe ich das gesagt, ohne jede Scham, und mit all der Liebe zu ihr, für die ich mich entschieden hatte. Denn das ist überhaupt das Wichtigste bei der Liebe, daß sie eine Frage der Entscheidung ist. Das habe ich dir schon einmal gesagt, und ich sag's dir wieder: Man muß einfach beschließen – jetzt ist es Liebe. Genau so. Das ist jetzt Liebe. Alles, was ich höre und rieche und sehe und denke – das ist Liebe. Schau her, Naomi, und schnuppere und faß an und schmecke und hör gut, gut zu. Was jetzt geschieht, das ist Liebe. Das muß man auch laut sagen, wenn kein Mensch zuhört: Das ist jetzt Liebe. Und wie verliebt reden und wie verliebt gucken und wie verliebt handeln. Wie unser Milchmann im Viertel, ein netter alter Frommer, mal zu Meir gesagt hat: ›Wenn Sie, Herr Klebanow, den Heiligen – gelobt-sei-er –, nur die ganze Zeit bewundern, wie er die Welt erschaffen hat, bleiben Sie der *Epikojres* – der Epikureer –, der Sie sind, aber wenn Sie, Gott behüte, den Ewigen jeden Morgen beschimpfen und gleichzeitig auch eine *Kippa* aufsetzen und koscher essen und den Sabbat halten, und das einen Monat lang, werden Sie davon immer noch ein guter Jude.‹ Genau so. Es war eine Liebe der Regeln und Gebote. Sie die ganze Zeit anfassen, sie dreimal umarmen, denken, was macht Judith jetzt, sich ihre Hände vorstellen, während man in der Schule das Pausenbrot ißt – hier, auf diesen Brotscheiben sind sie gewesen, diese Gurke haben sie geschält und geschnitten, dieses Salz haben sie drübergestreut. Sich ein blaues Kopftuch wie ihres aufsetzen, ein Schlückchen aus ihrer Flasche nehmen und husten. Hätte ich beschlossen, Meir zu lieben, wie ich mich damals für die Liebe zu ihr entschieden habe, wäre mein Leben hinterher einfacher gewesen. Manchmal hab ich gedacht, sie würde mich auch lieben, und tatsächlich hat sie mich umarmt und geküßt, aber nie hat sie mich gestreichelt. Das Streicheln hat sie in der Hand behalten. Weißt du noch, wie die Alten im Dorf gesagt haben? ›Lieben kostet kein Geld.‹ Ich hab diesen Spruch ja so gehaßt. Wenn lieben kein Geld kostet, warum geizen dann alle so mit der Liebe?«

»Ich nicht«, sagte ich.

»Du bist kein Geizhals, Sejde, du bist einfach ein Dummkopf, und ich weiß nicht, was schlimmer ist«, sagte Naomi. »Aber deine Mutter war geizig. Geizig mit Liebe. Hast du mal drauf geachtet, wie sie manchmal mit der geschlossenen Faust herumgelaufen ist? Anfangs dachte ich, sie wollte jemanden schlagen, aber dann habe ich begriffen, daß sie da etwas bewahrt. Vielleicht dieses Streicheln, das ich so gern wollte und das sie für ein anderes Mädchen aufsparte. Denkst du ab und zu mal an deine Halbschwester, Sejde? Auch ich bin eine Halbschwester von dir, Sejde, vielleicht. Nur am Grab meiner Mutter hat deine Mutter mich gestreichelt. Jeden Monat nahm sie mich dorthin mit. Vater ist nur immer am Todestag mitgekommen, das weißt du ja selbst, Sejde, aber damals, in den ersten Jahren, hat sie mich jedesmal mitgenommen, und nur dort, am Grab, war ihre Hand auf meinem Rücken offen und hat gestreichelt und gestreichelt. Und am allerliebsten saß ich mit ihr auf dem Betonweg, den mein Vater für sie gegossen hatte, und futterte Granatäpfel. Erinnerst du dich, wie schön es war, mit ihr auf dem Gehweg Granatäpfel zu essen?«

17

Alle zwei Wochen wurde dienstags im Volkshaus ein Film vorgeführt. Oded holte die flache Dose aus Haifa, und manchmal kam er dann zu Mutter, senkte die Augen und sagte: »Es ist ein Film aus Amerika.«

Sie ging nicht viel ins Volkshaus, aber wenn ein Film aus Amerika lief, gingen wir beide. Gemeinsam betrachteten wir die Bilder einer amerikanischen Straße und amerikanischer Häuser, Bäume und Highways, und gemeinsam fügten wir ihr Kind in diese Rahmen ein.

Wie es oft geschieht, wuchs die Tochter in ihrer Erinnerung weiter. Sie sah sie an Größe und Verstand zunehmen, sah sie Frisur und Blick ändern, stieß sich an den reifenden Brustknospen, schrie mit ihr vor Schreck über die erste Menstruation, vergaß mit ihr ihre Muttersprache samt der Mutter selbst, und eines Nachts sah sie sie sogar im Traum einen Mann heiraten und ihm Zwillinge gebären, die zu ihrem Entsetzen jenem verfluchten Mann ähnlich sahen, dessen Namen ich damals nicht sagen durfte und auch heute noch nicht erwähnen darf.

Auf dem Heimweg vom Volkshaus sagte sie nichts, und zu Hause nahm sie ein Schlückchen von ihrem Schnaps und seufzte, ohne zu merken, wie laut und gellend ihr Seufzer klang. Danach legte sie sich hin und hörte nun die Gaukeltänze der Brüder Wenn, Hätte und Wäre, die Lacher des *Engels-von-Schlaf* und Mosches nächtliche Wanderungen: von den Küchenschränken zum Kleiderschrank, Tür für Tür, dann zum Raum zwischen Betten und Boden und weiter zu dem zwischen Baracke und Erde. Danach ging er auf den Hof hinaus, klopfte behutsam die Wände des Schuppens ab, rückte Säcke zur Seite und hob in der Scheune Strohballen an. In den Kuhstall ging er nicht, damit sein Eintreten nicht etwa falsch ausgelegt würde, spähte nur wieder ins Kükenhaus und kehrte in den Schuppen zurück, weil er dem Zopf zu dieser Zeit bereits Bewegungs- und Ausweichsfähigkeit zuschrieb, ja sogar ein gewisses Maß an List.

So ging und suchte und stöberte und kam er, zurück zu seinem Folterbett, zu den Mädchenkleidern, die seine Mutter ihm angezogen hatte, zu den Todesblasen im kalten Wasser, zu seinen offen im Dunkeln schweifenden Augen.

Den Betonweg vom Haus zum Kuhstall hatte Mosche Rabinowitz für Judith gegossen, bevor ich noch geboren war. Der kleine Zeiger der großen Zeit hat bereits Moosflecken darauf gesetzt und in den Ritzen Hundszahngras sprießen lassen. Aber ich erinnere mich, als wäre ich dabeigewesen, denn es vergeht kein Tag, an dem ich nicht darüber ginge.

»Diesen Gehweg hat mein Vater für deine Mutter gemacht. Vom Haus bis zum Stall. Das ist ein schönes Geschenk, nicht? Du hättest ihr Gesicht sehen sollen, als Vater nach beendeter Arbeit zu ihr sagte: ›Das ist für dich, Judith.‹ Wäre er Globermann, hätte er gewiß eine Verbeugung gemacht und gesagt: ›Die Dame Judith braucht sich ihre hübschen Füße nicht mit dem Schlamm des Hofes schmutzig zu machen, Punkt!‹ Und wenn er Scheinfeld gewesen wäre, hätte er sich in den Schlamm gelegt und gesagt, sie solle auf ihn treten. Aber mein Vater hat ihr einen Gehweg gebaut. Ohne Firlefanz und wie es sich gehört.«

Eines Tages, am Ende des dritten Sommers seit Judiths Ankunft, hatte Rabinowitz Zement und Sand, Latten und Kies beigebracht, Gußformen gebaut, Eisenstangen eingesteckt und ein Quadrat nach dem andern gegossen, die sich zu einem Betonpfad von der Baracke zum Stall zusammenfügten. Dann glättete und befeuchtete er den Beton, und als das Werk beendet und der Weg trocken war, lud er Judith ein, ihn zu beschreiten.

Plötzlich wurde Mutter ausgelassener Stimmung. Sie schürzte mit der einen Hand ein wenig den Rocksaum, gab die andere Naomi, und gemeinsam weihten die beiden den neuen Pfad mit ein paar leichten, tänzelnden Schritten ein, bei denen die Röcke die Knie freigaben.

»In jenem Winter versanken wir unterwegs vom Haus zum Stall nicht mehr im Schlamm. Du kannst dir gar nicht vorstellen, wie wir uns über diesen Gehweg gefreut haben.«

»Für Mutter hast du keinen Weg gebaut«, sagte Oded zu seinem Vater.

Er boykottierte den neuen Weg, lief zwei Jahre daneben her. Danach gab er seinen Widerstand auf, aber seine Füße hatten bereits einen kurzen schmalen Trampelpfad des Vorwurfs und Waisentums auf der Erde ausgetreten, der bis heute dort sichtbar ist.

Vor Pessach schlugen Tonia Rabinowitzes Granatapfelbäume mit einer Fülle winziger karmesinfarbener Knospen aus, danach folgten rote Blüten, und nach den Hitzewellen des Monats Siwan schwollen die purpurnen Knospen bereits an und schmückten sich mit ihren Krönchen.

Judith drehte Tütchen aus Zeitungspapier, nahm Naomi mit, um gemeinsam mit ihr die winzigen Früchte abzudecken, und in dem Herbst, der jenen Sommer beendete, saßen die beiden bereits auf dem neuen Gehweg und aßen Granatäpfel.

Die frühen Früchte mit den großen rosa Kernen waren schon zu Rosch Haschana eßreif, und die dunklen, säuerlichen pflückte Judith nach Sukkot, preßte den Saft, seihte ihn durch ein weißes Gazetuch, durch das man sonst die Milch laufen ließ, und lehrte Naomi, Wein daraus zu machen.

Jahre sind seitdem vergangen, aber mit Leichtigkeit kann ich die beiden in Gedanken auf dem grauen Beton sitzen sehen, die Frau, die bereits tot, und das Mädchen, das längst erwachsen ist, blaue Kopftücher auf den Köpfen und die vier Knie nackt. Ihre bloßen Füße werden im Traum noch immer gepikst von den winzigen Kreiseln des Eukalyptus, der damals noch dort stand, und den kleinen, harten Igelfrüchten, die unaufhörlich von den Kasuarinen fielen.

Judith nahm einen Granatapfel, klopfte ihn behutsam ringsum mit dem hölzernen Messerschaft und hieb ihm die Krone ab. Dann schälte sie ein wenig um das Ende, ritzte die Schale ein und brach die Frucht mit den Fingern auseinander.

»Du darfst sie nie mit dem Messer aufschneiden, Nomile«, sagte sie, »Metall gibt dem Granatapfel einen schlechten Beigeschmack.«

Mit der Daumenkuppe löste und krümelte sie die Fruchtkerne in die andere hohle Handfläche und schüttete sie sich daraus in den Mund.

»Das sind die Bäume von meiner Mutter«, maulte Oded.

»Dann iß doch auch«, sagte Naomi.

»Daß kein Kern runterfällt«, ermahnte Judith sie, wie sie einige Jahre später auch mich ermahnte, als ich ebenfalls schon auf der Welt war und wir beide auf demselben Weg saßen und Granatäpfel aßen. »Daß kein Kern runterfällt. Wer einen Kern fallen läßt, hat verloren.«

Noch heute ermahnt sie mich so in meiner Phantasie, aber heute esse ich nicht mehr von den Früchten jener Granatapfelbäume. Jeden Winter werden sie von den Rotkehlchen erobert, jeden Frühling blühen sie rot, und immer noch lassen sie Früchte in Fülle reifen. Aus einem vagen Pflichtgefühl heraus bedecke ich sie jedes Jahr mit Tüten, aber ich pflücke sie nicht mehr bei der Reife.

Der Sommer vergeht, Vögel und Wind zerreißen die Papiertaschen, winzige Gärfliegen, toll vor Süße und Lust, umschwirren die triefenden Risse in den Schalen der Früchte und zeigen mir Herbst an.

Später vertrocknen die Granatäpfel, werden hart in ihren zerrissenen Hüllen wie Mumien, deren Binden sich gelöst haben. Das Schwarz ihrer Schalen sagt mir, daß Winter ist, und ihre Kerne zerkrümeln wie Totenzähne in seinen Stürmen.

18

Schlaf mejn Nomile, mejn klejne,
Schlaf mejn Kind, un her sich zu,
At dos Vejgele dos klejne,
Is kejn andere wie du.
Ai li lu li lu li li.
Schlaf mejn Nomile, mejn klejne,
Lieg nor schtill un her sich zu.

Schlaf mein Naomilein, mein Kleines,
Schlaf mein Kind, und hör mir zu,
Denn das Vögelchen, das kleine,
Ist kein anderer als du.
Ai li lu li lu li li.
Schlaf mein Naomilein, mein Kleines,
Lieg nur still, und hör mir zu.

»Vielleicht hörst du mal auf, meiner Schwester dauernd vorzusingen«, schimpfte Oded. Er war noch ein Kind, aber Wut und Angst hatten sein Gesicht durch frühe Falten reifen lassen, seinen Körper gestärkt und ihm einen männlichen Gang verliehen.

Abends brachte Judith ihn und Naomi ins Bett und erzählte ihnen Geschichten, doch Oded, dem die Liebe und Aufmerksamkeit in Naomis Gesicht nicht gefielen, erboste sich.

Seine Stimme klang bitter und dumpf: »Unsere Mutter hat uns schönere Geschichten erzählt.«

»Ich bin nicht eure Mutter«, sagte Judith und zog ihm die Decke vom Gesicht.

Sie warf ihm einen Blick zu, den er bis heute nicht vergessen hat, und wenn er ihn mir jetzt beschreibt, verbirgt sich immer noch ein zorniger und verängstigter kleiner Waisenjunge zwischen den Worten.

»Wenn du mit mir streiten willst, Oded«, sagte sie, »dann versteck dich nicht unter der Decke. Du bist kein Baby mehr. Komm heraus, und streite dich richtig mit mir.«

Und als sie Verlegenheit auf sein Gesicht treten und ihm die Wut von der Stirn wischen sah, streichelte sie seine verblüffte Wange, sagte »gute Nacht, Kinder« und ging in den Stall – zu ihren Kühen, ihrem Alkoven, ihrem Bett, ihrem Schrei.

»Geh zu ihr, Vater.« Naomi war eines Nachts aufgestanden und hatte sich vorm Bett ihres Vaters aufgebaut.

Mosche machte eine ablehnende Kopfbewegung.

»Ich komm mit«, sagte Naomi. »Wir gehen rein und fragen sie, warum sie so schreit.«

»Man braucht nicht zu ihr zu gehen«, sagte Mosche.

»Dann geh ich eben, wenn du's nicht tust.«

Rabinowitz fuhr hoch: »Du gehst nicht zu ihr. Keiner geht zu ihr. Erwachsene Menschen weinen nicht, damit man zu ihnen kommt. Sie wird ein bißchen weinen, und dann ist es vorbei.«

Eines Nachts konnte Naomi nicht mehr an sich halten. Sie schlich auf den Vorplatz des Stalls, hielt sich am Wasserrohr fest und wollte, auf der Tränke stehend, die helle Gestalt beäugen, die mit offenen Augen und aufgerissenem Mund allein für sich in ihrer Ecke lag.

Mosches schwere Hand versperrte seiner Tochter den Mund. Er hob sie hoch und preßte sie an seinen Körper.

»Sie braucht nicht zu wissen, daß wir es wissen«, fauchte er ihr ins Ohr, als er sie zum Haus trug.

Doch sobald er die Hand wegnahm, brach ein Schwall Worte aus ihrem Mund hervor wie ein Schwarm Distelfinken aus dem Gestrüpp.

»Das ganze Dorf weiß es schon, Vater!« kreischte sie. »Und sie weiß auch, daß alle es wissen. Sogar die Kinder in der Schule reden davon.«

»Egal, was sie reden« – er legte ihr erneut die Hand auf –, »sie darf dich nur nicht dorthin kommen sehen.«

»Die Leute meinen, du würdest ihr was antun!« sprudelten die Worte aus ihrem Mund und brannten ihm auf der Hand.

»Halt den Mund, oder ich bind dir gleich ein Handtuch übers Maul! Wenn du größer bist, wirst du's verstehen.«

Das Heulen klang auf und verebbte. Die zerrissene Luft fügte sich wieder zusammen. Die Narben verschwanden sofort.

»Das ist wie das Fleisch der Frau dort unten, das keine Zeichen abbekommt«, erklärte mir Jakob.

Er schenkte den Kognak ein. »Nur Geburten hinterlassen dort Spuren«, sagte er, »aber weder Liebe noch Untreue. Nicht wir Männer. Nur im Fleisch unserer Mutter hinterlassen wir Zeichen, nicht im Fleisch unserer Frauen. Guck mal dorthin, Sejde, du bist ja schon ein großer Junge. Guck und sieh selbst. Auf der Gesichtshaut und an den Händen bleiben alle Stempelabdrücke des Lebens erhalten. Auf unserm *Schmeckerle* – unserer Zunge – verwischt sich nichts. Wer lesen kann, liest die Zeichen auf seinem *Schmeckerle* wie ein Tagebuch. Globermann hat mir das mal gesagt. Wie die Jahresringe der Bäume bleiben sie dort. Hier die guten Jahre, dort die schlechten, hier die Namen und da die Zeiten. Es gibt so einen Felsen im Kinneretsee, auf dem du Zeichen siehst, wieviel Wasser es in jedem Jahr gegeben hat. So ist das bei uns. Aber bei der Frau da unten, gar nichts. Kein einziges Zeichen bleibt. Dort ist es wie der Kinneret selbst. Siehst du dem See die alten Stürme an? Siehst du der Luft des Tages die Schreie an, die nachts durchgedrungen sind? Siehst du? Auch dort siehst du nichts.«

19

Wie ein Kuckucksjunges drängelte und schubste Judith alle anderen Gedanken aus seinem Hirn. Nur über sie sann er nach, über sie und ihren Schrei und ihren Körper und ihren im grün-gelben Chrysanthemenmeer dahingleitenden Wagen, ohne zu begreifen, wie sie an zwei Orten gleichzeitig sein konnte: »Bei Rabinowitz auf dem Hof und bei mir im Kopf«, sagte er zu mir.

Manchmal sah er sie auf der Straße oder im Dorfzentrum, nickte ihr einen Gruß zu und marterte sein Herz mit naiven Plänen und kindlichen Hoffnungen, sie anderswo zu anderer Zeit und auf andere Weise zu treffen.

Und da kam eines Tages Mosche Rabinowitz, bat ihn, ihm

zweihundert Küken auszubrüten, und fragte, ob er mit der Bezahlung ein paar Wochen warten könne.

Jakob war so überglücklich, daß er sagte: »Geld spielt gar keine Rolle, Rabinowitz, das Geld ist mir egal.«

Er eilte zur Brutmaschine, nahm sie auseinander, wusch und desinfizierte ihre Teile und ließ sie an der Sonne trocknen, und als die Küken schlüpften und die Brutmaschine sich mit Piepsern füllte, kam Jakob bei Rabinowitz an, um ihm mitzuteilen, er solle das Kükenhaus herrichten.

»Ich bring sie morgen«, sagte er, während seine Augen suchend umherschweiften.

Aber Judith ließ sich nicht blicken, und Jakob ging.

Am nächsten Morgen spannte er den Wagen an und brachte die Küken in zwei geschlossenen Kästen. Der Geruch und das Piepsen machten die Katzen verrückt. Ein paar flitzten auf Rabinowitzes Hof und umkreisten das Kükenhaus auf der Suche nach einer Ritze. Aber Mosche hatte ringsum Beton gegossen, direkt auf die Ränder des Drahtgeflechts, und jede Nahtstelle mit Draht umwickelt, denn er wußte, daß der Hunger die Glieder der Katzen geschmeidig macht und die Mordlust sie befähigt, sich wie eine Schlange durchzuzwängen.

Der Betonfußboden war schon mit Sägemehl bestreut, Jakob kauerte nieder und entleerte behutsam einen Kükenkasten. Der piepsende, dichte gelbmelierte Klumpen zerfiel in Dutzende erschrockene Bällchen und schloß sich unter ängstlich erregtem Fiepen sofort wieder zusammen.

Da knarrte plötzlich die Tür. Die Küken verstummten mit einem Schlag, und Jakob lief wieder jener Schauder über den Rücken. Er wußte, daß Judith das Kükenhaus betreten hatte und bereits hinter ihm stand.

Sein Herz flatterte. So passiert es dem Herzen eines Menschen, wenn die Ehrfurcht seine Kammern zusammenzieht, während die Freude eben dann die Vorkammern weitet.

»Und das Herz – hast du das je gewußt, Sejde? –, das Herz schmilzt. Dann gibt's auf der Stelle ein großes Kuddelmuddel in Armen und Beinen. Hier zittert ein Muskel, dort sind die Knochen wie Milchpulver in Wasser, und das Blut kocht und brodelt wie Suppe.«

»Ich kriegte schlicht und einfach keinen Atem«, erinnerte er sich, »bin schier erstickt. So merkt der Mensch, daß er sich im Zustand der Liebe befindet.«

»Wie hat's Rabinowitz bloß dort ausgehalten, mit ihr auf dem Hof, ohne verrückt zu werden?« rätselte er. »Verstehst du das, Sejde? Wo er sie doch arbeiten sah, wo er ihre Bewegungen gesehen hat, wenn sie einen Milchkrug anhob oder Eimer zu den Kälbern schleppte und der Körper sich unterm Kleid anstrengte... Wie kann jemand so in der Baracke liegen und wissen, daß sie im Stall ist, wahrhaftig hinter einer Wand aus Holz und einer Wand aus Luft und einer Wand aus Beton. Da kann man doch schier verrückt werden.«

Als Judith an jenem Abend melkte und Mosche Luzerne vom Wagen lud, fragte er sie plötzlich, ob sie Jakobs Blicke bemerkt hätte.

»Du hast ihm gefallen«, erklärte er.

»A nafka mina«, sagte Judith. »Was macht das aus.«

»Nu«, meinte Mosche, »hier wird's noch lustig werden. Das ganze Dorf träumt von Scheinfelds Frau, und Scheinfeld verguckt sich in dich.«

Judith wusch die Zitzen der Kuh fertig, brachte sie zum Versteifen. In geraden weißen Strahlen sprühte die Milch in den Eimer, anfangs mit glöckchenhellem Aufschlag, dann von Strahl zu Strahl tiefer und dumpfer klingend.

Die Kuh wandte den Kopf und glotzte sie an. Ihre große Zunge kam hervor und klatschte mit dem Knall eines feuchten Korkens gegen die Nüstern. Der warme, süßliche Geruch stieg in die Luft, wurde von den Wänden aufgesogen. Judith brannten die Augen.

Sie lehnte die verschwitzte Stirn an den Bauch der Kuh, und als diese behutsam einen Huf hob, um wohl ein gewisses Unbehagen anzudeuten, sagte Judith: »Sch… sch… sch«, strich über den großen Schenkel und drückte sanft auf den Punkt, der die Absicht und die Fähigkeit zum Ausschlagen lähmt.

Jahre später, als ich sieben war, sagte sie mir, das Pferd bekäme Liebe für Liebe, der Hund einen Herrn wegen seiner Treue, die Katze Nahrung wegen ihres Charmes, doch die Kuh bekäme gar nichts außer Schimpf und Fußtritten. Dabei gäbe sie ihre Milch und ihre Kraft und ihre Kinder zu Lebzeiten, und danach nähme man auch noch ihr Fleisch und ihre Haut und ihre Hörner und Knochen.

»Nichts von der Kuh geht verloren, alles wird benutzt«, schloß sie.

Und Jakob sagte: »So ist das bei der großen Liebe. Bei der großen Liebe gibt immer nur einer alles. Und immer geht rein gar nichts verloren.«

Er lag in seinem Haus, der Kopf benommen, das Herz wach, die Augen blitzende Löcher im Dunkeln.

Raben, Schwalben, Kanaris und Spatzen hielten ihren Schlaf. Die Schleiereule, weiße Königin der Finsternis, breitete leise die Flügel aus und entschwebte ihrem Versteck.

Auch Rivka lag wach, weil Schlaflosigkeit eine ansteckende Krankheit ist.

»Schlaf, Scheinfeld, ich hab schon keine Kraft mehr«, sagte sie. »Wenn du nicht schläfst, bin ich morgens müde.«

Aber Jakob schwieg. Seine Knochen knarrten, sein Fleisch schmerzte.

»Und ich hab Gott gedankt, daß Augen, die im Dunkeln offen sind, nicht die Gedanken an die Wand projizieren. Stell dir das bloß mal vor, Sejde, wenn sie meine Gedanken gesehen hätte und ich ihre, wie im Kino oder in der Laterna magica.«

Merkwürdig klar fühlte er die Rippen in seiner Brust aneinandergedrängt, und lange Zähne schienen das Fleisch seines Herzens zu kauen.

»Was ist denn in der letzten Zeit mit dir los, Scheinfeld?« fragte die schönste Frau des Dorfes.

Doch Jakob antwortete nicht. Was sollten schon Worte für die Liebe nützen?

20

Eines Abends tat sich die Tür nicht auf. Die tastende Hand kam nicht zum Vorschein. Der Albino trat nicht heraus.

Die Kanaris sangen wie gewöhnlich, aber Jakob machte sich Sorgen. Er wartete ein bißchen, doch schließlich löste er sich von Jakobis und Jakobas Hofzaun und drückte das Gesicht an die Ritzen der Aufzuchtbaracke. Danach klopfte er an die Tür. Das Gezwitscher brach ab, ängstliche Stille herrschte. Jakob traute sich nicht hineinzugehen, redete sich ein, der Buchhalter schlafe noch, und zog ab.

Auch am nächsten Abend ließ sich der Albino nicht blicken. Nun wurde Jakob angst und bange, denn die Schubkarre mit Unterlagen aus dem Büro des Kassenwarts stand neben der Tür, der Lieferwagen parkte an seinem normalen Platz, die Motorhaube war kalt. Er rief Dorfpapisch herbei, der ohne Zögern gleich die Barackentür aufbrach, und in dem Tumult von Kreischen, Flattern und Federnwirbel fanden sie den Buchhalter nackt auf dem Boden liegen, kalt, fett und steif.

»Er ist tot«, sagte Dorfpapisch, sich von dem Leichnam aufrichtend.

Er rannte die Sanitäterin holen, und Jakob blieb allein mit dem rosagrauen Albino, an dessen schneeweißen Körperhaaren bereits Flöckchen herabgewirbelter Sägespäne, Futtersamenhülsen und Vogelmist hafteten.

Deutlicher Todesgeruch hing schon in der Luft. Sofort goß Jakob Wasser in die kleinen Porzellantränken und streute alle vorrätigen Sorten an Samen und Krumen in die Futterkrippen, suchte Ruhe und Trost in den gewohnten Arbeitsgängen.

Dann kamen die für solche Dinge Zuständigen und holten mit großem Getue den Toten dort weg.

Die Vögel, eben noch von dem Aufruhr in ihrer Baracke verstört, beruhigten sich wieder. Die schrillen Alarmrufe verklangen. Letzte Daunenteilchen stellten ihren Luftwirbel ein und sanken zu Boden. Zartes Singen mit neuem Mut kam in den Käfigen auf, anfangs noch ein abgehackter Zwiegesang, hier ein wenig, dort ein wenig, danach lautes, provozierendes Trällern. Und Jakob, der schon lange allein auf dem Boden des Kanarienhauses gesessen hatte, wurde von dem alten Aberglauben aller Vogelzüchter angesteckt – daß ihr Singen ein Zeichen des Dankes und der Liebe sei, ein Aberglaube übrigens, der auch bei Königen und Kindergärtnerinnen, Rekrutenausbildern und Dorfchordirigenten auftritt.

Er stand auf und ging nach Hause. Rivka setzte ihm sein Abendessen vor, aber Jakob aß geistesabwesend und lustlos, ließ letzten Endes das meiste auf dem Teller und erhob sich mit der Erklärung, er müsse »mal nachsehen, was mit den armen Vögeln ist«, ohne zu merken, daß er zum zweiten Mal an diesem Tag die Sprechweise des toten Albinos nachahmte. Ungeachtet des Weinens seiner Frau löste er sich aus ihrem Griff, schleppte ein klappbares Feldbett ins Kanarienhaus und blieb dort die ganze Nacht liegen, in banger Erwartung, womöglich könnte irgendein Erbe oder Angehöriger auftauchen, mit einem unterzeichneten Testament und verwandtschaftsbezeugenden weißen Wimpern wedeln und die armen Vögel für sich beanspruchen.

Aber der Albino war alleinstehend gewesen, und niemand erschien. Der Gemeinderat setzte eine Todesanzeige in die Zeitung, wandte sich sogar an das Mandatsgericht in Haifa, doch selbst Verwandte der Sorte, die erst nach dem Todesfall aufzutreten pflegen – dem Toten selbst nie bekannt gewesene Cousins oder Cousinen –, blieben aus.

Das Dorfkomitee entsandte zwei Vertreter, um »das Inventar zu prüfen«. In den Küchenschränken des Albinos fanden sich ein paar Jahrbücher der tschechischen Regierung, fünf Sonnenbrillen, zig Gläschen mit stinkiger Hautcreme und zwei Paar Schuhe.

Die Nachforschung im Kleiderschrank des Toten ergab, daß der abgeschabte schwarze Anzug, den er immer getragen hatte, in Wirklichkeit fünf haargenau gleiche schwarze Anzüge war, alle von gleichem Schnitt, alle im selben Maß abgeschabt und auf allen zehn Ärmeln die gleichen altspeckigen Wildlederflicken.

In der Speisekammer fanden sich Töpfe und Pfannen, schwer wie Felsbrocken und stark verdreckt, sowie ein wunderbar naturgetreu geschnitzter gelber Holzkanarienvogel, den Jakob sofort an sich nahm, ohne jemandem etwas davon zu erzählen.

Ihm fiel das abgegriffene Buch ein, das der Albino mit Tränen gelesen hatte, wenn er nachmittags auf dem Hof saß, und nach fieberhafter Suche fand er auch das, versteckt in dem Schrank im Kanarienhaus. Zu seiner Verblüffung war es weder ein persönliches Tagebuch noch ein Liebesroman oder ein Gedichtband, sondern ein altes Kursbuch, sorgfältig gebunden, für die Züge, die einst zwischen Prag und Berlin, Wien und Budapest verkehrten.

Am nächsten Morgen ging Jakob ins Nachbardorf, um Menachem Rabinowitz zu fragen, warum ein Mensch wohl das Kursbuch von Zügen studiere, die hierzulande nie gefahren seien. Der Johannisbrotpflanzer erklärte ihm lächelnd, daß jedermann seine Wege zur Zähmung der Sehnsüchte und zur Schärfung des Gedächtnisses habe, daß jedermann auf seine Weise versuche und scheitere.

21

Jeden Nachmittag halten die Raben Versammlung.

Sie kommen, um zu erfahren, was es Neues gibt, und ich komme zum selben Zweck. In Menschenaugen sehen sich alle Raben gleich, aber ich kenne jeden einzelnen mit Namen und Lebenslauf. Einige erkenne ich so, wie ich Menschen erkenne, an ihren Gesichtszügen, andere an der Grenzlinie zwischen Grau und Schwarz auf ihrer Brust. So weiß ich, wer gestorben und wer verschwunden ist, wer geboren wurde und wer geheiratet hat.

Aus der ganzen Gegend kommen sie zu Versammlung und Gespräch zusammen, die fast bis Einbruch der Dunkelheit dauern, danach bricht jeder zu seinem Baum und Schlafplatz auf.

Bis zum Todestag meiner Mutter trafen sie sich auf unserm großen Eukalyptus. Nachdem Mosche ihn abgehackt hatte, kreisten sie noch zwei Tage schwarz und kreischend über der Umbruchsstelle, als sei ihre Welt untergegangen, und am dritten Tag verlegten sie ihren Treffpunkt auf den alten Bahnhof hinter dem Wadi und dem Anemonenfeld.

Jungraben – bereits so groß wie ihre Eltern, aber noch mit unsicheren Flügeln – zeigen dort ihre Fortschritte in der Flugkunst. Die Alten krähen beifällig. Späher und Wächter beobachten das Geschehen ringsum.

Gelegentlich schießen ein paar von ihnen auf eine Katze nieder, die das Dorf verlassen hat, oder scheuchen eine Eule auf, die im Tageslicht zum Vorschein gekommen ist. Manchmal fliegen sie auf, um einen Falken zu jagen, oder fordern sogar einen Adler heraus, der am Himmel kreist. Ein schönes Schauspiel ist das. Sechs oder sieben Raben flitzen auf den Adler zu, aber nur einer nimmt den Kampf auf. Erlebnishungrig und furchtlos, leicht und wendig schießt er auf den Adler hinunter, greift ihn von der Seite an, stößt von unten herauf, bis der Gegner die Geduld verliert und versucht, einen Zusammenstoß zu provozieren, ihn zu schlagen und abstürzen zu lassen, aber vergebens. Der Rabe entweicht und dreht sich, sackt ab wie ein Stein und schießt augenblicklich zu neuem Angriff in die Höhe, ist kühn und geschmeidig, vergnügungslustig und ehrversessen.

Aber damals, als der Albino starb, stand der Eukalyptus im Hof, und sieben Tage nach der Beerdigung brachen die Raben ihr übliches Treffen vorzeitig ab und landeten plötzlich allesamt im Rinderhof. Unterdrückte Erregung und Gewaltsamkeit sprachen aus all ihrem Gebaren. Sie liefen auf den Leitstangen herum und stießen merkwürdige vulgäre Schreie aus, die die Tauben aus ihrem üblichen Domizil auf dem Dach aufschreckten.

Heute bin ich verlockt, zu sagen, sie wollten meine Geburt verkündigen, und im stillen bin ich stolz darauf, daß ein lärmender schwarzer Rabenschwarm und nicht weiße Tauben meinen Einzug in die Welt prophezeiten. Aber damals dachte niemand über solche Zeitspannen hinweg, und kein Mensch brachte dieses Ereignis mit dem Tod des Kanarienzüchters in Verbindung, zumal alle wußten, daß ein derartiger Rabeneinfall im Rinderhof nur eins bedeuten konnte: Es war ein Zeichen bevorstehenden Kalbens.

Die Raben sind ganz gierig auf die Nachgeburten der Kühe. Ihre Sinne sind derart scharf und ihre Gelüste so gewaltig, daß sie oft als erste die einsetzenden Wehen erkennen, manchmal noch vor der trächtigen Kuh selbst. Jetzt hüpften sie auf dem Zaun, trippelten kreischend auf dem Stalldach und versetzten die Färsen in Panik.

Mosche hörte sie, ging auf den Hof und prüfte Atmung und Lenden der Kuh. Ein dicker Schleimfaden kam bereits unter ihrem Schwanz hervor.

»Nu, Kinder«, sagte er, »wünscht euch ganz fest, daß wir eine Kalbe kriegen.«

»Was macht das aus?« fragte Naomi.

»Ein Bauer freut sich, wenn ihm im Kuhstall Mädchen und im Haus Jungen geboren werden«, sagte Mosche.

Er bemerkte den Unwillen, der sich auf Judiths Gesicht ausbreitete, und wollte sie versöhnen, kannte aber noch nicht die Schlüssel ihres Zorns und die Tore ihrer Mauern.

»Nu, Judith, das ist einfach so ein Bauernspruch«, murmelte er verlegen, zog die Gummistiefel an und stapfte zur Kuh zurück.

Die Geburt war schwer und langwierig. Rabinowitz band einen Strick um die Beine des Kalbes und zerrte mit großer Kraft.

»Du tust ihr weh, Vater!« rief Naomi. »Du ziehst zu fest.«

Aber Mosche reagierte nicht, und Oded sagte: »Sei du still, Naomi, du verstehst nichts davon. Kalben ist nichts für Frauen.«

Die Kuh stöhnte. Ihre Lider wurden förmlich nach unten gezogen. Die anderen Kühe blickten sie mit ernster Miene an.

»Da kommt's raus«, sagte Mosche, schob den Arm bis zum Ellbogen hinein, drehte den Rumpf des Kalbes in eine bessere Lage und zog ein wohlgenährtes männliches Tier heraus, das bereits tot war.

»Pfui Teufel«, rief er und warf den Kadaver zur Seite, »spann das Pferd an, Oded, und schleift ihn in den Eukalyptuswald.«

Er ging in den Stall, aber Judith beobachtete die Kuh, der vor Schwäche die Augen zufielen und die Beine zitterten, und sagte: »Sie hat noch eins drin.«

»Woher weißt du das?« fragte Oded. »Seit wann weißt du schon mehr als mein Vater?«

»Ich weiß es«, sagte Judith, faßte an die Nase der Kuh und fuhr fort: »Und sie ist eiskalt. Ruf schnell deinen Vater zurück. Sie hat eine innere Blutung.«

Plötzlich wankten die Knie der Kuh, knickten ein, und als sie kraftlos auf die Seite kippte, kam eine Kalbe aus ihren Eingeweiden hervor, gefolgt von einem Blutbach. Sie spreizte die Beine und reckte den Hals, zitterte und stöhnte.

»Vater, Vater!« rief Oded. »Da ist auch eine Kalbe...«

Mosche eilte in den Hof. Ein Blick auf die erschöpfte Kuh und das quellende Blut genügte ihm. Er lief in den Kuhstall und kehrte mit der Maissichel zurück.

»Nimm die Kinder mit raus, damit sie's nicht sehen«, sagte er zu Judith. »Und lauf den Sojcher suchen. Ich glaub, er ist heute im Dorf.«

Sein breiter Körper verdeckte die Tat, aber eine neue Blutlache sammelte sich sogleich um seine Füße.

Abseits versuchte die Kalbe auf die Beine zu kommen. Stark und gewandt war sie, und als ihr das Aufstehen gelungen war, zeigte sie die deutlichen Körpermerkmale einer unfruchtbaren Färse – hoch gebaut mit breiten, abfallenden Schultern, langen Beinen und männlichem Gesicht.

»*Tfu, kabinimat* – pfui Teufel –«, fluchte Mosche. »Kalb tot, Mutter hinüber und nun noch dieser *Tumtum* – dieser Idiot.«

Eine Viertelstunde später kamen Mutter und Globermann.

»Hast du sie rechtzeitig schlachten können?« fragte der Sojcher.

»Hab ich.«

Nun bemerkte Globermann das tote Kalb und seinen komischen Zwilling.

»Das Unheil kommt in dreifacher Ausführung, was, Rabinowitz?« sagte er.

Mosche gab keine Antwort.

»Guck dir dies *Mejdele* an, wie sie aussieht«, sagte der Sojcher, »so ist das immer, wenn's Zwillinge gibt, *a Kälbele un a Bickele* – eine Kalbe und ein Bock. Das ist das Blut ihres Bruders, das sie zum halben Jungen gemacht hat. Sie wird weder Milch geben noch kalben. Ich nehm sie auch gleich mit.«

»Die nimmst du nicht mit«, sagte Judith plötzlich.

»Ich red jetzt mit dem Hausherrn, Dame Judith«, sagte Globermann und nahm die speckige Mütze ab. »Diese *Egla* – diese Färse – ist ein halber *Ejgel* – ein Farren. Wenn du sie mir gibst, Rabinowitz, werden wir auch über die Alte handelseinig.

Ich habe einen Araber an der Hand, der mir einen guten Preis für den Kadaver gibt.«

Aber die Kalbe begann schon feucht und zittrig zu gehen, suchte stolpernd nach einer Zitze. Ihre Beine trugen sie zu Judith, die einen Sack nahm und anfing, ihr den Schleim und das Blut abzuwischen.

»Rabinowitz«, sagte sie plötzlich, »ich hab dich bisher nie um etwas gebeten. Gib ihm diese Färse nicht.«

»Das ist die lieblichste Stimme der Welt«, sagte Globermann, »die Stimme einer flehenden Frau.«

»Laß diese Kalbe hier«, bat Judith. »Ich werde sie versorgen.«

»Das ist keine *Egla*, das ist ein *Ejgel*, und den nehm ich gleich mit«, sagte der Sojcher. »Er kann schon allein laufen.«

»Nein!« rief Judith mit ungewohnt lauter Stimme.

Mosche starrte sie, den Sojcher, die Kalbe und seine eigenen Füße an.

»Hör mal, Globermann«, sagte er schließlich. »Du sagst, das ist ein Farren? Dann verkauf ich sie dir, wie man einen Farren verkauft. Wir ziehen sie auf, füttern sie ein bißchen, daß sie Gewicht bekommt, und verkaufen sie dir in einem halben Jahr.«

Der Sojcher zückte sein Notizbuch, zog den Blaustift hinterm Ohr hervor und fragte: »Wie wollt ihr sie nennen?«

»Wir nennen sie Braten«, sagte Oded.

»Halt die Klappe, Oded!« fauchte Naomi.

»Wir werden sie nichts nennen«, sagte Mosche. »Nur Milchkühen gibt man Namen.«

Auf dem Hof trippelten die Raben, blutige Plazentafetzen von den Schnäbeln baumelnd.

»Ich brauch einen Namen«, sagte Globermann, »ohne Namen kann ich nichts in mein Notizbuch schreiben.«

»Wir werden sie Rachel nennen«, sagte Judith.

»Rachel?« fragte Mosche verwundert.

»Rachel«, sagte Judith.

Als ich größer wurde und von meiner Mutter die Fortsetzung der Geschichte über sie und ihre Kuh Rachel hörte, kam ich auf den Gedanken, Rachel könnte der Name meiner Schwester gewesen sein, die nach Amerika geholt wurde, doch als ich das meiner Mutter sagte, wurde ihr Gesicht düster. »Wieso das denn, Sejde?« rief sie. »Auf was für komische Gedanken du auch kommst.«

»Wie hat sie denn dann geheißen?« fragte ich. »Vielleicht sagst du mir endlich mal ihren Namen.«

»*A nafka mina*«, antwortete Mutter. »Was macht das aus.«

Ich war sicher, das sei ein jiddischer Ausspruch. Erst als ich älter wurde, lernte ich, daß es Aramäisch ist.

22

»Zum Schluß, Dame Judith, wirst du mir gehören.«

»Nein, und wenn du der letzte Mann auf der Welt wärst.«

»Dame Judith, du brauchst einen Mann mit Herz. Mit Geld. Mit freigiebiger Hand und weitem Herzen. Wer hat das hier außer mir?«

Langsam, langsam konzentrierte der schlaue Viehhändler seine Bemühungen. Seine Sprüche wurden schärfer, ja er bot all sein Wissen um die Seele von Mensch und Vieh für den Umgang mit Mosche und Judith auf. Die Kleinigkeit, die er unfehlbar mitbrachte, überreichte er ihr fortan in Rabinowitzes Anwesenheit, um zu prüfen, wie beide reagierten.

Als er einmal kam und sah, daß Judith nicht auf dem Hof war, sagte er zu Mosche: »*Reb Jidd*, ich hab hier eine Kleinigkeit für die Dame Judith mitgebracht, übergib ihr das bitte, wenn sie zurückkommt, und vergiß nicht zu sagen, von wem es ist.«

Und ein andermal beugte er sich kühn zu Mosche nieder, der um einen Kopf kleiner war, und fragte in scherzhaftem Ton:

»*Reb Jidd*, wie kommt es, daß du mit dieser Frau auf einem Hof lebst, ohne verrückt zu werden?«

Judith und Naomi überquerten den Hof, trugen die Blecheimer zum Tränken der zarten Kälber. Der Sojcher blickte meine Mutter an und sagte mit einer selbst bei ihm kaum zu erwartenden Derbheit: »Von dem *Aiter* würd der Doktor nicht das kleinste Stückchen verwerfen.«

Zu Rachel ging Judith als letzte. Die kräftige, ungestüme Waise muhte ungeduldig, und kaum war Judith da, steckte sie den Kopf mit einer solchen Begierde in den Eimer, daß sie beinah seinen Inhalt auskippte. Judith tätschelte sie im Nacken und flüsterte liebevoll auf sie ein.

»Gib ihr nicht so viel«, wisperte Naomi, damit ihr Vater und Globermann es nicht hörten, »sonst nimmt sie zu, und Vater verkauft sie dem Sojcher.«

»Er wird sie nicht verkaufen, Nomile«, sagte Judith, »diese Kalbe gehört mir.«

Ein paar Tage nach der Beerdigung stellte das Dorfkomitee die Habseligkeiten des Albinos zum Verkauf.

Ein Mann – »ein komischer Kauz« nach Dorfpapischs Definition – kam aus Haifa und feilschte Stunden um die fünf Anzüge.

Der blinde Araber, Vater der Banduks aus dem Dorf Ilut, kaufte die Sonnenbrillen und ein paar leere Käfige.

Jakob nahm die verkrusteten Töpfe und Pfannen, die niemand haben wollte, und sagte, er würde sich weiter um die Vögel kümmern, denn sonst wußte keiner was mit ihnen anzufangen.

Und der grüne Lieferwagen wurde versteigert.

Man holte eigens einen Ansager aus der Stadt, und das ganze Dorf versammelte sich, um das Schauspiel zu sehen, aber es fanden sich nur zwei potentielle Käufer ein: der Schatzmeister des Nachbarkibbuz und der Sojcher Globermann.

Als der Schatzmeister seinen Konkurrenten sah, mußte er

lachen. »Globermann«, rief er, »seit wann verstehst du was von Autos? Du kannst ja noch nicht mal fahren.«

Doch der Sojcher ging um den Lieferwagen herum, machte sein *Tappen* auf Kotflügel und Motorhaube und befühlte die Reifen, um nachzusehen, ob sie auch keine Knochen hatten. Dann bat er einen jungen Burschen, mit dem Wagen eine Runde zu drehen. Alles kicherte, und jemand rief: »Der Laster hat einen Nagel verschluckt, Globermann!« Aber der Viehhändler stand im Zentrum des Kreises, wedelte gewichtig mit einem dicken *Baston*, horchte auf den Motor und betrachtete die rollenden Räder.

»Zwei Kühe im Laderaum und eine Frau in der Kabine schafft er?« fragte er. Als man ihm das bejahte, zog er hoch zufrieden seinen legendären *Knippel* aus der Tasche, und alle ließen das Kichern sein, denn die Dicke des Notenbündels machte die geplante Versteigerung auf der Stelle überflüssig.

Der Lieferwagen ging an den Viehhändler über, der Schatzmeister kehrte kleinlaut in seinen Kibbuz zurück, und dem Ansager gab Globermann ein halbes Pfund und einen Kasten Bier für seine *Beneamunes-Parnusse* und schickte ihn nach Hause.

23

Jetzt, da seine Küken auf Rabinowitzes Hof heranwuchsen, meinte Jakob einen Vorwand für einen Besuch dort zu haben, und nach einwöchigen Überlegungen erschien er auch und verkündete: »Ich wollte mal nachsehen, ob die Küken schön wachsen.«

Er fragte Judith, was sie ihnen verfüttere, gab ihr alle möglichen Ratschläge und Empfehlungen, und zum Schluß faßte er Mut und fragte, ob sie lernen wolle, wie man Papierschiffchen macht, um ein Spiel für Mosches Kinder zu haben und ihre Herzen zu gewinnen.

Ehe sie noch antworten konnte, zog Jakob schon ein paar Bogen Papier heraus, setzte sich und begann sie mit verblüffender Geschwindigkeit zu falten – faltete und wendete und glättete die Falze mit dem Daumennagel, und im Nu standen vier bildhübsche Papierschiffchen auf dem Tisch.

»Wenn du mit auf den Hof kommst, setzen wir sie in die Rindertränke«, schlug er vor.

Die Schiffchen schaukelten auf dem Wasser der Tränke, augenscheinlich sicher und stabil.

»Solche Boote können auch im Fluß schwimmen, ohne unterzugehen«, versicherte er, und dann legte er ihr mit einer Kühnheit, die sie beide erstaunte, die Hand auf den Unterarm und sagte: »Ich bin kein großer Gelehrter, Judith, bin weder schön noch reich. Du mußt wissen, als sie den Verstand und die Schönheit austeilten, war ich nicht der erste in der Schlange. Nicht der allerletzte, aber auch nicht der erste. Doch als die Geduld verteilt wurde, habe ich angestanden, bis alle anderen schon keine Geduld mehr hatten, noch länger zu warten. So ist das bei uns Jakobs. Ich bin nicht Globermann und nicht Rabinowitz und nicht sonstwer, aber sieben Jahre warten sind für mich – genau wie für unseren Stammvater Jakob – ›wie wenige Tage‹.«

Plötzlich schwappte der Kognak in seinem Glas, die Augen tränten, das Gesicht sank, fast bis auf den Teller nieder.

»Dabei hab ich doch sogar mehr als sieben Jahre gewartet. Bis sie gestorben ist. Danach dann schon nicht mehr. Wozu soll ich auf eine tote Frau warten? Nach einer toten Frau muß man sich sehnen, aber auf sie warten? Sie ist tot, und ich denk seither nur noch über all die Fragen nach. Was ist geschehen? Wie hab ich sie verloren? Hätte ich dies getan, und wäre ich so vorgegangen, und wenn das nicht gewesen wäre? Ich hab doch alles so gut gemacht, hab alles nach allen Regeln der Kunst vorbereitet. Vielleicht hat sie mal irgendwas gesagt, Sejde?«

»Hat sie nicht«, antwortete ich und fürchtete die nächste Frage.

Jakob musterte mich mit zusammengekniffenen Augen.

»Ich muß gehen«, sagte ich.

»Manchmal verrät eine Mutter ihrem Sohn etwas«, sagte Jakob.

»Nicht diese Mutter«, erwiderte ich. »Du weißt viel mehr über sie als ich.«

»Du warst mehr mit ihr zusammen als ich.«

»Ich muß gehen, Scheinfeld.«

Jakob lächelte schmerzlich.«

»Scheinfeld«, sagte er, »Scheinfeld...« Und ein paar Minuten später fragte er: »Wie willst du jetzt gehen? Es ist nach Mitternacht, Busse fahren schon keine mehr. Hier, Sejde, ich mach dir im andern Zimmer ein Lager zurecht.«

»Ich geh zu Fuß«, entgegnete ich ungeduldig. »Ich kenne die Wege und Abkürzungen. Ich komm direkt zum morgendlichen Melken, Mosche helfen.«

»Von hier bis zum Dorf zu Fuß? Nachts durch den Wald? Das ist gefährlich.«

»Gefährlich?« lachte ich. »Der Todesengel ist ein sehr ordentlicher Typ. Sieht er ein Kind, das Sejde heißt, geht er sich sofort jemand anderen suchen. Paß auf, Jakob, wenn du neben mir stehst. Vielleicht gelangt er so zu dir.«

»Du bist kein Kind mehr.«

»Ich bin noch kein Großvater.«

»Der Todesengel ist wie ein Bauer, der eine Pflanzung hat«, sagte Jakob. »Jeden Morgen geht er hin, läuft ein bißchen zwischen den Bäumen herum und sucht die reifen Früchte. Bei uns war da so ein Goj. Der hat den Bäumen farbige Bänder angebunden als Zeichen, daß man hier pflücken muß. Und er hatte noch eine sehr sonderbare Angewohnheit: Er hat immer Wegzehrung mitgenommen. Sogar wenn er nur bis zum Laden gegangen ist, hat er sich einen kleinen Rucksack gepackt mit Brot und Käse und was zu trinken, damit er niemanden um einen Gefallen bitten mußte, und einmal –«

»Jakob«, ich stand auf, »das erzählst du mir ein andermal. Ich muß jetzt wirklich gehen.«

»Soll ich dir nicht den Nachtisch machen, diesen italienischen aus Eigelb und Wein, den du so gern gegessen hast?«

»Nein, Jakob, ich muß jetzt gehen.«

»Dann geh halt, Sejde, geh. Damit du bloß nicht sagst, dein Vater hält dich mit Gewalt fest.«

»Hat dir das Essen geschmeckt?« verfolgte mich sein Schrei.

»Sehr«, rief ich, in die mich auslöschende Dunkelheit hineinlaufend, »es war sehr gut.«

»Ich lad dich wieder ein, und du kommst, ja?« rief das Dunkel mir zu.

»Ich komme, ich komme.«

Ich schlitterte den Osthang des Hügels hinunter, stolperte, stieß gegen Büsche und Steinbrocken. Ich versank im Alantduft des Bachbetts, sprang über seine Kiesel, erklomm das andere Ufer zu den Furchen jenseits, und als ich die Straße erreichte, hörte man schon von fern das Motordröhnen des *Camion*, der Lichtkreis kroch den Hang empor, und gleich erschienen auch die orangefarbenen Scheinwerfer und das Glitzerdreieck auf dem Dach dieses Riesengauls, dem Milchtankwagen.

Die Steigung war zu Ende, Oded legte einen Gang höher ein, dann noch einen und noch einen, beschleunigte, und ich trat zwischen den Bäumen auf die Straße hinaus, sprang in die Scheinwerferstrahlen und wedelte mit beiden Armen, da ich wußte, wie lang sein Bremsweg war. Die Hupe ließ ein großes Erkennungstuten gellen, der riesige Tankwagen verlangsamte nur das Tempo, und ich bekam mit einem Satz die Leiter zu fassen und kletterte nervös und aufgeregt ins Innere.

»Was machst du denn hier, Sejde?« lachte Oded. »Woher tauchst du mir plötzlich auf? Hast du irgendeine Schöne in Kiriat Tivon?«

»Ich habe nirgendwo eine Schöne.«

»Warst du wieder mal bei deinem Idioten?«

»Wenn du so von meinem Vater redest, rede ich von unserm Vater genauso.«

»Habt ihr was Feines gefuttert?« fragte Oded lachend. »Hast du mir wenigstens ein paar Reste mitgebracht?«

Das Leben in Gesellschaft eines großen Dieselmotors hatte ihm die Gewohnheit eingebracht, schreiend zu reden, sowohl inner- als auch außerhalb des Führerhauses.

»Es gibt Tramper, die vor meinem Geschrei erschrecken und mitten auf der Strecke wieder aussteigen wollen«, lachte er, »und das geht auch zu Hause weiter. Ich weiß noch, wie meine Dina böse auf mich war. ›Warum muß das ganze Dorf hören, was du mir sagst?‹ hat sie immer geschimpft. ›Ich bin hier, neben dir, ich höre alles.‹ Aber was soll man machen? Eines Tages, an der Steilstrecke des Wadi Milek, hab ich festgestellt, daß ich nicht mal beim Selbstgespräch ein Wort höre, und seither schreie ich.«

So hörte ich meine Lebensgeschichte. Von Globermann mit Banknoten, von Jakob mit leckeren Sachen, von Rabinowitz mit geradegebogenen Nägeln, von Menachem mit Zetteln stummer Onkel, von Naomi mit Streicheleinheiten und von Oded mit Schreien.

»Eines Tages wirst du all diese Dinge aufschreiben«, rief er mir lachend zu. »Wozu erzähle ich dir sonst alles? Über meinen Vater und deine Mutter und über Naomi und Onkel Menachem und Globermann und all das? Du wirst all diese Dinge aufschreiben, damit alle es erfahren, hörst du, Sejde? Du schreibst!«

Dritte Mahlzeit

1

Die dritte Mahlzeit bei Jakob aß ich zwölf Jahre später. Zwei Jahre hatte ich an der Universität in Jerusalem verbracht, die nächsten zehn in Rabinowitzes Kuhstall.

Mosche bestimmte mich zum Erben seines Hofes, ohne daß Oded mir deswegen grollte. Er hing mehr an dem Lastwagen als an den Kühen und nahm mich weiterhin gelegentlich zu Naomi mit.

Nun schlief ich bei den langen Nachtfahrten nicht mehr ein, lauschte vielmehr aufmerksam seinen Erinnerungen, Hoffnungen und Träumen, die er lautstark und mit überraschender Offenheit erzählte, stets mit der Aufforderung: »Du schreibst das auf, ja, Sejde?« Da ich gern mitfuhr und zuhörte, sagte ich ihm nicht, daß ich gar nicht daran dachte, seine Bitte zu erfüllen.

Mosche beschloß, seinen Betrieb einzuschränken. Er verpachtete die Felder an die genossenschaftliche Ackerbauabteilung des Dorfes und behielt nur Milchkühe und Fleischkälberzucht bei. Ich band mir die alte Schürze meiner Mutter um, setzte das blaue Kopftuch auf und arbeitete wie sie in Rinderstall und Küche, Haus und Hof.

Die Raben gab ich nicht auf. Einer meiner Dozenten in Jerusalem, jener rothaarige Professor, den Naomi als »Oberrabenkundler« betitelte, hatte erkannt, daß ich Laborarbeit verabscheute, aber einen Hang zum Spähen besaß, und wußte meine Klettergewandtheit, Risikobereitschaft und Beobachtungsgabe zu schätzen. Einige Monate nachdem ich das Studium abgebrochen hatte und ins Dorf zurückgekehrt war, erschien er eines

Tages bei uns und übertrug mir ein paar Langzeitbeobachtungen, die ich in der Jesreelebene für ihn durchführen sollte, vor allem über die Ansiedlungsweisen der Raben unter Menschen und ihre schädliche Auswirkung für die heimische Bevölkerung kleiner Singvögel.

In jenen Jahren hatten alle Dorfbewohner mich schon aufgegeben. Sie beobachteten mich, während ich die Raben beobachtete, fügten meinen Namen und meine Enthaltsamkeit hinzu, würzten das Ganze mit Erinnerungen an meine Mutter, rührten um, kosteten und bestimmten mein Wesen. In dieser Gemeinde, in der Fruchtbarkeit und Gleichförmigkeit zu den wichtigsten Grundsätzen gehören, galt auch ich als ein etwas komischer Vogel.

Wie dem auch sein mag, 1963 studierte ich noch Zoologie in Jerusalem. Ich erwähne das lediglich als chronologisches Faktum, denn für die Geschichte, die ich erzählen möchte, tut mein Studium nichts zur Sache, zumal ich es dabei ja nicht weit gebracht habe. Die Laborkurse im Terra-Santa-Gebäude und in den Räumen auf dem Russischen Areal langweilten mich. Durchs Fenster sah ich Raben auf den nahen Kiefern zusammenkommen und brüten und wäre viel lieber hinaufgeklettert, um in ihre Nester zu spähen, als mich mit den öden Präparaten zu beschäftigen, die man mir auf den Tisch legte.

»Ich hasse ihre Mikroskope«, sagte ich zu Naomi. »Alles, was ich wissen muß, kann man mit bloßen Augen sehen.«

»Und was liebst du?« fragte Naomi.

»Dich liebe ich, Naomi«, sagte ich. »Dich liebe ich seit dem Tag meiner Geburt. Ich weiß noch, wie wir uns zum erstenmal begegnet sind. Ich war null Jahre alt, du warst sechzehn. Ich schlug die Augen auf und sah dich. Hab dich angeguckt und dir's gesagt.«

»Und worauf wartest du jetzt, Sejde?« fragte sie.

»Ich warte darauf, daß du mein Alter erreichst«, antwortete ich.

Naomi lachte. »Ich weiß, worauf du wartest«, sagte sie, »du wartest, daß ich erst alt bin und nicht mehr schwanger werden kann, denn das ängstigt dich doch die ganze Zeit, daß du einen Sohn kriegst, dann einen Enkel und dann den Todesengel auf den Hals. Sejde, was bist du doch für ein Idiot.«

Sie und Meir haben einen Sohn. Er kam zur Welt, als ich zehn Jahre alt war, und ich habe bereits klargestellt, daß ich nicht von ihm erzählen möchte. Zumal er sehr kurz vor dem Tod meiner Mutter geboren wurde und ihre Lebensgeschichte schon nicht mehr berührt.

Nach ein paar Monaten in Jerusalem kannte ich bereits die meisten Rabengruppen der Stadt. Ich besuchte regelmäßig den Schwarm im Mondwald und am Leprakrankenhaus, den großen Trupp auf dem Friedhof in der deutschen Kolonie und die kleine Gruppe des Viertels Bet-Israel. Von Jemin-Mosche aus spähte ich auf den Versammlungsbaum im armenischen Viertel jenseits der Grenze.

Und Ende jenes Jahres kehrte ich ihnen, meinem langweiligen Studium und der kalten Stadt den Rücken und ging ins Dorf zurück.

2

Bei unserer ersten Mahlzeit war Jakob fünfundfünfzig Jahre, ich zwölf und wir beide sehr verlegen gewesen.

Bei der zweiten, nach meiner Wehrentlassung, hatte ich mich amüsiert und mokiert, und Jakob hatte für seine Jahre alt ausgesehen.

Jetzt, ich über dreißig, er über siebzig, hielt ich die Einladung zur dritten Mahlzeit in der Hand, und mir wurde warm ums

Herz. Es war eine gedruckte Einladung, ein wenig kitschig. Ich wußte, er war zur Druckerei gegangen, um sich diese eine Einladung drucken zu lassen. Eine Welle von Sympathie, Mitleid und Erregung erfüllte mich.

»Ich warte draußen im Taxi auf Sie«, sagte der Fahrer, der mich abholte – noch derselbe Fahrer, der mir die Einladung zur zweiten Mahlzeit überbracht hatte und Jakob immer noch zu seinem Sitz an der Busstation kutschierte.

»Kommen Sie herein, und trinken Sie was, bis ich fertig bin«, bot ich ihm an.

»Nicht nötig, ich bin gewohnt, für ihn zu warten.«

Ich sagte Mosche, ich würde ihm an diesem Abend nicht beim Melken helfen, putzte mir die Schuhe, duschte und rasierte mich, zog ein weißes Hemd an und fuhr los.

Diesmal empfing mich Jakob in einem Anzug, den er ebenfalls von Rivkas zweitem Mann geerbt hatte. Der Anzug war elegant und teuer, aber an ihm sah er aus wie ein Lappen. Als Jakob in seiner großen, guteingerichteten Küche umherging, wirkte er wie ein Bettler, der in ein großzügiges Haus geraten war. Aber die zitternden Hände und der zuckende Kopf, der schier abzufallen drohte, tarnten nur die geübten Gesten eines großen Meisters. Er konnte ein Steak mit einem kaum wahrnehmbaren Ruck der Pfanne und des Handgelenks wenden, vermochte mit geschlossenen Augen die Röte im Innern des bratenden Fleisches abzuschätzen, und wenn er den *Kreplach*teig knetete, krempelte er die Ärmel auf und arbeitete mit allen zehn Fingern, Handballen und Unterarm, ja sogar den Ellbogen.

»Es ist wichtig, mehrere Dinge zugleich zu tun. Mit zwei Töpfen und einer Pfanne gleichzeitig auf dem Feuer zu arbeiten«, sagte er, »denn so hast du mehr von der Zeit.«

»Nicht nur in der Küche«, fügte er später hinzu. »Die Leute meinen, die Zeit vergehe nur für sie. Aber in derselben Zeit, in der du die Kühe im Dorf melkst, reifen die Grapefruits am Baum, trocknet die Wäsche an der Leine, gibt jemand ganz langsam den Geist auf. Während du schläfst, arbeiten die Regenwürmer in der Erde, segeln Wolken gemächlich am Himmel, wächst ein Kind im Bauch seiner Mutter, fährt jemand in Amerika mit dem Zug zu einer anderen Frau. Und im Sommer trocknen auf dem Dach langsam die Früchte. Du mußt wissen, Sejde, in derselben Zeit, in der eine Aprikose ganz, ganz ausdörrt fürs *Leder*, kann ein Vogelweibchen Eier legen, die Jungen aufziehen und sich einen neuen Bräutigam suchen. Einmal, während des Krieges, habe ich in der Zeitung folgendes gelesen: ›Die Alliierten greifen an allen Fronten an.‹ Das hat mir sehr gefallen. Zur gleichen Zeit und an allen möglichen Fronten greifen alle Alliierten zusammen an. Stell dir bloß mal vor, jeder Bündnispartner hätte erst angefangen, nachdem der andere fertig war, dann hätten wir heute noch Krieg. Wenn du die Welt so betrachtest, geht plötzlich in dieses eine kleine Kästchen viel mehr Zeit rein. Hast du das mal bedacht, Sejde?«

In den Töpfen siedete es. Die Düfte feinen, langsamen Dämpfens und Würzens fächelten mir über Jakobs Hände ins Gesicht. Er zog Abschmecken durch sanfte Berührung und Neugier dem durch Eroberung und Anpassung vor. Übung und Erfahrung hatten ihn nicht mit Stolz, sondern mit Respekt erfüllt – vor der grünen Gurke, dem frischen Ei, vor Fleisch und Obst.

»Habe ich dir schon erzählt, wer mir das Kochen beigebracht hat? Das war mein dicker Arbeiter, der tanzte und die Stimmen von Menschen und Tieren nachmachen konnte und ein großer Koch war. Hast du das gewußt? Er sagte, die Gefühle im Herzen müssen sich miteinander vermischen, aber die Speisegewürze müssen eins neben dem andern stehen. Deshalb, Sejde, ist Kochsalz besser als das Tafelsalz, das sich völlig auflöst. Aber in der Seele, da müssen Liebe, Sorge und Haß sich vermengen, und Wut mit Sehnsucht, Angst und ein bißchen Freude ebenfalls. Sonst reißt es dich in Stücke.«

»Und vergiß niemals, Sejde«, fuhr er fort, »Kochen und Mahlzeit und Essen – das ist nicht dein Ziel. Sie sind nur der Weg zum Ziel. Denn Kochen ist ja so langweilig, höchstens die Feldarbeit ist vielleicht noch langweiliger.«

Auf einmal steckte er den Finger in den siedenden Topf, was mich beinah vom Stuhl riß.

»Tut dir das nicht weh? So die Hand in den Topf zu stecken?«

»Weh tun?« Er steckte den Finger in den Mund und schmeckte, daß es gut war. »Was kann an diesem Leib schon weh tun? Ich hör nicht mehr gut, ich seh nicht mehr gut, Schmerzen empfinde ich kaum, und ich kann mich auch nicht mehr gut erinnern. Anscheinend sind Schmerzen und Gedächtnis Sinne wie Hören und Sehen, was? Heute morgen hab ich mir gedacht, wer sich nicht mehr gut erinnern kann, vergißt auch einfach zu sterben. Und so schleppen wir uns ewig hin, bis zum Schluß schon kein Mensch mehr weiß, wie wir heißen und was wir in unserem Leben getan haben. Denn was hat ein Greis denn außer seinem Alter? Kraft hat er nicht, Verstand hat er nicht, eine Frau hat er nicht. Nur ein bißchen Erinnerung hat er, die ihm schier den Leib zerrüttet.«

Ein paar Sekunden später ergänzte er: »Und wenn Gott dir noch weitere Jahre gibt, gibt er dir bloß Gelegenheit, noch mehr Torheiten zu begehen.«

»Dort in dem Dorf am Fluß war ein sehr alter Goj. Mit hundert Jahren ist der plötzlich erschrocken, sie würden ihn im Jenseits womöglich gar nicht mehr aufnehmen, weil man auch dort lieber Jüngere hätte. Vielleicht war der Todesengel deshalb so wütend auf deine Mutter, weil sie dir diesen Namen gegeben hat. Er dachte schon, er hat ein liebes, zartes *Jingele* – ein Bübchen – in der Hand, und dann plötzlich so ein Sejde, was für ein Mist! Also hat der Alte angefangen, jeden Sonntag in die Kirche zu laufen und zu ihrem Gott da zu rufen, er solle ihn schon nehmen, er hätte keine Lust mehr, er stände schon so lange an, aber dauernd würden sich andere vordrängeln. Denn du weißt ja, fürs Altsein braucht man nichts zu lernen und nichts zu arbeiten und keinen Verstand zu besitzen, und eine Leistung ist es auch nicht. Man braucht bloß zu warten, und da kommt's. Ich zum Beispiel habe schon vor Jahren aufgehört, mich vor dem Spiegel zu rasieren. Frag mich, warum, Sejde, ah – nu, frag ...«

»Warum?« fragte ich.

»Ich sag dir gleich, warum. Erstens kennt die Hand nach so langer Zeit das Gesicht gut genug, so daß sie keinen Spiegel braucht. Und zweitens sieht man in meinem Alter ja ohnehin schon einen anderen Menschen darin. Soll der sich halt ruhig im Spiegel rasieren, ich rasier mich draußen vor. Und noch ein Gutes hat das Alter – daß alle möglichen Leute um dich rum plötzlich weg sind. Ein Teil ist mir verschwunden, weil sie ganz einfach genug von mir hatten, ein anderer Teil verschwindet mir, weil ich sie vergesse, was der beste Weg ist, Menschen loszuwerden, noch ein weiterer Teil verschwindet, weil man sie vor lauter Gewohnheit schon gar nicht mehr wahrnimmt, und der Rest verschwindet, weil sie schlicht und einfach sterben. Und dann weißt du, das ist der Todesengel, der dich treffen will. Wie die Artillerieoffiziere von weitem mit Kanonen schießen – die ersten Male treffen sie daneben, aber langsam, langsam arbeiten sie sich näher und näher heran, bis sie richtig zielen. Unterdessen lebe ich wie Robinson Crusoe allein auf einer Insel. So ist das Alter. Es ist eine Insel. Und wohin ich auch gehe, meine Insel kommt mit. Deshalb spricht kein Mensch einen Alten auf der Straße an, weil er wie eine einsame Insel herumläuft, mit all dem Wasser ringsum. Manchmal siehst du ein fernes Schiff. Du zündest ein Feuer an, du springst und rufst: Ich bin hier! Ich lebe! Aber nur der Laufbursche vom Laden kommt, und die Putzfrau, und alle zehn Jahre mal Sejde. Ein Glück, daß Dorfpapisch manchmal reinschaut – schwimmt von seiner Insel zu meiner. Zum Reden kommt er und vor allem, um Rivkas Bild anzugucken und mich anzuschreien. Früher ist er mit dem Bus hergefahren, aber jetzt ruft er an, und ich schicke ihm meinen Taxifahrer, um ihn abholen zu lassen wie einen *Gwir* – einen Reichen. Erst vor kurzem habe ich ihm erzählt, daß bei mir das Gehirn schon ganz lappig ist, und weißt du, was er mir geantwortet hat? Er hat gesagt: ›Du brauchst darüber nicht zu erschrecken, Scheinfeld, du warst doch schon mit dreißig ein Idiot.‹ Und auch über mein Hebräisch macht er sich lustig. Was wundert's denn, daß ich so rede? Die Zeit, die er im Cheder und in der Jeschiwa gelernt hat, war ich Knecht in der Werkstatt des bösen Onkels. Aber vor allem wegen Rivka ist er mir böse. Bis heute noch. Er kommt, setzt sich hierher, starrt auf ihr Bild und seufzt. Einmal hat er gesagt: ›Tu mir einen Gefallen, Scheinfeld, vielleicht schilderst du mir diese Schönheit, wie sie ohne Kleider ausgesehen hat.‹ So wahr ich hier sitze, hat er mich das gebeten. Daß ich ihm alles beschreiben soll, jeden Punkt, jede Linie. Schamlos hat er das erbeten.«

Ich spürte eine leichte, sonderbare Spannung an meinen Mundwinkeln ziehen, als faßten Babyfinger daran, und obwohl mich noch niemals ein Baby an die Lippen gefaßt hat, wußte ich, daß ich lächelte.

»Nu, Sejde, also wenn du Glück hast, ist das sicher unsere letzte Mahlzeit, und dein Vater fällt dir nicht länger auf den Geist, was?«

Er stand mühsam auf und ging zu dem großen schwarzen Herd, dessen Backofen die ganze Zeit langsam vor sich hin säuselte, und als er die schwere Tür öffnete, flatterten die warmen Schwalben von Rosmarin und Wein, Oliven und Knoblauch heraus, und ihre Schwingen strichen an meiner Nase vorbei, daß ich vor Genuß erschauerte.

»Was hast du da zubereitet, Jakob?« fragte ich.

»Ein armes Lamm. Ein blinder Alter aus dem Dorf Ilut, den ich mal gekannt hab, hat mir seinen Enkel mit dem Lamm geschickt. Du wirst es nicht glauben. Plötzlich klopft ein arabischer

Junge bei mir an die Tür und sagt: ›Das ist für Sie‹, und geht wieder. Und ich seh da ein Lamm stehen. Allein hab ich's hinterm Haus geschächtet, und allein hab ich es an den Baum gehängt und ihm die Haut abgezogen. Hättest du das geglaubt? Ein Lamm schlachten und häuten hier in der Eichenstraße in Kiriat Tivon? Wenn du hier einem Bonbon auf der Straße das Papier abziehst, starren sie dich schon an. Aber es hat keiner gemerkt. Nicht mal das Lamm. Das ist eine interessante Sache. Daß Schafe und Ziegen es nicht merken, wenn sie zum Schächter gehen, aber Kühe es sehr wohl merken und ganz schwach und traurig werden. Ich werd dir irgendwann mal beibringen, wie man einem Lamm das Fell abzieht. Das ist wie viele andere Dinge, für die ein Kind einen Vater braucht, der's ihm beibringt, denn wenn man weiß, wie's geht, ist es sehr leicht, und wenn man's nicht weiß, ist es sehr schwer. Ein unschuldiges Lamm. So was hast du noch nie gekostet. Läßt sich wahrlich mit dem Teelöffel essen.«

Er lächelte vor sich hin und deckte den Tisch. Mir setzte er Lammfleisch und Kräuterreis vor, sich selbst sein Rührei und seinen Salat mit Oliven und weißen Käsewürfeln.

»Eß, mejn Kind.«

Das Fleisch war wirklich weich und äußerst wohlschmeckend. Ein Schwall von Farben und Geschmacksnuancen, ein Hauch von Feld und Frühling.

»Wenn du nur willst, Sejde, füttere ich dich mit den Fingern, als wärst du ein Baby oder eine Frau.«

»Nicht nötig, Jakob.«

»Einen Menschen mit den Fingern füttern ist wie ihn unbekleidet sehen. Guck dir mal jemanden an, dem man so das Essen reicht. Die Augen gucken, die Nase öffnet sich. Im Mund läuft Speichel zusammen. Die Lippen gehen auseinander, das Kinn senkt sich ein wenig, die Zunge kommt ein Stückchen heraus, um das Essen aufzunehmen, und wenn du mal eine Frau so fütterst, paß auf, daß du schnell die Finger wieder zurückziehst, denn das

Zubeißen kommt nach alldem schon von allein. Nimm, Sejde, nimm.« Und ein duftendes Stückchen Fleisch wurde mir verlegen zu den Lippen geführt.

Ich fuhr zurück, und Jakob legte das Stück seufzend wieder auf den Teller.

»Schmeckt's dir?« fragte er.

»Es schmeckt sehr gut«, sagte ich, »wie ein Pfauenschwanz, der sich im Mund spreizt.«

»Das ist sehr schön, was du mir jetzt gesagt hast. Das ist wie die schönen Worte, die Dorfpapisch über die Schönheit der Frau sagt. Soll's dir munden und bekommen...«

Und dieses flehende Wort – ›mein Sohn‹ –, das ebenfalls gesagt werden wollte, blieb unausgesprochen, zappelte in der Luft seiner Lungen, erstickte ihm in der Kehle.

3

Einmal, so erzählten die Alten, verschwand ein Papierschiffchen flußabwärts.

»Das ist das allerschlimmste. Ein Bursche, dessen Schiffchen weit abtreibt und verschwindet, wird nie mehr ruhig sein. Selbst wenn er heiratet, wird er keine Ruhe finden. Dieses Schiffchen schaukelt ihm sein Leben lang weiter im Kopf herum und landet jede Nacht bei einer andern Frau.«

Sechzig Jahre später erschien eine wildfremde junge Frau im Dorf und steuerte schnurstracks das Haus eines Bauern namens Nosdrijow an, der mit seinen achtzig Jahren schon gar keine Frau mehr wollte.

»Seit ihm sein Papierschiffchen verschwunden war, hatte er schon viermal geheiratet, und viermal starben ihm seine Frauen gleich nach der Hochzeit. Wenn so was passiert, ist das ein Zeichen, daß Gott ihm was zu sagen versucht.«

Die Besucherin zog noch und noch die Glocke, aber das Alter hatte Nosdrijows Gehör getrübt. Sie klopfte und rief, machte schließlich die Tür auf und trat ein. Als sie den Alten an die Schulter faßte, wandte er sich ihr mit einem Lächeln zu, das auf sein Gesicht getreten war, ehe er noch wußte, warum, und erst dann erkannte er die hübsche junge Frau, die so viele Jahre in seinen Träumen genistet und mehrmals vor seinen Augen fremde Frauen daraus vertrieben hatte.

Tränen stiegen ihm in die Augen. Er wußte, gleich würde er aufwachen und die Frau, wie gewohnt, verblassen und entschwinden sehen. Aber die Besucherin schlang ihm zwei äußerst reale, duftende Arme um den faltigen Hals und drückte seinen mageren Körper an ihren rührend warmen, liebreizenden Busen.

Ihre Zunge fand in seinem Mund keinen einzigen Zahn mehr, um darauf zu klimpern, aber noch am selben Tag erschienen die beiden in der Kirche, wo die Frau dem ergriffenen Popen das Papierschiffchen zeigte, das viele Jahre vor ihrer Geburt ins Wasser gesetzt worden war und – scharf gefalzt und mit klaren Lettern versehen – sechzig Jahre später und dreihundert Kilometer östlich der ursprünglichen Abfahrtstelle bei ihr gelandet war.

»Und seitdem bin ich zu ihm hier unterwegs«, sagte sie und zeigte auf den Alten. »Ich gehe am Fluß entlang und suche.«

»Sie hatte einen kleinen Zweig in der Hand«, sagte Jakob, »suchende Menschen gehen mit so einer Rute. Es gibt Leute, die damit Wasser in der Erde finden können, hast du das gewußt, Sejde? Sie gehen vor sich hin, wie wir alle gehen, und suchen. Warten, daß ein Zweig sich beugt, ein Schiffchen ankommt, warten, daß unser Herz endlich aufschreit, unser Schwanz sich meldet, unsere Augen tief in die Erde sehen. Deine Mutter ist so auf dem Feld gegangen. Sie hat ein hübsches Kleid angezogen und ist über die Felder zur Straße gegangen und für einen halben Tag in den Hügeln verschwunden. Weder Essen noch einen Stock hat sie mitgenommen. Auch Naomi durfte nicht mitkommen. Nur ihre Kalbe

Rachel. Das Mädchen ist ihnen nachgelaufen, bis Judith sie heimschickte und Rachel sie mit dem Kopf drängte, geh nach Hause, Nomile, ah – nu, geh. Diese Kuh war wirklich wie ein Farren. Du hast sie erst gekannt, als sie schon alt war, aber damals hat sie die ganze Zeit Sprünge vollführt und gespielt und gestoßen wie ein Zicklein, und wenn du nur versuchtest, Hand an ihr Euter zu legen, hätte sie dich umbringen können. Sie hatte den Körper eines Bullen und den Verstand eines Kalbes, aber bei deiner Mutter war sie weich wie Butter. Einmal hat Judith sie sogar vor einen Wagen gespannt. So wahr ich hier sitze, Sejde. Sie hat sie vor einen Wagen gespannt und ist mit ihr zum Acker runtergefahren, um Luzerne zu holen. Gegen Abend kamen sie dann mit ein oder zwei Flaschen zurück, die sie gekauft hatte. Du weißt, daß sie gern manchmal ein bißchen getrunken hat, das ist ja kein Geheimnis. Es gab Leute, die das scheel ansahen, aber sie kannte ihr Maß und hat sich niemals betrunken. Als ich alles für unsere Hochzeit vorbereitete, habe ich sogar gesucht und herausgefunden, woher sie ihren Grappa bezog, der kam aus dem Kloster in Nazareth, wo es einen Italiener gab, der dieses Getränk herstellte, und der Teufel allein weiß, wie sie ihn gefunden hat. Sie ist mit der Kuh von hier zu Fuß bis Nazareth gegangen, über all die Berge und Dörfer, ohne jede Angst, und es hätte dem gerade noch gefehlt, der ihr zu nahe gekommen wäre. Kurz gesagt, als der Sojcher entdeckte, daß sie gern ein bißchen trank, hat er gleich angefangen, ihr manchmal was Alkoholisches mitzubringen. Wie ein Maulwurf, der eine Ritze entdeckt und sich gleich emsig daranmacht, sie zu verbreitern. Sie haben im Stall gesessen und einen gehoben, aber die Türen hat sie sperrangelweit offengelassen, damit die Leute nicht redeten und, vor allem, damit der Gast nicht erst auf Gedanken kam, verstehst du? Sie hat ihn doch tödlich gehaßt, diesen Globermann, und er hatte hinter all seinem bösen Trieb und seiner Derbheit und Geldgier eine Mordsangst vor ihr, aber zusammen getrunken haben sie. Langsam, langsam, nicht viel, bloß so ein bißchen um die Wette. Kein Wettbewerb, wer zuerst besoffen umkippt, wie die Gojim es gemacht haben, sondern wer zuerst den andern anblickt und lächelt. Erst jetzt verstehe ich, daß er bei weitem der Gescheiteste von uns allen gewesen ist, der Sojcher, denn er allein wußte, daß Liebe nicht nur geben bedeutet, sondern auch viel nehmen, und bloß er wußte, daß man nicht zeigen darf, wie sehr man liebt, denn für einen Augenblick Liebesschwäche zahlt der Mensch hinterher sein Leben lang. Auf dem Tisch zwischen ihnen war immer eine Kleinigkeit zum Essen, das er neben der Flasche mitbrachte. Denn wer trinkt – mußt du wissen, Sejde –, der weiß auch jedes Getränk mit dem passenden Essen zu kombinieren, dem Freund, der Hand in Hand mit ihm geht. Der Freund des Kognaks ist was Süßes, der vom Schnaps was Salziges, und Wodka ist aller Freund. Kurz gesagt, es ist gut, wenn's was dazu gibt beim Trinken, denn dann trinkt man langsam, nimmt sich Zeit, kippt nicht das ganze Glas auf einmal runter. Verstehst du das, Sejde? Man trinkt langsam – schnuppert, atmet, nimmt ein Schlückchen, unterhält sich, kaut, überlegt, was man jetzt sagen könnte. An Verstand hat's ihm nie gefehlt, dem Sojcher, und er kannte natürlich all die kleinen Tricks, daß man nämlich, wenn man ein bißchen ißt und ein bißchen trinkt – immer langsam und bedächtig –, auch länger zusammenbleibt. Und die Worte kommen einem besser über die Lippen, man kann reden, und nachdenken, und einmal hab ich sie sogar *Lechaim* machen sehen, Glas an Glas, und der Sojcher hat gesagt: ›Damit auch die Ohren der Dame Judith ihren Genuß haben‹, und die Gläser stießen mit einem glockenhellen Klingeln aneinander, das man im Dorf sonst gar nicht hört, denn bei uns ist das zarteste Klingeln das der Rinderhörner am Eisenjoch. Und sie hat ihn plötzlich angelächelt, wie ich sie noch nie hab lächeln sehen. Ich wär weinend auf die Knie gefallen vor so einem Lächeln, aber der Sojcher, dieser Filou, hat sie nur angeguckt und keinen Mucks gemacht. Wenn er von diesem Lächeln hingefallen ist, dann nur in seinem Leib drinnen, und wenn er geweint hat, dann nur in innerster Seele. Fleischhändler – mußt du wissen, Sejde – haben einen besonderen Umgang mit Frauen. Bei uns hat man gesagt: Ein *Flejschhändler* weiß, wann er mit der Witwe weinen und wann er mit ihr tanzen muß. Nicht wie wir, denn wenn, sagen wir mal, die Sonne einen andern Tagesstand gehabt hätte und ich bei Judiths Eintreffen nicht im Zitrushain gewesen wäre, sondern sie nur, sagen wir mal, eine Woche später auf der Straße getroffen hätte, oder morgens am Vorratsspeicher – dann wäre alles anders geworden. Aber ich habe sie da auf dem Wagen im Feld segeln sehen, in dem grüngelben Blumenmeer, und hab gleich auf der Stelle gewußt: Das hat mir Gott geschickt, da kommt mein Schiffchen, mein Vögelchen, das ist die Frau, die mir Flügel gibt. Streck nur die Hand aus und nimm, Jakob, so hab ich mir gesagt, streck die Hand aus und nimm, damit du dich hinterher nicht dein Leben lang selbst bestrafst, denn eine geliebte Frau ziehen lassen, das ist das Schlimmste, was einem passieren kann.«

Er stand auf und ging im Zimmer umher, und ich spürte seinen Schmerz in meiner Kehle, fuhr aber fort zu essen, zu kauen, zu schlucken.

»Dein ganzes Leben lang bestrafst du dich hinterher dafür. Das ist noch schlimmer als das verschwundene Schiffchen. Das ist noch größere Einsamkeit als bei Robinson Crusoe. Verstehst du, wovon ich rede? Diese Reden über die Einsamkeit, Sejde? Allein war ich am Kodima, allein in der Werkstatt des Onkels, allein bin ich ins Land eingewandert, und sogar mit Rivka war ich allein. Wer kann mit solcher Schönheit zusammensein? So schön war sie, daß sogar ich vergessen habe, wie sie ausgesehen hat. Bei Judith brauch ich bloß die Augen zuzumachen, und schon bin ich bei ihr, aber bei Rivka war ich, wie es in der Bibel steht – ein einsamer Vogel auf dem Dach. Und schon als Kind, Sejde, hab ich jedesmal, wenn ich das *Höre Israel* gesagt habe, gedacht, daß nur der Gott der Juden noch einsamer ist als ich, deswegen heißt es dort auch ›der Ewige ist einzig‹. ›Höre Israel, der Ewige unser Gott, der Ewige ist einsam.‹ Arm dran. Wie sehr der Ewige einzig ist, und wie einsam. Und einmal hab ich diese meine Version des *Höre Israel* gesagt, und der Onkel hat mir eine runtergehauen. Aber da war ich schon kein Kind mehr. Da war ich ein junger Bursche, und auf der Stelle hab ich's ihm heimgezahlt, einen Schlag und noch einen und noch einen. Für all die Prügel, die ich von ihm eingesteckt hatte. Das war das erste Mal, daß ich einen Menschen geschlagen habe, und auch das letzte Mal. Er fiel zu Boden, ich drehte mich um und ging und bin bis zu meiner Einwanderung ins Land nicht mehr zu ihm zurückgekehrt. Aber an Purim ist bei uns mal so ein betrunkener Clown aufs Podium gestiegen und hat gesagt, unser Lehrer Mosche hätte den einzigen Gott erfunden, damit die Juden es in der Wüste leichter haben sollten. Stell dir mal vor, in der Wüste wie die Philister und die Griechen und all die andern Gojim mit vierzig Göttern aus Stein auf dem Buckel herumzuwandern, was das für eine Schlepperei gewesen wäre mit den Statuen in der Hitze. Und so hast du nur eine Lade mit einem einzigen Gott, eine kleine Lade mit Henkeln, zwei Lewitenburschen schleppen sie, die Flügel von den Kerubim machen ihnen Schatten vor der Sonne auf dem Kopf, und du brauchst dir auch nicht die ganzen Namen von all den Göttern zu merken und was jeder einzelne von ihnen haßt und was er mag.«

»Der Gott der Juden mag ein reines Lamm«, schloß Jakob, »manchmal vielleicht eine Taube oder feines Mehl, aber was Süßes hinterher ißt er gar nicht, denn der Gott der Juden mag alles salzig.«

Und plötzlich schmetterte Jakob mit lautem Gesang den sabbattäglichen Tora-Vers: »Am Sabbat aber...«

4

Eine Zeitlang ließ der Sojcher den Lieferwagen auf Jakobis und Jakobas Hof stehen und inspizierte ihn jedesmal, wenn er ins Dorf kam.

»Er muß sich an mich gewöhnen«, erklärte er, weil er nicht zugeben wollte, daß er nicht fahren konnte.

Als alle anfingen, ihn zu verspotten, faßte der Sojcher Mut und begann sich auf Feldwegen das Fahren beizubringen. Bald schon sah man auf den Feldern Springbrunnen aufschießen, die die kaputtgefahrenen Schieber markierten. Nachdem er einen Esel erledigt, ein Wassermelonenbeet verwüstet und drei Apfelbäume abgebrochen hatte, wurde er gewarnt, das Dorfkomitee werde ihn für vogelfrei erklären, wenn er sich keinen Lehrer nähme.

Anwärter meldeten sich eilends, doch Globermann wählte ohne Zögern Oded Rabinowitz, der damals erst elf Jahre alt, aber bereits in der ganzen Gegend für seine Fahrkünste berühmt war.

Naomi sagte mir, ihr Bruder hätte sich nur dazu in die erste Klasse bequemt, um bald *Motor, Auto und Traktor* lesen und Briefe an die Importeure von *Rio* und *International* schreiben zu können. Und tatsächlich – Oded las über Autos, dachte an Motoren, träumte von Kraftübertragung und dem Verhältnis von Kompression und Transmission mit dermaßen sehnlichem Eifer, daß er von selbst fahren lernte, ohne je in einem Auto gesessen zu haben, denn im Geist hatte er schon jede Handlung tausendmal durchexerziert: Er schaltete, kuppelte, beschleunigte, verlangsamte, bremste und bog ab, und all das mit der zähen Ausdauer von Liebenden, die sich an ihren Sehnsüchten delektieren und auf deren Verwirklichung vorbereiten.

»Wenn du weiter dauernd Motorgebrumm machst, kriegst du zum Schluß Negerlippen«, warnte ihn Onkel Menachem.

Aber Oded schlug seine Warnungen in den Wind und diskutierte als Achtjähriger bereits mit verblüfften Erwachsenen über die Vorzüge und Nachteile von Luft- und Wasserkühlung, V- und Umdrehungsmotoren. In jenen Tagen kam Arthur Ruppin zu Besuch ins Dorf, und Oded machte sich den allgemeinen Tumult zunutze. Während der Funktionär noch kränzchengeschmückte Kinder küßte und sein Fahrer Rivka Scheinfeld anzusprechen versuchte, stahl er sich zu dem langen Ford, startete und nahm Reißaus in die Felder.

Er lenkte den Wagen wie ein alter Hase, machte sogar eine Kehrtwendung, sprühte Erde, vollführte ein paar Kunststückchen und wirbelte Staubwolken auf. Zum Schluß ließ er ihn in einer Pflanzung stehen, flüchtete im Laufschritt in den Eukalyptuswald und kam erst am nächsten Morgen zu Fuß wieder, da er nicht ahnte, wieviel Stolz und Bewunderung er im Herzen all seiner Zuschauer geweckt hatte, und eher fürchtete, man würde ihn lynchen.

Jetzt versuchte er Globermann die Kunst des Fahrens beizubringen, und der befolgte all seine Anweisungen.

»Ein Kraftwagen ist keine Kuh, Globermann!« hörte man seine dünne Stimme aus dem Lieferwagen gellen, als der Sojcher vom Weg in den Acker abkam. »Man dreht ihm nicht den Schwanz, er hat ein Steuerrad!«

Zum Glück des Sojchers war der grüne Kleinlaster mit seinen sechs langsamen Riesenkolben und den drei langen Gängen äußerst geduldig. Der Motor erstickte nie, und das dicke Blech war stark genug, die meisten Prüfungen und Karambolagen zu überstehen, die sein neuer Besitzer ihm zumutete.

Und zu dessen Gunsten sei angefügt, daß der Sojcher alles in allem ein gesetzestreuer Mensch war. Er begnügte sich nicht mit den Fahrstunden, sondern bemühte sich auch zur mandatorischen Zulassungsbehörde in Haifa. Dort suchte er den zuständigen Beamten auf und tauschte zwanzig Kilogramm erstklassiges Schulterfleisch gegen zwei Führerscheine, einen für sich und einen für seinen kleinen Lehrer, gültig für alle erdenklichen Kraftfahrzeuge: Kraftrad, Omnibus, Privatwagen und Lastkraftwagen aller Größen und Kategorien.

»Einen Schein für Eisenbahn oder Flugzeug hatten sie nicht«, rief er, brüllend vor Lachen.

Und obwohl er nun schon einen Führerschein besaß, lernte er weiter bei Oded, bis der ihm sagte, es sei Zeit aufzuhören.

»Kann ich schon fahren?« fragte der Sojcher.

»Nein«, sagte der Junge, »aber besser, als du's jetzt kannst, wirst du's nie lernen.«

Doch Globermann beharrte darauf weiterzumachen, und eines Tages kam Oded mit einem großen bunten Rosenstrauß nach Hause.

»Das ist für dich«, sagte er zu Judith. »Nicht von mir. Vom Sojcher.«

Judith nahm das Gebinde und sah sogleich, daß es gar kein Blumenstrauß war, sondern ein geblümtes Kleid. Sie breitete es zwischen beiden Händen aus, und trotz ihres Ärgers mußte sie zugeben, daß der Sojcher Geschmack besaß und nicht geizig war.

Gegen Abend kam der Sojcher auf den Rabinowitzschen Hof und verstand es, genau in dem Augenblick die Tür aufzumachen und den Stall zu betreten, in dem Judith vor dem Spiegel stand und sein Geschenk am Leib prüfte.

»Ich frage dich, Dame Judith«, rief er triumphierend, »sollte ein Mensch, der das Gewicht einer Kuh mit einem Blick aus einem Auge abschätzen kann, unfähig sein, ein Kleid für eine Frau auszusuchen, ohne sie's erst anprobieren zu lassen?«

Nicht der derbe Vergleich kränkte, sondern die Tatsache, daß der Sojcher recht hatte. Das Kleid stand ihr ausgezeichnet.

»Du hast nicht angeklopft!« fauchte sie.

»Das hier ist ein Stall, Dame Judith«, sagte Globermann, sich aufrichtend. »Das ist meine Arbeit. Klopfst du etwa an die Tür, wenn du im Dorfkonsum einkaufen gehst?«

»Das hier ist nicht nur ein Stall. Es ist auch mein Haus!« sagte Judith.

»Klopft Rabinowitz an die Tür deines Hauses, wenn er zum Melken kommt?«

»Das geht dich nichts an, du Dreckskerl.«

Mit wunderbarem Wieselschritt schlängelte sich Globermann an sie heran, scheinbar ohne die Beine zu bewegen.

»Ich bitte nur, daß die Dame Judith, wenn sie das neue Kleid anhat und so hübsch aussieht und spürt, wie der angenehme Stoff ihren ganzen Körper berührt, dann auch an den denkt, der es ihr geschenkt hat«, sagte er.

»Raus hier!« fauchte sie. »Keiner hat dich um Geschenke gebeten. Ich werde es morgen Oded geben, damit er's dir zurückbringt.«

»Nicht morgen! Jetzt!« rief der Sojcher. »Jetzt ziehst du's aus und gibst es mir zurück.« Er lehnte sich frech an die Stallwand.

»Ich werde es vorher waschen«, sagte Judith, »damit du's einer andern Frau schenken kannst. Du hast doch in jedem Moschaw eine brünstige Kuh.«

»Wasch's nicht, Dame Judith.« Globermann fiel vor ihr auf die Knie. »Gib's mir so zurück, mit deinem Duft in den Falten.«

Abseits senkte Rachel den Kopf und ließ aus tiefster Brust ein wütendes dumpfes Grummeln vernehmen. Globermann lächelte. Er erhob sich von den Knien, trat zu der Kuh, strich ihr mit der Hand über den Nacken, führte seine wissenden, hypnotisierenden Finger federleicht über ihr Rückgrat und klopfte ihr abschließend auf den Schwanzansatz.

Dann schnalzte er anerkennend mit der Zunge. »Er ist schön gewachsen. Ein Metzger, der was versteht, wird mir viel Geld für ihn geben«, sagte er.

»Diese Färse wirst du nie bekommen, du Aas«, sagte Judith.

»Er ist bei mir notiert«, sagte der Sojcher, zog sein Notizbuch hervor und schaute hinein. »Rachel, ja? Ein komischer Name für einen *Ejgel.* Da ist er. Alles geregelt. Keinerlei Irrtum. Ich hätte ihn mit einem halben Jahr bekommen sollen, aber Rabinowitz schiebt's dauernd hinaus.«

Als scharfsinniger und kluger Mann spürte er, daß er eine Kluft zwischen Judith und Mosche aufgedeckt hatte.

»Ein guter Fleischhändler muß sehr ordentlich sein«, sagte er ein paar Tage später zu Rabinowitz, »da ist sie. Bei mir im Notizbuch vermerkt und auf der Warteliste. Wann wirst du sie mir verkaufen, Rabinowitz?«

»Ich überleg mir's noch«, sagte Mosche, »das ist nicht so einfach zu bewerkstelligen.«

»Was soll denn hier nicht einfach sein?« spottete Globermann. »Stallbesitzer, Kuh und Sojcher sind vorhanden, ja? Der Stallbesitzer und die Kuh denken an den Todesengel, aber der Sojcher denkt ans Geld, Punkt. Und deswegen siegt immer der Sojcher, Rabinowitz, denn das Leben verlieren ist leicht, das geschieht nur einmal, und mehr braucht man nicht zu leiden, aber Geld verlieren ist sehr schwer. Denn das kann viele Male passieren, und jedesmal leidet man von neuem.«

Er blickte Mosche an, und wie erwartet sah er dessen Augen wutgetrübt.

»*A Bick* – ein Bulle!« kicherte er. Er wußte, daß Männer von Mosches Körperbau nicht schnell aufbrausten, aber wenn sie einmal in Rage gerieten, konnten sie übel zuschlagen. Erst mal klopfte er ihm auf die Schulter und kniff ihm dort ins Fleisch, um die Dicke der Fettschicht und die Stärke des darunter verborgenen Muskels zu prüfen. »Was für eine schöne *Kischere* – schönes Schulterfleisch – hast du hier, Rabinowitz, also wann verkaufst du mir Rachel?«

»Ich kann ihr das nicht antun«, sagte Mosche.

»Wem? Der Kuh? Was denn, bist du vom Tierschutz?«

»Judith«, sagte Mosche.

»Der Dame Judith?« verwunderte sich der Händler lauthals.

»Wer ist denn hier der Herr im Haus? Du oder deine Arbeiterin?«

Worauf Mosches Augen sich erneut vor Wut trübten.

5

Oded hat meine Mutter zu ihren Lebzeiten nicht geliebt, hat sie provoziert und geärgert, und ihr Tod war für ihn kein hinreichender Grund, seine Einstellung zu ändern. Trotzdem mag ich ihn und komme gut mit ihm aus. Er fährt mich zu Naomi und holt mich wieder dort ab, überbringt ihr Pakete, Briefe und die Beobachtungsberichte für den Oberrabenkundler und wird nicht müde, mir von seinem Vater, meiner Mutter, seiner Schwester und gelegentlich auch von seiner früheren Frau Dina zu erzählen.

»Ich habe Dina im Alter von siebenunddreißigeinhalb Jahren geheiratet und mich mit achtunddreißig scheiden lassen. Wie findest du das, Sejde?«

Dina war eine Witwe des Sinaifeldzugs. Oded hatte sie bei Freunden kennengelernt.

»Jeder hat solche Freunde, die wegen ihrer eigenen verkorksten Ehe für alle Welt Partner finden müssen.«

Ich kann mich an Dina erinnern. Sie war acht Jahre jünger und vier Zentimeter größer als Oded, und obwohl sie keineswegs schön war, lösten ihr blaufunkelndes Haar und der Kupferton ihrer Haut Wehmut und Unruhe bei Männern aus, die Augen dafür besaßen.

Ein paar Monate nach der Hochzeit machte Oded sich eines Nachts wie immer auf den Weg, wurde jedoch plötzlich von so fremdartiger, schmerzlicher Unruhe befallen, daß er Angst hatte weiterzufahren. Er bremste den Tankwagen am Rand der Hauptstraße, blieb einige Minuten nachdenklich sitzen, setzte die Fahrt fort, hielt erneut, wendete schließlich und fuhr ins Dorf zurück.

Vor dem Volkshaus stellte er den Motor ab, glitt leise wie ein riesiger metallener Mungo den leicht abfallenden Weg hinunter und kam vor seinem Haus zum Stehen. Eine fremde, verstaubte Matchless, der Motor noch warm riechend, parkte unter dem Baum. Oded stieg aus, lugte durchs Fenster und sah Dina auf jemandem reiten. Ihr schlanker, muskulöser Körper schimmerte in seinem besonderen matten Glanz.

Schwammige Weiche bemächtigte sich seiner Gelenke und Muskeln. Er taumelte zum Laster zurück, startete und fuhr zum Dorfzentrum hinauf. Dort stieg er aus, öffnete das große Ablaufventil unter dem Tankbehälter, schloß sich in der Fahrerkabine ein und hängte die Hand ins Hupkabel.

Der gespenstische weiße Milchstrom überspülte die Straße. Die dröhnende Hupe des Tankwagens und das Muhen der jungen Kälber, vom Milchgeruch aus sanftem Schlummer geweckt und gewahr geworden, daß ihre Träume richtig waren, rissen das ganze Dorf aus dem Schlaf.

»Das war der schönste Augenblick meines Lebens«, sagte er, »weit besser, als ins Zimmer zu gehen und die beiden umzubringen. Es hat mich viel Geld gekostet – die Milch, die Scheidung, die Gerichtsprozesse und alles –, aber was soll ich dir sagen, Sejde, es war das reinste Vergnügen.«

»Möchtest du mal hupen?« fragte er wieder mal, wie immer.

Aber gewiß will ich hupen. Ich greife hin und ziehe. Aus taufrischem Wiesengrund antworten die Kröten. Auch ein untergehender Mond begleitet uns, schiebt die schäkernden Wattewolken beiseite und filtert zwischen ihren weichen Schichten hindurch.

Zu dieser Stunde kehrt Odeds Radiogerät von seinen Ausflügen zu krächzenden fernen jugoslawischen und griechischen Sendern zurück und spricht wieder hebräisch. Aber ich brauche das nicht. Uhren signalisieren mir aus allen Ecken. Ich suche und finde erneut den kleinen Zeiger der großen Zeit, das heißt den der Jahre und Jahreszeiten, und den großen Zeiger der kleinen Zeit, den der Tagesstunde. Die Laubfärbung zeigt mir den Monat Cheschwan. An niedrigen Bodenstellen sammelt sich Morgenfrost in unsichtbaren Pfützen. Die Spitzenschleier im Osten werden fahl und sagen mir zehn vor fünf.

»Du brauchst keine Uhr, Sejde, schau, wie viele Uhren es auf der Welt gibt«, hat meine Mutter zu mir gesagt.

Jeder Bauer im Dorf weiß den Monat nach dem Wetterleuchten des Herbstes oder der Frühlingsblüte in der Pflanzung, aber ich konnte die Zeit am Schwarzwerden der alten Rabennester und dem schütteren Gefieder der heranwachsenden Rabenjungen ablesen.

»Das Dorf ist eine Stube voller Uhren«, schrieb ich Naomi nach Jerusalem, damit sie es nicht vergaß.

Sie schrieb mir zurück, sie hätte nur eine Uhr: den frommen Milchmann des Viertels, der jeden Morgen um Punkt Viertel nach sechs erschien, ächzend seinen Handkarren voller Milchkannen schob und seine Ware mit zwei langgezogenen, monotonen Silben in aschkenasischem Tonfall anpries, die im engen Treppenhaus widerhallten.

Erst vor ein paar Wochen habe ich ihr von unserem verfallenen Volkshaus geschrieben, einem imposanten Gradmesser für den Wechsel der Zeiten – mit dem trockenen Efeu an seinen Mauern, dem siebenarmigen Leuchter, der noch als Torso das Dach ziert, den Tauben, die in den Winkeln seines Saales nisten.

Schwalben fliegen durch die Lüftungsluken ein, um ihre Jungen zu füttern, und der alte Filmvorführraum stinkt nach Eulenmist. Es ist keine Zeigeruhr, auch keine Sanduhr, sondern eine Schichtenuhr. Sie mißt die Zeit durch die Dicke des trockenen Vogeldungs, die Rostkruste auf dem Emporengeländer und die Staubablagerungen auf dem Fußboden, in denen Ameisenlöwen ihre glatten Todestrichter weben.

Die Eingänge sind mit Brettern vernagelt, aber hier und da schon aufgebrochen, und wenn ich dort hineingehe und warte, bis meine Augen sich an das Dunkel gewöhnen, steigt mir auch ein leichter, widerlicher Gestank menschlicher Exkremente und Schmach in die Nase. Von Müdigkeit befallen, setze ich mich auf einen der verdreckten Sitze, und das laute Knarren des Holzes erregt großes Flügelflattern im dunklen Raum.

Einmal habe ich hier Dorfpapisch überrascht. Auch er sucht gelegentlich das Volkshaus auf, schlurft drinnen durch den Taubenmist, murmelt und stöhnt herzzerreißende, markerschütternde Altleuteklagen. Erst vor ein paar Jahren hat die letzte Vorstellung stattgefunden, bei der Papisch »einen seiner größten Auftritte hatte«, wie ich Naomi schrieb. Ein Theater war aus der Stadt gekommen, und eine junge Schauspielerin, deren berühmte Schönheit junge Leute aus dem ganzen Emek ins Dorf lockte – von jener schmelzenden Schönheit, die weder Leidenschaft noch Liebe weckt, sondern nur den Wunsch, zu befruchten und zu sterben –, bestieg die Bühne und behandelte uns wie eine huldvoll gelaunte Göttin, die sich ihren Verehrern zu offenbaren geruht.

Doch plötzlich kam Dorfpapisch alt und schwerfällig vom Sitz hoch und schrie wutentbrannt: »Wir haben vor vielen Jahren Rivka Scheinfeld gehabt, und die, meine junge Dame vom Fernsehen, war viel schöner als Sie!« Damit ging er.

Auf das Dorf ist er wegen des ruinierten Volkshauses wütend und auf Jakob, weil »wegen seiner Liebe zu Rabinowitzes Judith seine Rivka aus dem Dorf gegangen ist, all ihre Schönheit mitgenommen hat und uns seither ohne alles in unserem häßlichen Morast suhlen läßt«.

Auch die Baracke, die einst Jakobis und Jakobas Heim und später das des Albinos war, ist längst zerstört. Stürme und Regen zerfraßen das Dach, Würmer und Tau zersetzten die Wände, und was die Sonne nicht verdunsten ließ, saugte der Erdboden auf.

Alle sahen die Baracke immer kleiner und kleiner werden, und nachdem sie verschwunden war, zeugten nur noch üppig wachsende Anemonen von ihrem früheren Vorhandensein.

Aber das Haus, das der Albino seinen Kanarienvögeln gebaut und Jakob vererbt hatte, steht nach wie vor. Niemand füllt mehr Tröge und Tränken. Käfige und Tür stehen immer offen, die Kanaris kommen und gehen, und auch Jakob kehrt nicht mehr dorthin zurück, um seine Vergangenheit aufzusuchen.

»Morgens und abends vergeht die Zeit am langsamsten«, sagte ich.

»Sie reduziert die Drehzahl, damit die Welt nicht umkippt«, lachte Oded.

Wir näherten uns der Abbiegung zum Dorf. Oded schaltete einen Gang nach dem andern hinunter. Seine Füße tanzten auf den großen Pedalen, der Lastwagen ächzte und bebte.

»Da wären wir wieder daheim«, sagte er, beschrieb einen großen Bogen und fuhr die schmale Zufahrtsstraße entlang.

Früher war es mal ein Feldweg gewesen. Im Sommer mahlten Räder und Hufe ihn zu Mehl, im Winter verwandelte er sich in dunklen, klebrigen Morast. Später wurde er mit zerstoßenen Basaltsteinen aus dem Gebirge geschottert, und bei seiner Verbreiterung erhielt er eine Asphaltdecke – eine schmale gerade Stichstraße von anderthalb Kilometer Länge, mit staubfangenden Kasuarinen gesäumt.

An der Kreuzung befindet sich eine Haltestelle, nichts als ein kleiner Wellblechunterstand und eine Eisenstange mit einem Schild zu Häupten. Auf der Betonbank saß Jakob Scheinfeld, eine schmächtige, verschrumpelte Mumie der Liebe, gekleidet in blaue Hosen und ein weißes Baumwollhemd. Im Schatten der Bäume parkte sein Taxi, der Fahrer schlief im Fond.

Oded bremste den Lastwagen und stellte den Motor ab. Die Stille flutete in die Ohren. Er steckte den Kopf aus dem Fenster und rief: »Was gibt's, Scheinfeld?«

»Kommt, kommt herein, Freunde, schön, daß ihr gekommen seid. Kommt herein«, sagte Jakob mit dem leuchtenden Gesicht eines Bräutigams unter dem Hochzeitsbaldachin.

»Und wo ist die Braut, Scheinfeld?« rief Oded.

Aber Jakobs Blick irrte an uns vorbei und verlor sich.

»Guck ihn dir an«, wiederholte Oded seine Standarddiagnose, »wenn er ein Pferd wäre, hätte man ihm schon längst den Gnadenschuß geben müssen.«

Ein grüner Wagen kam auf der Straße vorüber.

»Kommt, kommt herein...«, sagte Jakob zu dem Fahrzeug. »Kommt herein, bei uns ist Hochzeit heute.«

Er lächelte, nickte grüßend mit dem Kopf und ließ den Blick über die Straße schweifen, ohne uns noch zu beachten.

6

Auch Lügner wissen sehr wohl, daß Dichtung und Wahrheit einander nicht entgegenstehen. Gute Nachbarinnen sind sie, die sich gegenseitig nach dem Wohl erkundigen und einander benötigte Dinge ausleihen.

Das hat mir Meir einmal gesagt, ich weiß nicht mehr, in welchem Zusammenhang, und danach fügte er lächelnd hinzu, Lüge und Wahrheit seien nicht wie Nord und Süd, sondern wie der magnetische Pol und der Nordpol.

Ich erzähle das, um klarzustellen, daß ich keineswegs Teile meines Lebens erfinden oder auslöschen möchte. Ich will sie auch nicht erklären, verbrämen oder neu erschaffen. Einziger Zweck dieser Geschichte ist es, ihnen Ordnung zu verleihen, eine Leitfurche für die Hufe des Ochsen, Rinnen für den Wasserablauf, Betonwege für die Fußschritte.

Und sobald ich das Tohuwabohu, über dem zu schweben mir bestimmt ist, leid bin, müde von abgründigen Vermutungen und windigen Ratereien, tröste ich mich mit dem wunderbaren Verlauf der kleinen Ereignisse. Und tatsächlich erschien jener komische Kauz, der die fünf schwarzen Anzüge des toten Albinos gekauft hatte, ein paar Monate später erneut im Dorf. Ohne ein Wort zu sagen, ging er aufs Sekretariat und legte fünf Zettel auf den Tisch, die er in den Innentaschen der fünf Anzüge gefunden hatte. Auf jedem standen die Worte: *Die Vögel an Jakob.*

Scheinfeld wurde ins Sekretariat gerufen. Obwohl er sich seit dem Tod des Albinos um die Kanaris kümmerte, schlug ihm das Herz jetzt wie ein Glockenklöppel – mit Macht, mit Besorgnis und mit Freude. Wortlos ging er ins Kanarienhaus und von dort nach Hause, legte sich voll bekleidet aufs Bett und wachte erst am nächsten Mittag wieder auf, da Rivka ihn mit den ersten Schreien, die ihr seit dem Tag ihrer Hochzeit über die Lippen kamen, weckte und wissen wollte, was denn passiert sei.

Jakob blickte sie mit Augen an, deren durchsichtige Farbe sich wie Putz trübte und verdickte, und verkündete völlig gelassen, der Albino habe ihm die armen Vögel vermacht, die von nun an ihm gehörten.

Im ersten Moment drohte die schönste Frau des Dorfes schreiend zu Boden zu fallen, aber sogleich spürte sie einen verborgenen Arm ihren Rücken stützen und ihre Knie stärken. Mit einem Schlag klärten sich ihr all die Rätsel, an deren Lösung sie seit langem arbeitete: die Schlafstörungen ihres Mannes, seine Seufzer, seine Hingabe an ebenjene dummen Kanaris, deren Gesang, geben wir's zu, auch kein derartiger Ohrenschmaus ist.

Judiths Fahrt durch das gelbgrüne Frühlingsfeld, Jakobs Zittern und Brabbeln während der seltenen, kurzen Schlummerzeiten, die ihm vergönnt waren, und die Tage, an denen die Farben in den Regenbogenhäuten seiner Augen changierten – Rätsel über Rätsel lösten sich ihr allesamt, und als sei ihr ein drittes Auge auf der Stirn gewachsen, ging sie schnurstracks hinter die

Baracke, zog mit präzisem Griff aus dem Zwischenraum zwischen Barackenboden und Erde den dort versteckten gelben Holzkanarienvogel hervor und warf ihn auf den Müll.

Danach trug sie die Ernteleiter zum Kanarienhaus, stellte sie an, kletterte hinauf, streckte wieder die Hand aus und zog aus der Ritze zwischen Decke und Dach das kleine Notizbuch, in das Jakob in furchenwendischer Schrift geschrieben hatte:

Judith Judith Judith Judith Judith Judith Judith Judith
htiduJ htiduJ htiduJ htiduJ htiduJ htiduJ htiduJ htiduJ htiduJ

Weiter ging sie sicheren Schritts zum Zitrushain, wo sich ihr das Rauschen der Blätter zu absolut deutlichen Seufzern verband: Judith Judith Judith Judith Judith und weiter die Baumreihen entlang, Reihe auf Reihe, hin und her:

Judith Judith Judith Judith Judith Judith Judith Judith Judith
htiduJ htiduJ htiduJ htiduJ htiduJ htiduJ htiduJ htiduJ htiduJ

Am dritten Baum der dritten Reihe grub sie und fand das blaue Kopftuch von Rabinowitzes Arbeiterin, das klopfenden Herzens in dunkler Nacht von der Wäscheleine auf dem Hof entwendet worden war.

Ein Lächeln trat auf Rivkas Lippen und verschaffte ihr einen klaren Geist, dank dessen sich die bereits vorhandenen Punkte durch Linien verbanden, so daß die Lösung erkennbar wurde.

»Und so schön sie auch vorher schon war, jetzt war sie siebenmal schöner. Wir alle wurden mit Blindheit geschlagen«, sagte Dorfpapisch.

Noch am selben Tag verließ Rivka Haus und Dorf, nur ihr Kleid, ihren Haß, ihre Schönheit und ihre Klugheit am Leib, und kehrte ins Haus ihrer Mutter, der Frau Schwarz in Sichron Jaakow zurück.

Dorfpapisch ging ihr bis zum Dorfausgang nach, suchte sie vergeblich zu bewegen, dazubleiben und ihn die Meinungsverschiedenheiten, was immer sie auch sein mochten, ausräumen zu lassen.

»Eines schönen Tages ist sie auf und davon gegangen«, sagte er, »kein Mensch wußte, wohin, kein Mensch begriff, warum.«

Sie entflog, wie da flieget
Die Nachtigall aus dem Wald –
Und keiner je dacht es,
Ja keiner je ahnt es auf grüner Hald.

Da kommt ein trüber Tag,
Ein zweiter und dritter,
Da weint jedes Auge
In stummer Trauer gar bitter.

In den Häusern keine Bresche,
Auf den Straßen keine Eile,
Frieden und Ruhe im Städtchen,
Doch auch – Langeweile.

Dorfpapisch deklamierte das Gedicht mit trauriger Feierlichkeit, wobei seine schmalen Lippen die Worte genau nachbildeten und seine Lider den sehnlichen Endreim betonten.

Frau Schwarz – energisch, bedrückt und aktiv, wie sie war – ruhte keinen Augenblick. Briefe gingen aus und ein, Boten und Tauben kamen und gingen, bis schließlich ein Wagen mit Chauffeur nach Sichron Jaakow hinauffuhr, um Rivka und ihre Mutter abzuholen und zum alten Hafen von Tantura zu bringen.

Ein kleines Schiff, den Namen *Rivka* in goldenen Lettern auf dem Bug, erschien blaß im warmen Dunst, der vom Meer aufstieg. Ein Boot wurde zu Wasser gelassen, zwei Matrosen holten Rivka vom Strand. Chaim Green, ein wohlhabender Kaufmann, der einst als junger britischer Leutnant ganze Nächte vor ihrem Haus in Sichron Jaakow verbracht hatte, erwartete sie an Deck.

Die *Rivka* drehte ab, stieß aus ihren beiden Schornsteinen zwei Rauchwolken aus und entfernte sich langsam. Frau Schwarz wartete, bis sie dem Blick entschwunden war, dann stieg sie ins Auto und kehrte in die Moschawa zurück.

Fünfundzwanzig Jahre lang kamen die MS RIVKA und die Frau Rivka nicht wieder ins Land, bis eines Tages in den Zeitungen ein Bild von »Sir Chaim und Mrs. Green« erschien, »die in unser Land einwandern, um es aufzubauen und von ihm erbaut zu werden«. Die zwei waren auf dem Hafenkai von Haifa abgelichtet, beide mit gestreiften Kragen, strahlendem Lächeln und Kapitänsmützen, und Dorfpapisch, der diese Gesichtszüge niemals vergessen hatte, lief mit Geschrei auf die überraschte Dorfstraße hinaus: »Sie ist zurück, sie ist zurück, sie ist zurück!«

Und tatsächlich, Mrs. Green war Rivka und Sir Chaim ihr Ehemann, den die Jahre von einem wohlhabenden jungen englischen Kaufmann in einen reichen alten englischen Bankier verwandelt hatten.

»Er war ein wertvoller und höflicher Mensch«, sagte Dorfpapisch. Tatsächlich spendete Sir Chaim Geld für Schulen, richtete Universitätslabors ein, unterstützte arme Studenten und kaufte das schöne Haus in der Eichenstraße in Kiriat Tivon. Und kraft derselben höflichen Großzügigkeit, die sein ganzes Verhalten kennzeichnete, beeilte er sich auch zu sterben, damit seine Witwe ihren ersten Mann wieder aufnehmen konnte – eine tränenreiche, milde alte Siegerin in ihrem letzten Lebensjahr.

Aber an dem Tag, an dem Rivka das Dorf verließ, »und wir alle aussahen wie eine Fratze, der man ein Auge ausgestochen hat«, war Jakob der einzige, der ihren Abgang nicht beachtete. Er verschanzte sich in der Scheune, vollauf beschäftigt, einen wunderhübschen hellblau und gelb gestrichenen Holzkäfig zu bauen, komplett mit Tränke und Futtertrog aus Porzellan und zwei Schaukeln.

Als er abends, aus der Scheune zurück, das Haus betrat, rief er ein paarmal: »Rivka... Rivka...«, und da er keine Antwort erhielt, machte er sich ein Glas Tee und ging schlafen. Vor Tagesanbruch stand er auf und ging hinaus, ohne die Leere und Kühle gespürt zu haben, die die ganze Nacht über neben ihm herrschte.

Er widmete sich seinen dringenden romantischen Angelegenheiten, und als Judith an jenem Abend vom Tränken der jungen Kälber zurückkam, fand sie einen hölzernen Vogelkäfig am Mittelbalken des Stalldaches hängen. Ein großer, zutraulicher Roller, der kurze Operettenausschnitte singen konnte und der schönste aller männlichen Kanaris war, die der Albino hinterlassen hatte, hüpfte und sang darin, und an der Außenseite schimmerte ein Zettel, der einen Liebesspruch der abgedroschenen Art, womöglich ein Zitat, enthielt: »Die Vögel singen, was der Mensch nicht in Worte zu fassen vermag.«

7

Ich habe schon erzählt, daß Batschewa ihren Mann Menachem als »vernünftigen Vogel« bezeichnete. Im Gegensatz dazu nannte Mosche seinen Bruder einen »verrückten Vogel«, liebte ihn jedoch, schätzte seinen guten Verstand und offenbarte ihm sogar, daß er seinen Zopf – den Menachem nicht weniger in Erinnerung hatte als Mosche – bei Nacht suchte, ihn und nichts anderes.

Die beiden Brüder waren sehr verschieden, aber diese Sache brachte sie einander näher. Öfters kam Menachem mit Frau und Söhnen aus dem Nachbardorf zu seinem Bruder, und häufig fuhren Judith, Mosche und die Kinder auf Gegenbesuch zu ihm und Tante Batschewa.

Oded spannte den Wagen an und legte Strohsäcke darauf, um das Rütteln des Körpers auf den Holzlatten zu dämpfen. Er war ein kräftiger, verläßlicher Junge, der selbst die Zügel halten wollte.

Alle setzten sich auf den Wagen. Naomi lachte über das bekümmerte Gesicht von Rachel, die aus dem Rinderhof zu ihnen herüberblickte.

»Komm, komm, komm, komm«, rief Judith, und Rachel sprang leichtfüßig über den Zaun und schloß sich der Gesellschaft an, schritt langbeinig voran und hielt hier und da inne, um ein Büschel Kleeblumen und Leinkraut zu rupfen.

Zornesrunzeln krochen über Mosches Stirn: »Warum muß sie uns überallhin nachlaufen wie ein Hund?«

»Was stört's dich, Vater? Du kommst deswegen nicht ins Gerede. Sie läuft Judith nach und bellt nicht«, sagte Naomi.

Judith sagte: »Inzwischen frißt sie unterwegs ein paar Gräser, und das spart dir Geld, Rabinowitz.«

»Wie sieht das denn aus«, schimpfte Mosche.

Der Feldweg zog gen Westen an der alten Rohrleitung entlang, die früher Wasser von der Quelle ins Dorf geführt hatte. Viele Rhizinussträucher wuchsen damals dort, und am Feldrain saß eine große fiepende Ansiedlung von Wühlmäusen. Nachts hielten die Schakale Jagd auf sie und kamen dann bluttriefend an und heulten in den höchsten Tönen genau unter den Fenstern der Häuser. Das füllte einem das Herz mit kaltem Grauen, und auch die Dorfhunde, obwohl größer und stärker als die Schakale, erschraken vor ihrem wahrhaft wilden Geheul und klopften flehentlich um Einlaß an die Haustüren, um nicht etwa gebissen oder verlockt zu werden.

Als ich Jahre später mein Studium abbrach und ins Dorf zurückkehrte, arbeitete ich hier beim Pflügen der Genossenschaftsäcker. Vier Tage saß ich auf einem alten Heady-Six und pflügte so, wie ich gern schreibe: hin und zurück und hin und zurück und hin und zurück. Falken schwebten über mir, Kuhreiher und Raben, bereits wohlvertraut mit den Pflügezeiten, sammelten sich und trippelten mir nach, pickten Würmer und

Insekten auf, die die Pflugschar zutage förderte. Und wenn ich an diese Stelle hier kam, erlaubte ich mir, von der Furche an den Feldrain abzuweichen. Die Pflugscharen brachen die Gänge der Wühlmäuse auf, und die Vögel richteten ein furchtbares Blutbad unter ihnen an.

Am Ende des Feldes bezeichneten Schilfbüschel die Kurve des Wadis. Das Wasser hinterließ hier eine Fülle an Schlick, in dem reiche Vegetation gedieh.

Von Kindheit an gehe ich hier hinunter. An Herbstsamstagen zum Brombeersammeln, im Frühling, um Anemonen und Narzissen zu pflücken.

Im Winter erlaubte mir Mosche nicht, dorthin zu gehen. Dann färbte sich das Wasser grau und schwoll an, der Schlamm vertiefte sich, die Bachufer wurden tückisch glatt.

»Warum schickst du ihn allein dorthin?« schrie er Mutter an.

»Es wird ihm gar nichts passieren«, war die Antwort, und zu mir sagte sie: »Geh, Sejde, aber komm nicht zu spät zurück.«

Ich ging, und manchmal sah ich, daß meine drei Väter mich von weitem beobachteten, um mein Wohl besorgt.

Jetzt ließ Mosche Oded auch schon bei der Durchquerung des Wadis die Zügel halten. Stille trat ein. Mosche sprach mit niemandem über seine Tonitschka, aber dies war das Wadi, dies das Wasser und hier der Ort.

Auch das Pferd, ebenjener Hengst, den Rabinowitz an Stelle des Maulesels gekauft hatte, der wiederum an Stelle der bewußten Mauleselin gekommen war, zögerte ein bißchen, ehe er die Rinne durchquerte. Er ging mit ängstlichen Läufen hinab, die Nüstern geweitet, des Rückenfell gesträubt, als wisse er ebenfalls Bescheid. Aber wenn er, am Wasser angekommen, zurückscheuen wollte, trieben die steile Böschung, das Gewicht des Wagens und Odeds Fluchen ihn schon von hinten weiter und zwangen ihn, das Wasser zu durchqueren.

Die Hufe tauchten ins seichte Wasser ein, wirbelten präzise Schlammrosen auf. Bebende Spiegelbilder ritten auf auslaufenden Wellenkreisen, und schon rumpelten die Räder und trübten den Bach. Libellen flogen auf. Die Muskeln der großen, duftenden Pferdeschenkel zeichneten sich unter dem Fell ab, als das Tier sich anstrengte, den Gegenhang zu erklimmen.

Die Hinterräder kamen aus dem Wasser, leichte Wellen brachen sich am Ufer, der Schlick sank langsam nieder, die Rinne war wieder wie zuvor. Wie im Fleisch der Frau blieb kein Zeichen zurück.

Einige Minuten noch rannen dicke braune Tropfen von den Rädern auf die trockene Erde, hinterließen dort Klümpchen und Tränen von Schlamm. Und schon rief Oded »brrrrr« und brachte das Pferd an der Bahnstation zum Stehen, an der sie einst Mutter abgeholt hatten.

»Machen wir hier halt und essen was«, sagte Mosche. »Es ist unangenehm, hungrig bei Leuten anzukommen.«

Alle stiegen vom Wagen und reckten die Knochen. Naomi breitete ein altes Laken auf der Wiese aus. Rachel weidete daneben, versuchte Schmetterlinge auf die Hörner zu nehmen, fraß Blumen und schnaubte zufrieden. Judith machte den Korb auf und holte die belegten Brote mit Rührei und Zwiebel heraus, die nach Familie auf Fahrt dufteten und haargenau so noch Jahre später zubereitet wurden, als alle älter geworden waren und ich schon auf der Welt war und mitfuhr.

Wir saßen im Schatten der mächtigen Eukalypten am Bahnhof und aßen.

Gammelnde Holzblumenkästen standen an der Seite. Die Gleise waren schon herausgerissen und abtransportiert, zu Leitstangen in Rinderpferchen und zu Scheunenstreben umfunktioniert.

Die Eisenbahn, die Mutter hergebracht hatte, fuhr nicht mehr, und das nahe Internierungslager, in dem einst italienische Gefangene saßen, war längst ein riesiges Melonenfeld, auf dem nur noch Trümmer des Kamins der alten Feldküche erkennbar waren.

Ich kletterte auf den Wasserturm der Station. Zu seinen Glanzzeiten hatte er Dampflokomotiven versorgt, doch nun, mit löchrigen Wänden, war er das Reich von Agamen und Eulen geworden. Die blickten mich mit ihren runden Augen an, wippten und keuchten in einem lächerlichen Einschüchterungsritus, dessen Regeln ich nicht kannte. Ich pflegte ihre trockenen Dungkleckse zu zerbröseln, und in meinen alten Kindernotizheften stehen noch die Befunde verzeichnet: »Schädel von Wühlmäusen, Eidechsenwirbel, Federn armer Spatzen.«

Aus den Baumwipfeln beäugten uns neugierig die Raben, lauerten nur darauf, daß wir gingen und Reste hinterließen. Die kühneren hüpften bereits in unserer Nähe auf dem Boden herum, mit gereckten Hälsen und mutigen schwarzen Augen. Einige kannte ich von den nachmittäglichen Versammlungen auf unserem Eukalyptus, der seinerzeit noch in voller Kraft und Höhe auf unserem Hof prangte.

In Onkel Menachems Johannisbrotpflanzung schwollen bereits die Früchte an, ihr Grün durchsetzte sich mit Braun, und in Onkel Menachems Kehle verstummten wieder mal die Stimmbänder.

»Schalom, Sejde, wie geht's dir?« schrieb er auf ein Blatt seines Notizblocks, riß es ab und übergab es mir.

»Mir geht es gut, Onkel Menachem«, stand auf dem fertigen Zettel, den ich nun hervorzog, als wäre ich ebenfalls stumm. Ich weiß nicht, warum, aber ich habe ihn immer »Onkel« genannt, obwohl ich seinen Bruder im Leben nicht mit »Vater« anredete.

Onkel Menachem schüttelte sich am ganzen Leib vor unhörbarem Gelächter, und seine Hand strich mir über den Kopf. Ich wußte, was er jetzt machen würde. Er zog ein großes Taschentuch aus der Tasche, faltete es diagonal, so daß ein Dreieck entstand, faltete erneut Spitze auf Spitze, drehte um und rollte, und schon fingen seine Finger an, den Schwanz des Taschentuchs in seine Falten zu stopfen, bis er eine Art Stoffwurst in Händen hielt. Nun löste er die Enden und schlug einen Knoten, der am einen Ende so etwas wie zwei Ohren entstehen ließ.

»Eine Maus!« rief ich begeistert, und Onkel Menachem setzte die Stoffmaus auf sein linkes Handgelenk und schnellte sie mir mit den flinken Fingern seiner Rechten derart abrupt ins Gesicht, daß ich jedesmal so erschrocken und vergnügt reagierte wie beim ersten Mal.

Seine Frühjahrsstummheit war so absolut, daß nicht einmal ein Schrei, ein Lachen, ein Seufzer oder ein Stöhnen sich seiner Kehle zu entringen vermochten. Doch nun wußte er schon, wie er sich auf die bevorstehenden stummen Wochen vorbereiten konnte. Betreffend die Hofarbeit, erteilte er seinen Söhnen im voraus Anweisungen wie jemand, der sein Haus befiehlt. Und er legte sich rechtzeitig einen Notizblock bereit, um mit jedem zu verhandeln, den er brauchte. Am Kopf jedes Blattes vermerkte er mit roter Tinte den Satz ICH HABE DIE STIMME VERLOREN, damit er sich nicht erst zu erklären und zu entschuldigen brauchte.

Mit der Zeit gewöhnte er sich dermaßen an seine Allergie, daß er anfing, sie zu genießen, ja sogar zu erwarten. Er merkte, daß er während seines Frühlingsschweigens bestens arbeitete, zum Lesen kam, Musik hörte, in Gerüchen und Bildern badete. Ein gefälliges Lächeln erleuchtete gelegentlich sein Gesicht, Zeichen für wunderbare Gedanken der Art, die gewissermaßen von vornherein darauf verzichten, auf Worten zu reiten.

Einige Wochen nach Pessach kehrte die Stimme in Onkel Menachems Kehle zurück. Dem voraus ging ein Gefühl, als runde sich eine reifende Frucht um sein Herz, aber die eigentliche Wiedergewinnung des Sprechvermögens konnte sich ihm mitten am Tag offenbaren, wenn ein gedachter Gedanke ihn durch plötzliches Aufklingen außerhalb seines Schädels überraschte, als hätte ihn jemand mit ähnlicher Stimme wie seiner eigenen ausgesprochen. Oder morgens, wenn der Spiegel ihm mitten beim Rasieren etwas sagte. Oder mitten in der Nacht, wenn er aufschreckte, weil er geträumt hatte, er höre sich selber im Schlaf sprechen, und er erst, wenn die Worte von Batschewas wandartigem Rücken zurückprallten, begriff, daß er sie tatsächlich gesagt hatte.

Sofort sprang er dann auf, zog sich an und lief zu Fuß über die Felder zu uns, in der Hoffnung, eine der ›Huuuren‹ möge aus den Eifersuchtsphantasien seiner Frau auftauchen, zu Fleisch werden und ihm über den Weg laufen, damit er sie ansprechen und ihr Fleisch mit Worten schmelzen könnte.

»Mosche! Judith! Kinder!« rief er beim Eintreffen auf unserem Hof, und die Worte, die den ganzen Frühling in seinem Innern gewartet hatten, flatterten ihm nun in aufgeregten Schwallen aus dem Mund, genau wie die Segler, die vor lauter Kraft im Flug kreischen und niemals landen.

8

Rachel wuchs zu einer Kuh von unübersehbarer Männlichkeit heran. Ihre muskulösen Schultern waren höher als normal und erheblich breiter als das Hinterteil, ihr Euter war winzig, und das Haarbüschel auf ihrer Stirn, niedrig wie bei einem Farren, verlieh ihr ein verwegenes Aussehen. Außerdem legte sie das freche Verhalten eines spielversessenen Jungbullen an den Tag, was den peinlich berührten Mosche bis zu eindeutiger Verachtung trieb.

»So benimmt sich eine Kuh nicht«, wiederholte er ständig.

Er bekundete wiederholt die Absicht, sie Globermann zu verkaufen, worauf Judith jedesmal so tat, als hätte er sie von ihrer tauben Seite her angesprochen. Aber Stirn und Augen umwölkten sich dann vielsagend bei ihr.

Onkel Menachem, der sehr wohl wußte, wie stark Judiths Seele mit der ihrer Kuh verbunden war, und der im Gegensatz zu seinem Bruder dem Menschen auch das Recht zubilligte, sich seltsam und rätselhaft zu verhalten, empfahl ihr, seinen Nachbarn, den bereits erwähnten Rinderfachmann Schimschon Bloch, um Rat zu bitten.

»Bloß laß ihn dich nicht seinen Unsinn fragen«, sagte er.

Die Bewohner des Emek liebten und schätzten Schimschon Bloch, aber er erboste sie mit seinen populärwissenschaftlichen Studien über den Brunstzyklus beim Rind, zu deren Fertigstellung er die Frauen der Gegend mit intimen Fragen belästigte.

»Der Universitätsprofessor seziert eine Maus, um zu erfahren, was beim Menschen vorgeht, und ich stelle der Frau ein paar Fragen, um zu erfahren, was die Kuh empfindet«, erklärte er.

»Eine liebende Frau ist keine brünstige Kuh«, schrie ihn Batschewa eines Tages an.

»Weibchen ist Weibchen, und Männchen ist Männchen«, sagte Bloch. »Eier und Tubas, Lärm und Tumult. Was macht es aus, ob man auf vieren oder auf zweien geht? Ob man im Magen oder im Hirn wiederkäut?«

Nach einem Blick auf Rachel nickte er: »Schade um den Aufwand.«

Er zog ein Maßband heraus und maß Höhe und Länge ihres Körpers, von der Schulter bis zum Schwanzansatz, und das Vorderbein.

»Haargenau gleich«, sagte er, »sieh selbst, Judith, genau so hoch wie lang. *Das is a Tumtum. Nit a Bick un nit a Kuh* – Das ist ein Idiot, weder Bulle noch Kuh.«

»Ich möchte diese Kuh haben«, erklärte sie, »und wenn sie keine Milch gibt, verkauft Rabinowitz sie an Globermann.«

»Das ist das Los der Kühe«, erwiderte Bloch, »wieviel Milch kann schon aus diesem Euter kommen?«

»Selbst ein bißchen würde helfen.«

»Es gibt nur einen Weg«, sagte Bloch, »sie melken und melken und melken, bis eines Tages vielleicht was bei ihr rauskommt. Mal gelingt's, mal nicht.«

Judith kehrte heim und begann Rachel zu melken.

Anfangs widersetzte sich die Kuh, zitterte und schlug aus. Aber Judith beruhigte sie mit gutem Zureden und Streicheln, bis sie sich fügte.

Rabinowitz, der es sah und wußte, worum es ging, erklärte ihr, sie vergeude nur Zeit und Kraft.

Globermann konnte sich nicht enthalten zu sagen: »Vielleicht melkst du auch die andern Farren, Dame Judith, die werden dich dafür überschwenglich lieben.«

»Diese Kuh werde ich melken, bis ihr Milch aus dem Euter und mir Blut aus den Händen rinnt«, antwortete Judith, »und du wirst sie niemals kriegen.«

9

Am Fenster, am Fenster
Saß 'ne schöne Elster,
Lief das Kind zum Fenster –
Flog weg die schöne Elster.
Da weint' das Kind am Fenster,
Weil weg die schöne Elster.
Lief das Kind zum Fenster –
Flog weg die schöne Elster.

In dem großen Holzkäfig, der am Stallbalken hing, gab Jakobs schönster Kanarienvogel sich redlich Mühe.

Anfangs sang er treu und vehement, aber nach Art bezahlter Serenadensänger verstummte er verlegen, als er merkte, daß kein Mensch seinen Gesang bewunderte. Ein paar Wochen später fielen ihm vor lauter Ratlosigkeit die ersten Federn aus. Judith öffnete ihm die Käfigtür, und er flog davon, zurück zu seinem Herrn – verärgert, beschämt und froh, soweit gemischte Gefühle im Herzen eines Vogels nisten können.

Als Jakob den Kanarienvogel erblickte, begriff er, daß die Liebe keine Botensache ist, sondern den Betroffenen selber fordert, und da er nicht den Mut aufbrachte, Judith mit Worten anzusprechen, schritt er zur Tat. Er fuhr in die Stadt, kaufte gelbe Papierbögen – »Gelb ist die Farbe der Liebe« erklärte er auf meine Frage, erstaunt über meine Unwissenheit in solch elementaren Dingen – und zerschnitt sie in verschieden große Quadrate, die sich rasch mit Worten füllten, zu Zetteln der Liebe wurden und als Papierberg in einer verschlossenen Schublade landeten.

Jeden Nachmittag gönnte Mutter sich ein Schlückchen, brachte ihre Grappaflasche gleich danach in ihr Versteck zurück und ging an die Arbeit.

Einmal vergaß sie, die Flasche wieder wegzustellen, und Globermann, der das Geschick hatte, immer im unpassendsten Moment aufzutauchen, spähte in den Stall und sah sie auf dem Tisch stehen. Er sagte nichts, aber bei seinem nächsten Besuch fragte er: »Vielleicht stößt du mal mit mir an, Dame Judith?«

»Vielleicht«, antwortete sie, »wenn du weißt, wann man kommt und wie man sich benimmt.«

»Morgen nachmittag um vier Uhr«, sagte der Sojcher, »ich werde eine Flasche mitbringen und mich zu benehmen wissen.«

Um vier Uhr hörte man den üblichen Aufprall, und der grüne Lieferwagen kam am Stamm des Eukalyptus zum Stehen.

Globermann – rasiert und geschniegelt, ohne Strick und *Baston*, mit Kleidung und Hut, die in ihrer Makellosigkeit überraschten und ihn kaum wiedererkennen ließen (*»ojsgeputzt«* war Jakobs Wort dafür) – pochte mit einem dünnen, polierten Spazierstock an die Stalltür und wartete höflich und geduldig, bis sie öffnete.

Judith, in dem bewußten geblümten Kleid, machte die Tür auf, und der Sojcher grüßte sie. Seine Augen und Schuhe funkelten vor Aufregung. Gesicht und Hände dufteten nach dezentem Eau de Cologne, Röstkaffee und Schokolade. Als sie die Tür freigab, trat er ein, stellte eine grüne Flasche und zwei zarte bauchige Gläser auf den Tisch und verkündete: »Französischer Kognak. Und auch Petits fours habe ich dir mitgebracht, Dame Judith, die passen gut dazu.«

Sie setzten sich, tranken Kognak, und zum ersten Mal zeigte Judith sich dem Viehhändler erkenntlich, der von seinem sonstigen Gebaren abwich, schweigsam und mäßig trank und klug genug war, keine derben, rabiaten Bemerkungen zu machen oder gar sein Begehr nach Rachel zu erwähnen.

Beim Abschied fragte er, ob er in der folgenden Woche wieder kommen dürfe, und seither kam er jeden Dienstag mit Flasche und Petits fours, klopfte an die Stalltür und wartete, daß sie ihn einließ.

»Vielleicht möchtest du, daß ich dir Geschichten erzähle?« fragte er, sich ihrer Zustimmung gewiß.

»Bei jedem Menschen bleibt etwas aus der Kindheit zurück«, erklärte er mir viele Jahre später, »und mit diesem Etwas kann man ihn für sich gewinnen. Bei Männern ist es meistens ein Spielzeug, bei Frauen eine Geschichte und bei Kindern selbst, du wirst dich wundern, Sejde, ist es was lernen, Punkt.«

Er erzählte Judith von den Frauen seiner Familie, bei denen sich »durch alle Generationen« in der Stunde der Liebe die Augenfarbe änderte. »So wußte der Vater, wann die Blume seiner Tochter gepflückt war, und der Ehemann, wann seine Frau ihn betrogen hatte.«

Er erzählte ihr von seinem jüngsten Bruder, der sehr zartbeseelt und verwöhnt gewesen war und den Fleischhandel dermaßen verabscheut hatte, daß er sich im väterlichen Metzgerladen übergeben mußte und schließlich Vegetarier wurde.

»Der Intelligenzler unserer Familie, zart und scheu wie eine Blume, ein Küken, ein Poet!«

Letzten Endes fuhr der junge Intelligenzler aus dem Hause Globermann zum Malenlernen nach Paris, und einmal machten seine Freunde ihn dort betrunken und legten ihm ein junges Mädchen ins Bett, die ihn von seiner Jungfräulichkeit und Melancholie erlösen sollte. Als er morgens die Wärme ihrer Haut spürte, das sanfte Stechen ihrer Brustknospen und den Ring ihres Fleisches, der sich um seines spannte, verliebte er sich in sie, ehe er noch die Augen aufschlug. Am selben Tag heirateten die beiden auf der Mairie, und erst nach der Hochzeit entdeckte er, daß sie die jüngste Tochter eines Metzgers war.

Globermann brach in schallendes Gelächter aus. »Und heute ist er weder Vegetarier, noch malt er. Seine Liebe und ihr Vater haben einen Schweineschlächter und großen Fachmann für Pferdewürste aus ihm gemacht, denn dem Schicksal, dem Blut und dem Erbe, Dame Judith, hat noch keiner zu entfliehen vermocht. Und jedem, der flieht, schickt Gott seinen großen Fisch hinterher, auf daß er ihn schnappt.«

»Erzähl auch mal eine Geschichte«, bat er, da Mutter kein Wort sagte.

»Ich habe nichts, von dem ich dir erzählen könnte, Globermann.«

»Jeder hat ein kleines *Päckele* auf den Schultern«, sagte Globermann. »Erzähl mir nur eine Kleinigkeit. Erzähl von dem Fisch, der dich jede Nacht verschlingt, Dame Judith – wohin bringt er dich? Erzähl mir von deinen Händen, Dame Judith, von deinen Erinnerungen, von der hübschen Falte zwischen deinen Augen, von etwas, was du hinter dir gelassen hast.«

»Da sind meine Hände, Globermann«, sagte Mutter und hielt ihm plötzlich die Hände hin, »sollen sie's dir selbst erzählen.«

Globermann ergriff ihre Hände. Sein Herz flatterte. Zum erstenmal seit vielen Jahren spürte er Angst sein Herz überfluten.

»Woher kommst du, Dame Judith?« flüsterte er.

»*A nafka mina*, Globermann.« Mutter zog ihre Hände zurück. »Was tut das schon zur Sache.«

»Und warum hierher?«

»Weil der große Fisch mich hier ausgespien hat«, lachte die Dame Judith.

Rabinowitz starrte bloß wortlos auf die Stallwand. Aber Jakob, der nicht die Worte, nur das Lachen aus dem Fenster schallen hörte, wurde immer verzweifelter. Eines Tages paßte er Globermann auf dem Feld ab, und als der Lieferwagen auftauchte, sprang er vor ihn hin und schrie laut und bitter: »Warum nimmst du sie mir? Du hast doch Geld und Fleisch und Frauen allerorten. Warum?«

Doch der Schrei kam nicht aus seinem Innern heraus, hallte nur in seinen Herzkammern wider, pochte in den Vorkammern, und Globermann, dem es durch ein Wunder gelungen war, den Kleinlaster einen Schrittbreit vor dem zitternden Kanarienzüchter anzuhalten, stieg aus der Fahrerkabine und fragte: »Bist du verrückt geworden, Scheinfeld? Such dir bessere Fahrer für solche Sprünge aus.«

»Alles in Ordnung«, sagte Jakob und flüchtete.

In den folgenden Tagen begannen seine gelben Zettel aus ihren geschlossenen Schubladen hervorzukriechen. Zuerst fielen sie auf den Boden, danach klebten sie an den Wänden seines Hauses, dann an seinem Hofzaun, und von dort verteilten sie sich über das ganze Dorf: wurden ans Anschlagbrett des Gemeindeamts geheftet, an die Wand der Molkerei genagelt, an Baumstämme angeschlagen und mit Pfropfbast an Strommasten gebunden.

»Woher ich den Mut dazu hatte, weiß ich nicht«, sagte er.

Er beschloß, seine Liebe zur Angelegenheit des ganzen Dorfs zu machen, und zeigte keinerlei Scham. Seine Zettel waren überall zu sehen, glänzten mit ihrer starken Farbe und den brillanten Worten. Die Wendung »des Nachts auf meinem Lager« wurde dort zitiert, »tiefer als Meeresklagen« flüsterte es, »werden meine Leiden je enden?« gellte es hervor.

»Wo hat dieser Einfaltspinsel bloß solche Worte gefunden?« spottete Dorfpapisch.

Aber Jakob war nicht beleidigt, ja kam eines Tages sogar zur Generalversammlung, und mitten in der Debatte über die Asphaltierung der Zufahrtsstraße zum Dorf – seinerzeit gab es dort nur einen Basaltweg, den die Winterregen jedes Jahr in einen grundlosen Sumpf verwandelten – stand er auf und begann mit großer Leidenschaft über die Stolpersteine seiner Liebe zu sprechen, wofür er erstaunlicherweise weder zur Ordnung gerufen noch des Saals verwiesen wurde.

Im allgemeinen braucht das Dorf keine schwerwiegenden Gründe oder gelehrte Gutachten, um zu der Überzeugung zu gelangen, dieser oder jener Genosse sei ein Idiot oder ein Meschuggener. Aber irgendwie galt das nicht in Jakobs Fall. Während er sprach, legte sich ein verträumter Schleier über die brennenden Augen der Bauern, trat über die Ufer und glitt ihre ledrigen Wangen hinunter. Ihre derben Finger, die Haut schwielig vom Sensenstiel und narbig von den messerscharfen Sorghumrispen, trommelten mit jäher Sanftheit auf den Tisch. Alle wollten seine Liebe siegen sehen.

»Liebe, was?!« rief Dorfpapisch. »Plötzlich habt ihr außer dem Regen noch was, worauf ihr warten könnt, was? Soll er erst mal Rivka zurückholen!«

Doch Jakob schöpfte Kraft und Ermutigung aus dem Kopfnicken und den lächelnden Mienen, die wie kleine Kerzen des guten Willens im Publikum aufzuflammen begannen, und in den folgenden Tagen wagte er sogar, sich an das Dorfblatt zu wenden, um eine eigene Brief- und Aufsatzserie unter der Überschrift »An Judith« zu starten, deren Zeilen von Flehen und Liebe sprachen.

Er stand auf, stöberte in der Schublade und zog einen Zettel heraus.

»Eines Tages habe ich alle Zettel verbrannt«, sagte er, »nur dieser kleine ist zufällig übriggeblieben. Guck, Sejde, was für schöne Worte.«

Ein großes X prangte auf dem Zettel, und darunter stand: »Bei Sonnenuntergang harre ich deiner am Anemonenfeld. O bitte, bereite mir diesmal keine Enttäuschung.«

»Wozu das X?« fragte ich.

»Im Russischen ist das der Buchstabe ha«, sagte Jakob. »Bei jedem Rendezvous, zu dem sie nicht erschienen ist, habe ich oben ein X gemalt. Ein ha und noch ein ha und noch ein ha und noch ein ha – auf russisch ist das das Lachen des Schicksals.«

Judith kam nicht, doch eines Tages, um fünf Uhr nachmittags, kam Jakob zu ihr.

Judith melkte Rachel, und Jakob wollte lächeln und ihr sagen, daß er Geduld hätte, daß auch er warten könne, daß sie beide sich beruhigen und die Wartezeit sogar genießen könnten. Aber in dem Moment, in dem Judith ihn nach seinem Anliegen fragte, zitterten ihm die Knie wie einem Hinrichtungskandidaten, und er stolperte – »wie ein Idiot«, sagte er – über den Tränkeimer der Kälber, stürzte und schlug mit der Stirn an die Krippenecke.

Beim Aufprall zog er sich eine tiefe Stirnwunde zu, verlor einen Moment das Bewußtsein, sein Gesicht war blutüberströmt. Judith eilte zu ihm, reinigte die Wunde mit ihrem Tuch, streute Rinderschwefel darauf, doch ehe er noch wußte, ob er aus seiner Ohnmacht erwacht war oder nicht, machte er schon den Mund auf, aus dem nun erschreckende und schmerzliche Worte purzelten.

»Plötzlich habe ich ihr die dümmsten Dinge gesagt – daß ich, wenn ich eine Frau wäre, sie wäre. Wie ein blödes Aas lag ich auf dem Boden in all dem Blut – ›ich bin du, Judith, ich bin du‹.«

10

Naomi war damals elf Jahre alt und begriff schon das Geschehen um sich her. Sie fragte Judith, was sie von Jakob hielte, und bekam als Antwort: »Nomile, Scheinfeld ist ein Quälgeist. Schau gut hin, und vergiß es nicht, denn jede Frau muß wissen, wie ein Quälgeist aussieht.«

»Und du, wen hast du am meisten lieb?« fragte Naomi.

»Dich«, sagte Judith lächelnd.

»Nein, Judith, wen liebst du von den dreien am meisten? Vater oder Scheinfeld oder Globermann?«

»Von den dreien liebe ich am meisten dich und Rachel«, sagte Judith, »und jetzt, Nomile, laß mich ein bißchen allein ausruhen.«

»Es fehlt mir, dieses ›Nomile‹ von ihr«, sagte mir Naomi, »mir fehlt ihr Zitronenduft an den Händen und noch vieles andere von ihr.«

Ich erzählte Naomi, was Jakob mir gesagt hatte, und sie erwiderte, er habe recht gehabt, Männer suchten in ihren Frauen nicht die Mutter und auch nicht die Tochter, die Jungfrau oder die Hure »und nicht all den übrigen Quatsch, der in Büchern steht«.

»Ihre Schwester suchen sie«, sagte sie. Die in ihnen begrabene Zwillingsschwester, so nahe, so anrührend, so nackt – und unerreichbar. »Und ihr seid ja so blöd.« Sie umarmte mich. »Bloß wir sind noch dümmer als ihr. Das ist euer Glück.«

»Was soll schlußendlich mit uns werden, Naomi?« fragte ich.

»Mit euch Männern?«

»Mit uns, dir und mir.«

Sie lachte: »Alles weiter wie gehabt: Ich frage dich, wie du heißt, du sagst ›Sejde‹, ich verstehe, daß hier ein Irrtum vorliegt, und gehe mit jemand anders schlafen. Das passiert jetzt mit uns, und das wird auch weiter mit uns passieren.«

Jahre vorher – ich war sieben oder acht, Naomi und Meir wohnten noch in der kleinen Arbeitersiedlungswohnung – wachte ich mitten in der Nacht vom lauten Gespräch der beiden auf.

Ein paar Minuten später trat Stille ein, die Schlafzimmertür öffnete sich, die Flurwand wurde hell, und Naomi kam nackt aus dem Zimmer.

Ich sah sie. Sie durchquerte den Flur, schloß sich in der Dusche ein und machte den Wasserhahn auf, aber ihr Weinen war klar und lebendig über, unter und in dem Rauschen des Wasserstrahls zu hören.

Dann ging sie zurück. Das Licht aus dem Schlafzimmer beleuchtete einen Längsschnitt ihres nackten Körpers von der Halsmulde bis zur goldenen Düne ihrer Hüfte, servierte mir ein strahlendes Dreieck ihres Fleisches.

Ich habe niemandem von diesem meinem ewigen Bild erzählt, aber als ich vor einigen Jahren Onkel Menachem fragte, was er von der Suche nach der Zwillingsschwester halte, sagte er, daran sei was Wahres, aber nichts Neues, denn das habe man schon im Altertum gesagt. Allerdings seien die Dinge erheblich komplizierter und würden uns erst klar, wenn sie keinen Nutzen mehr brächten.

Dorfpapisch indes schnaubte verächtlich und sagte, Männer seien dermaßen häßlich, daß keiner von ihnen, so hoffe er zumindest, eine Zwillingsschwester habe. Dann fügte er noch an, diesen Affen gelänge es nur deswegen, ihre Partnerinnen für sich einzunehmen, weil denen ja keine andere Wahl bliebe.

Und Globermann sagte lachend: »Nu, Sejde, gratuliere, so

fängt's an. Erst Gefasel von deiner Zwillingsschwester, dann Herumfummeln mit der Hand vorm Spiegel, und zum Schluß kriegst du vielleicht noch Lust, dich auf deinen eigenen *Schmock* – deinen Schwanz – zu setzen.«

Jakob nun, verletzt und betäubt auf dem dreckigen Stallboden liegend, blickte seine Geliebte an. Vor lauter Aufregung vergaß er die Taubheit ihres linken Ohrs, und den verblüfft lauschenden Ausdruck auf ihrem Gesicht verstand er als Abscheu vor dem Blut, das ihm aus der Wunde quoll. Er stand auf und flüchtete nach Hause, stürzte dort in die Tür und rief: »Rivka, Rivka, hilf mir«, doch nur der Widerhall antwortete ihm aus der leeren Baracke, von der leeren Hälfte des Bettes und aus der Brutmaschine, deren Fächer sich bereits mit winzigen, vertrockneten Kükenkadavern füllten.

Da erst fiel ihm auf, daß er schon tagelang seine Frau nicht mehr gesehen hatte, und er begriff, was das ganze Dorf längst wußte: daß sie ihm weggelaufen war und er sie nicht wiedersehen würde.

Er tastete sich zur Tränke vor, wusch sich den Schwefel und das geronnene Blut von Brauen, Stirn und Augen. Dann setzte er sich vor seinen kleinen Rasierspiegel, tauchte Nadel und Faden in Alkohol, biß die Zähne zusammen und nähte die Ränder seiner Wunde zusammen.

Der Faden brannte sich seinen Weg durchs Fleisch, die Wundränder bebten, bis sie aneinandergedrückt und vernäht wurden. Der furchtbare Schmerz durchbohrte Jakobs Hirn, fuhr ihm durch Mark und Bein und ließ ihm die Tränen aus den Augen rinnen.

Zitternd in seinem leeren Bett im leeren Haus liegend, beschloß er, fortan die ermüdende Phase der Gespräche, Blumensträuße und Präsente, der verlockenden Reden und lustigen Sprüche, für die er ohnehin nicht besonders begabt war, zu überspringen. Von nun an würde er das Schicksal herausfordern, es an den Hörnern packen – von ihm tödlich aufgespießt werden oder aber es sich zunutze machen.

»Ich sag dir jetzt was über das Schicksal, Sejde. Ich erzähl dir was vom Schicksal, und du ißt und hörst zu. Es gab bei uns mal einen reichen Juden, der hat mit dem Schicksal gespielt. Chaim hieß er, aber alle nannten ihn ›Lechaim‹, weil er gern mit Gewalt *lechaim* gemacht hat, Glas gegen Glas. Globermann hat mit deiner Mutter zart auf *lechaim* angestoßen, damit man das Kristall klingen hörte, und hat gesagt: ›Auf daß auch die Ohren der Dame Judith ihren Genuß haben.‹ Aber jener Jude hat tatsächlich mit Gewalt *lechaim* gemacht, daß das Glas zerbrach, und danach hat er Blut und Wein von seinen Fingern und denen der Frau abgeleckt, bis die beiden vor lauter Lust miteinander verschmolzen. Einen Menschen wie Lechaim hatte ich noch nie gesehen. Eines Tages kam er zu uns ins Dorf, ein Jude von sechzig Jahren, ohne Frau, mit zwei Färsen und zwei Kindern, und keiner wußte, wer und was, woher und wohin. Geld hatte er wie Heu, all seine Kisten waren voll Seide und Pelzen, und mit lauter Stimme verkündete er, damit alle es hörten: ›Wenn ich sterbe, brauchen diese Kleinen hier nicht betteln zu gehen. Jeder wird genug für den Start ins Leben haben.‹ Und so geschah, was immer geschieht, wenn Familie und Geld durcheinandergeraten – die Kinder wuchsen heran und lauerten bald darauf, daß Lechaim endlich sterben sollte, und Lechaim entwickelte einen Haß auf seine Kinder, ja haßte sie dermaßen, daß er letzten Endes beschloß, mit Arbeiten aufzuhören und sein ganzes Geld bis zum Lebensende zu verjubeln, so daß den Kindern kein Groschen blieb. So ist das, wenn jemand verrückt ist – er kann nicht aufhören. Höchstens kann er seine Verrücktheit in eine andere Richtung lenken, aber verrückt bleibt er. Er verkaufte sein großes Haus und seine schönsten Möbel, beließ sich nur ein kleines Haus, zwei Pferde, um von Ort zu

Ort zu fahren, und ein Dienstmädchen. Dann rechnete er aus, daß ihm noch siebzehn Jahre zu leben blieben, und machte eine Aufstellung, wieviel er für Kleidung und Nahrung brauchen würde: soundso viel Kilo Fleisch und soundso viel Kilo Mehl, Salz und Zucker, soundso viel Liter Spirituosen und soundso viel Feuerholz und soundso viele Kristallgläser zum *Lechaim*machen mit noch mehr Frauen und noch mehr In-den-Finger-Schneiden. Ja er war derart penibel, daß er sogar die anonymen Spenden einkalkulierte, die ein Jude geben muß, und den Pidjon für den Rabbi, und die Festessen an Sabbat- und Feiertagen, und er vergaß auch nicht, für die siebzehn verbleibenden Jahre das Essen für die jeweiligen Fasttage abzuziehen – das Gedalja-Fasten und Jom Kippur, den 10. Tewet und das Esther-Fasten, den 17. Tammus und den 9. Aw und, da er ein erstgeborener Sohn war, auch das Fasten am Vorabend von Pessach. Hast du überhaupt von all diesen kleinen Fasttagen gehört, Sejde? Alles zusammen sieben Fasttage mal siebzehn Jahre ergibt hundertneunzehn Essenstage weniger, was nicht wenig Geld bedeutet und noch ein bißchen mehr Leben. Und wieviel Stück Seife er brauchen würde und noch alle möglichen Kleinigkeiten, denn hier und da fällt mal ein Knopf ab und rollt weiß der Teufel wohin, so daß man einen neuen kaufen muß, weil alles Suchen nichts hilft. Außerdem berechnete er, was es ihn kosten würde, die Pferde zu füttern, und ließ auch Geld nach, um neue Pferde zu kaufen, nachdem man die alten zum Abdecker geschickt hatte, und sogar Schnupftabak und Milch für die Katze und Körner für die Vögel zog Lechaim in Rechnung. Als die Kinder nun begriffen, daß er es ernst meinte, fingen sie an zu schreien: Vater klaut uns das Erbe! und gingen zum Rabbiner, aber der sagte: Nichts zu machen. Des Menschen Geld ist sein Eigentum, und sein Wille ist zu achten. Die Söhne sagten: Und was soll werden, wenn Vater länger lebt als gedacht und uns dann alt und mittellos zur Last fällt? Worauf Lechaim erwiderte: Ich lebe nicht länger. Bei mir ist alles gezählt und abgemessen, wenn das Geld aufgebraucht ist, sterbe ich, und wenn ich sterbe, ist das Geld aufgebraucht. Und zur Sicherheit fuhr er in die Stadt Makarow und bestellte dort eine große Sanduhr mit der Sandmenge und dem Lochdurchmesser für genau siebzehn Jahre. Ich erinnere mich, wie sie diese Uhr auf dem Wagen brachten – umgestülpt, mit Watte umwickelt und mit Latten gestützt. Sie wurde auf dem Hof abgeladen, und als Lechaim sah, daß alle zum Zuschauen gekommen waren, hob er den Arm, senkte ihn wieder *›Itzt!‹* Und zwei Fachleute drehten die Uhr um, damit alle sahen, wie die Zeit bis zu Lechaims Ende zu verrinnen begann. Denn das ist das Schöne bei der Sanduhr, daß sie nicht die Weltzeit mißt. Sie mißt ihre eigene Zeit und interessiert sich nicht dafür, was vorher oder nachher passiert. So viele Leute kamen sich die Sache angucken, und so viel redete und prahlte er von seinen Lebensberechnungen und seiner Sanduhr und all dem Geld, das er sich belassen hatte, und erzählte, wie er zum Schluß vor der Uhr sitzen und die letzten Körnchen seiner Seele aus seinem Körper würde rinnen sehen, daß die Bewohner der ganzen Gegend von nichts anderem mehr sprachen. Und als Lechaim dann eines Abends, neun Monate und eine Woche nachdem er die Arbeit eingestellt hatte, auf seiner Geldkiste saß, seinen Salzhering aß und seine Katze anlächelte, kamen plötzlich zwei wilde Räuber zu ihm ins Haus, schlugen ihm mit einem Schlag mittels einer Eisenstange den Schädel ein, zertrümmerten auch die Sanduhr mit einem Schlag und nahmen das ganze Geld mit einem Schlag. Und so sahen alle, daß Lechaim recht behalten hatte. Seine Zeit und sein Geld und sein Leben endeten alle im selben Moment, und wie Lechaim selber gesagt hatte, blieb für seine Söhne nichts übrig. Wenn nämlich das Schicksal beschließt, ein Spielchen mitzuspielen, Sejde, und sei es eines, das du eigenhändig erfunden hast, dann bestimmt es selbst alle Regeln und Gesetze. Das Schicksal, das Glück und der Zufall, mußt du dir merken, Sejde, sind nicht da, wo die Menschen sie suchen, bei Spielkarten und Würfeln, ganz und gar nicht! Ich sag dir, Sejde, sie sind im Leben selbst. Deshalb sage ich dir auch: Spiel du niemals mit Karten und Würfeln! Spiel nur Schach, denn Würfel haben wir genug im Leben – jemand anders wirft sie, und wir müssen ziehen. Und jemand anders mischt uns genug die Karten im Leben. Da braucht man's nicht auch noch beim Spiel.«

11

All jene Zeit mühte Judith sich, Rachels leere Zitzen zu melken, und eines Tages geschah das Wunder, von dem Bloch gesprochen hatte – die Milch kam. Erst nur tröpfelnd, dann in Strahlen, die von Tag zu Tag stärker wurden.

»Wie eine wirkliche Milchkuh wird sie nie und nimmer geben«, sagte Mosche.

»Hauptsache, sie bezahlt das Futter, das du ihr gibst«, sagte Judith, »das ist dir doch am wichtigsten, nicht wahr?«

»Auch kalben wird sie nie«, beharrte Mosche.

Und Globermann, dem die Kunde von Rachels Milch zu Ohren kam, vermerkte die Sache in seinem Notizbuch, gab aber die Hoffnung nicht auf. Er wußte, daß Mosche die merkwürdige Kuh nicht ausstehen konnte, nahm auch zu Recht an, daß sie ihm ein wenig unheimlich war, und beteuerte immer wieder seinen Willen, sie zu kaufen.

Er war ein kluger Mann, und Jahre des Handels hatten ihm ein feines Gespür für die Seele des Menschen verliehen. Er wußte die kleinen Alarmsignale an den Halsmuskeln seiner Mitmenschen zu entschlüsseln, erkannte die verborgenen Zuckungen des Zwerchfells und las die Wolkenkonstellationen der Stirn.

Schwere Zeiten herrschten damals, und jedesmal, wenn der Viehhändler kam, um eine Kuh zu kaufen, besah er sich auch die Kinder des Hausherrn. Er registrierte die Flicken auf ihren Kleidern und musterte die Spitzen ihrer abgetragenen Schuhe, die mit dem Messer abgeschnitten worden waren, um dem wachsenden Kind noch eine weitere Saison zu dienen. Er zog einen Keks aus der Tasche und taxierte die Begeisterung, mit der sich ihm die Hände entgegenstreckten.

»Schau mal«, sagte er immer, »man redet im Dorf allerlei über Globermann, aber was tut Globermann denn schon groß? Hokuspokus mach ich. Du guckst und siehst, da ist eine Kuh, Hokuspokus, was ist aus der Kuh geworden? Drei Zehnpfundnoten.«

Jetzt, da der Winter näher rückte, redete Globermann gern vom Wetter und dem zähen Morast des Emeks und oijoijoi, was für Regen und Kälte uns dies Jahr erwarten, Rabinowitz, und oijoijoi, was die Jacken und Stiefel für die Kleinen kosten.

Von seinen eigenen Kindern sprach er, Kindern, die keiner je gesehen hatte und von denen niemand wußte, ob sie überhaupt existierten, aber es genügte schon die Wortverbindung »Jacken für die Kleinen«, um Sorge auf die Stirn des Bauern treten zu lassen. Globermann sah es, ehe der Betreffende es merkte, und wußte, das war die Zeit, den *Knippel* herauszuziehen, ihn vorzustrecken und mit den Scheinen zu rascheln.

Aber Mosche fürchtete Judiths Zorn, und sie melkte unablässig Rachels dürre Zitzen und mühte sich, die Kuh zur Brunst zu bringen. Auf Onkel Menachems Rat brachte sie ihr Johannisbrot, um ihr das Futter zu versüßen, und auf Schimschon Blochs Empfehlung massierte sie sie höchst unkeusch mit einem feuchtwarmen Lappen an den Hinterbacken und unter dem Schwanz – doch vergebens.

»Bring sie auf ein paar Tage zu Gordon«, meinte Bloch zum Schluß, »soll sie sich meinen *Krassawez* – meinen Hübschen – mal ein wenig anschauen, vielleicht kriegt sie ja Lust.«

Als die beiden auf seinem Hof eintrafen, kam Bloch vergnügt lächelnd in Gummistiefeln aus dem Vorraum heraus.

»Zu mir oder zum Bullen?« fragte er scheinbar naiv.

Mutter konnte sich ein Lächeln nicht verkneifen. »Ist Schoschana zu Hause?« fragte sie.

»Sie ist im Kükenhaus.«

»Ich werd mal in die Küche gehen und den Wasserkessel aufsetzen.«

Als Schoschana aus dem Kükenhaus zurückkehrte, goß Judith schon zwei Tassen Tee auf.

»Hast du gesehen, was für schöne Küken?« fragte Schoschana. »Wir haben Scheinfelds Brutmaschine gekauft. Plötzlich hat er sie abgestoßen.«

Judith gab keine Antwort.

»Er hat's jetzt sehr schwer, seit seine Frau weggelaufen ist.«

Judith rührte den Tee um. Ihr Blick blieb an den schwarzen Blättchen hängen, die im Glas umherwirbelten.

»Und wie geht's bei dir, Judith?« fragte Schoschana Bloch.

»Alles in Ordnung«, sagte Judith.

»Immer noch im Stall?«

»So ist es gut für mich.«

»Es ist nicht gut für dich«, sagte Schoschana, »und es ist auch nicht gut für Rabinowitz und für das ganze Dorf.« Sie legte meiner Mutter die Rechte auf den Handrücken. »Es ist nicht gut, Judith. Du bist kein junges Mädchen mehr. Wie lange willst du noch allein im Stall wohnen?«

»So ist es gut für mich«, wiederholte Judith.

»Jetzt bist du noch gesund und kräftig. Aber was soll in zehn, zwanzig Jahren werden? Das Herz, Judith? Und der Schoß? Was wird aus denen?«

»A nafka mina«, sagte Judith. »Das Herz ist leer, und der Schoß hat sich schon dran gewöhnt.«

Sie trank noch ein Glas Tee, faßte Rachel zum Abschied zärtlich um den Hals, sagte ihr, sie käme sie in einer Woche wieder abholen, und stattete Onkel Menachem einen kurzen Höflichkeitsbesuch ab.

Danach ging sie heim, schnell ausschreitend, um nicht ins Grübeln zu geraten.

12

Eine Woche brachte Rachel neben Gordon zu, aber brünstig wurde sie nicht. Einmal wollte sie in seinen Pferch eindringen, und Bloch, der glaubte, sein Trick sei gelungen, beeilte sich, sie einzulassen. Aber Rachel war nicht auf Liebe aus. Sie wollte sich bloß mit Gordon stoßen und hätte ihn beinah zu Boden gezwungen. Nur mit Hilfe von Kaltwasserduschen gelang es Bloch, sie wieder herauszuholen.

»Schade um Arbeit und Ausgaben«, sagte er zu Judith, »Jungs interessieren dieses Mädel nicht. Nimm sie wieder mit heim und versuch sie noch ein bißchen zu melken.«

Es war ein Wintertag. Regen fiel nicht, aber der Himmel war grau bedeckt. Das niedergetretene Gras unter Stiefelsohlen und Hufen duftete stark. Aufgebrachte Regenpfeiferpärchen schwirrten über ihnen auf und ab, wirkten elegant und rabiat mit ihren schwarzweißen Anzügen, versteckten Dolchen und schrillen Drohrufen.

Sie durchquerten das Wadi. Die Kuh trank Wasser, schnaufte mit ihrem ganzen großen knabenhaften Körper, und ihre Nüstern bliesen Dunst in die kalte Luft. Von Zeit zu Zeit stupste sie Judith sanft in Schenkel oder Rücken, als wolle sie sie zum Spielen antreiben, und Judith machte mit, schlug ihr auf den Nacken, rannte lachend neben ihr her, aber ein steinerner Apfel lag in ihrer Brust, und vor Kälte und Sorge traten ihr Tränen in die Augenwinkel.

Schwer atmend gelangten sie zu Scheinfelds Nußbaumreihe. Die nackten Zweige malten ein zartes Bild ans Himmelszelt, und die dunklen Klumpen der Rabennester wirkten darin wie Pinseltropfen auf Stoff. Dahinter erschien Globermanns monumentale Gestalt, zügig vorwärts schreitend und mit fester Stimme ein Lied schmetternd.

Sobald der Sojcher die beiden bemerkte, hörte er auf zu singen, schwang seinen *Baston*, hieb einer lila Distel den Kopf ab und lächelte in der Erkenntnis, daß nichts das Zusammentreffen verhindern würde.

Judith, aus ebendiesem Grund aufgebracht, hielt im Gehen inne. Ihr ganzer alter Widerwillen erwachte. Außerhalb der wöchentlichen Trinkrunde zu zweit im Stall erschien Globermann ihr immer noch so gefährlich und dreckig wie zuvor.

Der Sojcher kam auf zwölf Schritt Entfernung heran, blieb stehen, schälte die schmutzige Kappe vom Kopf, hielt sie an die Brust und machte eine Verbeugung.

»Die Dame Judith… der *Ejgel* Rachel… welche Überraschung… welche Ehre für einen armen Sojcher.«

»Bist du mir nachgelaufen, Globermann? Wer hat dir gesagt, daß ich hier bin?«

»Die Vögel des Himmels überbringen die Stimme«, sagte Globermann lächelnd. »Wenn die Dame Judith das Dorf verläßt, hört der Wind auf zu wehen, hören die Vögel auf zu singen, hören Männer auf zu atmen …«

Er zog ein kleines Päckchen aus der Tasche und reichte es ihr: »Eine Kleinigkeit für dich. Für die beiden hübschen Ohren. *Ojringlech* – Ohrringe – aus reinem Gold.«

»Ich habe dich niemals um etwas gebeten, und ich mag deine Geschenke nicht«, sagte Judith. »Ich bin nur bereit, mit dir zu trinken, Globermann, einmal die Woche, das ist alles.«

Rachel wiegte ihren massigen Hals, schnaubte und scharrte mit dem Huf.

»Nie braucht eine Frau von Globermann etwas zu erbitten. Globermann weiß immer selbst, von allein und im voraus, was für jede einzelne Frau paßt, Punkt.«

Er beugte sich vor und präsentierte ihr die Ohrringe auf der flachen Hand, aber Judith griff nicht danach. Globermann lächelte wie vor sich hin und sagte: »Wohin geht die Dame Judith? Den *Ejgel* spazierenführen?«

»Sie ist brünstig.«

»Sie ist brünstig?« spottete der Sojcher. »Die und brünstig? Diese Kuh ist nicht brünstig und wird's auch nie sein. Guck sie dir bloß an, Dame Judith. Sie hat den Körperbau von einem *Ejgel* und das Gesicht von einem *Ejgel* und die Füße von einem *Ejgel*. Zum Schluß wird man, Gott behüte, noch Globermann rufen müssen, was? Und wenn wir sie dann geschächtet und auseinandergenommen haben, wirst du sehen, daß er auch noch zwei Eier von einem *Ejgel* in sich stecken hat.«

Er trat auf Rachel zu, die drohend den massigen Hals senkte, dann aber zurückwich.

»Sie wittert Globermann, wie ein Alter den Todesengel wittert«, sagte der Sojcher. »Hast du einmal einen alten Menschen wenige Tage vor seinem Tod gesehen, Dame Judith? Wie er ruhelos wird, wie eine Maus im ganzen Haus herumläuft, in den Ecken schnuppert, nicht schläft? Guck nur. Sie wittert etwas, was wir nicht wahrnehmen können, Zeichen, die wir nicht erfassen. So ist es bei einem alten Menschen vor dem Tod, wenn er wie ein Tier allein sein möchte, so ist es auch bei einer Frau zwei, drei Tage vor der Entbindung, wenn sie plötzlich anfängt, das ganze Haus aufzuräumen, und so ist es, wenn man den Todesengel wittert.«

Unvermittelt machte der Sojcher einen Schritt vorwärts, streckte die Hand aus und führte sie mit einem hypnotisierenden *Tappen* über Rachels Rücken, um die Dicke des Fleisches zwischen Wirbeln und Fell zu prüfen.

Seine Berührung jagte Judith und Rachel gleichermaßen einen kalten Schauder über den Rücken.

»Ojojojoi, das ist das beste Fleisch der Welt«, flötete der Sojcher sehnsüchtig, »es gibt kein besseres Fleisch auf der Welt als das einer unfruchtbaren Kuh. Das wissen nicht mal die größten Köche in Frankreich. Nur wir, die auf dem *Klotz* geboren sind, wissen es. Was die nicht alles anstellen, diese Dummköpfe mit den weißen Mützen in den Restaurants. Sie würzen, marinieren, warten, füttern die Kuh mit allen möglichen Gewürzkräutern. Ich hab gehört, in Japan tränken sie die *Kälblach* mit Bier, und in Frankreich machen sie ihnen ein Bad mit Kognak. Und nur eins wissen sie nicht – daß das Fleisch für eine königliche Tafel ist, Punkt. Eine unfruchtbare Kalbe, der Zwilling eines Farren, mit dem Körper eines Burschen und dem Duft eines Kälbchens, die niemals brünstig sein und niemals besprungen werden und niemals kalben wird.«

Im Osten tauchte der große Schwarm der Stare auf, die von den Feldern zu ihrem Schlafplatz auf den hohen Bäumen am Wasserturm zurückkehrten.

»Da sind sie«, sagte Judith, »jetzt ist es schon Viertel vor fünf. Ich muß gehen.«

Wie ein immenser Diskus, der ein Viertel des Himmels einnahm, flog der Schwarm dahin, wirbelte durcheinander, verwandelte sich in eine Riesentischdecke und drehte. Ein Ausläufer zweigte ab und zog die andern mit, bis alles zu einem breiten Streifen wurde, der eine Schleife beschrieb und die Form eines Mammutsegels annahm. Myriaden Flügel und Schnäbel rauschten in einer Welle dahin. Die Luft zitterte und verdunkelte sich.

»Diese Kuh wirst du nie bekommen, Globermann«, sagte Judith.

»Alle Kühe landen zum Schluß beim Sojcher«, erwiderte Globermann.

»Nicht diese Kuh«, beharrte Judith. »Diese Kuh ist mein.«

»Wir alle sind dein, Dame Judith«, sagte Globermann, setzte seine Kappe auf und begann sich dienernd zurückzuziehen. »Wir sind alle dein, und wir alle landen am Ende. Jeder bei seinem Sojcher, jeder bei seinem *Schojchet* – seinem Schächter.«

13

»Warum ich mich denn in sie verliebt habe, fragst du? Ah nu, frag, Sejde, und ich werde dir antworten. Also in einem solchen Dorf, wo die Arbeit immer gleich ist, und der Schlamm immer gleich, und der Schweiß und die Milch und der Regen immer gleich, ja wo immer alles dasselbe Einerlei ist – wie soll man sich da nicht in sie verlieben? Jedes Jahr dasselbe. Wieder knospt die Knospe und blüht die Blüte, und wieder Ernte und Lese, Pfropfen und Schneiden, Sommer und Winter, und an diesen Ort gelangt nun plötzlich eine Frau – also, wenn du mich fragst, warum ich mich in sie verliebt habe, dann stell ich dir eine Gegenfrage: Ist das denn ein Leben für einen Juden? Man hat uns aus den Synagogen herausgeholt, in denen die Gebete und Gebote ewig dieselben sind, hat uns ins Land Israel in dieses Kfar-David gebracht, und wieder ist alles immer dasselbe, und ich hab sehr schnell das Prinzip hier erfaßt, daß nämlich heute, gestern und morgen sich wie Brüder gleichen und ich wie ein Vogel in die Falle gegangen bin. Iß, Sejde, iß, du brauchst nicht im Essen innezuhalten, um zuzuhören, das ist das Gute bei einer Mahlzeit, daß man sowohl essen als zuhören kann. Nicht die schwere Arbeit hat mich gestört und auch nicht das Warten. Ich habe, weiß Gott, von sehr jungem Alter an gearbeitet, und Geduld habe ich genug für zehn. Für die Liebe schuften können alle Jakobs. Jahre sind für uns ›wie wenige Tage‹. Und wer wie ich auf die Liebe gewartet hat, hat auch genug Geduld für Pferde und Gänse, Bäume und Regen und vor allem für die Zeit. Denn Geduld mit der Zeit ist das Wichtigste, nicht Geduld füreinander und nicht für die Liebe und nicht für die Arbeit und für nichts sonst, nur Geduld mit der Zeit. Sowohl für die Zeit, die im Kreis verläuft, wie die Jahreszeiten, als auch für die Zeit, die geradlinig verläuft, wie das Alter des Menschen. Aber hier wird es niemals Orangen im Sommer geben, und der Hahn wird nie Eier legen und die Henne keine Birnen geben. Allerhöchstens wird es mal ein bißchen heißer, oder es fällt mal etwas mehr Regen. Und Dorfpapisch, mit dem ich sonst nie in nix übereinstimme – er hält mich für einen Idioten, und ich halte ihn für einen Weisen, womit wir uns beide sehr irren –, also Dorfpapisch hat schon zwei Jahre nach unserer Ankunft hier gesagt: Was geht hier vor, Genossen? Was ist das für ein Leben? Wie lange kann man jedes Jahr zur gleichen Jahreszeit denselben Baum mit den gleichen gelben Zitronen angucken? Quasi scherzhaft hat er das gesagt, aber eigentlich ist das sehr traurig. Einmal hat Globermann mir erzählt, wie er in Nahalal zwei Besucherinnen aus der Stadt am Pferch der großen Bullenkälber hat stehen sehen. Sie standen und guckten, pardon, wo es bei einem großen Kalb schon was zu gucken gibt. So standen sie und guckten, und zum Schluß machte eine den Mund auf und hatte eine Frage: ›Und was macht man mit der Milch der Kälber?‹ Was sagst du dazu, Sejde? Nu, nachdem alle Genossen fertig gelacht hatten, wollte die zweite Städterin zeigen, daß sie sehr wohl was wußte, und da sagte sie: ›Du Dummchen, sie haben noch keine Milch, weil sie noch klein sind.‹ Lustig, was? Ich sehe, du lachst, also da werde ich dir mal was sagen, Sejde – du lachst, aber diese Geschichte ist noch trauriger als lustig. Denn auch wenn du dich den ganzen Tag auf den Kopf stellst, wird das Bullenkalb keine Milch geben. Manchmal wird irgendein Kalb mit zwei Köpfen geboren oder ein junges Huhn mit vier Beinen, und sofort entsteht ein Tumult, Leute kommen, fotografieren, fragen wer-wie-was, und schon schließen sich vier Augen, und die beiden Köpfe fallen, und das arme kleine *Kälbel* ist schon tot, und seine beiden kleinen Seelen, puff, schwirren davon, jede aus ihrem kleinen Kopf, und auch die Gäste, puff, schwirren ab, und alles, puff, geht wieder friedlich seinen alten Gang, und alles, was unter der Sonne war, wie ich dir gesagt habe, puff, ist auch wieder wie gehabt. Also da fragst du mich, warum ich mich in sie verliebt habe?«

Jetzt tat sich die andere Herdklappe auf, und heraus drang frischer Apfelstrudelduft. Schon eine halbe Stunde hatte er meine Konzentrationsfähigkeit beeinträchtigt, und nun brach er mit Macht in meine Nasenhöhlen ein und verwirrte mir die Sinne.

Jakob steckte einen Zahnstocher in die mürbe Teigdecke, zog ihn heraus, leckte ihn ab und kicherte zufrieden. Dann nahm er das Blech heraus, löste den Strudel mit unerwartetem Geschick mittels eines dünnen, starken Fadens und ließ ihn auf einen Metallrost gleiten.

Der herrliche Duft von glühendem Rum, karamelisiertem Zucker, Zitronenschale, Äpfeln und Rosinen stieg auf.

»Siehst du«, sagte Jakob, »Kuchen läßt man auf einem Drahtrost, nicht in der Form abkühlen. Dann wird er unten nicht feucht und lappig.«

»Woher weißt du denn diese Dinge?« fragte ich.

»Das war mein Arbeiter hier, der hat mir alles Nötige beigebracht.«

Ein neues Geräusch, das Knacken falscher Zähne, kam von seinem Gaumen. Er schenkte uns beiden einen scharfen, klaren Schnaps ein, der nach Birnen schmeckte. Danach sagte er, er sei müde und ich solle das Geschirr nicht anrühren. »Morgen kommt die Putzfrau, Sejde, die wird schon alles machen.«

Er legte sich aufs Bett, sank schon eher darauf.

»Woran denkst du, Jakob?« fragte ich.

»An Hochzeit«, sagte er mit bebender Stimme, »an Verbindungen – zwischen Essen und Magen, Leib und Seele. Es ist schwieriger, Leib und Seele unter einen Hut zu bringen, als Mann und Frau. Von dieser Ehe kann man sich nicht mal scheiden lassen. Nur umbringen kann man sich, aber was nützt das? Leib und Seele müssen fähig sein, gemeinsam aufzuwachsen, gemeinsam zu altern, dann sind sie wie zwei arme alte Vögel im selben Käfig, die beide keine rechte Kraft mehr in den Flügeln haben. Der Körper ist schon schwach und hinfällig, die Seele reuig und vergeßlich, und voreinander fliehen können sie auch nicht. Nu, was bleibt, ist nur verzeihen können. Das ist die Weisheit, die bestehen bleibt, nachdem all die anderen Weisheiten am Ende sind: verzeihen können. Wenn nicht einem andern Menschen, dann wenigstens sich selbst verzeihen.«

Er seufzte und verstummte. Ich saß auf dem Sessel neben ihm und wußte nicht, ob er noch weiterreden würde oder nicht.

Jakob lag auf dem Rücken, die eine Hand in den Nacken geschoben. Zu meiner Verblüffung kroch die andere Hand in seine Hose, in eine Tiefe, die keinen Zweifel ließ. Als er meinen Blick bemerkte, zog er sie verlegen heraus, aber nach ein paar Minuten stahl sie sich wieder in ihr Nest, als sei sie mit eigenem Willen begabt.

Uns beide befiel Unbehagen, und zum Schluß sagte Jakob: »Schau mal, Sejde, so liege ich gern, und sei du bitte deswegen nicht pikiert. So halten und trösten wir uns gegenseitig. Wir sind beide schon alt und schlapp und freuen uns an Erinnerungen. Wie viele Freunde bleiben dem Menschen denn in diesem Alter noch?«

Darauf lachten wir beide.

»Guck sie dir an«, sagte er, nachdem er ein paar Minuten geschlafen hatte und aufwachte, als ich mich von meinem Sitz erhob. »Manchmal blicke ich dieses schöne Bild an und kann mich nicht mehr erinnern, wer das ist. Nun ist nicht mehr ihr Duft in den Kissen, nicht mehr die Empfindung ihrer Haut auf meiner, nicht mehr die Erinnerung an sie im Herzen oder im Kopf. Wenn ich mir Rivka Schwarz oder Rivka Scheinfeld sage, berichtige ich mich sofort – Rivka Green. Alles, was sie wollte, hat er für sie getan, dieser Engländer Green. Hat sie genommen, ist mit ihr zurückgekehrt, hat ihr dieses Haus gekauft und ist auch gleich gestorben, weil sie allein sein wollte. In England war er eine bekannte Figur, ein halber Lord, aber in dieser Geschichte war er wie ein kleiner Theaterakteur. Seine Rolle ist beendet, und er tritt klaglos ab. Bei der Aufführung hat er eine Rolle, kleiner oder größer. Aber im Leben machst du bei vielen Aufführungen mit und hast mehrere Rollen. Wenn jemand das Leben von Dorfpapisch oder von Rabinowitz auf die Bühne brächte, hätte ich darin eine sehr kleine Rolle, aber wenn jemand das Leben deiner Mutter herausbrächte, wäre meine Rolle schon größer, was? Auch eine Hauptrolle kannst du haben, den großen Auftritt in der Inszenierung deines Lebens. Aber, Sejde, laß niemals jemand anders eine Hauptrolle in dem Stück deines Lebens übernehmen, wie ich es zugelassen habe.«

»Wieso lebt er mit ihr zusammen? Nachdem er damals auf sie verzichtet hat?« fragte ich verwundert. »Die Sache verstehe ich nicht.«

»Ich hör nicht«, schrie Oded in das Dröhnen des Motors, »was sagst du, Sejde?«

Auf meine nun ebenfalls geschriene Wiederholung brüllte er zurück: »Sei kein Kindskopf, was ist denn hier nicht in Ordnung? Was bleibt ihm schließlich noch, nachdem die Kanarienvögel weg sind und deine Mutter ihn nicht wollte? In dem Haus in Kiriat Tivon erwarteten ihn ein schönes Zimmer und gutes Essen, die Kleider ihres englischen Ehemanns paßten ihm wie angegossen, eine Putzfrau putzt ihm das Zimmer, eine Pflegerin wischt ihm den Hintern, ein Taxi fährt ihn *special*, sobald er Lust hat, an seiner Bushaltestelle zu sitzen, der Fahrer wartet, bis er fertig ist, dazusitzen und ›kommt rein, kommt rein‹ zu sagen, in der Küche hat er ein schönes Bild von seiner Frau und am Bett ein schönes Bild von deiner Mutter. Also was fehlt ihm dann?«

»Hat Rivka sich denn mit alldem abgefunden?« fragte ich. »Damit, daß er eine andere Frau liebt?«

»Er liebt eine andere Frau, na und?« schrie Oded. »Soll er lieben, wen er will. Die eine tot, die andere lebendig. Ist doch egal, wen er liebt, wichtig ist, mit wem er zusammen ist.«

Er stellte den Motor ab. Ein großer, gepeinigter Schnaufer entwich, und eine große Eidechse der Stille kroch hinterher.

»Wenn man das Ende nahen sieht, beginnt man anders zu denken«, durchhieb Odeds Schreien dieses Schweigen.

Aber Jakob sah nicht das Ende nahen und begann nicht anders zu denken, und die Liebe wich ihm weder aus Körper noch Seele.

»Jetzt kommen sie endlich gut miteinander aus«, sagte er zu mir, während seine Hand bedächtig in der Hose fummelte – wohltuend und vergebend, prüfend und tröstend. »Jetzt kennen sich Leib und Seele schon sehr gut. Ich weiß, wo's ihm weh tut, und er weiß, wo's mir weh tut.«

14

Jeden Tag ging er in aller Frühe zu seinen Vögeln, wechselte Wasser und Spreu in den Käfigen, bereitete die Mischungen aus Obst und Gemüse, Sesamsaat und Rüben, Dotter und Eierschalen, gab den Nervösen Mohn, den Trübsinnigen Haschisch und den Heiseren Honig.

»Soll ich dir was sagen?« fragte er mich. »Ich liebte ihren Gesang nicht so besonders. Draußen gibt es Vögel, die sehr viel schöner singen.«

Er liebte die Arbeitsroutine, die Ruhe und Einsamkeit, und jeden Tag widmete er sich dem zärtlichen Werben und seinen gelben Zetteln, die er weiterhin an allen Ecken und Enden des Dorfs anschlug.

Da seine Zettel offen dahingen, ihre Farbe verlockend leuchtete und die Worte klar und unverschlüsselt waren, begannen die Dorfbewohner sie zu lesen und zu begutachten, ja hängten alsbald auch eigene Zettel an das Anschlagbrett des Dorfes: anonyme Blätter aus Heften und Notizbüchern, duftende Apfelsinenpapierchen oder grobe Fetzen, aus Milchpulversäcken gerissen von Händen, die schreiben und reden wollten. Zuerst über Jakobs Liebe zu Judith, später über die Liebe allgemein.

Letzten Endes brachte der Dorfrat neben dem alten Anschlagbrett ein zweites an, denn das alte wurde mit derart vielen Phrasen und Unsinnigkeiten vollgehängt, daß die Anzeigen des Sekretariats, des Filmvorführers, des Saatleiters und des Erziehungsausschusses dazwischen verschwanden.

Das neue Anschlagbrett war allein für den Fall Jakob und Judith bestimmt, doch immer sah man andere Menschen davor debattieren und lachen, Ansichten und Sprüche über die Liebe austauschen und seufzen.

Eines Abends schließlich kam Dorfpapisch in Rabinowitzes Stall und sagte zu Judith: »Du brauchst ihn nicht zu erhören, es genügt, wenn du einmal zu einem Treffen mit ihm erscheinst. Redet ein bißchen, erklär ihm, was der Erklärung bedarf, wie es eine anständige Frau in solchen Fällen tun sollte.«

Judith wandte ihm eilig das taube Ohr zu, aber die Worte »anständige Frau« schlugen ihr ein Schnippchen, umrundeten den Kopf und drangen vom guten Ohr in ihr Bewußtsein ein.

Das Blut wich ihr aus dem Gesicht. »Ich bin eine anständige Frau«, sagte sie wütend, »ich bin nicht schuld, daß dieser Mann verrückt ist. Ich bin eine anständige Frau. Hab ich etwa um diese Liebe gebeten? Hab ich ihn von seiner Frau getrennt?«

»Über solche Dinge spricht man nicht mit Vernunft, Judith«, erwiderte Dorfpapisch, »jetzt ist es nämlich noch eine Frage des

Anstands, aber in zwei Wochen könnte es, Gott behüte, eine Frage von Leben und Tod sein.«

»Hör du auf, Judith verrückt zu machen, Scheinfeld«, schimpfte Rabinowitz auf Jakob ein. »Sie ist zum Arbeiten hergekommen und nicht wegen deiner Albernheiten.«

Die Aufsätze im Dorfblatt und die Anschläge am Schwarzen Brett störten ihn nicht. Aber die gelben Zettel stachen ihm an jeder Ecke in die Augen. Seine schweren Fäuste ballten sich, und seine Stirn legte sich bebend in Falten.

Eines Tages prangte ein solcher Zettel an dem großen Eukalyptus im Hof, und Mosche machte sich nicht einmal die Mühe, ihn zu lesen. Farbe und Ort genügten ihm bereits. Er riß ihn vom Nagel und rannte zu Jakobs Kanarienhaus, wo er derart mit beiden Fäusten an die Tür trommelte, daß sie aus den Angeln fiel und zu Boden krachte.

Die Kanaris flatterten entsetzt auf und schlugen an die Käfigstangen. Federn und Kreischer schwirrten durch die Luft. Jakob warf Mosche einen milden Unschuldsblick zurück und sagte: »Bleib still stehen, Rabinowitz. Du ängstigst die armen Vögel.«

Mosche hielt verwundert inne und sagte kein Wort. Jakob beruhigte die Kanaris, und da er wußte, daß das Schreien sie heiser machte, begann er ihnen die lindernde Mischung aus Zitronensaft und Honig zuzubereiten. Mosche machte sich sogleich verlegen an die Reparatur der Türangeln, und als er wieder weg war, wusch und rasierte Jakob sich, zog frische Sachen an und begab sich zu einem weiteren jener Treffen draußen auf dem Feld, zu denen Judith nicht kam, so daß sie alle mit »ha« endeten.

15

Trotz Rachel und dem harten Wortwechsel auf dem Feld trafen Judith und der Viehhändler sich weiterhin einmal pro Woche, um ein, zwei Stunden gemütlich beisammenzusitzen, zu plaudern und zu trinken.

Flasche und Gläser ließ Globermann im Stall zurück, und als Judith ihm einmal sagte, von dieser Flasche tränke sie nur in seiner Gesellschaft, erfüllte unerwartete Wonne sein Herz.

»Das ist unsere Flasche«, sagte er mit weicher Stimme, »die gehört nur uns beiden. Auf unser Leben, Dame Judith.«

»*Lechaim*, Globermann«, sagte sie.

»Soll ich dir eine Geschichte über meinen Vater erzählen?«

»Erzähl mir, was du möchtest.«

»Alles, was ich weiß, habe ich von meinem Vater gelernt«, erklärte der Sojcher, »und vor allem die wichtigste Regel für einen Fleischhändler – daß man Prinzipien und Einkommen nicht in ein und dieselbe Schublade tun darf.«

»Das habe ich schon gemerkt, Globermann«, sagte Judith.

»Eine Kuh zu kaufen habe ich von ihm gelernt – prüfen, feilschen, betrügen und obsiegen. Als Zehnjährigen hat er mich schon losgeschickt, im Stall des *Balebait* zu schlafen, um darauf zu sehen, daß er der Kuh nicht womöglich Salz gibt, damit sie vor dem Wiegen viel säuft, und um aufzupassen, daß er aus ihrer Scheiße kein Geld macht. Weißt du, wie man aus Scheiße Geld macht, Dame Judith? In der Nacht vor dem Wiegen gibt man der Kuh was Stopfendes, und so bleibt die ganze Ladung bei ihr im Bauch und wird als Fleisch gewogen.«

Der alte Globermann kaufte Rinder bei den Arabern aus Kastina und Gasa.

»Er war ein großer Händler. Auch an das türkische und später das englische Militär hat er geliefert. Er kaufte jedesmal zwanzig, dreißig Stück Vieh beim Scheich von Gasa, zahlte ihm ein paar

Groschen Vorschuß, und den Rest, sagte er dem Scheich, werde er bezahlen, wenn alle Kühe heil eingetroffen seien. Dieser Scheich hatte einen dummen Hirten, der die Kühe zu Fuß von Gasa nach Jaffa an der Küste entlangtrieb. Jedesmal fünf Kühe, damit, falls, Gott behüte, Räuber, wilde Tiere oder Hochwasser kommen sollten, nicht die ganze Herde verloren war.«

Als der erste Trupp Kühe eintraf, empfing der alte Globermann den Hirten mit großen Ehren, tischte ihm Essen und Trinken auf und stellte fürsorglich auch ein kühles Fläschchen libanesischen Arrak dazu.

»Was ist das?« fragte der Hirte gespielt arglos und strich mit wissendem, begierigem Finger über die winzigen Tautröpfchen, die sich an der Flasche bildeten.

»Kaltes Wasser«, sagte der alte Globermann, wohlvertraut mit den religiösen Verboten und dem schwachen Glauben seines Gastes. Er schenkte ihm eine großzügige Portion ein, der Hirte trank und erstickte schier vor lauter Begeisterung und Schärfe.

»Gutes Wasser«, stöhnte er genüßlich.

»Von unserem Brunnen«, sagte der alte Globermann.

»Ein guter Brunnen«, sagte der Hirte.

»Zum Wohl.« Der alte Globermann berührte seine Stirn. »*Ischrab*, trink noch, *ya Sachbi*, du bist doch durstig von der langen Reise.«

Er gab Eissplitter in die Arrakgläser, bot Oliven, geschälte Gurken und frische Petersilie an, spießte Fleischstücke auf und grillte sie auf einem Orangenholzkohlenfeuer, und als sie beide fertig gegessen und getrunken und wohlig über den guten Geschmack des Wassers gestöhnt hatten, nahm der alte Globermann ein Stück Holzkohle und malte fünf senkrechte Striche und einen Querstrich darüber an die Wand der Metzgerei.

»Das sind die fünf Kühe, die du heute gebracht hast, *Chabibi*«, sagte er zu dem Hirten. »Jetzt geh und komm mit fünf weiteren zurück, dann essen wir wieder Fleisch und trinken gutes Wasser aus dem Brunnen und schreiben zusammen noch fünf an die Wand. So bringst du alle Kühe her, und bei der letzten Runde kommt auch der Herr Scheich, sieht mit eigenen Augen und macht selbst die Rechnung.«

Sie senkten ihre Hände in die Asche und drückten sie zur Bestätigung der Stückzahl an die Wand. Dann nahm der Hirte mit Dankes- und Friedensworten Abschied von seinem Gastgeber, genehmigte sich noch einen letzten Schluck ›Wasser‹ vor dem Aufbruch und kehrte in seine Stadt zurück.

Eine Woche später kam er mit dem zweiten Trupp. Wieder aß und trank er, war satt und zufrieden, und wieder zeichnete der alte Globermann fünf Kohlestriche an die Metzgereiwand, und beide bestätigten die Zahl mit ihren Handabdrücken.

Mit den letzten fünf Kühen kam auch der Scheich und Herdenbesitzer, um sein Geld zu erhalten, und entdeckte – hier schlug sich der Sojcher mit dem Stock an die Stiefel und gluckste vor ersticktem Lachen – »und entdeckte etwas Furchtbares«.

»Nu, sag selbst, Dame Judith«, sagte er zwinkernd, »was entdeckte er?«

»Was?«

»Er entdeckte, daß Vater diese Woche die Metzgerei geweißt hatte ... Drei Schichten Tünche über Strichen, Handabdrücken und allem, und jetzt debattier mal mit einem, der auf dem *Klotz* geboren ist, wie viele Kühe er schon bekommen hat.« Globermann brüllte vor Lachen.

Judith nippte an ihrem Glas und lächelte. Sie löste ihr blaues Kopftuch, das Haar fiel ihr über die Schultern.

Draußen kam der Nachmittagswind auf. Das Rascheln der Eukalypten nahm zu, und der Sojcher wußte, die Dame Judith würde bald aufstehen und sagen: »Nu, Globermann, jetzt ist es schon halb fünf, ich muß an die Arbeit gehen.« Er erhob sich, setzte den Hut auf und tippte zum Zeichen des Abschieds mit den Fingern der Rechten an die Krempe.

»Besser, ich geh jetzt schon, dann brauchst du mich später nicht erst rauszuwerfen«, sagte er, »und nächstes Mal erzähle ich dir noch eine Geschichte.«

Er trat auf den Hof hinaus, glücklich, daß es ihm gelungen war, ein Gespräch zu führen, ohne auch nur ein einziges Mal »Punkt« zu sagen, und rief: »Oded, Oded!«, damit der kam und ihm den Lieferwagen aus dem Hof fuhr.

»Ohne unseren Eukalyptus wäre er geradeaus weiter zwischen Papischs Gänse geschlittert«, sagte Naomi. »Guck bloß, wie viele Schrammen er am Stamm hinterlassen hat.«

Manchmal blicke ich auf den schrundigen Stumpf – einst ein Baum, in dessen Krone Raben nisteten, in dessen Astgabel Oded sich ein Baumhaus baute, an dessen Stamm Jakob seine Liebeszettel heftete, an dessen Fleisch der Kleinlaster des Sojchers zum Stehen kam und auf dessen Stumpf Mosche nun sitzt und Nägel geradebiegt – und meine Phantasie läßt seine abgehackte Vergangenheit weiter sprießen. Die Äste wachsen erneut, verdicken und teilen sich, das Laub rauscht wieder, die Triebe werden länger, und schon höre ich erneut das vielsagende Knacken, beuge den Nacken und warte auf das krachende Brechen, das Getöse des Falls, das Grauen des Aufschlags, und nichts rüttelt mich aus meinem Traum und erweckt sie aus ihrem Tod.

Besser, man hätte diesen Stumpf ausgegraben und verbrannt, als ihn als Denkmal zu belassen. Aber Mosche liebt den abgehackten Stamm, das Monument seiner Rache, ebenso wie seinen Felsbrocken, den Zeugen seiner Kraft. Manchmal geht er zu dem Felsen und klopft ihm mit der Zuneigung alter Rivalen auf den Rücken. Und im Herbst oder Spätsommer, wenn kühler Nachmittagswind vom Karmelgebirge herabfegt und in die offene Scheune weht, geht er zu dem Eukalyptusstumpf, reißt mit starker Hand jeden neuen Zweig aus, der an den Rändern der Schnittstelle ausgeschlagen hat, und sagt dem Eukalyptus erneut, das sei seine Strafe: »Weder sterben wirst du noch wachsen.«

Danach setzt er sich auf den Stumpf und fängt an zu arbeiten. Er nimmt sein Holzbrett mit dem Haufen krummer Nägel auf die Knie. Rasch entsteht daneben ein Haufen geradegebogener Nägel – der eine wächst, der andere schrumpft.

Ein alter Mann ist er. Immer geht sein Atem kurz, und das Gesicht ist wie von unsichtbarer Anstrengung gerötet. Torheit verzerrt seine Lippen und verleiht ihm das Aussehen eines Kindes, dem die Welt über den Verstand geht. Aber die Sehnsucht nach seinem Zopf erfüllt noch immer sein Herz, die furchtbare Kraft pulsiert weiter in den Muskeln seiner Hände, und obwohl ich ihn schon viele Jahre kenne, traue ich immer noch kaum meinen Augen, wenn ich ihn mit seinen derben Fingern Nägel geradebiegen sehe, als wären es Drahtenden.

»Das beruhigt ihn«, sagt Oded.

Sobald Rabinowitz mit dem Geradebiegen fertig ist, poliert er die Nägel mit Meeressand und gebrauchtem Motoröl, bis sie wie neue blinken und ihr Glanz ihm ein freudiges Lächeln entlockt.

Er habe immer eine Vorliebe für glitzernde Dinge gehabt, erzählte mir Onkel Menachem, und als er noch ein kleines Mädchen war, habe er gern sittsam und anmutig den Saum des Kleides, das seine Mutter ihm anzog, gehoben und sei niedergekniet, um mit präzisen Hammerschlägen Nägel in den Holzboden des Hauses zu schlagen.

Die Mutter, die um den Boden fürchtete, aber auch wußte, daß Mädchen Gelüste haben, die man nicht eindämmen darf, markierte ein Quadrat von einmal einem Meter auf dem Küchenfußboden und erlaubte Mosche nur dort, seine Nägel einzuschlagen. Innerhalb weniger Wochen war die ganze Fläche dicht an dicht mit blitzblank polierten Nagelköpfen bedeckt.

»Mosche war ein sehr liebes Mädchen«, beschloß Onkel Menachem diese Geschichte über seinen Bruder, »und ein Junge, der mal ein Mädchen war, Röcke trug und einen Zopf hatte, sticht später jeden anderen Mann bei jedem Liebeswettbewerb aus.«

16

Eines Tages kam Tante Batschewa forschen Schritts von den Feldern herauf, das Gesicht weiß vor Wut, der Körper schwarz vor Kleid. Der Anblick war derart fremd und eindrucksvoll, daß die Leute sich nicht damit begnügten, aus den Fenstern zu gucken, sondern aus den Häusern kamen und ihr nachliefen.

»Was ist denn nun los?« fragte Mosche entsetzt seine Schwägerin. »Was soll dieses Kleid?«

»Das ist ein Witwenkleid«, verkündete Tante Batschewa, »siehst du denn nicht? Menachem ist tot, und ich bin Witwe.«

»Wieso tot?!« schrie Mosche. »Was redest du denn? Du Irre!«

Angstvollen Herzens schwang er sich aufs Pferd und galoppierte ins Nachbardorf. Sein Bruder nahm ihn gesund und munter in Empfang, wischte das Pferd trocken, paßte auf, daß es nicht zu viel Wasser trank, und schenkte auch Mosche Wasser ein. Danach erzählte er ihm, daß er tatsächlich zuweilen seine Frau betrogen habe, es Batschewa aber trotz Eifersucht, Mißtrauen und Nachstellerei nie gelungen sei, ihn auf frischer Tat zu ertappen.

»Das war mein Fehler«, sagte Menachem, »ich hätte ihr mal Gelegenheit geben müssen, mich mit ein oder zwei ›Huuuren‹ zu erwischen, dann hätte sie sich beruhigt. Wenn eine Frau nur Verdacht hat, aber keine eindeutigen Beweise, gerät sie schlicht aus dem Häuschen.«

Eines Tages hatte sie ihn verhört, bis er weich wurde und gestand, die ›Huuuren‹ gelegentlich zu treffen.

»Wo?« fragte Batschewa.

»In meinen Träumen«, sagte Menachem und brach in Lachen aus.

Er hatte gedacht, sie würde mitlachen, denn Träume sind eine übliche und legitime Zuflucht, auf die selbst die größten Tyrannen keinen Beschlag anmelden, aber Batschewa entfachte einen solchen Skandal, daß Menachem von ihr und ihrer Eifersucht genug bekam. Diesmal griff er zu einer Rachehandlung von ungeahnter Dreistigkeit: Er begann sich mit seinen ›Huuuren‹ am empörendsten aller Orte zu treffen – in *ihren* Träumen.

»Du hast mir keine Wahl gelassen«, sagte er grinsend auf ihre Vorwürfe. »Wenn du ihnen erlaubst, sich in meinen Träumen mit mir zu treffen, verlassen wir deine Träume.«

»Auf gar keinen Fall«, sagte Batschewa, doch in den folgenden Tagen wurde sie gewahr, daß ihre Träume anfingen, ihrem Mann nicht nur Rendezvousplätze zu erfinden, sondern auch neue ›Huuuren‹, mit denen er seine Leidenschaft befriedigen konnte.

Sie versuchte wach zu bleiben, doch schon weitete der renitente Ehemann sein Wirkungsfeld aus und betrog sie auch in Wachträumen. Und diesmal – sie sah es deutlich, denn bei Tagträumen herrscht Tageslicht – trieb Menachem es sogar mit Schoschana Bloch, einer der wenigen Frauen, gegen die sie nie Verdacht gehegt hatte.

»Ich hab dich mit Blochs Huuure gesehen!« schrie sie.

»Vielleicht beschreibst du mir mal, was wir gemacht haben?« sagte Menachem gespielt harmlos, doch als Batschewa lange Atem holte und den Mund auftat, legte ihr Menachem sanft einhaltend die Hand darauf und bat: »Aber ganz langsam, damit ich auch meinen Genuß habe.«

Batschewa ging ins Freie, blickte genau in die Sonne, blinzelte ein paarmal, und da es ihr auch auf diese Weise nicht gelang, die zwei Ehebrecher aus den Augen zu verscheuchen, fuhr sie mit ihnen im Bus nach Haifa, betrat das Textilgeschäft Kupferstock und erkundigte sich nach einem schwarzen Kleid.

»Wann ist Ihr Mann denn verschieden?« fragte der Verkäufer beileidsvoll.

»Er ist nicht verschieden, ich bin von ihm geschieden«, antwortete Batschewa.

»Ich verstehe nicht«, sagte der Verkäufer.

»Für mich ist er gestorben, und ich möchte ein schwarzes Witwenkleid haben!« verkündete Batschewa. »Was ist denn daran schwer zu verstehen?«

Das Kleid stand ihr ausgezeichnet und bereitete ihr große Freude. Sie kam mit dem Dreiuhrbus zurück, stieg im Dorfzentrum aus, führte ihr Schwarzes geflissentlich allen vor und erreichte nach einem langen Spaziergang mit zahlreichen Aufenthalten bei sämtlichen Nachbarn schließlich auch die Johannisbrotpflanzung ihres Mannes.

Menachem, der immer noch den verräterischen Samenduft seiner Bäume an sich hatte, schnitt trockene Zweige in einer Krone, als er plötzlich seine Witwe unter dem Baum stehen sah.

Sie hob die Augen zu ihm empor, drehte sich im Stand und fragte giftig: »Steht's mir?«

»Sehr«, sagte Menachem lächelnd.

Plötzlich bekam er Lust auf diese hübsche, in Schwarz und Wut gehüllte Witwe. Er stieg vom Baum, in der Absicht, sich niederzubeugen, den Stoff hochzuschieben, auszubreiten und ihre weißen Schenkel auf dem Dunkel des Kleides zu küssen.

Aber Batschewa fuhr zurück und fing an zu schreien.

»Für mich bist du gestorben«, kreischte sie, »du mitsamt all deinen Huuuren. Und jetzt werden alle Leute mich in diesem Kleid sehen und wissen, das wär's, Menachem ist nicht mehr. Menachem ist tot, und seine Frau ist Witwe!«

So schrie sie und hörte den ganzen Tag nicht mehr auf, lief ihm nach und schrie auch zu Hause weiter, und Jakob, der vollauf in seine eigenen Herzensdinge verstrickt war und von alldem hier nichts wußte, kam ausgerechnet in dieser Woche zu Menachem, weil er sich mit ihm über Judith beraten wollte, und sah sie ebenfalls im Hof ihres Hauses toben.

»Was ist?« fragte er entsetzt.

»Er ist tot!« schrie Batschewa. »Begreifst du nicht, was es heißt, wenn jemand gestorben ist? Weißt du nicht, wann eine Frau schwarze Kleider trägt?«

Aber der Verblichene lugte durchs Fenster und bedeutete Jakob, ihn in der Scheune zu treffen.

»Was hältst du von ihr?« fragte er.

»Vielleicht komm ich ein andermal?« meinte Jakob entschuldigend.

»Nein, nein«, sagte Menachem, »das ist der richtige Moment für Liebesprobleme.«

Jakob schilderte ihm all seine Bemühungen und Konflikte, zeigte ihm ein paar seiner Zettel und klagte, daß Judith sich mit Globermann treffe, seinen Geschichten lausche und mit ihm Kognak trinke.

Menachem lachte, wurde dann finster und schließlich ungeduldig.

»Du gibst dich mit Nichtigkeiten ab, Scheinfeld«, sagte er zu seinem Gast, »ist das etwa Liebe? Ein paar Zettelchen und ein paar Vögelchen? Hör gut zu, was ich dir sage, hör zu und merk dir's, denn mehr sag ich nicht: Bei großer Liebe helfen nur große Pläne, und bei großer Liebe haben nur große Dinge Einfluß. Und jetzt entschuldige mich, Scheinfeld, meine Frau sitzt Schiwa nach mir, und ich muß hingehen und ihr kondolieren.«

17

Viel Zeit ist seither vergangen. Viele der Taten und Gefühle, die damals die Straßen des Dorfes bewegten, sind längst vergessen. Auch Jakobs Narbe, die einst wie ein Purpurfaden auf seiner Stirn brannte, ist mit den Jahren verblaßt. Die Wunde war offenbar gut vernäht, und die Narbe wird nur noch sichtbar, wenn die Erinnerungen Jakobs Gesicht erröten lassen, sie aber bläßlich bleibt.

Wie dem auch sei, Jakob beschloß, eine große Tat zu vollbringen. In der Abenddämmerung eines glutheißen Tages im Elul

1937 schallte der Gesang der Kanaris sehr laut und erregt, und als die Leute merkten, daß er nicht aus dem Vogelhaus kam, sondern von außerhalb, setzte er sich bereits in Bewegung und durchquerte das Dorf. Alle eilten aus den Häusern und sahen, daß Jakob Scheinfeld den Wagen angespannt hatte, vier große Bauer voller Kanarienvögel auflud und zu Rabinowitzes Hof fuhr.

Einer nach dem andern lösten sich die Leute vom Fleck und folgten ihm in ständig wachsendem, stummem Geleit durch die Straßen.

Jakob lenkte das Pferd bis zum Stall und rief: »Judith!«

Warmer, staubiger Spätsommerabenddunst hing in der Luft. Das ist die Jahreszeit, in der die frühen Granatäpfel bereits schwellen und schier platzen vor Lust, das die Stunde, in der die Turteltaube ihre Stimmwellen aus dem Dunkel der Zypresse träufeln läßt. In der Eukalyptuskrone versammelten sich die Raben zur täglichen Runde. Im Stall spülte Judith vor dem abendlichen Melken die Kannen, und Mosche Rabinowitz häufte Futter in die Krippen.

»Er sucht dich«, sagte er zu ihr.

Judith gab keine Antwort.

»Geh zu ihm raus. Ich will diesen Blutegel hier nicht haben!«

Naomi sagt, er sei meiner Mutter wegen eifersüchtig gewesen, aber ich meine, Rabinowitz hatte Jakobs Werben schon rechtschaffen satt und konnte diese penetrante, aufdringliche Weichlichkeit nicht länger ertragen.

Er war zornig und müde und wußte, wenn er jetzt zu Jakob hinausginge oder dieser in den Stall hereinkäme, würde die Sache ein schlimmes Ende nehmen.

Judith richtete sich von dem Desinfektionsmitteleimer auf, nahm das blaue Tuch vom Kopf, wischte sich damit Stirn und Hände ab und ging aus dem Stall.

»Was willst du denn?« rief sie. »Was willst du von mir, und was willst du mit deinen armen Vögeln?«

Da nun geschah die auf ewig unvergeßliche Tat, für deren wahrhaftiges Geschehen allein schon die Tatsache bürgt, daß selbst Leute, die nicht Zeugen der Handlung waren, sie bestens in Erinnerung haben.

Jakob ergriff den Strick, der raffiniert die Riegel der vier Käfige verband, und hob die Hand.

»Das ist für dich, Judith!« rief er.

Er zog am Strick, die vier Türen öffneten sich mit einem Schlag.

Judith staunte.

Auch Mosche, jenseits der Stallwand, war erstaunt.

Jakob, der bis zu diesem Moment nicht geglaubt hatte, daß er es tun würde, staunte ebenfalls.

Stille trat ein. Die Leute verstummten, wie immer angesichts eines großen aufopfernden Verzichts. Haustiere und Wildtiere verstummten ob des Schrankenbruchs zwischen Freiheit und Gefangenschaft. Und der Wind legte sich mit einem Mal, gewissermaßen den Weg freigebend für die gelben Schwingen, die sich sogleich ausbreiten würden.

Auch die Kanaris, die allerdings gleich beim Verladen ihrer Bauer auf den Wagen mit einem großen Ereignis gerechnet hatten, hörten erstaunt zu singen auf. Aber sofort faßten sie sich, und als Jakob noch einmal schrie: »Das ist für dich, Judith!«, wurde die anschließende Stille durch das Flappen tausend gelber Flügel gebrochen, die freudig in die Freiheit abhoben.

Die Begleiter machten alle wie ein Mann »ah«, und Judith, ärgerlich und betrogen, hatte das Gefühl, eine fremde, starke Faust drücke ihr das Herz zusammen.

»Jetzt wirst du keine Kanarienvögel mehr haben, Jakob«, sagte sie, »schade.«

Jakob stieg vom Wagen und trat zu ihr.

»Ich werde dich haben«, sagte er.

»Mich wirst du nicht haben.« Sie machte einen Schritt zurück.

»Werd ich doch«, sagte Jakob, »eben hast du mich Jakob genannt, zum ersten Mal.«

»Du irrst dich, Scheinfeld«, sagte Judith mit Nachdruck.

Aber Jakob hatte recht. Es war das erste Mal, daß sie ihn ›Jakob‹ und nicht ›Scheinfeld‹ genannt hatte, und der Geschmack seines Namens in ihrem Mund war wie der der Bittermandel – abrupt und aufreizend.

»*Du* machst hier den Fehler«, sagte Jakob, bebend und wohl wissend, daß das ganze Dorf zusah und lauschte, »nach den armen Vögeln habe ich nichts Größeres mehr, was ich dir geben könnte, nur noch meine Seele.«

»Auch deine Seele will ich nicht.«

Damit machte sie kehrt und ging in den Stall zurück, und Jakob, der ihr Verhalten schon kannte und wußte, daß sie nicht wieder herauskommen würde, nahm das Pferd am Halfter, wendete den leeren Wagen und lenkte ihn nach Hause.

Im Stall hörte Mosche Rabinowitz zu melken auf, kam hoch und lehnte sich an die Wand.

»Nu, Judith«, sagte er schließlich, »vielleicht bist du jetzt bereit, dich einmal mit ihm zu treffen.«

»Warum?« fragte sie überrascht.

»Weil er sich danach nur noch umbringen kann. Was bleibt denn einem Menschen, der Ehre, Arbeit, Besitz und alles für die Liebe hingegeben hat? Er hat sich nichts auf der hohen Kante gelassen.«

Unwissentlich sprach er aus der Sympathie heraus, die nur zwei Männer, die um das Herz ein und derselben Frau streiten, füreinander empfinden können. Judith fühlte leichten Brechreiz die Kehle hochsteigen.

»Mach dir keine Sorgen«, sagte sie, »wer eine Frau wirklich liebt, bringt sich ihretwegen nicht um. Selbstmörder lieben nur sich selbst.«

»Wie viele Männer kennst du, die für eine Frau tun würden, was er getan hat?« fragte Mosche.

»Und wie viele Frauen kennst du, die solche Märtyrer wollen?« fragte Judith. »Ja, wie viele Frauen kennst du überhaupt, Rabinowitz? Seit wann bist du solch ein Kenner? Und warum steckst du deine Nase da rein? Ich bin nur deine Arbeiterin. Was du zu sagen hast, sag nur über die Milch, die ich von den Kühen melke, und über das Essen, das ich koche. Das ist alles.«

Draußen standen die Menschen noch dicht gedrängt, erst eine Stunde später begannen sie sich still zu zerstreuen wie nach einem Begräbnis. Das Gemurmel verstummte. Der Staub legte sich. Das Gefühl drohenden Unheils hing in der Luft.

18

»In meiner Kindheit«, erzählte mir Oded, »hat Vater bei Nacht dagesessen und die braunen Groschen poliert, bis sie glänzten wie Goldmünzen, und ich hatte Angst, die Raben könnten verrückt werden und die Fensterscheiben zerbrechen, um sie zu stehlen. Ich staune, daß du bis heute noch keine solche Münze in ihren Nestern gefunden hast.«

»Sie verstecken ihre Glitzersachen nicht im Nest«, sagte ich, »sie vergraben sie in der Erde.«

Odeds linker Arm, der stärker gebräunte, ruht auf dem Lenkrad. Die rechte Hand tanzt zwischen Schaltknüppel und allen möglichen Knöpfen und Hebeln hin und her und fährt gelegentlich in die Luft, um etwas zu erklären oder hervorzuheben.

Sein Gesicht ist gerötet, das graue Trägerhemd klebt ihm im Sitzen an den Bauchfalten. Seine unbehaarten Füße in Sandalen betätigen die hölzernen Pedale.

»Für das Steuer des alten Mack brauchtest du eiserne Hände. Jetzt, mit Servolenkung, hydraulischem Sitz, Motorbremse,

Halbautomatik und diesem ganzen Luxus, ist die einzige Gymnastik, die ich mache, jede Nacht auf den Wecker zu hauen«, sagte er und lachte schallend los.

»Ich hab mal zu Dina gesagt, laß uns nach Amerika fahren, dort nehmen wir uns das Zugpferd von einem Semitrailer, ohne den Wagen, das größte Pferd von Peterbilt mit Doppelkabine zum Schlafen samt Kühlschrank und Ventilator und Radio und Dusche und allem nur möglichen Drum und Dran. Dieses Pferd, einmal vom Wagen befreit, singt einfach laut heraus, es ist das beste, bequemste und stärkste Kraftfahrzeug der Welt. Ja, damit in Amerika herumreisen, Sejde, und von hoch oben die Landschaft begucken – was könnte besser sein? Meilen über Meilen ziehen vorüber, Wälder und Wüste, Äcker und Berge, und wenn du in Meilen statt in Kilometern mißt, sieht die Sache überhaupt ganz anders aus. Meile ist Meile, und Kilometer ist Kilometer. Es genügt schon, diese Wörter zu hören, Meile und Kilometer, um zu verstehen, welch ein Unterschied zwischen ihnen besteht. Denn was kann ein Fahrer hierzulande schon tun? Befördert ein bißchen Milch, ein paar Auberginen, Eier oder Paprikas, wenn es hoch kommt vom Emek nach Jerusalem, wie ein Ladenjunge mit Fahrrad und Anhänger. Ein Glück, daß sie mich ab und zu noch zum Reservedienst einberufen, um beim Militär ein paar Panzer zu verschieben, vom Sinai zum Golan und vom Golan zum Sinai, was vielleicht schon annähernd was ist. Nicht, daß ich, Gott behüte, hier etwas geringschätze, aber in diesem Land kann ein Sattelschlepper nicht richtig loslegen, man muß dauernd aufpassen, daß man nicht gleich irgendwo über die Grenze rollt. Aber dort ist unendlich weites Land, groß, weiträumig, in nichts geizig. Wenn sie dort ›Grand Canyon‹ sagen, dann ist der sowohl ein Canyon als auch groß und nicht – wie sie uns mal, noch vor der Staatsgründung, bei einem Ausflug der Moschawjugend ans Ende des Negev bei Elat gekarrt haben und wir dort einen ganzen Tag in der Sonne gelaufen sind, um einen Canyon zu sehen, der zum Schluß gerade mal eine Poritze war – klein und rot. Dort ist ein Canyon ein Canyon, ein Berg ein Berg und ein Fluß ein Fluß. So ein Mississippi zum Beispiel ist ein wahres Meer. Weißt du, wie man Mississippi schreibt, nu, laß mal sehen, Sejde, du Universitätsgelehrter, kommst du mit all den Ps und Ss zurecht... Also hör mal zu, Sejde, das ist ein kleines Lied: Em ai es, es ai es, es ai pi pi ai... Hat mir mal jemand beigebracht, eine Sie, eine Tramperin, die ich mitgenommen hatte, Touristin aus Amerika. Und wenn du dort mit dem Laster eine Tankstelle anfährst, hast du da gutes Essen und saubere Toiletten und Musik, und deine Kaffeetasse füllen sie dir auf, sobald du sie ausgetrunken hast, *refill* nennen sie das, schreibt sich mit e, genau wie die Ersatzmine für Globus-Kugelschreiber, aber aussprechen muß man's ›rifill‹, mit i. Ich hab das mal in einem Film gesehen – sitzt so ein Fahrer im Tankstellenimbiß, streckt die Beine mit den Stiefeln aus, trinkt seinen Kaffee, und da kommt eine Kellnerin, eine richtige Frau, nicht irgendein dummes junges Ding, sondern eine Frau, die schon was vom Leben versteht, mit weißen Schwesternschuhen und Tändelschürze, und wenn er ungefähr bei einer Viertel Tasse angelangt ist, fragt sie – hör dir das an, Sejde, wie sie sagt: ›*Would you like a refill, Sir?*‹ Nicht wie hier, wo sie mit allem geizen und dir Kaffee mit Satz geben, ›Kaffee Botz‹ – ›Schlammkaffee‹, bei dem schon der Name zum Kotzen ist, und ein durchgeweichtes Sandwich mit einer Tomatenleiche drin, und die Toilette starrt vor Dreck, und das Papier kannst du selber mitbringen. Denn wer braucht hier schon eine Toilette in der Tankstelle? Wohin du auch fährst, wo immer du bist – stets bist du in Pinkelabstand von zu Hause.«

Weißer Dunst und der gute Duft sich erwärmenden Harzes stiegen von den Kiefernwäldchen an den Berghängen auf. Die Sonne kletterte höher. Der große Laster glitt die abfallende Straße hinunter, bog an der Kreuzung links ab, machte nach kurzer Steigung eine Wendung nach rechts, und mit einem Mal lag das Emek wie unter den Rädern ausgebreitet.

Oded atmete mit voller Brust, wandte mir das Gesicht zu und lächelte: »Jedesmal, wenn ich Naomi in Jerusalem besuche, fragt sie mich nach diesem Moment, in dem man aus dem Wadi Milek herauskommt. Man fährt links rauf, biegt rechts ab, und plötzlich öffnet sich das Emek mit einem Schlag. Hier sind die Said-Hügel, da liegen Kfar Jehoschua und Bet-Schearim, dort ist Nahalal, in der Ferne erhebt sich der Hamore. Das Emek. Also sie fragt mich, und ich sage ihr: Hast du Heimweh, Schwester? Du brauchst nur was zu sagen, und schon komme ich und hol dich heim. Du müßtest mal Meirs Gesicht sehen, wenn ich ihr das sage.«

Aus den Höhen der Fahrerkabine betrachtet, dehnte sich Naomis Sehnsuchtsland, so weit das Auge reicht, bis zu den fernen blauen Bergwänden. Auf den Feldgevierten hob sich hier und da eine große Eiche ab, letzte Erinnerung an den herrlichen Wald, der hier einst wuchs.

»Du weißt sehr gut, daß deine Mutter und ich keine Freunde waren. Aber in bezug auf Meir waren wir uns völlig einig«, sagte er.

Wir überquerten das sanfte Flußbett des Kischon, passierten Sde-Jaakow, bogen nach rechts und keuchten mit lautem Dröhnen nach Ramat-Jischai hinauf, das bei Oded noch immer ›Dschedda‹ hieß. Wieder ging es hinunter und hinauf, und an der alten britischen Polizeistation erzählte mir Oded zum achtzigsten Mal die Taten Sergeant Schwilis, der mit seinem *Kurbatsch* zwischen den arabischen Dörfern patrouilliert war und dort martialisch Ordnung geschaffen hatte.

»Schreib du über all diese Dinge, Sejde«, schrie er, »wozu erzähle ich dir sonst das alles? Behalt's und schreib's auf.«

19

»Alle werden zum Schluß umkommen«, sagte Dorfpapisch, »diese verwöhnten Zimmervögel wissen gar nicht, was Wetter bedeutet.«

Aber Jakob Scheinfelds befreite Kanaris trotzten mit überraschendem Heldenmut Sonne und Wind, Regen und Hagel.

Sie taten sich an Wildorangensamen und Krippenspreu gütlich, nisteten auf jedem Baum und fürchteten nicht Eulen, Katzen und Falken, die zwar Lücken in die Reihen von Staren und Kohlmeisen schlugen, aber Jakobs Kanaris keine Feder krümmten. Diese zeigten sich nun auf jedem Zweig und Dach im Dorf, und am Ende des Winters begannen sie sich mit Distel- und Grünfinken zu paaren und übertrugen auch den Banduks, die ihnen geboren wurden, den Dienst süßen Werbens und das undankbare Los gedungener Serenadensänger.

Wie tausend gelbe Liebesboten flogen die zwitschernden Männchen umher, saßen wie gelbe Zettel auf den Zweigen, ließen wie ein Heer gelber Kantoren das alte Flehen erklingen, das weder Anfang noch Ende kennt.

Trotz alledem gab Judith nicht nach, und als die Vögel ein Jahr nach ihrer Freilassung verzweifelt zu Jakob zurückkehrten, ihr Versagen eingestanden und ihre alten Käfige zurückerbaten, entflammte der Zorn im Dorf. Rabinowitzes Judith, so sagten alle, hatte diesmal die Grenze überschritten.

Doch entgegen den Prophezeiungen der Dorfgenossen beging Jakob keinen Selbstmord. In jenem Jahr, an dessen Anfang die Kanaris freigelassen wurden und an dessen Ende sie zurückkehrten, hatte er sein öffentliches Werben bereits eingestellt. Nun verliehen keine Zettel mehr dem Dorf einen gelben Anstrich, und er selbst zeigte sich nur noch selten auf der Straße. Alles rätselte und staunte, doch Jakob war ruhiger denn je. Er ließ die Kanaris in ihre alten Käfige ein, verschloß aber nicht mehr die Türen, und so flogen die Vögel nach Belieben ein und aus. Jetzt sangen sie weniger, und Jakob hörte nur das Flappen vieler Flügel, wie das Rauschen des Blutes, das der Mensch manchmal hört, wenn der Schlaf ihn flieht und er im Dunkeln liegend seinen Erinnerungen nachhängt und auf die Schläfenadern lauscht.

Zuweilen bestieg Jakob den Hügel beim Dorf, stand dort unter dem großen Brustbeerbaum und blickte in die Ferne, als wünsche er jemandes Eintreffen herbei. Wenn der Wind aus der richtigen Richtung wehte, konnte man das Rufen, Singen und Musizieren der italienischen Gefangenen in ihrem Lager hören, und Jakob lauschte und lächelte vor sich hin.

Aber meistens setzte er sich auf einen Stein am Wegesrand und wartete. Vor lauter Hoffen vibrierte dann seine Haut wie das Fell eines Pferdes, seine Augen tränten vom Staub, und seine Finger schnippten. Seinerzeit war dort noch keine Bushaltestelle, doch als man sie errichtete, beschloß man, sie dorthin zu bauen, wo Jakob Scheinfeld immer saß, denn Fahrer und Passanten waren schon gewohnt, dort anzuhalten und ein, zwei Worte mit ihm zu wechseln, und es herrschte bereits die für Haltestellen passende Warteatmosphäre.

Von dort heimgekommen, betrat er das Kanarienhaus, reinigte die Futtertröge von aufgegangenen und abgestorbenen Samen und die verlassenen Tränken von den Salzablagerungen, die sich an den Wänden gesammelt hatten.

»Nur große Pläne und große Dinge«, sagte er sich immer wieder, »bei großer Liebe haben nur grandiose Würfe Einfluß.«

Die leeren Käfige mit ihren offenen Türen und der trockenen Verwesung darin sagten ihm, daß die wirklich ersehnten Dinge warteten, bis die Welt und die Zeit reif für sie waren. Das war eine beängstigende Erkenntnis, gleich dem Nachsinnen über die Größe des Universums, den Lauf der Zeit, die unsichtbaren Bande der Anziehungskraft und all die anderen Gedanken, vor denen sich Abgründe auftun und denen schwarze Nebelschwaden folgen.

»Wie die Knospe, die abwartet und erst am genau richtigen Tag aufspringt«, erklärte er mir unterwegs zur Küche. Ungeduldig war er, wie ein Dichter, der Trost in einer Metapher sucht. »Wie eines Wintertags alle Schnecken aus der Erde kommen. Jede an ihrem Ort. Wie geschieht das, Sejde? Wie wissen sie es? Alle möglichen Leute werden dir sagen: Da ist Gott am Werk. Dann frage ich dich, Sejde, hat der Gott der Juden nichts Dringenderes zu tun? Aber wenn das Licht und die Wärme und die Zeit und das Wasser in der Erde alle auf einmal stimmen und alles wartet und bereit ist, dann hat die Schnecke keine andere Wahl mehr und kommt zum Vorschein. Und daraufhin habe ich mir gesagt: Du, Jakob, bereitest auch alles so vor, daß sie dann kommen muß.«

Er nahm mich mit auf den Balkon seines Hauses. Dunkel war's, aber Jakob zeigte zu den unsichtbaren Höhenzügen des Karmel am westlichen Horizont und verkündete: »Der Prophet Elija hat all diese Geheimnisse schon längst gekannt.«

Wenn man die Holzscheite richtig schichtete, sagte er, würden sie von selbst Feuer fangen, und wenn man dem Regen seine sämtlichen Riten zelebrierte, käme die kleine Wolke, und die Tropfen fielen.

Nun wurde er leidenschaftlich und betrübt zugleich, setzte sich und sprang wieder auf, rang die alten Hände, sprach von »der Ordnung der Dinge« und der höchsten Ausdrucksform dieser Ordnung: der Anziehungskraft der großen Erde, die alles umfassend fest- und zusammenhält und dafür sorgt, daß jedes Ding an seinem Ort ist.

Die Dinge zögen einander an und hielten sich damit gegenseitig, sagte er. Bäume liefen nicht. Kühe flögen nicht durch die Luft. Das Wasser des Meeres flösse nicht aus seinem Becken. Anders als die Menschen, fielen die Sterne nicht übereinander her.

Und wenn man nun alle Mosaiksteinchen zusammensetzte, würde kraft dieser Gesetze das letzte, ersehnte, verlorengegangene Steinchen angezogen und genau an seiner Stelle eingefügt, meinte er.

»So habe ich das verstanden, was Menachem Rabinowitz mir gesagt hat, die Sache mit der großen Liebe und den großen Dingen. Wenn nämlich die ganze Welt bereit wäre – Tische und Bänke und der Hochzeitsbaldachin und das Kleid und das Essen und der Rabbi –, dann müßte auch die Braut kommen. Und da wußte ich, daß das, was ich vorher getan hatte, mit Kanaris und Geschenken und Zetteln und Bitten, alles falsch gewesen war. Ich hätte nicht ihrer Liebe, ihrem Herzen, ihrem Körper nachjagen sollen. Sondern einfach die Hochzeit vorbereiten. So gut vorbereiten, daß sie hätte kommen müssen. Anfangs verstand ich das alles wie im Traum, aber dann kam mein dicker Arbeiter Jehoschua zu mir. Und als er kam, wußte ich: So, Jakob, jetzt wirst du alles lernen, was man für eine Hochzeit braucht. Jetzt bereitest du alles Erforderliche für die Hochzeit vor. Danach wird sich alles in Frieden regeln.«

20

Rachel wurde im Winter 1940 an Globermann verkauft, in jener Woche scharfer Ostwinde, die mal Anfang Adar, mal Mitte Schewat eintritt und das Emek jedesmal aufs neue mit fünf trüben Regennächten und sechs strahlenden Sonnentagen bei tiefblauem Himmel überrascht.

Judith hatte den dritten klaren Tag dazu genutzt, mit Naomi nach Haifa zu fahren, um ein paar Sachen fürs Haus einzukaufen, und Mosche hatte wiederum die Abwesenheit der beiden genutzt, um die Kuh zu veräußern.

Herz und Hirn möchten, jedes auf seine Weise, gern wissen, warum. Aber diese Frage ist unwichtig, und falls es eine Antwort darauf gibt, kann man nichts daraus lernen. Denn wenn es auch vielen unter uns nicht vergönnt gewesen sein mag, die innig Geliebte zu erlangen, so haben doch wenige ihretwegen tausend Kanaris freigelassen, und nur eine Handvoll haben eine unfruchtbare Kuh verkauft, die einer Arbeiterin auf ihrem Hof lieb und teuer war.

Vielleicht hat Mosche kapituliert, vielleicht rebelliert, oder wollte er womöglich zeigen, wer Herr im Haus ist? Brauchte er einfach Geld? Ich habe dafür keine Erklärung, ebensowenig wie für viele andere menschliche Verhaltensweisen, abgesehen von dem, was Globermann mir oft gesagt hat: *»A Mensch tracht, un Gott lacht«* – der Mensch macht Pläne, und Gott lacht.

Doch mögen die Gründe auch banal sein – sie hatten wichtige Folgen. Rachel wurde zum Schächten verkauft, Mutter rettete sie und brachte sie nach Hause zurück, und neun Monate später kam ich, Sejde Rabinowitz, zur Welt.

Natürlich ging Rachels Verkauf insgeheim und in aller Eile vonstatten.

Rabinowitz, plötzlich mutig geworden, und der Sojcher, bei dem Geldgier jedes andere in ihm nistende Gefühl erstickte, feilschten nicht. Globermann, der sonst stets das Geld vor den Augen des Eigentümers zählte, drückte Mosche diesmal einen wirren, ungezählten Haufen Banknoten in die Hand und wollte sich nur eiligst mit seiner Beute davonmachen. Er band seinen Strick um Rachels Hörner und fuchtelte ihr mit dem *Baston* vor der Nase herum, da er fürchtete, die unfruchtbare Kuh – männlich, stark und unberechenbar – könnte auf ihn losgehen, sobald er am Strick zog.

»Einem Bullen kannst du am Gesicht ansehen, was er vorhat, aber bei so einer *Tumtum* weißt du nichts«, sagte er zu Mosche.

Doch ohne Judith war alle Kraft von Rachel gewichen. Sie lief dem Sojcher schicksalsergeben drei Schritte nach, muhte plötzlich wimmernd und setzte sich in menschlicher Haltung auf den

Hintern, mitleiderregend, als sei sie mit einem Schlag vom kräftigen Jüngling zur todmüden Greisin mutiert.

Rabinowitz und Globermann waren erfahren genug, zu wissen, daß die Kuh sie in einem solchen Fall stundenlang aufhalten konnte, und beide fürchteten Judiths Rückkehr und ihren Zorn.

»Du mußt mir jetzt helfen, Rabinowitz!« sagte Globermann.

Normalerweise halfen die Bauern dem Sojcher nur, die ihm verkauften Kälber wegzutreiben. Wurde eine Milchkuh veräußert, flüchtete ihr Eigentümer ins Haus, um bei ihrer Abführung nicht mehr zugegen zu sein, und wenn es eine besonders geliebte Kuh war, verzog er sich sogar in eine Pflanzung und redete dort mit sich und den Bäumen und Steinen, oder er ging ins Dorfzentrum und hielt dort Leute auf, bis der Sojcher und sein Opfer abgezogen waren und das klagende Muhen sich in der Ferne verloren hatte.

Das war eine ganz selbstverständliche Übung, und auch der Sojcher hatte noch nie die Hilfe des Stallbesitzers erbeten. Aber diesmal sprang Mosche hinter Rachel, packte ihren Schwanz mit der Faust und drehte mit Macht. Überraschung und Schmerz schreckten sie vom Fleck auf, und sie ging ihrem Käufer nach.

Gegen Abend kamen Naomi und Judith aus Haifa zurück. Als sie Rachels Platz leer sahen, fing Naomi an, zu schreien und zu weinen, aber Judith sagte nur: »Geh jetzt ins Haus, Nomile« und sprach danach keine Silbe mehr.

Sie molk mit Mosche in einem Schweigen, daß ihm die Zunge am Gaumen kleben und seine Finger so steif werden ließ, daß er den Kühen weh tat. Danach ging sie in ihre Ecke und zog den Vorhang zu.

Mosche, der sich auf Streit und Debatten gefaßt gemacht und seinen Köcher mit Argumenten und Rechtfertigungen gefüllt hatte, zog sich ins Haus zurück, um mit seinen Kindern zu Abend zu essen. Oded saß mit ihm am Tisch, aber Naomi lag mit geschlossenen Augen in ihrem Bett und schwieg.

Oded sagte: »Sehr gut, daß du sie verkauft hast, Vater. Sie war sowieso nichts wert.«

»Geh schlafen, Oded«, sagte Mosche.

Er selbst wanderte noch eine Zeitlang im Haus umher, ging dann hinaus, stapfte in dem Morast an der Nordwand des Stalls auf und ab, und als er schließlich eintrat, sah er, daß Judith nicht da war. Sorge und Erleichterung erfüllten ihn – unvermengt und damit doppelt störend. Er kehrte ins Haus zurück, legte sich ins Bett und wartete.

Ein starker Wind wehte draußen. Der scharfe Geruch nasser Zypressen hing in der Luft. Der Eukalyptus wedelte mit seinen mächtigen Armen.

Regen setzte ein, trommelte auf das Dach, rauschte trübsinnig die Rinnen entlang, übertönte und verschlang andere Geräusche.

Mosche strengte die Ohren an und schloß die Augen, bis er ferne sturmgebeutelte Atemzüge und ein Stampfen hörte, das wie das Patschen schwerer Hufe im Schlamm klang; er hörte es nahen, aber nicht ankommen. Ein paarmal sprang er aus dem Bett und ging nach draußen, und zum Schluß zog er die Stiefel an und rannte, nur das Hemd am Leib, im Regen über die Felder bis zum Eukalyptuswald. Der Schlamm klebte ihm an den Füßen, die kalte Luft reizte ihm die Lungen, und als er müde und schnaufend ankam, wagte er nicht, den Wald zu durchqueren.

Schweren Schrittes kehrte er nach Hause zurück, zog sich aus, ging ins Bett und drückte sich gewaltsam die Lider zu.

»Komm, komm, komm, komm«, hörte er, und auch seinen eigenen Namen – »Mejdele« aus dem Mund seiner Mutter, »Rabinowitz« aus Judiths Mund und »mein Mosche« aus dem Mund seiner Tonia, der sich mit Wasser füllte. Aber er wußte nicht, ob er es wirklich hörte, ob es vielleicht nur Regen und Wind waren, oder womöglich das Laub des ächzenden Eukalyptus, oder der brandende Schmerz in seinem Schädel.

Als er dann nackt und vor Kälte zitternd unter der Decke, die er sich umgeschlagen hatte, wieder auf den Hof hinausging, sah er dort nichts. Erst eine Stunde später, nachdem er bereits eingeschlafen war, klirrte der Stallriegel in seiner Halterung mit klarem, unverkennbarem Traumklingeln, und Mosche begriff, daß er endlich schlief, und als er sich zwei Minuten später erneut in seine Decke hüllte und langsam schwebend mit geschlossenen Augen zum Stall wandelte, sah er dort beide, eiskalt und durchnäßt.

Rachel stand auf ihrem üblichen Platz, den Atem vor Kälte beschlagen, den Kopf zu Judith herabgesenkt, die schlafend oder ohnmächtig vor ihren Füßen auf dem dreckigen Betonboden lag.

»Was macht die Kuh hier?« schrie Rabinowitz.

Judith gab keine Antwort.

Halb erfroren war sie, hatte eine Gänsehaut, und ihre Augen waren kalt und haßerfüllt wie die eines toten Fisches.

Mosche erwachte. Er rannte ins Haus und fand das Geldbündel, das der Sojcher ihm für Rachel gegeben hatte, an Ort und Stelle liegen.

Sein Herz erstarrte. Als er erneut den Stall betrat, war Judith bereits vom Boden aufgestanden, hatte das Holz in der halben Tonne angezündet und rieb Rachel mit Säcken trocken.

Beide stöhnten vor Müdigkeit und beißender Kälte.

»Woher hast du die Kuh geholt?« schrie Mosche.

Judith zog die Nase hoch und erschauderte am ganzen Leib.

»Das geht dich nichts an, Rabinowitz, und werd mir nicht laut«, flüsterte sie.

»Mit welcher Münze hast du ihn bezahlt?«

»Dich hat es keinen Pfenig gekostet.« Sie wrang sich das Wasser aus den Haaren. »Ich habe Rachel zurückgekauft, und jetzt gehört sie mir.«

»Der Sojcher soll eine Kuh zurückgegeben haben?« rief Mosche. »Der Sojcher hat noch nie eine Kuh zurückgegeben. Wer hat denn so was gehört?«

Judith antwortete nicht.

»Du hast sie gestohlen!«

Judith lachte, wobei so viel Bosheit und Verachtung mitschrillten, daß Mosche vor der Wahrheit erschrak, die ihn zusehends belagerte.

»Wenn du ihn nicht mit Geld bezahlt hast, womit dann?« Seine Stimme zitterte, als würge ihn die noch unausgesprochene Antwort im Hals.

»Jetzt ist Rachel mein«, erwiderte Judith. »Ihre Milch kannst du nehmen, für das Futter, das sie frißt, und für den Platz, den sie einnimmt, aber diese Kuh gehört jetzt mir.«

»Womit hast du ihn bezahlt, du *Kurbe*? Mit deiner *Pirde*?« schrie Mosche plötzlich mit unerwarteter Derbheit, in einer Erregung, die er nicht in seinem Innern vermutet hatte, und mit vulgären Worten, von denen er kaum glauben wollte, daß sie seinen Lippen und seiner Zunge bekannt waren.

Die Ausdrücke nagelten Judith förmlich auf dem Fleck fest. Nur ihr Kopf drehte sich langsam wie auf einer Achse und wandte ihm das Gesicht zu.

»Ich habe solche Worte schon mal gehört«, sagte sie völlig ruhig, nahm die Heugabel, die an der Wand lehnte, und schritt auf ihn zu.

Sie verlangsamte nicht, stürmte nicht, täuschte nicht, drohte nicht. Sie hieb nur die Heugabel vor sich hin mit einer Geste, die keinen Haß, sondern nur Übung bezeugte, und Mosche, der sofort erfaßte, daß sie nicht auf leere Drohungen aus war, fuhr zurück, strauchelte und hakte, als er sich irgendwo halten wollte, mit dem Fuß hinter die Mistschaufel.

Die Decke glitt ihm vom Körper, und er fiel rücklings auf den kalten Misthaufen. Wieder wurde die Forke mit derselben sachlich effektiven Bewegung des Einstechens in einen Heuhaufen nach ihm geschwungen, aber diesmal konnte er nicht rechtzeitig ausweichen, ein Zinken drang ihm in den Arm.

Die Wunde war tief und überraschend, und Mosche schrie vor Schmerz, aber Judiths Miene blieb kühl und gelassen. Sie zog ihm die Heugabel aus dem Fleisch, und als sie sie ein drittes Mal schwang, rollte Mosche sich zur Seite, kam auf die Füße und flüchtete nackt aus dem Stall.

Im Haus schloß er die Tür ab, sackte zu Boden und kroch dann los, um sich Blut, Schlamm und Mist vom Leib zu waschen und Alkohol auf die Wunde zu träufeln. Nicht die Schwäche an sich ließ seinen Körper erschauern, sondern das fremde Gefühl, sie überhaupt in sich zu spüren. Er verband seinen Arm, legte sich ins Bett und begriff langsam, daß die Finger, die ihm an der Gurgel saßen, wenn er schlucken oder einschlafen wollte, weder Wut noch Angst, sondern simple Eifersucht waren. Fremd und seltsam war ihm diese ebenfalls nie gekannte Regung.

Wieder schlief er ein, und wieder erwachte er, weil er Judiths Heulen nicht hörte und sich fragte, warum. Ja er wollte schon aufstehen und erneut in den Stall gehen, aber die Schmerzen im Arm und das rasende Pochen in der Achselhöhle erinnerten ihn an das Geschehene und rieten ihm, lieber im Bett zu bleiben. Er schloß die Augen und begann zu träumen, daß er unter etwas ersticke, das ihm auf die Brust drücke, aber dort war nichts, nur die Arme des Engels und seine traumhaften Schenkel, die seinen Leib umfingen, seine Brustwarzen, die ihm das doppelte Eigentumsmal in die Brust brannten, und sein Finger, der ihm auf dem Gesicht lag und ihm sagte: »Sch... sch... schlaf jetzt, sch...«

Lippen wisperten an seinem Hals Entschuldigungen, feuchtwarme Seide drückte und küßte und umschlang lustvoll sein Fleisch, und die Wonne war so groß, daß der Traum noch andauerte, als er die Augen aufschlug, doch jetzt steigerten sich die Schmerzen in seinem wunden Arm ins Unerträgliche, und seine Temperatur stieg stark an.

Ein guter, schwerer Duft, vergessen und erinnerlich zugleich, bedeckte sein Gesicht wie ein ausgebreitetes Kleid.

»Wer bist du?« fragte er, doch niemand antwortete.

Draußen hatte der Sturm sich gelegt. Rotkehlchen begannen ihr Tschilpen zum Ende der Nacht, eines auf Tonias Granatapfelbaum, sein Gegenpart auf Papischs Hof. Rabinowitz wußte, daß er allein zurückgeblieben war und noch eine Stunde schlafen konnte. Doch als er zum zweiten Mal aufwachte, war die Sonne schon über den Fenstersturz geklettert, Spatzen und Raben hatten ihr Morgenlied beendet, die Tauben waren vom Futtersilo des Dorfes zurückgekehrt und gurrten mit vollem Kropf, und die Luft war klar und warm und trocken; nur der feuchte Erdgeruch von seinem Körper und vom offenen Fenster her gab ihm Zeugnis.

Judith brachte ihm eine große Tasse Tee mit Zitrone ans Bett, untersuchte seine Wunde und sagte: »Steh heute nicht auf, Mosche, ich habe schon an deiner Stelle gemolken.«

»Allein?« fragte Mosche.

»Ich bin im Morgengrauen zu Scheinfeld gegangen, und er ist mir zu Hilfe gekommen«, sagte sie.

Von jener Nacht an wurde Judiths Heulen nicht mehr gehört.

»Manche Frauen spüren den Moment, in dem sie schwanger werden«, sagte mir Naomi, »und ich bin sicher, so war's auch bei ihr. Wie ein Tier war sie in solchen Dingen. Auch den Moment des Eisprungs wußte sie auf die Sekunde genau. Das hat sie mir selbst erzählt, als ich meine erste Periode bekam und sie ein Gespräch unter Frauen mit mir abhielt. Selbst wenn sie in jener Nacht mit allen dreien geschlafen hat oder womöglich schwanger geworden ist, ohne mit irgendwem zu schlafen, wußte nur sie genau, wie es passiert ist. Aber jetzt, Sejde, macht das wirklich nichts mehr aus. Auch dieses Geheimnis hat sie mit ins Grab genommen. Es muß richtig eng sein in Mutters Grab vor lauter Geheimnissen, Sejde.«

Wie dem auch sei, das Heulen erklang nicht mehr. Manche

hörten Lachen aus dem Stall, andere hörten nichts, aber alle verstanden, daß etwas geschehen war, und im Dorf begann man zu reden.

Wie bei uns üblich, konnte man nicht wissen, ob die Wirklichkeit die Gerüchte nährte oder umgekehrt, aber die Beweise wurden immer zahlreicher und klarer: Das Weiße in Judiths Augen trübte sich, ihre Brüste schwollen an, die Figur wurde noch nicht rundlicher, aber mehrere Leute hatten sie Sauerklee sammeln und essen sehen.

Und als Mosche zweieinhalb Monate nach jener Nacht eines Morgens in den Stall kam und sie an Rachels Hals lehnen und in die Rinne speien sah, wußte er, daß alle Klatschmäuler recht behalten hatten.

Ein paar Wochen später kamen Globermann und Scheinfeld, geradezu wie verabredet, bei ihm angelaufen und sagten: »Es geht nicht an, Rabinowitz, daß Judith ein Kind bei den Kühen aufzieht.«

Die drei gingen in den Stall, um mit ihr zu reden, aber Judith sagte, sie fühle sich gut und wohl in ihrer Ecke dort, nahe bei ihrer geliebten Rachel. Daraufhin blickten die drei Männer einander in die Augen, gingen ins Haus und machten sich ans Diskutieren, Messen und Skizzieren. Und am nächsten Morgen fuhren Globermann und Scheinfeld mit dem Lieferwagen in die Stadt, während Mosche Rabinowitz daranging, Gruben für die Grundpfeiler auszuheben.

Am Nachmittag kehrte der Kleinlaster zurück, schier zusammenbrechend unter der Last von Zementsäcken, Sand und Kies, dazu hoch beladen mit Gummitaschen, Arbeitsgerät und Brettern für die Gußformen, und Globermann ging in den Stall, holte die Grappaflaschen und seinen und Judiths Kognak heraus – »das ist nicht gut für unser Kind im Bauch« – und füllte den Schrank mit geblümten Umstandskleidern, Dörrobst, Würsten und seinen berühmten Petits fours.

Der Bau des neuen Stalls dauerte rund zwei Monate, und nachdem die Kühe dorthin verbracht worden waren, nahm Rabinowitz den Zehnkilohammer und riß alle Trennwände und Raufen des alten Stalls ein, Scheinfeld und Globermann transportierten den Schutt ab, und in den nächsten Wochen bauten sie neue Innenwände, die zwei Zimmer, Küche und Dusche schufen, brachen weitere Fenster in die Wände und spannten Drahtgeflecht für eine neue Rabitzdecke.

Zum Schluß erschien auch der Geschäftsmann, der ihnen das gesamte Baumaterial verkauft hatte, und so offenbarte sich Stadtpapisch, Dorfpapischs gemutmaßter Bruder, der auf einmal Gestalt annahm und sich vor den Augen des ganzen Dorfes von Scherz in Wirklichkeit verwandelte. Stadtpapisch stritt sich mit seinem Bruder lauthals über alle Themen der Welt, und unterdessen legte er Fliesen, verputzte und weißte die Wände und verlegte Strom- und Wasserleitungen, die dem Gebäude Leben einhauchten und es zum Haus machten, zu dem Heim, in dem ich geboren wurde und in dem mich meine Mutter aufzog, eben dem einstigen Kuhstall, dessen Kacheln meine Erinnerungen beleben und dessen Wände leichten Milchgeruch abgeben.

Diese ganze Zeit sprachen die Männer nicht viel, aber in dem beschränkten Raum des Stalls waren die drei einander sehr nahe. Mal berührten sich ihre Schultern, mal die Hände, und als der Sojcher aus dem Drusendorf auf dem Berg einen gußeisernen Holzfeuerofen brachte, rief er Mosche, der das gute Stück vom Kleinlaster zum Stall trug, und Jakob ging zwei Bäume in seinem aufgegebenen Zitrushain fällen und karrte einen Wagen voll Feuerholz herbei.

»Das ist für dich, Judith«, sagte er, »Orangenholz brennt gut und verbreitet einen angenehmen Geruch.«

21

»Von wem ist sie schwanger?« erkundigte sich Naomi bei Oded.

»Die? Von allen!« antwortete Oded.

»Von wem ist sie schwanger?« fragte Naomi ihren Vater.

»Von keinem«, sagte Mosche.

»Von wem bist du schwanger?« fragte Naomi Judith.

»A nafka mina«, sagte Judith, »was macht das aus.« Und als Naomi beharrlich weiterfragte und heulte, sagte sie schließlich: »Von mir selbst bin ich schwanger, Nomile, von mir selbst.«

»Erinnerst du dich an den Tag, an dem du hier geboren wurdest? Erinnerst du dich, Sejde?«

»Niemand erinnert sich an den Tag seiner Geburt.«

»Ich erinnere mich. Ich war hier.«

»Ich weiß.«

»Vielleicht bleib ich hier bei dir und geh nicht nach Jerusalem zurück?«

»Du hast Mann und Kind in Jerusalem, Naomi.«

Die warmen Gerüche einer Dorfnacht wehten in mein Fenster. Mein Herz schwang sich aus dem Käfig der Rippen auf, und das Rascheln abgelegter Kleider erklang im Dunkeln.

»Mach kein Licht an«, bat sie, ohne zu wissen, daß ich die Augen geschlossen hielt.

Sie stieg in mein Bett und fragte: »Wie heißt du?«

»Sejde«, sagte ich.

Draußen begannen die Amseln zu singen, schmolzen mit ihren Stimmen den Morgenfrost und färbten den Osten mit dem Orange ihrer Schnäbel.

»Deine Augen sind blau geworden, Sejde«, sagte Naomi, »mach sie auf und sieh selbt.« Alte Trauer keimte in ihren Augen. Ihre Tränen glänzten. Sie stand vom Bett auf, weiß schimmernd im Halbdämmer des Zimmers.

»Mitten in einer Schulstunde bin ich aufgesprungen und hergerannt. Sie war schon auf dem Fußboden, und es lag dieser Geruch in der Luft, wie der Geruch von Onkel Menachem im Herbst, aber das war von Judiths Fruchtwasser, das bereits abgegangen war. Den Geruch dieses Wassers kennen nur Frauen und Ärzte.«

»Erschrick nicht, Nomile«, sagte Judith, »und ruf niemanden, geh ins Haus, und hol saubere Laken und Handtücher.«

Ihr Gesicht verzerrte sich vor Schmerz.

»Stirb nicht«, schrie Naomi, »stirb bloß nicht!«

Ein Lächeln ließ Judiths Lippen erblassen.

»Davon stirbt man nicht«, sagte sie, »man lebt nur noch mehr.«

Damit fing sie an zu lachen und zu stöhnen: »Oi, was werd ich jetzt leben, Nomile, oi, was werd ich jetzt leben.«

In den Lehmnestern im Dachwinkel kreischten die Schwalbenjungen, sperrten die roten Rachen auf. Auf dem Rinderhof brüllte Rachel und rammte das Eisentor.

»Und jetzt«, sagte Judith, »wird die *Kurbe* sich ein neues Mädchen gebären.«

Sie lag auf dem Rücken, zog das Kleid bis zum Bauch hoch, bohrte die Fersen in den Boden, spreizte die Schenkel und hob den Hintern in die Luft.

»Schnell!« befahl sie. »Leg mir das Laken unter.«

Naomi starrte ängstlich auf ihre klaffende Blöße, die ihr wie schreiend aussah.

»Was siehst du da, Nomile?« fragte Judith.

»Wie eine Wand drinnen«, sagte Naomi.

»Das ist ihr Kopf, gleich wird sie anfangen herauszukommen, und du hilfst ihr ganz langsam. Sorg dich bloß nicht, Nomile, gleich kommt sie raus. Das wird eine leichte Geburt. Nur erwarte sie mit offenen Armen, und nimm sie in Empfang.«

»Es ist ein Junge«, sagte Naomi.

»Da hat sie einfach ihr Kleid aufgerissen«, erzählte sie mir,

Lippen und Worte an meinem Hals und die Wärme ihrer Schenkel auf meinem Bauch, »die Knöpfe flogen nur so durch die Luft, und wieder hat sie gesagt: ›Schnell, Nomile, schnell, ich kann nicht mehr, leg ihn mir auf die Brust.‹ Und ich hab dich auf ihre Brust gelegt, wie eine weiße Taubenbrust hat es ausgesehen, und dann hat sie geschrien.«

Naomi wollte aus dem Stall fliehen, denn bis zu diesem Moment war Judith kaltblütig und äußerst energisch gewesen, doch jetzt begannen die Wehklagen der letzten Nächte sich aus ihrem Bauchgrund loszureißen und aus ihrem Mund zu quellen.

Naomi ging rückwärts, bis sie die Wand stützend im Rücken spürte, wischte die klebrigen Hände eine an der andern ab und blickte auf die Frau, die sich in einem Sumpf von Stroh und Blut wand, während der Schrei aus ihrer Kehle verklang und sie den Sohn in Armen hielt.

Scheinfeld, Rabinowitz und Globermann kamen in ihrer besten Kleidung zur Beschneidung und wichen keinen Augenblick von mir.

Jakob, der damals noch nicht nähen konnte, hatte mir ein paar Garnituren Babykleider gekauft.

Mosche Rabinowitz hatte mir eine Krippe gebaut, die man wahlweise aufstellen oder an den Dachbalken hängen konnte.

Und Globermann zog, seinen Wegen und Prinzipien treu, ein großes Bündel Geldscheine hervor, befeuchtete seinen Finger mit Speichel, begann sie in fünf kleine Häufchen aufzuteilen und rief dabei laut vor allen Geladenen: »Einen fürs Kind, einen für Mutter, einen für Vater, einen für Vater, einen für Vater…«, bis Dorfpapisch und Stadtpapisch aufsprangen und ihn anschrien: »Nun gib schon das Geschenk her und sei ruhig!«

22

Schlaf mejn Sejdele, mejn Klejner,
Schlaf mein Kind un her sich zu,
At das Vejgele, das klejne,
Is kejn andere wie du.

Schlaf nur, Sejde, mein Kleiner,
Hör auf Mutter, mein Kind,
Denn jener Vogel ist nur einer,
Du bist es, nun schlaf geschwind.

»Wenn der Todesengel kommt und sieht ein Kind, das Sejde heißt, begreift er sofort, daß hier ein Irrtum vorliegt, und geht zu jemand anderem.«

Und in festem Vertrauen auf den Namen, den sie mir gegeben hatte, wuchs ich zum Mann heran, überzeugt, daß an dem Tag, an dem ich Großvater werden und so meinen Namen rechtfertigen würde, der Todesengel – mit der Geduld am Ende, das Gesicht vom Zorn der Gefoppten gerötet – zu mir kommen, mich bei meinem richtigen Namen rufen und mein Leben auf die Erde vergießen würde.

Ich habe kleine, sehr klare Bilder in Erinnerung, Bilder meiner Kinderzeit.

Einmal wachte ich nachts auf und sah sie auf dem Rücken liegen. In der warmen Sommernacht war ihr das Laken weggerutscht, die Arme lagen ausgebreitet, die Brust entblößt. Die Strenge war aus ihrem Gesicht gewichen. Sogar die Falte über der Nasenwurzel hatte sich ein wenig geglättet.

Ich stand auf, um sie zuzudecken, und als das Laken über ihrem Leib schwebte, reckte sie sich, erschlaffte wieder und lächelte im Schlaf, Wellen schienen ihr übers nackte Fleisch zu laufen. Ich lüpfte das Laken und ließ es erneut auf sie sinken, wobei sich ein leichter Seufzer ihrer Kehle entrang, und als ich das Laken zum dritten Mal hob, schlug sie plötzlich die Augen auf. Hart und klar waren sie, genau wie ihre Stimme, die mich ansprach: »Genug, Sejde, geh schlafen.«

Ich sagte: »Aber ich will, daß du's gut hast.«

Ich erinnere mich, daß Mutter aufstand, mich am Arm faßte und mich mit Nachdruck zu meinem Bett führte. Dann legte sie sich wieder in ihrs, und wir beide wußten, daß wir beide wach lagen.

Auch erinnere ich mich, daß Jakob mir das Lesen und Schreiben beibrachte, als ich dreieinhalb Jahre alt war, da ich mich beschwert hatte, ich könne als einziger Onkel Menachems Frühlingszettel nicht lesen.

Und ich erinnere mich, daß Globermann mir dünne, salzige, äußerst delikate Scheiben rohen Fleisches zum Lutschen gab.

Und weiter erinnere ich mich an das ›Böser-Bär-Spiel‹ mit Mosche und an meinen ersten Sturz vom Eukalyptusbaum. Alle, ich eingeschlossen, waren sicher, ich sei tot, doch als ich die Augen aufschlug und Gott und die Engel suchte, sagte Mutter zu mir: »Steh auf, Sejde. Es ist gar nichts passiert.«

Ihre Geschichten sind in meine Erinnerung eingedrungen und damit verschmolzen. Die Eselin beispielsweise ist noch vor meiner Geburt an Altersschwäche gestorben, aber ich erinnere mich sehr gut, wie schlau sie dem Pferd Gerste klaute: Nahm das Pferd ein Maulvoll Gerste, biß sie es am Hals. Der Gaul versuchte zurückzubeißen, und schon fielen ihm die Körner aus dem Maul, die die Eselin rasch vom Boden aufschleckte.

»Daran erinnere ich mich auch«, sagte Naomi. »Und ich weiß auch noch, wie wir zusammen Granatäpfel aßen – erst haben wir auf dem Felsbrocken gesessen, später auf dem Gehweg, den Vater für sie gegossen hatte. Und ich erinnere mich, daß sie mich losschickte, Tauben zu fangen, und wie sie sie getötet hat. Sie streckte ihnen mit zwei Fingern den Hals, bis es einen kleinen Knack gab, und dann biß sie sich auf die Unterlippe.«

Wir standen am Versammlungsbaum der Raben auf dem Friedhof der deutschen Kolonie in Jerusalem, und Naomi sagte lachend, sie sei bereit, sich mit mir im Bäumeklettern zu messen: »Im Runterfallen bis du besser, aber im Raufkommen schlage ich dich.«

Danach sagte sie: »Ich muß Meirs Mutter besuchen. Vielleicht kommst du mit, Sejde? Sie wohnt nicht weit von hier.«

Naomi nannte ihre Schwiegermutter ›Meirs Mutter‹ oder ›Frau Klebanow‹, deshalb weiß ich ihren Vornamen nicht. Vielleicht wußte ich ihn mal mit fünf Jahren, als Naomi und Meir heirateten, und habe ihn später prompt vergessen. Einen herrlichen Rosenstock hatte sie im Garten, dazu einen schütteren alten Mandelbaum und ein übelriechendes Geißblatt.

Der Rosenstrauch war einzigartig – baumhoch mit Dornen wie Katzenkrallen. So groß und kräftig war er, daß er überhaupt keine Pflege und Bewässerung brauchte, und duften tat er so intensiv, daß Menschen wie vom Donner gerührt bei ihm stehenblieben und Insekten in den tiefen Blütenlabyrinthen ohnmächtig wurden. Sogar zu Kriegs- und Belagerungszeiten, als alle anderen Ziergärten verdorrten, sei er grün geblieben und nicht verwelkt, erzählte Frau Klebanow stolz.

Frau Klebanow war Witwe, und obwohl sie sich Mühe gab, schnell zu altern, hatte ihr Gesicht Züge einstiger Schönheit bewahrt, von der Sorte, die auf Erlösung harrt.

»Ich kann mich an Sie erinnern«, sagte sie, »Sie sind der Sohn der Arbeiterin. Sie waren bei Meirs Hochzeit ein kleiner Junge, nicht wahr?«

»Ich war bei dieser Hochzeit auch dabei«, sagte Naomi, »mich hast du nicht in Erinnerung?«

»Sie haben einen merkwürdigen Namen, nicht wahr?« forschte Frau Klebanow.

»Ich heiße Sejde«, sagte ich.

»Und wie alt sind Sie?«

Ich war damals dreiundzwanzig.

»Ein Mensch Ihres Alters, der Sejde heißt, kann nur ein Schwindler sein«, urteilte Frau Klebanow. »Sagen Sie mir bitte – Sie haben damals im Stall bei den Kühen gewohnt, Sie und Ihre Mutter, nicht wahr?«

»So ungefähr«, sagte ich, »ich habe schon nicht mehr wirklich bei den Kühen gewohnt, sondern in einem Haus, das vorher ein Stall gewesen war.«

»Das klingt sehr interessant«, meinte Frau Klebanow abschließend. »Ich erinnere mich, daß ich hinterher mit den Verwandten meines Mannes darüber gesprochen habe. Eine Frau mit Kind – und wohnt bei den Kühen.«

Vom Balkon hörte man ein seltsames metallisches Pingping, dessen Nachhall stärker war als das Pochen selbst.

»Das sind die Vögel, die auf dem Wassertank picken. Nur die kommen mich besuchen«, klagte Meirs Mutter.

Ich lugte aus dem Fenster. Auf dem Balkon stand ein großer Behälter auf vier Blocksteinen – ein Jerusalemer Wasserreservoir für Notzeiten. Frau Klebanow pflegte Brotkrumen darauf zu streuen, und die Spatzen versammelten sich alsbald, um die Krümel von dem Blechdeckel aufzupicken. Höchst dankbar waren sie, wie es sich für hungrige kleine Vögel geziemt, die in einer kalten, hartherzigen und geizigen Stadt leben, und Frau Klebanow registrierte wohlgefällig die strahlende Dankbarkeit in den runden Vogelaugen. Von dem Widerhall, der dem Picken ihrer Schnäbel folge, wisse sie, wieviel Wasser noch im Behälter sei, sagte sie.

Zuweilen ertönte ein härteres, lauteres Picken. Dann wußte sie, daß der Rabe von der großen Zypresse gekommen war, die Spatzen vertrieben hatte und ihr Brot aufpickte.

Frau Klebanow mochte keine schwarzen Tiere, die größer als

ihre Handfläche waren. Sofort stürmte sie auf den Balkon, die Gerechtigkeit zur Seite, den Besen mit gesträubten Borsten in der Rechten. Mit »*Tistalek mikan! Kischte! Ruch min hon!*« verscheuchte sie den Räuber.

Dann kehrte sie mit hochrotem Gesicht ins Zimmer zurück und ging in die Küche, um sich zu beruhigen und uns Tee zu machen. Naomi flüsterte mir zu, normalerweise vertreibe ihre Schwiegermutter Hunde auf hebräisch, Ziegen auf arabisch und Katzen auf jiddisch, aber hinsichtlich des Raben wisse sie nicht, wessen Volks und Zunge er sei, daher benutze sie alle drei.

Wir tranken den guten, süßen, glühendheißen Tee und gingen.

»Sie nach Jerusalem holen, war wie eine Blume aus der Erde reißen und auf die Straße werfen, damit sie überfahren wird«, klagte Oded mir.

Die Zeit, die seit der Heirat seiner Schwester mit Meir vergangen war, hatte seinen Zorn keineswegs abgestumpft. Schon seit meiner Kindheit hat er mich immer wieder im Lastwagen des Dorfes zu ihnen nach Jerusalem mitgenommen.

Verschlafen und aufgeregt rannte ich als Kind im Dunkeln zur Molkerei. Oded erlaubte mir, auf den Tankbehälter zu klettern, um die Verschlußdeckel zu prüfen, und sobald wir aus dem Dorf heraus waren, durfte ich am Hupkabel über seiner linken Schulter ziehen.

Danach schlief ich ein und wachte erst wieder auf, wenn Oded den Tankwagen bei Tagesanbruch in den Hof der Molkereikooperative *Tnuva-Jerusalem* manövrierte. Naomi stand schon da und winkte, Oded antwortete mit dröhnendem Begrüßungshupen, und der Aufseher eilte aus seiner Kabine und rief: »Ruhe bitte! Sseid ruhig, ihr Lümmel! Um fünf Uhr sslafen die Menssen noch in Jerussalaim.« Worauf Asriel, der Fahrer aus Kfar-Vitkin, zurückrief: »Ssimsson, Ssimsson, ssei du mal sselber ruhig!«

Oded hielt mit einem gewaltigen Schnaufer, sprang vom Zugpferd, umarmte seine Schwester, kletterte dann sofort in die Kabine zurück und holte das Paket, das Judith ihr aus dem Dorf schickte. Es war immer in braunes Milchpulversackpapier eingeschlagen, mit Kordeln, die sonst Strohballen zusammenhielten, verschnürt und enthielt Obst und Gemüse, Granatäpfel, wenn es die Saison dafür war, Sahne, Käse, Eier und einen Brief.

»Das ist von zu Hause, Naomi. Hier, das ist nur für dich, hörst du? Iß alles selbst auf, und gib ihm nichts ab. Ich rede im Ernst, warum lachst du?«

»Wär ich dagewesen, als er kam, wär das anders ausgegangen«, verkündete Oded. »Er hätte sie nicht genommen, sie wäre nicht mit ihm gegangen, er hätte gar nicht erst den Hof betreten. Kommt da von den Feldern her, dieser fiese Typ, wie ein Schakal, der was aus dem Hühnerhaus stehlen will. Ich begreif nicht, wieso deine heldenhafte Mutter so auf den Kopf gefallen war und ihn nicht gleich hinausgeworfen hat, bevor er ganz drinnen war.«

Zwei, drei Tage später, auf meinem Rückweg ins Dorf, wachte ich unweigerlich dort auf, wo der große Laster aus dem Wadi Milek herauskam und das geliebte Emek wieder heiß und weit vor mir ausgebreitet lag. Oded erzählte mir dann erneut von der Eisenbahn, die einst hier durchgefahren war, von den Arabern, die früher ihre halbverhungerten Herden auf die Felder des Dorfes getrieben hatten, »wir sind mit Peitschen gegen sie losgezogen und haben sie weggejagt«, von den alten englischen Flakstellungen und von Polizeisergeant Schwilis Taten sowie die Legende von dem zerfallenen steinernen Kamin auf dem Feld, Überrest des italienischen Gefangenenlagers, dessen Wächter nichts zu tun hatten, während hinter ihnen immer Essensdüfte und Gesang herübergeweht waren.

»Du schreibst über all diese Dinge, ja, Sejde?« schrie er.

23

Jakob stellte einen Topf Wasser aufs Feuer, schlug ein Ei in die hohle Hand auf, ließ das Weiße durch die gespreizten Finger abfließen und gab das Gelbe in eine Schüssel. Etwas Wein, etwas Zucker, und schon blitzte der Schneebesen in seiner Hand, der Dampf stieg auf, die Wärme verbreitete den Weinduft in der Luft.

»Das Eigelb«, sagte er, »das ist die Kraft und die Mutter und das Leben.«

Seine Hand, so flink und sicher über der Schüssel, begann zu zittern, als sein Finger darin entlangfuhr, um Kostproben herauszuholen.

»Vergiß mich nie«, sagte er plötzlich.

»Bestimmt nicht«, sagte ich.

»Auch Globermann darfst du nicht vergessen, und Rabinowitz auch nicht.«

»Bist du müde, Jakob? Soll ich gehen?«

»Mach bitte mal den Schrank auf.«

Ich tat es.

»Nimm bitte die Schachtel heraus«, sagte er.

Die weiße Pappschachtel, flach und lang, stand dort wie ein Totengespenst hinter der hängenden Kleidung. Ich hatte sie in Erinnerung, wußte, was sie enthielt.

»Mach sie auf«, sagte Jakob.

Eine Wolke alten weißen Stoffs füllte die Schachtel.

»Das ist das Brautkleid deiner Mutter«, sagte er mit bebender Stimme, »erinnerst du dich daran? Mit eigenen Händen hab ich es genäht.«

Mein Körper schreckte zurück, die Augen wurden mir feucht. Obwohl Mutter es nur ein paar Minuten getragen hatte, erschien mir das leere Kleid wie eine auf dem Feld abgestreifte Haut, die auf das Fleisch ihrer Dame wartete, genau wie Jakob und ich.

»Auf dem Weg zu mir war sie, mit diesem Kleid am Leib und

sie darinnen, doch plötzlich ist was geschehen. Alle saßen an den Tischen und warteten auf sie, und du, Sejde, bist an ihrer Stelle gekommen. Ein kleiner Junge von zehn Jahren mit dieser Schachtel in der Hand und diesem Kleid darin, erinnerst du dich nicht? Du hast mir den Karton vor dem ganzen Dorf übergeben und bist davongelaufen, ohne mir in die Augen zu blicken. Und dann sind alle Gäste gegangen, und ich bin ins Haus gelaufen, hab die Tür zugemacht und bin aufs Bett gefallen mit diesem Hochzeitskleid, und alles Geschirr, all das schöne Porzellan von den Deutschen, stand noch draußen auf den Tischen für die Sonne und die Fliegen. Eine Woche habe ich so dagelegen. Geschlafen hab ich nicht, geträumt hab ich nicht, mein Herz war eiskalt, und als sie zurückkamen, kamen sie genau vor dem großen Schnee, im Februar 1950. Du warst damals ein Kind, Sejde, aber gewiß erinnerst du dich noch an diesen Schnee. Wer hat den großen Schnee von 1950 denn nicht in Erinnerung? Im ganzen Land war er. Sogar in der Jordansenke sind ein paar Zentimeter gefallen. Was soll ich dir sagen, das war wirklich eine große Überraschung. Hier im Dorf sind Bäume abgebrochen, Hühner eingegangen, zwei Kälber erfroren, und im Übergangslager, nicht weit von hier, sind ein paar Neueinwanderer umgekommen, weil ihnen das ganze Küchendach auf den Kopf gefallen ist. Aber für uns, die wir fünf Meter hohen Schnee gewöhnt waren, mit dreispännigen Schlitten und kalbsgroßen Wölfen, uns, denen früher vor lauter Frost die Zunge am eisernen Brunnenhahn festgeklebt ist – für uns war dieser Schnee ein Kinderspiel. Gibt's hier denn Schnee? Gibt es Schlitten? Gibt es Wölfe? Hier hat man nur Schlammschlitten gebaut, um die Milch zur Molkerei zu befördern, und einmal hat Dorfpapisch einen Wolf erschossen, der in den Gänsehof eingedrungen war. Was soll ich dir sagen, Sejde, Papisch hat ihn Wolf genannt, aber er hatte die Größe einer Katze. Wenn er nicht Wolf gesagt hätte, würde ich meinen, höchstens ein Schakal. Vielleicht mal ein bißchen Schnee in Jerusalem oder in Safed, aber hier? In diesem kleinen Dorf? In diesem heißen Emek? Wer hätte sich das träumen lassen? Wer war darauf vorbereitet? Vor allem die Bäume nicht, und gewiß nicht dieser Eukalyptus. Ist das etwa ein Baum für Schnee? Ich frag dich, Sejde, so ein Eukalyptus aus Australien – ist das ein Baum für Schnee? Den Apfelbaum und den Kirschbaum und die Birke habe ich Schnee überdauern sehen, aber so ein Eukalyptus, der feuchtes, weiches Fleisch hat, die Blätter im Herbst nicht abwirft und viel mehr Schnee hält, als er tragen kann, der bricht einfach. Eine Flocke und noch eine Flocke und noch eine Flocke und noch eine Flocke, bis zur letzten Flocke, die dann sagte: ›*Itzt!*‹ Und der ganze große Ast in der Krone brach und fiel, und das Krachen hörte man im ganzen Dorf, und das Pfeifen des Windes in den Blättern, als er fiel, hat man auch gehört, und dann den Aufschlag. Und alle sprangen auf und rannten dorthin. Denn wer kannte nicht Rabinowitzes Eukalyptus, mit dem Rabennest im Wipfel. Du bist ja zu ihnen raufgeklettert, als du noch klein warst, und Globermann, Rabinowitz und ich sind unten rumgelaufen, ganz verrückt vor lauter Sorge, du könntest – Gott behüte – abstürzen, doch Judith hat gelacht, weil einem Kind, das Sejde heißt, nichts passieren würde. Aber jetzt mußt du dich mit deinem Namen schon in acht nehmen, denn du bist kein Kind mehr, und der Todesengel verzeiht es nicht, wenn man ihn reinlegt. Er wartet und wartet und wartet, bis der Augenblick gekommen ist. Jeder hat seinen eigenen Todesengel, meine ich manchmal. Er wird mit dir geboren, lebt neben dir, lauert dein ganzes Leben lang auf dich, und deshalb – wenn jemand schon wirklich alt ist, bekommt er noch viele Jahre mehr geschenkt, denn auch sein Todesengel ist schon nicht mehr der Jüngste, auch er sieht nicht mehr so gut, auch ihm zittern schon ein bißchen die Hände, auch er steht morgens mit Schmerzen am ganzen Leib auf, und zum Schluß, wenn es ihm dann endlich gelungen ist, stirbt er selber, eine Minute nachdem er dich umgebracht hat, wie die Biene, die zusticht und dann selbst auf dem letzten Loch pfeift. Und hier ist eine Frau allein, deine Mutter, keine große Schönheit, aber mit einem klaren, offenen Gesicht, wie ein Fenster zum Garten. Und die Schmerzenslinie, die sie zwischen den Brauen hatte, das ist die Linie einer Frau, deren Liebe auch ins Fleisch geschnitten hat, nicht nur in die Haut, und wenn du sie eine Kuh melken oder Gemüse für einen Salat schneiden oder ein Kind waschen siehst, erfaßt du gleich, wie gut diese Hände sein können. Und warum ich mich in sie verliebt habe, fragst du wieder mal? Was ich von ihr wollte, möchtest du wissen? Ja, was will denn ein Mann wie ich überhaupt von einer Frau? Also dann entschuldige mich, Sejde, nicht den *Tuches* will er und nicht die *Zitzkes* will er, auch die Schönheit interessiert nicht mehr so, und die Elektrizität geht langsam zu Ende, und nicht nur der Verstand, auch der ganze Körper fängt an, sich zu langweilen, oder wie Globermann zu sagen pflegte: Vor lauter Mädchen verfällt der Schwanz schon in lautes Gähnen. Aber gute Hände will er dann haben. Die guten Hände einer Frau, die ihn streicheln, ein bißchen die grünen Algen von seiner Seele schöpfen, Hände, die wie durch Wasser gehen, reden, ich bin da, Jakob, ich bin da, sch... schlaf jetzt, Jakob, du bist nicht allein, sch... Jakob, sch... schlaf ein.«

Vierte Mahlzeit

I

Die vierte Mahlzeit bereitete mir Jakob im Jahr 1981, einige Wochen nach seinem Tod.

Es war ein stilles, einfaches Sterben gewesen, das Sterben eines Menschen, dessen Seele sanft genommen wurde, nicht aus dem Käfig der Rippen entfloh, nicht Feuer fing und wie Zunder verbrannte, ihm nicht mit Gewalt aus dem Leib gerissen wurde. Sein Taxifahrer fand ihn in Kleidung und Schuhen auf der Wohnzimmercouch liegen. Jakobs Gesicht sei ruhig und sein Körper schon kalt, aber noch weich gewesen, erzählte er, und Gesicht und Körperstellung hätten kein Zeichen von Kampf oder Schmerz erkennen lassen.

»Auch ich bin schon kein junger Mann mehr«, sagte der Fahrer zu mir, »und ich wünschte mir, mal genauso zu sterben.«

Ich war in Jerusalem, als Jakob starb. Ich lag wach in Naomis und Meirs Gästezimmer, und plötzlich läutete das Telefon, unterbrach das nächtliche Gespräch der beiden. Immer redeten sie nachts, immer lauschte ich ihrem Gespräch, doch nie gelang es mir, Worte aus dem Fluß ihres bitteren, leisen Gemurmels herauszufischen.

Es war nicht mehr die kleine Siedlungswohnung, in der ich als Kind zu Gast gewesen war, sondern das schöne, geräumige Steinhaus, in dem sie jetzt wohnen. Früher mal haben Naomi und Meir in einem schmalen Bett in einem Zimmer geschlafen, danach in einem breiten Bett in einem Zimmer, dann in zwei schmalen Betten in einem Zimmer, und jetzt schlafen sie in zwei breiten Betten in zwei getrennten Zimmern. Auch das ist ein Weg, den Ablauf der Zeit zu messen.

Wie immer blickte ich im Liegen auf die Tür, die sich nie mehr öffnen würde, um die dreieckige Flammenklinge des Lichts hervorschnellen zu lassen, vor meinen Augen eine goldene Scheibe von Körper und Flur abzuschneiden und mir darzubringen.

Jedesmal, wenn Jakob die jungen Wäscherinnen am Fluß schilderte und stolz verkündete, das sei »das ewige Bild der Liebe«, dachte ich an mein ewiges Bild, das der nächtlichen Frau – feuchtwangig, taillendurchschnitten, glanzhäutig. Ich wollte in jenes Zimmer zurückkehren, zurück in jene Zeit, wollte erneut den nackten, im Dunkeln schimmernden Körper schauen, der niemals wiederkehren würde.

Aber die Naivität ist schon aus meinem Fleisch gewichen, die Jugend hat ihrs verlassen, und schließlich ist nichts auf der Welt armseliger als die Rekonstruktion. Da ist die Phantasie vorzuziehen, ja besser als Phantasie ist das Erdichten und besser als alle drei ist die Erinnerung.

Meir nahm den Hörer ab. »Ja«, hörte ich ihn sagen, »er ist hier«, und sogleich rief er: »Für dich, Sejde. Und wer immer es sein mag – sag ihm bitte, daß wir jetzt vier Uhr morgens haben.«

»Ich bin hier bei *Tnuva-Jerusalem*«, erklärte mir Oded am andern Ende der Leitung, »ich dachte, du würdest es vielleicht wissen wollen: Scheinfeld ist gestorben.«

»Wann?« fragte ich, überrascht von der Schärfe des bohrenden Schmerzes im Bauch.

»Gestern morgen.«

»Warum hat man mich nicht benachrichtigt? Warum hat man nicht angerufen?«

»Wer ist ›man‹? Wer genau hätte denn anrufen sollen?« fragte Oded scharf. Und dann sagte er: »Man hat ihn schon begraben. Gestern nachmittag.«

»Wann fährst du ins Dorf zurück?«

»Warte an der Ausfallstraße auf mich. In einer halben Stunde bin ich hier fertig.«

Den ganzen Weg dachte ich an ein und dasselbe. An das Geheimnis, das nur sie und ich kannten, das Geheimnis ihrer endgültigen Verweigerung gegenüber seiner Liebe. Vom Tag ihres Todes an hatte ich trainiert, um die Kraft aufzubringen, es Jakob zu offenbaren. Ich sagte es mir beim Gehen auf der Straße, mit lautloser Lippenbewegung, ich flüsterte es in den alten Spähkasten, in den ich längst nicht mehr hineinpaßte, ich schrie es im fernen Eichenwald, mit weitaufgerissenem Mund und furchtbarer Stimme, doch zur Tat selbst gelangte ich nicht.

Oded spürte, wie aufgewühlt und erhitzt ich war, und sprach mich die ganze Fahrt nicht an.

Selbst als ich unvermittelt mit lauter Stimme sagte: »Besser so. Wenn ich's ihm erzählt hätte, wäre er schon längst gestorben«, tat er, als hätte der Motorenlärm meine Beichte verschlungen, und reagierte nicht.

Ein paar Tage später wurde ich in ein Haifaer Anwaltsbüro bestellt und erfuhr, daß das schöne Haus in der Eichenstraße in Kiriat Tivon samt Garten, Küche und allem Inventar mir gehörte.

»Was werden Sie mit dem Haus machen?« fragte der Rechtsanwalt.

»Ich werde es vermieten«, sagte ich.

»Ich würde es mit Freuden von Ihnen mieten.«

»In zehn Tagen können Sie einziehen.«

Der Anwalt senkte die Augen und räusperte sich. »In der Küche dort hängt das Bild einer Frau an der Wand«, sagte er verlegen, »ich wäre Ihnen dankbar, wenn Sie es da hängen lassen könnten.«

»Haben Sie sie gekannt?« fragte ich.

»Frau Green? Nicht in ihrer Jugend, leider, erst im Alter«,

sagte er. »Ich war ihr und Herrn Greens Anwalt. Als ich nach ihrem Ableben vor Jahren Herrn Scheinfeld herbestellte und ihm die Schlüssel des Hauses übergab, das sie ihm vermacht hatte, erfuhr ich von ihm, daß er ihr erster Mann gewesen war. Ich muß zugeben, es hat mich überrascht. Und jetzt erben Sie dieses Haus, Herr Rabinowitz. Verzeihen Sie bitte, daß ich mir eine persönliche Frage erlaube: In welcher Beziehung stehen Sie zur Familie?«

An diesem Abend blieb Herr Rabinowitz über Nacht in seinem neuen Haus.

Wie gewöhnlich schlief er erst gegen Morgen ein und träumte keine Träume.

Am nächsten Morgen pochte es laut an der Tür.

»Wer ist da?« fragte Herr Rabinowitz.

»Vom Laden.«

Ein junger Bursche, der nach Lorbeerblättern und Wurst roch, kam herein. Offenbar kannte er sich gut aus. Er steuerte geradewegs die Küche an, legte ein paar eingewickelte Pakete in den Kühlschrank, verteilte Gemüse und Obst auf ihre Fächer, ordnete klirrend Flaschen ein.

»Es steht keine Schuld mehr aus«, erklärte er und hinterließ auf dem Küchentisch eine Geschäftskarte nebst einem verschlossenen weißen Umschlag, auf dem mein Name stand.

Genau an der Tür drehte er sich zu mir um, holte tief Atem und sagte: »Es tut uns sehr leid, Herr Rabinowitz Sejde. Herr Scheinfeld Jakob war ein guter Mensch, der wirklich viel vom Essen verstand. Er konnte keine Weine beim Namen nennen, aber bei ihm lachte die Pfanne, und das Messer tanzte nur so in der Hand. Mein Chef ist extra vor diesem Haus schnuppern gegangen, wenn er kochte, und danach ist er in den Laden zurückgekommen und hat gesagt: Es ist eine Ehre für uns, Herrn Scheinfeld Jakob Nahrungsmittel zu verkaufen, denn er ist ein Mensch, der sogar in drei Kupfertöpfen auf einmal kochen kann. Von meinem Chef soll ich Ihnen noch sagen, wenn Sie, Herr Rabinowitz Sejde, hier wohnen bleiben, würden wir uns freuen, auch Sie beliefern zu dürfen.«

Der Bursche beendete seine Rede, die er in einem Atemzug gehalten hatte, und ging.

Herr Rabinowitz Sejde fing an zu stöbern und zu suchen.

Der Umschlag enthielt das Rezept für die Zubereitung der vierten Mahlzeit.

In der Nachtschrankschublade wartete Mutters blaues Kopftuch.

Ihr herrliches Brautkleid hing im Schrank, außerhalb seiner Kartonhülle. Weiß war es, glatt und völlig ohne Geruch.

Herr Rabinowitz Sejde nahm es heraus, breitete es aufs Bett, setzte sich in den großen Sessel und schlief ein.

2

Wie klar sind die Erinnerungen: Die Feldahornblätter gilbten und fielen, wurden wie abgehackte Hände vom Wasser abgetrieben. Bauern bauten die Drahtverhaue der Gänse ab und sammelten das zum Dörren ausgelegte Obst von den Dächern ein.

Wie beständig sind die Dinge: Wind kam von Norden, Wolken ballten sich, erster Schnee fiel, morgens lagen die Wolfsspuren sehr nah an den Häusern des Dorfes.

Die Erdkugel drehte sich. Der Winter ging zu Ende. Wie gehorsam sind die Geschöpfe des Frühlings: Die Rohrsänger trällerten, die Apfelblüte breitete ihre Schleppe aus, Bienen faßten als Brautjungfern ihre Ränder, weiße Schmetterlinge gaukelten trunken vor Jakobs Augen, gefangen im Gespinst seiner Erinnerung.

Gold und Grün herrschten allenthalben. Die Sonne stieg

höher, und schon – wie vertraut, wie lieblich sind die Bilder – schwebte ein kleiner Eisvogel über dem eigenen Spiegelbild, der Wind fächelte die Birkenblätter, die Mädchen kamen heraus, um Kleidung und Bettzeug auf dem Felsen an der Talbiegung zu waschen.

Damals, erzählte mir Jakob, zeichneten sich in seinem Herzen die Grundfarben der Liebe ab, denn bei der Liebe eines kleinen Kindes, meinte er, übertreffe das Staunen die Leidenschaft, die Bewunderung die Eifersucht, und diese Liebe sei größer als alle folgenden, denn ihre Stärke sei wie die des ganzen Körpers, ihr Gewicht dem seinen gleich.

In jenen Kindertagen, fuhr er fort, habe er nicht nur eine Frau geliebt, sondern die Frauen alle, dazu die Erde, die ihr ersehntes Gewicht trug, den Himmel, der sich über ihre schönen Köpfe wölbte, und den einen Gott der Juden, der sie ihm auf die Schwelle gelegt hatte.

Er begehrte ihre Knie auf dem schwarzen Schiefer. Ihre Brüste sangen ihm aus den Käfigen der Blusen. Die glitzernden Wasserstrudel wirbelten unaufhörlich in seinem Herzen weiter. Aufgrund von Standort und Blickwinkel sahen die Mädchen ihm aus, als schwämmen sie sonngolden auf vielem Wasser. Der Wind spielte mit den Kleidern, glättete, bauschte, zeichnete Linien nach.

»Das ewige Bild der Liebe«, sagte Jakob mir immer wieder, nicht nur über die Erinnerung verzückt, sondern auch über den Ausdruck, den seine stammelnde Zunge zu prägen vermocht hatte.

3

Ich habe weder Neigung zum Kochen noch besonderes Interesse am Essen. Zwar genieße auch ich, wie jeder Mensch, eine gute Mahlzeit, aber ich forsche den Geheimnissen ihrer Zubereitung nicht nach, versuche nicht, ihre Zutaten zu ergründen, fahre nicht nur deswegen irgendwohin. Ich folge Globermanns Urteil: »Gutes Essen ist Essen, nach dem du den Teller mit Brot abwischst, Punkt.«

Der Tisch wartete flach und geduldig auf mich. Die großen weißen Teller, die nun mir gehörten, glänzten darauf. Die Kupfertöpfe funkelten rötlich wie untergehende Sonnen an der Wand. Im Schrank hielten die Messer den Atem an. Nach welchem von ihnen würde die neue Hand greifen, wenn sie die Schublade aufzog?

Ich heftete das Rezept, das Jakob mir hinterlassen hatte, in Augenhöhe an die Wand und band mir seine Schürze um die Taille.

Anfangs hatte ich Bedenken, da meine Kochkenntnisse sich, wie gesagt, allein auf Mosches und meine einfachen Mahlzeiten beschränkten: Rührei, gemischter Salat, Kartoffelpüree und gekochtes Huhn. Aber Jakobs Anweisungen waren einfach, das Fleisch gefügig, Gewürze und Gemüse sauber aufgereiht. Die Kochlöffel bewegten sich wie selbsttätig in meiner Hand, Pfanne und Topf folgten mir willig, und bald hatte ich genug Sicherheit gewonnen, um auf mehr als einer Flamme gleichzeitig zu werkeln.

Freude und Trauer vermengten sich nicht in meinem Herzen. Wasserdämpfe und Öltropfen kamen einander nicht ins Gehege. Eins neben dem andern verliefen die Dinge, Nachbarn in einem Zeitraum. Ich habe beim Braten geschnitzelt, beim Auspressen gerührt, beim Traurigsein gelächelt, habe gedämpft, gemischt, gestreut, gesiedet, mich erinnert, Tränen vergossen, gewürzt.

Und als ich fertig war, beendete ich das Werk mit einem gewissen Zeremoniell, das der Mensch sich erlaubt, wenn er allein ist. Mich um die eigene Achse drehend, nahm ich die Schürze ab, machte eine Verbeugung und löschte die Gasflammen.

Von der Wand blickte mich Rivka mit einer Neugier an, die ich erst verstand, als mir einfiel, daß ich jetzt schon viel älter war als sie.

»Eß, mejn Kind«, sagte ich hämisch zu ihr und tischte mir selbst die letzte Mahlzeit auf.

4

»Was bei ihr drinnen war, unter der Haut, die Geheimnisse, die eine Frau nicht im Kopf erinnert, aber im Fleisch – das hat keiner gewußt. Auch du, Sejde, weißt doch nichts über deine Mutter. Was weißt du denn? Daß sie mit der Eisenbahn gekommen ist und für Rabinowitz die Kinder großgezogen hat, daß sie gekocht und gewaschen, geputzt, gespült und gemolken und all das getan hat, was eine Frau im Dorf tut, aber allein im Stall wohnte und bei Nacht schrie. Das ist alles, was du weißt. Manchmal hab ich gedacht, sie wär hergekommen, um irgendwas zu sühnen. Auch ihre Kalbe, die sie aufgezogen hat – wozu zieht jemand so ein Vieh auf und nennt es Rachel, wenn nicht wegen der Vergebung? Aber nie hast du ein Wort von ihr gehört, und auch dem Gesicht sah man nichts an. Ihr Gesicht war offen wie das Fenster zum Garten, hat andererseits aber auch nichts preisgegeben. Das war ihre Methode zum Verbergen. Sie hat damals viel verborgen, und ich verberge heute noch viel für sie. Was hast du denn gedacht – daß ich alles erzählt hätte? Rabinowitz hat vielleicht was gewußt, aber er hat nie solchen Dingen nachgestöbert, und er hat auch so viele Jahre in seinem Unglück gelebt, daß ihn anderer Leute Unglücke schon nicht mehr interessierten. Nur einmal, als jemand sich beim Gemeinderat über ihre nächtlichen Schreie beschwert hatte, ist Rabinowitz aufs Sekretariat gegangen und hat folgendermaßen geredet: ›Bleibt euren Kühen wegen der Schreie die Milch weg? Nein? Ja was schert's euch denn dann, was sollte es euch angehen. Jeder schreit, Ruven schreit laut, und Schimon schreit leise.‹ So sagte er, machte kehrt und ging. Ich habe anfangs nicht gewußt, wen er denn meinte mit Ruven und Schimon, bis Dorfpapisch mir erklärte, diese Namen würden im Hebräischen halt für Beispiele verwendet. Da hab ich mir gedacht, daß ein Name wie Jakob nie Beispiel für was sein wird. Und so hat sie jede Nacht geweint, daß es einem das Herz zerriß. Nächtliche Stimmen sind ja was, was man nicht verbergen kann. Das ist nicht wie so ein Sejde, bei dem man keinem zu verraten braucht, wer sein Vater ist. Das ist nicht wie die Geheimnisse einer Frau: Woher kommst du? Wen hast du geliebt? All diese Geheimnisse – wenn sie keine Zeichen im Fleisch hinterlassen, wo denn dann wohl? In der Seele? Was für ein Zeichen kann man schon in der Seele hinterlassen? Solche Stimmen warten den ganzen Tag über auf die Nacht, um gehört zu werden. Sie hat im Stall gelegen, neben ihrer Kuh, die eine hat Luzerne wiedergekäut, die andere Erinnerungen, und dieses Aufheulen ... jede Nacht ... Wie die Seele eines Wolfs ist es über das Dorf geschwebt, auf und ab und suchend ... und suchend ... Was soll ich dir sagen, Sejde – hier hat's Leute gegeben, man braucht keine Namen zu nennen, die haben gesagt: Wenn Rabinowitzes Judith weiter so heult, kommen noch Schakale auf Verwandtensuche in unser Dorf. Und Geschichten waren hier schon im Umlauf, eine schöner als die andere. Einer sagte, das sind Frauengeschichten, Schmerzen, die Männer nicht verstehen können, an Stellen, die sie gar nicht haben. Einer hat gesagt, das seien Liebesaffären, einer hielt es bloß für reuige Anwandlungen im Schlaf, denn jeder würde alle möglichen Dinge bereuen, größere oder kleinere, und manche Menschen bereuten halt leise, andere laut, und wieder andere täten ihr Leben lang nichts als bereuen. Ich hab einen Schreiner gekannt, einen Goj, der bereute mal, daß er das und das gegessen oder die und den geliebt hatte, und ein andermal, was er gesagt oder getan hatte. Mangelt es dem Menschen denn an Gründen zur Reue? Manchmal ist er zu Leuten nach Hause gekommen, um ihnen irgendeine Kommode neu zu machen, die er ihnen eine Woche vorher geliefert hatte, und zweimal hat man ihn auf dem Friedhof beim Graben erwischt, da reute ihn das Holz, aus dem er den Sarg gezimmert hatte, und zwei-, dreimal im Jahr hat er seinen Namen geändert und den alten Namen mit all den alten Problemen kämpfen lassen, wie eine Schlange ihre alte Haut auf dem Feld liegen läßt. Schau, Sejde, du hast dich als Kind immer über deinen Namen beschwert, warum hast du ihn dann nicht geändert? Du hättest doch auch zur Regierung laufen können und sagen: Ich will nicht mehr Sejde sein. Ich will Gerschom sein, will Schlomo sein. Will Jakob sein. Das wär nett, wenn du auch Jakob wärst. Aber das ist sehr gefährlich, denn Namen wie meiner und deiner sind Schicksal. Mit Namen wie unseren spielt man nicht.«

5

Es war gegen Ende des Weltkriegs, als eines Nachts ein seltsamer fremder Mann in Jakob Scheinfelds Haus erschien.

»Er war ein sehr merkwürdiger Gast, aber einer, der nicht zufällig kommen kann. Sofort begriff ich, daß man ihn ausgesandt hatte. Ebenso wie Judith und wie die Schlange und wie den albinotischen Buchhalter. Und genau wie sie alle kam er von den Feldern her und nicht von der Hauptstraße.«

Wie dem auch sein mag, ein Finger hatte hastig und flehentlich an seine Haustür geklopft, und als Jakob öffnete, stand ein dicker, häßlicher Riese in der Dunkelheit, das schüttere Haar zurückgekämmt, die Augen klein und verschreckt wie die einer Maus.

Der Mann trug ein blaues Kleidungsstück, das Jakob sofort erkannte. Es war der Overall der italienischen Gefangenen aus dem Lager, das die Engländer in der Nähe des Dorfes errichtet hatten. Häufig sah man die blau gewandeten Gefangenen in den Feldern spazierengehen. Sie hatten ein Loch im Zaun, das alle schon kannten, schlüpften dort hinaus, pflückten sich würzige Kräuter für ihre Küche und spielten wie Kinder.

Aber die Augen dieses Gefangenen rollten unstet in ihren Höhlen, und seine Haut war schweißüberströmt. Er fiel auf die Knie und sagte angstvoll schnaufend in gutem Hebräisch: »Ich werde verfolgt. Bitte verstecken Sie mich bei Ihnen.«

»Von wem werden Sie verfolgt?« fragte Jakob.

»Verstecken Sie mich, mein Herr«, sagte der Gefangene erneut, »nur eine Nacht, bitte.«

»Wer sind Sie? Sind Sie Jude? Woher können Sie Hebräisch?« fragte Jakob mißtrauisch.

»Ich kann jede Sprache sprechen, die ich höre«, sagte der Mann, worauf Jakob staunte, denn jetzt sprach der Gast mit seiner Stimme. »Wenn Sie möchten, bring ich's Ihnen auch bei. Nur lassen Sie mich eintreten und schließen Sie die Tür, dann erzähle ich Ihnen drinnen alles.«

»Man kann nicht einfach so einen Menschen hereinlassen«, beharrte Jakob, »ich muß es jemandem melden.«

Der Mann richtete sich zu voller Größe auf, drängte Jakob behutsam, aber energisch ins Innere, folgte ihm hinein und machte die Tür zu.

»Melden Sie nichts, sagen Sie nichts«, flehte er.

»Und weißt du, Sejde, warum ich mich seiner erbarmt habe? Nicht, weil er aus dem Gefangenenlager geflohen war, und nicht, weil er plötzlich mit meiner Stimme redete. Sondern weil er sich an den Tisch gesetzt, drei Finger in den Salznapf gesteckt und sich daraus was auf die andere Handfläche gestreut hat, und von dort hat er's dann mit der Zunge aufgeleckt, genau wie die Kuh von ihrem Stein in der Raufe. Ich hab das sehr gut gekannt. Ein Mensch, der das tut, ist wirklich in einem verzweifelten Schwächezustand. Meine Mutter war so im letzten Jahr, bevor sie starb. Immer hatte sie einen kleinen Salzstein auf dem Tisch und einen noch kleineren in der Tasche. Wenn solchen Menschen schwach wird, nehmen sie ein wenig Salz in den Mund, wie andere Menschen Zucker brauchen, sonst werden ihnen die Knie weich. Immer hab ich geträumt, daß ich eines Tages mal so viel Geld verdienen würde, daß ich meiner Mutter feines weißes Salz, wie es die Reichen haben, kaufen könnte und nicht so einen grauen Stein zum Lecken wie bei den Kühen. Und als ich diesen armen Italiener nun dasselbe tun sah, hab ich begriffen, daß er wirklich Hilfe brauchte.«

Jakob schnitt dem entflohenen Gefangenen Brot und Käse ab, machte ihm Rühreier, beobachtete ihn beim Essen und nahm ihn dann in die alte Kanarienbaracke mit.

Er brachte ihm zwei alte Sägemehlsäcke aus dem Kükenhaus und sagte: »Legen Sie sich hierhin. Morgen früh reden wir weiter.«

Am nächsten Morgen wachte Jakob früher als gewohnt auf, weil die Kanaris aus vollem Halse sangen. Ein paar Minuten lag er wach, dann stand er auf. Ein Gedanke, halb Wunsch, halb Beschluß, reifte in seinem Herzen und ließ ihn nicht wieder einschlafen.

Er ging ins Kanarienhaus und sah, daß der italienische Gefangene bereits aufgewacht war, mit offenen Augen auf den Sägemehlsäcken lag und mit zwei semmelgroßen Fingern die Vögel dirigierte.

»Wie heißen Sie?« fragte er.

»Salvatore.« Der Italiener kam auf die Füße und machte eine Verbeugung.

»Salvatore was?« fragte Jakob.

»Nur Salvatore. Wer Vater und Mutter schon tot weiß, keine Frau hat und nie Kinder haben wird, braucht keinen Familiennamen.«

»Salvatore«, sagte Jakob, »setzen Sie sich bitte hin. Mir ist unbehaglich, wenn Sie stehen.«

Der Gefangene setzte sich, füllte aber auch so den Raum aus.

»Wo wohnen Sie in Italien?«

»In einem kleinen Dorf, im Süden, in Kalabrien.«

»Dann wissen Sie ja, Salvatore, wie es in einem kleinen Dorf zugeht? Daß man niemandem was verheimlichen kann und jeder weiß, was der andere im Kochtopf hat? Verstecken kann ich Sie hier nicht mal in der Erde. Aber Sie sprechen hebräisch, sehen aus wie alle anderen hier, wir geben Ihnen einen hebräischen Namen, stecken Sie in hiesige Kleidung und sagen, Sie seien mein Arbeiter.«

So wurde aus dem italienischen Gefangenen Salvatore ohne Familiennamen ein hebräischer Arbeiter namens Jehoschua Baer.

Kein Mensch wußte, wer er war, denn Salvatore war ein wunderbarer Imitator, der, abgesehen von seiner Muttersprache, gut Hebräisch, Deutsch, Englisch, Russisch, Jiddisch und Arabisch sprach. Mit Jakob unterhielt er sich nur auf hebräisch, wobei er ihn mit »Scheinfeld« anredete, und als Jakob das monierte, antwortete er, er wage es nicht, ihn mit dem Vornamen anzureden, »weil ich nur dein Arbeiter bin, aber auch wegen dem Namen selbst«.

Jakob kaufte Jehoschua Arbeitskleidung, damit er nicht mit seinem blauen Gefangenenoverall herumlaufen mußte. Der Mann konnte melken, Reben beschneiden, Beton gießen, mit der Sense mähen, Baumschädlinge vernichten und Klempnerarbeiten ausführen, und nach einigen Wochen wußten alle im Dorf, daß Scheinfelds neuer Arbeiter goldene Hände hatte. Gelegentlich rief man ihn für ein paar Groschen zur Arbeit auf einen anderen Hof.

Vor lauter Dankbarkeit wollte er Jakob nach besten Kräften in allem helfen und dienen. Er kochte, spülte Geschirr, putzte das Haus und pflegte den Garten. Bald fand er die Reste der Rosenstöcke, die der Albino an Jakobis und Jakobas Baracke gezogen hatte, rettete sie aus der tödlichen Umschlingung der Kletterpflanzen und pfropfte ihnen neue Sorten auf.

Alles staunte, als er seine Fähigkeit im Töten von Wühlmäusen demonstrierte, die er blindlings mit einem Forkenstich in ihren unterirdischen Gängen erlegen konnte. Die Leute dachten, er hätte reiche landwirtschaftliche und technische Erfahrung, und begriffen nicht, daß sein Imitationstalent, das ihm beim Sprachenlernen half, auch auf diesen Gebieten wirkte. Salvatore-Jehoschua brauchte nur kurz einem andern beim Melken, Schneiden, Bauen oder Ernten zuzusehen, um dann dieselben Arbeiten und Bewegungen mit überraschender Fertigkeit auszuführen. Sogar schwere Handwerkstätigkeiten wie Fliesenlegen oder die Pflege von Rinderhufen erlernte er mit einem Blick und übte sie wie ein alter Meister aus.

Nur Naomi Rabinowitz hegte Verdacht. Eines Tages sagte sie, Scheinfelds Arbeiter sei »sonderbar«, und als man sie fragte, was sie meinte, sagte sie: »Er sieht nicht wie ein Jehoschua aus, eher wie ein Ischua.«

Damit hatte er den Namen »Ischua« weg, und alle nannten ihn so.

Einmal gelang es Ischua, Globermann zuvorzukommen und auf jiddisch und mit der Stimme des Sojchers das genaue Gewicht einer zum Verkauf stehenden Kuh anzugeben.

»Wie hast du das denn gemacht?« fragte Jakob ihn nachher, als sie allein zu Hause waren.

»Ich habe seine Miene imitiert, als er die Kuh anschaute, und da ist es mir so rausgerutscht, Punkt«, sagte Ischua.

»Mach so was nicht wieder«, warnte Jakob, »Globermann ist ein gefährlicher Mann, kein kleiner Junge. Er hat viel Verstand, aber Mitleid nicht die Bohne. Wenn er dich irgendwie in Verdacht kriegt, kann das nicht gut enden.«

Doch er selbst fragte Ischua wieder und wieder über sein Imitationstalent aus. Zum Schluß lachte der Arbeiter und gab zur Antwort, er selbst habe gar kein echtes Imitationstalent, er imitiere nur das Imitationstalent seines Vaters, der »ein großer Künstler« gewesen sei und ein Wanderpuppentheater gehabt habe.

Er war ein sentimentaler Mann, dieser Gefangene, und die Tränen, die ihm bei der Erwähnung seines toten Vaters aus den Augen rannen, waren so groß, daß sie ihm über die Wangen strömten und auf die Schenkel tropften.

»Auch den hohen Wuchs habe ich von ihm geerbt, aber er war schlank, und ich bin so dick.«

Auf Jakobs Frage, wieso er denn so dick geworden sei, erzählte Ischua, als junger Mann habe er einmal einen Liebhaber gehabt.

»Jede Nacht habe ich für ihn und mich eine Portion Zabaione gemacht, von wegen der Kraft und der Liebe. Dann haben wir uns getrennt, aber ich habe weiter die nächtliche Zabaione zubereitet, von wegen der Erinnerung, und gegessen hab ich sie von wegen der Sehnsucht. Und so bin ich dick geworden.«

Jakob war verlegen. Er hatte noch nie einen Menschen von Männerliebe reden hören und kannte auch nicht das Wort »Zabaione«, das ihm lächerlich, vulgär und seltsam klang. Doch da holte Ischua zwei Eier, fand ein bißchen Süßwein, trennte die Dotter auf der Handfläche, fügte Zucker hinzu, brachte Wasser zum Kochen, schlug die Masse darüber steif und ließ Jakob probieren.

»Das ist gut«, sagte Jakob begeistert und staunte, daß so einfache Zutaten und so wenig Arbeit ein derart großartiges Ergebnis zeitigen konnten.

»Wenn du mal guten Wein da hast, Scheinfeld, wird das noch köstlicher«, schwärmte Ischua.

»Erzähl mir noch mehr von deinem Vater«, bat Jakob.

Darauf erzählte Ischua ihm, sein Vater sei derart in seine Imitationen versunken gewesen, daß er seine eigene Stimme vergessen habe und immer mit der Stimme des Menschen sprach, mit dem er zuletzt geredet hatte. Auf diese Weise hätten sich seiner Frau all seine Abenteuer und Affären offenbart, denn wenn er spät nachts nach Hause kam, redete er im Schlaf mit den Stimmen ihrer besten Freundinnen.

»Er war nicht wie ich«, sagte er. »Er liebte Frauen, und Frauen liebten ihn, weil er ihnen jeden Mann imitieren konnte, den sie wollten.«

»Wen hat er ihnen imitiert?« fragte Jakob begierig, in Erwartung einer glänzenden Antwort, die den Nebel über seiner eigenen Liebe zerstreuen würde.

»Du meinst sicher, Scheinfeld, er hätte ihnen Casanova nachgeahmt? Nein, sie wollten alle, daß er ihnen ihre Ehemänner imitierte.«

Jakob begriff nicht, warum.

»Sie hofften, es würde ihm nicht so ganz gelingen, nur ein bißchen ähnlich und nicht genau dasselbe«, sagte Ischua lachend. »Jede Frau liebt ihren Ehemann, sie wünscht sich bloß ein paar leichte Verbesserungen.«

»Und woran ist er gestorben?« erkundigte sich Jakob.

»*A nafka mina* – was macht das aus«, antwortete Ischua, und seine Stimme war die Stimme Jakobs, »eines Tages kam er von der Beerdigung eines Freundes zurück, redete mit niemandem, ging ins Bett und starb selber. Anfangs hat es kein Mensch geglaubt, man dachte, er würde den Freund imitieren, und hat ihn nicht gestört. Erst als er anfing zu stinken, wußten wir, daß es diesmal echt war.«

Ich war seinerzeit drei oder vier Jahre alt und kann mich noch verschwommen an ihn erinnern. Manchmal kam Scheinfelds Arbeiter in den Kindergarten, schnitt für uns bunte kleine Papierfiguren aus und imitierte die dummen Chöre der Truthähne, die Anweisungen der Kindergärtnerin und das Kriegstrompeten der Gänse in Dorfpapischs Hof.

Sein Imitationstalent war bald allseits bekannt. Manche hatten ihre Freude daran und baten ihn, sein Können vorzuführen, anderen sprengten seine Imitationen die Rinderzäune ihrer Welt, so daß sie fuchsteufelswild wurden.

Seine Imitationen waren so authentisch, daß sie sogar Vieh und Geflügel überraschten. Ischua versetzte die Hühner mit hungrigem Katzenjammer in Panik und lullte sie mit langgezogenen Hitzeklagen halb ohnmächtiger Legehennen ein. Den Milchkühen blieb bei perfekten Globermann-Zitaten die Milch weg. Die Färsen ließ er mit Gordons und Blochs vereint gutem Zureden heißlaufen. Und der Höhepunkt war erreicht, als er anfing, die Rufe der Raben nachzuahmen, der lautesten und frechsten aller Vogelbanden.

Schon zehn Jahre waren vergangen, seitdem die Raben in schrillem blauem Zigeunerzug aus dem Gehölz ins Dorf geflattert waren. Sie lebten sich mit Leichtigkeit am neuen Ort ein, klauten Nahrungsmittel, beobachteten und lernten und übernahmen schnell das Monopol in allem, was Schabernack, Imitation und Täuschung anbetraf: Sie stießen mütterliche Angstschreie aus, pfiffen die Erkennungspfiffe von Liebespärchen und schrien in falschen Augenblicken ›hü‹ und ›hott‹ über den Köpfen der Pferde.

Doch nun kam der italienische Gefangene und zahlte ihnen mit gleicher Münze heim: Er störte ihren Lebensablauf durch Lock- und Werberufe, die er mitten in der Legezeit vom Stapel ließ, beunruhigte sie am hellen Mittag mit dem hohlen, dumpfen Todesstöhnen des Uhus und erschreckte sie beim Paaren durch Alarmschreie von Jungvögeln.

6

Oded bewahrt immer noch seinen Führerschein aus der Mandatszeit auf. Als er ihn mir nun mitten auf der Fahrt zeigte und erneut erzählte, wie er ihn als Kind durch Globermann erhalten hatte, weckte das bei mir Heiterkeit, aber auch eigenartige Sehnsucht nach dem Viehhändler, den ich, ebenso wie meine Mutter, zugleich verabscheute und mochte.

»Er war ein cleverer Gauner, dieser Dreckskerl. Schade, daß ich nur die Füße und nicht auch den Kopf von ihm geerbt habe«, schrie Oded.

Wenn ich nachts um halb zwei zur Molkerei komme, ist Oded schon dort, schraubt Schläuche ab, schließt Ventile, springt den hohen Buckel des Tankbehälters entlang und dreht die Deckel fest.

Dann starten wir und machen uns auf den Weg. Der scharfe Geruch von Zahnpasta und Rasierseife erfüllt die Kabine. Odeds Wange ist noch rot von der mitternächtlichen Rasur, und ich frage mich im stillen, ob seine linke Wange wohl genauso aussieht. So viele Jahre sitze ich schon auf der Fahrt rechts neben ihm, daß mir sein anderes Profil so verborgen ist wie die Rückseite des Mondes.

Er ist nicht so stark wie sein Vater – nur wenige Menschen können sich an Kraft mit Mosche Rabinowitz messen –, hat aber andeutungsweise ein paar Körpermerkmale von ihm geerbt, und, wie häufig bei Vater und Sohn, kann der Betrachter nicht sagen, ob der Sohn eine verbesserte, verfeinerte Ausgabe seines Vaters ist, oder ob er dessen Klasse nicht erreicht. Oded gehörte zu den Dorfchampions im Armdrücken, aber Mosches Felsblock vermochte er nicht aufzuheben. Er versuchte es immer wieder, und als die Leute anfingen, ihren Senf dazuzugeben, verlegte er seine Bemühungen in die Nachtstunden, vor Antritt seiner Touren.

Einmal sah ihn Scheinfelds Arbeiter und fragte, was er denn da vorhabe.

»Diesen Felsbrocken anheben«, sagte Oded.

»Kein Mensch kann so einen Felsen heben«, sagte Ischna.

Oded zeigte Ischua das verblichene Schild seiner Mutter, das noch am Felsen stand, aber da das Imitationstalent nicht die Fähigkeit zum Lesen verleiht und der italienische Gefangene fürchtete, sein Geheimnis preiszugeben, rannte er nach Hause und fragte Jakob, was dort geschrieben stehe.

Jakob deklamierte den Satz, den jeder im Dorf auswendig wußte – HIER WOHNT MOSCHE RABINOWITZ, DER MICH VOM BODEN AUFGEHOBEN HAT –, worauf Ischua begeistert sagte, dann würde auch er diesen Felsbrocken von der Erde aufheben.

»Das ist aussichtslos«, wehrte Jakob ab, »viele haben's schon versucht, und alle sind sie gescheitert.«

Ischua ging zu dem Felsen zurück, probierte ein paarmal, scheiterte ebenfalls, ließ sich dadurch aber seine gute Laune nicht verderben. Sein neues Leben war schon mit der täglichen Routine eines Dorfbewohners gesegnet, der er nun noch den alltäglichen Versuch, Rabinowitzes Felsen zu heben, anfügte. Er stand morgens auf, trank ein rohes Ei und eine Tasse Blümchenkaffee, zog Arbeitskleidung an und machte sich auf Feld und Hof zu schaffen. Gegen Mittag schlüpfte er in ein Kleid, das er aus alten Sachen von Rivka selbst genäht hatte, band eine Schürze um und kochte das Essen. Nachmittags stieg er wieder in die Arbeitsklamotten, um erneut auf dem Hof zu arbeiten, und gegen Abend trank er ein weiteres Ei, ging zum Felsen, vermochte ihn aber nicht anzuheben.

7

Langsam schlich sich Ischua in Jakobs Leben ein.

»Du magst das Essen nicht so gern, das ich dir mache«, klagte er eines Tages, als Jakob seinen Teller fast voll stehenließ.

»Es ist ein sehr gutes Essen«, sagte Jakob, »aber es ist italienische Küche. Der Mensch ist an das gewöhnt, was er früher mal zu Hause gegessen hat.«

Ischua ging zu Alisa Papisch mit der Bitte, ihr beim Kochen zuschauen zu dürfen, und schon am nächsten Tag schlachtete er ein Huhn und machte Jakob eine Suppe, auf der duftende goldene Fettaugen schwammen, zerdrückte Kartoffeln mit gebratenen Zwiebeln, Sauerrahm und Dill und streute grobes Salz auf den Teller.

Jakob aß mit Vergnügen, und nach dem Mahl träufelte sich Ischua ein paar Tropfen grünes Öl auf die großen Hände, bat seinen Herrn, das Hemd auszuziehen, und knetete ihm Schultern und Nacken.

»Bei dir ist das Fleisch zwischen den Schultern sehr hart, Scheinfeld«, stellte er fest, »vielleicht gibt es eine Frau, die deine Liebe nicht erwidert?«

Mit der typischen Arroganz enttäuschter Männer wollte Jakob es nicht zugeben, und Ischua forschte nicht weiter. Aber als der Gefangene einige Wochen später gerade Teig für *Kreplach* schnitt, fragte er plötzlich gespielt harmlos: »Wie sagtest du noch, heißt der Mann, der den Stein hochgehoben hat?«

»Ich hab's dir doch schon gesagt, er heißt Mosche Rabinowitz«, sagte Jakob, »und das steht auch am Stein geschrieben.«

Er war gereizt, da er die prüfenden Blicke des Italieners nun erst recht auf sich ruhen spürte.

»In seinem Kuhstall habe ich eine Frau sitzen und Grappa trinken sehen.«

Jakob reagierte nicht.

»Wer ist diese Frau?«

»Das ist Rabinowitzes Judith«, sagte Jakob, dem es bei aller Anstrengung nicht gelang, das durch Frage und Antwort verursachte Beben in seiner Stimme zu verbergen.

»Ich habe hierzulande noch nie jemanden Grappa trinken sehen«, sagte Ischua, »wo holt sie den?«

»Globermann bringt ihn ihr mit.«

»Warum bringt ihn der Sojcher, Scheinfeld? Warum bringst du ihn ihr nicht?«

Jakob schwieg.

»Sie hat auch einen kleinen Jungen«, fuhr Ischua fort. »Jeden Tag kommt er zugucken, wie es mir nicht gelingt, den Felsen seines Vaters aufzuheben.«

»Das ist nicht sein Vater!« schrie Jakob auf und begriff sofort, daß er einen Fehler begangen hatte.

»Wer ist denn dann sein Vater?«

»Das geht dich nichts an«, sagte Jakob.

»Der Junge scheint sich selbst nicht entschieden zu haben, wem er ähnlich ist.«

Jakob schwieg.

»Ich spüre hier eine Verletzung«, sagte Ischua. »Ich könnte dir helfen.«

»Ich brauche deine Hilfe nicht«, erwiderte Jakob, und auf einmal traute er seinen eigenen Ohren nicht, als er sich sagen hörte: »Sie wird so oder so zum Schluß mein sein.«

Einen Moment hoffte er, nicht er hätte diese Worte ausgesprochen, sondern Ischua mit seiner Stimme. Aber der Gefangene blickte ihn an und sagte: »Scheinfeld, du weißt ja schon, daß ich keine Frauen liebe, aber gerade deswegen verstehe ich manche Dinge besser als normale Männer.«

»Ich weiß«, sagte Jakob.

»Und vor allem weiß ich das Wichtigste, das Geheimnis, das du nicht kennst.«

»Was denn?« fragte Jakob.

»Daß es bei der Liebe Regeln gibt. Daß Liebe keine flotte Petruschka ist. Es gibt Regeln, sonst würde die Liebe dich umbringen wie ein Pferd, das entdeckt, daß da gar keine Zügel mehr sind. Es ist ganz einfach. Die erste Regel lautet: Ein Mann, der eine Frau wirklich will, muß sie heiraten. Und die zweite Regel: Ein Mann, der heiraten will, kann nicht zu Hause sitzen und darauf warten, daß Gott ihm hilft.«

»Hast du sogar schon ›flotte Petruschka‹ sagen gelernt?« bemerkte Jakob lächelnd.

»Lenk nicht vom Thema ab, Scheinfeld«, mahnte Ischua ernst, »ich spreche mit dir jetzt über dein Leben, da frag mich mal nicht nach meiner Wortwahl. Bei der Liebe gibt es Regeln, und wo Regeln sind, ist die Welt einfacher. Ein Mann, der eine Frau heiraten will, muß fähig sein, den Hochzeitstanz zu tanzen, das Hochzeitsessen zu kochen, das Hochzeitskleid zu nähen. Nicht einfach zu Hause sitzen, abwarten und sagen: Sie wird so oder so zum Schluß mein sein.«

Jakob erschauerte. Der Gefangene hatte so klar und simpel all die verschwommenen Gedanken über die Zügelung und Lenkung des Schicksals formuliert, die ihm selbst schon seit Jahren im Gehirn nisteten, sich aber fürchteten, die Gewänder der Phantasiegebilde abzuwerfen und sich in die Luft der realen Welt aufzuschwingen.

»Guck dir bitte mal die Raben am Himmel an – überall verhalten sie sich gleich. Hier wie in Italien. Die Raben sind die allerklügsten Vögel. Guck dir an, wie sie werben, und lerne davon.«

»Ich weiß, wie sie werben«, schnauzte Jakob, »ich kenne mich mit Vögeln ein bißchen besser aus als du.«

»Jetzt hat er guten Wind, um eine Schau abzuziehen«, erklärte Ischua, aus dem Fenster spähend. »Komm mit raus, Scheinfeld, laß mal sehen, was du über Raben weißt.«

Sie gingen hinaus. Der männliche Rabe schwang sich hoch und höher auf, schaukelte einen Augenblick im warmen Luftstrom, legte dann abrupt die Flügel an und sackte ab wie ein Stein. Genau vor seiner Geliebten, die schwarz und aufgeregt auf einem Ast saß, spreizte er mit einem Schlag Schwingen und Schwanz. Mit kleinem Donnerknall kam der Körper in der Luft zum Bremsen, vollführte eine Drehung und schwang sich erneut hoch in die Lüfte auf.

So flink und geübt war er, daß er bei der Drehung nicht an Geschwindigkeit zu verlieren schien. Nun fiel er wieder, kreiselte flügelschlagend, als stürze er, verletzt, in den Tod, fing sich jedoch hart über dem Boden ab und zog erneut empor.

»So machen sie es überall und zu allen Zeiten«, sagte Ischua. »Selbst wenn er und sie ihr Leben lang zusammenbleiben, umwirbt er sie jedes Jahr mit neuen Kunststückchen. Das sind die Regeln. Wollte solch ein Rabe ihr aber Serenaden singen oder Grappa bringen, würde sie ihn nicht anschauen.«

»Auf der Erde ist er dermaßen häßlich«, sagte Jakob.

»Ebendeswegen wirbt er in der Luft um sie und nicht auf dem Boden, Scheinfeld. Erste Regel bei der Brautwerbung: Man wirbt dort, wo man schön, und nicht dort, wo man häßlich ist.«

Jakob behauptete von sich, in der Luft und auf Erden gleichermaßen häßlich zu sein, doch Ischua bemerkte: »Jeder hat ein oder zwei Stellen, an denen er schön ist.«

Dann fügte er hinzu: »Die Liebe ist eine kluge, geregelte Angelegenheit. Das ist was für den Verstand. Wie man ein Haus baut, ein Auto lenkt, Essen kocht oder ein Buch schreibt – so liebt man auch.«

»Herz oder Verstand«, sagte Jakob müde, *»a nafka mina.«*

»Das ist sehr *nafka mina*«, beharrte der Arbeiter, »aber ich sehe, du lachst, Scheinfeld, dann hast du noch Aussicht.«

Und Jakob, der schon zu lange von den unerwarteten, undefinierten Wellen seiner Liebe geschaukelt und getrieben worden war, fühlte sich endlich wohl und geborgen in den sicheren, lenkenden Armen der Regeln und in Gesellschaft dieses großen, sonderbaren Mannes, der so gut in ihnen bewandert war und den Weg zum Festland kannte.

»Du hast mir geholfen, als ich Hilfe brauchte, Scheinfeld, deshalb will ich dir Gutes mit Gutem vergelten. Ich werde dir die Frau aus Rabinowitzes Stall verschaffen. Du mußt bloß tanzen, kochen und nähen. Das sind die Regeln.«

»Ich kann nicht tanzen, ich kann nicht kochen, und ich kann nicht nähen«, sagte Jakob.

»Auch beim Tanzen und Kochen gibt es Regeln«, entgegnete Ischua, »und alles, was Regeln hat, läßt sich lernen.«

Er spülte das Geschirr fertig, schüttelte die Hände über dem Spülstein, wischte sie an der Schürze, die er überm Kleid trug, trocken und trat dann unvermittelt auf Jakob zu, zog ihn auf die Füße und sagte: »Entschuldige mal einen Moment.«

Er legte eine Hand auf Jakobs Schädel und faßte mit der anderen seine Schulter.

»Bitte nicht fallen«, kommandierte er und ließ ihn mit einem leichten, sicheren Stoß wie einen Kreisel auf der Stelle drehen.

Jakob schloß die Augen ob des angenehmen Schwindels und der beängstigenden orangefarbenen Streifen, die sich in dessen Dunkel abzeichneten, und obwohl er nicht gesprochen hatte, hörte er seine Stimme sagen: »Du wirst tanzen können.«

Bei Sonnenaufgang ging Jakob in das alte Kanarienhaus, schnappte ein paar herrliche Banduks, die dort zu übernachten pflegten, und bat Globermann, ihn und seine Beute im Lieferwagen nach Haifa mitzunehmen.

»Hast du wieder mit deinen Vögeln angefangen«, fragte der Sojcher.

»Ich verkaufe sie«, sagte Jakob, »ich brauch Geld.«

Den ganzen Weg überlegte er, wie er den bewußten englischen Offizier ausfindig machen könnte, von dem er nicht einmal den Namen wußte, doch als sie an den Navy-Stützpunkt kamen, sah er den Mann am Tor stehen, als hätte er all die Jahre auf ihn gewartet. Er sah genauso aus wie damals, als er zu dem Albino gekommen war, nur hatten sich an den Ärmeln weitere Goldtressen und im Haar weitere Silbersträhnen hinzugesellt. Jakob übergab ihm die Banduks, und der Offizier zahlte großzügig.

Von da fuhren sie zu dem arabischen Stoffgeschäft gegenüber dem Bahnhof, um auf Ischuas Geheiß große bunte Stoffbahnen zu kaufen. Weiter ging die Fahrt zum Hadar-Viertel hinauf, wo Jakob in einem Musikladen in der Schapira-Straße auf Raten ein großes Grammophon mit Bronzekurbel und Riesentrichter sowie die vier Schallplatten erwarb, die er auf Ischuas Geheiß mitbringen sollte.

»Die Liebe hat ihre Regeln«, erklärte Jakob dem amüsierten Globermann auf dessen Frage nach dem Zweck der Anschaffungen. »Hast du gedacht, bloß du und Rabinowitz wüßtet das? Jetzt werdet ihr beide sehen, daß ich es genauso weiß. Die Liebe ist eine geregelte Angelegenheit, und Judith wird zum Schluß mir gehören, sie und auch das Kind.«

Bei seiner Rückkehr ins Dorf sah Jakob ein Menschengedränge an seinem Gartenzaun. Ein junger Eukalyptusstamm, schlank und hoch wie ein Mast, den Ischua im Wald gefällt und in den Hof geschleift hatte, stand schon dort, in eine Grube eingelassen und von strammen Stricken gehalten. Der Arbeiter rollte flugs die mitgebrachten Stoffballen auf, breitete sie aus und spannte und knotete, kurz baute mit kräftigen, geübten Bewegungen um die Stange ein großes buntes Zelt, das wie eine riesige Blume aussah und guten, frischen Duft verströmte.

Wie eine überdimensionale Katze kletterte der Gefangene zu dem Strommasten auf dem Stalldach – Schraubenzieher in der Hosentasche, Zange zwischen den Zähnen.

»Nimm dich mit dem Strom in acht«, rief Jakob.

»Keine Sorge«, lachte Ischua, »ich hab mal einem Elektriker bei der Arbeit zugeguckt.«

Er schnitt, schraubte, wickelte und spannte den Draht von dort ins Zeltinnere. Das Grammophon stellte er auf eine Holzkiste, die vier Schallplatten legte er daneben. Dann schaltete er die Glühbirne ein, schloß die Zeltplane, stellte sich feierlich vor Jakob hin und sagte: »Jetzt fangen wir an.«

Auf der ganzen Welt gäbe es nicht mehr als vier Tänze mit vier Grundschritten, behauptete Ischua.

»Drehung, Hüpfer, vor und zurück«, zählte er auf.

»Und was ist mit rechts und links?« fragte Jakob.

»Rechts ist das Zurück vom Links, und Vor ist das Links vom Rechts«, sagte Ischua mit großem Mitgefühl und erklärte weiter, alle anderen Tänze seien nur Abarten, Imitationen und Hypothesen der vier Grundtänze: Walzer, Gedenktanz, Kriegstanz und Berührungstanz – eben dem Tango, dem höchsten und erhabensten aller Tänze. »Und alles andere«, sagte er verächtlich, »all diese Schäfer-, Ernte- und Jägertänze, sämtliche Regen-, Soldaten- und Winzertänze und all diese Reigen, bei denen die Leute sich an den Händen halten und im Kreis herumhopsen, sind überhaupt keine Tänze.«

Jakob lachte, wobei ihm mittendrin bewußt wurde, daß es sein erstes lautes Lachen in all den vielen Jahren seit Judiths Ankunft im Dorf war. Und Ischua fiel mit derart täuschend ähnlichem Gelächter ein, daß es sich wie ein furchterregendes Echo anhörte, das von dem Massiv des großen Körpers zurückschallte.

»Genau deswegen wirst du Tango lernen, Scheinfeld«, sagte Ischua, »nicht um ihr zu gefallen oder sie anzufassen. Du lernst Tango, weil das die Regel ist: Der Bräutigam muß mit der Braut Tango tanzen.«

Er kurbelte das Grammophon an, legte eine Platte auf, und Jakob kam erschrocken hoch, von Kopf bis Fuß verlegen und ungelenk, da er dachte, nun käme der Befehl zum Tanzen. Aber Ischua legte ihm schwer die Hand auf die Schulter, drückte ihn auf den Sitz zurück und beorderte ihn, den Tangoklängen zu lauschen, ohne sich zu bewegen oder aufzustehen.

»Sitz einfach da und hör zu, Scheinfeld, sitz und mach keinen Mucks, damit ich dich nicht erst festbinden muß!« warnte er ihn. »Du sollst nur hören und hören und hören und dich nicht regen. So machen wir's jeden Tag, bis dein Körper sich gefüllt hat.«

Anfangs hörte Jakob den Tango mit den Ohren, dann mit Zwerchfell und Bauch, und als er ein paar Stunden später protestierend aufstehen wollte, war es schon zu spät. Sein Körper war schlaff und weich, die Muskeln vermochten das neue Gewicht nicht fortzubewegen.

Er streckte sich auf dem Zeltboden aus, wie man sich im warmen Regen niederlegt, und als Ischua am Abend plötzlich das Grammophon stoppte, seinem Eleven aufhalf und ihn zum Hof hinausführte, entdeckte Jakob, daß sein Fleisch überbordete und seine Füße Schritte machten, die seinem Körper so neu waren, daß er vor Überraschung und Glück auflachte, und alle Muskelfasern seines Körpers lachten mit.

8

Nun wurde Ischua Hofmeister im Hause Scheinfeld.

Er legte den Tagesplan fest, kochte die Mahlzeiten, plante Jakobs Studien und überwachte seine Übungen. Er bestimmte, wann sie aus und ein gingen, wann aufgestanden und wann geruht wurde.

»Ein Tagesplan ist sehr wichtig«, sagte er immer wieder.

Manchmal spürte Jakob, daß er ihn prüfend anblickte, ja sogar mit einem Ausdruck beschnupperte, den er vermutlich den Gesichtern der Apfelbauern vor der Lese abgeguckt hatte, als wolle er seine Reife taxieren.

»Es gibt Regeln bei der Liebe, Scheinfeld«, wiederholte er

seinen Standardspruch, »eine sehr wichtige Regel habe ich dir bereits erklärt – daß die Liebe nämlich Verstandes-, nicht Herzenssache ist. Eine weitere wichtige Regel nenne ich dir jetzt: daß man bei der Liebe viel geben muß, aber nie die ganze Haut abziehen und alles bis ins Letzte freilegen darf. Und wie schon erwähnt, verlangt die Liebe – wie jede Arbeit, Sportart oder Kunst – ein geregeltes Leben mit Ruhepausen und passender Ernährung.«

»Jetzt gehst du nicht mehr auf die Straße«, sagte er. »Du sollst keine Menschen mehr treffen, und vor allem nicht sie. Du läufst nur in deinem Haus, auf deinem Hof und auf deinen Feldern herum. Nur so. Eins, zwei, drei, vier, eins, zwei, drei, vier. Nein, Scheinfeld! Zähl du nicht, ich geh mit dir und zähle, eins, zwei, drei, vier. Zahlen kommen vom Gehirn, und das Gehirn, nicht vergessen, tut dem Tango nicht gut. Walzer ist ein Tanz fürs Gehirn, One-Step ist fürs Gehirn, Charleston ist auch ein Tanz fürs Gehirn, für ein dummes, aber immerhin ein Gehirn. Sogar unsere Tarantella ist fürs Gehirn. Aber Tango heißt berühren, Tango ist ein Tanz für hier, da …«

Plötzlich schoß der Körper des Gefangenen vor wie ein breiter, lautloser Blitz, und schon stand er hinter seinem Schüler, schmiegte die schwellende Brust an seinen Nacken, den starken Bauch an seinen Rücken, die großen Hände an seine Rippen, von denen sie mit Macht zu Jakobs Lenden und den vorstehenden Hüftknochen glitten, über die er dann zur sensiblen, ängstlichen Innenseite seiner Schenkel weiterpreßte.

»Hier«, sagte er, »das ist Tango. Berühren.«

Er verstärkte den Griff: »Von hier kommt er, und für dort geht er.«

Jakob spürte sein Hinterteil erschrocken sich zusammenkrampfen und seinen Atem dem Käfig der Rippen entfliehen.

»Nicht mit dem Gehirn«, sagte Ischua hinter ihm, »wenn du Hirn besäßest, hättest du mich nicht gerufen, Scheinfeld, und ich wäre auch nicht gekommen.«

Jakob wollte sagen, er hätte ihn gar nicht gerufen, aber gewissermaßen aus dem Bauch kam ihm die Erkenntnis, daß es zwecklos war. Die Hände des Gefangenen hielten ihn, seine Beine führten ihn. Viele Wasser, grün-goldene Frühlingsfluten, umspülten ihn, aber bedeckten ihn nicht.

9

Die Zeit verging. Der Weltkrieg war zu Ende. Jakob spielte mit dem Gedanken, es Salvatore zu verheimlichen, hatte zum Schluß aber Erbarmen und erzählte es ihm.

Der Gefangene atmete tief durch, sagte: »Ich geh ein bißchen spazieren«, und als er eine halbe Stunde später wiederkam, erklärte er, er wolle bleiben.

»Ich dachte, du würdest in dein kleines italienisches Dorf heimkehren wollen«, sagte Jakob.

»Einer, dem Vater und Mutter schon weggestorben sind, den keine Frau erwartet und der nie Kinder haben wird, braucht zu keinem Zuhause zurückzukehren«, sagte der Gefangene. »Mein Name ist Jehoschua. Ich mache Reparaturen, ich heile Wunden, ich koche, nähe, putze und tanze. Wir haben Arbeit zu erledigen, Scheinfeld.«

Das Kriegsende führte die Söhne zurück, die beim britischen Militär gedient hatten. Sie brachten neue Sitten ins Dorf – tranken Bier, sangen englische Lieder und erzählten Geschichten von Sehnsucht und Fremde. Gelegentlich kamen ehemalige Kameraden zu Besuch, und so kam eines Tages auch ein Bursche aus Jerusalem, der bewußte Meir Klebanow.

An jenem Tag war Oded auf Tour, Judith im Haus beim Kochen, Mosche im Futtersilo, und Naomi saß auf dem Stalldach und wechselte zerbrochene Ziegel aus. Als sie sich einmal aufrichtete, um die Stirn abzuwischen, glitzerte die Sonne in der Ferne auf der Karosserie eines Privatwagens, der im Fahren so blendete, als gehe ein Auge auf und zu.

Da Autos seinerzeit im Emek kein besonders häufiger Anblick waren, guckte Naomi näher hin und bemerkte, daß der Wagen vor der alten Polizeistation an der Hauptstraße anhielt.

Ein winziger Punkt entschlüpfte dem Wagen und bewegte sich geradewegs durchs Gelände, beobachtet von Naomi, die nicht ahnte, daß ebendieser Punkt in einer Viertelstunde vom Feld her in den Hof kommen und sie wenige Monate später heiraten und nach Jerusalem mitnehmen würde. Aus der Entfernung konnte sie nicht einmal sagen, ob der Punkt eher ein Mann oder eine Frau war.

Die kleine Gestalt wanderte am Rand des Sorghumfelds entlang, passierte, größer werdend, die Reihe alter Pomelobäume im Zitrushain jenseits des Wadis, durchquerte das Flußbett und entpuppte sich als ein junger Mann von noch unbekanntem Namen, aber klarer werdender Gestalt und mühelos leichtem Gang.

Naomi konnte zwar nichts hören, aber seine Gangart ließ schließen, daß er vor sich hin pfiff, und nun bemerkte sie auch schon, daß die Richtung, in die er ging, ihn in den Hof führen würde. Tatsächlich erklang alsbald das schwache, aber langsam anschwellende Pfeifen, in dem Naomi eins der Soldatenlieder erkannte, die die Kriegsheimkehrer mitgebracht hatten.

Jetzt war der Wanderer nahe genug. Naomi sah einen Mann von etwa siebenundzwanzig Jahren, das dicke, glatte Haar nach Städterart in der Mitte gescheitelt, die Haut zart und hell, das Gesicht weder hübsch noch häßlich, die Bügelfalte seiner Khakihose scharf und adrett.

»Suchst du jemand?« fragte sie, als er am Stall vorüberging.

Das Pfeifen brach ab. Der Blick des Burschen schweifte suchend umher. Seine Halbschuhe mit Kreppsohlen waren blank, obwohl er durch staubige Felder gegangen war.

»Das hier ist ein Privathof«, sagte Naomi.

Jetzt begriff der Fremde, daß seine Gesprächspartnerin auf dem Dach stand, und hob die Augen.

»Verzeihung«, sagte er, »ich suche Familie Liebermann.«

Er hatte einen angenehmen Bariton und eine klare Aussprache. Ein plötzlicher Wind kam auf, und Naomi preßte den Rock an die Schenkel.

»Geh wieder aus dem Hof auf die Straße, dann links, der sechste Hof von hier.«

»Danke«, sagte der Bursche, doch ein paar Schritte weiter hielt er inne, drehte sich um und fragte: »Wann kommst du da runter?«

»Nachher.«

»Ich würd ja zu dir raufkommen, aber ich hab Höhenangst.«

»Dann bleib wirklich lieber unten.«

»Wie heißt du?«

»Esther Grienfeld«, antwortete Naomi.

Der Bursche zog Notizblock und Füllfederhalter aus der Tasche, schrieb etwas, riß das Blatt heraus, legte es im Hof auf den Boden, beschwerte es mit einem Steinchen, damit der Wind es nicht wegblies, und richtete sich auf: »Links, der sechste Hof von hier, Liebermann«, sagte er und ging.

Beide wußten, daß sie es sich nicht würde verkneifen können, vom Dach herunterzukommen, um zu sehen, was er ihr geschrieben hatte, und beide wußten auch, daß sie warten würde, bis er aus dem Hof verschwunden war und nicht mehr sah, wie sie vom Dach auf die Strohballen sprang, hinunterhüpfte und zu dem Zettel lief.

Schade, daß Esther Grienfeld all die Briefe bekommt, die ich dir schicken werde, stand darauf.

Als der junge Mann zwei Stunden später wieder auf den Hof kam, sich suchend umsah und den Stall erhobenen Gesichts umkreiste, sagte Naomi: »Jetzt bin ich hier.«

Sie war mit dem Anbringen der Ziegel fertig, saß in Odeds

alter ›Tarzanhütte‹ und aß Granatäpfel. Im Gezweig des Eukalyptus vor den Augen des Gastes verborgen, sah sie durchs Laub, wie er an den riesigen Stamm trat, ihn umschritt und nach oben spähte.

»Hast du Stunden, in denen du auf die Erde herabsteigst?«

Doch nun kam Judith heraus und fragte wütend, wen er denn suche.

»Eine Esther Grienfeld.«

»Hier gibt's keine Esther Grienfeld«, sagte Judith, »im ganzen Dorf nicht. Geh dir woanders 'ne Esther Grienfeld suchen.«

Naomi staunte über ihren steinharten Ton, denn normalerweise war Judith freundlich zu Vorbeikommenden und bot ihnen stets ein Glas kühles Wasser an.

»Hörst du? Es gibt hier keine Esther Grienfeld!« rief der Bursche mit lauter, fröhlicher Stimme nach oben. »Dafür aber eine Naomi Rabinowitz. Bei Liebermanns habe ich gefragt, wer das Mädchen auf dem sechsten Hof rechts sei, und sie haben's mir gesagt. Du bist Naomi Rabinowitz, und ich schick dir Briefe.«

Dabei ging er rückwärts, während Judith auf ihn zuschritt, ihn gewissermaßen mit den Augen verscheuchte, wobei ihre Hände in forscher, Kampfbereitschaft signalisierender Geste über die Schürze wischten.

»Ich komm wieder!« rief der junge Mann. »Ich heiße Meir Klebanow, und ich komm wieder.«

Den ganzen langen Weg zur Straße legte er auf diese Weise, im Rückwärtsgang, zurück, dabei einen unsichtbaren, reißfesten Faden spinnend – mit Winken und leichtem Stolpern und Küssen in die Luft, die immer ferner und kleiner wurden, bis sie sich wieder zum Punkt verdichteten, der das Wadi durchquerte und rückwärts an der alten Pomeloreihe im Zitrushain und am Rain des folgenden Sorghumfelds entlang abzog, die Straße erreichte und im Dreiuhrbus verschwand.

Zwei Tage später traf der erste Brief aus Jerusalem ein, der

Vorreiter einer langen, nicht enden wollenden Reihe blaßblauer Umschläge. Im Dorf begann das Gerede, Naomi Rabinowitz habe »einen Burschen aus Jerusalem«, und ein paar Wochen später kam Meir erneut auf Besuch.

Wieder war Oded auf Tour, und Judith sagte hörbar abwehrend und gereizt: »Dieser Bursche ist nichts für dich, Nomile« und ließ ihn nicht ins Haus.

Naomi holte für Meir und sich Essen auf den Hof, und die beiden futterten im Schatten des Eukalyptus.

»Die ist eine Type, deine Mutter«, sagte Meir.

»Sie ist wirklich eine starke Type«, sagte Naomi, »aber sie ist nicht meine Mutter.«

Meir aß mit Genuß, ohne weiter zu forschen und zu fragen. Später begleitete Naomi ihn bis zur Hauptstraße und küßte ihn unter den staubigen Kasuarinen.

»Eine Minute später bin ich mit dem Mack aus Tel Aviv gekommen«, klagte Oded. »Auf der anderen Straßenseite stand so ein Bursche und hob die Hand zum Trampen. Aber Naomi war schon nicht mehr da, und ich kapierte nicht, wer und was. Da sieht man, was eine Minute ausmachen kann.«

10

»Es gibt hier irgendwas Ungutes im Haus«, mäkelte Ischua wiederholt.

Er schnüffelte, suchte und fand die Sammlung gelber Zettel, die ursprünglich für Judith bestimmt gewesen waren, zog eine Grimasse und forderte Jakob auf, sie zu verbrennen.

»Siehst du, Scheinfeld?« Er wärmte seine Hände über dem Feuerchen. »Guck auch du und sieh selbst. Liebesbriefe brennen genau wie jedes andere Papier.«

Vormittags arbeitete Ischua ein wenig auf dem Hof oder verdingte sich auch mal bei andern Bauern. Aber die meisten Stunden des Tages verbrachten die beiden gemeinsam. Gegen Abend ging er dann zu Rabinowitzes Haus, um sich an Mosches Felsbrocken zu versuchen.

Damals war ich schon fünf oder sechs Jahre alt, und ich erinnere mich gut an das Bild: Der Arbeiter trat aus Scheinfelds Haus, rieb sich die großen Hände und brummte alle möglichen Selbstermunterungen vor sich hin. Dann beschleunigte er seine Schritte und rannte schließlich auf das Rabinowitzsche Haus zu, gefolgt von sämtlichen Kindern des Dorfes. Er hatte einen langen, federnden Gang, den kein Mensch bei dieser plumpen Figur vermutet hätte, und beim Laufen machte er lustige kleine Verbeugungen und ballte die Fäuste in der Luft gegen imaginäre Gegner.

»Max Schmeling«, sagte Dorfpapisch, »Punkt genau!«

Beim Felsblock angekommen, zögerte Ischua keine Sekunde. Er beugte sich nieder, packte ächzend zu, lief rot an, prustete, umarmte und stöhnte, aber Rabinowitzes Felsbrocken, der jüdischen Metzgern und tscherkessischen Schmieden bisher ebenso widerstanden hatte wie Holzfällern vom Karmel und Salonikern aus dem Haifaer Hafen, wußte zwischen echter und imitierter Anstrengung zu unterscheiden und regte sich keinen Millimeter vom Fleck.

Die Dorfbewohner hatten erwartet, daß auch Ischua gegen den Felsen treten und sich den großen Zeh brechen würde, aber er erregte sich nicht, kickte nicht, brach sich nichts und humpelte nicht.

»Man darf einem Stein nicht böse sein«, sagte er, »der Stein versteht nichts und ist nicht schuld. Es ist alles eine Frage des Verstandes. Zum Schluß werde ich ihn genau wie Rabinowitz stemmen.«

Damit kehrte er zurück in sein Zelt, zu seinem Schüler, seinen Schallplatten, seinen Tänzen.

»Den ganzen Tag tanze ich bloß«, beschwerte sich Jakob, »aber wir hatten doch auch von Kochen und Nähen geredet.«

»Bald, bald«, vertröstete Ischua.

Sie wanderten übers Feld, als Ischua sagte: »Diesen kleinen Zitrushain brauchst du nicht mehr, Scheinfeld.«

Tatsächlich fielen die Orangen und Grapefruits schon von den Zweigen, Fruchtfliegen umschwirrten die Bäume, Unkraut wucherte zwischen den Stämmen.

»Orangenholz ist gut zum Kochen«, fuhr Ischua fort, »es gibt heiße Glut und riecht gut. Wirklich Zeit, daß wir diese Bäume fällen, und sobald sie getrocknet sind, lernen wir das Hochzeitsessen darauf zuzubereiten.«

Jakob kaufte im Lagerhaus zwei Äxte und eine große Säge von der Sorte, die für zwei Personen gedacht sind. Damit holzten Ischua und er den Zitrushain ab, ebendie Pflanzung, die er und seine Frau viele Jahre zuvor angelegt hatten, in der er an Judiths Ankunftstag im Dorf gewesen war und unter deren drittem Baum in der dritten Reihe Rivka das blaue Kopftuch ihrer Widersacherin entdeckt hatte.

Alle Muskeln schmerzten ihm. Schwielen bildeten sich an seinen Händen. Die Augen brannten von den scharfen ätherischen Ölen der Zitrusstümpfe. Ischua blickte ihn lachend an: »Mach's wie ich«, sagte er, »imitier einen Menschen, der nicht müde wird.«

Er hackte die Äste ab und schichtete sie zu dichten Haufen. »Hier, Scheinfeld«, sagte er, »jetzt hast du schon keinen Zitrushain mehr, zu dem du zurückkehren könntest.«

Ich stand auf, machte ein wenig Wasser im Topf heiß und schlug zwei Eier in die Handfläche auf. Spreizte die Finger und ließ das Eiweiß dazwischen in die Spüle gleiten. Rührte und schlug die Dotter mit Zucker, Wein und den schillernden süßen Bläschen und Bildern, die in meiner Erinnerung darauf warteten.

Ohne auch nur einen Moment innezuhalten, stellte ich die Schüssel auf den Topf mit kochendem Wasser und schlug noch zwei Minuten so weiter. Die Dotter erwärmten sich, saugten den Wein und ihre eigene Flüssigkeit auf, wurden zu glattem Schaum, und mit einem Mal stieg der satte Zabaioneduft in die Luft. Als ich mir die Finger genug geschleckt hatte, stand ich auf und ließ die Zunge über die oberen Zähne gleiten, von rechts nach links und von links nach rechts

süß süß süß süß süß süß süß süß süß süß süß süß süß süß süß

ßüs ßüs ßüs ßüs ßüs ßüs ßüs ßüs ßüs ßüs ßüs ßüs ßüs ßüs

Dann drückte ich sie an den Gaumen und schlürfte den Speichel, der meinen Mund füllte.

Ich setzte mich wieder an den Tisch, voll im Bauch und leicht im Kopf. Schließlich spülte ich das Geschirr.

Die Fensterscheibe über der Spüle war sehr sauber, und eine weiche Schon-sieben-Uhr-abends-gleich-geh-ich-unter-Sonne beschien den Garten. Die Erinnerungsbläschen platzten eins nach dem andern, liebkosend und offenbarend, und Jakobs Gesicht jenseits der Lichtspiegelungen in der Scheibe war sanft vor Sehnsucht.

»Warum ich mich in sie verliebt habe, Sejde?« sagte er lächelnd wie zu sich selbst, denn ich hatte diese Frage nicht gestellt, oder zumindest nicht laut.

»Nicht nur ich«, fuhr er fort, »auch Globermann hat sie geliebt, und Rabinowitz hat sie geliebt, und Naomi hat sie geliebt. Wir alle zusammen liebten sie, jeder auf seine Weise, und so hat sie dich mit drei Vätern, aber ohne einen Vater großgezogen, und so betrachten dich seit dem Tag deiner Geburt drei Männer als Sohn und passen auf dich und dabei auch aufeinander auf. Als Globermann starb, bin ich ja nicht nur aus Anstand und Trauer zu seiner Beerdigung gegangen, sondern auch, um sicherzugehen, daß er diesmal wirklich gestorben war und nicht nur den Preis für eine Kuh herunterhandeln wollte. Und meinst du, Rabinowitz wäre nicht ebendeswegen dort gewesen? Wir paßten aufeinander auf und das ganze Dorf auf uns. Alle redeten und fragten, von wem ist dieses Kind, und nur ich verstand nicht, wozu der ganze Aufruhr. Wenn Liebe vorhanden ist, kann man doch auch im Traum schwanger werden. Aber sicherheitshalber habe ich sie eines Tages auf der Straße abgepaßt und hab ihre Hand ergriffen und ihr wörtlich so gesagt: ›Judith, bist du vielleicht mal nachts zu mir gekommen? Ohne daß ich's gemerkt hab? Damals, in der Nacht, als Rabinowitz die Kuh verkauft hatte?‹ Weißt du, eine Frau, die sich sehnlich ein Kind wünscht, kann manchmal solche Dinge tun. Nachts kommt sie, und der Mann weiß und spürt gar nichts, oder er glaubt zu träumen und hat Angst aufzuwachen, wie es mir schon oft passiert ist, daß ich mit offenen Augen daliege und träume, daß sie kommt und bei mir ist, und ihre Hände fühle ich, hier und hier, und ihre Lippen auf meinen und, entschuldige, Sejde, auch ihre Brustwarzen genau auf meinen. Es wird doch immer gefragt, wozu haben Männer Nippel auf der Brust, und darauf gibt's alle möglichen Antworten. Erstens heißt es, das wär, damit wir nicht vergessen, woher wir kommen, und zweitens heißt es, damit wir in Erinnerung behalten, was wir hätten sein können, und drittens heißt es, das wär, damit wir ein Wunder vollbringen und Milch geben können. Manchmal, Sejde, möchtest du doch ein Wunder tun und hast nichts, womit du's tun könntest, und da hat der Gott der Juden schon dran gedacht und dir dafür die Brustwarzen gegeben. Wenn er aus Stein Wasser hervorgebracht hat, soll er nicht auch dem Mann Milch abgewinnen können? Aber ich sag dir, Sejde, das sind alles Märchen. Die Brustwarzen beim Mann sind nur dazu da, sich präzise auf die Frau auszurichten. Wenn sein Mund auf ihrem ist und die Nippel sich berühren, dann öffnen sich auch die Augen eins ins andere, und der ganze übrige Körper paßt genau aufeinander. ›Also, bist du nun in einem solchen Traum vielleicht wirklich zu mir gekommen? Ich hab doch mit offenen

Augen geträumt, daß du bei mir bist, und auch um den Hals hast du mich gefaßt, Judith, und um die Lenden, mit sämtlichen Armen und Beinen, ganz und gar warst du bei mir, Judith.‹ Oft habe ich das so geträumt, aber in jener Nacht hab ich die Augen zugemacht und gesehen, daß es Wirklichkeit war, alles genau gegenüber: Brust auf Brust und Mund auf Mund und Augen in Augen, und ihre Hände liebkosten den ganzen Körper, als zögen sie durchs Wasser und sprächen: ›Ich bin da, sch... Jakob... sch... sch... ich bin da... du bist nicht allein, schlaf jetzt, Jakob, schlaf ein.‹ Und von all diesem ›sch‹ und ›Jakob‹ und ›schlaf ein‹ bin ich zum Schluß aufgestanden und mit ihr zum Stall gegangen und hab ihr dort halb wach und halb schlafend beim Melken geholfen. Dann später, als ihr Bauch so wuchs, hab ich gedacht, vielleicht war es Wirklichkeit, vielleicht ist sie wirklich bei mir gewesen, denn du weißt, wie es ist: Zum Schluß wachst du auf, und einerseits ist sie dann nicht mehr da, aber andererseits spürst du, Entschuldigung, daß es dir da feucht von einem Samenerguß gewesen ist, und den Herbstduft riechst du in der ganzen Luft. Das ist für den Kenner das Zeichen, daß die Zeit der Liebe gekommen ist. So hat mir Menachem Rabinowitz gesagt. Der Herbst, wenn die Tiere Nahrung suchen, um sich für den Winter dick zu fressen, ist die Zeit für die Menschen, sich einen Schlafpartner für die Kälte zu suchen, denn im Frühling ist das alles nur Hopsen und Freuen und Kindermachen. Deshalb gibt es Menschen, die im Frühling Selbstmord begehen, weil nicht alle bei dem ganzen Jubel mitmachen wollen. Das ist, wie man hier zu Purim gesungen hat ›fröhlich muß man sein‹, bis einmal Rabinowitz in den Kleidern seiner Tonitschka, die gestorben war, auf die Bühne gestiegen ist, genau wie sie hat er ausgesehen, und allen gezeigt hat, was das heißt, ›fröhlich muß man sein‹. – Warum hatten wir vom Herbst geredet, Sejde? Wegen diesem Johannisbrotgeruch? ›Nu, gibt's denn einen besseren Beweis, daß du bei mir gewesen bist, Judith? Kommt einem denn der Samenerguß von allein?‹ All das hab ich ihr damals auf der Straße gesagt, und sie hat richtig gewaltsam ihre Hand weggezogen und gesagt: ›Scheinfeld, mach dich nicht lächerlich. Ich bin weder bei Nacht noch bei Tag zu dir gekommen, und an diesem Bauch hast du keinerlei Anteil und Besitz, da brauchst du dir erst gar nichts auszudenken.‹ – ›Wer hat denn dann Anteil und Besitz daran? Ah – nu, sag mir, Judith, wer dann?‹ Dabei zitterte mir der ganze Leib. – ›Niemand, den du kennst, und niemand, an den du denkst‹, hat sie mir geantwortet, ›und bilde dir bloß nicht ein, weil ich nachts zu dir gekommen bin und du mir beim Melken geholfen hast, hättest du schon Rechte.‹ Aber ich ließ ihr keine Ruhe, denn der Bauch und der Zorn waren ihr, aber der Traum und der Samen waren mir. Also bin ich zu ihr gegangen, um sie zu sehen, und sie hat mich weggejagt. einmal hat sie gesagt: ›Siehst du diese Heugabel, Scheinfeld? Du kriegst sie gleich in den Bauch gerammt, wenn du nicht aufhörst, von meinem Bauch zu reden.‹ Ich konnte nicht ertragen, daß sie mich Scheinfeld nannte. Nur dreimal hat sie Jakob und nicht Scheinfeld zu mir gesagt: einmal, als ich alle Vögel für sie hab fliegen lassen, und einmal, als sie damals nachts bei mir war, und vom dritten Mal erzähl ich dir gleich. Meinst du, ich wäre erschrocken? Sofort hab ich das Hemd aufgemacht und gesagt: ›Ah – nu, stich zu mit der Heugabel, Judith!‹ Denn eine schwangere Frau hat ihre Launen, da muß man Rücksicht nehmen. Sie will was Besonderes essen – gib ihr zu essen, will streiten – laß sie streiten, sie will dich mit der Heugabel stechen – soll sie halt zustechen. Und da hat sie gelacht. Wie eine Meschuggene hat sie gelacht. ›Was soll bloß aus dir werden, Jakob?‹ Und so, mit der Heugabel in der Hand, das war das dritte Mal. Und ein paar Tage vor der Geburt bin ich losgegangen und hab ein paar nötige Dinge gekauft, und einen gelben Vogel aus Holz habe ich auch gemacht, damit du was zum Spielen hättst, und nachdem du geboren warst, bin ich wieder und wieder zu ihr gelaufen und hab wieder und wieder gesagt: ›Ich verzeih dir, Judith, bloß sag mir, von wem ist dieses Kind?‹ Bis sie eines Tages die Hand erhob und mir eine Ohrfeige verpaßte: ›Du Quälgeist! Ich brauch weder deine noch sonst jemandes Vergebung.‹ Quälgeist ist ein sehr kränkendes Wort im Zustand der Liebe, und meine Frage hat sie nicht beantwortet. Bis zum Schluß hat sie's nicht gesagt. Wir sind hingekommen und sahen den halben Eukalyptus schon auf der Erde, die Eier der armen Raben zerbrochen im Schnee ringsum, und die schwarzen Federn und das blaue Kopftuch, alles war da, bloß keine Antwort. Und Rabinowitz hat dort gestanden und schon das Beil gewetzt, als würde das was helfen, als hätte der Baum das absichtlich getan. Da habe ich gedacht, Sejde, vielleicht ist es nicht das Schicksal, vielleicht ist es sein böser Bruder, der Zufall. – Hab ich dir das schon mal erzählt? Zwei Brüder hat das Schicksal. Der gute Bruder ist das Glück, und der böse Bruder ist der Zufall. Und wenn diese drei Brüder lachen, dann bebt die ganze Erde. Also das Glück war, daß sie gekommen ist, und der Zufall war, daß sie starb, und das Schicksal war, daß sie schon unterwegs zu der Hochzeit war, die ich ihr bereitet hatte, in dem Brautkleid, das ich ihr genäht hatte, und auf dem Weg ist was geschehen. Ja ist denn so ein Eukalyptus in Erez Israel kein Zufall? Ist so ein Schnee in Erez Israel kein Zufall? Und daß du, Judith, nachts zu mir gekommen bist, war das Glück oder Schicksal? Und so ein Papierschiff, das zu dem Mädchen gelangt, ist das mit Absicht oder durch Zufall? – Nu, was soll ich dir sagen, Sejde, das alles ist jetzt schon egal, *a nafka mina* – was macht das aus –, wie sie immer gesagt hat. Das ganze Dorf ist ihr zum Friedhof gefolgt, nur ich bin nicht mitgegangen. Ah – nu, frag mich, warum ich nicht hingegangen bin. Sagen wir so: Weil ich gespürt hab, wenn diese Beerdigung eine Hochzeit wäre, hätte man mich nicht eingeladen. Verstehst du? Also bin ich nicht gegangen. Und dieses alte Herz, das das ganze Leben über allein war, wird noch ein bißchen länger allein sein. Es ist schon gewohnt, allein zu sein, dann wird's halt noch ein wenig allein bleiben.«

11

»Und wann nähen wir das Brautkleid?« sorgte sich Jakob, als sie die Zweige des abgeholzten Zitrushains fertig zerhackt und aufgeschichtet hatten.

»Alles zu seiner Zeit, Scheinfeld«, sagte Ischua.

»Und wann werde ich endlich mit einer Frau tanzen?«

»Wenn der Tag gekommen ist, Scheinfeld«, antwortete Ischua.

»Und warum nennst du mich dauernd Scheinfeld? Warum nicht Jakob?«

»Kommt alles noch in Ordnung«, sagte der Gefangene, »das Kleid, die Frau und der Name.«

»Du genießt all deine Spielchen, aber ich werd nie was lernen.«

»Erstens ist Genuß keine Schande, zweitens wirst du was lernen und können«, sagte Ischua. »Und vorerst brauchst du nicht mit einer Frau zu tanzen. Beim Tango ist es egal, ob eine Frau da ist oder nicht …«

»Du hast gesagt, Tango bedeutet berühren«, sagte Jakob.

Ischua lächelte: »Frauen ähneln einander derart, Scheinfeld, daß es wirklich nicht darauf ankommt, und Tango heißt tatsächlich berühren, aber er ist nicht wie andere Tänze. Du kannst zusammen oder allein berühren, mit Mann oder Frau.«

Ein paar weitere Wochen vergingen. Jakobs Schritte wurden besser und besser. Ischua musterte ihn kaltblütig und mit ständig breiterem Lächeln, lobte ihn und ließ unsinnige Regeln und sonderbare Schlagworte vom Stapel, wie: »Wenn ihr beim Tango zusammen seid, seid ihr in Wirklichkeit jeder für sich« oder: »Du führst nicht sie, du führst dich mit ihr«, was Jakobs Beine durcheinanderbrachte und in seinem Herzen Tumult auslöste.

Aber der Italiener wußte, was er tat, und eines Morgens stand er auf und verkündete: »Der Tag ist gekommen!« Daraus ersah Jakob, daß sein Lehrer am Vortag Dorfpapisch aufgesucht hatte, denn mit ebendiesen Worten und im gleichen feierlichen Ton redete Papisch an dem Tag, an dem er zum ersten Mal mit dem Mastschlauch in der Hand den Pferch der Junggänse betrat.

Jakob glaubte fest, jetzt endlich mit einer Partnerin tanzen zu dürfen, aber Ischua machte ihm eine Verbeugung, breitete die langen Arme aus, blinkerte mit den Lidern und sagte: »Tanzt du mit mir?« dermaßen charmant, daß Jakob trotz der großen Angst, die seinen Körper plötzlich erfüllte, in Lachen ausbrach.

Er faßte sich ein Herz, trat zu seinem Lehrer und fand sich im Nu in dessen angenehm sicherem Griff befangen.

Sein Herz klopfte mächtig, aber Beine und Hüften waren schon geübt, der Rumpf schmiegte sich – plötzlich eigenmächtig geworden – an Ischuas strammen Bauch, und los wirbelten sie.

»So ist das beim Tango. Mal bist du der Mann, ich die Frau, mal bist du die Frau und ich der Mann, mal sind wir beide Frauen, mal beide Männer«, sagte der Gefangene lachend.

Ein guter Geruch entströmte seinem Mund, und Jakob war verlegen über die Berührung mit diesem großen, wohlgeübten Körper, die breite führende Hand auf seinem Rücken und den starken, gebieterischen Bauch, der ihn stupste und manipulierte, und noch verlegener war er über den Schwall von Sprüchen, die in wachsendem Tempo auf ihn herabregneten:

»Eine Frau ist kein Klavier, das man schieben müßte!«

»Eine Frau ist kein Blinder, dem man zeigen muß, wo's langgeht!«

»Eine Frau ist kein Stein, den es anzuheben gilt!«

»Eine Frau ist kein Luftballon, den man festhalten muß, damit er nicht wegfliegt!«

»Was ist eine Frau denn dann?« schrie Jakob plötzlich.

Darauf lächelte Ischua ihm ins Ohr, und mitten beim Drehen und Neigen und Ziehen und Schreiten flüsterte er ihm zu: »Eins, zwei, drei, vier. Eine Frau, das bist du, das bist du, das bist du.«

Ein Kognakschwenker entglitt meinen Fingern. Ein leiser Knall war zu hören, ein dünner Blutstreifen troff, Seifenblasen färbten sich rosa.

Draußen schnaufte eine Eule. Kurzes Todeszappeln erklang im Geäst. Ein Schon-vier-Uhr-morgens-gleich-beruhig-ich-mich-Wind raschelte im Laub.

Ich ging zurück in Jakobs Bett, leckte den geschnittenen Finger und konnte nicht einschlafen. Ich stand auf, hielt die Drehungen des alten Grammophons an und irrte durch die Zimmer meines neuen Hauses.

Die Kühle der Luft sagte mir, daß in zwanzig Minuten die Vögel ihr Morgenlied anstimmen würden, und wie gesagt, brauche ich nur die Stimme des zuerst erwachenden Vogels zu hören, um zu wissen, welche Jahres- und Uhrzeit es ist und wie lange mir auf der Welt zu leben bleibt. Im Winter beginnt das Rotkehlchen im Stockdunkeln um fünf Uhr morgens und weckt den Sperling und den Zarten Sänger, die sogleich mit einstimmen, gegen sechs dann erklingen auch die Stimmen der Amseln und der Eichelhäher. Zu Frühlingsende erwachen die Lerchen und die Falken vor den andern, und mitten im Sommer kommt ihnen nur der Heckensänger zuvor. Der Rabe hat, ebenso wie der Mensch, keine feste Stunde, aber sobald ein Rabe erwacht, tun alle seine Gefährten es ihm eilig nach.

»Nachts deckt sich die Welt zu und schläft«, sagte mir Mutter eines Morgens, als sie aufstand, um Mischfutter auf die Krippen zu verteilen, und sah, daß das Kind Sejde, der unsterbliche Knabe, der, über seinen Vater befragt, schweigen muß, schon hellwach lauschte, »und morgens picken die Vögel ihr Löcher in die Decke.«

12

Manchmal hatte Jakob das Gefühl, Ischua kenne sich in Haus und Hof besser aus als er selbst.

»Vielleicht warst du hier schon mal?« fragte er immer wieder, scheinbar scherzhaft, um seine Furcht zu verbergen.

»Vielleicht«, antwortete Ischua jedesmal, und eines Tages, von Rabinowitzes Felsbrocken zurückkehrend, lenkte er seine Schritte geradewegs zur Scheune auf dem Hof und fing mit prophetischer Sicherheit an, zu wühlen und zu stochern und beiseite zu werfen, bis er das Gewünschte gefunden hatte – die schweren alten Kochgeschirre des albinotischen Buchhalters.

Er taxierte ihr Gewicht im Verhältnis zur Dicke und lächelte freudig.

»Sind das deine Töpfe?«

»Sie gehörten mal jemandem, der im Nachbarhaus gewohnt hat«, sagte Jakob, »und jetzt gehören sie mir.«

Die Töpfe waren stark verkrustet. Ischua kratzte ein paar Rillen mit dem Daumennagel, und seine Augen leuchteten auf.

»Ein guter Koch würde für solche Töpfe seinen Sohn verkaufen«, sagte er.

Er schickte Jakob Stahlwolle holen und mixte eigenhändig aus Asche, Öl, Sand und Zitrone allerlei Scheuer- und Poliermittel. Und als er dann die Töpfe schrubbte, begann ihr Glanz unter Schwärze und Dreck zu schimmern, bis schließlich das strahlende Abendrot von Kupfer hervorbrach – dem herrlichsten, wärmsten und menschlichsten aller Metalle.

Ischua erklärte Jakob, kupferne Kochgeschirre seien etwas für autoritäre, kaltblütige temperamentvolle Köche und starke, geduldige Esser. Er schlug Nägel in die Küchenwand, und die aufgehängten Pfannen sahen aus wie drei untergehende Sonnen.

»Jetzt werde ich dir eine besondere Mahlzeit kochen«, sagte er. »Geh raus, Scheinfeld. Ich ruf dich, wenn alles fertig ist.«

Jakob ging hinaus, schlich jedoch ums Haus, spähte durchs Fenster und sah, daß der Gefangene sich eine alte Schürze von Rivka um die Lenden band und mit seinen großen flinken Händen anfing, zu schneiden und zu mischen, zu rühren und anzugießen, alles mit einer Sicherheit, die ein Lächeln auf Jakobs Gesicht brachte, denn er begriff, daß Ischua einmal einen Meisterkoch bei der Arbeit gesehen hatte und ihn nun mit Vergnügen nachahmte.

Dann plötzlich steckte der Gefangene, ohne zu zögern oder schmerzlich das Gesicht zu verziehen, vor Jakobs verblüfften Augen den Finger in die Soße, die blubbernd im Topf kochte. Er ließ ihn ein paar Sekunden drin und steckte ihn dann in den Mund. Seine Miene, die Maske eines neugierigen Kindes, wurde nachdenklich. Er würzte und rührte, tauchte den Finger zum zweiten Mal ein, leckte, nickte und rief Jakob zu Tisch.

Das Essen duftete und schmeckte wunderbar und ähnelte nichts von all dem, was Jakob je gegessen hatte.

»Kau gut und iß langsam, Scheinfeld«, sagte Ischua, »und du darfst viel auf dem Teller lassen. Das ist eine gute Angewohnheit.«

Auf Jakobs fragenden Blick fügte er hinzu: »Ein Paar, das sich wirklich liebt, ißt nie zuviel. Wenn du im Restaurant ein Paar siehst, das zuviel ißt, dann weißt du, daß sie einander hassen, daß sie sich gegenseitig mit Essen umbringen wollen, und vor allem schlagen sie sich den Bauch voll, damit sie einen Vorwand haben, hinterher nicht miteinander ins Bett zu gehen.«

Nach kurzem Schweigen fuhr er fort: »Und das Wichtigste beim Essen, wie auch bei der Liebe, Scheinfeld, sind die Regeln. In einem Haus, in dem es keine Regeln gibt, wütet das Schicksal, das Glück hält sich zurück, und der Zufall kommt zu Besuch. Aber in einem Haus, in dem es Regeln gibt, tut das Schicksal, was man ihm sagt, das Glück wird nicht gebraucht, und der Zufall bleibt draußen, klopft und schreit, ohne reinzukönnen.«

Im Haus waren noch ein paar große gelbe Bögen übrig, die nicht zu Zetteln zerschnitten worden waren. Ischua fand sie und wies Jakob an, die teils sehr sonderbaren Regeln und Verbote des Kochens darauf zu verzeichnen und sie an die Küchenwand zu hängen:

– »Man bewahrt das Mehl nicht zusammen mit den Gewürzen auf.«

– »Das Messer muß länger sein als der Durchmesser des Kuchens.«

– »Das Korianderkraut ist die verrückte Schwester der Petersilie.«

– »Das Licht beim Essen muß genauso stark sein wie beim Lesen.«

– »Birnen sind so aufzubewahren, daß sie einander nicht berühren.«

– »Das Vorderteil der Kuh ißt man im Winter, das Hinterteil im Sommer.«

– »Jedes Getränk, das man trinkt, hat einen Freund, den man ißt.«

An einem Sommermorgen schließlich, als die beiden in Unterhosen im Zelt saßen und die Regel »Eier werden erst in ein Schälchen aufgeschlagen und dann in die große Schüssel gegeben« repetierten, schlug sich der Italiener plötzlich ohne jede Vorwarnung an die Stirn und rief: »*Cretino! Cretino! Cretino!* Wieso hab ich daran nicht früher gedacht? Ich weiß, wie man Rabinowitzes Stein hochkriegt.«

Von jenem Tag an versagte er sich weitere Imitationen von Mensch, Tier oder Vogel, und einige Tage redete er sogar mit neuer Stimme, die so fremd war, daß Jakob annahm, es sei wirklich seine eigene.

Eine neue Phase begann. Er spielte nicht mehr mit den Dorfkindern und ärgerte keine Raben und Kühe mehr. Fortan widmete der italienische Gefangene seine gesamte Freizeit dem Studium von Mosche Rabinowitzes Wesen, Lebensweise und Gestik.

13

Eines Tages kam ein Brief von einer Freundin Naomis, die aus Nahalal stammte und am Seminar der Moschawbewegung in Jerusalem studierte. Sie lud Naomi »für ein paar Tage« zu sich ein.

»Fährst du zu ihm?« fragte Judith.

»Ich fahre nicht zu ›ihm‹«, fauchte Naomi. »Wer ist ›ihm‹ überhaupt? Ich fahre zu meiner Freundin, und vielleicht besuche ich auch ›ihn‹.«

Oded nahm sie im Milchtanker nach Jerusalem mit.

»Wo werdet ihr schlafen?« fragte er in mühsam beherrschtem Ton.

»Auf der Straße.«

»Ich frage dich, wo du schlafen wirst, Naomi, dann antworte doch, und mach keine Sprüche.«

»Ich werde fremde Männer mit Silberzahn im Mund und Nikotingelb im Schnurrbart ansprechen und fragen, ob ich bei ihnen schlafen kann. Und wenn sie sagen, sie hätten keinen Platz für mich, dann sag ich: ›Das macht nichts, mein Herr, wir zwei können uns zusammen in ein Bett quetschen.‹«

»Wenn du so weitermachst, wende ich auf der Stelle den Wagen und bring dich ins Dorf zurück.«

»Du wendest gar keinen Wagen und bringst niemanden zurück. Sonst wird dir die Milch im Tank sauer.«

»Und wo ist die Freundin?« fragte Oded, als nach dreistündigem Schweigen der Morgen über TNUVA-JERUSALEM anbrach.

»Sie wird gleich dasein«, sagte sie.

Tatsächlich kam die Nahalaler Freundin und nahm Naomi in ihr Zimmer im nahen Bucharenviertel mit, wo Meir sie erwartete, um sie zu einem Glas starkem, süßem Tee in das Lokal der Nachtarbeiter in Bet-Israel einzuladen.

Nächtliche Kälte hing noch in der Luft. Naomi legte die Hände um das kleine, dicke Glas, das so anders war als die hauchdünnen russischen Teegläser im Haus ihres Vaters.

Die Sonne stieg langsam höher. Glockenklänge setzten ein. Sie kauften ein paar frische Sesamkringel, bei denen Naomi sich nicht enthalten konnte, zwei schon auf dem Weg zu seinem Zimmer zu verputzen. In der abfallenden Princess-Mary-Straße entfernte Meir ihr die letzten drei Sesamkörnchen von den Lippen – den ersten mit behutsamem Finger, den zweiten durch zartes Pusten und den dritten mit sanftem Lecken.

Er wohnte nicht weit vom Buchgeschäft Ludwig Mayer, in einem dickwandigen Mietzimmer, das ihr mit seinem roten Teppich, den tiefen Fensternischen und dem niedrigen Bett auf Anhieb gefiel. Die Kissen auf dem Bett rochen so wie Meir, daß man nicht sagen konnte, wer wessen Geruch angenommen hatte.

»Du bist ein Dummkopf, Nomile«, sagte Mutter.

»Du bist die letzte, die mir Ratschläge erteilen könnte«, sagte Naomi.

Ich hörte die beiden weinen – mit vereinten, aber unterschiedlichen Stimmen, die sich nicht miteinander vermischten, und ein paar Monate später, im Frühling 1946, fand die Hochzeit unter dem großen Eukalyptus auf dem Rabinowitzschen Hof statt.

Ich erinnere mich an die komische Kleidung der fremden Gäste aus Jerusalem und Tel Aviv und an den Schwarm Wildkanaris, der plötzlich über uns niederging, im Verein mit dem jubilierenden Plebs von Distel- und Grünfinken, die sich ihm angeschlossen hatten. Und ich erinnere mich an das große Grammophon, das Scheinfelds Arbeiter auf der Schulter aus dem bunten Zelt herbeitrug und an der Stallwand aufstellte, um dann unermüdlich die Kurbel zu drehen und Musik zu dudeln.

Jakob tanzte nicht. Er saß abseits und rief mich plötzlich zu sich.

Sechs Jahre alt war ich, als Meir und Naomi heirateten, und ich muß damals wohl Jakobs erste Ansprache gehört haben, als er mich auf seinen Schoß setzte und eine Erklärung abgab, die nicht für mein Alter paßte: »Jeder Mensch, Sejdele, spürt den Tod, wenn sein Kind geboren wird und wenn sein Kind heiratet und wenn seine Eltern sterben. Hast du das gewußt?«

»Nein«, sagte ich.

»Also, dann weißt du's jetzt.«

Ich wollte von seinen Knien herunterrutschen und weiter zwischen den Tischen herumlaufen, um Blicke, Bonbons und Bewunderung einzuheimsen, aber Jakob hielt mich noch fester und setzte seine sonderbare Rede fort: »Du hast drei Väter, die vor dir sterben werden, Sejdele, und auch einen besonderen Namen gegen den Tod hast du, und Kinder, fürchte ich, wirst du wohl keine haben. Das hast du von mir geerbt. Auch ich habe keine Kinder. Ich habe nur einen Teil von einem Kind. Ich habe bloß dreiunddreißigeindrittel Prozent von dir, aber als du geboren wurdest, habe ich geweint, wie ein Vater bei einem ganzen Kind weint. Die Leute sagen, wir würden vor Freude weinen, aber nicht vor Freude, Sejdele, vor Trauer weinen wir, denn viele Zeichen des Todesengels wissen wir nicht zu deuten, aber dieses hier kennen wir. Damit signalisiert er, daß deine Reihe näher rückt. Nu, Sejdele, ich merke, daß du schon gehen möchtest, dann lauf, spiel, sei fröhlich. Wir haben Hochzeit heute, da muß man fröhlich sein.«

Meirs Verwandte musterten mich mit forschenden Städteraugen, tuschelten angesichts Tante Batschewas schwarzem Witwenkleid und erschraken vor Rachel, die plötzlich aus dem Stall hervorkam und durch das sich teilende Meer entsetzter Gäste und kippender Tische bis zu Mutters Sitzplatz stolzierte.

Verlegenes Kichern ertönte, als Onkel Menachem, den seine Frühlingsstummheit drei Tage vor der Hochzeit befallen hatte, allen Fremden seine Zettel auszuteilen begann, auf denen stand: ICH HABE DIE STIMME VERLOREN. ICH BIN DER ONKEL DER BRAUT UND DER MANN DER WITWE. VIEL GLÜCK!

Später winkte er mich zu sich. Seine wohlige Hand klopfte mir ermutigend auf die Schulter, und ein anderer Zettel wurde mir vor die Augen gehalten, auf dem geschrieben stand: WAS KÜMMERT'S DICH, SEJDE, SOLLEN SIE UNS DOCH BEGLOTZEN.

Meirs Mutter, aufgeblasen wie eine Glucke, beschwerte sich wiederholt über die Gerüche aus Dorfpapischs Gänsehof und den Morast, der ihr an den Schuhsohlen klebte. Letzten Endes faßte Globermann sie am Arm und zog sie hoch zu einem Tanz, der ihr die Röte ins Gesicht trieb vor lauter Anstrengung und Nähe und wegen der Schmach, die ihr eigener Leib ihr plötzlich bereitete. Globermanns Riesenfüße wuselten wie Wildtiere um ihre Füße und dazwischen durch, seine Hand erforschte den verblüfften unteren Teil ihrer Wirbelsäule, seine Hände taxierten das nachgiebige Fettpölsterchen am Rückenende.

»Man darf nichts auf das Alter geben, Frau Klebanow«, flüsterte der Sojcher, »Sie sind eine schöne, sanfte und appetitliche Frau, und eine Frau, die so ein feines Hügelchen am Rükkenende hat, braucht sich nicht so was anzutun.«

Ein sonderbar anziehender Duft, von dem Frau Klebanow nicht ahnte, daß es Blutgeruch war, umwehte seinen Hals. Seine Hand glitt wieder aufwärts, prüfte durch den Kleiderstoff die spitzen Wirbel auf ihrem Rücken. Plötzlich seufzte sie leise auf. Warme, goldene, längst vergessene Tropfen quollen irritierend und schamlos in den unzuverlässigsten Fasern ihres Fleisches empor.

»Von welcher Seite sind Sie?« fragte sie errötend.

»Von Rabinowitzes Seite«, sagte Globermann.

»Sind Sie der Bruder von Rabinowitz?«

»Nein«, sagte der Viehhändler artig, »ich bin der Vater von Rabinowitzes Sohn.« Er deutete mit dem Finger auf mich. »Sag Meirs Mutter guten Tag, Sejde.«

Zwei kindliche Gäste, »kleine Bourgeois«, wie Onkel Menachem sie auf einem Zettel abfällig betitelte, dunkelblaue Barette auf den Köpfen und Halbschuhe an den Füßen, zogen ein Taschenmesser heraus und wollten ihre Namen in das zarte Fleisch des Eukalyptus ritzen. Aber Mutter eilte zu ihnen und zischte mit einer Stimme, die nur ich mithörte: »Laßt diesen Baum in Ruhe, ihr kleinen Aase, oder ich nehm euch das Taschenmesser weg und schneid euch damit die Ohren ab.«

Rachel muhte, die Kinder nahmen Reißaus, die Raben, frech und furchtlos, tauchten ab und pickten Reste von den Tischen.

Zwei Tage nach der Hochzeit trübte sich der Himmel mit prallen Frühjahrswolken ein, schwerer Regen, wie er Ende Nissan fällt, ging nieder, und der erste große Streit zwischen Meir und Mutter brach aus.

Ich weiß nicht mehr, worum es sich drehte, aber in aller Herrgottsfrühe packte Naomi Kleidung in den Koffer und Bücher in eine Obstkiste. Dann fuhr Oded, starr und bleich vor Wut, seine Schwester und den neuen Schwager nach Jerusalem.

Auch während der Hochzeit behielt Ischua Mosche Rabinowitz im Auge, um aus der Beobachtung zu lernen. Er hatte mittlerweile die Hebeversuche am Felsbrocken aufgegeben und konzentrierte sich allein auf Mosche. In jenem Jahr war er schon mit den meisten kleinen und großen Rabinowitzschen Gewohnheiten vertraut, führte sie aber niemandem – nicht einmal Jakob – vor.

Nach dem Laubhüttenfest, als die Tage schon kürzer wurden und der Geruch nach Wasser und ersten Frosteinfällen die Luft erfüllte, ging Ischua eines Tages im Dunkeln hinter Mosche her, als der von der Molkerei zurückkehrte.

Mosche spürte etwas, ohne zu wissen, was. Ein-, zweimal wandte er das Gesicht nach hinten, bemüht, zu sehen und zu verstehen, und dann spürte er sie mit ganzer Haut und ganzem Fleisch – seine Tonitschka, sein Zwilling und Spiegelbild, die von den Toten auferstanden war und ihm auf den Fersen folgte. Ihn überlief ein Schauder.

Ischua, der von all diesen archaischen, geheimnisvollen Dingen nichts wußte und daher nicht ahnte, daß er bei seinen Anstrengungen, Mosche zu imitieren, auch seiner verstorbenen Frau ähnlich wurde, folgte ihm am nächsten Tag wieder.

Doch jetzt, erneut von dem gleichen Gefühl befallen, zögerte und zauderte Rabinowitz nicht länger, sondern fuhr herum, rannte in das Dunkel hinter sich, packte den verblüfften Arbeiter an der Gurgel und schrie ihn an: »Wo ist der Zopf? Jetzt sagst du mir aber mal, wo der Zopf ist!«

Ischua wäre beinah in die Knie gegangen. Mosche war eineinhalb Kopf kleiner als er, hatte aber einen festen Griff wie eine Eisenzange.

»Hättest du's mir gesagt, wärst du heute noch am Leben«, schrie Mosche.

Dabei sanken seine Hände plötzlich schwach und verzweifelt nieder. Ischua flüchtete halb erstickt, aber siegreich mit Kichern und Husten in das Haus seines Schülers.

Unterdessen begann Jakob die nächste, äußerst schwierige Stufe des Tangos zu erlernen: Beim Tanzen gab Ischua ihm Rätsel auf, erzählte ihm Geschichten, stellte ihm Fragen und debattierte mit ihm, damit das Gehirn beschäftigt war und den Körper sich selbst überließ.

Anfangs war das sehr kompliziert. Fragte der Gefangene ihn beispielsweise, wieviel zweihundertfünfunddreißig minus hundertsiebzig sei, versteifte sich Jakobs Körper, und seine erschrockenen Knie verhakten sich ineinander. Ja es kam so weit, daß ihm eines Tages – mitten beim Tanzen nach der bekannten Denksportaufgabe mit dem Mann, der an einer Wegkreuzung einen ewigen Lügner und einen ewig Ehrlichen trifft, befragt – die Waden weich wurden und er erschöpft zu Boden fiel.

Aber bald gewannen seine Beine genug Sicherheit, um auf die Verbindung zum Gehirn und dessen Gedanken zu verzichten. Nach einigen Monaten gelang es ihm bereits, die sechs Deckungssätze der Dreiecke beim »doppelten Reißen« des Buenos Aires herzusagen und einen erregten, wenn auch etwas holprigen Diskurs über die Einheit von Seele und Leib bei den schnellsten Drehungen des Jealousy zu führen.

14

Seinerzeit ging ich schon in die Schule, und alle Kinder dort, von klein bis groß, spotteten über mich, meinen Namen, meine drei Väter und meine Mutter. Vor ihrer Penetranz und Grausamkeit suchte ich Zuflucht in den Wipfeln der Zypressen und Eukalyptusbäume des Dorfes, in Höhen, zu denen Träger normaler Namen sich nicht aufzuschwingen wagten. So entdeckte ich die Raben samt ihren Nestern und Jungen.

»Nu, Sejde«, sprach Jakob Scheinfeld mich auf der Straße an, »vielleicht findest du bei den Raben irgendein goldenes Schmuckstück, das du deiner Mutter schenken könntest.«

Ich sagte ihm mit kindlichem Ernst, es gebe keinerlei wissenschaftliche Beweise dafür, daß Raben Schmuck stählen, worauf er in Gelächter ausbrach und verkündete: »Der Rabe ist kein wissenschaftlicher Vogel.«

»Willst du reinkommen?« fragte er, als wir bei seinem Hoftor angelangt waren.

Sein Arbeiter kochte Essen in der Küche, und als ich eintrat, machte er mir eine komische Verbeugung und bellte wie ein Hund. Jakob schenkte Tee ein und erzählte mir, in seinem Dorf, dem bewußten Ort am Ufer des Kodima, habe es »einen *Schejgetz*« gegeben, der sei jedes Jahr mit der Eisenbahn in die Stadt gefahren, »in der sehr, sehr reiche Leute wohnten«. In der Stadt suchte der Hallodri erfolgreich nach verlassenen Rabennestern und holte Schmuck und Edelsteine heraus, die die Raben reichen Damen durchs offene Fenster stibitzt hatten.

»Diebe beklauen ist straffrei«, gab Ischua am Herd kund.

»Nur die männlichen Raben stehlen Schmuckstücke«, erklärte Jakob, »und die verstecken sie nicht etwa im Familiennest. Nur in einem alten Nest oder sogar in der Erde, denn sie trauen niemandem, nicht einmal der Frau Rabe und gewiß nicht den Rabenkindern. Wenn mal keiner zusieht, kommen sie ganz allein, um ihren Schatz genußvoll zu betrachten und damit zu spielen. Und jener *Schejgetz*, mußt du wissen, Sejdele – zur Stadt hin ist er ohne Billett auf dem Waggondach gefahren, aber ins Dorf zurück reiste er erster Klasse, mit einer Tasche voller Gold und zwei Zigeunerinnen auf den Knien.«

Mitten im Winter, als noch Regen fiel, aber die Tage langsam länger wurden, fingen die Raben an, trockene Zweige von den Bäumen zu brechen und ihre Nester damit zu bauen. Auf das grobe Gerüst legten sie dünnere Reiser, und die Mulde polsterten sie mit Stroh und Garn, Bindfaden und Federn. So kühn und entschlossen waren sie, daß ich öfter sah, wie sie abtauchten und einem empörten Rind Haarbüschel ausrupften. Ihre alten Nester benutzten sie nicht wieder, die blieben stark und stabil an Ort und Stelle stehen, und nicht selten nisteten sich Falken und Eulen darin ein.

Später begann das Rabenweibchen zu brüten, und das Männchen hielt auf einem Nachbarbaum Wache.

Mein Auge war bereits geschult, seiner Blickrichtung zu folgen und dadurch den Schwanz der Mutter zu orten, der wie ein schwarzer Stab schräg über den Nestrand ragte. Kletterte ich auf Spähposten zu den Nestern hinauf, griffen manche Raben mich wütend an, andere verzogen sich nur auf einen nahen Baum und begnügten sich mit lauten Protesten. Einmal entdeckte ich zwei hinausgeworfene Jungvögel neben dem Stamm. Das waren Opfer des Kuckucks. Klein und häßlich waren sie, mit bläulichen Augen und erst ansatzweise vorhandenen Tragfedern an den Flügeln.

Zwei Klassen über mir war ein Bengel, der mich viel hänselte, ärgerte und plagte. Ich band ihm den Bären auf, man könne so ein Rabenjunges nach Hause mitnehmen, hochpäppeln und zu einem zahmen Raben erziehen. Sobald er jedoch das Junge aufhob, fielen die Raben wütend über ihn her, schlugen mit den Flügeln auf ihn ein und hackten ihm auf dem Kopf herum, während er heulend und schreiend heimrannte. Ein ganzes Jahr lauerten sie ihm im Schulhof und an seinem Elternhaus auf und versuchten ihn bei jeder Gelegenheit anzugreifen.

Diese Sache hat nichts mit der Lebensgeschichte meiner Mutter zu tun, deshalb begnüge ich mich mit der knappen Schlußbemerkung, daß ich mich dabei zum ersten und letzten Mal an jemandem rächte und auch gewahr wurde, daß ich den Rachetrieb zwar kenne und achte, mir seine Befriedigung aber keinerlei Genuß bereitet.

Manchmal standen wir um Jakobs Hof herum und hofften, der Arbeiter möge herauskommen, uns eine kleine Vorstellung geben oder seinen Krieg mit Rabinowitzes Felsblock wiederaufnehmen. Unsere Augen versuchten die bunten Zeltbahnen zu durchdringen, unsere Nasen hätten am liebsten die Topfdeckel gelüftet. Die Düfte der Dinge, die Ischua da kochte, waren anders und besser als alles, was in unseren Häusern köchelte, und seine Gebaren hatten etwas wundersam Verlockendes. Wir wußten, daß er ein Fremder war, aber keiner von uns hätte Scheinfelds Arbeiter verdächtigt, ein entflohener italienischer Gefangener gewesen zu sein. Der Krieg war längst vorüber, das Lager bereits abgebaut, das Terrain umgepflügt, der Arbeiter sprach hebräisch, kleidete sich wie wir alle, und erst später erfuhr ich, daß Globermann ihm auf Jakobs Bitte alle erforderlichen Urkunden und Papiere besorgt hatte.

Plötzlich kam dann Scheinfeld auf den Hof heraus, vollführte sonderbare Schritte und Drehungen, und die Kinder warfen mir forschende Blicke zu, offenbar bemüht, herauszubekommen, was ich von dem hartnäckigen Verehrer meiner Mutter hielt. Auch die Eltern musterten mich, weil sie sehen wollten, was ich von meiner Mutter dachte. Aber ich hatte keine Meinung, Mutter sagte mir nichts Diesbezügliches, und ich fragte sie auch nicht danach.

»Dann vielleicht du, Sejde, vielleicht weißt du, von wem du bist? Vielleicht sagt's jetzt, nachdem sie schon so viele Jahre nicht mehr ist, endlich mal jemand? Vielleicht läßt du im Krankenhaus eine Untersuchung machen, um es zu erfahren? Ich habe gehört, sie haben ein besonderes Mikroskop dafür. Aber bei dir sieht man auch ohne Mikroskop alles. Da, beguck dich selbst mal im Spiegel, und sieh, was Vererbung ist. Füße hast du so groß wie Globermann, Augen so blau wie Rabinowitz, hängende Schultern wie ich. Schade, andersrum wär's viel besser. Sogar in einer normalen Familie sieht das Kind nicht immer Vater oder Mutter ähnlich. Mal ähnelt es einem Onkel, mal dem Bruder des Urgroßvaters. Bei uns hat eine Frau mal ein Mädchen geboren, das genauso aussah wie die erste Frau ihres Mannes. Was sagst du dazu, Sejde? Wenn die Tochter ihrem ersten Mann geglichen hätte, wär das weniger angenehm gewesen, aber auch leichter zu erklären. Aber so was? Woher kommt das? Schon interessant, Sejde, das Ganze mit der Ähnlichkeit. Man sagt doch, das betrifft nicht nur Eltern und Kinder, auch Ehepartner werden sich über die Jahre immer ähnlicher. Vielleicht vermischt sich ihr Blut miteinander? Vielleicht ist das von seinem Sperma, das sie bekommt und da unten drin aufsaugt? Vielleicht ist es von ihrem Fluß, den er aufsaugt? Bei beiden ist das doch sehr dünne Haut dort, und manche Frauen sind da wirklich wie ein süßer Quell, so wahr ich hier sitze, daß man hinterher sogar das Laken zum Trocknen nach draußen hängen muß. Es gab so eine Goja bei uns, bei der hat das ganze Dorf gezählt, wie oft in der Woche sie das nasse Bettzeug raushängten, und die Spaßvögel in der Synagoge haben von ihr und ihrem Mann gesagt: ›Roß und Reiter warf er ins Meer.‹ Nachtfalter sind angeschwirrt und zu Tausenden auf diesen Laken verendet, und Hunde kamen aus den entlegensten Dörfern angelaufen und haben gewinselt wie verrückt. Na was, Sejde, wenn ich all die Jahre mit Rivka zusammengeblieben wäre, sähe ich ihr heute vielleicht ähnlich und wär ein schöner Mann geworden, was? Mosche und seine Tonitschka beispielsweise haben sich wirklich ähnlich gesehen, aber das war offenbar schon, bevor sie sich begegnet sind. Von Geburt an waren sie einander ähnlich, und anscheinend haben sie sich deswegen auch verliebt, denn nichts zieht einen Mann mehr an als eine Frau, die ihm ähnelt. Sofort will er in diesen Leib hinein, ohne vorher an die Tür zu klopfen. Sofort meint er, er dürfe von Gott aus alles tun. Hätte ich doch auch so eine einfache und gute Antwort für meine Liebe. Was soll ich dir sagen, Sejde, diese Geschichten mit der Ähnlichkeit sind sehr kompliziert. Und hier, bei Rabinowitz, ist was noch Interessanteres passiert. Judith und Tonias Tochter sind einander ähnlich geworden. Das Mädchen hat Judiths Gangart und Gesicht bekommen, sag mir nicht, du hättst nicht gemerkt, wie ähnlich sie sich sehen. Nach und nach ist das gekommen, diese Ähnlichkeit, bis du schließlich geguckt hast und hättst schwören können: Judith und Naomi sind wirklich Mutter und Tochter.«

Die Sonne schickte ihre ersten Strahlen. Ich machte den Schrank auf. Der große Spiegel blickte mein blondes Haar, die hängenden Schultern, die großen Füße an.

Eigentlich habe ich ja keine Antworten, sagte ich laut zu mir selbst. Ich habe nur weitere Fragen.

Der Sand, der aus ihren Augenhöhlen rieselte, die Zypressenschatten, die auf ihrem Grab entlangkrochen, das Weiß ihrer freigelegten Gebeine.

»Tanzt du mit mir?«

Da reckten sich mir seine alten, toten, verschrumpelten Arme entgegen.

Ihm versagten die Beine. Seine kalte Hand suchte Halt an meinem Rücken. Die Erinnerung an sein gebrechliches Kinn sank auf meine Schulter. Die Sonne stieg höher, und ich schüttelte ihn von mir ab, kehrte ins Bett zurück und schloß die Augen, reif und bereit für meinen kurzen Schlaf.

»Und zur Hochzeit, das weißt du ja, Sejde, ist sie nicht gekommen. Alle kamen sie zu der Hochzeit, die ich bereitet hatte, alle aßen mein selbstgekochtes Essen, sie zog das Kleid an, das ich genäht hatte, aber allein tanzte ich den erlernten Tanz. Wie ist das passiert, Sejde. Sie war doch unterwegs zu mir, also was ist dann dort passiert?«

15

Ischua suchte weiter und fand die alte Sense des Albinos. Er schärfte das krumme Blatt, mähte das Gras auf dem Hof und rechte es samt dem Stroh und den vertrockneten, alten Distelfinken, die sich dort im Lauf der Zeit gesammelt hatten, zusammen. Danach zog er eine zerdrückte Zigarette aus der Hemdentasche, und obwohl noch kein Mensch ihn je hatte rauchen sehen, zündete er sie an. Er sog den Rauch mit großem Genuß ein, löschte das Streichholz jedoch nicht, sondern warf es auf den Haufen. Das Feuer flammte begeistert prasselnd auf und rötete eine neue Generation neugieriger Gesichter.

»Und nun das Hochzeitsessen«, verkündete er.

Er grub die Erde um, schlug Pflöcke ein, spannte Seile, legte Beete an und säte sie ein. Am nächsten Tag keimten hinter dem Kanarienhaus Zwiebeln und Auberginen, Paprika und Zucchini. Weiter vorn sprossen Knoblauch und Petersilie und allerlei Blätter und Kräuter, deren würziger Duft sich mit Tangoklängen und Kanariengezwitscher verwob, und auch ein paar alte Mohnblumen, die dort allen Gesetzen zum Trotz ausgeharrt hatten, überlegten sich's und kamen zum Vorschein.

Ischua wies Jakob an, die Gemüse mit Blut zu düngen, doch der war entsetzt über diese Idee: »Warum Blut? Herrscht hier etwa Mistknappheit? Bei all den Hühnern und Kühen?«

»Aber warum denn Mist?« fragte Ischua verwundert. »Wenn du eine Tomate wärst – was würdest du vorziehen?«

Der Schlachthof, das geschäftige kleine Reich der Schächter, Fleischhauer und Viehhändler, lag hinter dem Eukalyptuswald, und Jakobs Gestalt, zwei kleine Kannen an einem Tragebalken über der Schulter, ließ sich dort dreimal pro Woche blicken.

Heißhungrige Aasfliegen schwirrten ihm wie ein grünlicher Todesschleier nach. Mungos und Schakale rieben sich mit geschlossenen Augen an seinen Beinen, wahnsinnig vom Blutgeruch der Kannen.

Seinerzeit schenkte Jakob mir den Spähkasten, und ich versteckte mich häufig dort und beobachtete die Vögel, die kamen, um sich am Abfall der Schächter und Menakker zu laben.

Auch die Menschen sah ich. Ich sah, hörte und behielt.

»Wenn die Dame Judith sieht, daß der Herr seinen Garten mit Rinderblut begießt, wird sie ihn nicht mehr sehen wollen«, sagte Globermann zu Jakob, als sie sich auf dem Waldpfad begegneten. »Merkt Euch gut, werter Herr, was Globermann sagt.«

Jakob gab keine Antwort.

»Was denn, Scheinfeld«, wechselte der Sojcher das Thema, »tanzt der werte Herr noch seine Tänze?«

»Ja«, antwortete Jakob mit dem Ernst der Liebenden, jenem naiven Ernst, der jeden Spott abweist.

»Du bist ein Dummkopf«, sagte Globermann, »aber das ist nicht schlimm, es gibt noch viele Dummköpfe außer dir. Wer dumm ist, ist nie allein, er befindet sich in sehr großer Gesellschaft.«

»Bei Judith sind wir alle Dummköpfe«, sagte Jakob, und mit jäher Kühnheit fügte er hinzu: »Bei Judith bist auch du ein Dummkopf, Globermann.«

Mein Herz pochte dermaßen, daß es meine Rippen und die Kistenwände in Schwingung versetzte. Die Stahlspitze des *Baston* schlug sanft auf Jakobs Stiefelspitzen.

»Ja, Scheinfeld«, sagte der Viehhändler gedehnt, »bei Judith sind wir alle Dummköpfe, aber nur du bist auch ein Idiot. Du benimmst dich wie ein Idiot, du liebst wie ein Idiot, und du wirst wie ein Idiot enden.«

»Und was ist das Ende eines Idioten?« fragte Jakob.

»Das Ende eines Idioten ist genau wie das eines Dummkopfs, nur daß es auch noch alle sehen, Punkt«, sagte der Rinderhändler, und nach beiderseitigem kurzem, kühlem Schweigen fuhr er fort: »Und weil du nun mal ein Idiot bist, will ich dir ein anschauliches Beispiel nennen, Scheinfeld, eines, das sogar ein Idiot wie du begreifen kann. Deine Liebe – das ist so wie mit einer Hundertpfundnote in der Tasche herumlaufen. Ein solcher Schein ist viel Geld, ja? Man glaubt, man kann sich damit ein feines Leben machen, ja? Aber gar nichts kann man damit anfangen. Mit hundert Pfund kannst du kein Glas Bier trinken, keine Wurst essen, nicht ins Kino gehen, nicht einmal eine Hure kannst du aufsuchen. Kein Mensch gibt dir auf einen Hundertpfundschein heraus, und keiner wird dir was verkaufen, Punkt. Genau so ist auch deine Liebe.«

»Bei großer Liebe wirken nur große Dinge«, erklärte Jakob stolz, »da helfen keine kleinen Münzen.«

Mitleid und Spott schwangen mit, als der Viehhändler nun sagte: »Ich weiß nicht, was dein Arbeiter, dieser Tanz-Clown, dir beibringt oder was Menachem dir erzählt, wenn du zu ihm läufst, um ihm was vorzujammern«, sagte er, »aber Liebe, daß du's weißt, Scheinfeld, muß man in kleine Münzen wechseln, man darf nicht so groß denken, nicht zu hoch reden, nicht das ganze Leben mit einem Schlag opfern. All deine Kanarienvögel hast du für sie freigelassen, und nichts hast du zurückbekommen. Weder sie hast du gekriegt noch das Wechselgeld in Kanaris.«

»Halt jetzt mal die Klappe«, sagte Jakob.

Der Viehhändler rang in gutgespielter Verzweiflung die Hände: »Warum ich dir Ratschläge gebe, ist mir schleierhaft. Ich liebe doch ebenfalls diese Frau und möchte ihren Sohn haben. Aber du tust mir leid, Scheinfeld, denn du bist ein verwirrter Idiot. Mein Vater hätte über einen wie dich gesagt, daß es gnädig von Gott war, dir deine Eier in einen Sack zu packen, sonst würdest du die auch noch verlieren. Also mach dir wenigstens die Ratschläge, die ich dir jetzt gebe, zunutze. Man muß fähig sein, hier eine Kleinigkeit mitzubringen, dort eine kleine Geschichte zu erzählen, das wirkt, Scheinfeld, eine Kleinigkeit, und die sehr oft.«

16

Der Unabhängigkeitskrieg brach aus. Männer verschwanden aus dem Dorf. Schüsse ertönten von der Straße, und hinter den Hügeln stiegen ferne Rauchsäulen auf. Auch auf dem Dorffriedhof wurden neue Gräber ausgehoben. Aber Ischua ging – mit perfektem galiläischem Akzent und Füßen, die barfüßige Abdrücke hinterließen – in das arabische Nachbardorf und kehrte, wie ein

Mutterschaf blökend, von dort zurück, ein gutgläubiges Lämmchen im Schlepptau.

Nach zwei Wochen Gemästetwerden, Auf-dem-Feld-Herumspringen und Fangen- und Versteckspielen führte Ischua das Lamm zum Nußbaum, band seine Hinterbeine mit einem Strick zusammen, ließ es Kopf über von einem Ast baumeln, und ehe das Lamm recht begriff, daß das kein neues Spielchen war, nahm er eine alte Sichel, die schon alle Zacken verloren hatte, streckte seinem Opfer den Hals und trennte ihm mit einem glatten Hieb den Kopf ab.

Bevor das geköpfte Lamm noch zu zucken aufhörte, machte der Arbeiter je einen Schnitt an den Fesselgelenken, genau über den Hufen, drückte die Lippen an die Schnittstellen und blies mit Macht.

»Paß auf, Scheinfeld«, sagte er zu Jakob, während er mit beiden Händen den ganzen kleinen Leichnam abklopfte.

Die eingeblasene Luft trennte die Haut vom Fleisch, und als Ischua dem Lamm der Länge nach den Bauch aufschlitzte, fiel das Fell ab wie ein Mantel.

»Wenn man weiß, wie's geht, ist es sehr leicht, und wenn man's nicht weiß, ist es sehr schwer«, sagte er

Die Raben, von der aromatischen Nachbarschaft des Todes angelockt, flatterten und trippelten erregt umher. Begierde und Ungeduld verliehen ihnen derartigen Mut, daß sie schon Ischuas blutgetränkte Stiefel anpickten. Er warf ihnen die Eingeweide hin und briet das Lamm selbst auf den glühenden Scheiten, die einst Orangenzweige in Rivkas und Jakobs Zitrushain gewesen waren.

»Setz dich hierhin, Scheinfeld«, sagte Ischua. Er nahm ein duftendes Stückchen Fleisch zwischen die Finger, blies, um es abzukühlen, und führte es seinem Schüler an die Lippen. »Und merk dir, daß es Regeln gibt«, fuhr er fort, »du blickst ihr in die Augen, und diese Augen werden erst dich anblicken und dann ganz langsam zugehen. Das ist das Zeichen, daß sie dir vertraut, und nun werden sich langsam, langsam die Lippen auftun, und vorsichtig, vorsichtig bietest du's ihr dar, schiebst das Fleisch aber noch nicht wirklich hinein. Du wartest einen Moment, und dann kommt ein Zeichen: Ihre Zunge lugt ein bißchen hervor, wie eine kleine Hand, um die Gabe entgegenzunehmen. Jetzt bringst du das Fleischstückchen daran, und sie wird den Mund aufmachen und es nehmen. Das bedeutet großes Vertrauen und große Liebe, mußt du wissen. So den Mund aufzumachen und mit geschlossenen Augen zu essen, das verlangt größeres Vertrauen, als geschlossenen Auges miteinander zu schlafen.«

Jakobs Augen gingen zu, die Kiefer öffneten sich, die Zunge lugte hervor. Vertrauensvoll Duft schnuppernd und Wärme tastend nahm sie die Beute und brachte sie in den Rachen ein.

»Iß jetzt, Scheinfeld, iß.« Noch ein Stückchen Fleisch wurde ihm in den Mund geschoben.

»Nach der Trauung werdet ihr zusammen am Tisch sitzen, das ganze Dorf wird gucken, und du wirst sie genau so füttern. Nicht viel, nicht mit der Gabel, nur ein wenig und nur mit den Fingern. Du blickst sie an, während sie kaut, und sie wird dich anblicken.«

Jakob machte die Augen auf, guckte, kaute und schluckte. Die Narbe auf seiner Stirn erglühte. Speichel und Tränen, die feinsten aller Körperflüssigkeiten, ließen das Geschluckte sanft in den Rachen gleiten, seine Schenkel bebten, das Herz schmolz dahin.

Ischua sah den Ausdruck der Wonne und Liebe auf den Lippen seines Schülers und zog schleunigst die Finger weg, bevor er womöglich gebissen wurde. Er stand auf, legte eine Platte aufs Grammophon, und Jakob konnte nicht sagen, ob die Melodie den Bewegungen des Gefangenen gefolgt war oder ob der seine Füße auf die Klänge gesetzt hatte, wie kleine Schulmädchen mit Seilspringen beginnen.

Nun wandte Ischua Jakob das Gesicht zu und fragte: »Hast du den Mund leer?«

Jakob nickte.

»Jetzt werdet ihr tanzen.«

Schon nahm er ihn in die Arme, drückte ihn an sich, und gemeinsam tanzten sie den Tango, den Tanz der verhaltenen Leidenschaft, des trockenen Speichels und des sehnsuchtswehen Fleisches.

Die endlosen Tanzmusikklänge im Verein mit den Düften des Dämpfens, Würzens, Rührens und Reduzierens schwebten von Scheinfelds Hof über die Erde hin. Alle erfaßten den Sinn und kannten das Ziel, und doch waren Haus und Zelt samt den beiden Männern, die dort wohnten, lernten, übten und planten, geheimnisumwittert.

Eine dünne Hülle, gleich dem Schleier, der gedungene Mörder, Alchimisten und zu junge Witwen umgibt, lag über all ihrem Tun.

Viele blieben vor dem Haus stehen und versuchten seine Mauern mit Blicken zu zerbröckeln. Andere verlangsamten nur den Schritt und atmeten kräftig durch.

»Hierzulande fallen junge Männer im Kampf, und die beiden spielen ihretwegen herum«, sagte Oded, der für ein paar Stunden auf Urlaub kam. Er diente in der *Harel*-Brigade, fuhr einen gepanzerten Lastwagen und hielt den Briefverkehr mit Naomi im belagerten Jerusalem aufrecht.

Jakob erklärte, er wolle sich für den Krieg melden, aber offiziell teilte man ihm mit, er sei zu alt, und inoffiziell ließ man durchblicken, er sei verrückt. Erleichtert kehrte er zu Zelt, Tanz und Kochen zurück.

Die Kochdüfte wehten, ungeachtet der Windrichtung, immer von Jakobs Haus in unser Fenster. Aber Mutter ließ sich davon nicht beeindrucken, hielt nie inne, um einen langen Blick auf das Zelt zu werfen, horchte nicht auf die Musik. Schlimmer noch – sie änderte nie ihre festen Gehrouten, um etwa das Anwesen zu meiden, passierte es vielmehr aufrechten Gangs und wehenden

Rocks als flüchtige Silhouette, wandte den Insassen ihren gepanzerte Rücken und die Kühle ihres tauben Ohrs zu.

Rabinowitzes Judith molk Rabinowitzes Kühe, wusch Rabinowitzes Kleidung, kochte Rabinowitzes Mahlzeiten und erhielt Rabinowitzes Lohn. Einmal in der Woche traf sie sich mit Globermann und trank mit ihm den gemeinsamen Kognak, und zweimal die Woche begleitete ich sie bei ihren Spaziergängen mit Rachel, mittlerweile schon ein sehr alter *Ejgel*, der man den Weg zurück zeigen mußte, weil sie ihn manchmal vergaß.

Der alte Stall war bereits ein hübsches Häuschen geworden. Bougainvilleas rahmten wie bunte Schläfenlocken seine Wangen, Schwalben umschwirrten sehnlich seine Fenster, und leichter Milchgeruch entstieg seinen Mauerritzen. Rabinowitzes Judith zog dort ihren Sohn auf und achtete nicht auf den Mann.

Bei Jakob weckte dieses Verhalten verständliche Sorge, aber Ischua interessierte sich nicht für sie und ihr Tun. Er folgte Regeln, die keine Frau ignorieren konnte, und gemächlichen, wohldurchdachten Terminplänen, die dem Zufall keinen Einfluß und der Zeit kein Ausweichen ließen.

In der ersten Feuerpause fuhren die beiden nach Haifa, um bei einem Brautausstatter Stoff einzukaufen, und während Jakob Stoffe befühlte, widmete Ischua sein Augenmerk den dort beschäftigten Zuschneiderinnen und Näherinnen.

»Er näht das Kleid für mich«, erklärte er ihnen, sich mit dem ganzen Körper an den verlegenen Jakob schmiegend.

Die Näherinnen lachten, und Ischua sang mit der hohen Stimme der Dorfkindergärtnerin:

»Wer weiß es, wer weiß es,
Was der Schneider macht?
Mit Nadel und Faden näht er,
An der Maschine sitzt er,
Das ist es, was er macht.«

Die Näherinnen klatschten Beifall, sangen mit und freuten sich so sehr, daß sie ihm ohne den leisesten Argwohn erlaubten, dazubleiben und ihnen nach Herzenslust bei der Arbeit zuzugucken. Als der Gefangene dann bei Einbruch der Nacht ins Dorf zurückkehrte, war er Fachmann für Maße, Schnitte und sämtliche Näharbeiten.

»Jetzt fangen wir an, das Kleid für die Hochzeit zu nähen, und im nächsten Jahr wird alles fertig sein«, sagte er.

»Mußt du nicht an der Braut selber Maß nehmen?« fragte Jakob.

»Nun mal genug mit der Braut!« schnauzte Ischua unerwartet scharf. »Was hat die Braut damit zu tun? Man muß die Braut nicht sehen, muß nicht mit der Braut tanzen, muß nicht an ihr Maß nehmen!«

Er breitete große, knisternde Papierbögen auf den Zimmerboden. »Du schilderst mir jetzt bloß ihre Figur«, gebot er.

Jakob beschrieb, und der Gefangene kroch herum und skizzierte mit Bleistift die Kleiderteile, schnitt das Papier mit der Schere zu und breitete dann den Stoff auf dem Boden aus.

Diese Phase, die nur wenige Zeilen und Sekunden der Geschichte einnimmt, dauerte viele Monate. Sie begann mit dem Kauf des Stoffes, ging weiter mit Planen, Nachdenken, Skizzieren, Zuschneiden; unterdessen fielen Regen, reiften Früchte, nahm der Mond zu und wieder ab, traten die Vögel ihren Zug an, und zum Schluß wusch Ischna sich die Füße, trocknete sie mit einem Lappen ab, und nachdem er auf ein weißes Stück Papier getreten war, um Ischua zu zeigen, daß keinerlei Schmutz mehr abging, lief er über die Stoffbahn.

Fersen und Zehen brannten mit jenem Gefühl, bei dem man schwer sagen kann, ob es von Hitze oder Kälte stammt. Er legte die Schnittmuster auf den Stoff und schnitt danach die Kleiderteile zu – die Zunge hervorgestreckt, die Luft im Käfig seiner Lungen angehalten, nur die Finger in Bewegung.

Danach verspürte er große Müdigkeit und legte sich schlafen. Und ein paar Tage später ging Ischua zu Alisa Papisch und erbat ihre Singer-Nähmaschine.

»Gib sie ihm, gib sie ihm«, sagte Dorfpapisch zu seiner Frau, »das ist doch schon Tierquälerei.«

Ischua kehrte zurück, die schwere Nähmaschine auf der Schulter, und in den folgenden Tagen reihte er die Kleiderteile zusammen, während Jakob unaufhörlich über Judith redete.

Langsam nahm das Kleid Gestalt an, war weiß und rein und leer.

»Spürst du's schon? Spürst du's?« fragte Ischua, und Jakob spürte mit Herz und Leib das Sehnen des Stoffes nach der Haut, das Sehnen des Kleides nach Fleisch, spürte diese Sehnsüchte, mit denen nur er begnadet zu sein geglaubt hatte, einfließen und es erfüllen.

Als der Gefangene mit dem provisorischen Heften fertig war und Jakob lachend zur Anprobe bat, fühlte der trotz der Kühle des Stoffes seine Haut glühen, und unwillkürlich entrang sich ein überraschter Schmerzenslaut seinem Mund. Ischua ließ ihn das Brautkleid nur zwei Minuten anbehalten, dann setzte er ihn an die Maschine, und gemeinsam machten sie sich ans Fertignähen.

Globermann, der als einziger begriff, wohin all diese Dinge führten, war äußerst amüsiert und neugierig und stattete Jakob mit »wichtigen Adressen« aus, nämlich denen von Lebensmittelhändlern. Während des Krieges hatte der Sojcher seinen Lieferwagen, seine Schläue und seine persönlichen Beziehungen »für jeden nationalen Bedarfsfall« zur Verfügung gestellt, doch nach dem Unabhängigkeitskrieg, als es einige Lebensmittel nur auf Marken gab, kehrte er zu seinen normalen Gepflogenheiten zurück. Er verdiente ein Vermögen mit Fleischschmuggel für den Schwarzmarkt und der Belieferung von Restaurants, in denen Staatsbeamte in Hinterzimmern speisten, und kannte daher bestens alle Lieferanten, bei denen man Lebensmittel für die Hochzeit einkaufen konnte.

Außerdem versprach er Jakob, ihm Preisnachlässe zu sichern, ja er erklärte sich sogar bereit, ihm das nötige Geschirr auszuleihen, nämlich das wunderschöne Meißener Porzellan und böhmische Kristall der ›deutschen Templer‹, wodurch sich der Verdacht hinsichtlich der legendären Plünderung ihrer Häuser nach der Vertreibung bestätigte.

»Dir helfen widerspricht meinem eigenen Interesse«, sagte er immer wieder, »aber in meinem Alter ist die Neugier manchmal stärker als die Liebe.«

Inzwischen war allen Dorfbewohnern klar, daß sie Jakob lange nicht mehr gesehen hatten, da er nun nicht mehr Judith belästigte, nicht mehr am Rabinowitzschen Hof wartete, keine gelben Zettel mehr an Bäume und Mauern heftete, ihr nicht auf ihren täglichen Wegen auflauerte, ja sich eigentlich nirgends blicken ließ, weil er zurückgezogen in seinem Haus und Hof verblieb, beschäftigt mit Vorbereitungen, Lernen und Prüfungen.

Den ganzen Tag kochte, nähte und tanzte er, düngte und säte, bewässerte und pflanzte, und um Mitternacht ging er ins Bett, lag wach und schlief ein, repetierte und träumte, schloß und öffnete die Augen, pflügte hin und her, auf und ab:

Judith Judith Judith Judith Judith Judith Judith Judith Judith
dtibuJ dtibuJ dtibuJ dtibuJ dtibuJ dtibuJ dtibuJ dtibuJ dtibuJ

Liebliche Düfte wehten aus den Küchenschränken, zarte Kelche klingelten auf ihren Borden, rote Pfannen sanken an der Wand in nicht endendem Sonnenuntergang.

Und Myriaden winziger Stiche wurden dicht an dicht genäht, bis das Kleid fertig war und auf das Kommen des ersehnten Leibes wartete, auf daß er es annehme, anziehe und ausfülle.

Ischua strich das Kleid glatt, faltete es und legte es in einen langen weißen Pappkarton.

»Jetzt ist alles für die Hochzeit bereit«, sagte er und stellte den Karton in den Schrank, »man muß nur noch auf das Zeichen warten.«

17

Nach Art aller Wartenden fragte Jakob Ischua, was das Zeichen wohl sein würde.

War es der Schrei eines Seglers zu ungewöhnlicher Zeit? Oder nun gerade zu gewohnter Zeit? Würde womöglich ein Rabe der Bote sein? Oder ein Pfirsich, der im Winter reifte? Würde vielleicht abends die Sonne nicht untergehen? Oder womöglich wie üblich am Morgen scheinen? Oder würde ein Apfelblatt das Zeichen sein? Ein gelbes Blatt, das im Herbst von einem Baum im Obstgarten fiele wie seine tausend Geschwister auch?

Und wie würde man es erkennen? Sollte man zu Hause sitzen und warten? Oder aus und ein gehen, arbeiten und ein normales Leben führen?

Ischua und Jakob harrten nach Art der Wartenden auf ein Zeichen, doch das Zeichen zögerte nach Zeichenart und wollte nicht kommen.

»Genau dafür gab's früher mal Engel. Aber heutzutage geben sich Engel nicht mehr mit solchen Dingen ab, da muß man das Zeichen allein erraten. Also habe ich zwei Leuten hilfesuchend alle meine Pläne erzählt. Globermann hab ich's erzählt, und Menachem Rabinowitz hab ich's erzählt. Menachem hat gesagt, das sei ein sehr schöner Plan, und als ich fragte, was denn so schön daran sei, hat er gesagt: ›Jeder Plan, eine Frau zu ergattern, ist ein sehr schöner Plan, und ich hoffe für dich, daß es dir auch gelingt.‹ Er war schon nicht mehr derselbe Menachem. Seit dem Tod seines Jüngsten im Unabhängigkeitskrieg war er ein gebrochener Mensch, und einige Zeit danach wurde er im Frühling auch nicht mehr stumm, was ihn noch mehr kaputtmachte. ›Schau‹, hat er zu mir gesagt, ›jetzt rede ich schon im Frühling, aber es kommt keine Huuure mehr, um zuzuhören.‹ – Aber der Sojcher hat einfach losgelacht. Ich hab zu ihm gesagt: ›Du und ich, wir wollen doch beide dieselbe Frau, kannst du mir da nicht ein einziges Mal zuhören, ohne zu lachen, und mir einfach mal sagen, was du meinst?‹ Und dann hab ich ihm von Anfang bis Ende die ganze Idee aufgerollt, daß nämlich, wenn ich alles fix und fertig vorbereiten würde, die Hochzeit und das Essen und den Tanz und das Brautkleid und den Rabbiner und die Chuppa und die Gäste, sie auch kommen müßte. Es gäb so eine Regel in der Natur – wenn alles bereit sei und nur noch eine Sache fehle, müßte diese eine letzte Sache auch eintreffen. Hoi, hat er gelacht, der Globermann, als ich ihm meinen Plan vorgelegt hab. ›Dein gesamtes Geld wirst du für diese Frau aufbrauchen, Scheinfeld‹, hat er zu mir gesagt. ›Das Geld, das Leben, die Kraft und alles.‹ Und in diesem Punkt hat er wirklich recht gehabt, genau das ist passiert, ich hatte tatsächlich alles aufgebraucht. Ich war wie jener, von dem ich dir erzählt hab, der das Geld bis zu seinem Lebensende berechnet hat. Ich war wie das Schiff aus dem französischen Buch, Titel hab ich vergessen, dem mitten auf hoher See alle Kohle ausgegangen ist und das dann angefangen hat, seine Planken zu verfeuern, den ganzen Schiffsrumpf, und als es schließlich ankam, war nichts mehr von ihm übrig, nur Eisenstreben wie das Skelett eines Kadavers auf dem Feld. Aber in meinen Träumen von Judith sah ich schon das, was Globermann nicht kapierte – daß ihr nämlich keine Wahl blieb, daß das Schicksal sie schon am Gängelband hatte. Wie sonst erscheint mir denn plötzlich mitten in der Nacht ein Mann, der den ganzen langen Weg aus Italien hergekommen ist und in der Wüste gekämpft hat und in Gefangenschaft geraten und geflohen ist und nun plötzlich vor mir steht? Er war gekommen, um mir Kochen beizubringen für die Hochzeit, und Tangotanzen für die Hochzeit, und das Brautkleidnähen für die

Hochzeit. Und als ich das Globermann gesagt hab, ist er plötzlich weiß wie die Wand geworden, und seine Lippen wurden schmal vor Wut, und er hat mich angebrüllt: ›Gleich wirst du mir wohl auch noch sagen, dieser Hitler – ausgelöscht sei sein Name – hätte diesen ganzen Krieg bloß angefangen, damit dein Italiener, dieser Papagei, in Gefangenschaft gerät und hierherkommt, um dir die Hochzeit zu organisieren?!‹ Er war wirklich wütend. Vielleicht weil ihm in Lettland so viele Verwandte von den Deutschen umgebracht worden sind. Weiß wie die Wand war er, als er schrie: ›Nun gibt's in diesem Krieg schon keine Kinder mehr, die in Öfen verbrannt sind, und keine gefallenen Soldaten und keine Witwen und Waisen und Lager? Bloß einen verkackten Italiener gibt's, der hergelaufen ist, um für Jakob Scheinfeld und die Dame Judith Hochzeiten zu arrangieren, was?‹ Aber damals achtete ich längst nicht mehr auf solche Reden, denn nicht jeder, der was von Vieh versteht, versteht auch was von Menschen, und außerdem – was hat der Sojcher über den Krieg, das Leben und den Tod zu reden? Er ist doch selber ein Hitler für die Kühe.«

Doch dann schreckte Ischua eines Tages aus einem völlig gewöhnlichen Mittagsschlaf hoch, als sei eine Blase in seinem Innern geplatzt, und stand auf. Kein Engel ließ sich blicken, aber Ischua schlüpfte in die Kleider, verließ das Haus und machte sich auf einen Weg, den er schon lange nicht mehr beschritten hatte – zu Mosche Rabinowitzes Felsbrocken, bei dem er lange nicht mehr gewesen war.

Langsam und gemächlich ging er, ohne Hüpfer oder geballte Fäuste. Seine Brust hob und senkte sich zu tiefen Atemzügen, und seine kleinen Augen waren fast geschlossen.

Ein paar Kinder, die ihn sahen, trabten gleich durchs Dorf und riefen: »Ischua geht zum Stein, Ischua geht zum Stein!« Und als der Gefangene an den Rabinowitzschen Hof kam, hatten sich dort schon Zuschauer versammelt.

Ischua zögerte keinen Augenblick. Er trat zu dem Felsblock und sagte zu ihm: »Ah – nu, wart mal einen Moment bitte, gleich rufe ich meinen Mosche, der wird dich schon von der Erde hochkriegen!«

Alle erschauerten. Selbst der Felsblock, zur Hälfte in der Erde vergraben, schien zu beben. Auch Ischua war überrascht, denn er wußte nicht, woher diese Worte kamen und wessen Stimme sie sagte.

Er wischte sich die Hände mit der unvergeßlichen Geste der Verstorbenen an der Hose ab, ging in die Knie, umarmte den Felsen, und schon bewegte er ihn mit verblüffendem Rabinowitzschem Stöhnen vom Fleck, hob ihn in den Armen hoch, drückte ihn innig an die Brust wie ein Baby.

So ging er mit ihm durch die Straßen des Dorfes, und alle schritten in freudigem Triumphzug hinter ihm her.

»Lauf ihnen nicht nach. Komm sofort heim, Sejde«, rief Mutter aus dem Stallfenster.

Ich lief ihnen nicht nach, aber auch nicht nach Hause, denn der Rabe und die Räbin tauchten vom Wipfel des Eukalyptus zum Rand der tiefen Mulde ab, die der herausgerissene Felsbrocken hinterlassen hatte. Auch ich ging dorthin. Erschrockene Regenwürmer gruben sich in die feuchte Erde ein, Mooskügelchen rollten, dickbauchige, gelblich durchsichtige Ameisen krabbelten herum. Die Raben fingen an zu picken und zu schlucken, doch plötzlich schlug einer der schwarzen Schnäbel hörbar auf etwas Hartes, und ich bückte mich und faßte hin, um zu prüfen, was es war.

Mein begriffsstutziges Gehirn ahnte nichts, aber mein Herz pochte, noch ehe meine Finger ihm signalisierten, was sie berührten. Ich schürfte im feuchten Erdreich, fühlte die Ecke eines Kästchens, entfernte ein paar Erdklumpen und sah Muscheln und Holz.

Ischua trug den Felsen bis ins Dorfzentrum, umrundete die großen Sykomoren am Volkshaus und schlug den Rückweg ein. Dann ließ er den Felsbrocken mit einem Schrei in die Grube fallen und kehrte ins Scheinfeldsche Haus zurück. Ohne mit einem seiner staunenden Gefolgsleute geredet zu haben, trat er ein und sagte: »Das war das Zeichen, Jakob. Der Tag ist gekommen.«

Er feuerte mit Holz den Ofen an, machte sich Wasser zum Waschen heiß, duschte, aß und schlief ein.

Am Abend stand er auf, zog den alten Gefangenenoverall an, baute das Zelt ab und nahm die weiße Schachtel, in der das Brautkleid lag.

»Schalom, Jakob«, sagte er.

»Schalom, Salvatore«, sagte Jakob.

Der Italiener ging zum Hause Rabinowitz, pochte an die Stalltür und reichte Judith die weiße Schachtel mit dem Kleid darin.

»*Questo è per te*«, sagte er, »das ist für dich, Judith.«

Nicht auf ihre Antwort wartete er, sondern auf ihre Arme. Und als diese unwillkürlich hochfuhren und sich ihm entgegenstreckten, legte er die Schachtel darauf, machte kehrt, ging ins Dorfzentrum und schlug dort eine große gelbe Anzeige ans Brett, auf der zu lesen stand: *Rabinowitzes Judith und ihr Herzerwählter Jakob schließen den Bund der Ehe am 14. Schwat 5710, Mittwoch, den 1. Februar 1950, um 16.00 Uhr. Die Genossen sind herzlich eingeladen.*

Von dort ging Salvatore zur Hauptstraße, verließ das Dorf und wurde nie wieder gesehen.

18

»Damals konnte ich schon tanzen und kochen, das Geschirr stand bereit, das Kleid war fertig, und der Italiener hatte den Felsbrocken hochgehoben und mich zum ersten Mal Jakob genannt, als hätte er mich im Rang befördert, von Scheinfeld zu Jakob, vom armen einfachen Soldaten zum großen General der Liebe. Und das ganze Dorf kam angelaufen, um die Anzeige zu lesen, die er für die Hochzeit angeschlagen hatte. Die Worte waren so schön und so schlicht. Bund der Ehe... Herzerwählter... und mit Datum, nach jüdischem und allgemeinem Kalender, samt Uhrzeit, Tag, Monat und Jahr, damit alles klar war und Glück, Schicksal und Zufall nicht hineinfunken konnten. Und ein paar Tage später bin ich mit dem Bus nach Haifa gefahren, mit einem schönen Huhn für den Rabbiner, um auch ihm das Datum mitzuteilen und sicherzustellen, daß er nicht vergaß zu kommen, denn du weißt ja, wie das bei diesen Frommen ist: Geld darf er für die Mizwe nicht annehmen, aber ein fettes Huhn, nur um ihn daran zu erinnern, daß er die Mizwe ausführen soll – das ist in Ordnung. Na was, Sejde, die ganze Zeit hast du mich gefragt, wie ich kochen und nähen und tanzen gelernt hab. Jetzt weißt du's. Und egal, was Globermann gesagt hat – der Weltkrieg war genau dafür. Dafür, daß die Engländer Salvatore in der Wüste schnappten und ihn hierher ins Gefangenenlager bringen sollten, damit er flüchtete und zu mir kam und mir all diese Dinge und sämtliche Regeln beibrachte. Wenn der Krieg nicht dafür war, wofür denn dann? Ich frage dich, wofür? Hat meine Liebe nicht einen großen Krieg verdient? Anfangs hab ich gedacht, er bringt mir bei, italienisches Essen zu kochen, all deren *Lokschen* mit Tomaten und Käse, aber nein. Er selbst hat mir gesagt, für eine Hochzeit von Juden muß man auch Essen von Juden kochen, und er ist zu Alisa Papisch gucken gegangen, wie sie kocht, und dann hat er auf der Stelle so gekocht, als wär er selbst in der Ukraine geboren, hat gekocht und es mir beigebracht. Und so hab ich dreierlei Sorten Salzhering gemacht, einmal mit Sahne und grünen Äpfeln für den Appetit, einmal mit Zwiebel, Öl und Zitrone für die Seele, einmal mit Essig, Öl, Pfeffer und Lorbeerblättern für die Sehnsucht, und dazu Brot, Butter und Schnaps für den Appetit. Und

Hühnersuppe hab ich gemacht, mit *Kreplach*, so eine, bei der die Fettaugen dich wie goldene Ringe anlächelten, und mit Dill so fein gehackt, daß du plötzlich alle über ihrem Teller seufzen gehört hast, weil jeder das Bild seiner Mutter in diesen Kringeln auf der Suppe beben sah. Auch den Teig für die *Kreplach* hab ich selbst gemacht. Denn bei *Kreplach* ist das Äußere wichtiger als das Innere. Und dieses Huhn, das in Rußland nur die reichen Gojim von Kiew gegessen haben, das *Taganka*, das hab ich auch gemacht, und den ukrainischen Borschtsch, mit Kartoffeln und Kraut und Rüben und Rindfleisch. So gut hat dieser Italiener die Regeln gekannt, daß er mir sogar aufgeschrieben hat, ja nicht zu vergessen, jedem eine halbe Knoblauchzehe neben den Borschtschteller zu legen, um das Harte vom Brot damit einzureiben. Und Salzrettich hab ich zu Salat verarbeitet, auf der großlöchrigen Reibe gerieben, mit leicht angesengelten Röstzwiebeln samt ihrem Öl. Und daneben für jeden ein bißchen *Kren* – keinen roten, weißen – so starken Meerrettich, daß dir die Tränen davon aus der Nase, nicht aus den Augen rinnen und er dir nicht durch die Kehle in den Bauch rutscht, sondern dort, wo er Lust hat. Und zum Trinken habe ich kalten Borschtsch aus roten Beten hingestellt mit einem Klecks Sahne auf jedem Glas, schön wie ein Schneeberg in Blut. Und Granatapfelsaft, den er noch vor Winteranbruch gemacht hatte, weil ich ihm gesagt hab, wie sehr du Granatäpfel liebst, Judith. Auch drei Gelees hab ich gemacht, aus Erdbeeren, aus Brombeeren und aus säuerlichen schwarzen Pflaumen von dem wilden Pflaumenbaum am Weg zum Wadi. Und alles war in den schönen Schüsseln von den Deutschen – ausgelöscht sei ihr Name –, die der Sojcher mir gegeben hatte. Was soll ich dir sagen, Sejde, ein Vermögen hat mich das alles gekostet. Auch viele arme Vögel hab ich dafür verkauft, und viele Sachen hat mir der Sojcher gegeben, denn unter all seinem Geld und Blut und Spott war er doch ein guter Mensch, besser als wir alle ist dieser schlimme Mörder gewesen, und viele Lebensmittel hat er mir wirklich geschenkt. Er hat in den Bewirtschaftungszeiten doch ein Vermögen verdient. Er hatte alle möglichen Tricks, bei den Schlachtbescheinigungen für die Kühe zu mogeln, was Dov Josephs Inspektoren auch wußten, bloß haben sie ihn nie zu fassen gekriegt. Ein Essen hab ich für etwa hundert Leute gemacht, aber im ganzen Emek haben sie Wind gekriegt und sind angekommen. Hundert Mann haben sich zum Essen hingesetzt, und die andern haben im Stehen geguckt und geschnuppert. Aber keiner hat sich beschwert, weil sie weniger wegen dem Essen gekommen sind als wegen der Neugier und der Liebe, und wegen meiner Ernsthaftigkeit in dieser Sache, denn wenn Liebe und Ernst Hand in Hand gehen, Sejde, dann steht ihnen nichts im Wege. Und eine wunderbare Wintersonne schien, was für mich gar keine Überraschung war, denn eine Hochzeit, die man bis in alle Einzelheiten vorbereitet, kriegt auch gutes Wetter. Ich bin also zur Dorfschreinerei gegangen, hab mir Bretter geholt und sie auf Böcke gestellt, und weiße Tischdecken hab ich aufgelegt und Stühle aufgestellt für die geladenen Gäste, alles allein. Und dann habe ich mich gewaschen und angezogen, und um vier Uhr nachmittags hab ich mich hingestellt, in blauen Hosen und weißem Hemd, dem Feststaat des Herzerwählten, und hab zu allen gesagt: ›Kommt herein, kommt herein, Genossen, wir haben Hochzeit heute, schön, daß ihr da seid, Freunde, kommt herein.‹ Und alle traten ein, sehr ernst, und der Essensduft überm Kopf war wie Sehnsucht, denn was ist schließlich Nahrung für die Seele, von der die Bibel spricht, wenn nicht Sehnsucht? Es gibt Nahrung für den Leib, wie Fleisch und Kartoffeln, und es gibt Nahrung für die Seele, wie ein Gläschen Branntwein und ein Stück Salzhering. Dann ist auch der Rabbiner aus Haifa gekommen, mit den Stangen und dem Baldachin, und ist an den Tisch gegangen, und Dorfpapisch, von dem ich dir nicht zu erzählen brauche, wie er diese Frommen liebt, hat zu ihm gesagt: ›*Rebbinju*, hier ist nicht alles so koscher, das hier sind heidnische Speisen‹, wobei er mir mit beiden Augen zugezwinkert hat. Er kann ja nicht mit einem Auge zwinkern, ihm gehen beim Zwinkern beide zu. Ich bin erschrocken, denn wenn er Heidenessen sagt, weiß er womöglich, daß es ein italienischer Goj war und nicht wirklich ein Arbeiter namens Jehoschua. Aber dieser Rabbiner war ein gewitzter Jude, der Dorfpapisch gleich anblickte und sagte: ›*Reb Jidd*, hab ich Euch gefragt, ob das koscher ist?‹ Worauf Dorfpapisch erwiderte: ›Habt Ihr nicht gefragt‹, und der Rabbiner zurückgab: ›Wenn ich nicht gefragt hab, warum antwortet Ihr dann?‹ Und dann haute er rein, als ständen ihm am nächsten Tag Jom Kippur und Neunter Aw gleichzeitig bevor, nahm auch die Hände dazu, schmatzte und wischte mit dem Brot noch den Teller aus, denn du kannst über diese Rebbes sagen, was du willst, aber dumm sind sie nicht. Nachher fing er an, mich verrückt zu machen, von wegen, wer ist die Braut, und wo ist die Braut, und warum kommt die Braut nicht? Und ich hab gesagt: ›Wir haben schon alles zu ihren Ehren hergerichtet, und nun wollen wir hoffen, daß wir ihres Kommens würdig sind.‹ Nu, da hat der Rabbiner mich angeblickt und gesagt: ›*Reb Jidd*‹ – er hat offenbar gern *Reb Jidd* gesagt –, ›das ist immerhin nur eine Braut, nicht der König und Messias.‹ Und da hab ich gesagt: ›Diese Braut ist für mich der Messias.‹ Das hat er schon nicht mehr ertragen können, und deswegen ist er gleich vom Tisch aufgestanden und hat ärgerlich gesagt: ›Den Messias sehe ich hier noch nicht, aber einen Esel schon‹, was ein sehr, sehr alter Witz ist, und schon wollte er gehen, aber vier Burschen sprangen auf, faßten ihn am Arm und drückten ihn wieder auf den Stuhl, damit er zusammen mit uns ihres Kommens harrte. Wir alle warteten und warteten, und was da passiert ist, weiß ich nicht. Aber Judith ist nicht gekommen. Nur du kamst plötzlich, Sejde. Eine halbe Stunde haben wir gewartet, und nur du bist gekommen, ein kleiner Junge mit der weißen Schachtel vom Brautkleid in Händen, so hast du den Hof betreten. Erinnerst du dich daran, Sejde? Wie kann man so was vergessen? Du bist plötzlich reingekommen, und alle sind verstummt und haben dich angeguckt, und du bist geradewegs zu mir gegangen, in dieser Stille, in der man unser beider Herz pochen hören konnte, und du hast mir die Schachtel mit dem Kleid gegeben, hast auf dem Absatz kehrtgemacht und bist heimgelaufen, ohne dich umzublicken. Ich hab geschrien: ›Sejde, Sejde, was ist passiert, Sejde?‹ Wie ein Verrückter und ohne mich zu schämen, bin ich vor allen aufgesprungen und hab geschrien, aber du bist weggerannt, ohne dich umzuwenden. Hast du nicht gehört, daß ich dir was nachgerufen habe? Erinnerst du dich nicht? Wie kann man so was nur vergessen? Du bist abgehauen, und ich habe die Schachtel aufgemacht und vor allen das Brautkleid herausgenommen. So weiß und so lang und so leer war es ohne Judith darin, und ein großer Seufzer entfuhr allen, denn bei einem Brautkleid seufzt man, egal, ob eine Braut drinsteckt oder nicht, und dann haben die vier Burschen den Rabbiner förmlich zu mir hingeschleift und haben die vier Stangen gehalten, und ich hab mit dem Kleid unter der Chuppa gestanden und hab zu ihm gesagt: ›Hier ist die Braut, jetzt fangt an.‹ Und schon liefen mir die Tränen aus den Augen, genau wie jetzt, und auch dir, Sejde, laufen sie runter, obwohl ich nicht versteh, warum du mitweinen mußt. Dir ist schließlich nichts passiert, und für dich ist es sogar besser so. Der Rabbiner hat mich angeguckt und gesagt: ›*Reb Jidd*, Ihr macht mir hier keinen Rabbiner und keine jüdische Hochzeit zum Gespött‹, und wieder wollte er sich davonmachen, doch wieder umstellten ihn die vier Burschen im Kreis und faßten ihn am Arm. Da hat er offenbar begriffen, daß der Gott der Juden für diese Hochzeit ist, denn gleich auf der Stelle hat er wie ein *Tatele* alle Segenssprüche und sonst alles Nötige verlesen, und ich hab den Ring der Luft aufgesteckt, die sich mit ihrem Finger hätte füllen müssen, auf ebendiese Luft, und ohne durcheinander zu geraten, hab ich gesagt: ›Du bist mir angelobt nach der Satzung Moses und Israels‹, und obwohl sie nicht dort war, wußten alle, wem ich das sagte, und obwohl sie nicht gekommen war, ist sie doch meine angetraute Frau, und das ganze Dorf war Zeuge und hat gesehen: obwohl sie nicht gekommen ist, ist sie doch da, Judith, du bist da und bei mir und mein.«

19

Die Hochzeit von Jakob Scheinfeld und Rabinowitzes Judith haftet den Leuten des Dorfes und der Nachbardörfer immer noch tief im Gedächtnis, ja lebt sogar im Gedächtnis der Kinder, die seinerzeit Babys waren, und im Gedächtnis ihrer damals noch gar nicht geborenen Enkel. Nach wie vor gibt es Menschen, die davon reden, und jedesmal, wenn sie mich sehen, fixieren sie mich mit neugierig fragenden Blicken, als trüge ich die Antworten im Fleisch.

Aber in meinem Innern ist keine Antwort verborgen, nur die Erinnerung.

Zehn Jahre war ich damals alt, und trotz allem, was mir Jakob an den Kopf geworfen hat, erinnere ich mich sehr wohl. Ich weiß noch, wie Ischua Mosches Felsbrocken aufhob, ich erinnere mich, wie er in unseren Stall kam und Mutter die große weiße Schachtel übergab. Er sagte ihr etwas in einer Sprache, die ich nicht verstand, mit einer Stimme, die ich nicht kannte.

Ich erinnere mich an das Zittern ihrer Hände, die rätselnd über das Weiß der Schachtel tasteten. An die urteilsergebene Schlaffheit ihres Körpers, als sie sich auf einen Sack setzte. An den Glanz, der beim Auspacken des Kleides den ganzen Stall erfüllte.

Und ich erinnere mich, wie sie aufstand, sich auszog und das Kleid über ihren bloßen Körper streifte. Ihre Augen gingen zu, die Lippen bebten, sie schwebte durch den Stall, aber hinaus ging sie nicht.

In den nächsten Tagen trug sie es wieder und wieder. Für eine

Minute, ein paar Minuten, eine Viertelstunde, eine Stunde und länger. Mitten in der Nacht stahl sie sich auf den Hof, und ich sah sie wie einen entschwebenden Sternennebel am Futtertrog entlangwandern. Nachdenklich war sie, in ihr Kleid gehüllt, sprach mit niemandem. Auch mit mir wechselte sie kein Wort.

Drei Tage vor dem Datum, das Scheinfelds Arbeiter auf die Hochzeitsanzeige gesetzt hatte – das ganze Dorf war in Vorbereitungen begriffen, umweht von den durchdringenden Gerüchen aus Waschkesseln und Kochtöpfen –, ging Mutter zu Mosche und sagte ihm, es sei wahr, sie werde nicht weiter bei ihm in Haus und Hof arbeiten, da sie beschlossen habe, mit ihrem Herzerwählten Jakob Scheinfeld den Bund der Ehe einzugehen.

Am Mittag des bewußten Tages zündete Judith Holz und Maisstengel im Ofen an, um Wasser heiß zu machen.

»Ich möchte mich jetzt waschen, Sejde«, sagte sie, »und du läufst mal nachsehen, was sich auf Jakobs Hof tut.«

Ich rannte los, kam wieder und erzählte ihr, Scheinfeld habe Tische aufgestellt, weiße Decken aufgelegt und Geschirr und Bestecke verteilt. »Er veranstaltet offenbar irgendeine Feier«, fügte ich aus eigenem Antrieb hinzu, als wüßte und verstände ich nichts.

Mutter saß in dem großen Waschzuber, die Haut von Dämpfen umwabert. Sie bat mich, ihr den Rücken einzuseifen und Wasser über ihren Kopf zu schütten. Ich tat alles, was sie sagte, und wartete hinterher mit ausgebreitetem Handtuch und geschlossenen Augen auf sie, das Herz kalt, feindselig, sorgenvoll und schwer.

Sie erhob sich langsam aus dem Bad, legte das Handtuch um, setzte sich zum Kämmen und prüfte lange ihr Gesicht im Spiegel.

»Komm her, Sejde«, sagte sie.

Ich ging hin und blieb neben ihr stehen.

»Ich werde heute Jakob heiraten«, sagte sie.

»In Ordnung«, sagte ich.

»Er wird dein Vater sein.« Sie faßte mich am Kinn. »Nur er.«

»In Ordnung«, sagte ich.

»Und wir bleiben hier im Dorf. Du brauchst dich von niemandem zu trennen.«

Sie stand auf und drückte meinen Kopf an die Wassertropfen zwischen ihren Brüsten, dann wandte sie sich ab und zog das Brautkleid über.

»Wart hier auf mich«, sagte sie.

Doch als sie sich umwandte, aus dem Stall trat und sich auf den Weg dorthin machte, schlug mir die kalte, harte Hand auf die Schulter, und ich fiel zu Boden.

»Wie heißt du?« fragte die bekannte, widerliche Stimme.

»Sejde«, schrie ich, »ich bin ein kleines Kind, das Sejde heißt! Geh jemand anders umbringen!« Damit sprang ich auf, stieß ihn von mir weg, stürzte mich auf die Futtersäcke, zog und zerrte das Kästchen hervor, das ich dazwischen versteckt hatte, und rannte ihr nach.

Stille herrschte im Dorf. Kein Mensch war zu sehen. Alle warteten in Scheinfelds Hof auf sie. Alle außer mir, der ihr auf der Straße nachlief, und außer Mosche Rabinowitz, der daheim geblieben war. Die wenigen Laute, die die Luft zerrissen, waren klein und höchst klar. Eins neben dem andern zogen sie durch die schimmernde Luft – mein Herzklopfen, das Trappeln meiner Schritte, das Stürmen meines Atems, das Krächzen eines fernen Raben.

Ich rief nicht Halt, denn ich wußte, daß ihr taubes Ohr und das weiße Kleid sie jetzt vor der ganzen Welt abschirmten, so daß sie weder hören noch anhalten oder sich umwenden würde. Ich rannte ihr nach, holte sie ein, überholte sie, stellte mich vor sie hin und hielt ihr mit ausgestreckten Armen das schmutzige Kästchen in Blickweite.

Der muschelbesetzte Holzdeckel war verschlossen, aber als

Mutter ihre Haarnadel ins Schlüsselloch steckte, öffnte er sich derart folgsam, daß es für einen Moment schien, als enthielte das Kästchen nur Erwartung, nichts sonst.

Sie steckte die Hand hinein und fühlte etwas Weiches, Ersehntes. Mosche Rabinowitzes langer, dicker Zopf kam zum Vorschein, und als Mutter ihn vor die Augen hob, lösten sich die alten Schleifen, und die goldene Kaskade rann ihr durch die Finger.

»Hat er dich geschickt?« fragte sie.

»Nein.«

Sie verstand natürlich sofort, daß Mosche ebendies hier die ganze Zeit gesucht hatte. Aber ich nehme an, sie hatte noch nicht erfaßt, daß es sein Zopf war, dachte, es sei der Zopf einer Frau, der Tonias oder einer anderen Geliebten. Trotzdem spürten ihre Hände bereits die tiefe, angenehme Wärme, die Hände nun mal spüren, wenn sie die Wahrheit selbst berühren.

»Wo hast du das gefunden, Sejde?«

»Unter Mosches Felsbrocken«, sagte ich, »als Scheinfelds Arbeiter ihn hochgehoben hat.«

Wir standen mitten auf der leeren Straße. Mutter legte den Zopf ins Kästchen zurück, machte ein paar Schritte zur Seite, wandte mir den Rücken zu, barg ihr Gesicht im Arm, und ihre Schultern zuckten.

»Unter dem Fels«, lachte sie, »unter dem Felsbrocken... Eine kluge Frau war das... Warum hast du dort gesucht?«

»Die Raben vom Eukalyptusbaum haben's gefunden.«

Sie kam wieder zu mir. Ihre Finger bedeckten ihre Lippen und verbargen das Zittern ihres Kinns. Die Augen schweiften Zuflucht suchend umher.

Und plötzlich lehnte sie sich mit vollem Gewicht auf mich: »Wer hätte das wissen können, wer hätte das ahnen können ... unter dem Felsbrocken ... und das hat er die ganze Zeit gesucht ...«

Ich gab ihr die Hand und stützte sie mit meinem zehnjährigen

Körper die stille Dorfstraße entlang, bis wir wieder in unserem Stall waren.

Mosche wanderte dort zwischen den Wänden umher, ebenso bleich und hart wie sie, und Mutter hielt ihm das Kästchen hin.

»Hast du das gesucht?«

Ihre Stimme war tief und fest. Sie öffnete das Kästchen, und ohne ihre Augen von seinen zu lösen, zog sie die Flechten hervor. Ihre Geste war langsam, wohlbedacht, wie der Armschwung eines Stoffhändlers, der die teuerste Seide im Laden vorlegt.

Mosches Rechte fuhr zuerst in den Nacken hinauf, mit einer Geste, die Judith bereits gut kannte, aber erst jetzt verstand, umkreiste dann seinen Hals, glitt hinab und knetete die großen Brustmuskeln an der Stelle, an dem ihm ein Busen hätte wachsen sollen, so er den Wunsch seiner Mutter erfüllt hätte, rutschte weiter und betastete seine Leiste, prüfend, erkennend und bestätigend. Das alles mit einer Bewegung, die absolut nichts Anstößiges hatte, und einem Gesicht, das einen Moment all seine Männlichkeit ablegte.

Erst da begriff Judith, daß dieser Zopf nicht der einer Mutter, Schwester oder Frau war, sondern ein verlorener Männerzopf, Mosches eigener.

»Es ist deiner, Mosche...?« flüsterte sie, halb fragend, halb feststellend. »Es ist dein Zopf?«

»Es ist meiner.«

Ich stand in der Stallecke dabei, aber sie beachteten mich nicht.

»Nimm mich zur Frau, Mosche«, sagte Mutter, »dann gebe ich dir den Zopf.«

Klein und weiß waren die Worte in der kalten Luft. Heiß und glitzernd rollten ihr die Tränen über die Wange.

»Und das Kind?« fragte Mosche mit trockenem Mund. »Von wem ist das Kind?«

Das Kind, verborgen zwischen den Futtersäcken in seiner dunklen Ecke, hörte und sah, ohne ein Wort zu sagen.

»Nimm mich zur Frau, Mosche, und gib dem Kind deinen Namen.«

Sie übergab ihm seinen Zopf, und ehe er noch das Haar schnuppern und ans Gesicht drücken konnte, hatte Mutter schon das Brautkleid abgestreift.

Ihr Körper war sehr weiß. Nur das Dreieck vom Ausschnitt der Arbeitsbluse und die Arme waren sonnengebräunt. Sie hatte einen jungen Körper für ihre Jahre, fein und kräftig. Die Brüste waren klein und schimmernd, zwei lustige Grübchen lachten überraschend am Ende ihres Rückens, die Schenkel waren lang und fest.

Sie zog ihre Arbeitskleidung an, beugte sich zum Boden nieder, nahm die weiße Pappschachtel auf und legte das Kleid hinein.

»Bring das jetzt zu Scheinfeld, Sejde«, trug sie mir auf, »gib es ihm, sag dort niemandem ein Wort und komm sofort heim.«

20

Jene ganze Nacht hörte man auf der Straße die Schritte der Leute, die von Jakobs Hochzeit zurückkehrten. Sie gingen in stummer Demonstration vor dem Rabinowitzschen Haus auf und ab, bis sie sich endlich davonmachten.

Am nächsten Tag holte Oded Naomi und ihr Baby aus Jerusalem. Sie war glücklich, besorgt, überrascht, nannte Mutter »Mutter«, und beide weinten.

In der Nacht kam Mosche zum Schlafen in den Stall, Naomi holte mich zu sich und ihrem kleinen Sohn ins Haus, und am Morgen weckte sie mich fürs Melken.

»Sie sind weggefahren, um ein bißchen zusammenzusein, Sejde«, sagte Naomi, »und wir bleiben ein paar Tage hier und versorgen die Kühe.«

Mutter und Mosche waren zu einer kleinen Pension in Sichron Jaakow gefahren, einem Haus mit steinernen Wänden, kiesbedeckten Pfaden und hohen, schwankenden Washingtonpalmen am Weg zum Tor. Zehn Jahre später, während eines Urlaubs vom Militär, war ich mal dort, aber hineingegangen bin ich nicht.

»Hier, Judith«, sagte Mosche, »an diesem Ort hätten wir all diese Jahre wohnen sollen, du und ich, mit Kutschen und Dienstboten.« Dabei ergriff er ihre Fingerspitzen und machte ihr eine hübsche, geschliffene Verbeugung, die man seinem plumpen Körper gar nicht zugetraut hätte.

Judith streichelte mit fliegenden Fingerspitzen seinen Nacken. Matte, ergreifende Cello- und Geigenklänge vibrierten in der Luft. Ein junges Mädchen und drei junge Männer spielten dort im Musikzimmer der Pension.

A Mensch tracht un Gott lacht, kein Mensch hat es gewußt, keiner enträtselt. Nicht das schnelle Hämmern des Spechts an die Kiefernstämme, nicht das Gleiten des Milans, der wie ein kleiner Glaserdiamant am Firmament schwebte.

Vier Tage waren sie dort, Anfang Februar 1950, während Naomi und ich Hof und Stall versorgten.

Strenge, trockene Kälte herrschte damals im ganzen Land, und auf der Rückfahrt im Bus sagte Mosche zu Judith, das sei die Kälte, die er aus den Wintern seiner Kindheit in der Ukraine in Erinnerung habe.

Als dann der Bus am Fuß des Muchraka eine Linkswendung machte, hinauffuhr und an der Rechtsbiegung das Emek sich auftat, mit all seinen Feldern vor ihren Augen hingebreitet lag, lehnte Judith sich aufseufzend an Mosche und sagte: »Da sind wir wieder daheim, Mosche, zu Hause ist es doch besser.«

Als Oded in jener Nacht kam, um Naomi und ihr Baby nach Jerusalem zurückzubringen, und Mutter mich weckte, damit ich mich verabschieden konnte, sagte Naomi plötzlich: »Warum kommt Sejde nicht ein paar Tage mit nach Jerusalem? Im Radio haben sie vorausgesagt, es könnte Schnee bei uns geben.«

»Er muß in die Schule gehen«, wandte Mosche ein.

»Es wäre doch eine gute Gelegenheit«, meinte Naomi, »hier im Dorf hat es noch nie geschneit. Ihr amüsiert euch noch ein bißchen allein, und Sejde kriegt echten Schnee zu sehen.«

»Dann verpaßt er die Tu-Bischwat-Feier«, sagte Mutter.

»Hier gibt's auch ohne ihn genug Bäume«, sagte Naomi.

Mutter lachte, machte zwei Rühreibrote mehr für die Fahrt und packte mir eine kleine Tasche. Dann nahm Naomi mich bei der einen Hand und trug auf dem anderen Arm ihr Baby.

»Oded muß weg, komm schnell.« Damit eilten wir beide zur Molkerei.

»Ich hab nicht mal Zeit gehabt, Mosche Schalom zu sagen und Mutter einen Kuß zu geben«, keuchte ich beim Laufen.

»Sag's ihm, wenn du wiederkommst«, lachte sie, »und den Kuß gib mir.«

Den ganzen Weg verschlief ich. Endlich aufgewacht, entdeckte ich, daß Oded entgegen seiner sonstigen Gewohnheit mit dem Tankwagen mitten in die Wohnsiedlung hineingefahren war und die Morgenruhe mit seinem Motorgedröhn erschütterte.

»Willst du hupen, Sejde?« fragte er, und ehe Naomi ein Wort sagen konnte, zog ich schon am Hupkabel, und das mächtige Tuten versetzte die Luft in Schwingungen.

»Wegen euch krieg ich noch Streit mit der ganzen Siedlung«, fauchte sie.

»Komm uns bloß nicht als Städter wieder, was, Sejde?« sagte Oded zu mir, hupte noch einmal und fuhr ab.

Zehn Jahre war ich damals alt, und noch nie hatte ich solche Kälte gespürt. Am nächsten Tag wurde es noch kälter. Naomi wickelte mir einen roten Wollschal um den Hals, und Meir nahm mich mit, um einen Blick auf die Altstadt jenseits der Grenze zu werfen.

Wir fuhren mit einem rüttelnden Omnibus, der einer Kuh ähnlich sah und *Chausson* hieß, ins Zentrum. Meir ließ mich dem Fahrer das Geld geben, und ich bekam komisches Wechselgeld, einen halben *Grusch* aus Papier, wie ich noch nie einen gesehen hatte. Vom Zionsplatz gingen wir zu Fuß bis an eine große Betonmauer, lugten durch die Schießscharten darin und stiegen dann auf ein großes Haus mit einer Frauenstatue auf dem Dach und kühl aussehenden Nonnen, die über die riesigen Gänge huschten.

Ein rotäugiger, weißstoppeliger Mann um die Fünfzig stand neben uns, wickelte sich einen Gebetsriemen um den Arm, blickte die Stadt und uns an und verfiel in einen eintönigen Singsang, dessen Zeilen von starkem Lakritzgeruch begleitet wurden: »Für Abraham, Isaak und Jakob, und König David zum seligen Angedenken, wird mir Gott helfen, Rettung wird er vom Himmel bringen, und auch zum Andenken an die Gerechten, an Mose, unseren Meister, und König Salomo, unseren Meister, und König David, unseren Meister, mögen sie in Frieden ruhen im Paradiese.«

»Parasit«, knurrte Meir, wies mich aber an, ihm den halben *Grusch* Papiergeld zu geben.

21

So viele Dinge passierten mir in jener Woche zum ersten Mal.

Ich trank zum ersten Mal heißen Kakao im Café.

Zum ersten Mal küßte mich Naomi auf Hals und Lippen und nicht nur auf die Wangen.

Zum ersten Mal war ich in einem Buchladen.

Zum ersten Mal im Leben starb mir meine Mutter.

In der Nacht brüllte das Baby. Ich hörte Naomi aufstehen, um ihn zu füttern, und dann ihren überraschten Bewunderungsschrei, als sie aus dem Fenster blickte.

»Steh auf, Sejde.« Sie eilte zu mir und rüttelte mich. »Steh auf, da ist der Schnee, den ich dir versprochen habe.«

Ich stand auf, guckte und sah zum ersten Mal im Leben Schnee. Der Boden war schon völlig bedeckt, und im Lichtkegel der Straßenlaterne wirbelten große daunenartige Flocken ziel- und schwerelos.

Am Morgen kamen die Kinder des Viertels nach draußen, um im Schnee zu spielen, und Naomi sagte: »Geh raus, Sejde, spiel mit.«

»Nein«, sagte ich.

»Es sind nette Kinder«, sagte sie, »ein paar sind in deinem Alter.«

»Sie werden mich auslachen«, sagte ich. »Hast du ihnen gesagt, wie ich heiße?«

»Wie du heißt?« Sie beugte sich mit grausiger Fratze zu mir nieder und lachte heiser: »Wie heißt du, Kind? Sag's mir schnell, bevor ich dich schnappe.«

»Ich heiße Sejde«, sagte ich, »geh jemand anders umbringen.« Naomi nahm mich an der Hand, und wir rannten beide hinaus.

Lange spielten wir mit den Kindern. Naomis Gesicht war rot vor Kälte und Vergnügen. Der Schnee fiel immer weiter, seine Flocken schmückten ihr Haar. Ihre Augen strahlten, warmer, süßer Hauch stieg von ihren Wangen auf. Später bauten wir einen großen Schneemann, und als Naomi ihm die Nase anpappte, tauchte in der Ferne eine kleine schwarze Gestalt auf, die auf uns zuging, stolperte, wieder aufstand und immer näher kam.

»Das ist Meir«, sagte Naomi, dermaßen erbleichend, daß ihr Gesicht fast nicht mehr zu sehen war.

Die stolpernde Gestalt kam uns über das weite weiße Feld entgegen, wurde größer und größer.

»Es muß was passiert sein«, sagte Naomi. »Gewiß hat er eine telefonische Nachricht im Büro erhalten.«

Meir zeichnete sich immer deutlicher ab, kam näher und näher, bis er da war, Naomi am Arm faßte und sie zur Seite führte, zum stützenden Zaun, zur entsetzlichen Botschaft, zum heiseren Aufschrei – Judith, Judith, Judith, Judith –, der aufflog, sich taumelnd drehte, schwarz wie Rabenschwingen in langsamem Fall über dem Schnee niedersank, zum Hauch eines jeden ›ju‹ und ›ju‹, das jedes ›Judith‹ ihrem Mund entlockte. Und Meir nahm sie und stützte sie, und zu mir sagte er: »Später erzählen wir's dir, Sejde, später.«

Gegen Morgen kam Oded mit dem Jeep eines anderen Dorfgenossen, hatte sich sechzehn Stunden lang seinen Weg durch die zugeschneiten, weiß verwehten Straßen gebahnt, die nur er unter der Schneedecke zu ahnen vermochte.

Er schlief eine Stunde, stand auf, trank vier Gläser Tee nacheinander, aß zwei Tafeln Schokolade und einen halben Laib Brot und fuhr uns durch wirbelnde, schwebende, hypnotisierende Schneeflocken, die vom Jeepscheinwerfer in verwirrendes, schwindelerregendes Zauberwerk verwandelt wurden, zurück ins Dorf, zu Mutters Beerdigung.

22

Am Morgen des 6. Februar 1950 stand Rabinowitz vom Schlaf auf, und Judith öffnete die Augen, die immer grau gewesen waren, nun aber in neuem Blau zwischen den Krähenfüßchen hervorschimmerten.

Mosche ging zum Herd, um ihr ihren geliebten Kaffee zu kochen, und als er die Milch erwärmte, begriff er plötzlich, was ihn geweckt hatte: die Stille, die Schicht des Schweigens, die draußen alles bedeckte und die normalen Morgengeräusche des Dorfs schluckte. Kein Küken piepste, kein Kalb muhte, keine Pumpe tickte. Und als Mosche die Läden aufklappte, sah er, daß tiefer

Schnee die Erde bedeckte, schwerer, überraschender, ungebetener Schnee, der die ganze Nacht niedergegangen war.

Sanft und weiß waren die Schneeflocken gefallen, leicht und schwebend hatten sie sich gesammelt und aufgetürmt. Fremde, nördliche Todesengel, schön gestaltete Sendboten des Schicksals, verirrt an einen Ort, der nicht der ihre war, kamen den häßlichen Todesarten dieses Landes zuvor – dem Schlangengift, der Sonnenglut, dem Wahn des Blutes und dem Schlag des Steins.

Das Emek war entsetzt. Mäuse und Schlangen erfroren in ihren Löchern. Steife Bülbüls, die Hauben frostgrau, fielen wie Steine von den Zweigen. Die jungen Bäumchen, von den Schulkindern drei Tage zuvor am Neujahrsfest der Bäume gepflanzt, waren verschwunden. An der Quelle brachen die großen Blätter der Kaktusstauden ab, in den Pflanzungen knickten Bäume zusammen, die kein Mensch auf eine solche Last vorbereitet hatte, und im Wipfel des Eukalyptus auf dem Rabinowitzschen Hof zählte ein mächtiger Ast den Stundenschlag der fallenden Flocken.

Eine Geschichte, so denke ich mir nächtens, braucht Form, Verlauf und Ausgang.

Es geht um strömenden Regen und einen anschwellenden Bach, einen betrügerischen Revisionisten und eine Frau, die untreu wurde, ihre Tochter verlor und zum Wohnen und Arbeiten auf den Hof eines Witwers kam, dessen Kühe sie molk und dessen Kinder sie aufzog.

Diese Geschichte, so beruhige ich mich, weigert sich, Dichtung zu sein.

Es geht um einen Viehhändler, der nicht fahren konnte, und ein Kind, über das Tod und Leidenschaft keine Herrschaft haben, um furchtlose Raben, schaukelnde Papierschiffchen und einen abgeschnittenen Zopf, um einen Onkel, dessen Haut Samenduft verströmte, zwei Granatapfelbäume und eine Heugabel, deren Stich übel ist.

Eins-zwei-drei-vier. Die Geschichte läßt Kausalketten erahnen.

Es geht um eine Frau, wie sie schöner nicht sein könnte, und um ein weißes Schiff, das ihren Namen trug. Es geht um einen Italiener, der jedes Tier und jeden Vogel nachahmen konnte, Experte für Tanzschritte und bewandert in den Regeln der Liebe. Es geht um einen Baum, der wartete, und eine Petroleumlampe, die umfiel, um eine unfruchtbare Kuh, eine Sturmnacht und einen Albino, der seinem Nachbarn Vögel vermachte und ihm die Welt auf den Kopf stellte.

Hört her, die drei Büder aus dem Hause Schicksal sind es, die lachend die Welt erschüttern: Hätte der Lügner nicht erzählt, wäre der Bach nicht angeschwollen, wäre die Kuh nicht verkauft worden. Eins-zwei-drei-vier. Eins-zwei-drei-vier. Eins-zwei-drei-vier.

Aber der Zopf wurde versteckt, die Schlange biß, der Albino kam, der Lügner log, der Mann blieb lange aus, die Frau wurde schwanger, und dort in jenem Stall wohnte und arbeitete, schlief und weinte sie, und darin gebar sie ihren Sohn, den Sohn, über den der Tod keine Herrschaft hatte, der heranwuchs und ihren Tod über sie brachte.

Denn der Mensch plante, und Gott lachte, der Fels wurde angehoben und der Zopf gefunden, der Schnee fiel, und der Wipfel des Eukalyptus, dessen große, breite Zweige mit ihrem feuchten Fleisch nicht auf diese Last gefaßt waren, gab nach und stürzte zu Boden.

Gewiß war das der Lauf der Dinge, denn wenn nicht so – wie dann?

»Judith!« schrie Mosche vom Fenster.

Sie hob nicht die Augen, duckte nur ein wenig den Nacken, die Erwartung des Schlages versetzte ihre Wirbelsäule in Schaudern.

»Judith!« Über die weiße Stille des Schnees fuhren der Schrei des Mannes, das Krächzen des Raben und das Krachen des berstenden Holzes wie drei schwarze Peitschenhiebe.

Das ganze Dorf hörte ihn, aber Mutter, deren böses Ohr ihm zugewandt war und deren gutes Ohr sich mit dem pfeifenden Luftzug des fallenden Astes füllte, hörte ihn nicht.

Wie ein gigantischer Knüppel stürzte die Baumkrone auf sie nieder und schlug sie zu Boden, und sofort kehrte die Stille in die Welt zurück, jene zarte, klare Stille, die in ihrem kristallreinen Wesen unverbrüchlich bestehen bleibt.

Von allen Seiten eilten Leute entsetzt herbei, rannten im Bauernlauf, der viel schneller ist, als seine Schwerfälligkeit vermuten ließe, die Herzen schon stockend, bevor sie das blaue Kopftuch, die zerschmetterten Rabeneier, die zerquetschte Rabenmutter und das Kleid meiner Mutter unter der grünen Lawine hervorlugen sahen.

Dorfpapischs riesige Stute wurde vor den abgebrochenen Ast gespannt, der Flaschenzug der Schlosserei herbeigebracht, und Oded kletterte hinauf und befestigte ihn an der Wurzel des dicken unteren Astes.

Dorfpapisch brüllte seine Stute an: »Hü, du Aas, hü!«, als sei sie die Schuldige. Das Kabel spannte sich, der Flaschenzug quietschte, und der Balken schwenkte über Judith aus.

Kein Mensch eilte vor. Alle standen ringsum, die Augen auf den schlanken, elfenbeinernen Nacken gerichtet, dem Jahre, Sehnsucht und Tod nicht den Glanz getrübt hatten, und auf die Strümpfe, die ein wenig über ihre feinen, starken Fesseln herabgerutscht waren.

Kalt war es, der trockene Wind spielte mit dem schwarzgrauen Flaum im Nacken und mit dem Kleiderstoff der toten Frau – glättete und bauschte ihn über ihren Schenkeln, als wollte er sie wiederbeleben.

Lange Minuten schwankte der Balken über dem Leichnam, und keiner wagte sich vom Fleck zu rühren. Auch die Stute stand still, die kräftigen Läufe in den Boden gepflanzt, die Muskeln bebend vor Anstrengung, das duftende Fell dampfend, die Nüstern Säulen von Dunst.

Doch dann trat Alisa Papisch vor, packte Judith an den Handgelenken, zog sie langsam beiseite, und Mosche ging in den Geräteschuppen, holte Wetzstein und Feile, und während die Raben noch rachekreischend über seinem Kopf flatterten, begann er mit den gemessenen Bewegungen eines Henkers die große Axt zu schärfen.

23

Zehn Jahre war ich beim Tod meiner Mutter alt, und besser als alles andere erinnere ich mich an jene nächtliche Fahrt über weißverhüllte Straßen, wir alle eingemummelt in Militärdecken und große warme Armeemäntel, ohne ein Wort zu sagen.

Naomi hielt mich an der Hand, ihr quengeliges Baby schrie die ganze Nacht in den Armen seines Vaters. So laut und schrill brüllte es, daß Jakob Scheinfeld nach unserem Eintreffen im Dorf herbeikam und zu Naomi sagte, er wolle sowieso nicht an der Beerdigung teilnehmen, sie könne das Kind also gern bei ihm lassen.

»Dann wird dich sein Geschrei nicht stören, bei Judith zu sein«, sagte er.

»Ich kann auch bei ihm bleiben«, erbot Meir sich hastig.

»Du kommst mit mir«, sagte Naomi und übergab Scheinfeld dankend das Kind.

Das Baby schrie aus vollem Halse, während Jakob es zu beruhigen suchte.

Zuerst pfiff er dem Kleinen Kanarienrufe vor, dann faltete er ihm Schiffchen aus gelben Zetteln, die erneut in seinen Taschen nisteten, und zum Schluß wickelte er ihn in eine Decke, die er einst für mich bestickt hatte, nahm ihn auf den Arm und machte einen Spaziergang übers verschneite Feld.

Dort, an dem Ort, an dem später die Bushaltestelle des Dorfes errichtet werden würde, ging er mit ihm auf und ab, wiegte ihn und gab ihm einen Keks zum Lutschen. Und als das kleine Scheusal endlich verstummte, hob Jakob den Kopf und sah die Leute grüppchenweise plaudernd und trauernd vom Friedhof zurückkehren, gefolgt von dem Wagen, der Reifenspuren in den Schnee zog und ihn mit den Hufen der Stute pünktelte.

»Kommt herein, Genossen, kommt herein«, sagte Jakob.

Er breitete seine Jacke über den Schnee, legte das Baby darauf, fiel auf die Knie und weinte seine Tränen. Plötzlich brach gelb die Sonne durch ein Wolkenloch und ließ das Feld erstrahlen, und als der leere Wagen vom Friedhof näher kam, erschien ihm Judith, als treibe sie langsam auf einem breiten goldgrünen Fluß ohne Klippen.

Glossar

A nafka mina (aram.) – was macht das aus!

Adar – jüdischer Monat im Vorfrühling, in den das Purimfest fällt.

Afikoman (grch.) – wörtl. »Nachtisch«, ein Stück Matzen, das vor der Pessachmahlzeit versteckt und von dem Kind, das es findet, gegen ein Geschenk ausgelöst wird, damit die Versammelten es zum Abschluß essen können.

Balebeit (hebr.) – Hausherr, Besitzer.

Balebuste (hebr.) – Hausherrin.

Banduk – nicht fortpflanzungsfähige Kreuzung von Kanari und Distelfink.

Bar Jochai, Schimon – Tannaite im 2. Jh. n. Chr., Schüler Rabbi Akibas, hielt sich dreizehn Jahre vor den Römern in einer Höhle versteckt, wobei er sich von Johannisbrot ernährte. Legendärer Verfasser des *Sohar.*

Baston – Stock.

Bat Mizwa (hebr.) – Mädchen, das mit dem zwölften Lebensjahr die religiöse Volljährigkeit erreicht hat, bzw. der Tag, an dem dies begangen wird.

Beneamunes Parnusse (jidd.) – abgeleitet von hebr. *Parnassa bene'emanut* – ehrliches Einkommen.

Bick (jidd.) – Bock, Bulle.

Chabibi (arab.) – mein Freund.

Cheder (hebr.) – wörtl. Zimmer; traditionelle jüdische Grundschule.

Cheschwan – jüdischer Monat im Herbst.

Chetjar (arab.) – alter Mann.

Chuppa (hebr.) – Trauhimmel oder Hochzeitsbaldachin, unter dem die jüdische Trauzeremonie vollzogen wird. Auch kurz für letztere selbst verwendet.

Davar Lejeladim – frühere israelische Kinderzeitschrift, die der früheren Gewerkschaftszeitung *Davar* nahestand.

Deutsche Templer – siehe Templer.

Egla (hebr.) – Kalbe, Färse, weibliches Kalb.

Ejgel (jidd.) – Farren, Jungbulle, männliches Kalb.

Elul – jüdischer Monat im Spätsommer, vor den Hohen Feiertagen.

Emek – wörtl. Tal. Hier kurz für *Emek Jisrael* – Jesreelebene.

Engel-von-Schlaf – Judiths Ausdruck für den Engel, der den Schlaf bringt.

Erdbeerbaum – (Arbutus), Gattung der Heidekrautgewächse mit etwa zwanzig Arten im Mittelmeergebiet, auf den Kanarischen Inseln und in Amerika; immergrüne Sträucher oder Bäume mit Blütenrispen und Beerenfrüchten.

Erez Israel – Land Israel.

Glattkoscher – besonders strenge

Form der Einhaltung ritueller Speisegesetze. Ursprünglich ging es dabei darum, daß bestimmte innere Organe (wie die Lunge) des geschächteten Tiers »glatt«, das heißt nicht im geringsten beschädigt oder vernarbt sein durften.

Goj, Goja, Gojim (hebr.) – Nichtjude, Nichtjüdin, Nichtjuden.

Grusch – zu englischen Mandatszeiten eine bestimmte Geldmünze. Hier eher im allgemeinen Sinn einer kleinen Münze, wie Groschen oder Pfennig, verwendet.

Gwir (jidd.) – reicher, einflußreicher Jude.

Haggada – die volkstümliche Pessachgeschichte, die am Sederabend, d. h. am ersten Abend des jüdischen Pessachfestes, am Familientisch gelesen und gesungen wird, bzw. das entsprechende Buch oder Heft.

Harel-Brigade – Eliteeinheit der neugegründeten israelischen Armee im Unabhängigkeitskrieg 1948/49, die u. a. am Kampf um Jerusalem beteiligt war.

Höre Israel – Beginn des *Schema Israel* oder auch nur kurz *Schema* genannten Bekenntnisses der Einzigkeit Gottes, das sich aus den Bibelabschnitten Deut. 6,4-9, Deut. 11, 13-21 und Num. 15, 37 bis 41 zusammensetzt und in jüdischen Gottesdiensten und persönlichen Gebeten rezitiert wird.

Ischrab (arab.) – trink.

Jeschiwa – jüdische Talmudschule.

Jingele (jidd.) – Jüngelchen, Jünglein.

Jom Kippur – Versöhnungstag, hoher jüdischer Feiertag, an dem mit Fasten und Beten Buße getan wird.

Kantor – musikalisch ausgebildeter Vorsänger in der Synagoge.

Kippa – Schädelkäppchen, das religiöse jüdische Männer und Jungen ständig oder auch nur in der Synagoge tragen.

Kischere (jidd.) – Schulterfleisch.

Klotz (jidd.) – Metzgerblock, Klotz.

Knippele (jidd.) – Batzen, Geldsack.

Krassawez (russ.) – hübscher Kerl.

Kreplach (jidd.) – gefüllte Nudelteigtaschen der traditionellen jüdischen Küche.

Kurbatsch (türk.) – Peitsche mit gespaltener Spitze.

Kurbe (jidd.) – Nutte.

Laffe (jidd.) – grobe Hand, Pfote.

Lechaim (hebr.) – wörtl. »auf das Leben«, israelischer und jüdischer Trinkspruch.

Leder – hier eine lederartig zu großen Bahnen ausgewalzte Masse aus sehr stark getrockneten Aprikosen, die im Nahostraum u. a. als nahezu unverderbliche Wegzehrung benutzt wird.

Lockschen (jidd.) – Nudeln.

Mejdele (jidd.) – Mädchen.

Menakker – ein speziell ausgebildeter Fachmann, der nach der koscheren Schlachtung diejenigen Venen, Fettsehnen und Häute aus dem Fleisch entfernt, die aufgrund des jüdischen Religionsgesetzes nicht verzehrt werden dürfen.

Mizwe (jidd.) – hebr. *Mizwa* – gutes Werk, Erfüllung eines religiösen Gebots.

Moschawa – zur Frühzeit des Zionismus gegründete landwirtschaftliche Kolonie mit Privatbesitz und Lohnarbeit.

Neunter Aw – Fasttag im jüdischen Sommermonat Aw zum Gedenken an die Zerstörung des ersten und zweiten Tempels.

Newejles (jidd.) – Aase.

Nissan – jüdischer Frühlingsmonat, in den das Pessachfest fällt.

Pejger (jidd.) – Kadaver.

Pessach – das jüdische Passahfest (um die Osterzeit) zum Gedenken an den Auszug aus Ägypten.

Pessachseder – die häusliche Feier am ersten Abend des Pessachfestes, bei der die *Haggada* gelesen wird. Dabei ißt man verschiedene symbolträchtige Speisen (Matzen, Bitterkraut u. a. m.), trinkt Wein oder Traubensaft und nimmt auch ein festliches Mahl ein.

Pidjon (hebr.) – Pfand, Lösegeld – hier das Geld, das man dem Rabbiner für seinen Unterhalt oder fromme Spenden gab.

Purim – auf dem biblischen Buch Esther beruhendes jüdisches Freudenfest im Vorfrühling, das gemäßigt karnevalsähnliche Züge (Festessen, Alkoholgenuß, Kostümierung) trägt.

Quatsch (jidd.) – hier in der Bedeutung von Gänsemist.

Reb Jidd (jidd.) – Anredeform, die wörtlich übersetzt »Herr Jude« bedeutet.

Rebbinju (jidd.) – Rabbinerchen.

Rosch Haschana – jüdisches Neujahrsfest, das im Frühherbst zwei Tage lang gefeiert wird.

Schejgetz (jidd.) – Hallodri.

Schewat – jüdischer Wintermonat, an dessen 15. Tag das Neujahrsfest der Bäume gefeiert wird.

Schiwa (hebr.) – jüdische Trauerwoche nach der Beerdigung eines nahen Angehörigen.

Schmeckerle (jidd.) – Zunge.

Schmendrik (jidd.) – Flegel.

Schmock (jidd.) – Pimmel.

Schojchet (jidd.) – Schächter, jüdischer Schlachter, der rituelle Schlachtungen vornimmt.

Seder, Sederabend – siehe Pessachseder.

Siwan – jüdischer Monat im Frühsommer.

Sojcher (jidd.) – Händler, Kaufmann.

Sorghum – auch Mohrenhirse, Hirseart, die in wärmeren Ländern eine wichtige Nutzpflanze ist (u. a. im Mittelmeergebiet und in den USA).

Sukkot – das jüdische Laubhüttenfest im Herbst.

Tappen (jidd.) – prüfendes Abklopfen mit den Fingern.

Tatele (jidd.) – Väterchen.

Templer – fromme pietistische Siedler, Angehörige der 1856–1861 in Schwaben entstandenen Tempelgesellschaft, die bald darauf u. a. nach Palästina auswanderten, dort dank ihrer handwerklichen und landwirtschaftlichen Tüchtigkeit blühende Siedlungen gründeten und damit den frühen Zionisten in mancher Hinsicht als Vorbild dienten. Da sich die Templer jedoch später in großer Zahl offen zum Nationalsozialismus bekannten, wurden sie 1938 von der englischen Mandatsregierung nach Australien deportiert.

Heute bestehen noch Gemeinden im Stuttgarter Raum und in Australien.

Trokar – chirurgische Dreikantnadel mit Hülse zur Entfernung von Flüssigkeit, Eiter oder angestauter Luft aus dem Körper.

Tu-Bischwat-Feier – die Feier des jüdischen Neujahrsfestes der Bäume am 15. Tag des Monats *Schewat,* an dem junge Bäumchen gepflanzt werden.

Tuches (jidd.) – Hintern, Po.

Tumtum (hebr.) – Dussel, Trottel, Idiot.

Umbus – Haschischsamen als Vogelfutter.

Wadi – trockenes Flußbett, das sich bei Winterregen in einen reißenden Strom verwandeln kann.

Würger – (Laniidae) Familie gut fliegender Singvögel mit 75 Arten; spießen ihre Beute häufig auf Dornen oder Ästen auf.

Ya sachbi (arab.) – mein guter Freund.

Zitzkes (jidd.) – Brüste.

Verzeichnis der wichtigsten Personen

Der Albino – Kanarienzüchter unbekannter Herkunft, zeitweise Buchhalter des Dorfes.

Bloch, Schimschon – Rinderzüchter, Dorfgenosse von Menachem Rabinowitz.

Bloch, Schoschana – Schimschon Blochs Frau.

Globermann (der Sojcher) – Viehhändler, einer von Sejdes drei Vätern.

Jakobi, Jona auch *Jakoba* genannt – ein »Mädchen aus Galiläa«; Simcha Jakobis Frau.

Jakobi, Simcha, auch *Jakobi* genannt – Hühnerzüchter im Dorf; Jonas Mann.

Judith – auch *Rabinowitzes Judith* – Sejdes Mutter.

Klebanow, Meir – Jerusalemer, Naomis Mann.

Papisch, Alisa – Dorfpapischs Frau; gute Köchin.

Papisch, Elieser (Dorfpapisch) – Gänsezüchter im Dorf; Alisas Mann.

Rabinowitz, Batschewa – Frau von Menachem Rabinowitz, Sejdes Tante.

Rabinowitz, Menachem – Johannisbrotbaumzüchter; Mosche Rabinowitzes älterer Bruder; Sejdes Onkel; Batschewas Mann.

Rabinowitz, Mosche (auch *Rabinowitz, der Bulle*) – Tonias Mann; einer von Sejdes drei Vätern; Vater von Oded und Naomi.

Rabinowitz, Naomi (Nominka, Nomile) – Tochter von Tonia und Mosche; Frau von Meir Klebanow.

Rabinowitz, Oded (Odedinju) – Lastwagenfahrer; Sohn von Tonia und Mosche; kurzfristig verheiratet mit Dina.

Rabinowitz, Sejde – Ich-Erzähler der Geschichte.

Rabinowitz, Tonia (Tonitschka) – Frau von Mosche Rabinowitz; Mutter von Oded und Naomi.

Salvatore, alias *Jehoschua Baer,* auch *Ischua* genannt – Italiener; Jakob Scheinfelds Lehrmeister.

Scheinfeld, Jakob – Rivkas Mann; einer von Sejdes drei Vätern; guter Koch.

Scheinfeld, Rivka – Jakob Scheinfelds bildschöne Frau.

Stadtpapisch – Eigentümer eines Baumarkts in Haifa; Dorfpapischs Bruder.

Bitte beachten Sie auch
die folgenden Seiten

Meir Shalev

Ein Russischer Roman

Aus dem Hebräischen von Ruth Achlama

Der inzwischen erwachsene Waisenjunge Baruch blickt zurück auf seine Kindheit in einer kleinen Siedlung in der Jesreel-Ebene, im heutigen Israel. Baruch erzählt liebevoll selbstironisch von den Schwierigkeiten der ersten Siedler beim Austrocknen der Sümpfe und dem Aufbau der Landwirtschaft. Humorvoll werden die einzelnen Dorfbewohner charakterisiert: der konspirative Rilow, der am liebsten noch die Geburt seiner Tochter geheimhalten will; Fejge, eine Frau der ersten Stunde, um die sich die wildesten Gerüchte ranken; Efraim, der über die Schulter gehängt immer sein Lieblingskalb mit sich herumschleppt; Baruch selbst, der Lauscher an der Wand, der von seinem Großvater allein erzogen wird...

»... eine wunderbare, witzige und sehnsüchtige Commedia dell'arte der Gründerjahre von Erez Israel.«
Peter Mosler/Die Zeit, Hamburg

»...das farbenprächtige Epos über die Pioniere der zweiten Alija, die Einwanderer aus Rußland und der Ukraine zu Anfang des Jahrhunderts, die vom Sozialismus träumten und die Sümpfe der Jesreel-Ebene trockenlegten. Es sind diese dramaturgische Intelligenz, diese stets wache Ironie, die aus Shalevs Roman ein Meisterwerk machen, einen farbigen Chagallschen Bilderbogen, der von einem klaren Kopf geträumt wird. Daß der ›Russische Roman‹ in Deutschland bisher kein Bestseller wurde, mag daran liegen, daß er jedes Klischee unterläuft. Ein Buch, in dem man leben möchte, weil es von Menschen bewohnt ist, die gleichzeitig heldenhaft sind und lächerlich und nahe wie enge Verwandte.«
Matthias Matussek/Der Spiegel, Hamburg

Meir Shalev
Esaus Kuß

Roman. Aus dem Hebräischen von
Ruth Achlama

Jakob und ich sind herangewachsen und unserer Wege gegangen. Er hat, kurz zusammengefaßt, die Frau geheiratet, die ich mir zugedacht hatte, hat die Bäckerei geerbt, die mein Vater mir zukommen lassen wollte, hat drei Kinder gezeugt und den Erstgeborenen verloren. Ich bin in die Vereinigten Staaten gefahren, habe keine Frau geheiratet, keine Kinder gezeugt und auch keine verloren. Das ist eigentlich schon die ganze Geschichte
– sagt der Erzähler Esau. Aber diese barocke Familiensaga ist viel mehr: Sie ist die Geschichte einer sephardischen Bäckersfamilie, die in einem kleinen Dorf östlich von Jerusalem eine Bäckerei gründet. Hier, rund um den Ofen, der das legendäre Brot herstellt, leben drei Generationen, die sich streiten und versöhnen – und am Ende doch auseinanderbrechen.

»Shalev breitet nicht nur sein lokalgeschichtliches Wissen in farbenprächtigen Mosaiksteinchen aus, sondern präsentiert auch seinen hintergründigen Witz. Ein furios erzähltes Riesenmärchen, eine brillante Familiengeschichte, ein bewegender wie gleichermaßen wunderbar unterhaltender Roman.«
Ilse Leitenberger / Die Presse, Wien

»Eine barocke, jüdische Familiensaga.«
Der Spiegel, Hamburg

»Ich werde nicht versuchen, Shalevs neuen Roman nachzuerzählen, denn ich will, daß man ihn liest — mit all seinen Verzweigungen und Mustern, Motiven und Arabesken.« *Eva Demski*